RICHARD SCHW
DER FALKE VON

RICHARD
SCHWARTZ

DER FALKE VON
ARYN

Roman

Piper München Zürich

Entdecke die Welt der Piper Fantasy:

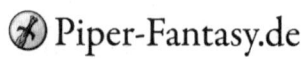

Piper-Fantasy.de

Von Richard Schwartz liegen bei Piper vor:

Das Erste Horn. Das Geheimnis von Askir 1
Die Zweite Legion. Das Geheimnis von Askir 2
Das Auge der Wüste. Das Geheimnis von Askir 3
Der Herr der Puppen. Das Geheimnis von Askir 4
Die Feuerinseln. Das Geheimnis von Askir 5
Der Kronrat. Das Geheimnis von Askir 6
Die Eule von Askir
Die Rose von Illian. Die Götterkriege 1
Die Weiße Flamme. Die Götterkriege 2
Das blutige Land. Die Götterkriege 3
Der Falke von Aryn

MIX
Papier aus verantwortungsvollen Quellen
FSC® C083411

ISBN 978-3-492-70279-9
3. Auflage 2012
© Piper Verlag GmbH, München 2012
Karte: Erhard Ringer
Satz: C. Schaber Datentechnik, Wels
Druck und Bindung: CPI – Clausen & Bosse, Leck
Printed in Germany

*Dieses Buch widme ich der Leserunde
bei Piper-Fantasy.de, deren Teilnehmer mit ihrer Kritik
und ihren Vorschlägen maßgeblich dazu beitrugen,
dass aus dem »Falken« ein besseres Buch wurde:*

*Uwe »DNob«
Gabriel »Cepheid«
Philipp »phantolemchen«
Marina »Noa«
Jan Jendrik »Shurti«
Maurice »Halmachi«
Timo »Omti«*

Aryn

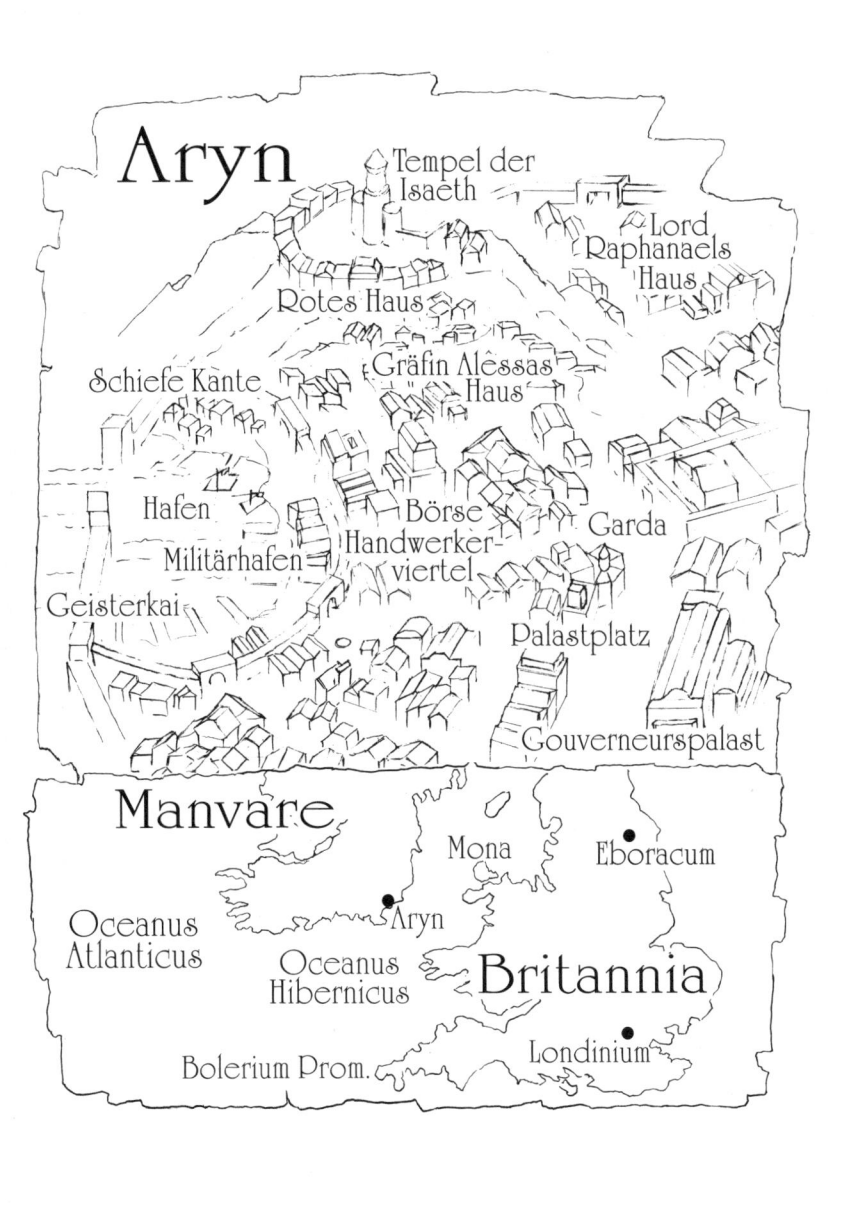

- Tempel der Isaeth
- Lord Raphanaels Haus
- Rotes Haus
- Gräfin Alessas Haus
- Schiefe Kante
- Hafen
- Börse
- Garda
- Militärhafen
- Handwerkerviertel
- Geisterkai
- Palastplatz
- Gouverneurspalast

Manvare

- Mona
- Eboracum
- Oceanus Atlanticus
- Aryn
- Oceanus Hibernicus
- Britannia
- Bolerium Prom.
- Londinium

Ein später Gast

1 Als der ungesehene Gast das Arbeitszimmer des hageren Mannes betrat, stand dieser am Fenster und schaute auf den nächtlichen Garten hinaus.

»Ihr seid unvorsichtig, Herr«, stellte der späte Gast fest und legte seinen breitkrempigen Hut auf einen der Sessel ab. »Ihr habt die Tür unverschlossen gelassen.«

»Seht es als eine Form der Höflichkeit«, antwortete der hagere Mann, bevor er sich seinem Gast zuwandte und ihn mit einer Geste aufforderte, in einem der Sessel Platz zu nehmen.

Wie üblich lehnte der Angesprochene mit einem leichten Kopfschütteln ab.

»Ihr habt Neuigkeiten für mich?«

»Ihr Vertrag wird nicht verlängert, und man hat sie für die nächsten Wochen vom Dienst freigestellt. Sie wurde letzte Woche verwundet, das hat als Vorwand wohl genügt.«

»Verwundet?«, fragte der hagere Mann erschrocken. »Wie schlimm ist es?«

Sein Gast tat die Frage mit einer nachlässigen Geste ab. »Ein Kratzer, nicht mehr.«

Der Hagere entspannte sich ein wenig. »Diesmal«, sagte er leise. »Diesmal ist es nur ein Kratzer.« Einen langen Moment herrschte Schweigen in dem abgedunkelten Arbeitszimmer. »Was noch?«

»Sie hat eine Passage mit dem nächsten Kurierschiff nach Aryn gebucht.«

Ein Seufzen war zu vernehmen. »Es war abzusehen, dass sie irgendwann dorthin zurückkehren wird.«

Der andere straffte seine breiten Schultern und nickte langsam. »Ihr denkt, dass sie den Mörder ihrer Mutter suchen wird?«

Ein knappes Nicken. »Folgt ihr dorthin. Haltet Euch bereit, wenn sie ihn findet.«

»Es ist über zwanzig Jahre her«, *gab sein Gast zu bedenken.* »Selbst mir ist das damals nicht gelungen.«

Der hagere Mann schaute zu ihm hinüber. »Ich hege allerhöchsten Respekt für Euch und Eure Fähigkeiten, mein Freund«, *sagte er bedächtig.* »Aber Ihr seid nicht sie. Sie wird ihn finden. Aber das ist nicht der Grund, warum ich Euch nach Aryn senden werde.«

Es war nicht leicht, seinen Gast zu überraschen, aber diesmal war es dem Hageren gelungen. Auch wenn der Breitschultrige nur einmal blinzelte.

»Warum dann?«

»Man plant dort eine Rebellion.«

»Eine Rebellion? In Aryn?«

»Ja. Meine Quellen berichten mir davon, dass man dort einen Aufstand plant.«

»Warum lasst Ihr sie dann dorthin gehen?«

Sein Gastgeber schnaubte ungläubig. »Meint Ihr wahrhaftig, ich könnte sie davon abhalten?«

Der breitschultrige Mann nickte langsam. So, wie er die Majorin kannte, war das in der Tat unwahrscheinlich. »Dennoch...«

»Ich kann sie nicht daran hindern, ihrem Schicksal zu folgen. Es ruft sie nach Aryn, schon bevor sie geboren wurde«, *meinte der Gastgeber mit einem traurigen Lächeln.* »Einmal versuchte ich schon, dagegen anzugehen, Ihr wisst, wohin es führte.« *Er schluckte schwer.* »Seht zu, dass es sich diesmal so nicht wiederholt.«

Der breitschultrige Mann nickte und griff nach seinem Hut. »Ihr habt bezahlt dafür.«

Ankunft in Aryn

2 Der Hafen von Aryn, dachte Lorentha grimmig, während das Lotsenboot das angeschlagene kaiserliche Kurierschiff *Morgenbrise* langsam zu seinem vorbestimmten Anlegeplatz schleppte. So viele schlechte Erinnerungen banden sie an diesen Ort, und nur so wenig gute. Ein kühler Wind von See her ließ sie frösteln, und sie zog ihren Umhang enger um sich, obwohl es nicht die Kälte war, die sie frieren oder ihr den Magen krampfen ließ. Hätte sie den Ort nie wieder gesehen – selbst das wäre zu früh gewesen!

Wenngleich es schon nach Sonnenuntergang war, herrschte hier noch immer Betrieb, und durch den Wald der Masten konnte sie die Laternen der Schiefen Bank sehen, wo sich Hurenhäuser und Tavernen dicht an dicht reihten.

Tagsüber bot sich ein anderes Bild, das einer wichtigen Handelsstadt, mit unzähligen Kränen, die keinen Stillstand kannten, Ladung löschten oder prall gefüllte Netze in die Frachträume der Schiffe abließen, ein Bild von Reichtum und Wohlstand. Glänzende Kutschen rollten dann über die Hafenpromenade, die sich um das gesamte Hafenbecken zog, brachten reich gekleidete beleibte Herren her, die eifersüchtig darüber wachten, ob ihre Ladung auch gut und unversehrt angekommen war, um dann in den zahllosen Kontoren und Lagerhäusern im West- und Südteil des Hafens zu verschwinden, während Hunderte Hafenarbeiter schwitzten und sich den Rücken buckelig schufteten, um für einen kargen Lohn die Taschen der Reichen zu füllen.

Doch kaum war die Sonne untergegangen, wandelte sich das Bild. Wer dann noch im Hafen lag und die Ebbe verpasst hatte, der blieb auch über Nacht. Während die Kontore und Lagerhäuser ihre Tore schlossen und sich, meist gut bewacht, auf die Nacht einrichteten, erwachte die Schiefe Bank zum Leben. Mit dem Löschen der Ladung wurden die Kapitäne ausgezahlt, und die wiederum zahlten ihren Leuten die Heuer aus, Lohn für oftmals lange Wochen harter Arbeit und Entbehrungen auf See. Wehe dem Kapitän, der versuchen würde, seine Mannschaft vom ersehnten Landgang abzuhalten, denn auf der Schiefen Bank fand sich alles, was man auf See vermisst hatte. Ob Wein, Bier, Rum oder Schnaps, solange noch ein Kupfer von der Heuer übrig war, vermochte man hier seinen Durst zu löschen, und wem das nicht reichte, der fand andere Vergnügungen, meist in den roten Häusern oder auch davor und überall im Viertel, wo Huren versprachen, den Seeleuten den Weg zum Paradies zu zeigen. Im Lauf der Nacht torkelten oder krochen sie dann wieder zurück auf ihre Schiffe, mit leeren Taschen, pochenden Schädeln und meist um eine Erfahrung oder ein paar Beulen reicher. Ihr Schiff lief aus ... und ein anderes nahm seine Stelle ein. Fast jede Nacht blieb dabei irgendjemand auf der Strecke, wurde vom Hafen aufgefressen und später wieder ausgespuckt oder aus dem dunklen Wasser gezogen ...

Lorentha kannte dieses Spiel und diesen Hafen, war so oft von ihm fast aufgefressen worden, dass es ein Wunder war, dass sie noch lebte.

Entschlossen wandte sie den bunten Laternen den Rücken zu und sah zu der Anlegestelle hin, die nun, da das Lotsenboot das angeschlagene Schiff um einen großen Kahn herumgezogen hatte, auch für sie frei einsehbar war. Hier, im Südteil des Hafens, war es ruhiger, die meisten der Anlegestellen lagen hinter gut bewachten Toren, den reichsten Händlern vorbehalten, oder, wie in diesem Falle, der Marine des Kaiserreichs. Vier Liegeplätze gab es dort, drei davon besetzt, zwei davon von einem Linienschiff, das wie ein Riese unter Zwergen wirkte, mit vier Masten und vierundfünfzig Kanonen, eine Demonstration kaiserlicher Macht, die etwas an Wirkung verlor, kam man, wie sie jetzt, nahe genug heran und konnte nur zu gut sehen, wo die Farbe Risse hatte oder die Takelage zu verrotten begann. Vielleicht, dachte die Majorin, war es sogar dasselbe Schiff, das schon damals hier verrottet war, für den Fall war es allerdings ein Wunder, dass es noch immer schwamm.

Auf der anderen Seite löste gerade ein anderes Schiff die Leinen, ebenfalls ein Kurier, mit schmalen Flanken und einem scharfen Bug, ein Schwesternschiff der *Morgenbrise*, nur dass die *Morgentau* – Lorentha schüttelte verständnislos den Kopf, wer kam nur auf solche Namen? – noch beide Masten besaß. Dahinter lag das kaiserliche Trockendock, später würde man dort versuchen, ihrem Schiff einen neuen Mast zu geben, doch für jetzt blieb nur eine Liegestelle übrig.

Wie es aussah, erwartete man das Schiff schon sehnlichst. Ein schwerer Kastenwagen und ein Kontingent von zehn Marinesoldaten standen bereit, einmal alle drei Monate brachte eins dieser Schiffe den kaiserlichen Sold, und diesmal war es ihr Schiff gewesen.

Sie erinnerte sich noch gut daran, wie sie und Raban von dem Dach dort hinten aus mit brennenden Augen zugesehen hatten, wie die schweren Kisten verladen wurden und davon träumten, einen Weg zu finden, die fränkischen Soldaten um ihren Sold zu erleichtern. Vielleicht sollte sie mal nachfragen, ob es jemals jemandem gelungen war, dachte Lorentha mit grimmiger Erheiterung, sie hatte ihren Zweifel daran.

Die beiden anderen Wagen waren für die Post bestimmt, die säckeweise den Laderaum der *Morgenbrise* füllte, doch bei dem Anblick der schwarz lackierten Kutsche mit dem kaiserlichen Wappen an dem Schlag krampfte sich ihr Magen nur noch mehr zusammen. Mit der Kutsche wartete ein livrierter Diener, dessen goldene Livree keinen Zweifel daran ließ, dass er in den Diensten des Gouverneurs stand, und noch bevor die ersten Leinen an Land geworfen wurden, konnte sie bereits den gesiegelten Umschlag erkennen, den der Mann in Händen hielt.

So viel also zu der Ruhe, die sie sich hatte gönnen sollen.

»Nehmt Euch eine Auszeit, Lorentha«, hatte Oberst von Leinen zu ihr gesagt. »Gönnt Euch Ruhe, bis Ihr wieder ganz erholt seid.« Er hatte freundlich, ja, schon fast väterlich dazu gelächelt. »Jeder wird es verstehen, es wird auch Zeit, dass Hauptmann Janiks etwas von der Verantwortung erlernt, die es braucht, will man die Garda führen.« Unüberhörbar natürlich die Andeutung, dass sie darin versagt hatte. Also hatte man Janiks schon als ihren Nachfolger bestimmt.

»Wie lange?«, hatte sie gefragt.

»Ach, vier Wochen sollten reichen«, war von Leinens nachlässige Antwort gewesen. Er hatte auf die Unterlagen auf seinem Tisch herabgesehen, als ob er mit den Gedanken schon ganz woanders wäre. »Bis dahin wird sich der Stich gegeben haben, dann werden wir wohl weitersehen.«

Jetzt sah sie auf ihre Hände herab, die sich in das Holz der Reling krallten, und zwang sich dazu, ruhig zu bleiben. Von Leinen war ihr Vorgesetzter, er war für die südliche Garda verantwortlich, und die Garda in Augusta unterlag ebenfalls seiner Verantwortung. Dennoch hatte sie ihn in den fünf Jahren, in denen sie die Garda in der Hauptstadt kommandiert hatte, selten genug zu Gesicht bekommen. Auch wenn er freundlich getan hatte und die Worte anders klangen, wusste sie, dass dieses Gespräch für sie das Ende ihrer Zeit in der Garda eingeläutet hatte.

Er hätte auch gleich sagen können, dass die Kommission entscheiden würde, ihr Patent nicht zu verlängern. In zwei Monaten waren es zwölf Jahre, die sie der Garda diente. Nach zwölf Jahren musterte ein Offizier nicht ab, der Viertelsold, den man als Ruhegeld erhielt, reichte nicht ansatzweise für ein Leben, erst nach vierundzwanzig Jahren erhielt man den ersehnten halben Sold, von dem es sich dann leben ließ.

Doch um Sold war es weder ihr noch dem Herrn Oberst gegangen. Vielmehr darum, dass sie zwei Tage zuvor einen Mann in schweren Fesseln in eine Zelle hatte verbringen lassen, den sie selbst auf frischer Tat ertappte, als er einem anderen mit seinem Gehstock den Schädel eingeschlagen hatte.

Schon zwei Stunden später hatte ein steifer Advokat ihr die Papiere vorgelegt, die besagten, dass ihr Gefangener tatsächlich der war, der er angegeben hatte zu sein, und dass es für sie Konsequenzen haben würde, einen Grafen des Reichs, ja mehr noch, einen Berater am Hofe Kaiser Heinrichs, derart öffentlich gedemütigt zu haben. Bei der Erinnerung daran schnaubte Lorentha verächtlich, die verantwortungsvolle Aufgabe des Grafen bestand darin, darauf zu achten, dass es immer genügend Fasanen in den Gärten gab!

Von dem erschlagenen Müller, der dazwischenging, als der Graf sich an seinem Weib vergriff, war schon nicht mehr die Rede gewesen.

Die Garda schützte das Recht des Kaiserreichs. Ein gleiches Recht für alle. So hieß es. Doch die Wahrheit sah anders aus.

Schon am nächsten Tag hatte eine Kommission befunden, dass Graf von Bergen berechtigt gewesen war, sich bei einem Angriff auf Leib und Leben zu verteidigen, vor allem, da es ein Bürgerlicher gewesen war, der es gewagt hatte, die Hand gegen einen Adeligen zu erheben, womit der Fall dann abgeschlossen war. Bis darauf, dass der Graf darauf bestand, eine schriftliche Entschuldigung von Lorentha zu verlangen.

Er bekam sie noch am selben Tag. Schon als sie schrieb, wie sehr sie es bedauerte, mit dem Grafen so verfahren zu sein, wie es die Vorschrift der Garda für den Fall verlangte, dass man einen Mörder auf frischer Tat ertappte, wusste sie, dass sie damit auch gleich ihren Dienst hätte quittieren können.

Vielleicht war es ihr Weg gewesen, die Entscheidung zu erzwingen, die schon seit Jahren überfällig gewesen war.

Jetzt, als die Mannschaften die Leinen festzogen und die Planke ausbrachten, konnte sie nur bitter darüber lachen, mit welchem jugendlichen Idealismus sie damals zur Garda gegangen war, ein trotziges Kind, das alle Warnungen in den Wind geschlagen hatte, das sogar mit seinem Vater darüber brach, das zeigen wollte, dass man die Welt verändern konnte, so man es nur wollte.

Für eine gewisse Zeit schien es auch, als wäre es möglich. Sie hatte in der Tat ein Händchen dafür gehabt, Verbrechen aufzuklären. Wie hatte ein Subaltern damals gesagt? Als ob sie in die Köpfe der Verbrecher sehen könnte. Nur war ihm gar nicht klar gewesen, wie recht er damit hatte. Sie wusste, wie sie dachten, weil sie selbst eine Verbrecherin gewesen war.

Recht früh hatte sie die Aufmerksamkeit eines Mannes erregt, der sie lachend darin bestärkt hatte, das Unmögliche zu wagen. Erst nur ihr Vorgesetzter, später Freund und Lehrmeister und ganz zum Schluss auch Liebhaber, war Herzog Albrecht, der jüngere Bruder Kaiser Heinrichs, kein Mann, der das Wort »unmöglich« kannte.

Unter seinem Schutz war ihr Licht hell erstrahlt, war sie von Erfolg zu Erfolg geeilt, bis man ihr das Kommando über die Garda der Hauptstadt übertragen hatte. Doch dann, nach dem feigen Mord an ihm, hatte es sich sehr schnell gezeigt, welcher Neid, welche Missgunst sich vor seinem strahlenden Licht versteckt hatte, und wäre sie klug gewesen, dachte sie jetzt, hätte sie damals schon ihren Abschied genommen. Doch sie war besessen davon gewesen, den Mord an dem zweitmächtigsten Mann des Kaiserreichs aufzuklären, getrieben davon, den Mörder ihres Mentors zu stellen und ihn hängen zu sehen.

Doch mittlerweile hatte sie einsehen müssen, dass es zu viele gegeben hatte, die dem Herzog Übles wollten, die es nicht hatten dulden wollen, dass sein Glanz sie alle überstrahlte. Von einem Herzriss sprach man, dachte sie jetzt bitter, und man hatte es ihr mehr als deutlich gemacht, dass auch sie nicht anders davon sprechen sollte.

Herzog Albrecht war eine überlebensgroße Gestalt gewesen, ein robuster Mann mit einem schallenden Lachen, der nichts ernst zu nehmen schien und gar nicht bemerkte, wie sich gewöhnliche Sterbliche um das mühten, was ihm mit Leichtigkeit gelang. Hinter der Maske von Ehrerbietung und Unterwürfigkeit waren ihm Neid und Missgunst auf dem Fuß gefolgt, ohne dass er es je bemerkte, und zum Schluss hatte sein Stern so hell geleuchtet, dass sich Lorentha in dunklen Momenten wie diesen sogar fragte, ob er nicht selbst für Kaiser Heinrich zu hell gewesen war.

Doch jetzt, als sie sich straffte und das Kinn anhob, war der Majorin von diesen düsteren Gedanken wenig anzusehen. Sie rückte ihr Schwert zurecht und zog einen Riemen gerade, um, kaum dass die Planke ausgebracht war, an Land zu gehen. Das schmale Holz wippte unter ihrem Gewicht, oft genug hatten andere darauf ihr Gleichgewicht verloren und Bekanntschaft mit dem Wasser gemacht, sie jedoch schien keinen Gedanken daran zu verschwenden.

Der Diener, dem man aufgetragen hatte, auf sie zu warten, schluckte, als er sie näher kommen sah. »Er wird sie leicht erkennen können«, hatte ihm der Sekretär gesagt, als er ihm die Order für die Majorin in die Hand gedrückt hatte. »Sie ist eine große Frau und wird die lederne Rüstung der Garda tragen.«

Groß war untertrieben, dachte der Diener, als er nun staunend zu ihr aufsah, sie mochte fast sechs Fuß erreichen! Mit ihrem scharf gezeichneten Gesicht, den festen blonden Haaren, welche sie achtlos zu einem Pferdeschwanz zusammengebunden hatte, und den dunkelgrünen Augen einer Katze sah sie für ihn verwegen aus. Fast wäre er sogar vor ihr zurückgewichen, doch dann trat sie vor ihn, um ihm eine Hand in festem Handschuh entgegenzuhalten.

»Major Sarnesse«, stellte sie sich ihm mit einer dunklen Stimme vor. »Hat Er Nachricht für mich?«

»Ja«, sagte der Mann und schaute blinzelnd zu ihr hoch, als er ihr die Nachricht reichte. »Von Seiner Exzellenz dem Gouverneur. Er ...«

Sie hob die Hand, und eingeschüchtert hielt er inne. »Ich kann es mir denken«, meinte sie müde, während sie das Siegel brach und die kurze Nachricht überflog. Es war leicht zu erkennen, wie wenig ihr gefiel, was sie da las, ihre Wangenmuskeln mahlten, dann schaute sie zu ihm. Diesmal wich er doch vor ihr zurück, doch der Zorn in ihren Augen galt nicht ihm. »Es gibt nur eine Seekiste als Gepäck, kümmere Er sich um sie.«

Der Diener nickte hastig und eilte zum Lademeister hin, um ihn zu drängen, diese Kiste noch als Erste auszuladen. Verstohlen sah er zu ihr zurück, doch sie achtete nicht auf ihn, ihr Blick war gen Norden gerichtet, wo in der Ferne, im Mondlicht nur schattenhaft zu erkennen, die hohen Türme des Tempels zu sehen waren.

Wer auch immer es war, dem dieser Zorn galt, dachte der Diener eingeschüchtert, er würde nicht mit ihm tauschen wollen. Aber bevor ihr Blick doch noch einmal auf ihn fiel, erinnerte er sich, sollte er wohl besser darauf achten, dass ihre Kiste nicht einen Kratzer abbekam oder am Ende noch ins Wasser fiel.

Eine erzwungene Audienz

3 Es gab einen Audienzsaal im Palast des Gouverneurs, wenn sie sich recht erinnerte, stand sogar ein Thron darin, aber dorthin führte sie der Diener nicht, vielmehr ging es durch einen langen Gang, von dessen hohen Wänden ihre Schritte widerhallten. Der Mann ging durch eine hohe Tür, die zu einem großen Vorzimmer führte, das jetzt leer und verlassen lag, an zwei Schreibtischen vorbei zu einer anderen hohen Tür, an der er klopfte und die er dann für sie aufzog.

Dieser Raum war überraschend freundlich eingerichtet, mit hohen verglasten Türen, die zum Garten des Palasts führten und nun mit schweren Vorhängen verhangen waren, einem Kamin aus Marmor, einer hohen Decke mit einem Gemälde daran, das leicht bekleidete Schäferinnen bei einem Tanz auf einer Wiese zeigte. Links von ihr sah ein alter Mann mit einem steifen Kragen von seinen Akten auf und lächelte sie freundlich an.

Die Feder in seiner Hand und die Tintenflecken an seinen Ärmeln und, vor allem, die runde Brille auf seiner Nase erinnerten sie an einen Mann, jünger damals, der als Einziger freundlich zu ihr gewesen war, als man sie damals mit rauen Soldatenhänden, nass und verdreckt, durch diese selbe Tür gestoßen hatte. Fellmar hieß er, erinnerte sie sich, und schenkte ihm ein freundliches Lächeln, um dann zu dem Mann hinzusehen, der sie hierhergeordert hatte.

Seine Exzellenz, Graf Montagur Mergton, Gouverneur der kaiserlichen Stadt Aryn und damit, leider, auch jedem Offizier der Garda vorgesetzt, den es in die Stadt verschlagen würde. Also, in diesem Fall, ebenfalls ihr.

Vor ihm breitete sich ein Schreibtisch aus, groß genug, um darauf ein Manöver abzuhalten. Er war leer bis auf ein silbernes Tablett mit Gebäck und eine Kanne mit zwei Tassen. Und eine gut fingerdicke Akte, die das Siegel der kaiserlichen Garda trug. Lorentha fragte sich, wann er sie hatte anfordern lassen, eigentlich hätte sie gedacht, dass nicht genug Zeit dafür gewesen wäre.

Jetzt hörte sie sein Korsett knirschen, als er sich etwas vorbeugte, um sie mit einem freundlichen Lächeln zu begrüßen.

»Ah, Major, schön, Euch zu sehen«, meinte er, als hätte er sie nicht noch am späten Abend herbefohlen. »Ich hoffe, Ihr habt eine angenehme Überfahrt gehabt? Wir waren schon besorgt.«

»Nein«, antwortete sie kühl. »Wir gerieten in einen Sturm, der zu einem Mastbruch führte, und bis wir vorhin in den Hafen einliefen, hielt die Mannschaft die Lenzpumpen in Betrieb.«

Mittlerweile war Meister Fellmar an sie herangetreten, um von ihr Umhang, Handschuhe und Schwert entgegenzunehmen.

Ihre scharfe Antwort ließ den Grafen blinzeln. »Das ist bedauerlich«, erwiderte er knapp. »Ich weiß nicht, ob Ihr Euch an mich erinnern könnt, Lorentha. Wir haben uns schon einmal gesehen, ich habe damals Eurer Mutter meine Aufwartung gemacht, Eure Frau Mutter und ich waren gut miteinander befreundet.«

Richtig. Damals hatte er noch mehr Haare gehabt und war deutlich schlanker gewesen. Er hatte im Salon auf ihre Mutter gewartet, Lorentha freundlich angelächelt, als er sie sah, und dann mit ihr gesprochen, als wäre sie drei Jahre alt und nicht fast schon neun. Gut befreundet? Nur mit Mühe unterdrückte sie ein Schnauben. Ja, er war ihrer Mutter ein Jugendfreund gewesen, hatte ihr sogar den Hof gemacht. Früher.

Aber damals, vor über zwanzig Jahren, als er sie aufgesucht hatte, hatten sie sich bereits seit Jahren nicht mehr gesehen. An jenem Abend war er mit Blumen gekommen, um der alten Zeiten willen, und hatte ihre Mutter dazu gedrängt, ihm zu erlauben, sie zu einem Ball zu führen. Sie hatte ihn lachend gebeten, sie nicht zu sehr zu bedrängen, sie wäre eine verheiratete Frau, und er hatte es ihr dann auch versprochen. Ihre Mutter hatte es nicht ernst genommen, aber Lorentha erinnerte sich nur zu gut an den brennenden Blick, mit dem er ihre Mutter angesehen hatte, wenn er dachte, sie würde es nicht bemerken. Jetzt daran anknüpfen zu wollen, war ein Fehler des Herrn Grafen, denn angenehm war er ihr nicht in Erinnerung geblieben.

»Ja«, sagte sie distanziert. »Ich erinnere mich.«

Seine Augen zogen sich etwas zusammen, als er den Unterton in ihrer Stimme spürte, aber sie hielt ihr Gesicht neutral, sah nur geradeaus auf die Wand hinter ihm. Er hatte sie als Soldatin herbefohlen, wollte er es anders haben und sich in Erinnerungen ergehen, hätte er sie auch zum Tee laden können. Nur, dass sie dann nicht gekommen wäre. Jetzt gab es nur noch einen Grund mehr, die Vorschrift zu verfluchen, die von ihr gefordert hatte, sich schriftlich bei ihm anzumelden.

Auf eine Geste des Grafen hin schob Meister Fellmar ihr einen Stuhl zu, sie lächelte ihn dankbar an und setzte sich. Ihr Lächeln erstarb jedoch sogleich wieder, als sie den Grafen direkt ansah.

»Mit Verlaub, darf ich fragen, warum Ihr mich habt rufen lassen?« Eigentlich erstaunlich, dachte sie, als sie sah, wie sehr sein steifer Kragen auf sein Doppelkinn drückte, dass er in dem Korsett noch Luft bekam. So freundlich dieser Raum ihr am Anfang auch erschienen war, jetzt schien er sie erdrücken zu wollen.

»Wir brauchen nicht so förmlich zueinander zu sein, Lorentha«, meinte der Graf nun mit einem Lächeln, das ihr sogar echt erschien. Er wies auf ein silbernes Tablett, auf dem sich Gebäck befand. »Wollt Ihr vielleicht etwas Gebäck und Tee? Ich darf Euch doch Lorentha nennen? Schließlich kannte ich Euch schon als Kind.«

»Wenn es Euch beliebt«, antwortete sie. Es war deutlich zu erkennen, dass er sich um sie bemühte, etwas, das ihr selten genug widerfuhr, nur dass, ihrer Erfahrung nach, jemand nur dann freundlich zu ihr war, wenn er etwas wollte.

»Ihr seid so direkt wie Eure Mutter«, sagte er jetzt, während sein Lächeln ein wenig dünner wurde. »Also gut. Ich weiß, warum ihr nach Aryn gekommen seid.«

Was auch nicht schwer zu erraten war. Er schien auf ihre Antwort zu warten, doch sie sah ihn nur gleichgültig an.

Er seufzte. »Gut, wenn Ihr es deutlich haben wollt: Ich weiß, dass Ihr hergekommen seid, um den Mord an Eurer Mutter aufzudecken.« Sein Blick fiel nun auf die goldene Marke mit dem Löwenkopf daran, die sie auf ihrer linken Schulter trug. »Eure Zeit bei der Garda hat Euch in dieser Beziehung viel gelehrt, ich hörte so einiges von Euren Erfolgen.«

Was erwartete er von ihr zu hören? Wollte er, dass sie ihm von diesen Erfolgen, so sie denn welche waren, erzählte? Sollte sie ihn in dem Glauben lassen, dass es Rache war, die sie hierhergetrieben hatte? Oder sollte sie ihm erzählen, dass es in ihr eine Verzweiflung, eine Wunde in ihrem Herzen gab, dass es ihr nur um Antworten ging, nur um das Warum? Dass sie verstehen wollte, wer und was sie war? Götter, warum zitierte er sie mitten in der Nacht herbei, nur um dann alte Wunden aufzureißen?

Also sah sie ihn nur an, mit diesem kalten Blick, der ihr bislang am besten geholfen hatte, und der mühsam erlernten Geduld und dem Wissen, dass die, die etwas sagen wollten, es auch sagen würden. Das galt wohl ebenfalls für ihn.

»Lorentha«, meinte er, nachdem ihm das Schweigen zu lange geraten war. Er beugte sich etwas vor, um sie eindringlich anzusehen. »Ihr scheint da etwas misszuverstehen. Ihr seid hier unter Freunden. Ich selbst habe mich die ganzen Jahre darum bemüht, den Mord an Eurer Mutter aufzuklären, doch es ist mir nicht gelungen. Zwar fehlt mir die Erfahrung in solchen Dingen, die Ihr ja nun besitzt, aber ich werde Euch nach Kräften unterstützen. Ich will Euch auch nicht davon abhalten, und wäre dies alles, hätte ich Euch morgen oder übermorgen meine Aufwartung gemacht und gefragt, wie ich Euch helfen kann. Doch es hat sich etwas ergeben, das, wie ich fürchte, Eure Pläne zunichte macht.«

»Und was?«, fragte sie abweisend. Was dachte er denn, was ihre Pläne wären?

»Was wisst Ihr noch über die Stadt Aryn, Kaiser Pladis und Prinzessin Armeth von Manvare?«

»Nicht viel mehr, als alle wissen«, gab sie ungehalten zurück, während sie sich fragte, was das alles sollte. »Er kam als junger Prinz hierher, wurde am hiesigen Königshof vorgestellt, verliebte sich in Prinzessin Armeth, sie heirateten, und sie brachte die Stadt als Mitgift in die Ehe mit. Sie schenkte ihm einen Erben, doch Kind und Mutter starben im Kindbett, und es gab Gerüchte, dass es dabei nicht mit rechten Dingen zugegangen wäre. Dies führte zu einem Aufstand der manvarischen Adeligen in der Stadt, der jedoch blutig von kaiserlichen Marinesoldaten niedergeschlagen wurde. Seitdem halten wir die Stadt ... und Manvare das Umland. Das ist jetzt knapp zweihundert Jahre her.« Sie zuckte mit den Schultern. »Wenn ich ehrlich bin, muss ich sagen, dass ich mich kaum noch an die Stadt erinnere und mich die Geschichte wenig interessiert. Können wir die Geschichtslektion für den Moment vergessen und zum Punkt kommen?«

»Nur Geduld«, bat er sie, obwohl er wissen musste, dass Geduld nicht ihre Stärke war. »Die Geschichtslektion ist der Punkt. Denn genau darum geht es. Ihr habt recht, die Prinzessin brachte Aryn als Mitgift in die Ehe mit, doch sie erhielt ein Brautgeschenk von dem Prinzen, das ebenfalls von unschätzbarem Wert war, vor allem für die Manvaren: den Falken von Aryn. Eine lebensgroße, reich verzierte Statue eines Falken, der Göttin Isaeth geweiht. Der Falke spielt eine besondere Rolle hier in Aryn. Denn es gibt eine Legende ...« Mergton atmete tief durch. »Die Stadt hatte ihren Anfang als Tempeldorf, bis heute ist der Tempel von Isaeth ein Wallfahrtsort für die Gläubigen. Damals war Manvare noch zersplittert, und Kriegsherren kontrollierten das Land, und einer von ihnen plante, die Hohepriesterin der Isaeth als Unterpfand zu nehmen, um sie zu zwingen, seine Herrschaft zu bestätigen. Der Legende nach schickte die Göttin ihrer Priesterin einen Falken, um sie zu warnen. Als der Kriegsfürst eintraf, fand er sich einem Tempel gegenüber, dessen Tore fest verschlossen waren – und der damaligen Hohepriesterin mit dem Falken auf ihrer Schulter, die ihn darüber in Kenntnis setzte, dass die Truppen seines Erzrivalen bereits auf dem Weg waren, um ihn zu schlagen. Wutentbrannt stürzte sich der Kriegsherr auf die Priesterin, doch der Falke warf sich dem Mann entgegen, fing den für die Priesterin gedachten Schwertstreich mit seinem Körper ab und schlug, sterbend, dem Kriegsherrn seine Krallen so tief ins Auge, dass dieser geblendet wurde und zu Tode kam.«

Lorentha erinnerte sich daran, wie ihre Mutter davon gesprochen hatte, von der Verzweiflung, die diese Priesterin empfunden hatte, von dem Mut, den sie gebraucht hatte, um dem Kriegsherrn entgegenzutreten, was es brauchte, um so zu *glauben*! Es war eine der Geschichten, die sie als Kind immer zutiefst bewegt hatten, doch so, wie der Graf davon sprach, waren es nur staubige Seiten zwischen alten Aktendeckeln.

»Ich kenne die Geschichte«, stellte Lorentha unbewegt fest. »Was hat dies alles mit mir zu tun?«

»In vier Wochen jährt sich der Tag der Hochzeit zwischen Prinz Pladis und Prinzessin Armeth und damit auch die Übergabe der Stadt an das Kaiserreich zum zweihundertsten Mal. Ein Tag, der die Geschicke eines jeden, der hier lebt, entscheidend prägte. Ihr könnt Euch denken, dass dieser Tag für jeden in der Stadt wichtig ist, und man wird ihn, wie jedes Jahr, mit einem Umzug und einem Fest feiern. In diesem Umzug wird der Falke von Aryn in einer feierlichen Prozession durch die Straßen der Stadt getragen, unten am Marktplatz und auch vor dem Palast wird man schöne Reden halten und die Menschen daran erinnern, dass dies der Tag war, an dem die Blütezeit der Stadt eingeläutet wurde.«

»Blütezeit?«, fragte sie und hob wieder eine Augenbraue. »Ich dachte, man hätte sich gegen den Kaiser erhoben?«

»Das war damals«, winkte Mergton gelassen ab. »Indem der Kaiser der Stadt die Zölle erlassen hat, ist Aryn mittlerweile eine der reichsten Städte des Kaiserreichs ... und die Manvaren verdienen daran kräftig mit. Für den Prinzen und seine Prinzessin ist es eine tragische Geschichte gewesen, nicht umsonst erhielt der Kaiser später den Beinamen »der Schwermütige«, doch für das Kaiserreich und Manvare hat es sich als ein Glücksfall herausgestellt, auch wenn es noch einige Dickschädel gibt, die davon träumen, dass Aryn wieder an Manvare fällt.« Er schnaubte abfällig. »Wenn wir heute Aryn an König Hamil übergäben, würde der nur höflich Danke sagen und uns die Stadt gleich wieder in die Hand drücken, denn ohne die Zollfreiheit würde Aryn in der Bedeutungslosigkeit versinken.«

»Dann ist doch alles bestens«, stellte Lorentha ungerührt fest.

»Nicht ganz«, meinte Mergton kalt. »Falken sind für die Manvaren heilig, sie sind für sie die Boten der Göttin. Der goldene Falke, den Prinz Pladis damals für Prinzessin Armeth anfertigen ließ, gilt allgemein als der Grund dafür, weshalb die Hohepriesterin der Göttin seinerzeit der Vermählung des Prinzenpaars zustimmte. Wenn er in der Prozession durch die Straßen der Stadt getragen wird, erinnert er jeden hier daran, dass damals nicht nur die Hochzeit, sondern auch die Übergabe der Stadt mit Isaeths Segen stattfand.« Mergton lehnte sich zurück und zog ein Tuch heraus, mit dem er seine Stirn abtupfte. »Der andere Teil der Botschaft ist der, dass sich jeder, der die kaiserliche Herrschaft über Aryn anzweifeln will, damit zugleich auch gegen den Willen der Göttin stellen würde.«

Sie pfiff leise durch die Zähne. »Pladis war gerissener, als ich dachte«, meinte sie dann anerkennend. »Wo ist der Haken?«

»Kein Haken«, sagte er. »Niemand, der noch klar bei Verstand ist, würde am gegenwärtigen Zustand etwas ändern wollen. Es verdienen zu viele zu gut daran. Es gibt nur ein kleines Problem.«

»Und welches?«, fragte sie. Vielleicht kam er jetzt endlich zum Punkt, ihre Geduld war schon lange ausgeschöpft.

»Der Falke wurde aus dem Tempel der Isaeth gestohlen.«

»Ah«, sagte sie. »Wir kommen der Sache näher. Ich nehme an, ich soll den Falken für Euch wiederfinden?«

»Nicht ganz«, antwortete der Graf mit einem schwachen Lächeln. »Ihr sollt verhindern, dass dem manvarischen Adeligen Lord Raphanael Manvare, der von König Hamil entsendet wurde, um das Verbrechen aufzuklären, etwas zustößt. Denn das käme uns im Moment entschieden ungelegen.« Er bedachte sie mit einem langen Blick. »Allerdings wäre es mir lieber, wenn Ihr weniger auffällig wäret. Hier in Manvare tragen Frauen keine ...«

»Keine Hosen?«, fragte Lorentha scharf.

»Ich wollte Schwerter sagen«, verbesserte der Graf sie milde. »Aber wenn wir schon von Röcken und von Kleidern sprechen, ich hoffe, Ihr habt welche eingepackt?«

»Nein«, sagte sie und hob eine Augenbraue. »Ich habe nur meine Uniform und meine Rüstung dabei. Warum sollte ich Kleider einpacken?«

»Weil Ihr sie noch brauchen werdet«, meinte der Graf sichtlich erstaunt. »Könnt Ihr Euch das nicht denken? Bei der Bedeutung, die der Falke für die Menschen hier hat, müssen wir uns diskret verhalten. Die einfachste Art, Euch und Lord

Raphanael bekannt zu machen, ist auf einem Ball, den Lord Simer morgen Abend geben wird.«

»Ich gehe nicht auf Bälle«, teilte sie ihm ruhig mit. »Richtet es anders ein.«

»Auf diesen, Major, werdet Ihr gehen«, sagte Mergton, und obwohl sein Lächeln sich kaum verändert hatte, sagte ihr sein Blick, wie ernst es ihm war. »Ich fürchte, ich muss darauf bestehen.«

Ein Ball, dachte sie betroffen. Vor zwölf Jahren hatte sie sich von dieser Gesellschaft abgewendet, alles aufgegeben, was ihr Name und Titel ihr an Privilegien gab, und nun zwang er sie in diese Welt zurück?

»Dann werde ich Uniform tragen«, teilte sie ihm steif mit.

»Ein Rock gehört dazu.«

Der Graf schien gar nicht mehr bei der Sache, für ihn war das alles wohl schon abgeschlossen. »Richtig«, bestätigte er und stand auf, wobei sein Korsett laut knirschte. »Nur, dass wir vermeiden wollen, alle mit der Nase darauf zu stoßen, dass Ihr bei der Garda seid. Tragt ein Kleid. Wenn es sein muss, ist das ein Befehl.« Er sah kurz zu ihr auf. »Das wäre alles, Major«, sagte er kühl, offenbar hatte er es aufgegeben, sie mit Freundlichkeit für sich zu gewinnen. »Ich habe mir die Freiheit erlaubt, Euer Gepäck bereits zu Gräfin Alessa vorzuschicken. Sie ist unterrichtet und versprach mir, Euch nach Kräften zu unterstützen. Sie wird Euch sicherlich auch in der Kleiderfrage helfen können. Die Kutsche steht bereit, um Euch zu ihr zu bringen.«

»Danke, nein«, erwiderte die Majorin, als sie ihr Schwert von Meister Fellmar entgegennahm. »Ich denke, ich finde den Weg.«

Nachdem er sie hinausgeleitet hatte, kehrte Meister Fellmar rasch zu dem Grafen zurück und schloss sorgfältig die Tür.

»Ihr solltet Euch schämen«, sagte er, während er zum Fenster ging. »Sie so unter Druck zu setzen. Wolltet Ihr sie nicht mit Freundlichkeit gewinnen?«

Der Graf schnaubte. »Sie sieht aus wie ihre Mutter, aber sie ist kalt wie Eis. Ihr habt doch gesehen, was Freundlichkeit mir brachte.«

»Ihr habt sie mitten in der Nacht hierherzitiert, was habt Ihr erwartet?«, meinte Fellmar und schüttelte unverständig den Kopf. »Wenn Ihr auf ihre Hilfe hofft, hättet Ihr es anders angehen können.« Er musterte den Grafen prüfend. »War es denn nötig, sie in der Nacht noch kommen zu lassen?«

Er war seit zwanzig Jahren der Sekretär des Grafen und in vielen Dingen sein Freund und Vertrauter. Da ihn der Graf in diese Angelegenheit mit eingebunden hatte, fand er, dass er es sich erlauben konnte, sich dazu zu äußern. Zudem war er anderer Ansicht. Ihr Lächeln zur Begrüßung sprach mehr davon, dass sie sich auch nach langen Jahren an Freundlichkeit erinnerte.

Der Graf tat eine verächtliche Geste in Richtung des Hafens. »Wäre ihrem verdammten Schiff nicht der verfluchte Mast gebrochen, hätten wir mehr Zeit gehabt. Dann hätte ich sie zum Tee laden und nett plaudern können ... aber die Zeit haben wir nun nicht mehr!«

»Dennoch ...«, begann der alte Sekretär, doch der Graf schüttelte den Kopf.

»Du weißt selbst, dass ich es anders habe angehen wollen! Nur, dass dieser verfluchte Falke uns dazwischenkam. Was beschwerst du dich? Ich rücke doch nur gerade, was einst aus dem Lot geraten ist.«

»Genau das ist es«, meinte Fellmar. Er trat an dem Grafen vorbei ans Fenster und schob mit einem Finger den Vorhang zur Seite. Von hier aus hatte man einen guten Blick über den Kaiserplatz, und obwohl es schon dunkel war, fiel es ihm nicht schwer, die hochgewachsene Gardistin auszumachen, die mit schnellen Schritten den Platz überquerte. »Wie fühlt es sich denn an, Schicksal zu spielen?«

Der Graf schnaubte. »Bis jetzt? Gut, würde ich sagen. Fellmar, vergiss nicht, wir gleichen hier ein altes Unrecht aus.«

»Habt Ihr sie gefragt, ob sie das will? Sie sah nicht so aus, als ob sie Eure Hilfe zu schätzen weiß.«

»Ja«, knurrte der Graf. »Das hat sie deutlich genug gemacht. Dennoch wird sie meine Hilfe brauchen. Die letzten Berichte aus der Hauptstadt zeigen, dass sie nicht weiß, wie sie mit solchen Dingen umzugehen hat. Sie ist wie ihr Vater darin, der hat sich auch nie um die Feinheiten geschert, man sieht ja jetzt, wohin es sie gebracht hat!«

»Dennoch wollt Ihr sie auf diesen Ball zwingen. Ist das denn klug?«

»Sie ist nicht nur eine Soldatin, Fellmar«, erinnerte ihn der Graf. »Sie ist eine Baroness. Ihre Mutter beherrschte jeden Ball, auf dem sie jemals war, es liegt ihr im Blut, auch wenn sie es nicht wahrhaben will. Gräfin Alessa wird sich um alles kümmern, was noch zu tun bleibt. In der Hauptstadt ist man schmählich mit ihr umgegangen, doch wenn sie auf diesem Ball erscheint, wird jeder wissen, dass sie über unsere Unterstützung verfügt!«

»Ihr habt aber nicht vergessen, dass diese Stadt eine lange Erinnerung besitzt und es solche gibt, die dafür töten würden, damit all das, was damals geschah, verborgen bleibt?«

»Ich schulde es ihrer Mutter«, wiederholte Mergton und stand ebenfalls auf, um sich zu Fellmar an das Fenster zu gesellen, doch es war zu spät, sie war nicht mehr zu sehen.

»Nicht, wenn es ihre Tochter umbringt«, gab der alte Sekretär zu bedenken.

»Das wird schon nicht geschehen«, sagte der Graf nachlässig. »Du hast dich um alles gekümmert?«

Fellmar zuckte mit den Schultern. »Die Gräfin weiß Bescheid. Götter«, seufzte er. »Ihr und die Gräfin seid wie zwei alte Kriegspferde, die den Ruf zur Schlacht vernehmen, sie zitterte schon an den Flanken, bevor ich ihr alles habe erklären können.«

»Lasse sie nur nicht hören, dass du so von ihr denkst«, lachte der Graf.

»Ich bin nicht lebensmüde«, antwortete der Sekretär steif. »Seid Ihr denn sicher, dass Ihr nicht doch die Toten schlafen lassen wollt? Es ist nicht zu spät, um noch alles abzubrechen.«

Der Graf wandte sich vom Fenster ab und musterte den Mann, der ihm schon so lange Vertrauter und Freund zugleich war. »Wir sind jetzt beide in die Jahre gekommen, Tomas. Hast du dich noch nie gefragt, ob es Dinge in deinem Leben gibt, die du heute anders angegangen wärst? Würdest du nicht auch die Gelegenheit ergreifen, altes Unrecht wieder auszugleichen?«

»Ja, Herr Graf«, sagte der Sekretär leise. »Das würde ich. Aber ist es klug?«

Der Graf seufzte. »Das wird sich zeigen.« Er ließ den Vorhang fallen und trat an seinen Schreibtisch, um die Akte darauf nachdenklich anzusehen und dann mit seinem Finger gerade zu rücken. »Das wird sich zeigen.«

Die Schiefe Bank

4 Zu behaupten, dass Lorentha, Baroness Sarnesse, Major der kaiserlichen Garda, den Gouverneurspalast mit gemischten Gefühlen verließ, wäre eine Untertreibung gewesen. Tatsächlich gab sie sich Mühe, sich nichts anmerken zu lassen, als sie mit langen Schritten den Kaiserplatz überquerte.

Zum einen war da Graf Mergton. Ein freundlicher, kleiner Mann, rundlich, mit blitzenden Augen und einem Lächeln, das überraschend viel Wärme zeigte. Jemand, dem sie vertrauen konnte. Der es gut mit ihr meinte. Jedenfalls war das der Eindruck, den er auf sie hatte machen wollen.

Sie schnaubte verärgert. Der Mann war seit über dreißig Jahren Gouverneur einer Stadt, die seit zwei Jahrhunderten nicht zur Ruhe gekommen war. Ein Mann, der es sich zu seiner Lebensaufgabe gemacht hatte, die kaiserlichen Interessen hier zu vertreten. Jemand, der sich – alleine schon, um so lange auf einem solchen Posten zu überleben – sehr gut mit den Spielregeln von Intrigen und Macht auskennen musste. War es nicht zudem so, dass ein Gouverneur immer auch dem kaiserlichen Geheimdienst vorstand? Dennoch sagte Lorentha ihr Bauchgefühl, dass er es gut mit ihr meinte. Allerdings sagte ihr dasselbe Bauchgefühl, dass er Dinge vor ihr verbarg.

Wäre schön, dachte sie unzufrieden, wenn ihre Gefühle sich mit sich selbst einigen könnten, sie hasste es, wenn sie nicht wusste, wie sie einen Menschen einzuschätzen hatte.

Zum anderen Fellmar. Sie lächelte, als sie sich erinnerte, wie erfreut er gewesen war, sie zu sehen. Wenn sie in dem Palast einen Freund besaß, dann war es dieser alte Sekretär. Vielleicht war es ja wirklich so, dass der Graf ihr ebenfalls freundlich gesonnen war, aber er verfolgte auf jeden Fall auch eigene Ziele.

Sie sah sich um. Wenn sie sich richtig erinnerte, führte die Kerbergasse von hier aus hinüber zum Altmarkt, und von dort aus war es nicht weit hinunter zum Hafentor. Jeder andere Weg wäre ein Umweg, doch die Gasse war nur spärlich erleuchtet und zudem noch lang und verwinkelt. Zwar war dies eine der sichersten Gegenden der Stadt, zumal viele von denen, die in der Stadt Rang und Namen besaßen, sich hier niedergelassen hatten, und die Mächtigen mochten keinen Ärger. Doch im Moment war weit und breit keine Streife der gefürchteten Nachtwache zu sehen.

Dennoch ... der Weg durch die Kerbergasse war der kürzeste zum Hafen. Das passt zu dir, Lorentha, dachte sie erheitert, als sie ihre Schritte in Richtung der Gasse lenkte. Du machst dir um diese Gasse Sorgen ... und vergisst dabei ganz, wohin du gehen willst! Gut, viele Dinge mochten sich in den letzten vierzehn Jahren verändert haben, aber es war kaum davon auszugehen, dass der *Schiefe Anker* sich zu einem Ort entwickelt hatte, an dem die Damen ungestört ihren Tee zu sich nehmen konnten!

Eine leichte Brise wehte ihr die fast vergessen geglaubten und doch so bekannten Gerüche des Hafens entgegen, vermischt mit dem Geruch der Stadt selbst. Jede Stadt, dachte sie, besaß einen einzigartigen Geruch, und sie hätte diesen mit verbundenen Augen wiedererkannt. Götter, dachte sie und schüttelte über sich selbst erheitert den Kopf. Die sieben Jahre, die sie hier verbracht hatte, gehörten zu den schlimmsten ihres Lebens, warum nur hatte sie das Gefühl, ihnen nachgetrauert zu haben? Schon als sie die *Morgenbrise* verlassen und den Fuß auf festes Land gesetzt hatte, hatte sie sich gefühlt, als wäre sie endlich nach langer Zeit und vielen Irrwegen nach Hause gekommen. Das ergab wenig Sinn, und doch war es so. Auch wenn sie der Gedanke frösteln ließ und ihr den Magen zusammenzog.

Sosehr sie in ihren Gedanken versunken gewesen war, die langen Jahre im Dienst der Garde hatten sie doch darin geübt, ihre Aufmerksamkeit auf das zu richten, was sich gern verborgen hielt. Man lebte einfach länger, wenn man darauf achtete, wohin man ging und ob einem leise Schritte folgten.

Sie blieb stehen und drehte sich um. Dort vorne in einem dieser dunklen Schatten schien ihr etwas in der Bewegung zu erstarren.

Sie lockerte ihr Schwert und ihren Dolch und tippte kurz mit dem Zeigefinger ihrer rechten Hand auf das goldene Schild mit dem Wolfskopf, das sie auf ihrer linken Schulter trug.

»Ich würde es sein lassen«, riet sie dem Unbekannten freundlich. »Ich gehöre der Garda an und bin heute nicht sonderlich gut gelaunt. Dies ist eine neue Rüstung, und ich habe keine Lust auf blutige Flecken darauf. Verzieh dich, dann kannst du noch etwas länger leben.«

Wie zu erwarten war, erhielt sie keine Antwort, doch als sie weiterging, folgten ihr die Schritte nicht mehr.

Da soll noch mal einer behaupten, alle Straßenräuber wären dumm.

Das Tor zum Hafen war bereits geschlossen, und der Sergeant der Wache musterte erst sie und dann ihr Schild mit gesundem Misstrauen, als sie ihm ihre Papiere reichte.

»Ich wusste gar nicht, dass sie Frauen in die Garda lassen«, knurrte er. »Oder dass es euch noch in nüchtern gibt. Seid Ihr sicher, dass Ihr zum Hafen wollt? Dort ist es nachts nicht sicher.«

Sie weitete erschrocken ihre Augen. »Oh, danke, Sergeant, beinahe hätte ich vergessen, wie hilflos ich bin, obwohl ich doch ein Schwert trage!«

»Macht Euch nur lustig«, schnaubte der Sergeant, gab ihr ihre Papiere zurück und gab einem seiner Männer das Zeichen, den schweren Riegel von der kleinen Tür zu nehmen, die des Nachts den Durchgang durch das Tor erlaubte. »Ich tue nur meine Arbeit.« Er musterte sie erneut. »Bei uns tragen die Seras Röcke.«

»Das Problem ist, Sergeant«, gab Lorentha lachend zurück, als sie sich durch das kleine Portal duckte, »dass die Garda für ihre Rüstungen keine Röcke zulässt.«

»Es ist Euer Begräbnis«, knurrte der Sergeant. »Wenn sie Euch erschlagen, kommt nur nicht wieder und beschwert Euch, dass ich Euch nicht gewarnt hätte!«

»Keine Sorge«, rief sie fröhlich zurück. »Ich glaube kaum, dass dies geschehen wird!«

Obwohl, dachte sie, als sie ein paar Schritte vor dem Tor stehen blieb, auf den Hafen mit seinem dunklen Wald von Masten hinabsah und tief die Seeluft einatmete, die Tausende Gerüche und Erinnerungen brachte, wenn es eine Stadt gab, in der Magie und Aberglauben nicht voneinander zu trennen waren, dann war es Aryn. Dennoch, schmunzelte sie bei sich, wenn ich als Wiedergänger wiederkomme, werde ich wohl anderes tun, als mich bei ihm zu beschweren.

Irgendwie hat sich alles verändert, dachte sie, als sie weiter die Hafenstraße entlangging, nach Norden, wo die ganzen Lichter waren. Dort, die drei Häuser waren neu, ein Kontor, keine Kneipe mehr. Und doch war alles beim Alten geblieben.

Selbst zu dieser späten Stunde waren die mächtigen Kräne in Bewegung, holperten schwere Karren auf eisernen Reifen über die unebenen Steine des Kais und konnte man die Vorarbeiter der Lademannschaften fluchen hören.

Je weiter sie die Hafenstraße nach Norden ging, umso mehr veränderte sich das Bild, umso mehr sah sie Seeleute aus aller Herren Länder, denen ihre Heuer in der Tasche brannte und die sich eilen mussten, sie auszugeben, bevor ihr Schiff am Morgen wieder auslief.

Um ihre Heuer loszuwerden, sind sie hier richtig, dachte sie bitter, es wäre doch eine Schande, wenn das gute Gold wieder seinen Weg zur See finden würde, Schiffe konnten untergehen, da war es fast schon ein gutes Werk, den Seeleuten das Gold aus der Tasche zu ziehen, bevor sie es in ihr nasses Grab mitnahmen.

Doch das Herz des Hafens waren nicht die eng gedrängten Häuser an der Hafenfront, zumindest nicht bei Nacht, denn dann war die Schiefe Bank das schillernde und verdorbene Herz der Stadt. Hier reihten sich Tavernen und Hurenhäuser aneinander, schrien sich die Werber gegenseitig nieder, um die Vorzüge von heißen Frauen und kaltem Bier anzupreisen.

Manche lebten gut davon, an anderen Stellen war das Elend offensichtlich, die junge Hure dort drüben, die einem Seemann gerade schöne Augen machte, wäre wohl auch lieber an einem anderen Ort.

Was wäre wohl geschehen, fragte Lorentha sich, während sie langsam weiterging. Würde sie jetzt dort stehen? Wahrscheinlich nicht. Wahrscheinlich wäre sie schon lange tot. Sie und Raban hatten ein gefährliches Spiel gespielt, eines, das man nicht auf Dauer gewinnen konnte. Sie hatten es beide gewusst, nur hatten sie keine andere Möglichkeit gesehen. Rabans Vater hatte es mit Ehrlichkeit versucht, hatte ein Leben lang hier im Hafen geschuftet, dann löste sich ein Netz und eine schwere Kiste fiel auf ihn herab, zerschmetterte ihm das Bein, ein paar Tage später war er tot, gestorben am Wundfieber und, wie Raban sagte, an Verzweiflung.

An diesem Tag hatte Raban zum ersten Mal gestohlen. Eine Kerze, mit der er zum ersten Mal in den Tempel gegangen war, um sie für seinen Vater anzuzünden, um für ihn zu beten. Es war zudem der Tag gewesen, an dem er ihr das Leben gerettet hatte. Auch zum ersten, aber nicht zum letzten Mal.

Ein Ruf riss sie aus der Erinnerung, und sie sah auf. Ein Seemann torkelte auf sie zu. »Hey, Schöne«, rief er. »Was ... oh ...« Er blieb vor ihr stehen und sah sie an, nur langsam schien er zu verstehen, dass irgendetwas an ihr anders war. »Ah!«, meinte er mit einem breiten Grinsen und beugte sich vor, um mit dem Finger auf ihr goldenes Schild zu zeigen. »Du bist bei der Garda!«, stellte er fest.

»Ganz recht«, antwortete sie kalt und schob ihn mit der Hand zurück, als er näher kommen wollte. »Und du gehst jetzt besser weiter.«

»Lass das!«, beschwerte er sich. »Ich hab doch nix getan!«

»Komm, Süßer!«, rief die Hure und zwinkerte Lorentha dabei zu. »Komm besser her zu mir, ich zeig dir was Schönes, sie ist doch viel zu groß für dich!«

Der Angesprochene sah nun zu Lorentha hoch und schien jetzt erst zu bemerken, dass sie ihn um einen guten Kopf überragte. »Stimmt!«, stellte er mit schwerer Zunge fest und ging schwankend auf die Hure zu.

Lorentha sah ihm nach und schüttelte ungläubig den Kopf, nickte dankend der Hure zu, die dies mit einem breiten Grinsen quittierte, und ging dann weiter.

Reiß dich zusammen, dachte sie, während sie sich zwang, ihre Hand zu entspannen, die sich so fest um den Schwertgriff gelegt hatte, dass ihre Knöchel weiß hervortraten. Er hat doch gar nichts getan. Wenn ich in Augusta nachts auf Streife gehe, gerate ich doch auch nicht in Panik, wenn mich einer nur schief ansieht! Geh gerade, herrschte sie sich selbst an. Zeig, dass du Herr der Lage bist. Sie wissen nicht, wie es in dir aussieht, und sie haben alle Angst, wahrscheinlich sogar mehr als du. Du bist nicht hilflos, du bist es, die hier ein Schwert trägt.

Aber Augusta war nicht Aryn. Dort gab es nicht an jeder Straßenecke eine Erinnerung an eine Zeit, als alles um sie herum größer und bedrohlicher war, als jedes falsche Wort oder eine falsche Geste zu einem schlimmen Ende führen konnte. Doch in Aryn war sie zweimal schon gestorben, so hatte es sich wenigstens angefühlt, das letzte Mal war nicht weit von hier gewesen.

Damals hatte dort auch eine Hure gestanden, erinnerte Lorentha sich und sah auf das schwarze Wasser des Hafens hinaus, nur war die nicht so hilfsbereit gewesen. Vierzehn Jahre war das her. In dieser Nacht hatten Raban und sie es endlich geschafft, hatten einen reichen Kaufmann ausgenommen, der mit einer viel zu dicken Börse unterwegs gewesen war.

Taschendiebstahl war eine Kunst, dachte sie jetzt, als sie ihre Schritte langsam in Richtung Schiefe Bank lenkte, aber sie war darin gut gewesen, hatte, wie Raban immer sagte, die flinksten Finger im ganzen Hafen gehabt. Raban hatte den Händler abgelenkt, und sie nahm sich im Vorübergehen den Beutel, ohne dass er es bemerkte. Sie hatten sich dort in diese dunkle Gasse zurückgezogen, um zu sehen, wie sehr es sich gelohnt hatte, als plötzlich Robart vor ihnen stand, gerade als sie Raban den Beutel gab.

Robart. Selbst nach all der Zeit ließ die Erinnerung sie frösteln. Ein Riese von einem Mann, mit Händen so groß wie Schinken. Er und seine Leute hatten damals den Hafen in der Hand. Die Woche vorher hatte er Raban schon einmal gedroht, ihm versprochen, dass es übel mit ihm enden würde, sollte Raban sich nicht seiner Bande anschließen. Für Lorentha hatte er eine andere Verwendung, wie er damals sagte, und hatte sie schon an einen Hurenhüter verkauft.

Jetzt stand er da, groß, dunkel und drohend, und hatte Raban am Kragen gepackt, um mit der anderen Hand auszuholen. Der große Mann, so viel wusste man, gefiel sich darin, seine Opfer zu Tode zu prügeln, und Raban hatte bereits bei anderen Gelegenheiten seine brutalen Schläge einstecken müssen.

»Ich habe dir doch gesagt, wenn du hier stiehlst, gehört die Hälfte mir! Doch jetzt gehört mir alles, gib den Beutel her!«

So schwer, wie der Beutel war, musste er Gold enthalten, vielleicht sogar genug, um sich hier endlich aus dem Staub zu machen. Raban hatte sich das wohl auch gedacht, vielleicht zudem, dass es ihre letzte Hoffnung war, dem Hafen zu entkommen. Also hatte er eines seiner Messer gezogen und Robart in den Arm gerammt, vielleicht in der Hoffnung, der große Mann würde seinen Griff lockern, doch weit gefehlt, es half nur, Robart noch mehr zu erzürnen.

Achtlos hatte der das Messer aus seinem Arm gezogen, Raban fester ergriffen und gegen die nächste Wand gedrückt, um ihn dann zu erwürgen.

Selbst heute wusste sie nicht mehr, woher sie den Mut genommen hatte, Rabans Messer aufzunehmen und Robart wie eine Katze auf den Rücken zu springen. Der Angriff hatte den Bandenführer so sehr überrascht, dass er einen Lidschlag lang zu erstarren schien, lange genug für sie, um ihm Rabans Messer durch die Kehle zu ziehen. Zuerst schien es der große Mann gar nicht zu bemerken, fast hatte sie schon befürchtet, er würde Raban doch zu Tode würgen, aber dann ließ er doch endlich ab von Raban, taumelte zurück und griff nach seiner Kehle ... In genau diesem Augenblick kam einer von Robarts Schlägern um die Ecke.

Sie rannten, es fiel ihnen nichts Besseres ein, bekam er sie in die Finger, waren sie beide tot.

Jetzt, Jahre später, sah Lorentha es vor ihrem geistigen Auge, als wäre es eben erst geschehen, und unwillkürlich fröstelte sie, als sie sich daran erinnerte, wie sich das schwarze Wasser über ihr geschlossen hatte und sie hilflos in die Tiefe gesunken war. In ihren Albträumen verfolgte es sie noch immer.

Sie waren hier entlanggekommen, hatten sich hinter ein paar Kisten versteckt, doch als der Schläger um die Ecke kam, war es die Hure, die damals hier gestanden hatte, die sie verraten hatte, indem sie ihm zurief, wohin die beiden geflohen waren.

»Er ist nur einer«, hatte Raban gekeucht, als sie weiterrannten. »Wir müssen uns trennen!«

»Nein!«, hatte sie widersprochen. »Findet er einen von uns allein, ist der eine tot!«

»Ich werde ganz bestimmt nicht sterben!«, hatte Raban ihr noch zugerufen … und ihr dann einen Stoß gegeben, der sie in das Hafenbecken beförderte. Sie konnte schwimmen, das hatte Raban gewusst, doch dass in dem schwarzen Wasser ein alter Balken trieb, auf den sie aufschlug, hatte er nicht wissen können.

Damals war sie zum zweiten Mal gestorben.

Raban

5 Die Frage war nur, ob Raban noch am Leben war.

Nun, dachte Lorentha und sah sich um, das ließ sich wohl leicht klären. Dort drüben machte sich gerade ein Dieb an einen Händler heran. Als der Junge ihn breit angrinste und mit der hohlen Hand eine milde Gabe forderte, um seine Mutter und seine sieben Geschwister besser ernähren zu können, trat Lorentha rasch zur Seite und streckte einen langen Arm aus, um einen anderen Jungen, der sich gerade hatte verdrücken wollen, am Schlafittchen zu packen.

»Ich hab nix gemecht!«, beschwerte sich der Junge in einem breiten Dialekt, während er versuchte, sich aus ihren Händen zu winden. Jeder Dieb lernt die Tricks und Kniffe früh, tat man es richtig, konnte man kaum gehalten werden. Es sei denn, diejenige, die einen halten wollte, wäre eine Majorin der Garda, die diese Tricks bereits gelernt hatte, bevor die Götter noch daran gedacht hatten, diesen Burschen auf die Welt loszulassen.

»Weiß ich«, meinte Lorentha knapp zu ihm. »Beruhige dich, ich will dich nur etwas fragen.«

»Du bist Garda!«, beschwerte er sich vorwurfsvoll. »Dir sach ich gar nix.«

Sie lachte, während sie aus den Augenwinkeln Ausschau nach dem anderen Burschen hielt. Im Allgemeinen legten sich die Kinder nicht gerne mit ihren Opfern an, auf der anderen Seite gab es kaum etwas Schärferes als die kleine gekrümmte Klinge, mit der sie die Beutel schnitten, und sie wussten damit umzugehen. »Das hättest du dir vorher überlegen können, hast du meine Marke nicht gesehen?« Sie tippte auf den Wolfskopf an ihrer Brust.

»Nee«, beschwerte er sich. »Sonst hätt ich mich gleich aus dem Staub gemacht!«

Gutes Argument, dachte Lorentha und hätte beinahe laut gelacht.

»Ich will wissen, ob dir der Name Raban etwas sagt.«

Der Junge wurde bleich und verdoppelte seine Anstrengungen, sich aus ihrem Griff zu winden. »Nee!«, behauptete er keuchend, während er sich abstrampelte. »Noch nie nich gehört!«

»Danke«, sagte Lorentha höflich und ließ den Jungen los, der wie durch Zauberei einen Lidschlag später wie vom Erdboden verschluckt war.

Also lebte Raban wahrscheinlich noch, und zwar dort, wohin der Junge eben hastig geblickt hatte: Sie sah hinüber zu der mit gleich vier Laternen erleuchteten Fassade des *Schiefen Ankers*.

Beinahe hätte sie laut gedacht, darauf hätte sie auch selbst kommen können! Der *Schiefe Anker* hatte sich wenig genug geändert, irgendwann hatte jemand die Fassade neu gestrichen, jetzt war sie rot, wo sie früher blau gewesen war, aber die Farbe blätterte an verschiedenen Stellen wieder ab. Die Tür war wie immer weit geöffnet und gewährte einen Einblick in die Kneipe, die offenbar gut besucht war. Die Stimmung war wohl gut, jemand spielte Laute und sang zotige Lieder, und die Menge grölte eifrig mit.

Vor der Tür standen zwei verschlagen aussehende Kerle, Veteranen unzähliger Straßenkämpfe, die Lorentha misstrauisch beäugten, als sie einen betrunkenen Matrosen zur Seite schob, um dann vor ihnen stehen zu bleiben.

»Ich glaub, Ihr seid hier falsch«, meinte der eine höflich, während er gedankenverloren in seinem Haar nach einer Laus suchte.

Der andere nickte träge. »Wir wollen keinen Ärger, aber Garda haben wir hier nich so gern.«

»Ich will nur etwas trinken und einen alten Freund besuchen«, meinte Lorentha freundlich.

»Klar«, meinte der Erste, der die Laus nun gefunden hatte, sie zunächst inspizierte, um sie dann zwischen dreckigen Fingernägeln zu knacken. »Un' ich hab eine Schwester, die noch Jungfrau is.«

»Wollt Ihr mir den Zugang verwehren?«, fragte Lorentha und legte die Hand auf den Griff ihres Schwerts.

»Nich doch«, meinte der andere. »Ich sach ja, wir wollen kein' Ärger ... wir machen auch keinen, aber ...« Er wies mit seinem Daumen über seine Schulter auf den Eingang in seinem Rücken. »Da drin sin so einige, die vielleicht Ärger wollen, wenn sie Eure Marke sehen ... aber das is dann Euer Problem. Aber sacht nachher nich, wir hätten Euch nich gewarnt.«

»Ich weiß Eure Fürsorge zu schätzen«, meinte Lorentha. »Wie ich sagte, ich will nur einen alten Freund besuchen.«

»Un, wer is Euer alter Freund?«, fragte der eine, der sich nun hinter dem Ohr kratzte, offenbar war die Jagd noch nicht beendet.

»Er heißt Raban«, meinte sie mit einem Lächeln. Die beiden schienen zu erstarren, dann schüttelte der eine bedächtig den Kopf. »Nie gehört, den Namen.«

»Ja«, sagte Lorentha, als sie sich zwischen den beiden durchdrückte. »Das habe ich mir schon gedacht.«

Feuchtwarme Luft schlug ihr entgegen und trug all die Gerüche an sie heran, von feuchter Wolle, ungewaschenen Leibern, ranzigem Bier und so vielem anderen, das ihre Nase gar nicht riechen wollte.

Es war ein lang gestreckter Raum, mit von Alter geschwärzten Deckenbalken, die so niedrig waren, dass sie achtgeben musste. Ganz am Ende befand sich die Theke, kaum zu sehen, so sehr war sie belagert, rechts daneben die kleine Bühne, auf der sich ein junger Spielmann redlich bemühte, die Menge in

Stimmung zu versetzen, dazwischen lange Bänke, eine jede überfüllt, und dazwischen lange Tische, die sich unter der Last der unzähligen Flaschen, Becher und Krüge fast zu biegen schienen. Gut ein Dutzend Schankmädchen, die meisten recht offenherzig gekleidet, eilten lachend umher, wanden sich geschickt aus gierigen Händen, die nach ihnen griffen, oder ließen hier und da doch zu, dass sie auf fremde Schöße gezogen wurden, für einen Moment, bevor sie ihrem Verehrer das Ohr umdrehten, um dann lachend zu entfliehen.

So, wie das Bier hier floss, war es kein Wunder, dass es bei dem einen oder anderen schon seine Wirkung getan hatte, Trunkenheit machte blöde, vielleicht auch blind. Nur so war es zu erklären, dass ein langer Arm sie um die Hüfte griff und sie zu seinem Besitzer zog, der ihr lachend einen Becher an den Mund zu halten versuchte, während er geflissentlich die erschrockenen Gesichter und den angehaltenen Atem seiner nüchterneren Trinkkameraden ignorierte.

Nicht zu fassen, dachte Lorentha ungläubig, dass ich damit nicht gerechnet hatte. Üblicherweise kannte man die Rüstung, die sie trug, oder auch die Marke mit dem Wolf, selbst Trunkenbolde wussten es besser, als sich mit der Garda anzulegen, doch Aryn lag weit vom Rest des Kaiserreichs entfernt, und hier sah man den Wolf wohl nicht so oft, auf jeden Fall schien der Seemann nicht zu wissen, wen er sich da eben aus der Menge gefischt hatte.

»Komm«, rief er gutmütig. »Komm, Täubchen, trink einen Schluck, du siehst aus, als könntest du es gebrauchen, mach dem alten Hannes eine Freude!«

Zwar hielt er sie mit dem anderen Arm noch fest, doch es war klar zu erkennen, dass der alte Mann es nicht böse meinte, also ergab sie sich ihrem Schicksal und ergriff den Becher, um einen tiefen Schluck zu nehmen. Wenigstens, dachte sie, als sie sich den Schaum vom Mund wischte, hatte er das Gold gehabt, um sich gutes Bier zu leisten, nicht die dünne Eselspisse, die hier meistens ausgeschenkt wurde.

»Danke«, rief sie lachend und stellte den Becher wieder ab. »Das habe ich gebraucht, aber jetzt muss ich leider weiter!«

Er lockerte seinen Griff um ihre Hüfte und lächelte etwas wehmütig. »Du siehst aus wie meine Frau, möge die Göttin sie in Frieden ruhen lassen ... hier«, sagte er und hielt ihr ein Goldstück hin. »Kauf dir etwas Nettes und pass auf dich auf ... und danke, dass du einem alten Mann eine Freude bereitet hast.«

Sie drückte lächelnd seine Hand zur Seite. »Behaltet das Gold«, flüsterte sie ihm zu und gab ihm einen schnellen Kuss auf seine stoppelige Wange. »Und seht zu, dass Ihr sicher Euer Schiff erreicht.«

»Das wird er«, sagte einer der anderen Seemänner überraschend ernst, während sie sich aus dem lockeren Griff des alten Seemanns befreite. »Er ist ein guter Mann und der beste Kapitän, den ich je hatte, er ist nur traurig, weil er seine Frau verloren hat.« Er wies mit seinem Blick auf den goldenen Wolf an ihrer Schulter. »Lieb von Euch, dass Ihr es ihm nicht verübelt habt.«

Was nur wieder zeigte, dachte sie, dass es auch an solchen Orten noch die Rechtschaffenen zu finden gab. Sie zwinkerte dem alten Mann noch einmal zu und ging dann weiter, diesmal auf der Hut vor solcherart Attacken.

Vor der kleinen Bühne gab es einen Tisch, der überraschend wenig gefüllt war, nur drei Männer saßen dort und steckten ihre Köpfe zusammen, einer davon ein Mohr, dessen krauses Haar genauso schwarz war wie seine lederne Rüstung oder das Kreuzband mit den vierzehn flachen Wurfmessern, die er daran trug.

Die beiden anderen redeten auf ihn ein, während er mit seinem Becher spielte. Auf der dunklen Haut seiner Hand zeichneten sich indessen die Spuren von Hunderten feiner Schnitte deutlich ab.

Eine der älteren Schankmägde stellte sich ihr in den Weg, sah sie mit weiten Augen an und schüttelte warnend den

Kopf. »Keine gute Idee, Kindchen«, sagte sie leise. »Und wenn Ihr zehnmal Garda seid, sucht Euch keinen Ärger.«

Sie hätte die Frau nicht wiedererkannt, sie sah älter aus als ihre Jahre, aber die dunkelblauen Augen und ihre Stimme ließen Lorentha an ein junges Mädchen denken, das sich immer scheu im Hintergrund gehalten hatte.

»Danke, Elspeth«, sagte Lorentha leise. »Aber ich glaube kaum, dass ich hier Ärger bekomme.«

»Göttin«, entfuhr es der Magd, als sie erbleichte und überrascht zurückwich, um hastig das Zeichen der Göttin über ihrem Busen auszuführen. »Loren? Du bist doch tot, bist du ein Geist?«

»In beiden Fällen: nein«, lächelte Lorentha und schob die Magd sanft zur Seite, um dann an den Tisch zu treten und hart mit dem Knöchel auf die Tischplatte zu klopfen. Alle drei Männer sahen verblüfft auf. »Ihr beide«, sagte sie zu den anderen. »Verzieht euch.«

»Willst du was aufs Maul?«, fragte der eine und hob drohend eine Faust. »Kannst du haben!«

»Vorsicht«, sagte der Mohr, dessen Augen sich bei ihrem Anblick geweitet hatten, bevor sein Lächeln immer breiter wurde und er nun strahlend weiße Zähne zeigte. »Sie zieht dir die Ohren lang.«

»Weil sie bei der Garda ist?«, fragte der andere verächtlich. »Sie hat hier nichts zu suchen, und es wird Zeit, dass sie es kapiert.«

»Nein«, sagte der Mohr gefährlich leise, ohne den Blick von ihr zu wenden. »Weil es dumm von dir wäre, dich mit jemandem anzulegen, der besser ist als ich.« Er tat eine nachlässige Handbewegung. »Ihr habt sie gehört. Verzieht euch.«

Widerwillig, mit leisen Flüchen und bösen Blicken machten sich die beiden anderen davon.

»Ich dachte, du lägest schon lange bei den Fischen«, sagte Raban und schüttelte dann mit einem ungläubigen Lächeln den Kopf. »Ich hätte wissen müssen, dass du nicht so leicht zu töten bist.«

»Du hättest dir mehr Mühe geben sollen«, meinte sie und setzte sich ihm gegenüber. »Du wusstest doch, dass ich schwimmen kann.«

»Ich wollte dich ja gar nicht töten«, sagte er gelassen und hob die Hand, um eine der Mägde heranzurufen, es war dann Elspeth, die ängstlich von Lorentha zu Raban schaute und auf ihrer Unterlippe kaute. »Es war nur, um dich in Sicherheit zu bringen.« Er schaute zu der Magd auf. »Bier«, sagte er und wandte sich dann mit einem fragenden Blick an die Majorin. »Und ... Wein? Ein Roter? Wie früher?«

»Ja«, nickte Lorentha. »Aber nicht mehr so verwässert, ich bin jetzt alt genug.«

Elspeth tat hastig einen kleinen Knicks und floh, während Rabans dunkle Augen auf dem goldenen Wolfskopf ruhten.

»Garda, huh?«

»Schon seit fast zwölf Jahren«, nickte sie mit einem feinen Lächeln. »Es füllt den Magen, und es ist im Prinzip das Gleiche, was ich vorher tat, nur eben auf der anderen Seite.« Sie beugte sich vor. »Sag mir, hat der alte Visal hier immer noch das Sagen?«

»Nö«, gab Raban Antwort. »Der hat sich vor ein paar Jahren verschluckt und biss dann ins Gras. Inzwischen ist Valkin Visal am Ruder. Er hat seinen Vater beerbt, ist jetzt *Lord* Visal und hält sich damit erst recht für wichtig. Behauptet immer noch, dass das Kaiserreich ihn um sein Erbe betrogen hätte. Warum?«

»Also immer noch die alte Leier«, meinte sie und zuckte mit den Schultern. »Ich wollte ihm nur ein paar Fragen stellen ...« Was jetzt nicht mehr möglich war, sie konnte den alten Visal also getrost von ihrer Liste streichen.

»Er wird sich nicht freuen, dich wiederzusehen«, meinte Raban.

»Warum?« Sie hatten mit dem jungen Lord wenig genug zu tun gehabt, waren ihm aus dem Weg gegangen. Jeder im Hafen wusste, dass Robart mit dem alten Visal unter einer Decke steckte, es war allein schon deshalb nicht besonders klug, sich mit Valkin Visal anzulegen.

»Erinnerst du dich nicht? Er versuchte, dich zu küssen, und du hast ihm fast die Eier dafür abgerissen«, grinste er und nickte dankend, als Elspeth vor ihnen die Becher auf den Tisch stellte. Mit einer Handbewegung scheuchte er sie davon. »Darum. Er nahm damals solche Dinge etwas übel.« Er kratzte sich gedankenverloren an der Wange. »Wenn ich es recht bedenke, hat er sich nicht sehr geändert.«

»Wie viel war in dem Beutel damals drin?«, fragte sie. »Nur so aus Interesse.«

Raban zeigte weiße Zähne. »Ein Vermögen. Ganze zwölf Gold.«

Sie bedachte ihn mit einem kalten Blick und streckte ihm dann die offene Hand entgegen.

»Das meinst du doch nicht ernst?«, fragte er ungläubig.

»Was glaubst du?«, fragte sie mit einem harten Lächeln. Er sah sie prüfend an und lachte.

»Göttin, du hast dich kein Stück verändert«, grinste er und griff an seinen Beutel. »Hier.« Er zählte ihr sechs Goldstücke in die Hand. »Dein Anteil. Sind wir jetzt quitt?«

Sie wog die schweren Münzen in ihrer Hand und nickte. »Sind wir.«

»Bist du deshalb gekommen?«, fragte Raban und steckte seinen Beutel weg. Er nahm seinen Becher, trank einen tiefen Schluck, während er über den Rand des Bechers hinweg ihren Blick hielt. Seitdem sie sich an seinen Tisch gesetzt hatte, war seine linke Hand nicht zu sehen gewesen, jetzt erst steckte er das Wurfmesser zurück in seinen Gurt und zeigte beide Hände. »Ich muss sagen, dass ich enttäuscht war, als du nicht wieder aufgetaucht bist. Ich hab ja nicht viel mehr getan, als dich ins Wasser zu schubsen, und wusste ja, dass du schwimmen kannst. Wie ein Fisch, wenn ich mich recht erinnere. Ich suchte noch nach dir, doch ich konnte dich nicht finden.« Er spielte mit seinem Becher. »Es hinterließ ein seltsames Gefühl. So etwas wie Reue oder Bedauern, aber wir wissen ja beide, dass die Göttin mich nicht geschaffen hat, solches allzu deutlich zu empfinden. Es hat auch nur ein paar Jahre gedauert, bis es verschwand.«

Jetzt war es an Lorentha, überrascht zu schauen. »Du meinst das ernst«, stellte sie ungläubig fest.

Raban nickte trübe. »Sag mir, wie oft findet ein Mann hier Freunde?«, fragte er leise. »Solche, die ihm nicht bei erster Gelegenheit einen Dolch im Rücken versenken? Jemanden, dem man vertrauen kann?«

»Tja«, sagte sie und sah sich übertrieben um. »Das dürfte nicht so leicht sein.«

»Eben«, nickte er. »Ich hatte nur einmal eine Freundin, und ich dachte, ich hätte sie zu den Fischen geschickt. Lag mir eine Weile schwer im Magen.« Er wies mit seinem Becher auf ihr goldenes Schild mit dem Wolfskopf darauf. »Irgendwie glaube ich nicht, dass wir an unsere alte Freundschaft noch anknüpfen können«, meinte er. »Aber ich bin froh, dass du noch lebst.«

»Weißt du noch, wie wir uns kennengelernt haben?«, fragte sie leise.

»Ja, natürlich«, lachte er. »Du hast mir in den Fuß gebissen!«

»Weil du mich getreten hast«, grinste sie. »Ich wusste nicht mehr, wer ich war«, erinnerte sie ihn leise. »Ein kleines Mädchen, neun Jahre alt, in dieser …« Sie tat eine Geste die den *Schiefen Anker* und den ganzen Hafen einschloss. »In dieser Umgebung hätte ich ohne deine Hilfe keinen Tag überlebt.«

»Ich hab's nicht bereut«, sagte er. »Aber ich habe glatt vergessen, dass du nicht mehr als deinen Namen wusstest. Ist es wichtig?«

»Ich wusste noch nicht einmal meinen Namen«, meinte Lorentha sanft. »Nur einen Teil davon. Nun trieb damals ein

Balken im Wasser, du hast recht, es hätte mich nicht umbringen sollen. Doch als ich ins Wasser fiel, schlug ich mit dem Kopf an diesem Balken auf. Zum einen …«

»… wärst du also doch fast ersoffen«, knurrte er zerknirscht.

»Ja«, sagte sie. »Aber zum anderen brachte der Schlag meine Erinnerung zurück, dafür hatte ich für den Moment die Jahre hier mit dir vergessen. Was gut war … in mancher Hinsicht.« Sie schüttelte ob der Erinnerung ungläubig den Kopf. »Stell dir das vor. Eben bist du ein Kind, das mit seiner Mutter in einer Kutsche sitzt, dann wachst du Wasser spuckend im Hafenbecken auf und bist sieben Jahre älter, ohne zu wissen, was in der Zwischenzeit geschah. Ich habe dich am Hafenrand stehen sehen und gehört, wie du gerufen hast. Wie bist du dem Kerl damals entkommen?«

»Gar nicht«, sagte Raban kalt. »Ich wusste, dass er mich kriegen würde, wenn ich nichts tat, also habe ich ihn abgestochen, als er um die Ecke kam. War mehr Glück als Verstand, und ich wusste kaum, was ich da tat. Dann bin ich zurück zum Hafen, um nach dir zu suchen. Wenn du mich rufen hörtest, warum bist du nicht herausgekommen?«

»Weil ich nicht wusste, wer du warst, der Balken hat mich wohl etwas zu hart am Kopf erwischt.«

»Oh«, sagte er.

Sie lächelte. »Die ersten Stunden waren etwas verwirrend, aber dann kam die Erinnerung wieder, von dir, aber auch von der Zeit davor, nur war es zu spät, um zurückzukommen. Ich sollte dir also dankbar sein, nur mache so etwas nie wieder!«

»Ehrenwort«, versprach er hastig. »Aber wenn du dich wieder erinnert hast, warum bist du nicht zurückgekommen?«

»Bin ich doch«, lächelte sie.

Er schnaubte. »Damals.«

»Ich wusste nicht, was ich tun sollte. Damals, als ich noch ein Kind war, hatte mir meine Mutter eingeprägt, dass, wenn irgendetwas wäre, ich zum Gouverneur gehen sollte. Das tat ich also und versetzte jeden dort in helle Aufregung. Sie haben mich seit mehr als sieben Jahren für tot gehalten. Bevor ich mich versah, fand ich mich auf einem Schiff unterwegs nach Augusta, wo mein Vater lebte.«

»Du hast also noch Eltern?«

»Zumindest einen Vater, der leider wenig mit mir anzufangen wusste.« Sie sah sich in dem Gastraum um, musterte die Gäste, die Schankmädchen, die alten Bohlen und die rauchenden Kerzen. »Kein Wunder. Ich war mir auch selbst fremd. Die Jahre hier haben mich geprägt, ich passte nicht mehr in die enge Welt, in die mein Vater mich drängen wollte. Zwei Jahre später ging ich zur Garda. Ich hatte vergessen, wie man Spinett spielt oder ein Menuett tanzt, aber ich konnte mit Klingen umgehen, und ich fühlte mich dort wohler.«

»Du sagst, deine Mutter hätte mit dir in der Kutsche gesessen. Was ist mit ihr? Du hast nur deinen Vater erwähnt.«

»Die Kutsche wurde überfallen, und sie wurde ermordet. Sie hätte vielleicht eine Gelegenheit gehabt, sich ihrer Angreifer zu erwehren, aber sie versuchte mehr mich zu schützen als sich selbst. Sie ließen uns beide für tot liegen ... den Rest der Geschichte kennst du ja.«

»Oh, verdammt«, fluchte er. »Bist du deshalb hier?«

Sie nickte. »Ich habe es lange vor mir hergeschoben. Diese Stadt übte schon immer eine seltsame Wirkung auf mich aus. Sie fasziniert und ängstigt mich zugleich. Wenn ich Albträume habe, dann finden sie immer in Aryn statt. Vor ein paar Monaten schickte mir Lord Mergton die Waffen meiner Mutter, sie haben die ganzen Jahre über in einer Kammer bei der hiesigen Garda gelegen, mit einem Brief dabei. Seitdem plagte mich der Gedanke, dass es noch etwas gibt, das ich unerledigt ließ ...« Sie zuckte mit den Schultern. »Ich habe ein paar Wochen frei bekommen und nahm ein Schiff hierher. Nur dass es dann anders kam ... kaum war ich an Land gegangen, erhielt ich eine Nachricht des Gouverneurs, der mich zu sich bestellte. Etwas war geschehen, und er rief mich in den Dienst. Sag mal, wieso lebst du denn noch? Wieso haben dich Robarts Leute gehen lassen?«

»Haben sie nicht«, sagte Raban mit einem breiten Grinsen. »Sie dachten, ich hätte Robart sein zweites Grinsen in den Hals geschnitten, sie fanden ja mein Messer neben ihm. Sie hatten fast noch mehr Angst vor ihm als wir. In ihren Augen habe ich Robart und seinen Kumpel abgestochen und ihnen dabei noch einen Gefallen getan, zum Teil arbeiten sie jetzt sogar für mich.«

»Du warst damals gerade sechzehn«, sagte sie erstaunt. »Wie ... ?«

»Ich habe Robart abgestochen, das hat sie wohl beeindruckt. Da ich nichts weiter von ihnen wollte, wollten sie auch nichts von mir. So ist es im Prinzip geblieben. Ich habe mich sogar mit Valkins Vater darauf einigen können, dass wir uns gegenseitig in Ruhe lassen, solange er nur seinen zehnten Teil erhält. Ich glaube sogar, er hatte Angst vor mir.« Er lachte leise. »Du solltest mal hören, was es für Gerüchte gibt, die über mich in Umlauf sind. Und du? Bist du jetzt auf Rache aus?«

»Nein«, sagte sie und zeigte Zähne. »Wenigstens nicht an dir. Doch wenn du mir meinen Anteil nicht gegeben hättest, hätten wir das diskutieren müssen.«

Er sah sie an, blinzelte und lachte dann schallend. »Götter«, sagte er schließlich und grinste breit. »Wie habe ich dich vermisst! Schade, dass du bei der Garda bist, ich könnte jemanden gebrauchen, dem ich vertrauen kann.« Er wies mit der Hand auf den Gastraum. »Der alte Koven starb vor vier Jahren. Ich hab mich damals mit dem Gold hier eingekauft, jetzt gehört der Laden mir.«

»Raban«, sagte sie sanft. »Tu uns beiden einen Gefallen, ja?«

»Welchen?«, fragte er vorsichtig.

»Mach es wie der alte Koven. Kümmere dich nur um den *Anker* ... und lass die Finger von allem anderen. Wenigstens solange ich in der Stadt bin.« Sie tippte mit dem Finger an die goldene Marke. »Der Wolf ist kein Scherz für mich. Ich bin Garda und habe einen Eid darauf geschworen. Wir kümmern uns nicht um jeden Mist, und mein Auftrag ist ein gänzlich anderer, aber wenn wir aneinandergeraten sollten, werde ich meine Pflicht tun. Und es bedauern.«

Er sah sie lange an und nickte langsam. »Wie lange wirst du hier sein?«

Sie zuckte mit den Schultern. »Ich weiß es nicht«, gestand sie. »Wahrscheinlich bis nach der Prozession. Dann sollte mein Auftrag beendet sein. Ob und wie lange ich danach noch bleibe, hängt von zu vielen Dingen ab, um dir jetzt eine Antwort geben zu können.«

»Gut«, sagte er. »Ich habe das eine oder andere laufen, das uns den Tag verderben könnte, wenn du davon erfährst. Ich brauche etwas Zeit, um mich daraus zu lösen, ein paar Tage, danach …« Er zuckte mit den Schultern. »Wenn du nicht alten Kram ausgräbst, sollten wir dann nicht mehr aneinandergeraten.« Er schaute sie ernsthaft an. »Ich würde das für niemand anders tun.«

»Ich weiß«, nickte sie. »Ich auch nicht.« Sie wies auf den zweiten Tisch weiter vorn im Gastraum. »Siehst du den alten Mann mit der schwarzen Mütze? Kannst du mir den Gefallen tun und dafür sorgen, dass er heil wieder an Bord seines Schiffs kommt?«

Raban beugte sich vor, um sehen zu können, wen sie meinte und lachte leise. »Immer noch dieselbe Loren«, sagte er schmunzelnd. »Ich könnte, ja, aber das ist nicht nötig. Das ist der alte Hannes Sturgess. Ihm gehören die *Prinzessin Marga* und ein paar andere Schiffe. Jeder Seemann, der etwas auf sich hält, würde sein linkes Ei dafür geben, für ihn fahren zu dürfen. Wenn jemand ihn angehen würde, hätte er die ganze Mannschaft auf seinen Fersen. Sturgess' Leute würden für ihn durchs Feuer gehen, und das weiß man in der Stadt. Keine Sorge, ihm wird nichts geschehen.«

Das war ungewöhnlich, dachte sie. Das Leben zur See war hart, und es war eher üblich, dass eine Mannschaft ihren Kapitän mit Furcht oder gar Hass betrachtete.

»Was macht ihn anders?«, fragte Lorentha neugierig.

Raban zuckte mit den Schultern. »Man sagt ihm nach, er wäre ein guter Mann und stets gerecht. Viel mehr braucht es ja auch nicht, das ist schon selten genug.« Er legte den Kopf schief und sah sie fragend an. »Sturgess wird wohlbehalten zur *Prinzessin* zurückkehren. War das wahrhaftig alles, was du von mir willst?«

Sie schüttelte den Kopf. »Nein. Ich war seit vierzehn Jahren nicht mehr hier, und ich brauche deine Hilfe.«

»Gerne«, sagte er und musterte sie unter trägen Augenlidern. »Was bekomme ich dafür?«

»Alles, was sich mit meinem Eid vereinbaren lässt«, sagte Lorentha ohne zu zögern.

»Alles?« Er zog erheitert eine Augenbraue hoch. »So kenne ich dich gar nicht.«

»Fast alles«, verbesserte sie mit einem Lächeln. »Vielleicht ist es sogar möglich, dir die Bürgerrechte zu besorgen.«

Er pfiff leise durch die Zähne. »Du hast einen solch großen Einfluss?«

Sie schüttelte lächelnd den Kopf. »Der Gouverneur schuldet mir etwas dafür, dass er mir den Urlaub nahm.«

»Was muss ich dafür tun?«

»Fangen wir damit an, was du über die Personen auf dieser Liste herausfinden kannst«, sagte sie und schob ihm einen Zettel zu. »Sag mir, was du über diesen hier weißt.« Sie tippte mit der Fingerspitze auf den Namen ganz oben auf dem Zettel. »Lord Raphanael Manvare.«

Raban wollte gerade den Zettel zu sich heranziehen, jetzt erstarrte er in der Bewegung. »Was hast du mit ihm zu tun?«, fragte er vorsichtig. »Er kann nicht mit dem Mord an deiner Mutter in Verbindung gebracht werden, er war damals kaum älter als du, und ich bezweifle, dass die Garda hinter ihm her ist.«

»Raban«, sagte sie sanft. »Du weißt, ich liebe dich wie meinen Bruder, aber das geht dich nichts an. Sag mir einfach, was du über ihn weißt.«

Er musterte sie noch einen Moment länger und nickte dann. »Nun gut. Er ist der Neffe von Königin Jenann von Manvare. Seine Schwester ist die Hohepriesterin der Isaeth hier im Tempel, und er hat ein Weingut unweit der Stadt, das für seine Weine weit über das Land hinaus bekannt ist. Die wirst du bei uns nicht finden, unsere Gäste können sie sich nicht leisten. Mehr kann ich dir nicht sagen.«

»Es geht mir nicht um Weine. Sag mir etwas über diesen Mann. Und erzähle mir nicht, dass du nicht mehr über ihn weißt. Ich kenne dich zu gut, um dir das zu glauben.«

Er seufzte. »Wenn du darauf bestehst. Er ist gefährlich. Ravanne besitzt Seher, das Kaiserreich seine Walküren und Manvare … hat den Orden der Hüter, wie er sich nennt. Lord Raphanael gehört diesem Orden an.«

»Er ist ein Magier?«, fragte Lorentha erstaunt. Eine unwesentliche Kleinigkeit, die der Gouverneur vergessen hatte zu erwähnen.

»So sagt man jedenfalls«, nickte Raban. »Allerdings habe ich noch nie davon gehört, dass er jemals Magie angewendet hätte.« Eindringlich musterte er seine alte Freundin, die so überraschend von den Toten auferstanden war. »Vor Jahren wurde seine Frau ermordet, und er bat König Hamil darum, ihn zum Sheriff zu machen, damit er den Mörder seiner Frau zur Strecke bringen konnte. Er brauchte nur zwei Monate, um den Kopf des Mörders vom Block rollen zu sehen.«

Block bedeutete das Schwert, also war der Mörder von Adel gewesen, stellte Lorentha fest. »Welchen Adelsrang besitzt Lord Raphanael?«

»Er ist ein Baron. Der Mann, den er zur Strecke brachte, war ein Graf«, sagte Raban und bewies wieder einmal, dass er ihren Gedanken folgen konnte. »Er scheut sich also nicht, sich auch mit den Mächtigen anzulegen. Lord Raphanael ist ein widersprüchlicher Mann, Loren«, fuhr er dann bedächtig fort. »Er gilt als Lebemann, der an keinem Rock vorübergeht, ohne ihn zu heben, zugleich aber sagt man ihm nach, dass er sich liebevoll um seine Tochter kümmert.«

»Er hat nicht wieder geheiratet?«, fragte Lorentha, und Raban schüttelte den Kopf.

»Nach allem, was ich hörte, fehlt es ihm nicht an Angeboten, im Gegenteil, er gilt als ein guter Fang, viele Mütter versuchen eifrig, ihm ihre Töchter vor die Füße zu legen, aber bislang hat er sich noch nicht fangen lassen. Er scheint diskrete Liebschaften zu bevorzugen.« Er lachte. »Es ist kurios. Die Gerüchteküche brodelt unablässig, beständig werden neue Namen mit ihm in Verbindung gebracht, es scheint den Damen sogar zum Vorteil zu gereichen, aber es gibt nie mehr als ein Gerücht. Wie ich schon sagte, ist er sehr diskret.«

»Was weißt du noch?«

»Er ist weit gereist und lebt dennoch zurückgezogen auf seinem Gut. Ich habe ihn noch nie gesehen, aber nach dem, was ich höre, ist er auf den ersten Blick nicht unbedingt eine beeindruckende Erscheinung. Ich hörte, er wäre eher zierlich, es mag sein, dass du ihn sogar überragst. Mehr Kopf als Muskeln, eher ein Gelehrter als ein Abenteurer, doch er ist kein Feigling … angeblich hat er sich vor Jahren sogar duelliert. So oder so, er hat nicht nur in Manvare Einfluss, sondern auch hier in der Stadt. Abgesehen davon gibt es sonst kaum etwas über ihn zu sagen. Er ist nach wie vor noch königlicher Sheriff, und letztes Jahr hat er eine Intrige am königlichen Hof aufgedeckt, die gleich drei Köpfe rollen ließ. Der Mann ist gefährlicher, als er aussieht, Loren.«

So, wie Raban von ihm sprach, wollte Lorentha das gerne glauben. Blieb die Frage, warum der Gouverneur der Meinung war, dass man ihn beschützen müsste.

»Was weißt du von dem Falken?«, fragte sie ihn, doch er sah sie nur verständnislos an.
»Welchem Falken?«
»Vom Falken von Aryn. Du weißt schon, der goldene Vogel, den man jedes Jahr durch die Straßen trägt.«
»Was ist mit ihm?«, fragte Raban. »Abgesehen davon, dass es ein Schlachtfest für die Taschendiebe ist, wenn er spazieren getragen wird.«

Also, dachte sie, wusste offenbar selbst Raban nichts von dem Diebstahl des Falken. Was dann entweder bedeutete, dass der Graf sie auch darin angelogen hatte oder dass es der Priesterschaft gelungen war, den Diebstahl bisher geheim zu halten. Albrecht hatte einmal gesagt, dass es nichts gäbe, das schwerer zu hüten wäre als ein Geheimnis; wenn zwei es wüssten, wäre es schon einer zu viel. Bislang hatte sich das auch mit ihrer Erfahrung gedeckt, mit ein Grund dafür, weshalb so viele Geheimnisse mit ins Grab genommen wurden.

Doch was für gewissenlose Mordgesellen galt, galt nicht für die Priesterschaft der Isaeth, sie würden sich wohl kaum gegenseitig abschlachten, um den Diebstahl geheim zu halten.

Abgesehen davon würde das nichts nutzen, der Falke saß für jeden sichtbar auf der erhobenen Hand der Göttin, deren Statue oben in ihrem Tempel stand. Wenn sie sich recht erinnerte, hatte der Künstler den Vogel im Moment der Landung abgebildet, mit weit gespreizten Flügeln und ausgestreckten Krallen, die sich in die ungeschützte Haut der Göttin zu bohren drohten. Wahrscheinlich war der Goldschmied davon ausgegangen, dass auch goldene Krallen einer Göttin nichts anhaben konnten.

»Träumen die Leute noch immer davon, den Falken zu stehlen?«, fragte sie unschuldig, was ihr nur einen scharfen Blick von Raban einbrachte.

»Niemand wäre derart blöde«, sagte er dann verächtlich. »Das Vieh ist aus massivem Gold mit über zwei Ellen Spannweite, und jeder kennt es. Kein Hehler würde es auch nur mit einer langen Zange anfassen, und wenn ein Dieb damit ertappt würde, würden ihn die aufgebrachten Gläubigen in der Luft zerreißen. Sie könnten das Vieh mit all seinen goldenen Federn und Edelsteinen direkt vor den Tempel auf den Platz stellen, und niemand würde es wagen, es auch nur zu berühren.«

Genau davon war sie ausgegangen.

Sie nickte. »Gut. Jetzt sage mir, was du von Gräfin Alessa weißt.«

Er pfiff leise durch die Zähne. »Du bewegst dich da in erlauchter Gesellschaft, Loren. Die Frau ist wahrscheinlich schon über sechzig Jahre alt, aber sie regiert die feine Gesellschaft hier in Aryn mit eiserner Hand. Angeblich reicht ein Blick von ihr, um für dich Türen zu öffnen oder sie dir auf ewig zu verschließen. Es geht schon seit Jahren das Gerücht, dass sie in irgendeiner Art für den kaiserlichen Geheimdienst tätig ist, aber außer dem Gerücht selbst gibt es wenig Anhaltspunkte dafür. Es gibt so schon eine Menge Tratsch über sie, auch wenn man im Hafen wenig genug davon zu hören bekommt, sie lebt in einer anderen Welt als meiner.« Er stutzte, um sie dann eindringlich zu mustern. »Aber es ist die deine, nicht wahr? Die Kleider, die du getragen hast ...«

»Du hast sie mir gestohlen und sie noch am gleichen Tag verkauft«, lachte Lorentha.

»Ja«, nickte Raban ungerührt. »Wärest du weiter so herumgelaufen, hättest du den ersten Tag nicht überlebt. Aber sag ... Lord Raphanael und die Gräfin ... wer bist du wirklich, Loren?«

»Der Name meiner Mutter war Marie Evana Sarnesse«, gestand sie leise. »Sie war eine Baroness. So wie ich es bin. Die Geschicke ihrer Familie ... unserer Familie sind seit Jahrhunderten untrennbar mit denen des Kaiserreichs verbunden.«

»Göttin«, hauchte er. »Ihr wart das? Ich hätte es mir denken können, ich habe dich ja nicht weit entfernt gefunden, aber ich hörte auch nie davon, dass ein Kind verschwunden war!«

»Man glaubte damals, man hätte mich entführt«, erklärte Lorentha.

»Dem war nicht so?«

»Nein«, sagte sie und beließ es auch dabei. Ihre Mutter hatte sie dorthin mitgenommen, nur warum sie das getan hatte, darüber grübelte sie nun schon seit Jahren.

Er nickte langsam. »Das erklärt es dann. Ich weiß noch, dass der Mord die Grundfesten der Stadt erschüttert hat. Es gibt haufenweise Gerüchte über Intrigen und geheimnisvolle Attentäter, aber nichts, auf das Verlass wäre.« Er schüttelte ungläubig den Kopf. »Aber wenn du reich bist … warum bist du nicht verheiratet und hast drei Kinder an jedem Arm hängen und führst ein bequemes Leben?«

»Mein Vater hat es versucht«, meinte Lorentha lächelnd. »Ich wurde auf all den richtigen Bällen eingeführt und bekam zunächst auch viele Angebote. Einer meiner Verehrer wurde allerdings etwas zu schnell zu stürmisch und fand meine Antwort in etwa so erfreulich wie damals Visal. Es sprach sich herum, und er rächte sich, indem er behauptete, dass ich keine Jungfrau mehr wäre. Da ich den Gegenbeweis nicht antreten wollte, galt ich danach als verdorbenes Gut.« Ihr Lächeln wurde etwas härter. »Die feine Gesellschaft ist in dieser Hinsicht etwas pingelig.«

»Oh«, sagte Raban.

»Ja, oh«, lachte sie. »Aber keine Sorge, diese eine Nacht mit dir habe ich noch nie bereut.« Sie schob ihren Wein, den sie nicht angerührt hatte, von sich. »Ich melde mich«, teilte sie ihm mit und stand auf.

»Warte«, bat er sie und hielt sie mit einer Hand zurück. »Ich meine es ernst, Lorentha. Diese Menschen sind gefährlich. Was hast du mit ihnen zu tun?«

»Ach«, meinte sie nachlässig. »Man könnte sagen, dass sie mir eine Anstellung angeboten haben.«

Er schüttelte ungläubig den Kopf. »Ich hoffe, du weißt, was du tust.«

»Das hoffe ich auch«, lächelte sie.

»Warte«, bat er sie erneut, als sie sich abwenden wollte. »Ich habe noch eine Frage.«

Sie hob eine Augenbraue.

»Ich weiß jetzt, dass du nie für das hier geboren wurdest«, sagte er leise und tat eine Handbewegung, die den *Schiefen Anker* und irgendwie auch den ganzen Hafen einschloss. »Eigentlich wusste es jeder, der dich kannte. Deine Manieren waren zu gut, du bist das erste Kind gewesen, das ich jemals mit Messer und Gabel essen sah. Aber ... sag mir, hast du es bereut? Die Zeit hier, mit mir?«

»Du meinst diese sieben Jahre, in denen ich lernen musste, zu stehlen, zu betrügen und Kehlen so durchzuschneiden, dass der andere zuverlässig stirbt? In denen ich Hunger litt und beständig so sehr Angst um mein Leben hatte, dass ich nur dann sicher schlafen konnte, wenn ich einen Dolch in der Hand hielt und du für mich Wache gehalten hast?«, fragte sie lächelnd. »Diese sieben Jahre?«

Er nickte langsam.

»Damals schon«, sagte sie leise, ohne seinem Blick ausweichen zu wollen. »Ich habe es gehasst, die Angst, die Unsicherheit, den Schmutz, den Hunger ... und vor allem diese verdammten Ratten. Aber später, danach?« Sie schüttelte entschieden den Kopf. »Nein, Raban. Ich würde es nicht wieder wollen, doch diese Zeit hier, mit dir, sie lehrte mich, was wirklich Bedeutung hat, was wichtig ist im Leben. Vor allem deshalb bitte ich dich darum, dass du dafür sorgst, dass wir nicht aneinandergeraten. Denn das ...« Sie schluckte sichtbar. »Das würde ich bereuen.«

»Ich auch«, sagte er leise. Sie bedachte ihn mit einem prüfenden Blick und nickte, um eine unbestimmte Geste in Richtung der Tür zu tun.

»Nun geh schon«, lachte er. »Wir sehen uns.«

Er sah ihr nach, wie sie sich ihren Weg durch die Menge bahnte, dann schwand sein Lachen wieder. Reue, dachte er trübsinnig und spielte mit seinem leeren Becher herum. Er hatte gar nicht gewusst, was das Wort bedeutete, bis zu dem

Zeitpunkt, an dem sie in den dunklen Wellen des nächtlichen Hafens versunken war. Manchmal, dachte Raban, hatten die Götter sogar ein Einsehen mit einem wie ihm. Er hatte sich schon damit abgefunden, dass er ihren Tod bis an sein Lebensende bereuen würde. Er sah hin zur Tür, durch die sie verschwunden war, und ließ seinen Blick dann durch den *Schiefen Anker* schweifen. Es waren Jahre vergangen, aber er kannte sie noch immer gut genug. Sie hatte ihm nicht geglaubt, dass er es ernst meinte, als er sagte, dass er sich aus dieser Art Geschäft zurückziehen würde.

Das konnte man ihr nicht verübeln, dachte er trübsinnig. Er würde sich ja selbst nicht glauben. Aber wann gaben die Götter einem schon die Gelegenheit für einen neuen Anfang?

Er lachte leise. Bürger Raban? Das wäre was! Jemand räusperte sich, und er sah auf.

Menlo und Hinnes, die beiden, die Lorentha vorhin verscheucht hatte. Er bedeutete ihnen, sich zu setzen. Es gab da noch dieses kleine Problem mit den vierzig gestohlenen Ballen Seide.

»Sag, Raban«, meinte Menlo. »Wer war die Schlampe?«

»Setz dich«, bat Raban kühl. »Ich will nicht so laut reden.« Als sich Menlo von seinem Stuhl aus vorbeugte, griff Raban ihm ins Haar und schlug ihn so hart mit dem Gesicht gegen die Tischplatte, dass der Mann ganz benommen war, während er noch ungläubig seine blutende Nase betastete.

»Der Name der Schlampe«, sagte Raban ganz leise, sodass Menlo auch ganz genau verstand, wie ernst er es meinte, »ist Loren. Sagt er dir etwas?«

Der Mann schüttelte verzweifelt den Kopf.

»Aber vielleicht weißt du noch, wer Robart war?«

Menlo nickte furchtsam und spuckte Blut und einen halben Zahn aus. »Er hat den Hafen unter seiner Fuchtel gehabt«, nuschelte er. »Bis er sich mit dir angelegt hat.«

Nein, bis Raban so dumm gewesen war, sich mit Robart anzulegen, verbesserte Raban ihn in Gedanken. Es war der

Anfang seiner Legende gewesen, und es wurde Zeit, einige Personen daran zu erinnern, dass es nicht nur seine Legende gewesen war.

»Er hat sich mit *uns* angelegt«, sagte Raban nun lauter, sodass ihn jeder hören konnte, der es wollte. »Mit Loren und mir. Ich war jung und dumm damals. Weißt du noch, wie groß Robart war? Ein Mann wie ein Baum. Er wollte mich gerade aufschlitzen, doch er hat vergessen, dass ich einen Partner hatte. Loren. Sie war kaum älter als sechzehn, doch sie sprang ihm auf den Rücken und zog ihren Dolch durch seine Kehle, bevor er verstand, wie ihm geschah! Das war es dann für Robart.« Er schüttelte Menlo, um seinen Worten noch mehr Nachdruck zu verleihen. »Und doch hat sie eben dein verdammtes Leben gerettet ... denn sie hat mich gebeten, dir nicht allzu sehr wehzutun!« Vielleicht nicht direkt, dachte Raban und stieß den verängstigten Mann von sich, sodass der vom Stuhl fiel und hart mit dem Hinterkopf auf den Eichenboden aufschlug. Aber im Grunde schon.

Er stand auf und stellte Menlos Stuhl wieder gerade, um sich dann langsam im Gastraum umzusehen. Jeder hier schien ihn nur erschreckt anzustarren. Er gab Menlo einen Tritt. »Verschwinde und mach dich sauber«, riet er dem verängstigten Mann. »Wir sprechen uns morgen wieder.«

Er sah Sturgess in der Menge stehen und den nachdenklichen Blick, mit dem der alte Mann ihn bedachte. Warum hatte sich Loren für ihn eingesetzt? Das nächste Mal würde er sie danach fragen. Er wandte sich dem Spielmann zu.

»Spiel auf«, befahl er dem Mann. »Und für den Rest von euch, trinkt, lacht und lasst es euch schmecken!«

Und jetzt, dachte er grimmig und winkte Hinnes heran, zurück zu diesen verdammten Seidenballen.

Die Gräfin

6   Sie kannte dieses Haus, dachte Lorentha und blieb nahe der Laterne stehen, um die weite Fassade zu bewundern. Vor allem die vier steinernen Dämonen, die die obere Dachkante zierten, kleine geschuppte Biester mit Klauen und Hörnern. Sie erinnerte sich daran, dass sie sich als Kind eingebildet hatte, dass sie sich bewegen würden, ihr mit glühenden Augen hinterhergesehen hatten. Auch an anderen Dächern konnte man diese steinernen Ungeheuer finden, doch nur an diesem Haus waren sie ihr lebendig erschienen. Raban hatte sie deswegen ausgelacht, aber dennoch hatten sie immer einen weiten Bogen um dieses Haus gemacht.

Gräfin Alessa, die große alte Dame von Aryn. Sie hatte sie einmal gesehen, wie sie aus diesem Haus in eine Kutsche gestiegen war, und so schreckenerregend war sie Lorentha damals gar nicht vorgekommen. Auch wenn sie in einem Haus wohnte, auf dem die steinernen Dämonen für Lorenthas Geschmack etwas zu lebendig waren.

Was vielleicht daran lag, dass Lorentha die alte Dame kannte. Denn ihre Mutter war damals nach Aryn gekommen, um ihre alte Freundin zu besuchen. Langsam ging die Majorin über die Straße zu den breiten Treppen hin, die zum Haus der Gräfin führten, aber noch zögerte sie, den Klopfer zu betätigen, vielmehr lehnte sie sich gegen den Zaun und suchte die Fenster des Gebäudes ab. Nur eines, dort im zweiten Stock, war noch erleuchtet. Vier Fenster weiter, an der Ecke, hatten sie damals gewohnt. In der Erinnerung eines Kindes war Cerline Gräfin Alessa eine kleine, schwarzhaarige Frau, quirlig und mit einem Lachen, das man nur als ansteckend bezeichnen konnte. Jetzt, da sie daran zurückdachte, musste Lorentha lächeln, ihre Mutter war ganz anders gewesen, ruhig und beständig, und doch waren die beiden Frauen allerbeste Freundinnen. Vier Freunde, dachte sie, während sie zu dem Haus hinaufschaute und auf ihrer Unterlippe kaute. Ihre Mutter, ihr Vater, die Gräfin und der Graf. Während ihrer Kindheit hatte Lorentha kaum etwas vom Grafen Mergton gehört, die Gräfin und ihre Mutter hatten jedoch weiterhin Kontakt gehalten, sie war sich nicht sicher, aber es konnte sein, dass die Gräfin sie sogar bei ihnen zu Hause besucht hatte, irgendetwas war damals gewesen, aber das war zu lange her, als dass sie sich daran noch erinnern konnte.

Aber sie erinnerte sich an den letzten Tag hier noch sehr genau. Am Morgen hatte sie die beiden Frauen tief im Gespräch miteinander vorgefunden, in ernster Stimmung. Die Gräfin war mit irgendetwas nicht einverstanden gewesen, hatte das Wort »Verantwortung« erwähnt, worauf ihre Mutter erwidert hatte, dass sie genügend Verantwortung trüge, für Loren und für den Orden.

Lorenthas Meinung nach wusste die Gräfin mehr über jenen verhängnisvollen Tag, als sie in ihren Briefen hatte zugeben wollen. Auch deshalb hatte sie bei der Gräfin angefragt, ob sie bei ihr Quartier beziehen könnte. Ihre Antwort war sehr schnell, direkt mit der Rückpost, erfolgt, und sie sprach davon, wie sehr sie sich freuen würde, Lorentha wiederzusehen. In ihren Briefen an sie und in der Erinnerung der Majorin schien die Gräfin ihr sehr zugetan, alleine deshalb verstand Lorentha nicht, wieso die Gräfin nun dem Gouverneur in die Hände spielte.

Nun, dachte sie und straffte die Schultern. Es gab nur eine Möglichkeit, dies herauszufinden. Sie marschierte die weiten Stufen hinauf, die zu der majestätischen Eingangstür führten, und zog kräftig an der Klingel.

Sie hatte sich schon darauf eingerichtet, länger zu warten, schließlich war es spät, und auch die Bediensteten gingen irgendwann zu Bett, doch die schwarz lackierte Tür wurde aufgezogen, noch bevor sie die Hand von der Klingel nehmen konnte. Durch die offene Tür hatte sie einen Blick auf eine große Halle mit weiten geschwungenen Treppenaufgängen, einen Kronleuchter, der die offene Tür hell erleuchtete, ein glänzendes Parkett und einen älteren, grauhaarigen Mann, dürr und hager, mit ausgeprägter Adlernase, der mit seltener Perfektion in einem schwarzen Anzug steckte, mit Weste, Jacke und blütenweißem Kragen, und einen missbilligenden Gesichtsausdruck zur Schau trug.

»Ihr wünscht?«, fragte er mit einer Stimme, die so tief war, dass sie dem Brustkorb eines dreimal kräftigeren Mannes hätte entspringen sollen.

»Ich bin Major Lorentha. Gräfin Alessa erwartet mich.«

»Ich bin Tobas«, sagte der Mann, während er seinen missbilligenden Blick langsam an ihr herabgleiten ließ, scheinbar jede abgenutzte Stelle ihrer Rüstung katalogisierte und letztlich noch jedes Haar einzeln darauf zu bewerten schien, wie sorgfältig es ihrer Frisur folgte. Was keine große Mühe war, denn sie hatte es sich achtlos zu einem Pferdeschwanz zusammengebunden. »Ich habe die Ehre, seit siebenundzwanzig Jahren der Haushofmeister ihrer Gnaden zu sein«, fuhr er fort, während sein Blick kurz an ihrem Schwert und Dolch hängen blieb, um dann auf ihren abgetretenen und verkratzten Stiefeln zu ruhen. »Ich kann Euch versichern, dass ich für außerordentlich unwahrscheinlich halte, dass die Gräfin um diese nachtschlafende Zeit ein Geschöpf wie Euch auf ihrer Schwelle erwarten würde. Gute Nacht.«

Damit schloss er die Tür vor ihrer Nase.

Sie zog an der Klingel, die Tür sprang auf.

»Ihr wünscht?«

»Tobas«, sagte sie freundlich. »Meldet der Gräfin Alessa, dass Baroness Sarnesse ihr die Aufwartung machen will.«

»Ohne Euch nahetreten zu wollen, möchte ich doch daran meine Zweifel äußern«, teilte Tobas ihr mit und zog erneut die schwere Tür zu, um dann überrascht herabzusehen.

»Ihr habt Euren ... Stiefel ... im Türspalt«, stellte er fest, während ein leises Beben seiner Nasenflügel andeutete, wie empörend er dies fand.

Lorentha sah scheinbar erstaunt herab. »Tatsächlich ... Ihr habt recht, wie kam er nur dorthin?« Bevor Tobas noch etwas sagen konnte, richtete sich Lorentha zu ihrer vollen Größe auf und bedachte den Haushofmeister der Gräfin mit einem Basiliskenblick, der schon hartgesottene Soldaten hatte erbleichen lassen.

»Tobas, Ihr werdet mich jetzt der Gräfin Alessa melden.«

»Bedaure«, sagte Tobas ungerührt. »Sie ist schon zu Bett gegangen.« Seine Nasenflügel bebten erneut. »Ihr stinkt nach Bier und Kneipe. Ich bedaure sehr, dies so deutlich sagen zu müssen, aber Ihr habt mir keine Wahl gelassen. Gute Nacht.«

Wieder schob er die Tür gegen ihre Stiefel. Es waren gute Armeestiefel, doppelt genäht, mit einer harten Sohle. Die Tür verlor.

Lorentha hob eine Augenbraue an. »Eine Baroness riecht nicht nach Bier und Kneipe?«

Er erlaubte sich ein fein abgemessenes Nicken, nur so gerade eben wahrnehmbar, wenn man darauf achtete. »Niemand, der von der Gräfin empfangen werden will, erlaubt sich, nach Bier und Wein zu riechen«, teilte er ihr herrschaftlich mit. »Und jetzt habt die Güte, Euch zu entfernen. Bevor ich Euch entfernen lasse.«

»Meister Tobas«, sagte Lorentha ganz besonders freundlich. »Ihr werdet mich hineinbitten, in einen Salon führen und mich Eurer Herrin melden. Sollte sie tatsächlich schon zu Bett gegangen sein, führt Ihr mich zu dem Zimmer, das sicherlich schon für mich vorbereitet worden ist.« Er öffnete den Mund, doch sie hob mahnend den Finger. »Kommt mir nicht damit, dass Ihr nichts davon wisst, ein Mann, der seine Verantwortung so ernst nimmt wie Ihr, wird schwerlich vergessen haben, dass die Gräfin einen Gast erwartet.«

Er blinzelte genau ein Mal. Dann verbeugte er sich mit fein abgewinkelter Präzision, um zur Seite zu treten und die Tür weit für sie aufzuziehen.

»Guten Abend, Baroness«, sagte er steif. »Wollt Ihr nicht eintreten? Ihre Durchlaucht erwartet Euch bereits. Wenn Ihr mir erlauben wollt, Euren Umhang entgegenzunehmen?«

»Nicht Schwert und Dolch?«, fragte sie überrascht, während sie ihren Umhang löste.

»Ganz sicher nicht«, sagte er ungerührt. »Ich werde Euch nicht damit beleidigen, nach Euren *Atanamés* zu fragen.«

Lorentha erstarrte in ihrer Bewegung.

»Woher wisst Ihr das?«, fragte sie leise.

Tobas schaute sie vorwurfsvoll an, während er die Tür schloss und einen Riegel vorlegte. »Ich habe Euch *selbstverständlich* sofort erkannt und diese Waffen auch. Baroness Sarnesse hat sie oft getragen, wie sollte ich sie da vergessen? Ich erinnere mich zudem noch an Euch. Ihr habt des Öfteren die Köchin genötigt, Euch mit Backwaren vollzustopfen.« Der Blick, mit dem er sie jetzt bedachte, machte deutlich, dass er auch dieses Vergehen nicht vergeben hatte.

Bei seinen Worten kam ihr eine ferne Erinnerung, aber nicht viel mehr. »Waren Eure Haare damals rot?«, fragte sie, und er nickte steif.

»So ist es.«

Lorentha musterte ihn von oben bis unten, während er sorgsam ihren Umhang über seinen Arm faltete.

»Wofür dann das?«, fragte sie und wies auf die Tür. »Wenn Ihr mich doch erkannt habt?«

Er richtete sich zu seiner vollen Höhe auf, was etwa eine Haaresbreite an Unterschied machte, vor allem aber hob er seine Nase.

»Verzeiht, Baroness«, sagte er und bedachte sie mit einem strafenden Blick. »Ich habe nicht bezweifelt, dass Ihr die seid, die Ihr seid, ich hielt es nur nicht für angebracht, Euch in diesem Zustand Einlass zu gewähren. Es gibt Regeln der Etikette, die man zu bewahren hat!«

So, wie er es sagte, galt das vor allem für solche Gäste wie sie. »Warum habt Ihr mir dann Einlass gewährt?«

Er neigte beschämt den Kopf. »Ihr habt mich daran erinnert, dass Euch wieder in die Nacht hinauszuschicken, wo Ihr doch keine andere Bleibe habt, nicht nur sträflich gewesen wäre, sondern auch ein noch größerer Bruch der Etikette als der, in einem solchen«, er rümpfte seine Nase, »Aufzug Einlass zu begehren. Ich bitte um Vergebung, Baroness«, fügte er steif hinzu, »aber als ich Euch sah, war ich zu erschrocken. Eure verehrte Frau Mutter hätte sich uns in diesem Aufzug nicht gezeigt.«

»Macht Euch nichts daraus, Loren. Ihr befindet Euch in guter Gesellschaft: Er stand noch kein halbes Jahr in meinen Diensten, als er Herzog Albrecht den Einlass verwehrte, weil seine Stiefel schmutzig waren«, kam eine erheiterte Stimme von der Treppe her, wo jetzt eine kleine, zierliche Frau mit grauen Haaren, kornblumenblauen Augen und einem verschmitzten Lächeln in einem weißen Abendkleid ein Bild vollkommener Eleganz darstellte. »Der arme Albrecht wäre beinahe noch unverrichteter Dinge abgezogen, hätte ich ihn nicht errettet. Ihr seht, Tobas *hat* einen Ruf zu verlieren ... und in gewissen Kreisen wiegt der Ruf weit mehr als Gold.«

Lorentha hatte den Herzog weitaus besser gekannt, als die meisten wussten, und allein die Vorstellung, dass sogar er beinahe an Tobas verzweifelt war, ließ sie schon ungläubig den Kopf schütteln, denn auch der Herzog hatte einen gewissen Ruf besessen. So stur zu sein, dass er zur Not durch Wände gehen konnte.

Die Gräfin hat sich nicht sehr verändert, dachte Lorentha, als die Herrin des Hauses näher schwebte und ihr zur Begrüßung beide Hände entgegenstreckte. Ihr Haar war zum größten Teil ergraut, die Falten tiefer als zuvor, aber es war noch das gleiche Lächeln. »Göttin«, hauchte die Gräfin jetzt, während ihre strahlend blauen Augen jeden Winkel von Lorenthas Gesicht in Augenschein nahmen. »Ihr seid Eurer Mutter ein Ebenbild, nur dass selbst sie nicht auf Eure Größe kam, das habt Ihr wohl von Eurem Vater.« Sie drückte noch einmal Lorenthas Hände und ließ sie dann los. »Aber bitte, folgt mir … wir haben so viel zu besprechen.«

»Es tut mir leid, Euer Gnaden, dass ich so spät …«, begann die Majorin, doch die Gräfin schüttelte nur den Kopf.

»Papperlapapp. Wenn Ihr erst einmal so alt werdet wie ich, dann werdet Ihr feststellen, dass Schlaf vollständig überbewertet ist. Und nennt mich Cerline … Ihr wisst, dass Evana und ich gut befreundet waren, da muss ich mir nicht beständig von Euch ein »Euer Gnaden« anhören …«

Die Gräfin führte sie in ein elegant ausgestattetes Arbeitszimmer mit hellen Seidentapeten an den Wänden, einem Bücherregal, das eine erlesene Sammlung von Büchern und Rollen enthielt, und nebst einem Kamin aus feinstem weißen Marmor auch einem reich mit Einlegearbeiten verzierten Schreibtisch, der auf so spindeldürren Beinen stand, dass sich Lorentha wunderte, dass er nicht längst unter der eigenen Last zusammengebrochen war.

Die Gräfin wies auf einen mit roter Seide gepolsterten Stuhl, der nicht weniger dünne Beine besaß, und setzte sich hinter ihren Schreibtisch, um Lorentha fragend anzusehen.

»Einen Likör vielleicht? Oder einen Wein?«

»Danke, nein«, sagte Lorentha höflich und versuchte, sich nicht allzu sehr zu bewegen. In den letzten Jahren hatte sie viel Zeit in diversen Baracken verbracht, wo die Stühle stabil genug waren, um schweren Männern in schweren Rüstungen Halt zu geben, und sie befürchtete, dass dieser Stuhl unter ihr zerbrechen würde, wenn sie nicht sehr darauf achtete. »Einen Becher Wasser vielleicht?«

»Sehr wohl«, nickte Tobas und eilte davon, während die Gräfin ihren späten Gast sorgfältig musterte. Tobas brachte eine Karaffe mit kaltem, klaren Wasser und ein geschliffenes Kristallglas, stellte das silberne Tablett auf einen kleinen Beistelltisch, den er mit einer anmutigen Bewegung heranschob, und verabschiedete sich dann mit einer Verbeugung.

Als er die Tür hinter sich schloss, räusperte sich Lorentha verlegen. »Ich befürchte, Euer Diener hat in einem recht, es ist ungebührlich, so spät ...« Sie hielt inne, als die Gräfin eine Geste tat, die all das zur Seite wischte.

»Tobas folgt den Lehren Isaeths und sieht es als Aufgabe des Adels an, anderen ein Vorbild zu sein ... und als seine Aufgabe, den Adel an seine Rolle zu erinnern, wenn man in diesem Haus verkehrt. Er ist ein guter Mann, aber er nimmt dies wichtiger als die Göttin selbst. Aber in einem hat er recht, auf solches so streng zu achten, vermehrt meinen Ruf in der Gesellschaft, und Ihr würdet mir nicht glauben wollen, wenn ich Euch sage, welche Summen er bereits geboten bekam, um seine Anstellung zu wechseln.«

Ja, dachte Lorentha bei sich. Ich glaube gern, dass ich es ihr nicht glauben würde.

Die Gräfin sah die Majorin nun eindringlich mit ihren kornblumenblauen Augen an. »Ich sehe es anders, Loren, wir haben uns viel geschrieben, und ich weiß, welche Entscheidungen Ihr habt treffen müssen und was es Euch gekostet hat. Ihr wisst, dass ich Euch damals anders riet, und hätte Karl es zugelassen, hätte ich Euch unter meine Ägide genommen. Dennoch habe ich Eure Entscheidung respektiert und nicht mit Euch gebrochen.«

Ja, das hatte sie, dachte Lorentha. Sie war darin die Einzige gewesen.

»Und doch habt Ihr Euch vom Grafen für seinen Plan gewinnen lassen«, beschwerte sich die Majorin.

»Montagur vermutet eine Verschwörung hinter dem Mord an Eurer Mutter«, sagte die Gräfin mit einem müden Lächeln, als wolle sie für den Grafen um Verzeihung bitten. »Es ist eine fixe Idee für ihn. Er fürchtet, dass es sie noch immer gibt, und er hält es für notwendig, allen zu zeigen, dass er hinter Euch steht und seinen Einfluss für Euch geltend machen wird.«

»Alles gut und schön«, sagte Lorentha. »Aber warum muss es dann ein Ball sein? Wie könnt Ihr ihn darin auch noch unterstützen? Ihr müsstet doch am besten wissen, wie ich darüber denke; wenn ich mich recht erinnere, habe ich damals in meinen Briefen mein Herz reichlich an Euch ausgeschüttet!«

»Ja«, sagte die Gräfin leise. »Was nichts daran ändert, dass Montagur in dieser Sache richtig liegt. Der Ball ist der beste Weg, Euch hier in die Gesellschaft einzuführen und Euch mit Raphanael zusammenzubringen. Ich bin auch mit seiner Mutter befreundet, und wir halten es beide für den besten Weg.«

»Warum?«, fragte Lorentha unverständig. »Wenn es schon ein Ball sein muss, warum kann ich nicht meine Uniform anziehen? Ich bin keine Debütantin mehr, was nützt es, mich wie eine Puppe in Samt und Seide einzuhüllen und der Gesellschaft vorzuführen? Es wird auch nicht viel nutzen«, fügte Lorentha erhitzt hinzu. »Es wird jemanden geben, der sich an den Skandal erinnert, und die Leute werden tuscheln. Warum wollt Ihr, dass ich mir dies antue? Ich hatte eher auf Euren Beistand gehofft, als dass Ihr mir darin in den Rücken fallt.«

»Ich falle Euch nicht in den Rücken, vielmehr stärke ich ihn Euch«, sagte die Gräfin ruhig und beugte sich etwas vor. »Ich hörte, dass man Euch in der Garda nicht das Patent verlängern will. Ist das so?«

»Ihr habt große Ohren«, sagte Lorentha bitter. »Aber es ist wahr. Dies ist mein letztes Hurra. Genau deshalb will ich die Zeit nutzen, den Mörder meiner Mutter zu finden, und sie nicht damit verschwenden, mich auf Bällen zu vergnügen!«

»Oh«, meinte die Gräfin hart. »Ein Vergnügen wird das nicht. Ich fürchte, ganz im Gegenteil. Aber ja, ich gebe Montagur damit recht, auch ich halte es für den besten Weg, Euch und Lord Raphanael zusammenzubringen.«

»Ich nicht«, warf Lorentha störrisch ein, um dafür mit einem tadelnden Blick aus blauen Augen bedacht zu werden.

»Weil Ihr zu kurz denkt«, warf ihr die Gräfin vor. »Göttin, warum wollt Ihr es nicht sehen? Dies ist der Weg für Euch, in die Gesellschaft zurückzufinden! Ihr müsst doch an Eure Zukunft denken!«

»Wie das?«, fragte Lorentha bitter. »Ich war zwölf Jahre in der Garda, mein Ruf ist ruiniert, und ich bin zu vielen auf den Fuß getreten, als dass die Gesellschaft mich mit offenen Armen empfangen wird! Vergesst nicht den Skandal!«

»Der fand in Augusta statt«, sagte die Gräfin ruhig. »Jedoch nicht hier, wo ich Euch den nötigen Rückhalt geben kann. Es wird dennoch schwer werden.« Sie seufzte. »Die Menschen sind oberflächlich. Sie werden Euch sehen, Euren Namen vernehmen, und jeder wird sich das Maul über Euch zerreißen. Aber dem kann man entgegenwirken. Raphanael wird Euch dabei behilflich sein. Ich kenne seine Mutter, und wir haben uns eine Geschichte ausgedacht, dass Raphanael und Ihr schon im Kindesalter Freunde gewesen seid. Glaubt mir, es wird nicht viele geben, die es wagen würden, etwas anderes zu behaupten, um es sich auf die Weise mit mir zu verscherzen.«

»Lord Raphanael und ich sollen so tun, als ob wir alte Freunde wären, um es plausibel zu machen, dass wir Zeit miteinander verbringen?«, fragte Lorentha und schüttelte ungläubig den Kopf.

Die Gräfin nickte. »Genau das. Von Raphanael weiß man allgemein, dass er nicht wieder beabsichtigt, zu ehelichen. Ihr seid keine Debütantin mehr, also wird man Euch beiden gewisse Freiheiten zugestehen. Lord Raphanael ist sehr diskret, er wird darauf achten, dass keine Situation entsteht, die als zweideutig ausgelegt werden könnte.«

»Wozu der Aufwand?«, fragte Lorentha unverständig. »Warum sagen wir nicht einfach, es wäre so und erklären, dass ich, da ich nun mal in der Stadt bin, einen alten Freund aufsuche? Warum soll ich verbergen, dass ich bei der Garda bin? Es ist etwas, das mich mit Stolz erfüllt, und nicht etwas, dessen ich mich schämen müsste!«

»Weil wir verbergen wollen, dass wir dem Diebstahl des Falken nachgehen!« Cerline beugte sich etwas vor. »Wir *müssen* diesen Falken wiederfinden, Loren. Die Prozession ist das wichtigste Ereignis hier in der Stadt. Wenn herauskommt, dass er gestohlen wurde, *wird* es zu Unruhen kommen. Montagur hat Anweisung, im Falle eines Aufstands diesen mit allen Mitteln niederzuschlagen. Es mag möglich sein, andere Wege zu finden, um diesen ewigen Konflikt zu beenden, doch ein Aufstand wird nicht zum gewünschten Ergebnis führen. Der Kaiser lässt sich nicht erpressen.«

Lorentha nickte langsam. Das war schon seit Jahrhunderten die Politik des Kaiserreichs. Man konnte über alles verhandeln, aber ein Aufstand wurde unbarmherzig niedergeschlagen.

»Es ergibt auch Sinn, dass König Hamil Lord Raphanael entsendet hat, den Raub des Falken aufzuklären«, sprach die Gräfin ruhiger weiter. »Isaeth ist eine Göttin der Manvaren, und da er mit der Hohepriesterin der Göttin verwandt ist, wird sie ihm bei der Aufklärung wahrscheinlich mehr behilflich sein als jedem anderen. Doch Aryn ist eine kaiserliche Stadt, hier ist er nur Gast. Ihr dagegen, als Majorin der Garda, habt weitreichende Befugnisse. Es ist die ideale Paarung, um diesen Diebstahl aufzuklären. Aber das oberste Gebot ist Diskretion, es darf nicht bekannt werden, dass das heiligste Relikt der Stadt entwendet wurde.« Sie wies mit einer Geste auf die Rüstung der Majorin. »Natürlich wird man leicht herausfinden, dass Ihr bei der Garda seid. Das können und wollen wir auch nicht verbergen. Doch was wir erreichen wollen, ist, dass die Leute denken werden, dass Ihr aus gänzlich anderem Grund hier seid! Und dafür müsst Ihr nun mal ein Kleid anziehen!«

»Welcher Grund soll das denn sein, außer dem, dass ich nach dem Mörder meiner Mutter suche?«, begehrte Lorentha auf. »Wie soll dies meinem Ruf behilflich sein, wenn jeder denkt, ich wäre die Liebschaft dieses Lord Raphanael?«

»Ganz einfach«, sagte die Gräfin knapp. »Dieser ganze angebliche Skandal um Euch ist doch nur ein Gerücht! Man sagt Euch nach, dass Ihr eine Liebschaft mit Herzog Albrecht eingegangen wäret, aber Beweise dafür gibt es nicht!«

»Nur, dass es wahr ist«, meinte Lorentha trotzig.

»Göttin!«, brach es aus der Gräfin heraus. »Ihr versteht es noch immer nicht! Was meint Ihr denn, wie viele dieser ach so tugendhaften Damen, die sich das Maul über Euch zerrissen haben, einer Liebschaft mit dem Herzog abgeneigt gewesen wären? Jede von ihnen hätte ihren Rock für ihn gehoben, hätte er sie nur gefragt! Nur tat er das nicht … in all den Jahren hat er nur einer Frau seine Gunst erwiesen, und das seid Ihr gewesen! Jede andere Frau hätte man darum beneidet!« Sie holte tief Luft. »Doch Ihr habt Euch kampflos aus der Gesellschaft zurückgezogen und den Schandmäulern das Feld überlassen, wo Ihr so einfach hättet gewinnen können!« Sie schnaubte herrschaftlich. »Ich lege die Schuld daran Eurem Vater zur Last; Karl war damals so versessen darauf, Euch unter die Haube zu bringen, dass er Euch angepriesen hat wie ein Stück trocken Brot! Es hat Euch entwertet, wäre er damals meinem Rat gefolgt, hätten die Herren sich um Euch gerissen!«

»Ganz so war es nicht«, widersprach Lorentha. »Ich habe Angebote genug gehabt, nur lehnte ich sie ab. Mein Vater und ich haben, wie Ihr wisst, miteinander gebrochen, aber das rechne ich ihm hoch an, er hat mich nicht gezwungen, auf eines dieser Angebote einzugehen. Daher rührte ja auch der Skandal, ich wies jemanden zurück, der die Zurückweisung nicht vertrug.«

Die Gräfin nickte langsam. »Dann werde ich mich bei Karl entschuldigen müssen, ich habe ihm deshalb endlos Vorhaltungen gemacht. Gut, wir werden das erwähnen, es wird uns in die Hände spielen.«

»Wie das?«, fragte Lorentha verständnislos.

»Weil Raphanael in dieser Beziehung ganz wie Herzog Albrecht ist. Die Damen würden alles tun, um seine Gunst zu erlangen, und wer eine unverheiratete Tochter hat, schickt sie auf die Jagd nach ihm! Sein Ruf ist über jeden Zweifel erhaben, und daraus folgt, dass er Euch niemals den Hof machen würde, wäre an den Gerüchten über Euch auch nur der geringste Funken Wahrheit. Also können sie nicht wahr sein, und wenn Ihr Euch später wieder voneinander löst, werdet Ihr die Frau sein, die seinen Antrag abgelehnt hat, weil Euch Eure alte Freundschaft wichtiger erscheint, und man wird sich in der Gesellschaft um Euch reißen!«

Lorentha sah sie mit großen Augen an.

»Ihr seid verrückt«, stellte sie dann fest. »Warum sollte er sich auf so etwas einlassen?«

»Zum einen, weil ich seine Mutter darum bat. Ich habe ihr erklärt, dass Ihr schuldlos an dem allen wart. Zum anderen wird Raphanael nicht wieder ehelichen, er hat den Willen nicht dazu, und wenn er Euch diesen Gefallen tut, verliert er nicht dadurch. Wenn wir es richtig spielen, wird auch er dadurch gewinnen!« Die Gräfin sah sie mit brennenden Augen an. »Versteht Ihr es jetzt? Dem Grafen geht es darum, Euren Auftrag zu verschleiern, doch *mir* geht es darum, Euch den Ruf wiederherzustellen, den Ihr ohne Grund verloren habt! Das bin ich Eurer Mutter schuldig. Und auch Euch.«

»Wieso?«, fragte Lorentha unverständig. »Wieso nehmt Ihr diese Mühe auf Euch? Was hat dieser Raphanael davon?«

»Ich werde es Euch erklären«, versprach die Gräfin und klang auf einmal müde. »Nur nicht heute Nacht. Es ist sehr spät geworden, wir sprechen morgen weiter. Für heute ist es genug, und auch Ihr braucht Euren Schlaf.«

Sie hatte recht, dachte Lorentha, für heute ist es genug, ihr brummte bereits der Kopf. Sie stand auf. »Dann wünsche ich Euch eine gute Nacht.«

Es schien das zu sein, was Cerline hatte hören wollen, denn sie lächelte erfreut. »Gute Nacht, Loren«, sagte sie und zog an der Klingel. »Das Mädchen wird Euch auf das Zimmer bringen. Wir sehen uns zum Frühstück, wir essen früh in diesem Haus, also seht zu, dass Ihr bis zur zehnten Stunde dazu erscheint.«

Zur zehnten Stunde? Das war früh? Lorentha hätte beinahe laut aufgelacht. In der Garda war es selten gewesen, dass sie länger als bis zur fünften Stunde hatte schlafen können. Aber ihr kam es gelegen. »Ich werde es nicht vergessen«, versprach sie und folgte dann dem Mädchen, das mit einem tiefen Knicks an der Tür erschienen war.

In ihrem Zimmer angekommen, wartete Lorentha, bis das Mädchen die Kerzen angezündet hatte, bedankte sich artig und schloss die Tür hinter ihr, um sich dann müde von innen dagegenzulehnen und leise zu fluchen.

Sie sah sich suchend um und fand ihre Seekiste zwischen dem reich verzierten Schrank und dem Waschtisch vor. Mit Erleichterung stellte sie fest, dass beide Schlösser gehalten hatten und niemand den Inhalt ihrer Kiste angerührt hatte. Sie kleidete sich um und wusch sich rasch, dann entnahm sie dem Seekoffer eine flache Kiste aus poliertem Mahagoni und dieser die zwei Radschlosspistolen, die der Herzog ihr noch kurz vor seinem Tod geschenkt hatte. Es waren Meisterwerke kaiserlicher Büchsenmacherkunst mit jeweils zwei achtkantigen, fünffach gezogenen Läufen und einem doppelten Radschloss mit gedeckter Pulverpfanne, dessen Gravuren in Silber eingelegt jeweils eine Jagdszene darstellten. Anders als die Luntenschlösser, wie man sie bei den Gewehren der kaiserlichen Armee in Verwendung fand, würden diese Schlösser noch bei strömendem Regen zünden, und der gezogene Lauf erlaubte Lorentha, selbst auf fünfzig Schritt ein Ziel von der Größe einer Spielkarte zu treffen. Viele hielten Pistolen noch immer für Spielzeuge und einer anständigen Armbrust unterlegen, doch diese waren weit davon entfernt, in Lorenthas Händen hatten sie ihre Tödlichkeit schon mehr als einmal unter Beweis gestellt.

Sie prüfte die Schlösser beider Pistolen, lud sie sorgfältig, verstaute Pulverhorn, Blei und eine Dose mit gefettetem Kugelleder und einen Beutel Gold unter ihrem Wams und ging dann ans Fenster, um es zu öffnen und hinabzusehen. Sie hatte ihre Zweifel daran, ob es wahrhaftig möglich war, ihren Ruf wiederherzustellen, aber das sollte sie jetzt nicht kümmern, sie hatte noch anderes zu tun.

Das Haus war reich verziert, überall hatten die Steinmetze ihrer Schaffenskraft freien Lauf gelassen und mit Blumenmustern und in den Stein geschlagenen Girlanden das Haus verschönt.

»Fast wie eine breite Treppe«, flüsterte die Majorin, als sie sich durch das Fenster duckte und zuerst rittlings auf der Fensterbank Platz nahm. Sie sah sich sorgsam um, die Straße lag, spärlich von zwei Laternen erleuchtet, still und ruhig vor ihr, nur in der Ferne hörte sie einen Nachtwächter die dritte Stunde ausrufen. Elegant richtete sie sich auf, mehr aus Gewohnheit denn aus Notwendigkeit zog sie das Fenster hinter sich zu und schloss den Innenriegel mit einer feinen Schlinge, dann griff sie in den Stein, schwang sich herum, ließ sich in die Tiefe fallen, wobei sie sich zweimal an steinernen Blumengebinden abfing, um schließlich lautlos wie eine Katze eins mit den Schatten zu werden.

Ein Handel mit dem Tod

7 Es gab noch jemanden, der sich in den Schatten zu Hause fühlte. Umso überraschender war es für den Mohren, der soeben entschlossen hatte, seinem Leben eine neue Wende zu geben, dass er den Mann gar nicht wahrgenommen hatte, der genau in dem Moment hinter ihm aufgetaucht war, als er sich am Abort hinter der Kneipe erleichtern wollte.

»Ihr begeht einen Fehler«, sagte Raban leise, als er die Spitze der Klinge in seinem Nacken fühlte. »Niemand hier legt sich mit mir an.«

»Ich bin nicht von hier«, sagte eine tiefe Stimme. »Aber ich weiß um deinen Ruf. Doch du kennst mich nicht, du weißt nur so viel von mir, dass ich davon ausgehe, dass ich dich und deine berühmten Messer nicht zu fürchten brauche. Führe das Geschäft zu Ende, das dich hierherführte, und denk darüber nach. Danach, wenn du dich nicht dafür entschieden hast zu sterben, werden wir uns unterhalten.«

Der Druck der Klinge schwand. Der Mohr lauschte auf irgendein Geräusch, doch außer den fernen Stimmen von der Straße oder der Musik und dem Lachen aus dem *Schiefen Anker* war nichts zu hören, und auch verstohlene Blicke zeigten ihm nur Dunkelheit und Schatten. Dennoch spürte er noch immer den anderen in seinem Rücken.

Das Geschäft zu beenden, wie es sein neuer Freund eben bezeichnet hatte, fiel Raban dann doch schwerer als gewöhnlich, aber endlich war auch das vollbracht, und er drehte sich langsam um.

Hier im Hof hinter der Taverne, wo nur wenig Licht die Dunkelheit erhellte, war der Mann vor ihm kaum mehr als ein Schatten. Er war größer als die meisten, und in der Dunkelheit konnte Raban nur einen breitkrempigen Hut, die ungewisse Form eines Barts und einen langen Umhang erkennen, der über viel zu breiten Schultern lag. Es gab nur eines, das Raban gut genug erkennen konnte, die kräftigen Hände, von grauen Stulpenhandschuhen geschützt, die auf dem Knauf eines Schwerts ruhten, das im ungewissen Licht grau zu schimmern schien.

Und über dem Bart und im Schatten der breiten Krempe das Schimmern weißer Zähne, als der Fremde lächelte. »Man nennt mich Mort. Du bist Raban.«

Es war keine Frage, dennoch nickte Lorenthas Freund, der die Ausstrahlung des anderen faszinierend fand. Es umgaben ihn eine unheimliche Stille und der Geruch von Stahl, Leder und Erde. »Was wollt Ihr von mir?«, fragte Raban, während er seine Unterarme anspannte, sodass sich die Messer in den Scheiden unter seinen Ärmeln lösten.

»Darauf kommen wir gleich«, sagte Mort. »Sag mir nur zuerst, ob die Messer in deinen Ärmeln aus Silber sind.«

»Welche Messer?«, fragte Raban unschuldig.

»Also sind sie es nicht«, sagte Mort, und das Schimmern seiner Zähne wurde weiter. »Dann werden sie dir nichts nutzen, also rate ich dir, sie dort zu lassen, wo sie sind. Wo waren wir?«

»Ich fragte, was Ihr von mir wollt«, erinnerte ihn Raban höflich.

»Ja, richtig. Gut, fangen wir an. Dort drinnen hast du behauptet, du wärst mit dem jungen Fräulein befreundet. Sage mir, wie es dazu kam.«

Raban schüttelte den Kopf, während er sich fragte, wie dieser Mort auf die Idee kommen konnte, ausgerechnet Loren als junges Fräulein zu bezeichnen.

»Das geht Euch nichts an.«

»Hm«, sagte Mort, und sein Hut bewegte sich, als er den Kopf schräg legte, um Raban genauer zu betrachten. »Ich sollte dir nun etwas abschneiden, um dir zu erklären, dass deine Lage anders ist, als sie sich dir darstellt. Da ich dich unter Umständen noch brauchen kann, machen wir es anders. Tu, was du nicht lassen kannst«, schlug er vor. »Greife mich an.«

Wenn man schon eine so höfliche Einladung erhält, dachte Raban, zuckte mit den Schultern und bewies dann, dass sein Ruf nicht so ganz unbegründet war. Selbst ein geübtes Auge hätte Schwierigkeiten gehabt, der Bewegung seiner Hände zu folgen, als er sich nach vorn und zur Seite warf, um Mort noch im Sprung den linken Dolch in den Rücken zu rammen, während er ihm mit der rechten Hand die Kehle durchzuschneiden versuchte. Nur dass Mort nicht mehr dort war, wo er einen Lidschlag zuvor noch gestanden hatte. Ein Schauer lief Raban über den Rücken, als er erfolglos die Dunkelheit vor sich absuchte … niemand konnte sich so schnell bewegen! Dann spürte er eine kalte Klinge in seinem Nacken.

»Halten wir zwei Dinge fest«, hörte er die tiefe Stimme. »Zum einen, du lebst noch. Zum anderen, du lebst, weil ich es will. Denke darüber nach.« Überraschenderweise schwand der Druck der Schwertspitze aus Rabans Nacken. Er drehte sich langsam um, doch dort war niemand zu sehen. Als er aber die Drehung beendete, fand er Mort genau dort stehen, wo er zuvor gestanden hatte, in der gleichen Pose, nur dass jetzt das Licht aus einem der Fenster der Taverne ihn besser erfasste. Noch immer lagen Morts Augen im Dunkel, doch Raban konnte eine Hakennase erkennen, eine kleine Perle im rechten Nasenflügel und einen Mund, der zugleich grimmig und erheitert schien, von dessen linkem Winkel sich eine schneeweiße Strähne durch einen grauen, sauber gestutzten Bart zog, der ein kantiges Kinn einfasste.

»Warum fragt Ihr nicht einen anderen über sie aus? Dann brauche ich Euch nicht anzulügen«, schlug Raban vor und überlegte sich, ob er es wohl zum Hintereingang der Taverne schaffen würde.

»Junge«, meinte Mort. »Du machst es mir nicht leicht.«

»Gern geschehen«, sagte Raban höflich. »Sagt mir doch einfach, wer Ihr seid.«

»Ich sagte es schon. Man nennt mich Mort. Ich handele mit Leben und Tod.«

Ein Todeshändler, dachte Raban ungläubig, während ihm erneut ein Schauer über den Rücken lief. Es gab seit Jahrhunderten Gerüchte über sie, über eine Vereinigung von Assassinen, die sich mit dunklen Mächten verbündeten, um ihre Ziele zu erreichen. Angeblich waren ihre Dienste käuflich, aber es hieß auch, dass nur gekrönte Häupter es sich leisten konnten, sie anzuwerben. Aber Gerüchte und Legenden gab es viele, und bislang hatte Raban keinen Grund gesehen, sie alle als bare Münze anzusehen. Eine Einstellung die er in Bezug auf die Todeshändler vielleicht ändern sollte.

»Was wollt Ihr von mir?«, fragte er und nahm sich vor, baldmöglichst Wurfmesser aus Silber anfertigen zu lassen.

»Ich will dir ein Geschäft vorschlagen. Stimmst du zu, erhältst du Reichtum und dein Leben als Lohn.«

Was sein Lohn sein würde, sollte er das Geschäft ablehnen, konnte sich Raban bereits denken. Vor diese Wahl gestellt … Er seufzte. »Ich bin ganz Ohr.«

Der Tempelplatz

8 In dem abgedunkelten Arbeitszimmer ihrer Durchlaucht ließ eine Hand den schweren Vorhang fallen. »Sie ist sogar noch besser, als ich dachte«, meinte Tobas und nickte dankend, als Gräfin Alessa ihm ein schweres Kristallglas mit einem guten Branntwein reichte. Er nahm einen Schluck und sah sie fragend an. »Von Raphanaels Weingut?«

Sie nickte schweigend.

»Das muss man ihm lassen«, sagte Tobas und nippte noch einmal. »Der Mann hat ein Händchen dafür.« Er wies mit dem schweren Glas zum Fenster. »Lange hat das nicht gedauert.«

Die Gräfin lachte. »Sie lässt sich nicht in einen Käfig sperren. Darin ist sie ihrer Mutter ähnlich.« Sie löste sich von ihm und trat ans Fenster, um in die Nacht hinauszusehen, doch die Straße war still und leer. Anderes hatte sie auch nicht erwartet. »Hast du jemanden da draußen, der ihr folgt?«

Er schüttelte den Kopf.

»Und warum nicht?«, fragte sie etwas schärfer.

»Ganz einfach«, erklärte er gelassen und roch an seinem Branntwein, um dann einen genießerischen Schluck zu nehmen. »Als sie den Palast verließ, habe ich ihr einen Mann hinterhergeschickt. Er sagt, sie hätte ihn schon in der Kerbergasse gestellt, sich einfach umgedreht, ihm direkt in die Augen geschaut und ihm die Wahl gelassen, ihr nicht weiter zu folgen oder auf ihrem Schwert zu sterben.« Er lachte leise. »Er ist ein kluger Mann und entschied, dass er an dem Tag nicht sterben wollte.«

»Dann schicke das nächste Mal jemanden, der besser ist.«
»Oh, er ist gut genug. Nur ist sie besser. Aber wir wissen ja, wo sie hingeht.«
»Wir vermuten es nur«, verbesserte sie ihn.
Er schüttelte den Kopf. »Was würdest du an ihrer Stelle tun? Mergtons Bote fing sie direkt am Schiff ab, bevor sie zu ihm ging, hatte sie also keine Zeit dazu. Danach musste sie rechtzeitig bei dir vorstellig werden. Wo auch immer sie hinging, nachdem mein Mann sie verloren hat, zum Tempelplatz ging sie nicht. Die Strecke ist zu weit, das hätte sie nicht geschafft.«
»Wo meinst du, ist sie hingegangen, bevor sie mich aufsuchte?«
»Ich denke, sie ist am Hafen gewesen, in einer der Tavernen dort. Sie trug den Geruch von Wein, Tabak und Bier auf ihrer Rüstung und in ihrem Haar, dazu noch eine Spur von Tang, aber ich roch nichts in ihrem Atem. Sie hat nichts getrunken. Also hat sie sich dort mit jemandem getroffen.«
»Götter«, sagte die Gräfin und schüttelte ungläubig den Kopf. »Du hast eine Nase wie ein Spürhund. Der Hafen wäre auch meine Vermutung gewesen, schließlich wachte sie seinerzeit dort im Hafenbecken auf. Sie wird dort jemanden kennen. Ich wüsste nur zu gerne, wen.« Sie rieb sich nachdenklich die Nase. »Also erinnert sie sich wieder an diese Zeit. Was bedeutet, dass sie sich ebenfalls wieder an den Mörder ihrer Mutter erinnert«, stellte die Gräfin besorgt fest.
»Oder auch nicht«, meinte Tobas nachdenklich. »Ich denke, sie hätte sonst anders reagiert, als Mergton sie zu sich zitierte.«
»Wie das?«, fragte die Gräfin erstaunt.
»Meinst du nicht, sie hätte sich nach dem Mann erkundigt und vielleicht sogar um einen Haftbefehl gebeten?«
»Wohl wahr«, meinte die Gräfin mit einem Seufzer. »Aber aufgegeben hat sie die Suche nicht. Ich nehme an, sie ist jetzt unterwegs hinauf zum Tempelplatz, um sich den Schauplatz des Geschehens anzusehen.« Sie schaute ihn besorgt an. »Bei Nacht ist das eine üble Gegend.«

»Ihr wird schon nichts geschehen«, sagte er nachlässig. »Sie ist Garda, sie kann sich ihrer Haut erwehren.«
»Glaubst du, Lorentha kann dort noch etwas finden?«
Tobas trat ans Fenster und sah in die Nacht hinaus. Von hier aus konnte er den Tempel nicht sehen, aber das brauchte er auch nicht. Er war so oft auf diesem Platz gewesen, hatte nach Spuren und Hinweisen gesucht, dass er ihn sich mit geschlossenen Augen vorstellen konnte. »Nein«, seufzte er. »Ich habe damals jeden Stein umgedreht, und es ist jetzt über zwanzig Jahre her. Aber vielleicht hilft es ihr, sich daran zu erinnern. Ich an ihrer Stelle würde es versuchen.«

Hätte die Majorin, die zur gleichen Zeit wie ein Schatten durch die Nacht streifte, von dem Gespräch gewusst, sie wäre nicht überrascht gewesen.

In einem aber hatte der Graf recht. Es gab eine Verschwörung. Selbst Jahre nach dem Tod ihrer Mutter hatte sie noch ihre Opfer gefordert. Nachdem Lorentha damals in die Garda eingetreten war, war sie nicht viel später dem Kommandanten der Garda, Herzog Albrecht, aufgefallen. Er war um einiges älter als sie und hatte erwachsene Kinder, die bereits älter waren als Lorentha. Zuerst war er ihr nur ein väterlicher Freund gewesen, dann Mentor und Vertrauter. Sie war sich damals durchaus im Klaren darüber gewesen, dass der Herzog ursprünglich nur ihre Jugend und Schönheit und vielleicht auch ihre anfängliche Naivität als ansprechend empfunden hatte, doch dann schien er sich daran erfreut zu haben, dass sie äußerst wissbegierig war und alles lernen wollte, das er sie lehren konnte.

Zu diesem Zeitpunkt war er schon Ende vierzig gewesen. Seit seiner frühesten Jugend hatte er sich für seinen älteren Bruder Heinrich, den Kaiser, der Probleme angenommen, die ihn und das Reich bedroht hatten. Sein Erfahrungsschatz war gewaltig, und während seine Kinder, Prinz Armstrad und Prinzessin Melisande, eher weniger geneigt waren, seiner Leitung zu folgen, hatte der Herzog in Lorentha eine gelehrige Schülerin gefunden, deren Auffassungsgabe ihn des Öfteren erstaunte, auch wenn er wusste, wer und was sie war.

Der Herzog besaß eine robuste Natur, und seine Bestellung zum Kommandeur der Garda war nicht unverdient gewesen. In seinem Herzen war der Herzog ein Soldat, und seine Abneigung gegen höfische Intrigen und Machenschaften war eine weitere Gemeinsamkeit. Auch er fühlte sich in den Baracken der Garda wohler als auf dem glatten Parkett, und unter seinen Soldaten war er hoch angesehen, wie Lorentha, sodass zumindest ihre Kameraden bei der Garda kaum ein Aufhebens darum machten, als es klar wurde, dass aus der Freundschaft schließlich doch mehr wurde. Doch am Hofe hatte es einen kleinen Skandal ausgelöst, der Herzog war verwitwet, und es gab genügend Damen von Stand, die sich Hoffnung gemacht hatten, diesen dicken Fisch ins Netz zu ziehen, und wieder und wieder wurde die Sau dieses alten Skandals über das glänzende Parkett getrieben. Nur dass sich der Herzog, seiner Position in der Welt als zweiter Mann im Reich sehr wohl bewusst, darum genauso wenig scherte wie sie. Dennoch waren seit ihrem Kennenlernen bis zu dem Zeitpunkt, an dem er ihr Liebhaber und auf andere Art ihr Lehrmeister wurde, mehr als fünf Jahre vergangen. Dann, einige Zeit später, als sie sich bei einem Bier von einem Fechtwettbewerb erholten, den er, wie üblich für sich hatte entscheiden können, war die Sprache auf den Mord an ihrer Mutter gekommen.

»Ich werde mich einmal umhören«, hatte er ihr versprochen. »Ich werde ein paar Bäume rütteln gehen, vielleicht fällt ja etwas herunter, das Licht ins Dunkel bringt.«

Keine vier Wochen später hatte sie ihn tot in seinem Sessel sitzend aufgefunden.

Ein Herzriss, wie die kaiserlichen Leibärzte ihn angenommen hatten, war ganz gewiss nicht der Grund gewesen, sonst wäre Barko, der Lieblingshund des Herzogs, nicht an dem

Wein gestorben, den er aufgeleckt hatte, nachdem der Becher Albrecht aus der leblosen Hand gefallen war. Als Lorentha den Herzog gefunden hatte, hatte der Hund noch gelebt, viel Zeit hatte der Attentäter also nicht gehabt, aus der Kaiserburg zu entkommen, einem Ort, der sicherer kaum hätte sein können. Aber wer auch immer es gewesen war, er hatte außer dem Wein selbst keine Spuren hinterlassen.

Es gab eine gute Handvoll Personen, die dem Herzog den Wein hätten vergiften können, angefangen bei seinem eigenen Bruder, dem Kaiser selbst, seinen erwachsenen Kindern und einigen langjährigen Bediensteten, Freunden und Vertrauten. Die meisten von ihnen hätten allerdings eher Grund gehabt, Lorentha den Wein zu vergiften. Auch daran hatte sie schon gedacht, aber Albrecht und sie hatten selten vom selben Wein getrunken, er bevorzugte ihn weiß und süß, sie rot und so staubtrocken, dass der Herzog, wie er einmal scherzhaft gesagt hatte, davon sogar husten musste. Wer den Herzog gut genug kannte, um ihm den Wein zu vergiften, musste von diesen Vorlieben gewusst haben, ein Versehen in der Art, dass das Gift ihr gegolten hätte, um dann ihn zu fällen, konnte man also so gut wie ausschließen.

Lorentha war darin geübt, Verbrechen aufzuklären, doch das Problem war, dass alles auf die einzige Person hinauslief, die Gelegenheit, Mittel und, in den Augen mancher, auch Grund gehabt hätte, den Herzog zu ermorden. Sie selbst. Hätte sie sich an dem Tag an ihre übliche Gewohnheit gehalten, allein im Fechtsaal der Kaiserburg zu üben, hätte man sie wahrscheinlich sogar des Mordes an dem Herzog beschuldigt. Es war nur Zufall gewesen, dass sie zuvor auf dem Markt Armstrad, den Sohn des Herzogs, getroffen hatten. Er wollte eine neue Klinge abholen, die er sich bestellt hatte, sie hatte ihn begleitet, und sie waren gemeinsam in die Kaiserburg zurückgekehrt, wo sie dann den Toten entdeckt hatten.

Ohne diesen Zufall, dessen war sich Lorentha sicher, hätte sie ihren Kopf verloren, und niemand hätte je an ihrer Schuld gezweifelt. Der Mörder war entkommen, aber wenigstens konnte er sich nicht sicher fühlen, er musste wissen, dass sie immer noch nach ihm suchte. Auch wenn es wenig Erfolg versprechend war, denn überall war sie in eine Mauer des Schweigens gelaufen, begleitet von wohlgemeinten Ratschlägen, die Suche doch endlich einzustellen und nicht mehr an dem zu rühren, was tot und begraben sein sollte. Ein Rat, den sie zu oft gehört hatte, um ihn noch berücksichtigen zu wollen.

So wie sie es sah, dachte sie, als sie in dem Trott, den sie bei der Garda gelernt hatte, die lange Straße entlanglief, die zum Tempelberg hinaufführte, hatte sie zwei Dinge zu tun: zum einen, gemäß ihrem Auftrag, diesen Lord Raphanael zu beschützen, damit ihm während seines Aufenthaltes in der Stadt nichts geschah. Dies war ihr offizieller Auftrag, und sie nahm den Eid, den sie geschworen hatte, sehr ernst. Zum anderen: die Mörder ihrer Mutter zu finden.

Es waren keine einfachen Wegelagerer, sondern Attentäter gewesen, die ihre Mutter gezielt und ohne Vorwarnung angegriffen hatten. Ein gewisser Leutnant Mollmer von der hiesigen Garda hatte damals auf Geheiß des Gouverneurs den Mord an ihrer Mutter untersucht, und sie hatte seinen Bericht, nachdem der Herzog ihn ihr zugänglich gemacht hatte, bestimmt über hundertmal gelesen.

Außer dem toten Kutscher und dem Körper ihrer Mutter hatte man keine anderen Toten gefunden, aber genügend Blut, um zumindest auf ein oder zwei Opfer unter den Angreifern schließen zu können. Der Kutscher war zeitgleich von zwei Armbrustbolzen getroffen worden, weitere drei hatten im Innenraum der Kutsche in den Wänden gesteckt. Armbrüste waren jedoch verboten und vor allem eines: teuer. Wenn, wie es aussah, der Angriff mit fünf Armbrustschüssen eröffnet worden war, dann waren es keine einfachen Wegelagerer gewesen. Es gab noch andere Ungereimtheiten, so hatte ihre Mutter eine leichte Verletzung an ihrem linken Arm davongetragen, die auf einen Schwertkampf schließen ließ, gestorben aber war sie an dem Schuss in ihren Rücken.

Schusswaffen und Attentäter ließen darauf schließen, dass der Mörder ihrer Mutter über größere Mittel verfügte, was nahelegte, dass er genau in dem Kreis der Reichen und Mächtigen zu finden sein musste, in dem die Gräfin Lorentha am morgigen Abend einführen wollte.

Ob sie es nun gut mit ihr meinten oder nicht, offenbar waren diese beiden durchaus bereit, Lorentha als einen Köder zu benutzen. Nun, dachte sie grimmig, dieses Spiel kam ihr entgegen, solange sie sich nicht zu sehr von den beiden leiten ließ. Dennoch zog sie es vor, selbst zu entscheiden, wann und wie sie dieses Hornissennest in Aufruhr versetzen würde.

Der Tempel der Isaeth lag auf einem Platz, den schon vor Jahrhunderten die Gläubigen aus dem harten Fels geschlagen hatten, hoch oben über der Stadt, und nur eine lange, gewundene Straße führte hinauf zu ihm. Im Laufe der Jahre hatten sich zwischen den Serpentinen Häuser angesammelt, die sich an den steilen Berghang drückten, eines enger als das andere an und in den Berg gebaut und durch ein Gewirr aus unübersichtlichen Gassen und zumeist Treppen miteinander verbunden.

Manche Gassen waren so eng, dass ein ausgewachsener Mann mit breiten Schultern kaum durch sie hindurchpasste, andere breit genug für kleine Karren; allesamt verwinkelt, bildeten sie einen Irrgarten, in dem sich jeder verlieren konnte, der ihn nicht wie seine eigene Westentasche kannte. Vor allem nachts geschah dies sehr leicht, meist half nicht einmal das Licht einer Laterne, die Gassen ähnelten sich so sehr, dass sie auch keine große Hilfe war, hatte man einmal den Weg verloren.

Schon früh hatten Diebe den Vorteil erkannt, den dieses Gewirr an Straßen ihnen bot, selbst wenn ihnen Stadtwachen dicht auf den Fersen sein sollten, in dem Moment; in dem jemand seinen Fuß in diese Gassen setzte, war die Flucht gelungen, keine Stadtwache hatte es je vermocht, hier einen Flüchtigen zu stellen.

Es dauerte länger, als sie dachte, den Platz zu erreichen, entweder war die Straße länger, als sie es in Erinnerung hatte, oder aber ihre Kondition hatte gelitten, jedenfalls hatte sie die beständig ansteigende, lange Straße gehörig aus der Puste gebracht.

Manchmal, dachte sich die Majorin, als sie an ihrem Ziel ankam, sich vorbeugte und die Hände auf ihre Knie stützte, um nach dem steilen Anstieg wieder zu Atem zu kommen, fragte sie sich, ob es jemanden gab, der die Ironie zu schätzen wusste, dass sich ausgerechnet zu den Füßen einer Göttin, die Gnade und Vergebung predigen ließ, eine der gefährlichsten Gegenden der Stadt befand.

Zwar säumten reiche und prachtvolle Häuser den Tempelplatz, doch die meisten von ihnen besaßen mehr Stockwerke in den Hang hineingebaut, als von hier aus zu sehen waren. Öffnete man dort unten eine Tür, befand man sich mitten im Herzen des Tempelviertels, wo weder die Gnade der Göttin noch die Knüppel der Wachen zu finden waren. Einige dieser Hintertüren waren mit festem Eisen verschlossen, mit massiven Riegeln und Fallen geschützt, andere dagegen standen meist offen.

Schon seit Jahren waren am Tempelplatz die besten Hurenhäuser der Stadt zu finden gewesen. Die feinen Kunden kamen oben mit der Kutsche an, während die, die ihnen dienlich sein mussten, geduckt durch die Hintertüren kamen. Oder, wie Lorentha nur zu gut wusste, nicht selten strampelnd und schreiend.

Das nächste Problem, wenigstens wenn sie es aus den Augen einer Majorin der Garda betrachten wollte, war, dass der gesamte Platz und natürlich der Tempel selbst sich unter Tempelrecht befanden. Als Prinzessin Armeth damals ihr Herz und diese Stadt verschenkte, konnte sie nur das geben, was sie besaß, und dieser Platz, hoch über der Stadt, aber noch in ihren

Mauern liegend, gehörte nicht ihr, sondern Isaeth, weder König Hamil noch der Kaiser selbst hatten hier etwas zu sagen.

Schon lange bevor die Stadt als Mitgift einer Prinzessin den Besitzer gewechselt hatte, hatte man überlegt, was man dagegen tun konnte, bekäme man nur das Verbrechen in den Griff, so gäbe es in Aryn wohl kaum eine bessere Lage für die Häuser reicher Herren. Zweimal schon hatte man versucht, den Fuchsbau niederzubrennen, doch dadurch hatte man nur einen Teilsieg errungen und eine unausgesprochene Vereinbarung: Die jährliche Prozession nahm hier ihren Anfang, in wenigen Tagen würden Menschenmengen die lange, gewundene Straße säumen und den mannigfaltigen Geschäften, die es entlang der Straße gab, guten Umsatz bringen.

Im Prinzip hatte man sich dieses Viertel aufgeteilt. Alle Häuser, deren Front den Platz oder die Tempelstraße berührten, standen unter dem Schutz der Wache, die Gassen dahinter gehörten den Halunken, Dieben und Straßenräubern. Bei Tag, wenn die ehrbaren Bürger ihren Tempeldienst verrichteten, hielt sich die Unterwelt zurück, bei Nacht jedoch beanspruchten sie das gesamte Gebiet für sich. Wahrscheinlich war es auch noch immer so, dass die ehrbaren Bewohner dieser Gegend, sofern es noch welche von ihnen gab, Schutzgeld dafür bezahlten, nicht in der Nacht Besuch zu erhalten.

Jetzt war es Nacht, dunkler konnte es kaum werden, selbst der Mond glänzte nur dadurch, dass er nicht zu sehen war, und Lorentha konnte sich sicher sein, dass sie nicht nur von einem Augenpaar beobachtet wurde. Was mit ein Grund war, weshalb an ihrer Brust kein goldenes Schild mit einem Wolfskopf prangte und auch ihre Rüstung nicht mehr so ganz den Vorschriften der Garda entsprach. Die Art, Leder so zu gerben, dass es des Nachts wie dunkler Rauch wirkte und jedes Licht zu schlucken schien, kam aus Ravanne, wo man sich in der Kunst des Attentats angeblich bestens auskannte. Ein Attentat hatte sie nicht vor; dass sie diese Rüstung trug, hatte einen ganz einfachen Grund, selbst die Bewohner der

Nacht hielten sich meist sehr zurück, wenn sie jemanden sahen, der so gewandet war.

Auch dieser Rat, wie konnte es anders sein, war von Albrecht gekommen, und seine Weisheit bestätigte sich noch immer. Auf dem Weg zum Tempelberg hinauf hatte sie mehr als einmal aus den Augenwinkeln Bewegung wahrgenommen, und auch jetzt fühlte sie die Blicke fremder Augen auf sich ruhen, doch niemand wagte sich aus den Schatten heraus.

Der Tempelplatz lag weit und leer vor ihr, nur vereinzelt spendeten Laternen oder Fackeln ein ungewisses Licht, die Gebäude, die selbst um diese späte Zeit noch hell erleuchtet waren, brauchten keine roten Laternen; dass sie überhaupt beleuchtet wurden, war Hinweis genug; das und die Kutschen, die hier standen, die meisten von ihnen ohne Wappen und Hinweis auf ihre Besitzer. Die Hurenhäuser bedienten keine Seeleute, ein Moment der Glückseligkeit kostete hier mehr, als ein Seemann in einem Jahr vertrinken konnte.

Lorenthas Blick schwenkte zur Seite hin, ein Stück Pflaster am Rand des Platzes, wo nichts mehr darauf hinwies, was hier vor über zwanzig Jahren geschehen war. Fast ohne ihr Zutun setzten sich ihre Füße in Bewegung, bis sie dort stand und sich langsam umsah. Eine der Erinnerungen, die ihr noch erhalten geblieben waren, zeigte das Tor des Tempels auf der anderen Seite des Platzes, heute wie damals war es von gleich vier Laternen hell erleuchtet, damit die Gläubigen auch in der Dunkelheit den Pfad zur ihrer Göttin gewiesen bekamen. Dem Winkel nach musste es also etwa hier geschehen sein.

Ein anderer Teil der Übereinkunft war gewesen, dass diese Kutschen nicht angetastet wurden, man würde sich dabei nur ins eigene Fleisch schneiden. Ihre Mutter musste das gewusst haben, denn sie hatte ihre Kutsche hier halten lassen. Sie hatte die Lampen in der Kutsche ausgeblasen und sich den Schleier ins Gesicht gezogen … und gewartet; jemand hatte sie an diesem Ort treffen wollen.

Langsam drehte sich Lorentha um ihre eigene Achse und ließ ihren Blick über die dunklen Schatten und die hell erleuchteten Häuser gleiten. Warum hier, fragte sie sich, zu solch später Stunde? Warum hatte ihre Mutter sie aus dem Bett geholt und hastig angekleidet, sie an diesen Ort gebracht? Evana Sarnesse hatte ihre Waffen mit sich geführt, Lorentha erinnerte sich daran, dass sie das Schwert ihrer Mutter auf der anderen Bank der Kutsche hatte liegen sehen, aber ganz offensichtlich hatte ihre Mutter keine Gefahr befürchtet.

Ihre Mutter hatte ihr eine Geschichte erzählt, um sie abzulenken, während sie hier gewartet hatten, etwas, was sie öfter getan hatte, wenn Lorentha zu unruhig gewesen war. Doch diese Geschichte hatte sie nie beenden können. Maskierte Männer, fünf mochten es gewesen sein, hatten die Kutsche angegriffen, kein Raub, wie manche angenommen hatten, und auch keine Entführung, denn sie hatten sofort mit Armbrüsten geschossen, deren Bolzen ihre Mutter mit einer Hand zur Seite geschlagen hatte, als sie Lorentha in den Fußraum zwischen den Bänken gedrückt hatte.

Langsam griff die Majorin an ihre Wange, dort war es, als ob sie noch das Blut spüren konnte, warm, fast heiß, das sie besudelt hatte, als Dolch und Schwert ihrer Mutter hell gleißten und der Erste ihrer Mörder auf dem leuchtenden Stahl ein Ende fand ... und durch die Kutschentür auf Lorentha fiel, um sie unter sich zu begraben.

Außer dem seltsamen Singen ihrer Waffen, gepresstem Stöhnen und keuchenden Atemzügen hatte keiner der Kämpfenden einen Laut von sich gegeben, nicht ihre Mutter, nicht die, die sie angegriffen hatten. Es war, als hätte die Nacht jeden anderen Laut verschluckt. Sie erinnerte sich nur daran, wie Stahl auf Stahl prallte, an dieses reißende, nasse Geräusch, das entstand, wenn eine Klinge in Fleisch eindrang, bis, nach einer Ewigkeit, in der sie zitternd vor Angst unter dem Attentäter begraben lag, während ihr sein Blut aufs Gesicht tropfte, endlich die Kampfgeräusche aufhörten und sie ihre Mutter ihren Namen rufen hörte.

Während sie still und mit geschlossenen Augen dastand, spürte sie, wie ihr Puls zu rasen begann, zum ersten Mal reichte ihre Erinnerung weiter als an diesen Punkt, an dem sie zuvor so oft verzweifelt war. Sie konnte die Stimme ihrer Mutter fast hören, fast fühlen, wie der tote Attentäter, unter dem sie begraben gewesen war, von ihr gezerrt wurde.

»Sch«, hörte sie ihre Mutter sagen. »Es ist alles gut, es ist vorbei.« Sie sah sie jetzt, wie sie ihr Schwert zur Seite legte und ihre Tochter in die Arme nahm und fest an sich drückte. »Es ist vorbei«, wiederholte sie flüsternd, während sie sich langsam umdrehte, wohl weil sie versuchte, ihre Tochter vor dem Anblick der toten Attentäter zu schützen, die wie verstreute Puppen um die Kutsche herum lagen ... und vor dem Anblick von Jens, dem alten Kutscher, der zusammengesunken auf dem Kutschbock saß, ein alter Mann mit einem freundlichen Wesen, der ihr erst am Tag zuvor ein selbst geschnitztes hölzernes Pferd geschenkt hatte. Sie sollte nicht die Toten sehen, das Blut, das von Jens' lebloser Hand auf die Pflastersteine tropfte ...

Eine Stimme versuchte, sich in ihre Erinnerung zu drängen, doch sie wehrte sie ab, hielt an dem fest, was sie zum ersten Mal seit damals erinnerte und sah ... und hörte schwere Schritte, dann die Stimme ihrer Mutter.

»Ihr seid zu spät«, hatte sie dem anderen vorgeworfen. »Ihr braucht nicht zu glauben, dass ich vergessen werde, dass Eure Leichtfertigkeit meine Tochter in Gefahr gebracht hat! Wir sind verraten worden und ...«

Was auch immer sie noch sagen wollte, sie kam nicht mehr dazu, sie warf sich herum, brachte sich zwischen diesen anderen und ihre Tochter, ein leises Klicken, zeitgleich ein scharrendes Geräusch und ein lauter Knall und ein harter Schlag, heißes Blut, das ihr in Augen und den zum Schrei aufgerissenen Mund spritzte, und dann ... nichts.

Wieder hörte sie eine Stimme, aber die Worte ergaben für sie keinen Sinn. Sie kniete dort, wo eben noch die Kutsche gestanden hatte, und sie weinte wie das Kind, das sie soeben noch gewesen war, voller Verzweiflung und Schmerz, winselnd wie ein Hund, die Arme um sich geschlungen, als ob sie nur so noch Halt finden könnte. Irgendwo, in einem Winkel ihres Verstands, begriff sie, dass dies der falsche Ort war, um weinend zusammenzubrechen und den Schakalen der Nacht ein leichtes Opfer zu geben, aber sie war machtlos gegen den Ansturm der Gefühle, der sie übermannte.

Auch die nächsten Worte vermochten sie kaum zu erreichen, zu sehr war sie in dem Moment gefangen, denn dies eben war mehr als nur eine Erinnerung gewesen, sie hatte es erlebt, gefühlt, schmeckte noch immer das Blut ihrer Mutter in ihrem Mund, und ob die Verzweiflung nun die eines Kindes oder einer erwachsenen Tochter war, machte keinen Unterschied, denn es war das erste Mal, dass Lorentha weinen konnte, seitdem dies hier geschehen war, zu viele Tränen waren hinter diesem Damm gestaut gewesen, der viel zu lange gehalten hatte und nun unvermittelt brach.

Wieder hörte sie diese ferne Stimme, und jemand schüttelte sie an ihrer Schulter. Mit Mühe zwang sie sich aufzusehen, darauf zu lauschen, was diese Stimme von ihr wollte.

»Könnt Ihr mich hören, Frau?«

Langsam hob Lorentha den Kopf und versuchte zu sehen, wer sich da besorgt neben sie gekniet hatte. Ein Mann.

In einem roten Kleid.

Sie blinzelte, während sie noch immer Blut auf ihren Lippen schmeckte. Ein Gesicht. Offenes dunkles Haar, fein geschwungene Augenbrauen, eine gerade Nase, weite, sinnliche Lippen und darunter ... ein spitzer Bart.

»Ihr seid ein Mann«, stellte Lorentha fest.

»Ja«, antwortete der andere sichtlich erheitert. »So ist es.«

»Ihr tragt ein Kleid.«

»Eine Robe.«

»Männer sollten keine Kleider tragen«, teilte sie ihm mit.

»Mag sein«, lachte der andere vergnügt. »Ihr seid eine Frau, und Ihr tragt Hosen. Das ist auch falsch.«

»Nein«, sagte Lorentha und schüttelte sich wie ein nasser Hund. »Es ist Vorschrift.«

Der Mann lachte, und in ihr regte sich eine Art Empörung darüber, dass er sie nicht ernst zu nehmen schien, aber selbst das konnte sie nicht aus ihrer Lethargie reißen, die Empörung schwand, und sie fühlte, wie sie nach vorn fiel, nur um mit einem Griff an ihrer Schulter aufgefangen zu werden.

»Nicht doch«, ermahnte sie der Mann, während er sie stützte. »Ihr erlaubt?«, fragte er, und bevor sie verstand, was er da tat, spürte sie schon kühle Finger an ihrem Kopf, wo er vorsichtig die alte Narbe hoch über ihrer Schläfe betastete. »Kein Wunder, dass Ihr benommen seid, Ihr habt dort eine Beule, so groß wie ein Hühnerei, hat Euch jemand niedergeschlagen?«

Das war falsch. So war das nicht. »Nein«, widersprach sie, während sie mühsam ihre Gedanken zu sammeln versuchte, nur dass sie ihr immer wieder entglitten. »Es war ein Schuss. Er traf uns beide«, brachte sie hervor und öffnete mühsam die Augen, nur um staunend auf die Frau herabzusehen, die vor ihren Knien lag.

Eine Frau mit blonden, langen Haaren, die sich noch im Tod schützend um ihr Kind krümmte, die goldene Spange, die ihr den Schleier gehalten hatte, lag nun in einer Pfütze von Blut, das langsam zwischen den Pflastersteinen versickerte. Sie trug ein elegantes schwarzes Kleid und darüber einen dunklen Umhang, in dem deutlich das Loch zu sehen war, das die Kugel in den Stoff gerissen hatte.

Der Mann im Kleid kniete mit einem Bein in ihr.

»Geht da weg«, sagte sie. »Ihr kniet in meiner Mutter.«

Seine Augen weiteten sich, und wäre Lorentha mehr bei Sinnen gewesen, hätte sie sich vielleicht gewundert, dass er ihr glaubte.

»Hier?«, fragte er vorsichtig und tastete in ihrer Mutter herum, und Lorentha gab ein leises Stöhnen von sich, als seine Hand im Kopf ihrer Mutter verschwand.

»Nicht!«, rief sie verzweifelt. »Ihr greift ihr in den Kopf!«

Er rutschte hastig etwas zur Seite weg. »Besser?«

Sie nickte erneut.

»Was seht Ihr?«, fragte er sanft.

»Meine Mutter. Sie ist tot«, sagte sie mit der Stimme eines kleinen Kindes. »Er hat ihr in den Rücken geschossen, als sie versuchte, mich zu beschützen.«

»Wie alt seid Ihr?«, fragte er mit einer sanften Stimme.

»Ich werde in sieben Wochen neun.«

»Das ist zu lange her«, sagte er eindringlich. »Ihr müsst sie loslassen, bevor Ihr Euch verliert!«

»Nein. Ich will nicht.«

»Ihr müsst!«

Sie schüttelte den Kopf. Sie hatte vergessen, wie ihre Mutter ausgesehen hatte. Es war an beiden Orten dunkel, aber sie konnte erkennen, dass das Kinn eine andere Form hatte und die Lippen ...

»Verzeiht«, sagte der Mann.

Verwirrt sah sie auf. Der harte Schlag riss ihr den Kopf herum und riss die Welt entzwei, alte Reflexe übernahmen, und noch während sie sich zur Seite rollte und nach ihrem Schwert griff, trat sie mit einem langen Bein nach seinem Knöchel aus, um ihn aus dem Stand zu fegen, doch er wich ihr mühelos aus, dann fand sie sich wieder, in der Hocke kniend, sprungbereit, Schwert und Dolch in ihren Händen, und vor ihr ein Mann in einem roten Kleid, der sie breit angrinste.

»Aha«, lachte er. »Sieht ganz so aus, als wäret Ihr zurück!«

Raphanael Tarentin Manvare

9 Sie blinzelte und sah sich um. Es gab keine Kutsche mehr, keine toten Körper und auch kein Blut, auch nicht dort, wo eben noch ihre Mutter gelegen hatte. Ihre Wange pochte, wo sein Schlag sie getroffen hatte, aber die seltsame Benommenheit war verschwunden.

Es blieb dabei. Der Mann trug ein rotes Kleid. Mit gelben Stickereien entlang der Säume. »Ihr tragt wahrhaftig ein Kleid«, stellte sie verwundert fest, während sie Schwert und Dolch wegsteckte, um dann ihre Wange zu reiben und den Mann vor ihr misstrauisch zu beäugen. Schließlich nahm sie seine ausgestreckte Hand und zog sich daran hoch, ihre Beine zitterten, und sie fühlte sich so schwach wie schon lange nicht mehr, aber wenigstens stand sie wieder und kauerte nicht wie ein getretener Hund am Boden.

»Ja«, grinste er. »Das hatten wir schon. Ihr erlaubt?« Er hatte sie losgelassen und hob jetzt seine Hand; als sie instinktiv zurückwich, schüttelte er leicht den Kopf. »Sorgt Euch nicht«, sagte er leise wie zu einem scheuen Pferd. »Ich will nur nach Eurem Kopf sehen.«

Bevor sie noch etwas sagen oder zurückweichen konnte, fuhr er leicht mit dem Finger über ihre Schläfe, um sofort wieder zurückzuweichen. »Faszinierend«, meinte er und musterte sie sorgfältig. »Eben noch hattet Ihr dort noch eine Beule, so groß wie ein Hühnerei.«

»Ja«, sagte sie. »Ich erinnere mich vage, dass Ihr etwas dergleichen gesagt habt.« Sie fuhr nun selbst mit den Fingern ihrer linken Hand über die Stelle, es gab dort keine Beule, aber als sie die Finger herabnahm, sah sie im unsicheren Licht der fernen Laternen einen dunklen Tropfen Blut.

Plötzlich zogen sich seine Augen zusammen und er wirbelte herum, um in die Dunkelheit zu starren.

»Was ist?«, fragte sie leise, während ihre Hand sich auf ihr Schwert legte.

»Nichts«, sagte der Mann und entspannte sich langsam. »Ich dachte nur, ich hätte dort im Schatten jemanden gesehen ... doch dort ist nichts.«

»Götter, erschreckt mich nicht so!«, beschwerte sie sich, während sie sich auf dem leeren Platz umsah. Keine Kutsche, keine Toten, nur dieser seltsame Mann in einem Kleid. »Könnt Ihr mir erklären, was mir eben widerfahren ist?«

Er zuckte mit den Schultern. »Nicht viel. Ihr kamt von der Straße her auf den Platz, habt Euch umgesehen und seid dann hierhergegangen, um erst eine ganze Weile still und steif dazustehen, ohne Euch zu bewegen.«

»Und Ihr habt Euch das angesehen«, meinte sie und zog eine Augenbraue hoch.

»Eine Frau, in schwarzes Leder gerüstet, mit Schwert und Dolch, die herumsteht, als ob sie auf etwas oder jemanden warten würde? Natürlich habe ich Euch beobachtet, Ihr saht verdächtig aus.« Er ließ seinen Blick über ihre Rüstung gleiten, die im Schein der fernen Laternen kaum zu sehen war. »Wenn Ihr mich fragt, seht Ihr noch immer verdächtig aus.«

Jetzt war es an ihr, ihn zu mustern. Er war vollständig unbewaffnet.

»Ihr seid wahnsinnig«, teilte sie ihm fast schon zornig mit. »Ihr habt nicht einmal einen Knüppel dabei, wisst Ihr denn nicht, wie gefährlich diese Gegend ist? Göttin!«, entfuhr es ihr entsetzt, als sie verstand, wie es sein konnte, dass ein unbewaffneter Mann in einem Kleid sich hier aufhalten konnte. »Ihr verkauft Euch doch nicht etwa in einem dieser Hurenhäuser?«

»Wie kommt Ihr denn darauf?«, fragte er sie fassungslos.

»Es tut mir leid«, sagte sie rasch. »Ich wollte Euch nicht zu nahe treten, ich ... wenn Ihr ...« Er sah sie nur weiter fassungslos an. Reiß dich zusammen, dachte sie und holte tief Luft. »Ich meine, Ihr könnt ... was ich sagen will, wenn Ihr ...« Hilflos wies sie zu dem nächstgelegenen Hurenhaus, das sich keine zwanzig Schritt entfernt befand. »Es steht mir nicht zu, Euch zu verurteilen«, brachte sie dann noch heraus. »Ich bin Euch zu Dank verpflichtet, und es geht mich nichts an und ...«

Er folgte ihrer Hand mit seinem Blick, und seine Augen weiteten sich. »Ihr denkt wahrhaftig, ich arbeite in einem dieser Häuser?«, fragte er dann ungläubig.

»Nun«, sagte sie etwas steif. »Es würde dieses Kleid erklären. Ich hörte ...«

Er fing schallend an zu lachen. »Hört auf«, bat er sie keuchend, kaum dass er den Atem dazu gefunden hatte. »Sagt nichts weiter ... ich ...« Er holte tief Luft, sah von dem Haus zu ihr und wieder zu dem Haus zurück und hatte sichtbar Mühe, sich zu sammeln. »Götter«, meinte er dann und wischte sich eine Träne aus den Augen, um sie kopfschüttelnd und mit einem breiten Grinsen anzusehen. »Sagt nichts weiter«, bat er sie erneut. »Bevor Ihr Euch noch weiter in Verlegenheit bringt.« Er zupfte an dem Ärmel seines Kleids. »Offensichtlich braucht Ihr eine Erklärung. Dies ist kein Kleid, sondern eine Robe. Ein vornehmes Gewand. In meiner Heimat trägt man eine solche Robe bei besonderen Gelegenheiten, bei Hochzeiten, Ehrungen oder anderen feierlichen Angelegenheiten. Diese spezielle Robe ist eine Gebetsrobe. Seht Ihr die goldenen Stickereien an den Säumen? Sie sollen einen an die vierundvierzig Weisungen der Göttin erinnern, ich befürchte, meine Schwester schenkte mir die Robe, weil sie daran zweifelt, ob ich mich dieser Weisungen noch vollständig entsinne. Ich trug diese Robe, weil ich ...«

»Weil Ihr im Tempel gebetet habt«, beendete Lorentha seinen Satz und stöhnte auf. Warum fand sie nie ein Loch im Boden, wenn sie eines brauchte? »Götter«, begann sie. »Ich dachte ...«

»Ich weiß, was Ihr dachtet«, grinste er. »Ihr braucht es nicht zu wiederholen. Und schaut ...« Er hob die Robe an, damit sie den Blick auf ein paar vielleicht etwas dürre, aber in Hosen gekleidete Beine freigab.

Lorentha spürte, wie ihr die Hitze ins Gesicht stieg, etwas, das ihr schon seit Jahren nicht mehr passiert war. »Ich wollte nicht ...«, stammelte sie, doch er hob die Hand, um sie zu unterbrechen.

»Vergesst es«, meinte er großmütig und blickte noch einmal zu dem Hurenhaus hin, um kurz aufzulachen. »Wenn Ihr diese Art von Roben nicht kennt, ist es eine logische Schlussfolgerung, allerdings muss ich gestehen, dass ich nicht wusste, dass sich auch Männer in solchen Häusern verkaufen.« Er sah sie breit grinsend an. »Ist das der Grund, weshalb Ihr so spät in der Nacht ...«

»Götter!«, rief sie entsetzt. »Ihr denkt ...« Dann sah sie, wie sein Grinsen noch breiter wurde, und hielt inne, um ihn misstrauisch anzuschauen.

»Habt Ihr mich eben gefoppt?«, fragte sie fassungslos.

»Nur, um Euch aus Eurer Verlegenheit zu helfen«, lachte er. »So wären wir also ausgeglichen. Wollen wir es damit auf sich beruhen lassen?«

»Nur zu gerne«, sagte sie erleichtert und dachte bei sich, Göttin, gut dass keiner ihrer Kameraden bei der Garda das mitbekommen hatte, sie hätte in hundert Jahren noch davon gehört!

»Kommen wir zurück zu Eurer Frage«, sagte er ernster. »Ihr habt gefragt, was geschehen ist. Wie gesagt, Ihr habt hier gestanden, dorthin geschaut«, er wies zu der Stelle, an der vor so vielen Jahren die Kutsche ihrer Mutter gestanden hatte. »Ihr habt aufgeschrien, als ob Dämonen an Eurer Seele zerren würden, und seid dann weinend zusammengebrochen. Ich stand dort drüben am Tempel, und als ich das sah, dachte ich, Euch wäre etwas zugestoßen, und ich bin so schnell wie möglich hergerannt, aber ich habe nichts erkennen können.« Bei dieser Gelegenheit sah er sich suchend um, aber ausnahmsweise gab es keine dunklen Gestalten, die sich in den Schatten herumtrieben, nur ein reich gekleideter, etwas dicklicher Mann, der sich seinen Hut vor das Gesicht hielt, als er hastig in seine Kutsche stieg. »Tatsächlich ist es heute Nacht hier ziemlich ruhig … dennoch, es ist nicht der beste Ort für so etwas.«

»Was Ihr nicht sagt«, meinte sie, während sie beide der Kutsche hinterhersahen, die zur Straße hin fuhr. »Danke für die Schilderung, aber das war nicht Kern meiner Frage. Ihr habt irgendwie gewusst, was mir geschehen ist, und wusstet das Richtige zu tun.« Sie rieb sich bedeutungsvoll über ihre Wange. »Das sollt Ihr mir erklären.«

»Ach, das«, meinte er nachlässig. »Das war nichts weiter.«

Sie zog skeptisch eine Augenbraue hoch.

Er musterte sie mit einem schiefen Lächeln. »So leicht lasst Ihr mich nicht davonkommen?«

Sie schüttelte den Kopf.

Er seufzte. »Zuerst eine Frage … wart Ihr zufällig in einer Erinnerung versunken?«

Sie nickte.

»Eure Waffen, mag es sein, dass sich auf den Klingen silberne Runen befinden?«

Sie nickte erneut.

»*Atanamés*«, sagte er langsam und nickte. »Das erklärt es. Ihr habt von Eurer Mutter gesprochen, sagtet, dass man sie in den Rücken geschossen hätte, weil sie versuchte, Euch zu schützen?«

Sie nickte wieder.

»Also wart Ihr damals dabei … Eure Waffen auch?«

»Sie gehörten meiner Mutter«, sagte Lorentha langsam. »Sie hatte sie dabei. Wir wurden hier an dieser Stelle überfallen.«

»Diese Waffen sind dafür geschaffen, Magien zu leiten und zu fokussieren. Im Kaiserreich gibt es Frauen, die ein Talent besitzen, das nur über die weibliche Linie vererbt wird. Sie werden in einer ganz bestimmten Weise ausgebildet, die ihre Art der Magie mit Schwertkampf verbindet.« Er sah ihr direkt in die Augen. »Man nennt sie Valkyrie. Nach den Kriegsmägden der alten Götter. Walküren. Ihr müsst eine sein.«

Sie schüttelte den Kopf. »Nein. Aber meine Mutter gehörte zu den Walküren. Was hat das mit dem zu tun, was mir geschehen ist?«

»Es gibt eine Meditationstechnik, die es einem erlaubt, sich auf ein früheres Selbst zurückzuführen. Es ist wie eine Erinnerung, nur ... mehr. Man ist die Person, die man einst war, und erlebt mit klarem Bewusstsein und Verstand alles noch einmal, was man zuvor schon erlebte.« Er schluckte. »Es braucht Jahre, um diese Art der Meditation zu beherrschen, und es besteht überdies die Gefahr, dass man sich in seinem früheren Ich verliert und den Weg nicht mehr zurückfindet. Wie ich schon sagte, es braucht Jahre der Ausbildung, um so weit zu kommen ... oder aber starke Gefühle, ein Talent zur Magie und einen *Atanamé*, der sich schon damals am gleichen Ort befand. Und den Willen, sich zu erinnern. All das zusammen ...« Er zuckte hilflos mit den Schultern. »Ihr könnt von Glück sagen, dass Ihr noch hier seid.«

»Wie meint Ihr das?«, fragte sie, während sie versuchte, zu verstehen, was er ihr eben gesagt hatte.

»Ob nun durch Meditation oder durch Magie, die Gefahr ist die gleiche, dass Ihr Euch in Eurem alten Selbst verliert. Es füllt Euch aus ... und plötzlich seid Ihr neun Jahre alt ...« Als sie überrascht aufschaute, lachte er leise. »Ich habe Euch nach dem Alter gefragt«, erinnerte er sie. »Das Problem ist, dass Ihr die damaligen Gedanken denkt und vergessen könnt, dass Ihr nicht mehr Euer altes Ich seid. Ihr müsst über zwanzig Jahre zurückgegangen sein und habt Euch trotzdem nicht verloren, Ihr wart, wenigstens zum Teil, noch hier.« Er zögerte. »Eure Wunde ... Euer altes Selbst ... das Kind, war es in der Vergangenheit bewusstlos?«

Sie nickte langsam.

»Das hat Euch gerettet«, sagte er mit belegter Stimme. »Nur das. Denn dadurch füllte sie Euch nicht mehr mit alten Gedanken und Gefühlen und ließ Euch mehr von Eurem heutigen Selbst. Wäre sie erwacht, während Ihr in ihr gefangen gewesen wart, hättet Ihr den Weg nicht mehr zurück gefunden. Nichts, das Euch in der Gegenwart widerfahren wäre, hätte Euch noch berühren können. Sera, Ihr habt das Glück der Göttin auf Eurer Seite gehabt! Also ... tut Euch den Gefallen und versucht nicht, dieses Kunststück zu wiederholen. Ihr ließet hier in der Gegenwart nur eine seelenlose Hülle zurück!«

»Woher wisst Ihr das alles?«, fragte sie beeindruckt. »Ich halte mich nicht für ungebildet, aber ...«

»Ihr kennt die Antwort«, sagte er sanft, während er sie auf eine seltsame Art anschaute, als wolle er ganz tief in ihre Seele blicken. »Denn Ihr solltet Euch mittlerweile denken können, wer ich bin. Von wie vielen manvarischen Adeligen wisst Ihr, die einem Orden der Magie angehören und die Grund haben könnten, sich des Nachts in einem Tempel herumzutreiben, dem ein Vogel abhandenkam? Ich jedenfalls weiß nur von einer Majorin der kaiserlichen Garda, deren Mutter genau hier vor über zwanzig Jahren in einer Kutsche ermordet wurde.«

»Oh, Götter!«, entfuhr es ihr. »Ihr seid ...«

»Raphanael Tarentin Manvare«, sagte er mit einer eleganten Verbeugung. »Euer gehorsamster Diener, vorausgesetzt natürlich, dass Ihr mir versprecht, niemals auch nur mit einer Silbe zu erwähnen, dass Ihr bei unserem ersten Kennenlernen geglaubt habt, ich würde mich in einem Hurenhaus verkaufen. Denn das würde sogar *meinen* Ruf noch ruinieren!«

»Wusste jemand, dass Ihr die Absicht hattet, heute Nacht hierherzukommen?«, fragte er etwas später. Nachdem sie sich wieder etwas gefasst hatte, hatte er ihr vorgeschlagen, in den Tempel zu gehen, da ihm, wie er sich ausdrückte, »diese ganzen unsichtbaren Augen, die uns hier beobachten, an den Nerven zerren«.

Sie hatte dem Vorschlag dankbar zugestimmt und war froh darüber, dass er sie zu der hintersten Bank des Tempels geführt hatte, so konnte sie sich wenigstens setzen, denn sie fühlte sich auf eine Art ausgelaugt und erschöpft, wie sie es nicht von sich kannte.

Jetzt schüttelte sie langsam den Kopf, was sie unsanft daran erinnerte, dass er wie ein Hammerwerk pochte.

»Tatsächlich schlich ich mich wie ein Dieb aus dem Haus«, sagte sie und sah sich in dem stillen Tempel um. Bis auf eine alte Frau, die auf der vordersten Bank saß und leise schnarchend schlief, war der Tempel menschenleer und verlassen. Nur eine Handvoll Kerzen brannten und spendeten ein schwaches Licht, das die Säulen der hohen Halle über ihren Köpfen in der Dunkelheit verschwinden ließ. Vorn am Altar standen die beiden dicken Kerzen, doch auch ihr Licht reichte kaum aus, um das Standbild der Göttin zu beleuchten, man ahnte sie mehr, als dass man sie sah, und doch war sich Lorentha sicher, dass über ihrer hochgestreckten Hand der goldene Schimmer des Falken zu erkennen war, wie er mit weit gespreizten Flügeln seine Krallen in den Unterarm der Göttin schlug.

»Seid Ihr sicher?«, fragte er.

»Ganz sicher«, sagte sie. »Ich habe bei Gräfin Alessa Quartier bezogen. Nachdem sie erklärt hat, wie sie sich unser Treffen morgen Abend vorgestellt hat, schickte sie mich wie ein kleines Kind ins Bett. Anschließend bin ich aus dem Fenster geklettert. Warum fragt Ihr?«

»Weil meine Schwester mich fast schon dazu drängte, mir noch heute Nacht den Schauplatz des Verbrechens anzusehen. Ihr müsst wissen, ich bin auch erst gestern Abend hier eingetroffen.«

Lorentha sah ihn fragend an. »Aber es ist doch nachvollziehbar, dass sie von Euch Erkundigungen am Ort des Verbrechens erwartet?«

»Ja, nur hilft es nicht viel, in ihrem Bestreben, das Verbrechen zu verheimlichen, haben sie alle Spuren beseitigt und sogar den Boden vor der Statue frisch poliert.«

»Aber ...«, begann sie.

»Ja«, nickte er grimmig. »Auch meine Schwester war entsetzt. Sie war nicht hier, als es geschehen ist, sie hat mich auf meinem Landsitz besucht. Kardinal Rossmann gab die Anweisung dazu. Ich kann ihn verstehen, seine Prioritäten sind andere als die unseren, aber dennoch ...«

Sie nickte. Es war nicht das erste Mal, dass sie so etwas erlebt hatte, auch bei ihrem letzten Mordfall war es so gewesen. Als sie den Ort des Geschehens betreten hatte, hatte sie das Opfer frisch gewaschen und neu eingekleidet vorgefunden, die blutigen Kleider waren im Kamin verbrannt, während sich das Eheweib des Opfers unter Tränen eifrig bemühte, auch den letzten Rest des Blutes wegzuschrubben. So etwas geschah, war sogar verständlich, aber erfreulich war es nicht.

»Wessen habt Ihr Eure Schwester im Verdacht?«, fragte sie erstaunt. »Sie wird doch wohl als Letzte ein Interesse daran haben, den Vorfall zu vertuschen?«

»Es wäre ihr auch nicht möglich gewesen, wie gesagt, sie hat mich gestern auf meinem Landgut besucht. Ach«, sagte er und winkte ab. »Vergesst es. Für einen Moment habe ich befürchtet, dass meine Schwester es eingerichtet hat, dass wir uns hier ›zufällig‹ treffen. Aber selbst sie hätte nicht wissen können, dass Ihr vor meinen Augen zusammenbrecht.« Er lachte leise. »Abgesehen davon ergäbe es keinen Sinn. Sie weiß, dass wir uns am Abend auf dem Ball ›wiedererkennen‹ werden.«

»Götter«, seufzte sie. »Der Ball. Wisst Ihr, dass ich glaubte, dass es kaum etwas Peinlicheres gäbe, als heute Abend so zu tun, als wären wir alte Freunde?«

»Ihr habt leicht reden«, lachte er. »Ihr tragt ja kein ›Kleid‹.« Er wandte sich ihr zu, um sie prüfend anzusehen. »Habt Ihr Euch so weit erholt, dass Ihr den Rückweg antreten könnt? Es ist spät geworden, und viel bleibt nicht mehr von der Nacht.«

»Es wird schon gehen«, meinte sie lächelnd. »Es geht die ganze Strecke bergab.«

»Ihr werdet ganz gewiss nicht zu Fuß gehen«, meinte er entschieden. »Ich habe meine Kutsche hier und werde Euch nach Hause bringen. Sofern Ihr nicht um Euren Ruf fürchtet.«

»Nein«, sagte sie mit einem Lächeln. »Wir sind alte Freunde, habt Ihr das vergessen?« Tatsächlich, stellte sie überrascht fest, fühlte es sich fast so an. Nichts geht über einen entschieden peinlichen Moment, dachte sie etwas zerknirscht, um das Eis zu brechen. Abgesehen davon hatte er recht. Es war schon sehr spät, und würde sie darauf beharren, zu Fuß zu gehen, konnte es leicht geschehen, dass das Mädchen kam, um sie zu wecken, bevor sie noch das Haus der Gräfin erreichte.

»Erklärt mir noch eines«, bat sie ihn und wies mit einer Geste auf die Göttin. »Wenn der Falke doch gestohlen wurde, wie kommt es, dass ich ihn dort oben sehe? Oder ist er gar nicht fort?«

»Doch, ist er«, sagte seine Lordschaft grimmig. »Dass Ihr dort einen Falken seht, ist einfach zu erklären. Vier Tage vor der Prozession holt man üblicherweise den Falken von dort oben herunter, um ihn für seinen Weg durch die Stadt zu säubern und zu polieren. Während dieser Zeit trägt die Göttin einen anderen Falken, damit die Gläubigen ihn nicht vermissen, und diese Kopie ist es, die Ihr seht. Dieser Falke ist aus Messing und Stahl geformt und nur schwer mit dem anderen zu verwechseln. Wäre es heller, könntet Ihr es sogleich sehen.«

»Wenn es jeder sehen kann, warum sich die Mühe geben?« Raphanael schaute zu der Göttin hoch. »Die Gläubigen sollen wohl denken, dass der goldene Falke schon für die Prozession vorbereitet wird. Die Täuschung kauft uns nur Zeit bis zur Prozession, spätestens dann wird der Schwindel auffliegen.« Er berührte sie leicht am Arm und stand auf. »Kommt, ich erzähle Euch den Rest auf dem Weg zur Gräfin. Es ist eine grimmige und blutige Geschichte.«

»Blutig?«, fragte sie überrascht, während sie ihm aus dem Tempel folgte. Er blieb vor einer Kutsche stehen, die etwas abseits des Tempels stand und von einem sorgsam aufeinander abgestimmten Vierergespann gezogen wurde. Eines der Pferde hob seinen Kopf, als sein Herr an die Kutsche herantrat, die anderen drei Pferde schliefen im Stehen. Auch der Kutscher hatte sich in seinen schweren Mantel gehüllt, den breitkrempigen Hut tief ins Gesicht gezogen, und schien zu schlafen. Auf dem Kutschbock neben ihm lag eine gespannte mittlere Armbrust, die Spitze des Bolzens glitzerte gräulich im Licht der Laternen. Seine Lordschaft klopfte mit dem Knöchel seiner linken Hand gegen das Holz des Kutschenaufbaus.

»Aufwachen, Kastor«, rief Lord Raphanael fröhlich, was den Kutscher zusammenzucken und nach seiner Armbrust greifen ließ. »Ach, Ihr seid's nur, Eure Lordschaft«, sagte er dann erleichtert und schob den Hut zurück, um sich verschlafen umzusehen. »Es ist noch dunkel«, meinte er fast schon vorwurfsvoll. »Wolltet Ihr nicht bis zum Morgengrauen bleiben?« Sein Blick wurde wacher, als er Lorentha in ihrer schwarzen Rüstung sah.

»Wir bringen diese Dame nach Hause«, erklärte Lord Raphanael fröhlich, zog für die Majorin den Schlag auf und hielt ihr die Hand hin, um ihr in die Kutsche zu helfen.

Sie lachte leise. »Danke«, grinste sie, »aber es geht schon.« Bevor er dazu kam, die Treppe auszuklappen, hatte sie sich schon in die Kutsche geschwungen. »Hosen«, lachte sie. »Ihr erinnert Euch?«

»Daran brauche ich mich nicht zu erinnern«, schmunzelte er. »Ich sehe sie vor mir. Kastor«, wandte er sich an den Kutscher. »Zur Gräfin Alessa.«

Er zog die Kutschentür zu und musterte die Majorin, die es sich auf der anderen Bank bequem gemacht hat. So, wie sie da saß, die Beine etwas angezogen, eine Hand auf ihrem Schwert, erinnerte sie ihn an eine Katze.

Die Kutsche fuhr an, sie warf einen letzten Blick auf den Tempel und wandte sich dann ihm zu. »Ihr sagtet etwas von grimmig und blutig«, erinnerte sie ihn. »Wieso das? Ich dachte, man hätte nur den Falken gestohlen?«

Sein Gesicht verhärtete sich, und er schüttelte den Kopf. »Es gab einen Toten. Ein Tempelschüler, ein junger Novize mit Namen Ferdis, man fand ihn am Fuß des Altars. Wusstet Ihr das nicht?«

»Nein«, sagte sie verärgert. »Graf Mergton muss wohl ›vergessen‹ haben, es zu erwähnen.«

»Es kann sein, dass er es nicht wusste. Der Tempel tat alles, um den Vorfall geheim zu halten.«

»Wie kam der Novize zu Tode?«

»Habt Ihr den kleinen Zaun gesehen, den man um das Podest der Statue errichtet hat?« Sie nickte.

»Es gibt ein kleines Tor darin, es stand zum Teil offen, und darauf fand man ihn, vornüber, auf eine der stumpfen Lanzenspitzen des Zauns aufgespießt. Ferdis war ein kräftiger junger Mann, es hätte einiges an Kraft und Aufwand erfordert, um ihn so fest auf diesen Zaun zu drücken, aber man versicherte mir, dass es keinen Hinweis auf einen Kampf gegeben hätte.« Er seufzte. »Ich habe mir vorhin seine Leiche angesehen, sie haben ihn unten in der Krypta aufgebahrt. Ratet, wie ich ihn vorfand.«

»Frisch gewaschen, vielleicht auch noch neu eingekleidet und am Ende noch gesalbt?«

Er nickte grimmig. »Genau das. Es ist ... ärgerlich.«

Das, dachte Lorentha, war noch untertrieben. »Habt Ihr denn noch irgendwelche Hinweise finden können?«, fragte sie, und er schüttelte den Kopf.

»Nein. Aber ich habe Larmeth«, er sah kurz zu Lorentha hin, »das ist meine Schwester, die Hohepriesterin, überzeugen können, dass wir den Mord an dem Novizen heute Nachmittag nachstellen werden. Zwischen dem Mittags- und dem Abendgebet. Kardinal Rossmann und ein Priester mit Namen Alfert, der in dieser Nacht im Skriptorium ein Pergament verzierte, haben die Leiche gefunden, als sie für die Vigil in die Tempelhalle kamen. Sie werden auch da sein, vielleicht ergibt sich ja etwas aus der Nachstellung und der Befragung. Das Einzige, was wir bislang wissen, ist, dass es nach der Komplet um Mitternacht und der Vigil geschah, die in diesem Tempel zur dritten Stunde nach Mitternacht ausgerichtet wird. Denn zum Nachtgebet waren noch sowohl der Falke als auch Junker Ferdis anwesend.«

»Es gab keine Zeugen?«, fragte Lorentha.

Er schüttelte den Kopf. »Die Diebe haben die Tempeltür geschlossen. Meine Schwester hat sich darüber fast noch mehr erbost als über den Diebstahl und den Mord, es war das erste Mal seit über hundertneunzig Jahren, dass die Tempeltüren geschlossen waren.« Er seufzte. »Morgen Nachmittag werden wir sie wieder schließen.« Er schaute Lorentha an. »Ich sage Euch, es gefällt ihr ganz und gar nicht, ich konnte sie nur mit Mühe dazu bewegen, der Nachstellung zuzustimmen.«

»Wann wollt Ihr das tun?«, fragte sie.

»In der vierten Stunde nach dem Mittag. Bis zur Vesper zur sechsten Stunde müssen wir fertig sein. Viel Zeit bleibt uns dafür demnach nicht.« Er schaute zu ihr hin. »Wollt Ihr dabei sein?«

»Selbstverständlich«, sagte die Majorin entschlossen. Das war wichtiger als eine Anprobe oder der Versuch, ihrem Haar eine Frisur aufzuzwängen.

Die Kutsche schaukelte, als der Kutscher auf den Bremsstock trat. »Wir sind angekommen, Euer Lordschaft«, hörten sie die gedämpfte Stimme von Kastor.
Raphanael sah aus dem Fenster und nickte. In der Tat, sie waren angekommen, etwas, das er fast schon bedauerte. Er wollte aufstehen, um ihr die Tür zu öffnen, doch bevor er dazu kam, hatte sie die Tür aufgestoßen und war bereits auf die Straße gesprungen. Sie stand dort in der Tür und lächelte ihn an.
»Gute Nacht, Eure Lordschaft«, sagte sie. »Obwohl wenig genug davon übrig ist.«
»Ich werde Bescheid geben, dass man Euch in den Tempel einlässt«, sagte er noch und hielt ihr die Hand hin. Sie griff sie kurz und drückte sie.
»Gute Nacht«, sagte er leise, sie schenkte ihm ein schnelles Lächeln und eilte davon. Er beugte sich vor und sah zu, wie sie über den niedrigen Zaun sprang, mit ein paar Schritten das Haus erreichte und dann so geschickt die Wand hinaufglitt, dass es aussah, als ob sie an einem unsichtbaren Seil gezogen würde. Sie verschwand durch ein Fenster im zweiten Stock, kurz sah er noch ihren Umriss am Fenster, als sie ein Licht entzündete, dann zog sie den Vorhang zu.
Raphanael seufzte, beugte sich vor und zog den Wagenschlag zu. »Nach Hause, Kastor«, bat er den Kutscher.
»Sehr wohl, Eure Lordschaft«, kam die Antwort, und die Kutsche setzte sich in Bewegung.

Also das war seine »alte Freundin«, dachte er und schüttelte ungläubig den Kopf. Als seine Mutter ihm das erste Mal von der Soldatin erzählt hatte, die nach Aryn kommen wollte, um den Mord an ihrer Mutter aufzudecken, hatte er sich die Majorin gänzlich anders vorgestellt.
»Sie weiß nicht, in welches Wespennest sie da stechen wird«, hatte seine Mutter ihm besorgt gesagt. »Sie wird jemanden brauchen, der ihr hilft und darauf achtet, dass ihr nichts ge-

schieht. Ihre Mutter war eine Walküre, und sie hatte sich mächtige Feinde gemacht, es ist denkbar, dass Magie mit im Spiel war. Die Tochter ist wohl eine fähige Soldatin, eine Majorin der Garda, wie ich höre, aber gegen Magie ist sie hilflos.«

Er erinnerte sich daran, wie er sie skeptisch angeschaut hatte. »Und wie stellst du dir das vor, Mutter? Soll ich ihr vorstellig werden und ihr Vertrauen gewinnen, indem ich ihr mitteile, dass jemand sie mit Magie angreifen wird und ich ihre einzige Hoffnung bin?«

»In der Tat«, hatte sie ihm zugestimmt, »das wäre wohl zu einfach.« Für einen Moment hatte er schon gehofft, sie von ihrem Kurs abgebracht zu haben, doch dann hatte sich ihr Gesicht erhellt. »Ich habe eine Idee! Lord Simer gibt doch nächste Woche einen Ball.«

»Ja«, hatte er genickt und demonstrativ sein Buch wieder aufgenommen. »Einer von vielen Bällen, auf denen ich ganz sicher nicht erscheinen werde.«

»Diesen wirst du aufsuchen«, hatte sie ihm in einem Ton mitgeteilt, der keinen Widerspruch duldete. »Cerline wird dafür sorgen, dass die Majorin auch dort erscheinen wird. Komme mit ihr ins Gespräch und biete ihr deine Hilfe an, Cerline wird deine Fähigkeiten lobend erwähnen, und wenn sie nicht dumm ist, geht sie darauf ein. Sie weiß, dass sie jede Hilfe gebrauchen kann.«

»Hm«, hatte er gemeint und seine Mutter misstrauisch beäugt. »Versprichst du mir, dass das nicht wieder einer deiner zahlreichen Versuche ist, mich zu verkuppeln?«

»Raphanael«, hatte sie empört gesagt. »Sie ist eine *Soldatin*, seit zwölf Jahren dient sie in der *Garda*, und du weißt, wie diese Leute sind, rau, grob, ungeschlacht, und *stur* und *dumm* dem Kaiser dienend ... was hättest du mit einer wie ihr denn schon gemein? Aber nur weil sie den Fehler beging, sich für die Garda und nicht für einen anständigen Mann zu entscheiden, bedeutet es noch lange nicht, dass man ihr nicht helfen sollte! Außerdem wäre es für die Beziehungen zwischen Manvare und dem Kaiserreich von Vorteil!«

Er lachte leise, als er sich daran erinnerte, wie Lorentha in der Tür der Kutsche gestanden und ihm zugelächelt hatte. Rau, grob und ungeschlacht. Richtig, schmunzelte er. Genau so, wie seine Mutter sie sich vorgestellt hatte. Götter, dachte er, wie sie dreingeschaut hatte, als sie auf die Idee gekommen war, er würde in einem dieser Hurenhäuser seinen Hintern verkaufen!

Tatsächlich mochte es sein, dass sich seine Mutter irrte. Die Majorin war offen und direkt. Sie hatte ihm weder schöne Augen gemacht noch ihn umschmeichelt noch ihn mit großen Augen angehimmelt. Und nicht ein einziges Mal hatte sie gekichert. Noch eines, sie war groß genug, um ihm direkt in die Augen sehen zu können. Etwas, das selten genug geschah und ihm, wie er nun leicht erheitert feststellte, doch sehr zusagte.

Abgesehen davon, musste sie ein deutliches Talent zur Magie und einen starken Willen besitzen, sonst hätte sie es nicht vermocht, den Weg aus der Rückführung zu finden. Das eine Mal, als er sich darin versucht hatte, war ihm der Weg zurück fast nicht gelungen.

Alles in allem, dachte er, als die Kutsche vor seinem Haus anhielt und er die Treppe zu seinem Haus hochstieg, war die Majorin in vielerlei Hinsicht eine sehr ungewöhnliche Frau. Aber in einem hatte seine Mutter recht. Sie befand sich in Gefahr.

Er hatte von dem Mord gehört und auch davon, dass die Tochter fast sieben Jahre lang als tot gegolten hatte, bis sie völlig überraschend vor dem Gouverneurspalast wieder aufgetaucht war. Angeblich hatte sie keine Erinnerung mehr an den Mord oder die dazwischenliegenden sieben Jahre besessen.

Sie hatte sich nicht darüber geäußert, was sie durch die Rückführung erfahren hatte, und er hatte nicht gefragt, aber man konnte getrost davon ausgehen, dass dies jetzt nicht mehr brisant war. Ich hoffe nur, dachte er grimmig, dass es sie nicht ins Verderben stürzte.

Es gab nur eines, dessen er sich sicher war. Seine Mutter hatte ihn angelogen. Sie war gut darin, aber wenn das, was sie ihm eröffnet hatte, wahrhaftig alles war, um das es ihr ging, dann war er bereit, seinen Stab zu fressen. Mit Besteck und ohne Salz.

Er zog an der Klingel, und als ihm Barlin die Tür öffnete, war er noch immer so tief in Gedanken versunken, dass er zuerst nicht hörte, was ihm dieser sagte.

»Bitte?«, fragte er nach.

»Baroness Renera und das junge Fräulein sind gestern Abend noch zu später Stunde eingetroffen. Eure Frau Mutter lässt Euch ausrichten, dass sie Euch zum Frühstück erwartet.« Er räusperte sich. »Sie ersucht Euch um Pünktlichkeit.«

Er warf einen Blick auf die Pendeluhr, die in der Halle stand, eine von fünf Uhren dieser Art, die es in Aryn gab. Seine Mutter hatte sie ihm geschenkt, damit er nicht immer die Zeit vergaß. Wenn man dem Zeiger glauben durfte, dann war es nicht mehr lange bis zur fünften Stunde. »Sie hat Anweisung erteilt, das Frühstück für sieben Uhr zu richten«, fügte Barlin unbewegt hinzu.

Wie nicht anders zu erwarten war. Diesmal seufzte Raphanael wirklich. Er musterte seinen Kämmerer, der ebenfalls müde aussah.

»Hast du die ganze Nacht auf mich gewartet?«

Barlin schüttelte den Kopf und erlaubte sich ein schnelles Lächeln. »Ich habe mir erlaubt, davon auszugehen, dass Ihr länger ausbleiben würdet, und bin früh zu Bett gegangen.«

»Gut gemacht«, lobte Raphanael seinen Diener, der weit mehr als das war. Die beiden Männer waren seit fast dreißig Jahren Freunde, seitdem sie sich auf dem Gut seines Vaters fast einen ganzen Nachmittag lang geprügelt hatten. Worum es damals gegangen war, wusste Raphanael schon gar nicht mehr, doch seitdem hatte Barlin ihn überallhin begleitet. Er war da gewesen, als Raphanael Jesmene zur Frau genommen hatte, hatte mit ihm bei der Geburt seiner Tochter Arin gebangt, neben ihm gestanden, als er sich im Tempel von ihr verabschieden musste, und ihn fünf Tage später sturzbetrunken aus einem Straßengraben gezogen und dazu gezwungen, doch weiterzuleben. Die Anzahl derer, denen Raphanael rückhaltlos vertraute, konnte man an einer Hand abzählen, und Barlin war einer davon.

Barlin war der Sohn des Stallmeisters gewesen, aber Raphanael hatte ihm die Treue gelohnt, der Kämmerer war schon lange sein eigener Mann und war auch an dem Weingut beteiligt, das Raphanael nach dem Tod seiner Frau erworben hatte. Er hatte schon viele Rollen gespielt; hier in Aryn Raphanaels Kämmerer zu geben, war nur ein Hut von vielen, die er schon getragen hatte, und er war nicht halb so unterwürfig, wie er tat.

»Es gibt noch etwas«, sagte Barlin leise. »Der Orden schickte Nachricht, dass Don Amos gesehen wurde, wie er an Bord eines Schiffes mit Ziel nach Aryn ging.«

Raphanael wurde still und tat einen tiefen Atemzug.

»Wann?«

»Vor zwei Wochen schon. Er könnte bereits seit Tagen in der Stadt sein«, antwortete Barlin ruhig, während er seinen alten Freund besorgt musterte. Das letzte Zusammentreffen zwischen dem Aragonen und Lord Raphanael hatte die beiden Freunde fast das Leben gekostet. Der Falke war verschwunden; dass ein Ordensmeister der Bruderschaft just zu diesem Zeitpunkt nach Aryn kam, konnte nur Unheil bedeuten.

Barlin sah zu, wie sich sein Freund sichtlich zusammenriss. Don Amos war ein Problem, dem er sich stellen musste. Nur nicht in diesem Moment.

»Wenn ich das Frühstück wieder auf neun verlege, wo es hingehört …?«, begann Raphanael, und Barlin ließ sich auf das Spiel ein und zwang sich zu einem Lächeln.

»Für diesen Fall, Euer Lordschaft, soll ich Euch ausrichten, dass Eure geehrte Frau Mutter nicht beabsichtigt, Euren lockeren Lebenswandel zu unterstützen, und das Frühstück um sieben Uhr serviert werden wird. Ach, und ich soll Euch daran erinnern, dass dies ihr Haus ist, nur für den Fall, dass Ihr es vergessen haben solltet.«

Hatte er nicht, dachte Raphanael seufzend und bedachte die Uhr an der hinteren Wand mit einem harten Blick. Sonst hätte er dieses dämonische Gerät schon längst entfernen lassen.

»Dann bis sieben«, sagte er ergeben, nickte Barlin zu und ging gähnend die lange Treppe hoch, um noch einen kurzen Blick auf seine Tochter zu werfen. Offenbar war die Nacht soeben kürzer geworden, als zuvor gedacht.

Schnüre, Schleifen, Bänder

10 Das Gleiche dachte auch Lorentha, als das Mädchen sie am frühen Morgen weckte. So tief, wie die Sonne noch stand, konnte es kaum später als zur siebten Stunde sein, und Lorentha fühlte sich, als hätte sie nur für Minuten die Augen geschlossen.

»Wie spät ist es?«, fragte Lorentha müde, als das Mädchen entschlossen an das Fenster trat und die Vorhänge zurückzog.

»Schlag sieben!«, gab die junge Frau strahlend zurück. »Die Sonne scheint, und die Vögel zwitschern!«

Lorentha hätte sich beinahe stöhnend die Decke über den Kopf gezogen, so viel gute Laune am Morgen war ihr nahezu unerträglich.

»Hieß es nicht, das Frühstück wäre um zehn?«, fragte sie unwirsch, während sie sich durch die Haare fuhr.

»Ja«, nickte das Mädchen, eine junge, strohblonde Frau mit einem weiten Gesicht und einem Mund, der nun ein breites Lächeln zeigte. Ein Lächeln, das Lorentha als ansteckend empfand, nur dass sie sich nicht anstecken lassen wollte. »Deshalb müssen wir uns ja sputen!«

»Müssen wir?«, fragte Lorentha unverständig.

»Die Gräfin besteht auf ein gewisses Erscheinungsbild, da der Tag meist so verläuft, wie er beginnt«, teilte ihr das Mädchen mit und ging zur Tür, wo eine große Schachtel an der Wand lehnte. »Ihre Gnaden hat gestern Nacht noch ihre Schneiderin herbeizitiert und ihr den Auftrag für ein Morgenkleid gegeben, ich hörte, sie hätte dafür vier Näherinnen die ganze Nacht wach gehalten, es kam eben erst hier an. Ich bin Mara, Baroness«, plapperte sie weiter. »Meine Mutter ist die Zofe der Herrin, und ich habe viel von ihr gelernt, und ich bin Euch so dankbar, dass Ihr mir erlaubt, Euch als Zofe dienlich zu sein.«

»Ist das so?«, fragte Lorentha und unterdrückte einen Seufzer. Warum bin ich überrascht?, dachte sie missmutig. So etwas habe ich ja schon befürchtet. Offenbar ließ sich die Gräfin nicht davon abhalten, aus einer hässlichen Ente einen Schwan machen zu wollen.

Sie streckte sich und schlug die Decke zurück, um innezuhalten, als Mara weite Augen bekam, schlagartig rot wurde und sich hastig umdrehte.

»Ihr ... Ihr habt keine Nachtkleider an!«, stellte Mara völlig richtig fest.

Lorentha seufzte.

Die letzten fünf Tage hatte sie in ihrer Rüstung geschlafen, da man ihr auf dem Kurierschiff nur eine Hängematte in der Offizierskabine, die sie sich mit drei anderen hatte teilen müssen, zur Verfügung gestellt hatte. Das letzte Mal, dass sie in einem anständigen Bett geschlafen hatte, war schon gut drei Wochen her. Ohne beengendes Leder in einem weichen Bett zu versinken, war ihr ein Bedürfnis gewesen. Bevor sie sich in ein Kleid zwängte, das nur ihre schlechten Seiten betonen würde, gab es da allerdings noch etwas, von dem sie geträumt hatte und für das sie töten würde. Ein Bad.

»Es gibt ja wohl nichts an mir, das Sie nicht kennt«, knurrte Lorentha und bereute ihren scharfen Ton schon im nächsten Moment, als sie das Gesicht des Mädchens sah. »Ich wollte Sie nicht in Verlegenheit bringen, aber ...«, begann sie, doch Mara schüttelte den Kopf.

»Das ist es gar nicht«, sagte das Mädchen scheu. »Ich ... Ihr habt Narben!«

»Das geschieht, wenn jemand versucht, dich zu erschlagen, zu erstechen oder zu erschießen«, sagte Lorentha knapp. »Es ist noch alles dran, das ist das Wichtigste.« Sie seufzte. »Ist das Bad schon vorbereitet?«

»Aber es ist noch gar nicht Lorddag«, antwortete das Mädchen überrascht. »Wir baden immer am ...«

»Lorddag«, beendete Lorentha den Satz der jungen Frau. »Das habe ich verstanden. Letzten Lorddag habe ich über einer Reling gehangen und den Göttern geopfert, nachdem fast ein Mast auf mich gefallen ist. Ich bade jetzt.«

»Sehr wohl, Baroness«, meinte das Mädchen und tat einen raschen Knicks. Offenbar hatte sie den Kampf aufgegeben. »Ich sage unten in der Küche Bescheid, mit etwas Glück ist sogar heißes Wasser da und ... oh«, sagte sie und hielt an der Tür inne. »Die Burschen werden die Wanne und das Wasser bringen, vielleicht solltet Ihr doch ...« Sie tat eine verlegene Geste an sich herunter.

Lorentha nickte und erlaubte sich ein schwaches Lächeln. »Ich habe nicht vor, sie im Gottesgewand zu empfangen«, beruhigte sie das Mädchen, das alsdann eilig floh. Lorentha ging zum Schrank und zog die Türen auf, wie erwartet fand sich dort etwas, ein langer Morgenmantel, der ihr züchtig genug erschien. Sie warf ihn über und beäugte misstrauisch die große Schachtel, um sich doch der Neugier zu ergeben, die Schachtel auf das Bett zu legen und zu öffnen.

»Oh«, sagte sie und sah staunend auf das Kleid herab. Vielleicht sollte sie der Gräfin in solchen Fragen künftig mehr vertrauen, dachte sie, als sie das Kleid anhob, um es genauer zu betrachten. Es war hochgeschlossen und besaß lange Ärmel, was das Problem verbergen würde, dass sie an Kopf, Hals und Händen unvorteilhaft gebräunt war, während der Rest von ihr an Blässe einer Leiche glich. Die Schleife am hochgeknöpften Hals musste weg, und auf die Bändchen an den Ärmeln konnte sie auch leicht verzichten, aber ansonsten war das Kleid von einer schlichten Eleganz und hatte so gar nichts mit den verspielten Kleidern zu tun, in die ihr Vater sie als Debütantin gezwungen hatte. Es war auch nicht aus Seide oder Samt, sondern aus einem leichten Leinenstoff, der ihr weitaus mehr zusagte. Sie hielt das Kleid vor sich und sah in den Kristallspiegel, noch ein Luxus, den sie lange hatte entbehren müssen.

Sie musterte sich kritisch in dem Glas, das Haar, das ihr nach der Nacht wie ein Bündel Stroh nach allen Seiten abstand, die Augen, die zu schräg waren, um dem Schönheitsideal zu entsprechen, der Mund, der zu weit war, um auf einen kleinen Kussmund geschminkt zu werden, wie es in der Hauptstadt üblich war, das kantige Kinn, die hohen Wangenknochen, ein unvorteilhaftes Erbe eines Vorfahren aus Ravanne ... die Liste ließ sich endlos fortsetzen, das breite Kreuz und die unschönen Muskeln, die Folge der Schwertübungen, denen sie sich bis vor Kurzem viermal die Woche unterzogen hatte ... zu groß, zu schwer, zu breit, eine Taille, die von der einer Wespe weit entfernt war ... Sie seufzte und legte das Kleid zur Seite, um sich im Glas ihre letzte Wunde anzusehen, ein Stich in die Seite, noch immer rot und hässlich, aber sonst schon gut verheilt.

Aus einer Ente einen Schwan zu machen, gelang nun einmal nur im Märchen, stellte sie trübe fest und selbst wenn ... dann blieb sie immer noch zu groß. Selbst im Frankenreich, wo man stolz auf den nordischen Einfluss war und große Männer schätzte, überragte sie die meisten von ihnen doch um fast einen ganzen Kopf, es war selten genug, dass sie mal einem begegnete, zu dem sie aufschauen musste. Wieder seufzte sie. Herzog Albrecht hingegen war ein blonder Hüne gewesen, mit blitzenden blauen Augen, die sie immer ausgelacht hatten, wenn sie sich über ihre Körpergröße beschwerte. »Für mich«, hatte er gesagt, »bist du ein zierliches Geschöpf.« Sie wischte sich über die Augen, die von der Erinnerung feucht geworden waren, bislang war er der einzige Mann gewesen, in dessen Armen sie sich beschützt und behütet vorgekommen war. Götter, dachte sie, wie kann man jemanden nur so vermissen?

Es klopfte an der Tür. Reiß dich zusammen, befahl sie sich selbst, zog den Morgenmantel fester um sich und trat an die Tür, um sie für die beiden Burschen zu öffnen, die die Wanne brachten.

Die beiden Burschen starrten sie mit großen Augen an, als sie ihnen die Tür aufzog, und schienen ihr sehr verlegen, als sie hastig die Wanne hineinbrachten und dann wieder flohen. Ein Blick in den Spiegel verriet den Grund, sie hatte vergessen, ihr Haar zusammenzubinden, so stand es wie eine wilde Mähne ungebändigt ab und glich doch eher einem Rattennest.

Die Burschen, die sich nun vor der Tür staunend gegenseitig ansahen, bevor sie nach unten eilten, um die Eimer mit dem heißen Wasser herbeizutragen, hatten etwas anderes gesehen. Es war im ganzen Haus wohlbekannt, dass die Baroness die Tochter einer Walküre war, und man hatte sich auch schon reichlich über den späten Gast das Maul zerrissen, bevor Tobas es mitbekam und jedem Prügel versprach, der nur ein Wort über sie ausplauderte. Entsprechend neugierig waren die beiden gewesen. Doch als die Baroness ihnen die Tür öffnete, sahen sie alle Legenden bestätigt, die es über die Walküren gab, göttliche Geschöpfe, geflügelte Kriegerinnen aus alten Zeiten, die für die Götter die gefallenen Helden zu ihren Hallen holten. Flügel hatten die beiden Burschen keine erkennen können, vielleicht verbarg ja der Mantel das Gefieder, aber in allem anderen, darüber waren sich die beiden wortlos einig, entsprach die Baroness all den Legenden, die man sich über die Walküren berichtete. Eine göttliche Kriegerin, groß genug, um selbst den schwersten Helden in die Himmel zu tragen, mit blondem Haar, das wie die Mähne eines Löwen war und in der Sonne golden glänzte, mit stolzer Haltung und ebenmäßigem Gesicht und den grünen Augen einer Katze ... ein Geschöpf aus alten Legenden, bei dessen Anblick die beiden Diener Ehrfurcht überkam. Dort am Bett hatte auch ihr Schwert gelehnt, der Dolch hatte auf dem Nachttisch gelegen, Waffen der Magie, die unermesslich kostbar waren, und hätte man den beiden gesagt, dass sie über Wasser und durch Wände gehen konnte, sie hätten es sofort geglaubt.

Von alldem sah Lorentha freilich nichts, als sie sich im Glas besah, zu oft hatte man sie wegen ihrer Größe verspottet, sie einen Leuchtturm geheißen, ihr vorgeworfen, beim Tanz zu führen, und es zudem als unschicklich verdammt, dass sie keine Hilfe brauchte, um einen Sattel aufzulegen. Ganz davon abgesehen, dass sie es ablehnte, im Damensattel zu reiten.

All das war mit ein Grund gewesen, dass sie zur Garda gegangen war, dort galt ihr Aussehen weniger, es zählten Fähigkeiten und Taten, und wenn sie auf dem Übungshof einen Waffengang für sich gewann, wurde sie nicht dafür geschmäht, sondern noch gelobt. Jetzt in eine Welt zurückzukehren, in der man sie nur nach dem Äußeren bemaß, gestand sich Lorentha trübe, hielt für sie weit mehr Schrecken, als sie sich jemals bei der Garda hatte stellen müssen.

Das Mädchen kehrte kurz darauf zusammen mit den letzten Eimern heißem Wasser zurück und scheuchte die beiden Burschen heraus, die in ihren Augen zu lange noch an der Tür gelungert hatten. Beim Bad erschien ihr die Baroness seltsam bedrückt und schweigsam, obwohl sich das Mädchen Mühe gab, sie aufzuheitern.

Tobas hatte sie ermahnt, nicht zu sehr zu plappern, weil dies ihre größte Schwäche wäre, doch als Mara von dem Tratsch erzählte, von den Dingen, die man sich auf dem Markt erzählte, von der Köchin, die immer so gewaltig tat und dabei ein Herz auch für das niedere Gesinde hatte, brachte sie die Herrin doch zum Lächeln. So, dachte Mara vergnügt, Tobas weiß es also nicht immer besser!

Während ihre Hände geschickt ihr Werk verrichteten, hier zupften und da zogen, mit Eifer das heiße Eisen schwangen und Locken aufzogen und drehten, plapperte sie also munter weiter, bis sie aufsah, um ihr Werk im Spiegel zu bewundern, und der Anblick ihr die Worte nahm.

»Ihr seid wunderschön«, brach es aus dem Mädchen heraus, was nur dazu führte, dass Lorentha ihre Augenbrauen zusammenzog, die, wie das Glas ihr schonungslos verriet, auch zu buschig ausgefallen waren.

Tatsächlich war Lorentha überrascht, sich selbst so zu sehen, es war zwölf Jahre her, dass sie das letzte Mal ein Kleid getragen hatte.

In ihrer Position blieb dem Mädchen auch nichts anderes übrig, als ihr zu schmeicheln, das gehörte wohl dazu, aber auch Lorentha musste zugeben, dass sie sich so zuvor noch nie gesehen hatte. Es blieb, dass sie zu groß war, das Kreuz zu breit, und ihre Arme Muskeln hatten, aber auch wenn ihre Taille nicht mit zwei Händen zu umfassen war, fand sie, dass sie jetzt doch überraschend gut aussah. Gegen ihre Bräune im Gesicht half kein Puder, Mara hatte es versucht, dann aber schnell aufgegeben, weil es ihrem Gesicht Flecken gab, aber sie hatte die Augen mit einem Kohlestift nachgezogen und die Lippen leicht mit Lippenrot versehen, kein blutiges Rot, sondern nur ein Hauch von Farbe.

»Danke«, sagte Lorentha höflich. »Auch wenn Sie übertreiben.«

Mara, die von Tobas beständig hörte, dass sie der Herrschaft niemals widersprechen sollte, setzte sich über dessen Gesetz hinweg.

»Es ist wahr«, beharrte sie. »Ich übertreibe nicht.«

»Das ist lieb von Ihr«, sagte Lorentha darauf und schenkte dem Mädchen ein freundliches Lächeln. »Wenn es so ist, verdanke ich es Ihr, Sie hat es gut gemacht.«

Vielleicht gefalle ich Raphanael sogar, dachte sie, während Mara strahlte und erneut rot zu werden drohte. Zugleich fragte sich Lorentha, woher bloß dieser Gedanke gekommen war. Ihre Begegnung mit seiner Lordschaft hatte sie überrascht, vor allem, weil ihm das Lachen so leicht gelingen konnte und er auch sie zum Lachen brachte. Er besaß die seltene Gabe, sich über sich selbst zu amüsieren, und obwohl er gut zwei Fingerbreit kleiner als sie war, schien es ihn nicht allzu sehr zu stören. Doch er hatte alles missen lassen, was sie sonst von den Herren kannte, keine anzüglichen Blicke, die an ihrem Busen hängen blieben oder ihren Beinen folgten. Obwohl er sie durchaus betrachtet hatte, doch es fehlte dieser Unterton, den sie so zu hassen gelernt hatte, der besagte, dass eine Frau, wenn sie schon bei der Garda diente, folglich leicht zu haben war.

Er schien sie zu mögen, dachte sie jetzt, als sie Mara anwies, die Bänder von dem Kleid zu entfernen, aber ihre Reize, so sie denn etwas besaß, das ihm gefiel, schien er vollends zu ignorieren.

So war es ihr auch lieber, tadelte sie sich nun selbst, aber wenn sie ihm in ihrem neuen Kleid gefiel, dann war dies alles es vielleicht doch wert. Doch der Gedanke verlor sich, als Mara mit einer anderen Schachtel kam, die als Inhalt zwei geschnürte Schuhe offenbarte, mit einem gut vier Finger hohen Absatz daran, und Lorentha damit entsetzte; sollte sie denn noch größer werden?

»Damit«, teilte Lorentha nun dem Mädchen mit, »braucht Sie mir erst gar nicht zu kommen!«

»Aber ...«, begann Mara, die die Schuhe durchaus passend fand.

»Ich werde meine Stiefel tragen«, teilte Lorentha ihr entschieden mit. »Der Saum des Kleids ist lang genug, niemand wird es sehen. Außerdem ist es bestimmt schon Zeit, wir wollen die Gräfin nicht mehr länger warten lassen!«

Das Geheimnis im Medaillon

11 Falls sie zu spät kam, verlor die Gräfin kein Wort darüber, dafür stand sie mit einem erfreuten Lächeln auf, um sich Lorentha anzusehen, die sich sogar für die Gräfin drehte, als diese eine Geste mit dem Finger tat.

»Na also!«, beschied die Gräfin mit blitzenden Augen. »Die Männer werden Euch zu Füßen liegen!«

»Darauf kommt es mir nicht an«, gab Lorentha etwas ungehalten zurück, doch es brachte die Gräfin nur zum Lachen.

»Nun, vielleicht reicht es auch, wenn die anderen Damen vor Neid erblassen«, antwortete sie vergnügt und wies auf den reich gedeckten Frühstückstisch. Sie musterte ihren Gast kritisch. »Es gibt hier und da noch etwas zu tun, aber ich bin sicher, Ihr werdet auf dem Ball Erfolge feiern. Ihr seht nur etwas müde aus … die Überfahrt, hörte ich, ist wohl doch recht anstrengend gewesen.« Doch so, wie ihre Augen funkelten, kam es Lorentha vor, als ob die Gräfin nur zu genau wüsste, warum Lorentha heute Morgen so müde war.

Cerline hingegen sprühte vor Tatendrang, als sie Lorentha über den geplanten Tagesablauf unterrichtete, sie kam der Majorin vor wie ein General, der seinen Truppen Befehle für die Schlacht erteilte.

Ungläubig stellte Lorentha fest, wie umfassend dieser Schlachtplan war, an jede Einzelheit war gedacht. »Viel Zeit zum Essen werdet Ihr nicht haben«, teilte die Gräfin ihr gerade bedauernd mit. »Aber das macht nichts, Ihr werdet wohl kaum hungrig sein.«

»Warum nicht?«, fragte Lorentha, während sie auf ihren Teller herabsah, den sie nun zum zweiten Mal reichlich gefüllt hatte.

»Habt Ihr vergessen, dass die Schneiderin in einer Stunde für die Anprobe erwartet wird? Wenn sie erst einmal Euer neues Korsett angepasst hat und Ihr fest genug verschnürt seid, werdet Ihr nichts mehr essen wollen. Mit etwas Glück können wir bis zum Abend noch ein- oder zweimal nachschnüren, vielleicht lässt sich so Eure Taille überreden, etwas mehr an Form zu zeigen.« Sie sah auf Lorens Hände herab und zog die Augenbrauen zusammen. »Ich habe noch eine Salbe irgendwo, von Isaeth gesegnet, die wir auf Eure Hände auftragen können. Was habt Ihr nur mit ihnen gemacht? Sie sind ganz rau und ...«

Lorentha ließ Gabel und Messer sinken, um die Gräfin mit einem harten Blick zu bedenken. »Ich übe mich täglich im Kampf mit Waffen«, teilte sie Cerline erhaben mit. »Meine Form ist gut genug. Mit Verlaub, was Ihr bemängelt, ist das Ergebnis harter Arbeit, und ich habe ganz gewiss nicht die Absicht, mich wie eine Debütantin in ein Korsett zwängen zu lassen, das mir den Atem rauben wird, sollte ich mehr als eine Stufe zugleich nehmen!«

»Eine Dame nimmt niemals mehr als eine Stufe zugleich«, ermahnte die Gräfin sie. »Überhaupt ...«

»Nein«, sagte Lorentha mit Bestimmtheit. »Kein Korsett. Keine Seidenschuhe. Keine Handschuhe, um meine *hässlichen* Hände zu verbergen. Der Gouverneur darf in einem gewissen Rahmen über mich verfügen, aber welcher Rahmen dies ist, bestimme einzig und allein ich. Dieser Mummenschanz ist ganz gewiss nichts, das er mir befehlen kann. Wenn Ihr noch weiter in mich dringt, dann werde ich mich genötigt fühlen, ihm mitzuteilen, dass, wenn er schon die Garda für den Raub des Falken für zuständig erklärt, er sich damit vertrauensvoll an die hiesige Garda wenden kann. Hauptmann Mollmer ist sicherlich fähig dazu.«

Sie funkelte die Gräfin an, und die funkelte zurück. Beinahe hätte Lorentha noch gelacht, als sie sich erinnerte, dass die Gräfin und ihre Mutter sich oftmals genauso angefunkelt hatten, wenn sie nicht einer Meinung waren. Sie glaubte der Gräfin, dass sie es gut mit ihr meinte, doch an Bevormundung war es ihr zu viel.

»Ist er nicht«, sagte die Gräfin jetzt, legte ihr Besteck ebenfalls zur Seite und gab den Bediensteten im Raum ein Zeichen, sich zu entfernen. »Hauptmann Mollmer war ein Hurenjäger und Trunkenbold, ließ die Disziplin schleifen und war zudem noch käuflich. Sein ›Vorbild‹ wirkte sich auch auf jeden in der Garda aus! Er starb vor fünf Wochen an einem Leberkrampf, seitdem führt ein Leutnant das Kommando über die Garda, da man es in der Hauptstadt noch nicht für nötig befunden hat, uns einen Ersatz zu schicken. Dieser Leutnant nimmt sich ganz ein Vorbild an dem Hauptmann und ist eher noch leichter zu kaufen, als es Mollmer war. Wenn Ihr also meint, jemand von Stande würde hier in Aryn der Garda Respekt entgegenbringen, habt Ihr Euch getäuscht, vielmehr ist sie zum Gespött verkommen.« Sie holte tief Luft. »Dies ist das eine. Das andere ist, dass weder der Mord an Eurer Mutter noch der Raub des Falken ohne Unterstützung durch jemanden mit Einfluss möglich gewesen wäre. Es ist gut möglich, dass auch der Mörder auf dem Ball erscheinen wird, ich gehe sogar davon aus. Wollt Ihr ihm mit Schwert und Dolch und gerüstet entgegentreten? Ihn warnen, dass er Euch nicht unterschätzen soll?«

»Er wäre dumm, hätte er meine Laufbahn nicht verfolgt«, sagte Lorentha knapp. »Er wird wissen, dass ich Garda bin, und er wird meine Stärken und Schwächen kennen.«

»Ja«, sagte die Gräfin hart. »Er wird zudem wissen, dass Ihr die Gesellschaft meidet. Bis auf Herzog Armstrad und Prinzessin Melisande besitzt Ihr keine Freunde mehr, und sie werden es auch bald leid mit Euch sein. Vier Jahre ist es jetzt her, Lorentha, vier Jahre! In all diesen Jahren habt Ihr nichts finden können, das Euch zu Albrechts Attentäter führen konnte. Solange Ihr Eure Freunde beständig daran erinnert, werden sie nicht imstande sein, mit dem Verlust ihres Vaters abzuschließen. Ihr quält sie damit, Lorentha, und es ist die Frage, wie lange sie sich noch von Euch quälen lassen. Ihr seid besessen, genau wie es Graf Mergton ist!«

»Na endlich«, knurrte Lorentha, die Mühe hatte, zu verbergen, wie hart sie die Worte der Gräfin getroffen hatten. »Klare Worte! Ich habe mich schon gefragt, wie lange es noch dauern wird, bevor Ihr Euch offenbart.« Sie beugte sich vor, um die Gräfin mit grünen Augen anzufunkeln. »Wenn wir schon bei klaren Worten sind, worin besteht denn für Euch der Vorteil dieses Spiels?«

Die Gräfin sah sich um, doch es gab nur noch einen Bediensteten, der sich soeben durch die Tür duckte und sie hinter sich zuzog, die anderen hatten den Frühstücksraum mit seinen hellen Fenstern, den Blumen und der erlesenen Ausstattung bereits fluchtartig verlassen, bevor er soeben zum Schlachtfeld zu werden drohte.

»Es lässt sich leicht zusammenfassen«, sagte die Gräfin leise und sah Lorentha aus feuchten blauen Augen an, als würde sie darum kämpfen, nicht gleich in Tränen auszubrechen. So gequält sah sie aus, dass Lorentha ihre Worte schon bereute, aber so war es mit Worten nun einmal, dachte sie bitter, sie ließen sich nicht zurückholen. Doch bevor sie sich entschuldigen konnte, holte die Gräfin tief Luft und sprach schon weiter. »Ein Wort reicht dafür. Wiedergutmachung.«

Das hatte Lorentha nicht erwartet, sie ließ ihr Besteck sinken und sah die Gräfin erstaunt an.

»Ich war es«, fuhr Cerline bitter fort, »die Evana nach Aryn holte und sie um einen Gefallen bat! Wenn Ihr einen Schuldigen an dem Tod Eurer Mutter sucht, dann sitzt er vor Euch! Aber ich will von allen Göttern verdammt sein, wenn ich es zulasse, dass die Tochter meiner besten Freundin blind und stur in ein Schlachtfeld läuft, das sie nicht einmal sehen kann, während man bereits auf sie einsticht!«

»Welcher Gefallen war das?«, fragte Lorentha, während ihre Gedanken rasten.

Die Gräfin zögerte.

»Meint Ihr nicht, dass mir dieses Wissen zusteht?«, fragte Lorentha sanft. Die Gräfin schaute sie lange an, um dann zögernd zu nicken.

»Es ging um ein altes Schriftstück, das mir durch Zufall in die Hand gefallen war. Euer Name, der Name Sarnesse, wurde darin erwähnt, deshalb bat ich Eure Mutter her, mehr aus Neugier als aus anderen Beweggründen, und weil ich dachte, dass es sie interessieren könnte.«

»Habt Ihr dieses Schriftstück noch?«

»Nein«, sagte die Gräfin und sah zur Seite weg. »Es ist verschollen.«

»Das ist wohl kaum die Wahrheit«, sagte Lorentha sanft.

Für einen langen Moment hielt Cerline ihrem Blick stand, und die Majorin dachte schon, dass sie der Freundin ihrer Mutter unrecht tat, doch dann seufzte die Gräfin und griff an ihren Ausschnitt, um ein silbernes Medaillon herauszuziehen, das sie von der feinen Kette löste und zögernd vor Lorentha auf den Tisch legte.

»Da«, sagte sie leise. »Es hat Evana in den Tod geführt, aber wenn Ihr darauf besteht, will ich Euch nicht hindern, es ihr nachzutun. Ihr seid genauso stur, wie sie es war!«

Eigentlich hätten ihre Hände zittern sollen, dachte Lorentha abgelenkt, als sie das Medaillon aufnahm, um es mit einem Daumennagel zu öffnen, aber obwohl es ihr den Magen krampfte, waren ihre Hände erstaunlich ruhig. Sie klappte den fein gearbeiteten Anhänger auf und sah die Miniatur einer jungen Frau, die dem Betrachter lachend entgegensah. Dunkelgrüne Augen, blondes Haar, ein stures Kinn, etwas schmaler als ihr eigenes, und, von dem wilden Haar zum Teil verdeckt, der weiße Kragen einer karminroten Robe, wie

Walküren sie zu offiziellen Anlässen trugen. Raphanael hatte recht, dachte Lorentha benommen, als sie auf das Antlitz ihrer Mutter starrte, eine Robe ist kein Kleid, sondern ein Gewand für festliche Anlässe. Sie konnte sich denken, bei welchem Anlass ihre Mutter dem Maler Modell gestanden hatte, so jung, wie sie auf diesem Bild war, musste es kurz nach ihrer letzten Prüfung gewesen sein, als man sie im Zirkel zur Walküre ernannt hatte.

»Was Ihr sucht, befindet sich hinter diesem Bild«, sagte die Gräfin mit rauer Stimme. »Aber habt acht, wenn Ihr es löst, es ist eines von zwei Bildern, die ich von Eurer Mutter besitze, und es ist mir sehr viel wert.«

Lorentha sah von dem Medaillon auf und bemerkte die Tränen, die der alten Frau die blassen Wangen herunterliefen. »Dann löst es selbst heraus«, bat sie leise und reichte der Gräfin den Anhänger.

Cerlines Hände zitterten, stellte Lorentha fest, doch offenbar war sie geübt darin, das Bild zu entfernen, denn im nächsten Moment reichte sie ihr schon ein kleines gefaltetes Stück Pergament.

So fein war es, dass es schon fast durchscheinend wirkte, als Lorentha es vorsichtig entfaltete. Es war ein Stück aus einem größeren Pergament, und obwohl die Tinte mittlerweile verblasst war, konnte man die Worte noch erkennen. Sie waren sorgfältig ausgeformt, wie sie es von alten Dokumenten oder Kirchenschriften kannte, und in Manvare verfasst.

»...*o wacht der Falke der Sarnesse über das Schicksal Aryns, bis ...*«, entzifferte sie mühsam und las die wenigen Worte erneut, um sicher zu sein, dass sie sie richtig verstand.

»Was bedeutet das?«, fragte sie leise, und die Gräfin zuckte mit den Schultern.

»Ich habe es nie herausgefunden«, sagte sie unglücklich. »Aber ich glaube, Evana hat das Rätsel gelöst. Es führte sie in den Tod.«

»Hier ist auch die Rede von einem Falken«, sagte Lorentha langsam. »Meint Ihr, es könnte …?«

»Nein«, unterbrach die Gräfin sie. »Das konnte Eure Mutter aufklären. Der Falke der Sarnesse war der Beiname eines Eurer Vorfahren, Graf Leotin Sarnesse.«

»Baron, meint Ihr wohl«, verbesserte Lorentha gedankenverloren, während sie das Stück Pergament anstarrte, als könne sie es durch bloßen Willen zwingen, seine Geheimnisse preiszugeben.

»Ich sagte ›Graf‹, weil er einer war«, antwortete die Gräfin ungehalten. »Ihr solltet Eure eigene Familiengeschichte besser kennen. Er war ein Vertrauter Kaiser Pladis' und einer seiner besten Generäle, bis er auf dem Schlachtfeld starb, als er einen Bolzen auffing, der für den Kaiser bestimmt gewesen war.« Sie lachte bitter. »Evana sagte einmal, es wäre der Fluch der Sarnesse, dass sie als Helden sterben würden. Eure Familie hatte früher einen größeren Einfluss im Kaiserreich, aber sie verlor ihn und den Grafentitel in den Jahren nach Kaiser Pladis' Tod. Zumal der Titel an die männliche Erbfolge gebunden war.«

»Dieser Vorfahr wachte also über das Schicksal Aryns«, sagte Lorentha nachdenklich und schüttelte dann den Kopf. »Das verstehe ich nicht. Es ergibt gar keinen Sinn. Ihr habt recht, ich weiß nicht viel über unsere Familiengeschichte, doch ich glaube nicht, dass vor meiner Mutter ein Sarnesse jemals einen Fuß auf manvarischen Boden setzte. Oder wisst Ihr auch darüber mehr als ich?«

»Nein«, sagte die Gräfin und schüttelte den Kopf. »Diese Worte verfolgen mich seit über zwanzig Jahren, aber sie gaben mir ihre Bedeutung nicht preis. Dabei sind sie deutlich genug; wer der Falke war, wissen wir, nur über was er wacht, stellt das Rätsel dar.« Sie seufzte. »Sowohl Evana als auch ich hielten es nur für ein Kuriosum. Wie hätten wir denn ahnen können, dass sie dafür sterben würde? Das Pergament ist alt, es stammt aus der Zeit von Kaiser Pladis, aber was kann so wichtig daran sein, dass man dafür auch heute noch töten würde? Ich habe nicht die geringste Ahnung, was damit gemeint sein kann, doch ich denke, Evana hat es herausgefunden und teuer dafür bezahlt.«

»Wer weiß davon?«, fragte Lorentha leise und strich das Pergament unter ihren Fingern glatt.

»Ein Geheimnis bleibt nur gewahrt, wenn nur einer davon weiß«, zitierte die Gräfin. »Ich habe außer Evana niemandem davon erzählt, und ich bezweifle, dass sie es weitertrug.«

»Aber Ihr sagtet selbst, ihr hättet es nicht ernst genommen.«

Die Gräfin nickte. »Das stimmt. Aber wenn es wichtig genug war, dass Evana dafür sterben musste, was meint Ihr, hätte man nicht einen Versuch unternommen, es mir zu entwenden?«

»Wenn es eine Verschwörung gibt«, sagte Lorentha.

»Ich glaube nicht daran«, sagte die Gräfin und wischte sich die Augen.

»Warum?«

Die Gräfin lachte bitter. »Weil es keinen Sinn ergibt. Sie müsste Jahrhunderte überspannen und die drei mächtigsten Orden der Welt einschließen. Den Orden der Hüter hier in Manvare, den Zirkel der Walküren und die Seher von Ravanne. Und wenn dem so wäre, gibt es nichts, was wir gegen eine solche Verschwörung tun könnten.«

»Was haben denn die Hüter und die Seher damit zu tun?«, fragte Lorentha erstaunt.

»Alle Orden verwenden spezielle Waffen als Fokus für ihre jeweilige Magie. *Atanamés*, wie Eure Schwerter. Die Seher verwenden spezielle Dolche, Walküren ihre Schwerter und die Hüter Kampfstäbe. Ich bin mit Renera, Raphanaels Mutter, ebenfalls schon seit Langem befreundet. Raphanaels Talent offenbarte sich sehr früh, und es war uns allen bekannt, dass der Orden ihn aufnehmen und ausbilden würde. Durch Zufall geriet ich in eine Auktion, die unten am Hafen stattfand, dort wurde der Nachlass eines Hüters versteigert, der ohne Erbe in der Fremde verstorben war. Teil dieses Nachlasses bestand aus einem solchen Kampfstab. Raphanael war damals noch gar nicht in den Orden aufgenommen worden, aber ich dachte, es wäre ein schönes Geschenk, wenn er die letzte Prüfung besteht und zum Ordensmeister ernannt wird. Der Stab war aus Steineiche gefertigt und so unverwüstlich, wie man es diesem Holz nachsagt. Aber er war vollständig verdreckt. Vor allem die Kappen an den Enden hatten gelitten, also entfernte ich sie, um sie reinigen zu lassen, und fand dieses Fragment unter der oberen Kappe in eine kleine Tasche geöltes Leder eingenäht.«

»Und die Seher?«, fragte Lorentha atemlos.

»Das Pergament selbst«, sagte die Gräfin rau. »Es wird in Ravanne nach einem alten Ritual aus der Haut ungeborener Lämmer hergestellt. Es ist so fein, dass man fast durch es hindurchsehen kann. Die Seher verwenden es, um ihre Visionen aufzuschreiben. Niemand sonst verwendet diese Art von Pergament.«

»Das ist zu wenig, um daraus auf eine Verschwörung eines solchen Ausmaßes schließen zu können«, meinte Lorentha nachdenklich. »Ihr seht Gespenster.«

»Nein. Ich nicht«, antwortete die Gräfin kühl. »Ich sage ja, dass ich nicht an eine Verschwörung glaube.« Sie nickte in die Richtung des Pergaments. »Aber ich glaube sehr wohl daran, dass diese Worte etwas mit ihrem Tod zu tun haben. Wenn Ihr von Verschwörungen hören wollt, dann wendet Euch an Montagur, er hat Dutzende Theorien dazu. Nein, ich glaube, dass Evana das Rätsel löste und es sie zu ihrem Mörder führte. Menschen morden aus Tausenden von Gründen, aber der häufigste ist Gier, dicht gefolgt von Eifersucht und Wahn. Wenn Ihr mich fragt, ging es um Gold oder Macht. Dafür sterben doch die meisten.«

»Nun, der Falke der Göttin ist aus Gold«, begann Lorentha, doch die Gräfin schüttelte energisch den Kopf.

»Wie in aller Welt soll denn da ein Zusammenhang bestehen?«, fragte sie. »Gäbe es einen, meint Ihr nicht, der Falke wäre schon früher gestohlen worden?«

»Gut«, sagte Lorentha. »Jetzt habt die Güte, mir zu erklären, was dies alles mit mir, Raphanael und dem Falken zu tun hat, wenn es doch keine Verbindung gibt? Ihr könnt mir jedenfalls nicht erzählen, dass Ihr all dies«, sie tat eine Geste, die das Haus der Gräfin einschloss, »und diesen ganzen Mummenschanz in nur einem Tag vorbereitet habt?«

»Dieser verdammte Falke!«, fluchte die Gräfin ganz und gar nicht standesgemäß. »Die Dämonen mögen dieses Ding holen, er kam uns nur in die Quere!«

»Tat er das?«, fragte Lorentha gleichgültig. »Wie?«

»Ihr habt so weit recht, als dass dies alles schon länger in Vorbereitung ist.« Sie seufzte. »Seitdem Ihr mir geschrieben habt. Einen Teil habe ich Euch gestern schon erzählt, und ich bin mir sicher, dass es uns auch gelingen wird, Euch wieder in die Gesellschaft einzuführen, vor allem, da Raphanael willens ist, Euch dabei zu helfen. Doch das ist nur der eine Teil, auch wenn es damit fast unlösbar verbunden ist. Der andere Teil ist der, dass es von Eurer Suche nach dem Falken ablenken wird, wenn man Raphanael und Euch zusammen sieht, auch wenn Ihr in den Tempel geht, wird sich niemand dabei etwas denken, außer, dass Ihr wohl seine Schwester besuchen werdet.« Die Gräfin beugte sich jetzt etwas vor. »Der dritte Teil der Täuschung hat mit Eurem eigenen Bestreben zu tun, den Mörder Eurer Mutter zu finden.« Sie seufzte. »Schaut, Lorentha, der Mörder Eurer Mutter wird im Kreis der Reichen und Mächtigen hier in Aryn zu finden sein. Eure Mutter war nicht irgendwer, sie war eine Walküre, und nur jemand, der selbst über Macht und Einfluss verfügt, hätte es gewagt, sie anzugehen.«

Lorentha nickte, dies entsprach auch ihren eigenen Überlegungen.

»Es gibt meiner Meinung nach sogar einen Beweis dafür«, sprach die Gräfin leise weiter. »Denn der Mörder setzte seinen

Einfluss ein, um seine Spuren zu verwischen. Ihr solltet am Beispiel von Herzog Albrecht schon gelernt haben, dass ein solcher Einfluss auf subtile Weise wirken kann. Was meint Ihr denn, warum Ihr bei Euren Nachforschungen über seinen Tod beständig gegen eine Wand gelaufen seid? Weil jemand mit Einfluss ganz diskret erkennen ließ, dass er es nicht wünscht, dass Ihr mit Euren Ermittlungen Erfolg habt. Das Gleiche ist damals hier geschehen, auch hier verhinderte jemand, dass die Ermittlungen auch nur einen Schritt weit kamen.«

»Wer?«, fragte Lorentha scharf.

»Wenn wir das wüssten, säßen wir nicht hier, nicht wahr?«, gab die Gräfin ruhig zurück. »Aber um eine Vermutung zu äußern, was Herzog Albrecht angeht, jemand an allerhöchster Stelle. Vielleicht der Kaiser selbst. Es wäre nicht das erste Mal, dass jemand einen Bruder tötet, um nach einer Krone zu greifen.«

»Nur dass der Kaiser die Krone bereits trug«, warf Lorentha ein, und die Gräfin nickte müde.

»Vielleicht hatte er Angst, sie zu verlieren? Aber es geht hier nicht um Albrecht, sondern um Eure Mutter. Um Euch. Dieser ganze Mummenschanz, wie Ihr ihn nennt, dient nur einem einzigen Zweck. Dem Einfluss dieses Unbekannten unseren eigenen Einfluss entgegenzusetzen. Wenn wir deutlich machen, dass wir hinter Euch stehen, wird es den Einfluss dieses anderen mindern oder vielleicht auch aufheben. In diesen Kreisen definiert sich Macht durch die Freunde, die man hat. Ihr tragt Rüstung und Schwert, aber auf diesem Schlachtfeld ist ein Kleid Eure Rüstung und ...« Sie brach hastig ab.

»Sprecht weiter«, sagte Lorentha mit einem spöttischen Lächeln. »Was ist mein Schwert? Euer *Einfluss*?«

»Nein«, sagte die Gräfin erschöpft. »Nicht das. Deshalb kam uns der Diebstahl dieses verdammten Vogels auch so ungelegen. Ich wollte, wir könnten ihn vollends ignorieren, aber er ist zu wichtig. Wenn er bis zur Prozession nicht gefunden wird, mag es sehr wohl sein, dass es einen Aufstand gibt.«

»Also, was ist es dann?«, fragte Lorentha ungehalten.

»Nicht was. Wer. Lord Raphanael. Man sagt ihm nach, er würde bei der Aufklärung von Verbrechen Magie verwenden. Wenn man Euch gemeinsam sieht, wenn der Mörder das Gefühl erhält, dass Lord Raphanael sich mit dem Fall Eurer Mutter auseinandersetzt, hoffen wir darauf, dass der Mörder in Angst gerät und einen Fehler begeht. Vielleicht reicht es schon, wenn Ihr und Lord Raphanael euch vertraulich gebt und man euch miteinander sieht.«

»Das also ist der Plan, Ihr wollt Lord Raphanael und mich als Köder verwenden«, sagte Lorentha langsam. »Kein Wunder, dass der Diebstahl des Falken Euren Plan durcheinander brachte.«

»Genau das«, sagte die Gräfin und schien jetzt doch verärgert. »Nur dass nicht wir es sind, die Euch als Köder verwenden wollen. Sagt mir, Loren, wenn ich Euch nun darum bitte, dass Ihr zurück in die Hauptstadt reisen und all das hier auf sich beruhen lassen sollt, würdet Ihr das tun?«

Lorentha zögerte. »Nein«, gestand sie schließlich. »Es ist mir zu wichtig.«

»Seht Ihr«, sagte Cerline ernst. »Das ist genau der Punkt. So oder so würdet Ihr in dieser Angelegenheit bohren und Aufmerksamkeit auf Euch ziehen. Wir versuchen nur, die Kräfteverhältnisse auszugleichen und ihm zweifelsfrei zu verdeutlichen, dass Ihr unter unserem Schutz steht. Doch aus dem gleichen Grund, aus dem wir die Unterstützung Lord Raphanaels für uns gewinnen wollten, ist er auch für König Hamil die beste Wahl gewesen, um diesen verdammten Falken aufzuspüren. Das macht es jetzt ja so schwierig, denn nun seid ihr beide in Gefahr und gleich von zwei Seiten bedroht, von denjenigen, die den Falken stahlen und damit offenbar bereit sind, auch das Risiko eines Aufstands in Kauf zu nehmen, und von jenem anderen, der mit aller Macht verhindern will, dass der Mord an Eurer Mutter aufgedeckt wird.«

Lorentha nickte langsam. Allmählich ergab dies alles einen Sinn.

»Könntet Ihr nicht einfach verlauten lassen, dass ihr beide hinter mir steht und auf diesen ganzen besagten Mummenschanz verzichten?«, fragte sie schließlich entnervt.

»Selbst wenn wir es auf dem Platz verlesen lassen würden, wäre es nicht so wirksam wie dieser eine Auftritt auf dem Ball heute Abend«, beharrte die Gräfin. »Nur so erfahren es diejenigen, die es wissen sollen. Eure Mutter wusste so etwas, sie war auch auf diesem Schlachtfeld zu Hause. Es ist, soweit ich das sehen kann, eine Eurer wenigen Schwächen, dass Ihr darauf verzichtet habt, den Vorteil Eures Namens in dieser Art zu nutzen.«

»Ich bin eine Soldatin, keine Hofdame«, wehrte Lorentha ab.

Die Gräfin nickte langsam. »Genau deshalb braucht Ihr unsere Hilfe.«

»Dann erklärt mir nur noch eines, Cerline«, sagte Lorentha deutlich ruhiger. »Ich habe nun oft gehört, wie wichtig Ihr in der hiesigen Gesellschaft seid. Aber wieso seid Ihr der Ansicht, dass ich Eures Schutzes bedarf, dass Ihr mich überhaupt beschützen könnt? Man wird wohl kaum versuchen, mich auf einem Ball zu ermorden.«

»Abgesehen davon, dass auch das schon vorgekommen ist, geht es hier um Eure Glaubwürdigkeit. Ist es nicht so, dass man Euch in der Hauptstadt unterstellt, Ihr wäret von der fixen Idee besessen, dass der Herzog ermordet worden wäre, und das, obwohl die kaiserlichen Leibärzte den Tod durch Herzriss zweifelsfrei festgestellt haben? Stellt Euch vor, Ihr wüsstet, wer der Mörder wäre, und würdet seinen Namen laut hinausschreien, wer würde es Euch denn glauben wollen?«

Götter, dachte Lorentha entsetzt. Die Gräfin hatte recht. Genauso war es. Man respektierte ihre Arbeit bei der Garda, und auch sonst standen ihr viele Türen offen, aber wenn sie auch nur den Namen des Herzogs erwähnte, erhielt sie mitleidige Blicke und die gleichen Türen schlossen sich.

»Woher wisst Ihr das alles?«, fragte sie langsam. »Vieles von dem, was Ihr genannt habt, dürftet Ihr gar nicht wissen!«

»Ach, Kindchen«, sagte die Gräfin müde. »Ich bin nun schon über fünfzig Jahre alt, ich hätte dumm sein müssen, hätte ich nicht das eine oder andere in dieser Zeit gelernt. Vor allem, dass es kaum Geheimnisse gibt, die Leute tratschen, als ob sie etwas dafür bekämen, man muss nur hinhören, dann erfährt man alles aus der Welt. Warum fragt Ihr?«

»Weil ich hörte, Ihr wäret beim kaiserlichen Geheimdienst«, gestand Lorentha ihr.

»Das?«, antwortete Cerline und lachte erheitert. »Hier in Aryn geht das Gerücht schon so lange um, dass scheinbar jeder es inzwischen glaubt. Wäre ich es, sollte es dann nicht geheimer sein? Ich kenne nur ein paar Leute, die andere Leute kennen, mehr ist es nicht. Sogar Albrecht bat mich schon um Hilfe. Ich habe seinen Wunsch erfüllt und ihm die Berichte der Garda zukommen lassen. Ich hoffe, Ihr habt sie noch erhalten.«

Ja, dachte Lorentha bitter. Und keine vier Wochen später hatte sie den Herzog begraben müssen.

»Aber wie ...«

»Ich bat Montagur darum, und er sah keinen Grund, die Unterlagen dem Herzog zu verweigern.«

Lorentha nickte langsam.

»Dennoch kann ich Euch in gewisser Weise schützen«, fuhr die Gräfin fort. »Zum einen, was Euren Ruf angeht, zum anderen, indem ich hier und da ein Wort fallen lasse, dass Ihr Euch meiner Unterstützung sicher sein könnt. Wenn Ihr mich lasst.«

Lorentha bedachte die ältere Frau mit einem langen Blick und traf dann ihre Entscheidung. »Kein Korsett.«

Die Gräfin seufzte theatralisch, doch sie gab sich geschlagen und nickte.

»Zudem brauche ich den Nachmittag für mich. Ich werde jemanden aufsuchen.«

»Darf ich fragen, wen?«, fragte die Gräfin.

»Lord Raphanael. Ihr erinnert Euch, er ist ein alter Jugendfreund?«

Cerline quittierte die Spitze mit einem leichten Nicken. »Wartet besser bis zum Ball. Ihr kennt Euch noch nicht, was wollt Ihr jetzt schon zu ihm sagen?«

»Oh«, lächelte Lorentha. »Ich denke, da wird mir etwas einfallen. Ach, und plant besser etwas mehr Zeit für das Mittagsmahl ein, ich habe üblicherweise einen gesunden Appetit.«

Kutschenfahrt mit Hut

12 Die Schuld daran, dass es damit dann nichts wurde, konnte sie allerdings nicht der Gräfin geben. Vielmehr war ein Jugendfreund der Grund, nur war es kein angeblicher wie Raphanael. Als sie vom Hutmacher zurückkehrte und zurück zu ihrer Kutsche gehen wollte, stellte sie fest, dass diese verschwunden war. Mit ihr auch der Kutscher und die Dame Denlar, die von der Gräfin dafür ausgesucht worden war, für Lorentha die Anstandsdame zu geben; die Majorin hatte ganz vergessen, dass es für eine Dame unschicklich war, ohne Begleitung aus dem Haus zu gehen. Die Dame Denlar war eine dürre Frau mittleren Alters, die sich, dafür war Lorentha sehr dankbar, allerdings darauf beschränkte, still in der Kutsche zu sitzen und alles um sich herum mit mürrischen Augen anzuschauen.

Mit zwei Hutschachteln in den Armen schaute Lorentha sich suchend um, aber sie konnte weder die Kutsche noch ihre Anstandsdame irgendwo entdecken.

Dafür rollte ihr eine von einem alten Gaul gezogene Mietskutsche über den Weg.

»Könnt Ihr vielleicht eine Fahrgelegenheit gebrauchen?«, fragte der Mohr auf dem Kutschbock und zwirbelte an seinem Schnurrbart, der sich ob dieser Misshandlung etwas löste. »Nur zwei Achtelsilber für die halbe Stunde, ich bringe Euch schnell und sicher, wohin Ihr wollt!«

Lorentha sah mit gefurchter Braue zu dem Kutscher auf, der sich den Bart gerade wieder zurechtrückte. »Was hast du mit meinem Kutscher angestellt?«

»Ein Junge kam zu deinem Kutscher und hat ihm erzählt, dass eine junge Sera, auf die deine Beschreibung passt, aus dem Hintereingang der Hutmacherei kam und ihn dabei beinahe umrannte, so schnell wie sie die Straße hinunterfloh«, erklärte Raban breit grinsend. »Es war beeindruckend, wie schnell der Kutscher und die alte Frau daraufhin die Verfolgung aufnahmen. Komm, steig ein, wir reden während der Fahrt, oder willst du mit diesen Hutschachteln den Verkehr aufhalten?«

Sie seufzte und stieg in den offenen Einspänner.

»Was willst du?«, fragte sie verärgert, als Raban mit der Zunge schnalzte und der alte Gaul sich gemächlich in Bewegung setzte. »Und wie hast du mich gefunden?«

»Dich zu finden, war leicht«, lachte er, während er die Umgebung im Auge behielt. »Innerhalb von einem halben Tag hast du es geschafft, dass die halbe Stadt von dir spricht. Es war leicht herauszufinden, dass du im Haus der Gräfin abgestiegen bist, etwas schwieriger war es, deinen Kutscher loszuwerden. Götter, hast du wirklich so lange gebraucht, um dich für einen Hut zu entscheiden?«

»Nein«, gab sie knapp zurück. »Es sind zwei.« Die man ihr nur angepasst hatte, denn ausgewählt waren sie schon gewesen. Von der Gräfin, die Lorentha offenbar wenig Geschmack zutraute.

»Ich hätte dich dennoch fast nicht gefunden«, fuhr Raban schmunzelnd fort. »In deinem Kleid hätte ich dich beinahe nicht wiedererkannt. Sind das wirklich Trauben auf deinem Hut? Ein Wunder, dass die Vögel nicht picken kommen.«

Wortlos zog sie die Hutnadel heraus, nahm den Hut ab und löste die hölzernen Trauben, um sie aus der Kutsche zu werfen.

»Besser«, meinte Raban anerkennend, was ihm nur einen funkelnden Blick einbrachte. »Auch wenn dir ein Hut nicht steht. Man sieht zu wenig von deinem Haar.«

»Ich glaube, das ist der Sinn darin. Das und der Schutz vor der Sonne, die einem die vornehme Blässe verderben kann.«
»Zu spät für dich«, grinste Raban. »Du bist fast so gebräunt wie ich.«
»Ha!«, knurrte Lorentha. »Ein toller Scherz. Was willst du? Du kommst ungelegen!«
»Du hast danach gefragt, wer so dumm sein könnte, den Falken von der Hand der Göttin zu stehlen.«
»Ja, und? Er wurde nicht gestohlen, das hast du selbst gesagt.«
»Habe ich?«, fragte er und zog eine Augenbraue hoch.
»Hast du«, beschied sie ihm. »Was ist damit?«
»Ich hörte heute Morgen eine interessante Unterhaltung. Du weißt ja, ich habe gute Ohren.«
»Raban«, warnte sie ihn. »Komm zum Punkt, ich hatte heute keinen guten Tag.«
»Dabei ist er noch nicht einmal halb vorbei«, lachte Raban und duckte sich übertrieben, als sie ihn anfunkelte. Doch er wurde schnell wieder ernst. »Ich kenne jemand, der, sagen wir, verlorene Dinge ankauft.«
»Einen Hehler«, sagte sie und nickte. »Du brauchst nicht drum herumzureden. Was weiter?«
»Ab und an schmuggelt er auch Ware in die oder aus der Stadt.«
»Aryn ist ein Freihafen, was will er da schmuggeln?«
»Waffen, was sonst?«, gab Raban ungehalten zurück. »Lässt du mich jetzt erzählen?«
Sie tat eine großzügige Geste.
»Nun, ich war gerade dort, um Ware abzustoßen, die ich zufällig gefunden habe.« Sie rollte mit den Augen, und er fluchte. »Loren«, sagte er etwas erbost. »Du hast zu mir gesagt, dass wir über bestimmte Dinge nicht aneinandergeraten sollen, ich versuche mich daran zu halten! Und da ich dir davon nichts erzählen darf, darfst du auch nicht verlangen, dass ich dir ins Messer laufe, weil ich von gestohlener Ware rede!«

»In Ordnung«, seufzte sie. »Du kannst dir die Umschreibungen sparen. Ich sag dir schon, wenn ich etwas nicht hören will.«

»Gut«, meinte Raban erleichtert und fluchte, als ihm ein Lastkarren in den Weg rollte, zum Glück war der alte Gaul wenig schreckhaft und sowieso so träge, dass es Raban keine Mühe bereitete, den Einspänner rechtzeitig zum Halten zu bringen. »Während ich also verhandelte, sah ich durch eine angelehnte Tür, wie zwei Männer Schwerter in eine Kiste umluden, ich schätze, es waren etwa zwei Dutzend Stück. Nagelneue Armeeschwerter, der Form nach aus Aragon, nur die Klingen, kein Heft und kein Querstück. Die Klingen waren in Holzbohlen versteckt.«

Lorentha nickte, diese Information konnte nützlich sein.

»Einer der Männer war mir bekannt, er prahlt öfter damit, dass er ein Loyalist ist. Kalus ist sein Name, und er steht in Diensten von Lord Visal. Der ebenfalls kein Freund des Kaiserreichs ist. Sie sprachen leise, aber ich konnte sie einigermaßen verstehen. Kalus fragte diesen anderen, wie er sich denn sicher sein könnte, dass man diesmal wirklich die Schwerter gegen die Tyrannei des Kaisers erheben würde. Der andere schaute zu mir hinüber und verbot Kalus dann den Mund.«

»Die Schwertklingen sind bedenklich, aber es gab schon immer Loyalisten in Aryn, die gerne das Maul aufreißen«, meinte Lorentha.

»Der Unterschied besteht darin, dass genau dieser Kerl mir auflauerte, als ich später dorthin zurückging, um das Gold für die Ware abzuholen. Hätte er von mir verlangt, ihm das Gold zu geben, wäre es immer noch dumm von ihm gewesen, doch das hätte ich wenigstens verstehen können. So aber sagte er: ›Tut mir leid, du hast zu große Ohren‹ und griff mich sofort an.« Raban steckte die Hand in eine Tasche seines Wamses und reichte ihr eine Knochenscheibe, in die auf der einen Seite grob erkennbar der Umriss eines Falken eingebrannt war. »Das hat er dabei gehabt.«

»Hat er noch etwas anderes gesagt?«, fragte sie, während sie die Knochenscheibe begutachtete.

Raban zuckte mit den Schultern. »Ich hätte ihn ja gerne für dich ausgefragt, aber er gab nur noch gurgelnde Geräusche von sich, er hatte wohl zu viel Blut im Mund.«

»Schade«, meinte sie ungerührt. »Aber dieser Kalus wird etwas wissen.«

»Mag sein, aber er wird es auch nicht sagen. Ich hatte zu große Ohren und Kalus wohl einen zu großen Mund. Man fand ihn vorhin im Hafenwasser treibend.« Er schaute kurz zu ihr zurück. »Wir kennen alle das Geschwätz der Loyalisten, doch meistens ist es nur der Schnaps, der aus ihnen spricht. Üblicherweise nehme ich so etwas nicht mehr ernst. Es sei denn, man versucht, mich abzustechen.«

Sie nickte langsam. »Verständlich.«

»Es sagt uns noch etwas anderes«, meinte Raban. »Ohne zu bescheiden wirken zu wollen, behaupte ich, dass niemand sich mir mit einem Messer in den Weg stellen wird, der mich kennt oder auch nur von mir gehört hat. Der Mann kannte mich nicht, und ich kann mich auch nicht erinnern, ihn jemals in der Gegend gesehen zu haben. Er sagte zwar nicht viel, aber sprach mit einem Akzent, den ich von Seeleuten aus Aragon kenne. Er kam wohl mit den Schwertern her. Was sagt dir das?«

»Dass diesmal Aragon die Finger mit drin hat«, stellte Lorentha grimmig fest. »Egal, wie ein Aufstand hier enden würde, er würde dem Kaiserreich Kräfte binden und ihm schaden. Abgesehen davon, dass der Handel lange brauchen würde, um sich zu erholen.« Sie musterte die Knochenscheibe. »Dann ist das hier wohl so etwas wie ein Erkennungszeichen.«

»Ja«, nickte Raban. »Nachlässig von ihm, zu sterben und sie mir zu überlassen, nicht wahr?«

»Raban«, sagte sie leise. »Höre mit den Scherzen auf. Das ist kein Spaß.«

»Das fiel mir auch auf, als der Kerl mir an die Kehle ging«, sagte Raban trocken. »Also sage mir, was mit dem Falken ist. Dass du danach fragst und dieser Mann diese Scheibe bei sich hat, ist sicherlich kein Zufall.«

»Der Falke wurde nicht gestohlen«, beharrte Lorentha. »Du kannst ja selbst in den Tempel gehen und nachsehen.«

»Du würdest mich auch nie anlügen, nicht wahr?«, grinste er, wurde dann aber wieder schnell ernst. »Es gibt eine Kopie von dem Falken. Als Kind war ich das eine oder andere Mal im Tempel, und ich sah, wie sie den einen von der Hand der Göttin mit einer Art Kran heruntergelassen haben und den anderen hochzogen.«

Sie seufzte.

»Was?«, sagte Raban scheinbar beleidigt. »Darf ich etwa nicht denken können?«

»Nein«, sagte sie leise. »Ich verrate nur so viel: Ich würde dir gerne mehr sagen, aber es ist mir nicht gestattet.«

Er nickte langsam. »Weshalb hält man es geheim? Wegen eines möglichen Aufstands?«

»Wie gesagt ...«

»Es gäbe einen Aufschrei«, sprach er weiter, als hätte sie nichts gesagt. »Der Kaiser schenkte damals der Stadt den Falken, um den Menschen hier zu zeigen, wie wichtig ihm die Prinzessin gewesen war, und manche sagen, es sei das Einzige, was er jemals richtig gemacht hat. Es beendete zumindest den Aufstand, den der Tod der Prinzessin auslöste. Aber heute?« Er schüttelte den Kopf. »Ich glaube nicht, dass es einen Aufstand geben wird, selbst wenn herauskommt, dass der Falke gestohlen wurde. Allerdings möchte ich dann nicht in der Haut des Diebes stecken, wenn sie ihn erwischen.«

»Ich hoffe, dass du recht hast«, sagte sie. »Aber ich muss alle Möglichkeiten in Betracht ziehen. Nebenbei bemerkt, hat der Kaiser den Falken dem Tempel schon vor der Hochzeit als Brautgeschenk gegeben. Deshalb haben die Priester der Hochzeit ja erst zugestimmt.«

Er lachte. »Ja, das höre ich auch immer wieder. Ich nehme an, man hat es so in Umlauf gebracht, damit die Falkenprozession an die Hochzeit erinnert und nicht an einen Aufstand. Doch der Kaiser ließ den Falken erst nach dem Tod von Prinzessin Armeth in Gedenken an sie anfertigen.«

»Woher willst du das wissen?«

Er grinste breit. »Meine Vorfahren haben nicht viel zustande gebracht, was man daran sehen kann, dass der bedeutendste Teil unserer Familienlegende meinen Urgroßvater als den Mann feiert, der den Karren kutschierte, mit dem der Falke hinauf zum Tempel gebracht wurde. Mein Vater erzählte mir immer wieder mit einem gewissen Stolz davon.«

»Bist du deshalb damals dorthin beten gegangen?«, fragte sie leise.

»Ja. Nur hat es nicht geholfen«, antwortete er rau, als wäre es ihm nicht angenehm, welche Wendung das Gespräch genommen hatte. Er wies mit dem Kopf nach vorn. »Wir sind da, und es sieht aus, als hätte die Gräfin Besuch. Wenn ich mich nicht sehr täusche, trägt die Kutsche dort das Wappen von Manvare.« Er zügelte den Gaul und trat den Bremsstock nach vorn, um ihr aus dem Wagen zu helfen.

»Des mecht denn zwei Achtelsilber, Sera«, sagte er in einem übertriebenen Dialekt und mit einem Funkeln in den Augen.

»Du hast einen Teil deines Barts verloren«, lachte sie und drückte ihm die Geldstücke in die ausgestreckte Hand, um dann nach ihren Hutschachteln zu greifen. »Ich melde mich bei dir«, versprach sie. »Und ... danke.«

Raban schaute ihr nach, wie sie leichtfüßig die Treppe zur Tür hochging. »Gern geschehen«, sagte er leise und lachte. Lorentha in einem Kleid, dachte er, jetzt hatte er wirklich alles gesehen. Dann sah er die Kutsche kommen, die er vorhin so schön gefoppt hatte, sowohl der Kutscher als auch die ältere Sera sahen aus, als würden sie auf Nägeln kauen, besser, dachte er, ich mache mich davon. Allerdings tippte er höflich an seinen Hut, als er die andere Kutsche passierte, was ihm nur einen mörderischen Blick des Kutschers einbrachte.

Der Tempel Isaeths

13 Ein paar Stunden später und mit deutlich knurrendem Magen sah sie Raphanael auf den Tempelstufen, wo er ruhelos auf und ab ging, sein Gesicht in Sorgenfalten gelegt; erst als er sie aus der Kutsche steigen sah, hellte es sich auf.

»Bin ich zu spät?«, fragte sie lächelnd, als er sie mit einer leichten Verbeugung begrüßte.

»Nein, ich war nur in Sorge«, antwortete er, während er seinen Blick über sie gleiten ließ.

»Ein hübsches Kleid«, sagte er dann mit einem Funkeln in den Augen. »Aber erst durch Euch gewinnt es an Eleganz.«

»Danke, Herr«, grinste sie und tat einen kleinen Knicks.

»Auch Euren Hosen fehlt es nicht daran. An was sollen die Stickereien am Saum diesmal erinnern?«

»An nichts«, lachte er. »Es ist angeblich die neueste Mode im Kaiserreich. Hat jedenfalls der Schneider behauptet, der mir dafür viel zu viel abknöpfte. Ich habe sie nur für Euch angezogen, damit Ihr diesmal keinen Grund zur Beschwerde habt.« Er drehte sich spielerisch. »Ich hoffe, dass sie Euch gefallen, sonst muss ich ihn leider schlagen lassen.«

»Lasst Gnade walten, Eure Lordschaft«, sagte sie lächelnd, während sie sich darüber wunderte, wie leicht er sie zum Lachen brachte. Dabei war ihr eigentlich gar nicht danach.

»Nur, spart Euch den Zierrat das nächste Mal. Warum wart Ihr in Sorge?«

»Meine Mutter. Baroness Renera ...« Er seufzte. »Ich nehme

an, mittlerweile hattet Ihr das Vergnügen, sie kennenzulernen?«

»Ja«, seufzte sie. »Ich kam vom Einkauf zurück und fand sie im kleinen Salon vor, wo sie und die Gräfin miteinander tuschelten, als wären sie Tempelmädchen, die gemeinsam etwas ausheckten. Als das Mädchen mich meldete, zuckten sie fast zusammen und sahen schuldbewusst drein. Wollen wir nicht hineingehen?«

So leicht ließ er sich nicht ablenken. »Was hat sie gesagt?«

Sie zuckte mit den Schultern. »Sie hatte Fragen.«

»Welche Art von Fragen?«

Sie rollte mit den Augen. »Etwa die, die man einem Pferdehändler stellt ... es hätte nicht viel gefehlt, und sie hätte gefragt, ob mein Fell immer so glänzt oder ob ich mich zur Zucht eigne.«

»Oh, Götter«, stöhnte er. »So schlimm?«

Sie lachte. »Nein, natürlich nicht. Eure Mutter ist eine Dame, sie tat es wesentlich geschickter und vor allem vornehmer, aber es lief in etwa auf das Gleiche heraus. Dann vollführte sie die erste Kehrtwendung, um mich mit wohlgesetzten Worten davor zu warnen, Euch allzu ernst zu nehmen, Ihr wäret zwar ein Ehrenmann aber einer, der sein Leben leichtfertig lebt und die Freiheit liebt, und dass ihr nicht die Absicht hättet, jemals wieder zu ehelichen, weshalb Ihr auch Liebschaften bevorzugen würdet. Selbstverständlich sehr diskret.«

Er gab einen leisen Laut von sich, der verdächtig einem Winseln ähnelte.

»Dann vollführte sie die zweite Kehre«, fuhr Lorentha unbarmherzig fort. »Sie pries Euch in Folge an wie einen Ochsen, oder besser Stier, lobte Euren Wissensdurst und Eure Leidenschaft und erwähnte nebenbei als Beweis für Eure Lendenstärke ihre prachtvolle Enkelin, auf die sie nicht minder stolz wäre als auf Euch.« Sie tat eine nachlässige Geste. »Wollt Ihr noch mehr hören? Sie erzählte auch Geschichten aus Eurer Kindheit und ...«

»Nein, nein«, wehrte er hastig ab, während er ein Husten zu unterdrücken schien. »Wenden wir uns doch besser erfreulicheren Dingen zu.«

Sie hob fragend eine Augenbraue. »Einer Leiche?«

»Glaubt mir«, sagte er gepresst, während er sich gegen das schwere Tor lehnte, um es aufzudrücken. »Von meiner Warte her gesehen, ist es vorzuziehen!«

So wie ihre Augen funkelten, war sich Raphanael nicht ganz sicher, ob sie ihn nicht doch gefoppt und maßlos übertrieben hatte, auch wenn das alles seiner Mutter zuzutrauen wäre.

Das Tor des Tempels war vor Jahrhunderten dafür geschaffen worden, selbst Belagerungen standzuhalten. Meistens standen die alten Tore offen, was zur Folge hatte, dass sie über die Jahre schwergängig geworden waren. Erst als sich auch Lorentha dagegenstemmte, schwang es leichter auf. Was dafür sprach, dass mehr als eine Person an dem Diebstahl beteiligt war, da die beiden Priester in der besagten Nacht das Tor geschlossen vorgefunden hatten.

Ein Novize eilte herbei, um ihnen ernst zuzunicken und dann mit dem letzten Stück zu helfen, anschließend schoben sie es zu, der Novize allerdings blieb vor dem Tor, um Gläubige, die den Tempel zum Gebet betreten wollten, auf später zu vertrösten.

»Ich gab Anweisung, den Tempel so herzurichten, wie der Kardinal und Bruder Alfert ihn erinnern«, erklärte er leise, als er gemeinsam mit ihr zum Altar ging.

Lorentha nickte kurz und sah sich neugierig um, aber ihr Hauptaugenmerk galt den drei Personen, die dort am Fuß der Göttin auf sie warteten, und dem in eine weiße Novizenrobe gekleideten Toten, der bäuchlings über dem schmiedeeisernen Zaun hing. Allein wie er da hing, bot er schon einen grausigen Anblick, und sie konnte verstehen, dass es der Hohepriesterin schwergefallen war, dieser Nachstellung zuzustimmen, oder warum der Kardinal Anweisung erteilt hatte, alle Spuren dieser grausigen Tat zu entfernen.

Raphanaels Schwester trug die kostbar bestickte Robe einer Hohepriesterin ihres Glaubens und war als solche leicht zu erkennen, aber es hätte dieser Robe nicht bedurft, Lorentha hätte sie so oder so erkannt. Sie war vielleicht vier oder fünf Jahre älter als seine Lordschaft, dennoch ähnelten sie sich, als wären sie Zwillinge, die gleichen feinen Gesichtszüge, die gleichen dunklen Augen und langen Wimpern. Doch in ihr vereinte sich all dies zu einer Frau von atemberaubender Schönheit, deren Anblick Lorentha doch wünschen ließ, sie hätte Zeit dafür gefunden, sich die Haare sorgsamer legen zu lassen.

Der Mann in der blassroten Robe musste Kardinal Rossmann sein, ein eher dicklicher Mensch, etwa sechzig Jahre alt, dessen spärlicher Haarkranz schon ergraut und von einer glänzenden Glatze gekrönt war. Die Art, wie der Kardinal sie unter seinen buschigen Augenbrauen musterte und dabei die etwas wulstigen Lippen nach vorn stülpte, missfiel ihr ungemein, vor allem, da der Blick des Priesters überlang auf ihrem Busen zu ruhen schien. Erst als sie seinen Blick mit dem ihren auffing, sah er zur Seite weg. Bruder Alfert, der Illustrator, war das Gegenteil des Kardinals, groß und hager, mit einem vollen Schopf an weißem Haar, tief gefurchten Zügen und kurzsichtig blinzelnden Augen und einem großväterlichen Lächeln, dessen leicht zerstreute Art sie unwillkürlich auch lächeln ließ.

Während Raphanael die Vorstellung übernahm, musterte seine Schwester die Majorin nicht weniger gründlich.

Tatsächlich, dachte Lorentha, als sie die Blicke seiner Schwester auf sich ruhen fühlte, konnte sie Cerline nun dankbar sein. Die Gräfin hatte einen sicheren Geschmack, und das helle Leinenkleid mit der leichten Schnürung stand ihr auch ohne Korsett; tatsächlich wusste sie, dass es wenig an ihrem Erscheinungsbild auszusetzen gab. Hätte sie dagegen ihre Rüstung getragen … Unsinn, widersprach sie sich in Gedanken. Sie hatte allen Grund, die Rüstung der Garda mit Stolz zu tragen. Zugleich hob sie ihr Kinn und fing den Blick der

Priesterin mit ihren Augen auf … und hielt ihm stand, bis Raphanaels Schwester leicht den Kopf neigte und sie mit einem feinen Lächeln dafür entschädigte.

»… und es ist alles so, wie Ihr es in Erinnerung habt?«, hörte sie Raphanael fragen. Der Kardinal nickte grimmig.

»Genau so.« Er wies auf die Rosenblüten, die um den Körper des Novizen auf den polierten Steinen verteilt worden waren. »Sie sollen das Blut darstellen, das …« Seine Stimme verebbte.

»Danke«, sagte Raphanael und schaute fragend zu seiner Schwester hin.

»Es war meine Idee«, sagte diese leise. »Ich weiß, wie wichtig jede Einzelheit für dich ist, aber ich wollte kein Blut auf diesen Steinen sehen.«

»Es reicht mir schon«, sagte Raphanael sanft, bevor er sich an Bruder Alfert wandte. »Stimmt es so auch mit Eurer Erinnerung überein?«

»Ja«, nickte dieser. »Soweit ich es erkennen kann. Meine Augen«, fügte er verlegen hinzu, »sind nicht mehr die besten, wenn es um die Fernsicht geht.«

»Es ist dennoch hilfreich«, meinte Raphanael freundlich. »Ich …«

»Entschuldigt«, räusperte sich der Kardinal. »Ich verstehe, warum Eure Schwester Euch eingeladen hat, aber ich möchte an dieser Stelle deutlich machen, dass ich nichts davon halte, weitere Personen hinzuzuziehen.« Es war klar genug, wen er damit meinte, aber sein Blick alleine sagte schon mehr als alle seine Worte.

»Sie ist eine Offizierin der Garda«, sagte die Hohepriesterin, während sie nun ihrerseits den Kardinal mit einem harten Blick bedachte. »Außerhalb des Tempelplatzes gilt kaiserliches Recht. Wenn Ihr nicht davon ausgeht, dass der Falke sich doch noch innerhalb des Tempelkomplexes befindet, werden wir auch so nicht umhinkommen, die Garda hinzuzuziehen.«

Der Priester schnaubte verächtlich. »Wir wissen alle, dass die Garda sich nicht sehr von denen unterscheidet, vor denen sie uns angeblich schützen will. Sie sind alle durch die Bank bestechlich und ...«

»Mit Verlaub«, sagte Lorentha scharf, bevor Raphanael oder seine Schwester auf die Idee kamen, sie noch weiter zu verteidigen, das übernahm sie lieber selbst. »Was Ihr von der hiesigen Garda haltet, ist nicht von Bedeutung. Ich leite die Garda in der Hauptstadt, und dort herrscht Disziplin. Was die Garda hier angeht, werdet Ihr bald feststellen, dass sich etwas ändern wird. Aber gestattet mir doch eine Frage ... wurde an diesem Ort Messwein verschüttet oder rieche ich ihn in Eurem Atem?«

Als der Kardinal verstand, was sie andeuten wollte, traten ihm vor Empörung beinahe die Augen aus dem Kopf. »Das ist eine Ungeheuerlichkeit«, begann er. »Ich werde nicht dulden ...«

»Kardinal«, meldete sich Raphanaels Schwester ruhig, aber bestimmt zu Wort. »Eure Einwände sind bekannt, ich habe anders entschieden. Ich rate Euch, Euch zu mäßigen, bevor ich es bin, die Euch diese Frage stellt.« Sie ließ ihren Blick bedeutungsvoll zu dem blütenweißen Tuch auf dem Altar schweifen, auf dem ganz offensichtlich kein Weinfleck zu erkennen war. »Also achtet darauf, dass Ihr nichts sagt, was Ihr bereuen werdet.«

Für einen Moment sah es aus, als ob der Kardinal ihr widersprechen wollte, doch dann riss er sich mit sichtlicher Mühe zusammen, bedachte Lorentha noch mit einem bösen Blick und nickte knapp.

Larmeth wartete noch einen Moment, doch der Kardinal beschränkte sich nur darauf, durch seine Haltung seinen Unwillen auszudrücken, während Bruder Alfert die Situation hochnotpeinlich war, und er nicht zu wissen schien, wohin er schauen sollte.

»Gut«, sagte die Priesterin und wandte sich ihrem Bruder zu. »Nachdem dies geklärt ist, hoffe ich doch sehr, dass es dir neue Erkenntnisse bringt, wenn wir schon die Totenruhe des armen Ferdis derart haben stören müssen.«

Raphanael bedachte den Kardinal mit einem letzten harten Blick und nickte knapp.

»Es hat uns schon jetzt etwas gebracht«, meinte er dann und trat näher an den toten Novizen heran, bevor er die beiden Priester fragend anschaute. »Er lag genau so auf dem Zaun?«

»Ja«, sagte der Kardinal in einem Tonfall, der seinen ganzen Widerwillen zum Ausdruck brachte.

»Nicht ganz«, wagte Bruder Alfert zu widersprechen. »Er lag tiefer … wir … wir haben es nicht übers Herz gebracht, ihn noch einmal in diesen Zaun zu drücken. Vielleicht … sein linkes Bein war etwas stärker angewinkelt, aber sonst entspricht alles dem, wie ich es erinnere.«

»Wie tief?«, fragte Raphanael sanft. »Bis hierhin?«, fragte er und deutete mit dem Finger auf den Zaun.

»Tiefer«, gestand der alte Priester. »Bis zum Quereisen … die Lanzenspitze hat ihn fast vollständig durchbohrt.«

Lorentha war mittlerweile auch an den Toten herangetreten und besah sich jetzt die schmiedeeisernen Lanzenspitzen genauer. »Sie sind stumpf«, stellte sie fest und sah dann zu den anderen hoch. »Niemand kann jemanden so tief in einen doch recht stumpfen Zaun drücken. Und das bedeutet …« Sie sah nach oben, wo über ihnen die Hand der Göttin den Falken trug.

»… dass er gefallen ist«, nahm Raphanael ihren Gedanken auf. »Von dort oben. Er war dort oben bei dem Falken, die Fallhöhe dürfte in etwa der Wucht des Aufschlags entsprechen.«

»Nein«, widersprach der Kardinal und schüttelte entschieden den Kopf. »Junker Ferdis war zwar nur ein Novize, aber ich weiß, dass er die Göttin mit Inbrunst liebte, er hätte sie niemals so entweiht! Er hätte an ihr hochklettern müssen!«

Raphanael sah hinauf zu der Statue der Göttin, die mit ruhiger Gelassenheit in die Tempelhalle schaute. Es war leicht zu erkennen, was der Kardinal meinte, die Robe, die der Steinmetz ihr gegeben hatte, war leicht und dünn und schmiegte sich an die schlanke Form der Göttin an. Wollte man an ihr emporklettern, boten sich nur bestimmte Punkte als Handgriff an.

»Ihr erlaubt?«, fragte Lorentha und wies auf eine der zwei Kerzen, die auf dem Altar standen. Wortlos nickte die Priesterin, und Lorentha nahm eine der Kerzen auf, um sie in die Höhe zu halten.

»Dennoch ist genau das geschehen«, stellte sie dann sanft fest. »Schaut, hier ... und hier ...« Sie hielt die Flamme an die Stellen heran, damit auch die anderen sie besser erkennen konnten. »An diesen Stellen ist die Farbe abgeplatzt oder gerissen, und dort am Ausschnitt ihres Gewandes ...« Sie sprach es nicht aus, aber jetzt, da der Kerzenschein der Göttin so nahe war, konnte jeder den Handabdruck erkennen ... und woran genau sich der Junker da geklammert hatte.

Auch der Kardinal, der für den Moment zu vergessen haben schien, dass er Lorenthas Anwesenheit nicht dulden wollte, konnte den Handabdruck am Busen der Göttin sehen, dennoch schüttelte er immer noch den Kopf. »Ferdis hätte das nicht gewagt«, beharrte er mit gebrochener Stimme. »Niemals hätte er das getan! Das ist Blasphemie!«

»Sagen wir, nicht ohne einen guten Grund«, meinte Raphanael ruhig. »In etwa zu diesem Zeitpunkt wurde der Falke ja gestohlen.«

»Auch das ist mir nicht verständlich«, sagte der Kardinal und zog ein Tuch aus seiner Tasche, um sich abwesend das Gesicht abzutupfen. »Im letzten Jahr haben wir fast drei Stunden gebraucht, um die beiden Falken auszutauschen, doch zwischen Mitternacht und der Vigil haben sie kaum Zeit dazu gehabt!«

Sowohl Lorentha als auch Raphanael und seine Schwester sahen den Kardinal fassungslos an.

»Was habt Ihr da eben gesagt?«, fragte Raphanael. »Dass die Diebe den Falken gegen die Kopie ausgetauscht haben?«

»Ja«, nickte der Kardinal. »Wenn man den Falken so gut kennt wie ich, ist es auch von hier unten aus klar erkennbar, dass das die Kopie ist«, erklärte er. »Die linke Schwinge …«

»Ich dachte, Ihr hättet die Kopie dort anbringen lassen, um den Diebstahl geheim zu halten?«, unterbrach Lorentha ihn.

Der Kardinal schaute sie erstaunt an. »Ich? Nein, wie kommt Ihr darauf? Die Diebe waren es! Auch wenn ich nicht verstehen kann, wie es ihnen möglich war. Selbst mit dem Kran hätten sie länger dazu gebraucht, als sie eigentlich Zeit gehabt haben, aber wir kamen noch gar nicht dazu, den Kran zu reparieren.«

»Welcher Kran?«, fragte Lorentha und sah sich suchend um.

Der Kardinal wies auf ein Gestänge an einer der Säulen nahe der Statue. »Dort«, sagte er. »Normalerweise führt ein Seil durch diese Rollen und in diese Trommel hier. Die Stange lässt sich hochschieben und klappt damit die Stange dort oben auf.« Er trat an das Gestänge heran und führte es vor. »Wenn man dann hier die untere Stange mit einem Bolzen festmacht, ergibt es den Kran«, erklärte er und drückte den Bolzen in das Gestänge. Schweigend sahen Lorentha und Raphanael nach oben. Jetzt war das Konstrukt auch gleich als Kran erkennbar, nur dass ihm das Seil fehlte.

»Wie lange ist das Seil denn schon unbrauchbar?«, fragte Raphanael ruhig.

Der Kardinal zuckte mit den Schultern und sah dann fragend zu Bruder Alfert hin.

»Seit knapp fünf Wochen«, antwortete der und schaute um Vergebung heischend zu Raphanaels Schwester hin. »Es ist aus Draht und recht dünn, die Drahtzieher brauchen eine Weile, um ein neues herzustellen. Sie haben uns allerdings versprochen, dass es noch vor der Prozession fertig sein würde.«

»Fünf Wochen? Seid Ihr Euch dessen sicher, Bruder Alfert?«, fragte Larmeth ungläubig.

»Ja«, sagte der. »Ich sehe zwar nicht mehr so gut, aber auf mein Gedächtnis ist noch Verlass. Ich weiß es, da ich den Auftrag für das neue Seil selbst geschrieben habe.«

»Damit habt Ihr die Erklärung für diesen wundersamen Raub«, teilte Lorentha dem Kardinal nun kühl mit.

»Ich verstehe nicht«, begann dieser und tupfte sich erneut die Stirn ab.

»Ich schon«, sagte Larmeth rau. »Der Raub fand schon vor über fünf Wochen statt. Wahrscheinlich ist den Dieben bei der Gelegenheit das Seil gerissen. Und Junker Ferdis war der Einzige von uns, der den Austausch bemerkte!«

Lorentha nickte langsam. »Ihm muss aufgefallen sein, dass an dem Falken etwas anders ist. Er wird seinen Augen kaum getraut haben. In Anbetracht der Ungeheuerlichkeit dieses Verbrechens dachte er sich wohl, dass es ihm die Göttin verzeihen würde, wenn er an ihr hochklettere, um sich ganz sicher zu sein, dass sich ein falscher Falke dort befindet.«

Nur dass es nicht so aussah, als hätte sie ihm verziehen, dachte Raphanael bedrückt. Er schaute auf den Toten herab, auf den See von Rosenblättern, und seufzte.

»Ich glaube nicht, dass wir noch viel herausfinden werden«, sagte er dann bedrückt. »Aber ich denke, wir sollten die Gelegenheit jetzt nutzen, sonst hätten wir den armen Kerl umsonst vom Totenbett gezerrt.«

Bevor Lorentha fragen konnte, was er meinte, wandte sich Raphanael an seine Schwester.

»Mein Name ist Raphanael Tarentin Manvare«, stellte er sich formell vor.

»Ich weiß, wer du bist«, sagte sie, und schwaches Lächeln huschte über ihr Gesicht.

Raphanael warf ihr einen bösen Blick zu. »Es gibt Regeln«, teilte er ihr erhaben mit, um sich gerade aufzurichten. »Im

Namen meines Ordens, der Hüter von Manvare, bitte ich um Erlaubnis einzutreten.«

Sie seufzte und sah bedeutsam zu den Tempeltoren hin. »Du bist schon drin«, meinte sie. »Aber ja, willkommen im Haus der Isaeth, Hüter.«

»Eure Eminenz, erlaubt Ihr mir, meine Fähigkeiten in den Dienst der Wahrheit zu stellen und im Haus der Göttin Magie zu wirken?«

»Es sei Euch erlaubt«, sagte Larmeth und seufzte. »Fertig?«

»Ja«, sagte Raphanael und bedachte sie mit einem tadelnden Blick. »Du warst schon immer zu ungeduldig, und dabei weißt du selbst, dass es nötig ist. Dafür, dass die Orden in Gotteshäusern um Erlaubnis bitten müssen, ist einst sehr viel Blut vergossen worden.«

»Hmpf«, meinte seine Schwester herrschaftlich. »Das war damals, und du wirst mich schon nicht in einen Frosch verwandeln wollen.« Sie tat eine Geste zu dem toten Novizen hin. »Fang doch einfach an.«

Dazu, dachte Lorentha fasziniert, fallen mir noch ein paar Fragen ein. Nur war jetzt wohl nicht der geeignete Moment.

Raphanael tat eine Geste, als ob er etwas in der Luft ergreifen würde, und hielt plötzlich einen Kampfstab in den Händen, aus dunkel glänzendem, poliertem Eichenholz und mit jeweils einer stählernen Kappe an den Enden. Das war wohl der Stab, dachte Lorentha fasziniert, den ihm die Gräfin nach seiner Ordensprüfung geschenkt hatte. Irgendwie hatte sie ihn sich zierlicher vorgestellt, oder verziert, mit Runen oder anderen Zeichen der Magie. Doch es war ein massiver, schwerer, gut sechs Fuß langer Kampfstab, der, in den richtigen Händen, auch einen guten Schwertkämpfer in Bedrängnis bringen konnte. Er musste über ein ordentliches Gewicht verfügen, vor allem wenn er aus Eisenholz bestand, doch Raphanael hielt ihn locker in seinen Händen.

»Fertig?«, fragte er und sah sich um. In den Gesichtern der Priester las Lorentha eher nur Bedenken, doch seine Schwester nickte entschieden.

Lorentha wusste selbst nicht, was sie erwartet hatte, gemurmelte Zaubersprüche, Gesten, vielleicht ein Ritual, doch Raphanael sparte sich all das, er hob den Stab nur an.

Schlagartig wurde es dunkel in dem Tempel, das Sonnenlicht, das durch die hohen Fenster hereingefallen war, war verschwunden, und durch die nun offenen Tempeltüren sah man die Nacht.

Der Novize war nicht mehr da, auch die Blütenblätter gab es nicht mehr, dafür lag über allem ein fahler, geisterhafter Schein, der, wie Lorentha staunend feststellte, von ihnen selbst ausging, von Raphanael, seiner Schwester, den Priestern und auch ihr selbst, die nun ungläubig ihre durchscheinenden Hände besah, sie waren alle zu einem Geist geworden!

»Dort«, flüsterte Raphanael und wies mit seinem Blick zum Tempeltor, wo nun zwei Gestalten herankamen, ein junger Mann, der lebend kaum Ähnlichkeit mit sich im Tode mehr besaß, und eine junge Frau in einem eher doch zu freizügigen Kleid, die aufgeregt zu diskutieren schienen. Zögerlich folgte das Mädchen dem Novizen über die Schwelle und wies dann hinauf zur Göttin, um auf den Novizen einzureden. Unwillkürlich folgte Lorentha der Geste des Mädchens und sah selbst zur Göttin auf, um daraufhin erstaunt zu blinzeln. Ihre Vermutung war wohl doch falsch gewesen, denn dort oben auf der Hand der Göttin glänzte der Falke in goldener Pracht, brach sich der Schein der Kerzen in den funkelnden Edelsteinen, die sein Gefieder schmückten. Dies konnte nicht der andere Falke sein, nicht so, wie er glänzte!

Der Novize wies nun auch zum Falken hin, und sie konnten sehen, wie sich seine Lippen bewegten, doch kein Wort drang an die geisterhaften Zuschauer heran. Wieder schienen die beiden zu diskutieren, dann schaute er sich im leeren Tempel um, sagte etwas zu ihr und ging dann mit ihr zum Tempeltor, um es mit ihr gemeinsam zuzuziehen.

»Also war er nicht allein«, sagte Lorentha leise, und Raphanael nickte. Seine Schwester sah nun ebenfalls hinauf zu dem Falken und runzelte die Stirn. Auch auf dem Weg vom Tempeltor zurück zum Altar schien sie auf ihn einzureden und zeigte wieder und wieder auf das Tier.

»Ich wüsste zu gerne, was sie sagen«, flüsterte Larmeth.

»Dass er ihr Glauben schenken soll, dass es nicht der echte Falke, sondern eine Täuschung ist«, sagte Bruder Alfert überraschend. Sie schauten ihn erstaunt an, und er lächelte verlegen. »Ich sehe nicht mehr gut in der Ferne«, gestand der alte Priester. »Meine Ohren sind ebenfalls nicht mehr die besten ... aber manchmal, wenn ich jemandem auf die Lippen sehe, kann ich ihn verstehen.«

»Aber das ist der echte Falke«, sagte Larmeth, und der alte Priester nickte. »Das sagt Ferdis gerade auch.«

»Er hat sich schon entschlossen, als er das Tempeltor geschlossen hat«, stellte Lorentha leise fest. »Er will nur nicht, dass ihn jemand sieht.«

Schweigend sahen sie zu, wie der junge Mann mit seinem Gewissen kämpfte, zur Göttin aufsah, dann das Tor im Zaun öffnete, um eine Hand auf das Podest zu legen ... und zugleich zurückzuzucken.

»Er sagt, es wäre Blasphemie«, sagte Alfert leise. »Sie sagt, sie weiß, dass der Falke gestohlen wurde.«

»Wer ist sie?«, fragte Lorentha flüsternd.

Es war Larmeth, die die Antwort gab. »Ich habe sie schon an der Tür von einem der Häuser auf der anderen Seite gesehen«, flüsterte die Hohepriesterin bedrückt. »Sie arbeitet wohl dort.«

Der Novize schaute noch immer skeptisch drein und dann wieder zu der Göttin hoch. »Ich verstehe ihn«, meinte Lorentha leise. »Ich hätte es auch wissen wollen.«

»Nur, warum ist er nicht zu einem von uns gekommen?«, fragte der Kardinal, während sie zusahen, wie der Novize begann, vorsichtig an der Statue der Göttin hinaufzuklettern. Er war geschickt und achtete darauf, was er tat, dachte Lorentha, während sich ihr Herz zusammenzog, sie wussten ja alle, wie es enden würde; wie hatte er nur fallen können?

Sie erhielten ihre Antwort, als der Novize sich am Kopf der Göttin festhielt, um den Falken zu berühren, über den im gleichen Moment ein blaues Schimmern lief ... und der sich in den anderen Falken verwandelte. Sie sahen, wie der Novize ungläubig zusammenzuckte ... und den Halt verlor. Wie die junge Frau aufschrie, ohne dass ein Ton zur hören war, um zu dem Novizen hinzurennen und weinend ihre Arme um ihn zu schlingen, während sich zu ihren Füßen schon die rote Lache bildete ...

Der geisterhafte Schein erlosch, als Raphanael seinen Stab langsam sinken ließ und wieder Tageslicht durch die Fenster fiel.

»Hättet Ihr nicht so gut geputzt«, sagte Raphanael bedrückt, »hätten wir ihre Spuren schon vorher in seinem Blut gesehen und gewusst, dass es jemanden gibt, den wir hätten befragen können.«

»Ja«, sagte der Kardinal mit belegter Stimme. »Das sehe ich jetzt auch.«

Die Hohepriesterin sah lange zu dem toten Novizen hin. »Alfert«, bat sie dann den alten Priester. »Lasst den armen Ferdis zur Andacht vorbereiten.«

Schweigend nickte der alte Mann, um dann davonzugehen, während sie fragend zu ihrem Bruder sah. »Das war also Magie«, bemerkte sie leise. »Nur ... wie?«

»Ein Täuschungszauber«, meinte dieser rau und sah nun wieder zu dem Falken hoch. »Ein guter, jemand wusste, was er tat, der Zauber hält so lange, bis jemand ihn berührt.« Er sah zu den beiden Frauen hin und sah die Frage in ihren Augen. »Eine Täuschung wirkt auf die Sinne und auf jeden einzeln. Das Auge konnte so getäuscht werden, aber die Berührung nicht, deshalb löste sich der Zauber auf.« Er sah zu seiner Schwester hin. »Offenbar hat man diesmal nicht gefragt.«

»Aber wer?«, fragte Larmeth jetzt.

»Jeder Orden lehrt die Magie der Täuschung, sie ist mitunter nützlich«, antwortete Raphanael, während eine steile Falte auf seiner Stirn erschien. »Doch nur ein Orden glänzt darin. Die Bruderschaft. Ich weiß auch, wer es ist.«

Seine Schwester wusste es wohl ebenfalls. »Don Amos«, sagte sie mit rauer Stimme und sah fast schon furchtsam zu ihrem Bruder auf. »Das bedeutet …«

»Dass ich ihn finden und ihn stellen muss«, nickte Raphanael gepresst. Er sah zu Lorentha hin. »Ich erkläre es Euch später«, sagte er und warf einen Blick auf den Novizen. »Ich glaube, wir sind hier fertig.«

Auf der Suche nach dem Mädchen

14 Gemeinsam mit seiner Schwester schoben sie die schweren Tempeltore wieder auf. Nachdem sie sich von ihr verabschiedet hatten, folgte Lorentha ihm die Stufen hinab, dorthin, wo seine Kutsche stand.

»Dieses Mädchen wusste, dass es der falsche Falke ist, noch bevor Ferdis die magische Illusion zerstörte«, stellte Lorentha fest und sah zu den Häusern auf der anderen Seite des Platzes hin. »Wir sollten sie befragen.«

Larmeth, die mit ihnen die Stufen herabgekommen war, nickte. »Das erscheint mir sinnvoll«, sagte sie dann, während sie Lorentha musterte. »Aber in einem Kleid?«

Die Majorin unterdrückte einen Fluch. »Ja, in einem Kleid«, antwortete sie dann verärgert. Sie wandte sich an seinen Kutscher.

»Kastor?«

»Baroness?«

»Hat Er eine Pistole, die Er erübrigen kann?«

Wortlos griff der Kutscher unter seinen Mantel und reichte ihr eine seiner Pistolen. Es war eine dieser neuen Steinschlosspistolen, aber da es heute nicht regnete ... Sie überprüfte die Füllung der Pulverpfanne und den Sitz des Feuersteins und nickte dann. »Danke«, sagte sie, um sich dann wieder den Geschwistern zuzuwenden. »Gehen wir.«

Raphanael nickte seiner Schwester zum Abschied höflich zu, und gemeinsam gingen sie über den weiten Platz, während Raphanael sie nachdenklich musterte.

»Gibt es denn irgendetwas, vor dem Ihr Euch fürchtet oder das Ihr Euch nicht zutraut?«, fragte er dann.

»Natürlich«, antwortete sie ihm erstaunt. »Sogar vieles. Wie kommt Ihr darauf, dass dem nicht so wäre?«

Er tat eine Geste zu ihrer Pistole hin. »Ihr wirkt immer so entschlossen.«

»Was sollen wir denn sonst tun?«, fragte sie ungehalten. »Wir wissen jetzt dank Eurer Magie, dass es jemanden gibt, der diesen Novizen davon überzeugen konnte, dass der Falke, den alle da oben sitzen sahen, eine Täuschung war. Auch der Novize wollte es nicht glauben, also muss die Person überzeugende Argumente gehabt haben. Mir sagt das, dass sie mehr über den Diebstahl weiß als wir. Also müssen wir sie befragen. Es hinauszuzögern, bringt nichts. Ich könnte nach Hause fahren und mich umziehen, aber dafür fehlt uns die Zeit. Was sollen wir also sonst machen?«

»So gesehen habt Ihr recht. Nur, die meisten …«

»Ich bin nicht die meisten«, sagte sie kalt. »In Augusta gibt es ebenfalls Häuser wie diese … und ich habe sie oft genug von innen gesehen, meist, wenn eine der Frauen dort ein unrühmliches Ende fand.« Lorentha blieb stehen und funkelte ihn mit ihren dunkelgrünen Augen an. »Ihr habt gefragt, ob es etwas gibt, vor dem ich mich fürchte«, sagte sie dann leise. »Ich gebe Euch eine Antwort. Ich fürchte nicht die Götter. Ich fürchte die Menschen. Bei allem, was ich schon gesehen habe, wollt Ihr meine Albträume nicht haben. Jedes Mal, wenn ich einem dieser Ungeheuer entgegentrete, rast mein Herz und meine Hände fangen zu schwitzen an. Sie sind verschlagen und übler als jedes Tier, denn sie sind gut darin zu täuschen und kennen keine Gnade. Ihr könntet eines dieser Ungeheuer sein, was das Schlimme daran ist, denn man sieht es ihnen selten an.«

»Ich hoffe nicht, dass Ihr wahrhaftig so von mir denkt!«, sagte Raphanael mit einem schiefen Lächeln, das wohl die

Schärfe ihrer Worte dämpfen sollte, doch so ganz gelang es ihm nicht.

»Ja«, sagte sie sehr ernsthaft. »Ich hoffe es auch nicht. Doch genau das ist das Problem, ich kann es nicht wissen. Manchmal denke ich, dass dieses Ungeheuer in allen von uns lebt.« Sie wies zurück zum Tempel. »Es sind Menschen wie Eure Schwester, die uns helfen, dieses Ungeheuer an die Kette zu legen, doch bei vielen gelingt es nicht.« Sie griff nach seiner Hand und legte sie sich an die Beuge ihres Halses. »Fühlt Ihr, wie mein Puls rast?«, sagte sie dann leise. »In solchen Häusern kann man alles finden, was man sich nur vorzustellen vermag, und manches, was man nicht hat denken wollen. Von einer freundlichen alten Dame, die uns alles sagt, was wir wissen müssen, über einen Hurenhüter, der seine Schläger auf uns hetzt, bis zu einem feinen Herrn, der dafür zahlt, dass man die Hure, die er gerade umbringt, niemals finden wird.«

Sie ließ seine Hand los, und er ließ sie sinken.

»Man sieht es Euch nicht an«, stellte er bewundernd fest.

Sie lachte bitter. »Seid Ihr schon einmal einem wilden Hund begegnet? Zeigt Ihr ihm Schwäche, wird er Euch angreifen, sieht er keine solche, wird er sich beugen. Menschen sind nicht anders. Ich habe unter Kosten gelernt, alle meine Unsicherheiten und Ängste zu verbergen, tue ich es nicht, ist es bei den Menschen wie mit diesen Hunden, sie riechen meine Angst … und werden sich auf mich stürzen, gebe ich ihnen nur die geringste Gelegenheit dazu.« Sie sah ihn grimmig an. »Ihr seht, mein Leben besteht nicht aus einem hübschen Ball.«

»Täuscht Euch nicht«, warnte Raphanael leise. »Auf Bällen ist es so viel anders nicht. Auch dort nehmen die Jäger schnell Witterung auf, auch dort ist eine Schwäche tödlich.«

»Bah!«, sagte sie verächtlich. »Eine Demütigung bringt keinen um.«

»Nein«, antwortete er ruhig. »Aber wenn man feststellt, dass die Ehre zerstört ist und sie nur wiederherzustellen ist, wenn man mit einer Pistole in den Garten geht, ist man genauso tot.«

»Jedenfalls war man dann nicht klug genug, einen anderen Ausweg zu finden«, meinte sie ungerührt. »Dummheit kann auch tödlich sein.« Sie nahm die Pistole fester in die Hand. »Ich denke, in diesem Moment ist es klüger, wenn Ihr vorgeht.«

Er lachte. »Ich sehe, was Ihr meint.« Doch obwohl sich das Hurenhaus nur noch knapp ein Dutzend Schritte entfernt befand, nahm er sie am Arm und zog sie sanft zur Seite weg.

Sie sah ihn erstaunt an.

»*Wir* wissen, dass wir dort hineingehen wollen, um eine der Huren zu befragen«, erklärte er ihr, während er sich unauffällig umsah. Niemand schien ihnen größere Beachtung zu schenken, was erstaunlich war, bedachte man, dass sie eine Pistole in der Hand hielt. »Nur fiel mir eben ein, dass es sonst niemand weiß. Wenn wir dort hineingehen, ist unser beider Ruf irreparabel beschädigt!«

»Götter!«, fluchte sie. »Ich bin Garda und ...«

»Das ändert nichts«, unterbrach er sie. »Wir *können* da jetzt nicht hineingehen!« Er schaute zu, wie sie entschlossen das Kinn hob. »Lasst es«, bat er sie. »Ihr würdet alles zunichte machen, was Gräfin Alessa und meine Mutter für Euch ausgeheckt haben!«

»Götter!«, fluchte sie erneut. »Das könnt Ihr nicht ernst meinen! Das Mädchen muss etwas wissen und ...«

»Wir müssen sie befragen. Ja, ich weiß«, unterbrach sie erneut. »Nur nicht so!« Er zögerte. »Vertraut Ihr mir?«

Sie zog eine Augenbraue hoch. »In Maßen. Worum geht es?«

»Ich könnte einen Zauber auf uns legen, sodass uns niemand erkennt.«

»Ähnlich wie bei dem Vogel?«, fragte sie.

»Ja.« Er schien nicht glücklich bei dem Gedanken. »Ich denke, der Orden wird es erlauben«, fuhr er wie zu sich selbst fort. »Bedenkt man, dass Ihr die Tochter einer Walküre seid. Ihr dürftet das meiste sowieso schon wissen.«

Was so nicht ganz der Wahrheit entsprach, dachte sie, aber der Moment schien ihr eher ungünstig, um ihn darauf hinzuweisen.

»Oder wir könnten meine Schwester dazubitten«, fuhr er fort. »Sie könnte uns begleiten, es wäre nicht das erste Mal, dass sie in diesen Häusern im Namen der Göttin Gnade und Weisheit und, vor allem, Heilung spendet. Wenn sie uns begleitet, wird niemand uns etwas nachsagen wollen.«

Für einen Moment zögerte Lorentha. Sie kannte seine Schwester noch nicht lange, aber sie mochte sie und vertraute ihr, ihre Anwesenheit könnte sehr wohl hilfreich sein. Doch dann schüttelte sie den Kopf. Sie konnte nicht wissen, was sie in dem Hurenhaus erwartete, und diesmal wäre es etwas anderes, als Trost und Segen zu spenden.

»Es ist Angelegenheit der Garda, und ich will sie nicht in Gefahr bringen.«

Raphanael lachte leise, und sie sah ihn erstaunt an.

»Sie würde Euch erzählen, dass es ihr Vogel ist, der gestohlen wurde, und es sie sehr wohl etwas angeht«, grinste er. »Aber ich verstehe Euren Punkt. Also ... Magie?«

»Ja«, entschied sie. Sie schaute neugierig zu ihm hin. »Wie darf ich mir das vorstellen? Muss ich etwas tun?«

»Sagt mir nur, wie ihr ausschauen wollt.«

»Hm«, meinte sie mit einem spitzbübischen Grinsen. »Erinnert Ihr Euch an den Mann gestern Abend, der sich so heimlich verdrückte?«

»Der so wohlbeleibt war?« Raphanael lachte und schüttelte den Kopf. »Die Magie muss sich nahe an der Wahrheit befinden, deshalb haben die Diebe den falschen Falken auf die Hand der Göttin gehoben. Ich kann Euch nur eine weibliche Form geben.«

»Ich dachte da auch mehr an Euch«, grinste sie. »Aber gut. Macht mich kleiner, gebt mir dunkles Haar und ein Kleid, wie das, das eine Geliebte tragen würde. Ich denke, Ihr wisst schon, was ich meine.« Ihr Lächeln wurde breiter. »Ich hörte, Ihr hättet Erfahrung in solchen Dingen.«

Er schnaubte. »Glaubt nicht alles, was Ihr hört.«

»Aber Ihr werdet solche Damen wohl schon gesehen haben«, lachte sie.

»Das durchaus«, gestand er und seufzte. »Gut. Wir können gehen.«

»Das war es schon?«, fragte sie überrascht. »Keine Gesten, keine Beschwörungen, keine Huldigung von Dämonen oder falschen Göttern?«

»Natürlich nicht«, antwortete er fast schon empört. »Ich …« Er brach ab, um sie misstrauisch zu mustern. »Sagt, wie viel versteht Ihr von Magie?«

»So gut wie nichts«, gestand sie ihm. »Meine Mutter war eine Walküre, ich bin es nicht. Das müsstet Ihr wissen.«

»Und Ihr müsstet wissen, dass es so leicht nicht ist«, meinte Raphanael grimmig. »Göttin, ich kann nicht glauben, dass man sich nicht um Euch gekümmert hat! Ihr müsst über ein starkes Talent verfügen, warum hat Euch der Orden Eurer Mutter nicht zu sich gerufen?«

»Abgesehen davon, dass ich nicht über ein Talent zur Magie verfüge, meint Ihr wahrhaftig, dass es jetzt der rechte Zeitpunkt ist, das näher zu erörtern?«

»Wohl nicht«, meinte Raphanael und seufzte ergeben. »Aber glaubt nicht, dass Ihr mir so leicht davonkommt. Es ist etwas, über das wir reden müssen. Denn Ihr verfügt sehr wohl über ein Talent.«

»Ich glaube das eher nicht«, antwortete sie mit einem warnenden Blick. »Was diesen Zauber angeht, gibt es dabei etwas zu beachten?«

»Es ist wie bei dem Falken«, erklärte er. »Der Zauber, die Täuschung der Optik, wird in sich zusammenfallen, wenn man Euch berührt.«

»Gilt das ebenfalls für uns?«

»Nein«, sagte Raphanael. »Warum?«
»Deshalb«, sagte sie und hängte sich in seinem Arm ein, um sich dann an ihn zu lehnen. »Sieht man meine Pistole auch?«
»Sie ist eine Handtasche«, erklärte er.
Sie lachte. »Das ist praktisch. So etwas wäre mir tatsächlich öfter von Nutzen.«

Auch wenn Häuser dieser Art hauptsächlich in der Nacht ihre Kundschaft fanden, so waren sie doch selten genug geschlossen. Der Unterschied bestand wohl hauptsächlich darin, dass die Schläger tagsüber nicht vor der Tür standen, sondern im Inneren des Hauses warteten.

In diesem Haus war es heute nur einer, ein großer Mann mit breiten Schultern, die nicht zu dem feinen Anzug passen wollten, den er trug. Und auch nicht zu dem zerschlagenen Gesicht, das die Spuren zahlloser Auseinandersetzungen trug.

»Ihr seid früh heute, Eure Lordschaft«, begrüßte der Mann Raphanael, um dann misstrauisch Lorentha zu mustern. »Und in Begleitung.«

»Wir dachten an etwas Ungewöhnliches«, antwortete Lorentha, bevor Raphanael etwas sagen konnte. Sie sah sich unauffällig um. Es entsprach dem, was sie erwartet hatte, nur dass dem Plüsch und den Seidenvorhängen, die dem Haus seine Vornehmheit geben sollten, bei Tag etwas der Glanz abging. »Er wird auch extra dafür zahlen. Wir suchen ein Mädchen, etwa so groß«, sie hob die Hand, um die Größe anzuzeigen, und beschrieb das Mädchen aus Raphanaels Vision.

»Ihr meint Marbeth. Nur kommt Ihr zu spät«, meinte der Schläger rau und schniefte. Überrascht sah Lorentha, wie seine Augen feucht wurden.

»Ihr ist etwas geschehen?«, fragte sie sanft.

Der Mann nickte. »Sie ging vorgestern Abend aus dem Haus, und heute höre ich, dass man sie in einer Gasse unweit von hier gefunden hat, und das, obwohl wir die Schutzgelder immer pünktlich bezahlt haben.«

»Ihr habt sie gemocht«, stellte Lorentha fest.

»Ja«, meinte der Mann und bedachte sie mit einem harten Blick. »Was habt denn Ihr gedacht? Sie war eine von den Lieben, besaß sogar einen Freund, der ihr die Hoffnung gab, eines Tages abhauen zu können ... keiner von uns hat ihr das Leben hier gewünscht. Aber sie hat es nicht geschafft.« Jetzt musterte er Raphanael mit einem bösen Blick, obwohl der noch gar nichts gesagt hatte. »Ihr zahlt mit Gold für Euer Vergnügen, Eure Lordschaft. Die Mädchen manchmal mit ihrem Leben.«

»Wir gehen besser«, meinte Lorentha hastig.

»Wieso?«, fragte der Mann bitter. »Solange er das Gold hat, haben wir die Mädchen. Sucht Euch einfach eine andere aus.«

»Das wird nicht nötig sein«, sagte Lorentha eilig. »Hat sie sich an dem Abend mit jemandem getroffen?«, fragte sie.

»Sie wollte ihren Liebhaber aufsuchen. Nicht dass es Euch etwas angeht.«

»Und dieser Liebhaber? Wer war das?«

»Ein Novize im Tempel auf der anderen Seite. Er kam sonst fast jeden Tag hierher, nur die letzten Tage nicht mehr. Er hat nicht mal nach ihr gefragt. So wichtig war sie ihm wohl doch nicht.«

»Oh, ich glaube schon«, sagte Lorentha leise. Der Mann sah misstrauisch auf.

»Danke«, sagte Lorentha rasch. »Ihr habt uns sehr geholfen.«

»Warum habt Ihr nichts gesagt?«, fragte Lorentha, kaum dass sie erleichtert das Haus verlassen hatten.

»Abgesehen davon, dass ich kaum zu Wort gekommen wäre?«, meinte er mit einem schiefen Lächeln.

Sie lachte. »Abgesehen davon.«

»Er kannte den Mann, dessen Aussehen ich angenommen habe. Und vielleicht auch seine Stimme. Ich wollte keinen Fehler begehen«, antwortete Raphanael. »Dieses Mädchen. Marbeth. Noch ein Opfer dieses Raubs, denn bei ihr bin ich mir sicher, dass es kein Unfall war.« Er seufzte. »Wenn es denn stimmt, was der Mann gesagt hat.«

»Oh, ich glaube ihm«, sagte Lorentha bedächtig. »Er hatte keinen Grund, sich so zu geben, tatsächlich hätte er sich Ärger eingehandelt, hätte der Besitzer des Hauses ihn so mit einem Kunden reden hören.« Sie sah zu dem Hurenhaus zurück.

»Ich hasse solche Orte«, sagte sie dann leise.

»Das kann ich verstehen«, meinte Raphanael, doch sie schüttelte den Kopf.

»Ihr versteht mich falsch«, sagte sie leise. »Ich hasse solche Häuser, weil das Elend manchmal so groß ist, dass sie einem wie die beste Wahl erscheinen.«

Er blieb stehen und schaute sie nachdenklich an. »Habt Ihr solches Elend selbst erlebt?«, fragte er sanft.

Sie nickte zögernd. »Ich weiß nicht, warum ich Euch das anvertraue«, gestand sie ihm dann. »Ihr ... ihr wisst bereits, dass der Schuss, der meine Mutter getötet hat, auch mich getroffen hat. Ich fand mich nicht weit von hier wieder, dort hinten«, sie wies in eine kleine Gasse an der Seite. »Ohne zu wissen, wer ich war und wie ich dorthin gekommen bin. Jemand fand mich und half mir ... doch es war nicht einfach, zu überleben. Ein paar Jahre später kam ein Hurenfänger auf mich zu ... er sagte, es gäbe jeden Tag warmes Essen, feine Kleider und ein warmes Zimmer auch im Winter, und ich bräuchte mich um nichts zu kümmern.« Sie schüttelte leicht den Kopf. »Wenn man nichts im Magen hat, hört sich so etwas verlockend an.«

»Und wie ...?«, fragte Raphanael zaghaft.

»Ich entging dem nur, weil ich so gut stehlen konnte. Ich habe schon immer recht flinke Hände gehabt«, antwortete sie rau. »Und dann stürzte ich ins Hafenbecken. Ich stieß mir an einem treibenden Balken den Kopf und wusste wieder, wer ich war. Für eine Zeit vergaß ich dann sogar, was in den Jahren dazwischen geschehen war. Aber so etwas lässt sich nicht vergessen, die Erinnerung kam bald darauf zurück. Nun, seitdem weiß ich, wie es ist, so verzweifelt zu sein, dass man daran denkt, sich selbst zu verkaufen.«

»Ist das der Grund, weshalb Ihr dem Adel so viel Verachtung entgegenbringt?«, fragte Raphanael sanft.

Sie lachte bitter. »Ist Euch das schon aufgefallen?«

»Nein«, sagte er ernsthaft und drückte ihre Hand, die er zu ihrem Erstaunen noch immer hielt. »Ich kann mich über Euch nicht beschweren. Aber ich habe Erkundigungen eingezogen. Ihr habt Euch einen Namen damit gemacht, denen auf die Füße zu treten, die ihre Privilegien missbrauchen.«

»Privilegien, an die ich nicht glaube«, gab Lorentha grimmig zurück. »Was haben die meisten Adeligen schon dafür getan?«

»Vielleicht nicht viel«, entgegnete Raphanael ernsthaft. »Aber oftmals ist ein Titel eine Belohnung für etwas, das jemand einst getan hat. Ich weiß, was Ihr meint, aber ich habe eine Tochter, Lorentha. Sie heißt Arin, und sie ist fast neun Jahre alt. So alt, wie Ihr es wart, als das Schicksal Euch ereilte. Ich sage Euch eines: Ich würde alles dafür tun, dass sie nicht in die Situation gerät, eine solche Wahl treffen zu müssen wie Ihr damals. Oder wie Marbeth es wohl tat. Ich bin froh, dass meine Tochter von Adel ist und ihr das erspart bleiben wird. Ich glaube nicht, dass Ihr mir das verdenken werdet. Die Götter haben die Stände so gefügt, nicht alle Menschen können gleich sein. Vergesst nicht, der Adel erfüllt einen Zweck, er schützt die, die ihm Untertan sind, und hält sie in Arbeit und Brot.«

»Es ehrt Euch, dass Ihr so denkt. Und Euch um Eure Tochter bemüht. Aber Ihr solltet einmal in die Hauptstadt reisen«, antwortete sie bitter. »Schaut, ob Ihr dort jemanden findet, der es genauso sieht.«

Jetzt blieb er stehen und bedachte sie mit einem harten Blick. »Seid Ihr sicher, dass Ihr nicht ungerecht seid? Es gibt viele, die ihre Pflichten ernst nehmen. Auch in der Hauptstadt. Bevor Ihr fragt, ja, ich war dort. Schon öfter, ich besitze sogar Freunde dort. Es gibt überall rechtschaffene Menschen und solche, die es nicht sind.«

»Nur führt Macht zu oft zu Missbrauch. Sagt mir, was ist gerecht daran, dass ich einen Bauern erschlagen kann, ohne dass ich zur Rechenschaft gezogen werde?«, fragte sie bitter.

»Käme es nicht auf die Umstände an?«

»Dem Recht ist es egal. Es gilt so oder so.«

»Ja«, sagte er leise. »Aber Ihr habt eben gefragt, ob es gerecht ist. Und das kommt darauf an, was geschehen ist. Es kommt immer darauf an. Mein Vorfahr war selbst ein Bauer, bis er sich den Titel erkämpfte.« Ob er damit gerecht entlohnt wurde, stand auf einem anderen Blatt.

»Jetzt seid Ihr von Adel«, erinnerte sie ihn kühl. »Was ist bei Euch der Grund?«

»Ich nehme meine Pflichten wahr«, erwiderte Raphanael ebenso kühl. »Von denen ich mehr habe, als Ihr zu glauben scheint. Macht bedeutet Verantwortung. Gerade weil sie so leicht zu Missbrauch führt. Streitet nicht mit mir, Lorentha. Sonst besteht Gefahr, dass Ihr mir auf die Füße tretet. Dazu habt Ihr keinen Anlass.« Er ließ ihre Hand los und bedachte sie mit einem harten Blick. »Fühlt Euch nicht zu edel, Baroness, dafür, dass Ihr auf Eure Privilegien verzichtet. Habt Ihr schon daran gedacht, dass Ihr es tut, weil Ihr auch die Verantwortung scheut?«

Lorentha blinzelte. Er hatte recht, sie suchte keinen Streit mit ihm. »Ich ...«, begann sie, doch er unterbrach sie brüsk.

»Ich muss in den Tempel zurück, um den Falken dort mit einem Zauber zu versehen, damit man ihn nicht als den falschen erkennt. Wir sehen uns heute Abend auf dem Ball.«

»Wartet«, bat sie ihn leise. »Ihr habt recht, ich suche keinen Streit mit Euch.«

»Ich weiß«, sagte er knapp. »Ihr streitet mit Euch selbst. Aber Ihr werdet lernen müssen, dass Ihr Euch nicht vor dem verstecken könnt, was oder wer Ihr seid. Die Götter gaben Euch eine Aufgabe, Euer Stand im Leben ist der Lohn dafür. Doch Ihr habt auch damit recht: Erfüllt Ihr die Aufgabe nicht, sind auch Eure Privilegien nur erschlichen. In Manvare handhaben wir es etwas anders als im Kaiserreich. Hier haben wir die Hüter, die darauf achten … im Kaiserreich waren es einst die Walküren, die das Gleiche taten. Man hört nicht mehr viel von ihnen. Wenn Ihr Euch so sehr der Gerechtigkeit verschrieben habt, warum folgt Ihr dann nicht ihren Schritten und findet heraus, warum dies so ist?«

Und damit ließ er sie auf den Tempelstufen stehen.

»Wartet«, bat sie ihn erneut. Er drehte sich auf der untersten Stufe um und schaute sie fragend an.

»Der Zauber?«

»Ist bereits aufgelöst«, sagte er knapp und deutete eine Verbeugung an. »Wir sehen uns auf dem Ball.«

Pflicht und Tränen

15 »Nach Hause«, bat Lorentha den Kutscher, einen knurrigen alten Mann, der beständig Tabak kaute. Zwar trug er die Livree der Gräfin unter seinem weiten Mantel, aber dennoch wirkte er mehr wie ein in die Jahre gekommener Schlagetot als wie ein Diener.

Er bedachte sie mit einem Blick, als hätte sie ihn beleidigt, und gab nur ein Grunzen von sich. Seitdem Raban ihn gefoppt hatte, schien er eher noch missmutiger als zuvor. Auch Dame Denlar hatte wohl ihr die Schuld an Rabans Streich gegeben. Mit zusammengepressten Lippen und einem noch griesgrämigeren Gesichtsausdruck hatte sie der Gräfin mitgeteilt, dass sie lieber im Hafen Ratten jagen würde, als sich von der »jungen Dame« noch einmal an der Nase herumführen zu lassen, und war mit hocherhobenem Kinn davongerauscht.

Die Gräfin hatte Lorentha mit einem durchdringenden Blick bedacht. »Ich hatte damit nichts zu tun«, hatte sich die Majorin wahrheitsgemäß verteidigt. »Als ich die Hutmacherin verließ, war die Kutsche nicht mehr da.«

Allein dafür war sie Raban schon Dank schuldig. Sie warf einen letzten Blick zum Tempel zurück, wo Raphanael neben seiner Schwester stand und ihr nachzusehen schien. Im Laufe ihrer zwölf Jahre bei der Garda hatte sie einiges gesehen, was sie mitunter auch nachts in ihren Träumen verfolgte, aber der dunkle Tempel, der Anblick des Novizen, wie er leblos über dem Zaun hing, ja, auch die Rosenblätter, von denen sie wohl so schnell keines mehr sehen würde, ohne an Blut zu denken, hatten sie bedrückt. Gut, sie hatten etwas Wichtiges herausgefunden: Der Novize war wohl an dem Raub in keinster Weise beteiligt gewesen, was bei den anderen Priestern zu deutlich sichtbarer Erleichterung geführt hatte, doch dass der Raub wohl schon über fünf Wochen lang unbemerkt geblieben war, konnte niemandem gefallen. Alles in allem kein erbaulicher Nachmittag. Am Anfang hatte sie noch scherzen können, selbst jetzt musste sie lächeln, als sie sich daran erinnerte, wie entsetzt der Manvare geschaut hatte, als sie ihm von dem Besuch der Mutter bei der Gräfin erzählte, aber ab dem Moment, da sie den Tempel betreten hatte, war ihr jede Heiterkeit gründlich vergangen.

In der Nacht zuvor war ihr der Tempel nach der unheimlichen Begegnung wie ein Refugium erschienen, doch im Moment schien er ihr mehr düster und bedrohlich. Entweiht. Das war wohl das Wort, das sie gesucht hatte. Sie seufzte, als sie sich überlegte, wie sich Raphanaels Schwester wohl fühlen musste, die ihr Leben in den Dienst der Göttin gestellt hatte.

Noch war es recht früh am Nachmittag, alles in allem waren sie schneller fertig geworden als gedacht, und in den Straßen war noch einiges los. Es waren zwar ein paar Wochen hin bis zu der Prozession, aber während die Kutsche langsam durch die lange, gewundene Straße rollte, wobei der Kutscher seinen Fuß beständig auf dem Bremsstock hielt, konnte sie von den bequemen Polstern aus zusehen, wie die Anwohner sich auf die Prozession vorbereiteten. Putz wurde neu aufgebracht, hier und da strich jemand ein Haus neu oder frischte die Farbe an den Fensterläden auf. Bei Tag erschien ihr die Gegend vollständig anders; wo des Nachts Schlitzer und Halunken auf den lauerten, der so dumm war, sich in diese Gegend zu verlaufen oder die Sicherheit der Häuser zu verlassen, spielten jetzt Kinder, von denen einige, zum Leidwesen des Kutschers, versuchten, ein Stück mitzufahren, nur um von ihm mit drohenden Gesten und lauten Flüchen davongescheucht zu werden.

Nichts war, wie es schien, so konnte sie ihre Erfahrungen der letzten Tage hier in Aryn zusammenfassen. Sie sehnte sich nach der Ordnung und der Sicherheit ihres Kommandos in der Hauptstadt, dort hatte sie immer gewusst, was zu tun war, es gab Regeln und Pläne, Vorschriften und, vor allem, ihre Kameraden, von denen sie wusste, dass sie sich auf sie verlassen konnte.

Ein Gedanke kam ihr. »Sagt, Kutscher, wisst Ihr, wo sich die Kommandantur der Garda befindet?«

»Hrgh.«

Da er dabei nickte, war es vermutlich seine Art, Ja zu sagen.

»Dann fahrt mich dorthin.«

Er gab nur ein weiteres Grunzen von sich und schien sonst nicht zu reagieren, doch als sie den Fuß der langen Tempelstraße erreichten, bog er nicht ab, sondern fuhr geradeaus weiter, offenbar hatte er sie also doch vernommen.

In ihrer Erinnerung war die Garda ein Ort, den man meiden musste. Hohe Mauern mit Zinnen wie bei einer Festung umschlossen ein Areal, in dem sich ein großes dreistöckiges Gebäude mit einem steilen Schieferdach und zwei dreiviertelrunden Türmen an den beiden vorderen Ecken befand, mit einer breiten Freitreppe, die zu einer von Soldaten bewachten Tür führte. Rechts davon befand sich der Exerzierplatz, und weiter hinter dem großen Haus hatte sie durch die schmiedeeisernen Stäbe des Tors so etwas wie einen Garten und ein kleineres Haus erkennen können, aus dessen Schornstein damals Rauch aufgestiegen war. Sie erinnerte sich daran, dass ihr dieses kleinere Haus gefallen hatte, es sah so gemütlich aus, und sie sich gewünscht hatte, irgendwann auch einmal in einem solchen Haus zu wohnen.

Das Haus Sarnesse mochte nicht mehr den Einfluss besitzen, den es einst besessen hatte, aber es war reich, ein Umstand, den es der vorteilhaften Heirat ihrer Mutter verdankte.

Ihr Vater stammte aus einer Händlerfamilie, die in drei Generationen genügend Reichtum angehäuft hatte, um nach Höherem zu streben. In das Haus Sarnesse einzuheiraten, auch wenn es für ihren Vater bedeutete, seinen eigenen Namen aufzugeben, war ihm vielleicht als ein gangbarer Weg erschienen, Zugang zum Adel zu erhalten, aber nach allem, was sie von ihren Eltern wusste, war es tatsächlich eine Liebesheirat gewesen. In ihren Kindheitserinnerungen sah Lorentha ihre Eltern beständig lachen und aneinanderhängen, nur wenn ihre Mutter immer mal wieder für längere Zeit verschwand, um den geheimnisvollen Verpflichtungen einer Walküre nachzukommen, war das Lachen aus den Augen ihres Vaters verschwunden, er hatte sich in seine Arbeit gestürzt, um die Sorge um sie zu bekämpfen, und erst wenn ihre Mutter unbeschadet nach Hause kam, kehrte auch sein Lachen wieder zurück.

Als er seinerzeit die Nachricht vom Tod seiner Frau und dem Verlust der Tochter erhalten hatte, musste es ihn hart getroffen haben, denn als sie sieben Jahre später auf so wundersame Weise von den Toten auferstanden war, hatte sie ihren Vater kaum noch wiedererkennen können. Der Mann, den sie in ihrer Erinnerung so oft lachend gesehen hatte, war in diesen sieben Jahren gealtert, war dünn und hager geworden, mit tiefen Furchen, die sich in sein Gesicht gegraben hatten. Er schien nicht mehr zu wissen, was er seiner Tochter hätte sagen können, mied jedwede Berührung, und wenn er sie ansah, dann nur verstohlen, wenn er glaubte, sie würde es nicht bemerken. Andere Männer hätten sich vielleicht dem Trunk ergeben, doch die Sucht ihres Vaters war die Arbeit ... und Regeln. Feste Regeln, solche, die unbedingt eingehalten werden mussten, Regeln, die ihm einen Halt gaben, ohne den er zusammengebrochen wäre.

Mittlerweile waren die Sarnesse wieder bekannt im Reich, nicht mehr für ihre einstigen großen Taten und Verdienste für das Kaiserreich, sondern für das schon fast legendäre Vermögen, das ihr Vater angehäuft hatte, als wäre Gold das Einzige, das ihm noch etwas wert wäre. Nur dass es ihm nichts bedeutete. Für sie sah es aus, als wäre er in etwas gefangen, als ob er nicht ausbrechen könnte, als ob er es nicht ertragen könnte, auch nur einen Lidschlag lang nicht beschäftigt zu sein. Er selbst hatte ihr in einem der wenigen Momente der Zuneigung gestanden, dass er sich getrieben fühlte, aber nicht wüsste, wohin es ihn zwang.

Vielleicht, weil es eine Sarnesse gewesen war, die als Erstes die leuchtenden Schwerter einer Walküre führte, oder weil der Orden selbst von ihrer Urahnin gegründet worden war und sich das Talent dazu über die weibliche Linie vererbte, hatten sich die besonderen Umstände ihres Hauses sogar im kaiserlichen Erbrecht niedergeschlagen. Als einziges Haus neben dem Kaiserhaus selbst wurden Titel und Land der Sarnesse über die weibliche Linie vererbt, nur wenn es keine weiblichen Erben gab, konnte ein männliches Kind auf ein Erbe hoffen.

Sie bräuchte ihren Vater nur zu fragen, und er würde ihr jedes Haus kaufen, das sie wollte, ob eine kleine Hütte oder ein Palast, es wäre ihm egal. Nur reden konnte sie mit ihm nicht.

Als damals sein Versuch misslang, sie in eine Gesellschaft einzuführen, der er selbst nie richtig angehört hatte, und sie ihm dann mitteilte, dass sie in die Garda gehen würde, war sein Gesicht wie Stein gewesen. »Ich weiß, dass ich dich nicht daran hindern kann«, waren seine einzigen Worte gewesen, bevor er aufstand, um sich in seinem Arbeitszimmer einzuschließen. Seitdem, in all den Jahren, hatten sie nie wieder ein einziges Wort miteinander gewechselt.

Doch eben, als sie daran dachte, die hiesige Garda aufzusuchen, um zu sehen, was sie dort tun konnte, und sich an dieses Haus erinnerte, fügte sich plötzlich für sie alles zusammen, die Erinnerung an das Lachen in ihrer Kindheit, seine Sorge, seine Verschlossenheit.

Sie besaß bereits ein Haus. Kein Palast, aber auf einem großzügigen Grundstück in der Nähe der Kaiserburg gelegen. Nicht mehr als zwanzig Zimmer, mit hohen Decken und weiten Räumen, Säulen, die die Front zierten, und einem steilen Schieferdach, wie das der Kommandantur der Garda. Es gab eine Stallung, einen Teich hinter dem Haus, ein Back- und Gesindehaus und Efeu, der über die Jahrhunderte das Haupthaus fast vollständig überwuchert hatte, aber keinen Gärtner, der das Land seinem Willen unterwarf. Ein Märchenschloss, das sie an glücklichere Tage denken ließ. Das Haus ihrer Mutter und das aller Sarnesse vor ihr. Ihr Vater hatte es an dem Tag schließen lassen, als er von ihrem Tod erfahren hatte, alles unter Tüchern verpackt, die Läden zunageln lassen und es nie wieder aufgesucht.

Vielleicht weil sie gestern Nacht ihrer eigenen Kindheit so nahe gewesen war, erinnerte sie sich an den letzten Streit ihrer Eltern. Oft hatten sie sich nicht gestritten, immer nur dann, wenn der Orden nach ihr gerufen hatte.

»Was ist der Sinn, dass du deine Haut für andere zu Markte trägst?«, hatte ihr Vater ihre Mutter unter Tränen gefragt, während Lorentha sich mit ihrem Hund in eine Ecke des Zimmers zurückgezogen hatte, zwischen dem großen Schrank im Arbeitszimmer ihres Vaters und dem reich verzierten Kamin, dorthin, wo ihre Eltern sie nicht sehen konnten. Sosehr sie sich auch an ihren Hund gedrückt hatte, das Gesicht in seinem weichen Fell vergrub, um Trost bei ihm zu suchen, es half nichts; wenn ihre Eltern aneinandergerieten, war es immer wie in einem Gewittersturm, vor dem es kein Verstecken gab. »Worin liegt der Sinn, dass du dich für andere opferst, die es dir nicht danken werden? Evana, wir sind reich genug, wir könnten in Frieden leben! Wofür plage ich mich denn, um euch beiden eine sichere Zukunft zu erschaffen, wenn du immer wieder genau diese Zukunft aufs Spiel setzt? Wenn du anderen helfen willst, warum nicht mit Handel und Ideen? Gold ist genauso eine Waffe wie deine verfluchten

Schwerter, beides kann Gutes bewirken oder töten! Ich flehe dich an, gehe nicht, es muss auch andere Wege geben, dem Kaiserreich zu dienen, als immer wieder dein Leben für andere in die Waagschale zu werfen!«

»Ich muss, Karl«, erinnerte Lorentha sich jetzt an die Worte ihrer Mutter. Wieder war es so, als wäre es mehr als eine Erinnerung, als wäre sie dort, in ihrem alten Haus, als röche sie das Fell ihres treuen Begleiters, an den sie sich klammerte. »Es ist meine Pflicht.«

»Und was ist mit Lorentha?«, rief ihr Vater verzweifelt. »Ist es nicht auch deine Pflicht, für sie da zu sein? Oder was ist mit mir? Ich lebe nur für dich!«

»Und ich wünschte, es wäre nicht so«, antwortete ihre Mutter sanft. »Man kann nicht für andere leben, du musst dich um dein eigenes Leben bemühen.«

»Das tue ich«, widersprach ihr Vater mit erstickter Stimme. »Doch mein Leben ist das unsere, meines, deines, das unserer Tochter! Dafür lebe ich. Du hingegen lebst nur für das Reich, und wir, Lorentha und ich, wir bekommen nur die Brotkrumen deines Lebens ab!«

»Die Magie gibt mir Macht und damit Verantwortung. Ich bin eine Sarnesse«, erklärte ihre Mutter ruhig, obwohl auch ihr die Tränen in den Augen standen. »Lorentha wird es verstehen, spätestens dann, wenn sie ihre Schwerter empfängt. Ich spüre jetzt schon ein Talent in ihr, das sogar das meine bei Weitem übersteigt. Auch sie wird eine Walküre werden.«

Bei diesen Worten richtete sich ihr Vater auf und wischte sich fast erbost die Tränen aus dem Gesicht, bevor er ihr dann entschlossen widersprach. »Nein, das wird sie nicht«, sagte er so bestimmt, wie Lorentha ihn niemals zuvor und auch nicht danach je gehört hatte. »Ich sterbe jedes Mal tausend Tode, wenn du dich auf einer deiner Reisen in Gefahr begibst, ich könnte es nicht ertragen, wenn sie in deine Fußstapfen tritt!«

»Du wusstest, dass ich für die Walküren bestimmt war«, sagte sie, während sie an ihn herantrat und ihm mit der Hand über die Wange fuhr. »Du wusstest, dass es so kommen würde.«

»Ja«, rief er verzweifelt. »Bei dir! Aber ich werde es nicht zulassen, dass ich auch noch unsere Tochter an das Reich verliere! Gehe du und rette das Reich, stelle dich dunkler Magie und Intrigen, aber ich werde immer hier sein, um auf dich zu warten und dafür zu beten, dass du gesund wiederkommst! Aber Lorentha werde ich lehren, dass es andere Waffen gibt als die aus Magie und Stahl. Ich werde ihr aus Gold eine Festung bauen und ihr zeigen, dass es ein anderes Leben gibt als eines, das darin enden wird, für einen undankbaren Kaiser zu sterben! Ich werde es nicht zulassen, dass auch sie sich beständig in Gefahr begibt!«

»Ja«, sagte ihre Mutter mit belegter Stimme, und in Lorenthas Erinnerung schien es ihr, als wäre es das einzige Mal gewesen, dass sie diese unerschütterliche Stärke missen ließ, die ihre Mutter so auszeichnete. »Ich weiß, dass du es versuchen wirst, Karl. Ich wünsche sogar, dass du Erfolg damit haben wirst, aber ich fürchte, du wirst scheitern. Es ist der Fluch unseres Geschlechts. Du wirst Lorentha nicht aufhalten können, es ist unser Schicksal; selbst wenn wir nicht die Gefahr suchen, sucht sie uns. Aber ich werde, solange ich lebe, dafür beten, dass es dir gelingt, unser Kind von diesem Weg abzubringen.«

»Dann gehe nicht!«, rief er leidenschaftlich. »Bleibe hier, helfe mir, unsere Tochter zu schützen und zu bewachen, von diesem Weg abzubringen! Auch das ist deine Pflicht, du bist ihre Mutter, und es ist nicht minder ehrenhaft! Du und ich, du mit deiner Magie und ich mit meinem Talent zum Gold, zusammen können wir sie beschützen! Ich zahle jeden Preis dafür!«

»Karl«, mahnte Evana ihren Gatten sanft. »Du ahnst nicht, wie gerne ich deinem Rat folgen würde, aber die Dinge sind, wie sie sind. Und noch nie hat jemand einen Weg gefunden, die Götter und das Schicksal zu bestechen.«

»Ich werde es tun«, versprach er vehement. »Ich werde diesen Weg finden. Für dich. Für sie. Für uns. Wenn du nur bleibst!« Der ferne Raum schwand, aber sie hörte noch die letzten Worte ihrer Mutter. »Ich würde ja bleiben, Liebster, wenn ich es nur könnte ...«

»Götter«, hörte sie die besorgte Stimme des Kutschers, und sie sah verwirrt auf, um festzustellen, dass die Kutsche am Wegesrand stand und der Kutscher vor ihr kniete und sie wohl schon eine ganze Weile geschüttelt hatte. So besorgt, wie er sie musterte, erinnerte nichts mehr an den knurrigen alten Mann, der ihr zuvor nicht einmal einen Gruß gegönnt hatte. »Wo seid Ihr bloß, Fräulein ... seht Ihr mich denn nicht einmal?«

»Doch«, brachte sie mühsam hervor und wischte sich die Tränen ab, um sich anschließend zu einem Lächeln zu zwingen. »Es war eine Erinnerung«, versuchte sie zu erklären.

Der Kutscher sah sie besorgt an und schüttelte den Kopf. »Dann möchte ich nicht wissen, wessen Ihr Euch erinnert habt, es war, als hätte eine unsichtbare Faust Euch niedergeschlagen, um Euch in Euren eigenen Tränen zu ertränken, ach, Götter, was ist Euch nur so Furchtbares widerfahren?« Er nahm langsam die Hand von ihrer Schulter. Noch immer kniete er zwischen den Bänken im Fußraum, jetzt sah er sie mit vom Alter wässrigen Augen an. »Wenn diese Stadt solche Erinnerungen für Euch hält, ist sie nicht gut für Euch«, stellte er rau fest. »Ich weiß nicht, welche Pläne ihre Gnaden und der Graf schmieden, aber lasst Euch nicht weiter darauf ein, geht weg von hier!«

Den knurrigen Mann so in Sorge um sie zu sehen, machte Lorentha verlegen.

»Es geht schon«, sagte sie leise. »Aber danke. Wie ist Euer Name, Kutscher?«

»Hein, Herrin«, sagte er und riss sich seinen breitkrempigen Hut vom Kopf. »Hein, wenn es Euch beliebt.«

»Danke, Hein«, lächelte sie. »Aber es geht schon wieder. Können wir weiterfahren?«

»Wenn Ihr es wünscht«, entgegnete er rau. »Aber vielleicht wäre es besser, Ihr würdet nach Hause fahren.«

Um dann vor einen Spiegel gezwängt zu werden, damit die Zofe sie wie eine Puppe hübsch machen konnte? Nein, dafür war sie noch nicht bereit.

»Zur Garda, Hein«, sagte sie. »Bitte.«

»Wie Ihr wünscht«, sagte der Kutscher und kletterte wieder unbeholfen auf den Kutschbock.

Götter, dachte sie, als sich die Kutsche wieder in Bewegung setzte, ich muss unbedingt Raphanael fragen, wie ich etwas dagegen tun kann, jedes Mal, wenn ich mich an etwas erinnere, derart in die Vergangenheit gezogen zu werden. Dabei dann auch noch weinend zusammenzubrechen, konnte nicht gut sein. Ganz davon abgesehen, hasste sie es, solcherlei Schwäche zu zeigen.

Sie erinnerte sich daran, wie sie auf ihrem ersten Ball zwei andere Debütantinnen hatte miteinander tuscheln hören. »Mutter sagt, ich soll nicht vergessen, an den richtigen Stellen zu weinen, es macht die Männer schwach, sagt sie, und es fiele dann leichter, sie zu gewinnen!«

Nun, dachte sie eher grimmig, wenn ihre Tränen sogar den knurrigen Hein erweichen konnten, hatte die Mutter dieses Mädchens mit ihrem Rat wohl recht behalten. Nur hoffe ich, dass ich niemals so tief sinken werde!

Sie wischte sich die Tränen ab und atmete tief durch, um dann den Rücken durchzudrücken. Vielleicht lag es nicht nur an den Tränen, sondern auch an dem Kleid, es ließ sie ohne Zweifel verletzlicher erscheinen, als wenn sie ihre Rüstung trug. Vielleicht war es doch keine gute Idee, so die Garda aufzusuchen.

Gut, dachte sie, schauen wir uns zuerst nur an, was wir bei der Garda vorfinden. Wenn ich dann wiederkomme, weiß ich, auf was ich mich vorbereiten kann.

Doch als Hein die Kutsche anhielt und sie entsetzt das musterte, was von der Garda ihrer Jugend noch übrig geblieben war, glaubte sie selbst nicht mehr daran, dass es einen Sinn ergab, dort etwas ändern zu wollen.

Die ehemals so stolzen Gebäude lagen wie verlassen da, wo die Fensterläden nicht geschlossen waren, hingen sie schief in ihren Angeln und gaben den Blick auf blindes oder gar zerbrochenes Glas frei. Überall blätterten Putz und Farbe ab, auf dem Exerzierplatz drängten sich Gras und Büsche durch die Fugen der Steinplatten hindurch, und nur die ausgebleichte Fahne am Hauptgebäude gab einen Hinweis darauf, dass das gesamte Gelände nicht verlassen war.

Während sie noch starrte, öffnete sich die Tür des Hauptgebäudes, und ein Mann trat wankend hervor, um sich zu strecken und ausdauernd zu gähnen. Sein Blick fiel auf sie, und er hob mit breitem Grinsen die Flasche in seiner Hand, um ihr spöttisch zuzuprosten, während er sich mit der anderen Hand demonstrativ zwischen den Beinen kratzte. Er trug die Rüstung der Garda, aber das, dachte Lorentha erschüttert, machte für sie die größte Schande aus.

»Nach Hause«, sagte sie zu Hein, und der schnalzte mit der Zunge und ließ die Kutsche anrollen, während es ihr schwerfiel, ihren Blick von dem verwahrlosten Gelände abzuwenden. Die Garda stand für kaiserliches Recht, aber zumindest hier in Aryn wurde sie offensichtlich kaum dafür geschätzt.

Vielleicht, dachte sie, als sie sich in die Polster zurücksinken ließ und erschöpft die Augen schloss, hatte ihr Vater doch recht behalten. Es wurde einem nicht gedankt, und was einst stolz anfing, endete irgendwann alt und verbraucht.

Wenn sie eine Tochter hätte, dachte Lorentha bitter, dann würde sie ihr auch ein anderes Leben wünschen. Erst jetzt verstand sie die Bedeutung der letzten Worte, die ihr Vater vor so vielen Jahren zu ihr sagte: Dass er sie nicht aufhalten könnte. Ihre Mutter hatte es ihm prophezeit, und mit diesen Worten hatte er sich geschlagen gegeben.

Doch war es wirklich so? In diesen zwei Jahren, zwischen ihrer Rückkehr und ihrer Flucht zur Garda, hatte er da nicht auch versucht, ihr zu zeigen, dass man mit Gold etwas bewegen konnte? Es war ihr so vorgekommen, als gäbe es für ihn nichts anderes, über das er sprechen wollte, als wäre ihm das Gold um so vieles wertvoller als sie ... und doch ... durch seine Unternehmungen hielt er Menschen in Brot und Arbeit, formte die Welt nach seinen Wünschen. Wie oft hatte er sie damals dazu gezwungen, mit ihm zu fahren, wenn er eines seiner Bauvorhaben besuchte. Ihr dann begeistert von seinen Plänen erzählt, um sie davon zu überzeugen, dass es wichtig war, solche Dinge zu tun, dass es den Menschen half und es ihm nicht um das Gold ging.

Das zumindest, dachte sie grimmig, hatte sie ihm geglaubt, es war zu deutlich zu erkennen, dass er dem keinen Wert zumaß. Er hatte ihr gesagt, dass er selbst nicht wusste, was ihn noch trieb, aber jetzt wusste sie, dass er sie belogen hatte. Er hatte noch immer das getan, was er damals ihrer Mutter versprochen hatte. Er hatte versucht, ihr zu zeigen, dass es andere Wege gab zu kämpfen – als nur mit Stahl. Sie hatte ihm nur nicht zugehört.

Noch etwas hatte ihr diese alte Erinnerung gezeigt. Dass auch Raphanael mit seinen harten Worten recht behalten hatte. Ihre Mutter hatte ihre Pflichten ernst genommen, vielleicht waren es genau diese gewesen, die sie hier nach Aryn und in den Tod geführt hatten. Und ihr Vater? Sie hatte oft hinter vorgehaltener Hand tuscheln hören, dass er ihre Mutter nur ihres Titels wegen geheiratet hätte und sie ihn nur seines Geldes wegen. So war es nicht gewesen. Sie mochte es vergessen haben, aber jetzt wusste sie es wieder besser. Keiner von ihnen hatte seine Pflichten gescheut.

Wie hatte Raphanael gesagt? Dass er alles dafür tun würde, damit es seiner Tochter in diesem Leben gut erging? Lorentha musste sich eingestehen, dass sie nicht die Einzige war, die etwas verloren hatte, ihr Vater hatte ihre Mutter an die

Walküren und sie selbst an die Garda verloren, kein Wunder, dass er so erbittert darum gekämpft hatte. Es fiel ihr schwer, es sich einzugestehen, aber vielleicht lag Raphanael gar nicht so falsch mit dem, was er ihr vorgeworfen hatte. Vielleicht war ihre Flucht zur Garda in mehr als nur einer Hinsicht eine Flucht gewesen.

Das Erbe der Walküre

16 Als die Kutsche das Haus der Gräfin erreichte und sie die Treppe zur Eingangstür hinaufstieg, dachte Lorentha daran zurück, wie die Gräfin sie gefragt hatte, ob sie den Tod ihrer Mutter ruhen lassen könnte, ob sie denn imstande wäre, umzukehren und all das hinter sich zu lassen. Besessen hatte die Gräfin sie genannt.

Das musste, dachte Lorentha mit einem schwachen Lächeln, als Tobas ihr die Tür öffnete und sie willkommen hieß, in der Familie liegen. Aber zum ersten Mal dachte sie darüber nach, ob es nicht ein Fehler war.

Durch die nun frische Erinnerung an die Vorkommnisse dieser verhängnisvollen Nacht wusste sie, dass ihre Mutter sie mit ihrem letzten Atemzug noch hatte schützen wollen. Wäre sie hier, würde sie nicht wollen, dass Lorentha sich in Gefahr begab, um den Mord an ihr zu rächen. Aber sie würde es verstehen.

»Ihr seid spät«, teilte ihr die Gräfin missbilligend mit. »Und Ihr habt den Spitzenbesatz von Euren neuen Kleidern entfernen lassen!«

»Ja«, sagte Lorentha und begegnete dem vorwurfsvollen Blick der Gräfin unbewegt. »Keine Korsetts und keine Spitzen, keine Handschuhe und keine toten Vögel oder Nester an meinen Hüten. Keine Tanzstunden, kein Angriff auf meine Haare. Doch was immer Ihr mir sonst antun wollt, könnt Ihr jetzt tun.«

Während die Gräfin voranging und sie erneut daran erinnerte, dass es um Macht und Einfluss ging, fragte sich Lorentha, ob sie ihren Vater nicht auch in dieser Beziehung unterschätzt hatte. Sowohl vor als auch nach dem gescheiterten Versuch, sie in die Gesellschaft einzuführen, hatte er sich in derselben selbst nicht blicken lassen, vielleicht war sie ihm hierin einfach nur ähnlicher, als sie es beide dachten. Aber war es wirklich so, dass sich Einfluss nur auf solchen Bällen formen ließ? Und nur auf diese eine Art?

Lorentha blieb auf den Stufen stehen, die Gräfin ging noch drei Stufen weiter, bevor sie es bemerkte.

»Was ist mit Euch?«, fragte die Gräfin ungehalten. »Ist Euch noch etwas eingefallen, das Ihr nicht wollt?«

»Ich glaube«, sagte Lorentha langsam, »dass wir einen schlechten Anfang hatten. Führt man mich an der Leine, werde ich gerne störrisch ... selbst wenn es der Weg ist, den ich vielleicht gehen sollte. Aber vielleicht gibt es noch andere Wege. Ihr sagt, Ihr wärt die Freundin meiner Mutter gewesen? Ging sie auch auf Bälle?«

»Ja, Kindchen«, sagte die Gräfin leise und kam die Stufen wieder herab, um eine Hand auf Lorenthas Arm zu legen. »Das tat sie. Ich sagte Euch doch schon, dass sie dieses Schlachtfeld auch beherrschte.«

»Cerline«, fragte Lorentha leise. »Wenn sie an meiner Stelle wäre, würde sie sich so von Euch führen lassen?«

Die Gräfin sah sie lange an und schüttelte leicht den Kopf. »Sie würde auf den Ball gehen«, sagte sie mit belegter Stimme. »Aber sie würde ihn beherrschen ...«

»Wie?«, fragte Lorentha. »Welche Kleider würde sie tragen? Was würde sie tun? Besitzt Ihr Bilder von ihr, die sie so zeigen? Oder Entwürfe von den Kleidern, die sie damals trug, wie die, die die Schneiderin mir zur Auswahl vorlegte?«

»Ich habe etwas Besseres«, sagte die Gräfin rau. »Sie wohnte auch hier ... und da Euer Vater nach ihrem Tod schrieb, dass er es nicht ertragen könne, an sie erinnert zu werden und nichts von dem wollte, was sie besaß, beließ ich ihr Zimmer, wie es war.« Sie holte tief Luft. »Ich ... ich wollte es Euch noch zeigen, aber ich fürchtete, ach …«, seufzte sie. »Ich weiß nicht, was ich befürchtete. Vielleicht bin ich es, die Angst vor ihrem Geist hat. Ich habe sie schon lange nicht mehr besucht, und die Tür ist abgeschlossen, aber …«

»Holt den Schlüssel«, bat Lorentha sanft.

Als die Gräfin zögernd die Tür aufschloss und sie aufdrückte, schlug Lorentha stickige Luft entgegen und mit ihr ein längst vergessener Geruch. Die Gräfin betrat das Zimmer und zog überall die Vorhänge zurück, um die Abendsonne einzulassen, aber auch so wusste Lorentha, was sie sehen würde.

»Ihr habt mich angelogen«, sagte Lorentha rau. »Meine Mutter spielte das Spiel nicht so wie Ihr … und deshalb ist es auch falsch für mich. Und dort«, fügte sie hinzu und wies auf das unfertige Bild, das auf seiner Staffelei mitten im Raum stand, sodass es schien, als würde ihre Mutter sie mit einem Lächeln begrüßen, »ist der Beweis.«

Die Gräfin ließ den Vorhang fallen, den sie soeben ergriffen hatte, und drehte sich langsam um, um zuerst auf das Bild zu schauen und dann auf Lorentha. Schließlich weiteten sich ihre Augen.

»Nein«, hauchte sie. »Das könnt Ihr nicht tun! Es wäre wie ein Fehdehandschuh, und Ihr habt nicht das Recht dazu.«

»Das sehe ich anders«, sagte Lorentha und trat langsam über die Schwelle. Erinnerungen über Erinnerungen stürmten auf sie ein, aber diesmal ließ sie nicht zu, dass sie von ihnen übermannt wurde. Wie in Trance ging sie zu dem reich verzierten Schrank hin und zog die Türen auf. Der Geruch von Lavendel schlug ihr entgegen, dann fand sie, was sie suchte. »Warum denn nicht?«, fragte sie hart. »Manchmal ist eine Robe auch nur ein Kleid. Und wenn Ihr schon sagt, dass auf diesem Schlachtfeld mein Kleid meine Rüstung ist, dann weiß ich jetzt, wie ich mich wappnen werde. Und Ihr, Cerline«, fügte sie sanfter hinzu, »müsst mir dabei helfen.«

Die Gräfin schüttelte vehement den Kopf. »Es wäre wie eine Kriegserklärung. Der andere Weg ist sicherer und …«

»Dieser ist aber richtig für mich«, unterbrach Lorentha sie und lachte dann kurz und hart auf. »Seht es so«, fügte sie mit Blick auf das Gemälde ihrer Mutter hinzu, »wenn Ihr mir helft, lasse ich Euch sogar an mein Haar.«

Es war deutlich zu erkennen, wie sehr die Gräfin mit sich kämpfte, doch letztlich nickte sie. »Ihr macht unseren ganzen Plan zunichte, aber … gut, ich helfe Euch.«

Lorentha sah sich langsam im Zimmer ihrer Mutter um. Eigentlich waren es drei Zimmer, und jedes von ihnen hielt so viele Erinnerungen, dass sie sich wunderte, wie sie all das hatte vergessen können. Später, versprach sie sich. Später. Vielleicht mit Raphanaels Hilfe. Aber jetzt … sie trat vor das Bild ihrer Mutter.

»Cerline«, sagte sie, während ihr suchender Blick auf jeder Einzelheit des unfertigen Gemäldes verharrte. »Ihr sagtet, es wäre wie eine Kriegserklärung. Aber meint Ihr nicht auch, dass sie schon längst überfällig ist?«

»Bei der Göttin, ja, Kindchen«, antwortete die Gräfin, und obwohl sie noch immer ihre Hände rang, spielte jetzt doch ein Lächeln um ihre faltigen Lippen. »Doch wie fangen wir es an?«

»Wir halten uns im Groben an Euren Plan«, antwortete Lorentha. »Es gab nur einen Fehler darin. Ihr habt für mich gedacht.«

»Ich verstehe nicht …«

Lorentha lachte grimmig. »Ihr selbst habt mir den Ballsaal als ein Schlachtfeld beschrieben und dann nicht bedacht, dass ich in der Kriegskunst ausgebildet bin. Die Waffen mögen sich unterscheiden, doch in der Strategie macht es keinen Unterschied. Meine Mutter wusste das.« Sie straffte ihre Schultern. »Wie wir beginnen? Wie man jeden Krieg beginnt. Mit Feder, Tinte und Papier. Wir rufen unsere Verbündeten zusammen. Heute Abend ziehen wir in die Schlacht.«

Mutter und Sohn

17 »Ich hörte, Ihr hättet am Nachmittag Gräfin Alessa besucht«, sagte Raphanael scheinbar nachlässig, als er seiner Tochter Arin den Stuhl zurechtrückte. Dann ging er zu dem Kopfende des Tischs, wo er sich setzte, während die Dienerschaft das Abendessen servierte.

»Ich kann mir schon denken, wer das Vögelchen ist, das mich verraten hat«, lächelte Sera Renera und warf ihrer Enkeltochter einen schelmischen Blick zu.

Arin zuckte nachlässig mit den Schultern. »Du hättest es mir sagen müssen, wenn es ein Geheimnis war, Granmaer.«

»Es war keines, Arin«, meinte Raphanaels Mutter und hob fragend eine Augenbraue, als die Dienerschaft fast schon eilig den Salon verließ. Nur Barlin blieb und fing an, mit unbewegtem Gesicht der Herrschaft aufzulegen, allerdings kannte Sera Renera ihn schon, seitdem er kniehoch zu einem Grashüpfer gewesen war, und auch das erheiterte Glitzern in seinen Augen.

»Ist das nicht ein wenig unter deiner Würde, Barlin?«, fragte sie, als er ihr auflegte.

»Heute nicht, Tante«, antwortete er und erlaubte sich ein leichtes Lächeln. »Ihr wisst doch, dass Raphanael sich nicht vor der Dienerschaft mit Euch streiten will.« Raphanaels Freund war in keinster Weise mit ihr verwandt, aber die beiden waren schon so lange unzertrennlich, dass es sich eingebürgert hatte, dass er Raphanaels Mutter so nennen durfte. Soweit Barlin wusste, war er damit auch der Einzige. Sie waren beide von Raphanaels Lehrern unterrichtet worden, und weder sie noch ihr Gemahl hatten einen Unterschied darin gemacht, auf welchem Hosenboden der Rohrstock tanzen sollte, wenn die beiden wieder einmal etwas ausgefressen hatten. Er gehörte zur Familie, und sie war froh darum, dass ihr Sohn jemanden zum Freund hatte, dem er rückhaltlos vertrauen konnte. So wie sie es sah, gab es dabei nur ein einziges Problem, die beiden hielten noch immer zusammen wie Pech und Schwefel.

»Ist es, weil ich Cerline besucht habe, Sohn?«, fragte Renera unschuldig, während Arin interessiert zwischen ihrem Vater und ihrer Großmutter hin und her schaute. Arin war acht Jahre alt und hatte, wie Raphanael immer wieder gerne sagte, das Beste von beiden Eltern und die Schönheit ihrer Mutter geerbt. Auf jeden Fall entging ihr genauso wenig wie früher ihrem Vater, und sie schien die regelmäßigen Duelle zwischen ihrem Vater und seiner Mutter zu genießen. Was, wie sich schon jetzt zu zeigen begann, nur dazu führen konnte, dass er in naher Zukunft von ihr seine eigenen Argumente zu hören bekommen würde. Oder die seiner Mutter, wenn diese besser waren. Raphanael zwinkerte ihr zu und ging dann ins Gefecht.

»Nein«, antwortete er lächelnd und nickte dankend, als Barlin zuletzt auch ihm auflegte und sich schließlich, völlig unerhört, selbst ein Gedeck auftat und sich grinsend neben Arin mit an den Tisch setzte. »Es ist wegen Lorentha, und weil du nicht bis zum Ball warten konntest.«

»Nun«, meinte seine Mutter gelassen, »wenn die Leute schon denken werden, dass Ihr eine Liebschaft habt, dann ist es doch verständlich, dass ich wissen will, wie sie ist.«

Raphanael bemerkte sehr wohl, wie bei dem Wort »Liebschaft« die Ohren seiner Tochter größer wurden, und unterdrückte einen Seufzer. »Cerline sagte, sie hätte dich aufsuchen wollen«, sagte seine Mutter und schnitt ein hauchdünnes Stück der Bratenscheibe ab, ohne den Blick von ihrem Sohn zu wenden. »Ich war überrascht, dachte ich doch, Ihr würdet Euch erst heute Abend kennenlernen. Hat sie etwas erwähnt?«

»Nur, dass du sie wie ein Zuchtpferd studiert hättest, um mich ihr dann anschließend wie einen Zuchthengst anzupreisen. Du hattest mir versprochen, dass du mich nicht verkuppeln willst.«

»Waren das ihre Worte?«, fragte sie kühl.

»Nein, meine«, antwortete Raphanael. »Ich habe es nur etwas mehr verdichtet.« Ein leichtes Lächeln huschte über seine Lippen. »Sie hat es dir nicht übelgenommen, vielmehr machte sie einen Scherz daraus und hat mich damit sogar etwas gefoppt. Doch ich nehme es dir übel, Mutter.«

»Ich spielte mit dem Gedanken, dass sie vielleicht die Richtige für dich wäre«, gab seine Mutter offen zu, während Arins Augen einen gewissen Glanz bekamen, den Raphanael bereits zu fürchten gelernt hatte. Andere Familien hielten ihre Kinder fern vom Esstisch und von solchen Unterhaltungen, doch im Allgemeinen fand er es besser, es so zu handhaben. Im Allgemeinen. Heute konnte es sein, dass er es bereuen würde. »Aber ich gab es dann auf«, fügte sie hinzu.

»Wieso?«, fragte Raphanael überrascht.

»Warum ich dachte, sie wäre die Richtige, oder warum ich es aufgab?«, fragte seine Mutter und nahm ihr Weinglas auf.

»Beides.«

»Sie würde zu dir passen, weil sie nicht daran denkt, das Knie vor dir zu beugen. Sie ist zu sehr gewohnt, ihre eigenen Entscheidungen zu treffen.« Seine Mutter lächelte etwas zerknirscht. »Du siehst, ich weiß sehr wohl, warum du vor den meisten Damen flüchtest. Aber genau das, was sie auszeichnet, macht sie auch ungeeignet. Ihr seid beide Dickköpfe, aber abgesehen davon, scheint sie wenig Interesse an einer möglichen Verbindung zu haben.«

Raphanael hob fragend eine Augenbraue, während seine Tochter versuchte, es sich nicht anmerken zu lassen, dass sie vor Neugier fast schon starb. »Wie das?«

Seine Mutter seufzte. »Sie hielt sich an die Regeln der Höflichkeit, mehr nicht. Wenn ich sie etwas fragte, gab sie höfliche, aber nichtssagende oder ungenügende Antworten. Dann, als ich dich pries wie einen ... wie hast du es ausgedrückt?«

»Wie einen Zuchthengst«, half Arin mit einem breiten Grinsen aus.

»Danke, mein Kind«, sagte die Baroness mit einem strengen Blick zu ihrer Enkeltochter, die sich davon wenig beeindruckt zeigte. »Also, als ich lobend von dir sprach, nickte sie nur freundlich und schien wenig interessiert. Tatsächlich zog sie sich zurück, sobald es die Regeln der Etikette zuließen. Ich kann ihr keine schlechten Manieren vorwerfen, aber ... sie machte sehr wohl deutlich, dass ich sie besser mit meinem Geschwätz verschonen sollte.« Ihre Augen, so dunkel wie die ihres Sohnes, hielten seinem Blick gelassen stand. »Wäre sie an dir interessiert, sollte man annehmen, dass sie sich mit der Mutter gut stellen würde oder zumindest so tun würde, als wolle sie mehr über dich erfahren, doch alles, was ich ihr über dich sagte, schien sie nur zu langweilen. Zudem ist sie, wie Cerline mir unter dem Siegel der Verschwiegenheit mitteilte, nicht im Geringsten daran interessiert, an höfischer Gesellschaft teilzunehmen. Du brauchst eine Frau, die repräsentieren kann, ihr fehlt dazu die Neigung, das Talent und das Interesse. Dazu kommt, dass sie eine Soldatin ist und ihre Loyalität dem Kaiserreich gilt.«

»Das ist ein hartes Urteil, Mutter«, sagte er leise, doch sie überraschte ihn.

»Nein«, widersprach sie. »Sie ist eine Frau, die ich bewundern kann. Sie ist nur falsch für dich.«

Raphanael nickte langsam. »In Zukunft, Mutter«, sagte er leise, »wirst du es unterlassen, mein Liebesleben einrichten zu wollen. Sonst wirst du uns nur sehen, wenn wir dich besuchen kommen.«

Es lag ein Unterton in seiner Stimme, den sie von ihm nur selten gehört hatte, den sie aber von seinem Vater sehr wohl kannte. Wenn er eine unwiderrufliche Entscheidung getroffen hatte. Mehr als diese Warnung würde sie nicht von ihm erhalten.

Sie neigte leicht den Kopf. »Ich werde es beherzigen.«

»Ist der Streit vorbei?«, erkundigte sich Arin höflich.

»Ja«, lachte ihre Großmutter. »Du kannst jetzt mit dem Essen beginnen.«

Sooft er mit seiner Mutter die Hörner kreuzte, wusste er doch, dass ihre Menschenkenntnis sie bislang selten getrogen hatte. Dennoch fühlte er eine gewisse Betroffenheit, wenn ihre Ausführungen auch seinen eigenen Schlussfolgerungen entsprachen. Nachdem sie sich auf derart ungewöhnliche Weise kennengelernt hatten, zeigte Lorentha wenig Scheu in seiner Gegenwart und schien sich vielleicht sogar wohlzufühlen, er hatte sie mitunter ja sogar zum Lachen verführen können. Nur schien sie seine Nähe weder zu suchen noch zu meiden, und zumindest in diesem Punkt hatte seine Mutter wahrscheinlich recht: Hätte sie ein Interesse an ihm, hätte sie mehr Neugier gezeigt. Und dann dieses Gespräch vor den Stufen des Tempels. Sie verachtete den Adel, auch wenn sie selbst von Adel war, und nachdem er einen Teil ihrer Geschichte vernommen hatte, konnte er es ihr kaum verdenken. Er glaubte ihr, dass sie keinen Streit mit ihm wollte, doch sie war gefährlich nahe daran gewesen, ihn mit denen, die sie auch seiner Meinung nach zurecht verachtete, in einen Topf zu werfen. Lorentha war eine Frau mit starken Überzeugungen, die sich nicht scheute, diese auszusprechen; es war kaum möglich, sich vorzustellen, dass sie sich in der Gesellschaft, die sie offensichtlich so sehr verachtete, bewegen würde, ohne anzuecken. Wenn er jemals wieder mit dem Gedanken spielen würde, zu ehelichen, würde seine Frau solche Verpflichtungen ebenfalls auf sich nehmen müssen.

Erstaunt stellte er fest, dass er sich das erste Mal seit Langem gefreut hatte, auf einen Ball zu gehen … und jetzt eine Enttäuschung verspürte, die durch nichts zu rechtfertigen war.

Der Plan sah vor, dass sie die alten Freunde geben sollten, nicht mehr. Und so würde es auch sein. Er spürte Barlins Blick auf sich ruhen und sah zu seinem Freund hinüber, der ihm nur leicht zunickte; so lange, wie sie sich kannten, waren Worte oftmals nicht mehr nötig. Dennoch, dachte Raphanael, als er sich dazu aufraffte, das Besteck zu ergreifen, obwohl es ihm an Appetit mangelte, fand er es ... schade.

»Ich verstehe etwas nicht, Granmaer«, sagte Arin unvermittelt. »Du sagst, diese Dame wäre für Vater ungeeignet, weil sie kein Interesse an deinen Worten über ihn zeigte?«

Die Baroness tauschte einen überraschten Blick mit ihrem Sohn.

»So ist es«, sagte sie dann. »Warum?«

»Doch zu mir sagst du, ich solle mir immer mein eigenes Urteil bilden und nicht darauf vertrauen, was andere über jemanden erzählen. Mir scheint, dass diese Dame genau das tat, was war daran jetzt also falsch?«

Barlin, der dafür bekannt war, so gut wie unerschütterlich zu sein, musste hastig husten, als er auf den Gesichtern von Mutter und Sohn einen fast identischen Gesichtsausdruck der Verblüffung entdeckte.

»Nichts«, sagte Raphanael, als er sich gefangen hatte. »Es ist ein guter Rat, wenngleich er von Granmaer kommt.«

Arin grinste breit und zeigte eine Lücke zwischen ihren beiden Vorderzähnen. »Ich weiß«, meinte sie. »Deshalb hat sich Granmaer diese Dame ja auch selbst angeschaut.«

Die Baroness schluckte hastig, bevor ihr Wein noch den falschen Weg nahm, und bedachte ihren Sohn mit einem vorwurfsvollen Blick. »Das kommt davon, wenn man die jungen Herrschaften an solchen Unterhaltungen beteiligt«, grollte sie, nur war es ihr deutlich anzumerken, dass sie es so ernst nicht meinte.

»Ja«, gab Raphanael lächelnd zu. »Aber auch das war ein Rat von dir.«

Auch wenn Raphanael, was die Erziehung seiner Tochter betraf, ungewöhnliche Wege ging, gab es doch Dinge, die man nicht vor jungen Ohren besprechen sollte. Deshalb war er nicht überrascht, dass seine Mutter auf ihn wartete, als er leise die Tür zu Arins Zimmer schloss.

»Schläft sie?«, fragte seine Mutter lächelnd, und er nickte. »Sie ist eingeschlafen, bevor ich bei der Stelle mit dem schwarzen Pferd angekommen bin. Jemand muss sie heute ziemlich auf Trab gehalten haben.«

»Das war Barlin«, lachte sie. »Er ließ sie heute die Aufsicht über das Gesinde führen. Gibt es etwas, wofür er kein Talent besitzt? Götter, der Mann ist unbezahlbar.«

»Deshalb bezahle ich ihn ja auch nicht«, grinste Raphanael und hob fragend eine Augenbraue, als sie ihm in sein Ankleidezimmer folgte, wo Barlin ihm bereits die Kleidung für den Ball herausgesucht hatte und mit heißem Wasser, Schaum, Handtüchern und einem Rasiermesser auf ihn wartete. »Wolltest du dich nicht auch für den Ball ankleiden?«

Sie ignorierte die Andeutung und breitete ihre Röcke aus, um sich auf einen Stuhl zu setzen, von dem aus sie ihm zusehen konnte, wie Barlin ihn rasierte.

»Was ergab die Nachstellung im Tempel?«, fragte sie unverblümt. »Bist du dem Mörder des Novizen nähergekommen? Was ist mit dem Falken? War der Novize an dem Diebstahl beteiligt?«

Raphanael zog scharf den Atem ein, als Barlin ihm die heißen Tücher überlegte und sich daran machte, den Schaum zu rühren.

Raphanaels Stimme klang gedämpft, als er seiner Mutter Antwort gab. »Der Raub ist schon vor über fünf Wochen geschehen. Es war nicht, wie Larmeth und ich zunächst dachten, der Kardinal, der die Weitsicht besaß, die Kopie des Falken anzubringen, es waren die Diebe selbst. Wir glauben, dass der Novize den Austausch nur als Erster bemerkt hat und so entsetzt darüber war, dass er allen Anstand vergaß und zum

Arm der Göttin hochgeklettert ist, um sich zu überzeugen, ob er sich nicht irrte. Dabei muss er dann abgestürzt sein und fiel auf den Zaun, der die Statue umgibt. Mehr haben wir nicht herausgefunden.«

Für den Moment entschloss er sich dafür, ihr nichts davon zu erzählen, dass jemand einen Zauber auf den falschen Falken gewirkt hatte. Er hoffte nur, dass auch Larmeth es für sich behalten konnte. Denn Magie war Angelegenheit des Ordens und des Tempels.

»Fünf Wochen?«, meinte seine Mutter jetzt entsetzt. »Dann ist die Spur bereits erkaltet. Das wird Hamil gar nicht erfreuen. Woher wisst ihr, dass es bereits fünf Wochen sind?«

»Es gibt einen klappbaren Kran, der an einer der Säulen angebracht ist.«

Seine Mutter nickte. »Das habe ich vergessen«, gestand sie. »Aber vor vielen Jahren sah ich einmal, wie der Kran benutzt wurde. Was ist mit ihm?«

»Vor fünf Wochen fiel einem der Priester auf, dass das Seil angerissen war, und er ließ es entfernen und zu den Drahtziehern bringen, damit die ein neues Seil fertigen.«

»Ohne Kran wäre es den Dieben nicht möglich gewesen, den Falken auszutauschen«, stellte seine Mutter fest, während Barlin ihn geschickt einseifte.

»Das haben wir uns auch gedacht«, gab Raphanael Antwort und hielt kurz inne, als Barlin ihm mit einem Blick und dem Rasiermesser drohte.

Baroness Renera schaute unglücklich drein.

»Dann haben wir ein Problem. Es gibt immer wieder das Gerede von einem Aufstand. Wie du weißt, unterstützt Hamil den Gedanken nicht. Aryn ist für uns von großer Wichtigkeit, die Stadt erlaubt uns einen freien Zugang zu den Märkten des Kaiserreichs, und das ganze Land profitiert davon. Abgesehen davon betrachtet er es als eine Frage der Ehre. Armeth war Prinzessin von Manvare und Herzogin von Aryn. Hätte es aus ihrer Verbindung mit Kaiser Pladis ein Kind gegeben, hätte dieses das Herzogtum geerbt und sogar einen Anspruch auf den Thron von Manvare gehabt. Die Stadt war Armeths Mitgift, und daran zu rütteln, hieße, die Grundlagen der Diplomatie zu erschüttern. Auch wenn es manche nicht einsehen wollen, dass die Stadt jetzt kaiserlich ist, ist rechtens. Doch es gibt auch solche am Hof, die seine Ansicht nicht teilen. Es hat Hamil geschadet, dass er sich hinter dich gestellt hat, Raphanael. Die Intrige, die du aufgedeckt hast, war nicht direkt gegen ihn gerichtet, und viele sind der Ansicht, er hätte sich heraushalten sollen. Es war auf deinen Rat hin, dass er die Rädelsführer hat hinrichten lassen.«

»Auch wenn die Intrige nicht gegen ihn gerichtet war, ist es Mord gewesen«, sagte Raphanael milde. »Hätte er sie nicht so hart bestraft, hätten sich manche vielleicht darin bestärkt gesehen, Mord weiter als ein akzeptables Mittel der Politik zu sehen. Er konnte ja wohl kaum dulden, dass sich seine Barone gegenseitig umbringen?«

»Du bist blauäugig«, widersprach seine Mutter scharf. »Gewalt war schon immer ein Mittel der Politik. Du hast deinen Titel auch nur deshalb, weil Baron Tarentin mit seinem Schwert geschickter war als der frühere Halter des Titels.«

»Es kam zu keinem Kampf, Mutter«, erinnerte Raphanael sie, während er sich das Gesicht abtupfte. »Tarentin griff die Jagdgesellschaft des Grafen Delgar in einem Hinterhalt an und ließ ihn und seine gesamte Familie niedermetzeln. Er kam damit nur durch, weil er sich mit dem einzig verbliebenen Erben des Grafen verbündet hatte, der erhielt den Grafentitel und Tarentin die Baronie. Ich bin nicht erbaut darüber, dass ihr mir seinen Namen gegeben habt, er war ein Mörder.«

»Ja«, nickte seine Mutter. »Aber er war mehr als das, und er leistete später Großes für das Königreich. Aber was hat das jetzt damit zu tun?«

»Du hast es aufgebracht«, erinnerte Raphanael sie milde. »Was willst du mir sagen?«

»Königin Jenann war schon das letzte Mal, als ich sie sah, besorgt über die Möglichkeit eines Aufstands. Sie sagt, Hamil befürchtet, dass die Aufständischen diesmal anders und besser geführt werden würden und sie Unterstützung von außerhalb beziehen. Und das war, bevor sie vom Diebstahl des Falken erfahren haben. Außerdem kam vorhin, während des Essens, eine Nachricht von Baron Eldegar, die ein Bote dir gebracht hat.«

»Du sollst nicht meine Post lesen«, erinnerte er sie milde.

»Vor allem nicht solche, die dich nichts angeht. Vor allem nicht, wenn sie von Eldegar ist.«

»Er ist der Meister der Spione«, meinte Renera ungerührt. »Er sollte wissen, dass ich deine Post lese.«

»Er sollte es besser nicht wissen«, widersprach Raphanael und seufzte. »Also gut, was stand drin?«

»Graf Aramant erlag heute Morgen auf dem Feld der Ehre seinen Verletzungen. Sein Gegner war Lord Menetis, und der Grund für die Forderung war mehr als unglaubwürdig.«

Raphanael nickte langsam. Aramant war einer der Verbündeten des Königs gewesen und jemand, der es befürwortete, dass die Beziehungen zwischen Manvare und dem Kaiserreich eher gestärkt als belastet wurden. Menetis hingegen war bekannt dafür, dass er es als eine Beleidigung empfand, dass das Kaiserreich ungestraft auf manvarischem Boden eine Stadt hielt. Schlimmer noch, Aramants Erbe war ein junger Heißsporn, der sich in der Rolle eines Rebellen gefiel und sich in dieser Frage mit seinem Onkel schon mehrfach überworfen hatte.

»Aramant war dreißig Jahre älter als Menetis«, fuhr seine Mutter grimmig fort. »Es ist genauso Mord gewesen, nur weniger versteckt.«

Ja, dachte Raphanael verbittert, er konnte den Grimm seiner Mutter sehr gut verstehen, er teilte ihn. Sein Vater war auf die gleiche Art gestorben … und aus dem gleichen Grund, er war mit seiner Meinung jemandem unbequem gewesen.

Kein Wunder, dass seine Mutter so aufgebracht war. Erst recht, da Baron Menetis der Sohn des Mannes war, der damals ihren Ehemann getötet hatte. Sie machte es sich noch immer zum Vorwurf, dass sie die Falle nicht vorausgesehen hatte und dass ihre Unvorsichtigkeit dafür gesorgt hatte, dass Raphanaels Vater den damaligen Baron Menetis fordern musste, um für ihre Ehre einzustehen.

»Es bewegt sich etwas«, fasste seine Mutter mit grimmiger Miene zusammen. »Hamil glaubt, dass es diesmal ernst werden wird. Ich weiß, dass ich dich selbst bat, der Majorin zu helfen, aber in der Angelegenheit des Falken wird die Lage immer dringlicher. Ich gebe es ungern zu, aber es kann sein, dass der Ball ein Fehler ist, vielleicht wäre es besser gewesen, du hättest dich auch heute schon um den Falken kümmern können.«

»Larmeth hat ebenfalls ein Interesse daran, den Fall aufzuklären«, erinnerte er Renera milde. »Im Moment befragt sie alle ihre Priester, um herauszufinden, wann genau der Diebstahl stattgefunden hat und ob jemandem etwas Ungewöhnliches aufgefallen ist. Es ist der richtige Schritt, und ich bezweifle, dass ich die Befragung besser hätte führen können als sie. Immerhin ist sie die Stellvertreterin der Göttin auf Erden, ihre Priester werden zu ihr offener sein als zu mir.« Er stand auf und begutachtete sein Gesicht im Spiegel. Eine perfekte Rasur. Wie üblich. »Danke, Barlin«, sagte er und wandte sich wieder seiner Mutter zu. »Wir werden den Falken finden.« Er öffnete bedeutungsvoll die Knöpfe seines Hemdes und hob eine Augenbraue.

»Ich gehe ja schon«, meinte seine Mutter, aber in der Tür blieb sie kurz stehen. »Nimm die Angelegenheit nicht auf die leichte Schulter. Weder den Falken noch die Sache mit der Majorin. Und gebe auf dich acht, ja?«

»Heute Abend gehen wir erst einmal auf einen Ball«, sagte Raphanael beruhigend. »Was soll da schon groß geschehen?«

Auf dem Ball

18 Mehr, als er sich hätte träumen lassen, dachte er später zerknirscht, als Simers Diener seiner Mutter und ihm die Tür zu dem Haus seiner Lordschaft aufzog und Umhang und Hut entgegennahm, denn schon jetzt war zu erkennen, dass Lord Simer seinem lebenslangen Traum nähergekommen war, den wichtigsten Ball des Jahres zu geben: Schon der erste Blick durch die Türen des überfüllten Ballsaals offenbarte, dass jeder, der etwas auf sich gab, diesmal der Einladung des Hausherrn Folge geleistet hatte. Lord Simer selbst, ein kleiner, eher dürrer Mann, dessen herausragende Eigenschaft darin bestand, dass er einen äußerst beweglichen Adamsapfel besaß, konnte sein Glück wohl kaum fassen, Raphanael sah ihn an der Seite stehen, wo er mit allen Anzeichen einer beginnenden Panik mit seinem Hausdiener über die verheerend rasch schwindenden Vorräte sprach, bevor er sich dann, offensichtlich etwas gehetzt, ihnen zuwandte, um erst Baroness Renera und dann Raphanael herzlichst zu begrüßen.

»Ich bin froh, dass Ihr gekommen seid, Manvare, ich wollte Euch schon immer in meinem Haus begrüßen, aber ...« Er tat eine hilflose Handbewegung in Richtung der Tische, bei denen überforderte Diener den Gästen Erfrischungen reichten, ließ aber unausgesprochen, was ihn so bedrückte. »Vor allem ist es noch so *früh*!« Ein Zeichen eines Dieners ließ ihn gequält schauen und sichtlich gehetzt bat er um Entschuldigung und eilte davon.

»Armer Kerl«, stellte seine Mutter mit einem Lächeln fest. »Da gelingt ihm zum ersten Mal der große Wurf, und dann scheint ihm die Limonade ausgegangen zu sein. Was kein Wunder ist, es ist ja auch noch zu früh dafür.« Sie klappte ihren Fächer auf, während ihre scharfen Augen die Menge absuchten.

»Er hat recht, es ist ein erstaunliches Gedränge für diese frühe Stunde. Cerline und die Majorin sind noch nicht da, die übliche Traube, die sich sonst um Cerline schart, hat sich noch nicht gebildet.«

»Sei freundlich, Mutter«, bat Raphanael mit einem Lächeln.

»Keine Sorge, Sohn«, gab sie ihm mit blitzenden Augen Antwort. »Ich habe bereits jemanden gesehen, der sich wohltuend von der üblichen Meute abhebt. Der Herr dort hinten mit den grauen Schläfen und der steifen Haltung, weißt du, wer er ist?«

Raphanael nickte. »Das ist Kapitän Sturgess. Ein Kaiserlicher, aber nur Bürger. Er besitzt vier oder fünf Schiffe und gilt als sehr verlässlich. Gut für Simer, dass er auch solche Leute eingeladen hat.«

»Hm«, meinte seine Mutter. »Warum habe ich ihn noch nie zuvor gesehen?«

Raphanael lachte. »Schau dir an, wie steif er sein Glas festhält, ich nehme an, er ist zum ersten Mal auf einem solchen Ball.«

»Weißt du mehr über ihn?«

»Er besitzt einen untadeligen Ruf, und seine Frau ist erst vor einem halben Jahr gestorben«, meinte Raphanael lächelnd und zuckte mit den Schultern. »Mehr weiß ich nicht über ihn.«

»Du hast recht«, meinte seine Mutter mit einem Funkeln in den Augen. »Er sieht aus, als ob er darauf hofft, dass ihn irgendwer mit einem Gnadenstich erlöst. Ich denke, ich werde ihn retten gehen …«

»Gute Jagd, Mutter«, lachte Raphanael und sah ihr nach, als sie einen geraden Kurs auf ihr Ziel anlegte. Sein Vater war nun schon seit über fünfzehn Jahren tot, und er wusste, wie sehr sie männliche Gesellschaft vermisste.

Raphanael tat, was er bei solchen Gelegenheiten immer tat, er blieb in Bewegung, wechselte hier und da ein Wort mit Bekannten und sah zu, dass keine der Damen ihn in eine Ecke drängen konnte. Lord Simer war mit Recht stolz auf seinen Ballsaal, der mit hohen Türen und Spiegeln und reichen Deckengemälden tatsächlich sehr eindrucksvoll war, aber es war ein warmer Tag gewesen, und die Gäste und die Wärme von Hunderten von Kerzen führten bald dazu, dass die Hitze unerträglich wurde. Manchmal, dachte Raphanael, während er sich von dem Tablett eines Dieners ein Glas stahl, beneidete er die Damen um ihre leichten Kleider, welche ihre Reize vorteilhaft zur Schau stellten, während sich die Herren zumeist in Jacken zwängen mussten, an denen man nicht einen Knopf lösen durfte, ohne gleich dafür mit Missbilligung gestraft zu werden.

Manchmal allerdings kam er sich auch gejagt vor, so zum Beispiel, als gleich drei Mütter ihre Töchter zum konzentrierten Angriff anleiteten. Bevor er es sich versah, war er eingekesselt und zugleich von der Front und von den Flanken her bedroht. Während er versuchte, sich aus dem Hinterhalt zu befreien, blieb ihm allerdings nichts anderes übrig, als sich den Regeln zu beugen, und so musste er ertragen, wie eine der jungen Damen ihn fragte, ob Manvare denn weit weg wäre. Da ein Schritt durch eines der drei Stadttore die junge Dame bereits schon in dieses ferne, exotische Land verschlagen hätte, hatte er Mühe, gelassen zu bleiben. Er beschränkte sich auf ein »Nein, Sera, nicht weit« und wies dann wahllos in die Menge. »Euer Herr Vater scheint sich an irgendetwas zu stören.«

Während sie sich erschreckt umsah und so die Umlagerung gebrochen wurde, ergriff er die Gelegenheit zur Flucht und rettete sich in die Eingangshalle, während er sich wünschte,

Lorentha würde sich beeilen. Auch wenn seine Mutter recht behalten sollte und sie kein Interesse an ihm hatte, konnte man sich mit ihr doch wenigstens über vernünftige Dinge wie Raub, Mord oder Aufstände und vielleicht, mit etwas Glück, über Pferde unterhalten, ohne dass er dabei vor Langeweile starb.

Sein Wunsch wurde erhört. Während er sich suchend nach einem Diener umsah, um ihm sein leeres Glas zu geben, wurde die Eingangstür geöffnet und eine gewisse Gräfin Alessa zusammen mit Baroness Sarnesse angekündigt. Wie die meisten Damen trug sie bei ihrer Ankunft einen Umhang, doch als sie ihn mit einem Lächeln ablegte, um ihn an das Mädchen weiterzureichen, trug sie darunter keines der Ballkleider, sondern eine Robe in schwarzer Seide und dunklem Rot. Der Schnitt der Robe war schon seit Jahrhunderten aus der Mode, doch die breiten Schultern und der hohe Kragen gaben ihr etwas Erhabenes, und der breite schwarze Gürtel betonte ihre Taille. Unter der Robe trug sie eine weiße Bluse mit feinen Stickereien und einem hohen Kragen und weite Hosen, die in weichen Stiefeln endeten.

Vor vierhundert Jahren hatte man im Kaiserreich so etwas getragen, wenn auch nicht zum Ball, in Schnitt und Form war es den Reiterrüstungen jener Tage angepasst, als sich das Reich der Bedrohung durch die Reiterscharen aus dem Osten erwehren musste, deren feine Seidenkleider man dann zum Vorbild genommen hatte.

Niemand würde eine solche Robe heute noch zu einem eleganten Anlass tragen, hätte sie in dieser Form und Farbe nicht eine besondere Bedeutung, die sich vor allem dadurch offenbarte, dass sie Schwert und Dolch an diesem breiten Gürtel trug. Jemand hatte ihr kunstvoll das Haar geschnitten, es ging ihr nun nur noch bis zum hohen Kragen, doch was es an Länge verloren hatte, gewann es wiederum an Volumen, sodass es sich wie ein weiter Helm um sie schmiegte.

Es war über zwanzig Jahre her, dass jemand eine solche Robe zu einem Ball getragen hatte, denn Schwarz und dunkles Rot waren die Farben der kaiserlichen Walküren.

Es war, als ob eine Welle der Stille von ihr ausging, während sie ihre Handschuhe auszog und dem erstarrten Mädchen über den Umhang legte. Zuerst erstarben die Gespräche, dann wandte man sich um, um den Grund für die plötzliche Stille zu erkunden, und erstarrte nun selbst im Schweigen, bis sogar das Orchester verstand, dass etwas Ungewöhnliches geschah, und es in einem letzten Misston einer Laute erstarb.

»Baroness Lorentha Evana Sarnesse«, wiederholte der Hofmeister, nachdem er seine Stimme wiedergefunden hatte.

Dort, wo bei einer Walküre ein silberner Flügel zu sehen gewesen wäre, prangte an ihrer linken Schulter ein kaiserlicher Orden, in Gold und mit fünf Zacken, wie man ihn nur für besondere Verdienste verliehen bekam, aber er bezweifelte, dass vielen hier der Unterschied auffiel.

Die Majorin sah sich suchend um, dann fiel ihr Blick auf Raphanael. »Danke«, sagte sie zu dem Mädchen, das sie somit aus seiner Erstarrung erlöste, nickte, ohne die Augen von Raphanael abzuwenden, der Gräfin, die mit einem leichten Lächeln auf den Lippen neben ihr stand, noch einmal zu, um dann mit langen Schritten direkt auf Raphanael zuzusteuern und, als sie ihn erreicht hatte, wie bei einem alten Freund beide Hände zur Begrüßung auszustrecken.

»Raphanael«, lachte sie, laut genug, dass es auch jeder hören konnte. »Ich hoffte, dich hier vorzufinden! Wenigstens du scheinst erfreut, mich zu sehen, alle anderen schauen, als hätten sie einen Geist gesehen.«

Womit sie vollständig recht hatte, denn einige Gäste waren in der Tat erbleicht, und es gab mehr als ein paar geweitete Augen. Dieser dramatische Auftritt konnte nur einen Grund haben, dachte Raphanael, sie hatte sich entschlossen, den Feind frontal anzugehen, und er spürte, wie sein Herz schneller pochte, als er ihr lächelndes Gesicht sah und den entschlossenen und dennoch bittenden Ausdruck in ihren Augen. Nun, dachte er, während sich sein Lächeln weitete, die Bitte konnte er ihr erfüllen.

Er nahm ihre ausgestreckten Hände in seine und deutete eine Verbeugung an. »Es ist zu lange her, aber du weißt, wie es mit magischen Studien ist, sie vereinnahmen einen zu sehr, sonst hätte ich dich bestimmt schon früher eingeladen.«

Er zog sie etwas an sich heran, um ihr tief in die Augen zu schauen, und legte ihre Hand dann vertraulich auf seinen linken Arm. »Unser Gastgeber befindet sich dort drüben«, teilte er ihr mit und wies auf Lord Simer, der aussah, als hätte ihn der Schlag getroffen.

Währenddessen war die anfängliche Stille verflogen, jeder schien seine Stimme zur gleichen Zeit wiedergefunden zu haben, sodass selbst das Orchester Mühe hatte, die erregten Spekulationen zu übertönen.

»Lord Simer, es ist eine Freude, hier zu sein«, begrüßte Lorentha ihren Gastgeber höflich, was diesen nur wortlos nicken ließ, während sein Adamsapfel auf und ab sprang.

»Err ... hrumpf ... willkommen«, brachte er dann doch heraus, doch bevor sie ihn noch weiter in Verlegenheit bringen konnte, hatte Raphanael sie schon herumgezogen.

»Ihr scheint es darauf anzulegen, Sera«, sagte er leise zu ihr und zwang sich lächelnd, der jungen Dame zuzunicken, die nicht wusste, dass Aryn auf manvarischem Boden stand. »Warum fordert Ihr sie nicht gleich zu einem Duell heraus? Obwohl, wenn ich es recht bedenke, habt Ihr das soeben getan.«

»Zumindest in einem Fall«, sagte sie. »Kennst du ihn?«, fügte sie fragend hinzu und wies auf einen jungen Adeligen, der, mit einer brokatverzierten Jacke angetan, sich eben hinter eine Säule duckte.

»Ihn?«, fragte Raphanael überrascht. »Das ist Lord Visal. Er hält an seinem alten Titel fest, aber soviel ich weiß, hält er keinen Besitz außerhalb der Stadt. Er ist ein glühender Loyalist und Mitglied im Handelsrat der Stadt, wo er keinen Hehl daraus macht, dass er den kaiserlichen Anspruch auf die Stadt nicht anerkennt. Er gehörte genau zu dieser Sorte Leute, die König Hamil so in Sorge versetzen«, fügte er hinzu und nickte einem kaiserlichen Baron zu, der die beiden offen und neugierig betrachtete.

»Das ist Visal?«, fragte sie überrascht. »Er hat sich ziemlich verändert.«

»Woher kennt Ihr ihn?«

»Sollten wir nicht zum Du kommen, wo wir doch so alte Freunde sind?«, fragte Lorentha lächelnd.

»Wie du wünschst«, meinte Raphanael. »Woher kennst du Visal? Ich glaube kaum, dass ihr alte Freunde seid.«

»Ach«, meinte sie nachlässig. »Er versuchte vor Jahren, sich an mir zu vergehen und nahm es mir übel, dass ich mich gewehrt habe.« Sie schaute kurz zu Raphanael hin. »Es hat mit dem Mord an meiner Mutter nichts zu tun, aber es ist genau die Art von Reaktion, die wir haben provozieren wollen. Ist dir sonst jemand aufgefallen?«

»Jeder Zweite über fünfzig, der noch das Vergnügen hatte, deine Mutter kennenzulernen. Und Graf Mergton.« Er wies verstohlen zu dem Gouverneur hin, der umgeben von einer Traube von anderen in der Nähe zweier offener Türen Hof hielt. »Er war wohl ganz offensichtlich nicht eingeweiht.«

»Für einen Moment dachte ich wahrhaftig, Ihr wäret Eure Mutter«, gestand der Graf wenig später, während er sich mit einem Tuch die Stirn abtupfte, die Hitze machte ihm wohl zu schaffen. »Ich bekam fast einen Herzriss davon«, fügte er hinzu. »Göttin, Ihr seht genauso aus, wie ich Eure Mutter in Erinnerung behalten habe, was hat sich Agnes nur dabei gedacht! Ihr habt unseren gesamten Plan zunichte gemacht! Habt Ihr gehört, was die Leute tuscheln?«

»Was denn?«, fragte Lorentha neugierig.

»Die einen haben Euch bereits eine Liebschaft angedichtet, die anderen glauben, dass Ihr schon öfter zusammengearbeitet habt, und jeder denkt, dass Ihr und Raphanael Euch verbündet habt, um den Mörder Eurer Mutter zu stellen und dass Ihr Magie dazu verwenden werdet! Was die meisten schon jetzt um ihre Geheimnisse fürchten lässt, selbst wenn sie mit der Angelegenheit gar nichts zu tun hatten!«

»Dann beschwert Euch nicht, Graf«, lächelte sie. »War es denn nicht das, was Ihr erreichen wolltet?«

»Aber doch nicht so!«, regte sich der Graf auf. »So ist es eine offene Herausforderung! Habt Ihr denn überhaupt das Recht, diese Robe zu tragen?«

»Manchmal ist eine Robe auch nur ein Kleid«, sagte Lorentha mit einem Lächeln. »Entschuldigt uns«, bat sie ihn dann. »Aber ich sehe Raphanaels Mutter dort drüben, und es ist zu lange her, dass ich sie das letzte Mal gesehen habe.«

»Ihr habt ihn vor den Kopf gestoßen«, sagte Raphanael, als er sie zu seiner Mutter führte, die sie mit neugierigen Augen musterte. »Wie jeden anderen auch.«

»Mit Absicht«, sagte sie abweisend. »Jeder sagt, er wäre ein Freund meiner Mutter gewesen.«

»Ihr glaubt es nicht?«, fragte er überrascht.

»Doch«, antwortete Lorentha knapp. »Aber ich bin lange genug bei der Garda, um zu wissen, dass die meisten Morde nicht von Menschen in Auftrag gegeben werden, die einem unbekannt sind.«

»Wie Lord Visal?«

»Ja. Nur dass er damals noch kein Lord war. Er gab an, mein Freund werden zu wollen, doch er wurde etwas ungehalten, als ich ablehnte.«

Raphanael nickte. »Also habt Ihr … hast du auch Mergton in Verdacht?«

»Ich habe jeden in Verdacht, der damals die Möglichkeiten besaß. Er gehört dazu«, sagte sie knapp. »Ihn auszuschließen, wäre ein Fehler.« Sie setzte ein strahlendes Lächeln auf und musste dann ein Lachen unterdrücken, als Kapitän Sturgess ihr breit grinsend zuzwinkerte, offenbar hatte er sie erkannt ... und gehörte zu den wenigen, die sich nicht hatten einschüchtern lassen.

»Es ist lange her, dass ich jemanden auf einem Ball sah, der sein Schwert so elegant getragen hat, wie Ihr es tut«, begrüßte Raphanaels Mutter sie mit einem warmen Lächeln. »Aber ist das nicht ein wenig direkt?«

»Das soll es auch sein«, antwortete Lorentha mit einem nur schwer unterdrückten Grinsen. »Ich fand, dass es an der Zeit ist, in die Offensive zu gehen.«

Raphanael war dem Blick seiner Mutter gefolgt und hatte ebenfalls auf Lorenthas Schwert herabgesehen, doch jetzt überraschte er sie mit seinen Worten.

»Es tut mir leid, Mutter«, sagte er höflich und laut genug, dass es einige andere Ohren erreichte. »Aber wir müssen uns schon wieder verabschieden, es hat sich etwas ergeben, und die Pflicht ruft uns beide.«

»Dann wollen wir euch nicht aufhalten«, sagte seine Mutter lächelnd. »Es war schön, dich wiederzusehen, Lorentha.«

Und bevor die Majorin noch zweimal blinzeln konnte, stand sie in der Halle und ließ zu, dass ihr Raphanael den Umhang umlegte und ihr ihre Handschuhe reichte.

Wilde Magie

19 »Warum?«, fragte sie leise, als sie auf den Stufen standen und auf seine Kutsche warteten.

»Zwei Gründe, nein, drei, nein, vier«, antwortete Raphanael gepresst und sah sich suchend um, ob er Barlin irgendwo sehen konnte. »Zum einen hat unser Abschied die Meute genauso verstört wie Eure Ankunft, zum anderen hasse ich diese Angelegenheiten, und außerdem gefiel mir nicht, wie Lord Visal Euch anstarrte, wenn er dachte, man könne es nicht sehen.«

»Visal hätte nichts gewagt«, sagte sie beruhigend.

»Das ist es nicht. Ich war mehr in Sorge darum, dass ich mich nicht zurückhalten kann«, antwortete er und atmete erleichtert aus, als er Barlin kommen sah.

Sie lachte erheitert, als er sie fast schon zur Kutsche zerrte. »Haben wir es wirklich so eilig?«

»Ja«, sagte Raphanael kurz und wies nachlässig mit dem silbernen Knauf seines Stocks auf Barlin, der auf dem Kutschbock saß.

»Das ist Barlin«, stellte er ihn vor. »Manchmal tut er so, als wäre er mein Diener, aber in Wahrheit sind wir seit unserer Kindheit Freunde ... und das bedeutet, wenn unsere Geschichte Wasser halten soll, dass auch ihr befreundet seid. Wir können uns ja noch überlegen, in welche Schwierigkeiten wir uns als Kinder gegenseitig gebracht haben, aber jetzt will ich weg von hier.«

»Guten Abend, Baroness«, begrüßte Barlin sie mit einem

breiten Grinsen. »Ich hörte schon viel über Euch, aber ich wusste nicht, dass Ihr eine Walküre seid.«

»Das«, meinte Raphanael grimmig, als er sie fast schon in die Kutsche schob, »wusste ich auch nicht.«

»Wohin, Raph?«, fragte Barlin, als seine Lordschaft den Schlag zuzog.

»Nach Hause«, ließ Raphanael ihn knapp wissen.

Bevor sie etwas sagen konnte, kam ihr Barlin zuvor.

»Bist du sicher, Raph? Das wird ihr den Ruf ruinieren.«

»Es gibt Wichtigeres als ihren Ruf«, meinte Raphanael hart. »Und treib die Pferde an.«

Lorentha sah ihn verwundert an. »Mein Ruf ist bereits so geschädigt, dass es keinen Unterschied macht, aber ich bin doch erstaunt, dass …«

»Wartet«, sagte Raphanael und zog die Blenden an den Fenstern und den Türen der Kutsche herab. »Zieht Euren Handschuh aus und legt die Hand auf Euer Schwert«, wies er sie an, als er auch noch die beiden Kerzen löschte, die den Innenraum der Kutsche erhellt hatten. Zugleich zog die Kutsche mit einem harten Ruck an, als Barlin die Pferde antrieb.

»Warum?«, fragte Lorentha erstaunt, während sie ihren Handschuh auszog. »Was hat das … oh.«

»Ja, oh«, sagte Raphanael leise, als sie beide staunend die silbernen Ornamente an Lorenthas Schwert im Dunkeln schimmern sahen.

»Lasst es wieder los«, bat er sie und berührte beide Lampen mit dem Finger, was die Kerzen wieder entflammen ließ.

»War das eben Magie?«, fragte sie überrascht.

»Ja«, antwortete Raphanael grimmig. »Aber das ist nichts gegen das, was Ihr erleben werdet, wenn wir nicht rechtzeitig mein Haus erreichen. Diese Robe … sie gehörte Eurer Mutter, nicht wahr?«

Lorentha nickte. »Sie hat auch damals bei der Gräfin gewohnt, und ich fand sie in ihrem Schrank …«

»Was tragt Ihr im Moment noch, was ihr gehörte?«, unterbrach er sie, während er die Hand ausstreckte, um sich zu halten, als Barlin die Pferde um eine Kurve galoppieren ließ.

»Fast alles, bis auf mein Unterkleid. Sogar die Stiefel gehörten ihr und ...«

Er unterbrach sie rau. »Ihr habt daran gedacht, den Flügel nicht zu tragen, aber was ist mit diesem Ring?«

»Er gehörte meiner Mutter«, sagte sie. »Warum sollte ich ihn nicht tragen?«

»Weil es nicht die Robe oder die Schwerter sind, die eine Walküre ausweisen, sondern genau ein solcher Ring«, sagte er scharf. »Das geflügelte Pferd, es ist das Wappen der Walküren, auf ihm, heißt es in den Legenden, brachten die Walküren die gefallenen Krieger in die Hallen ihrer Götter! Nehmt ihn ab. Sofort.«

»Du musst dich täuschen«, sagte sie rau. »Das geflügelte Pferd ist das Wappen meiner Familie, und diesen Ring trage ich schon seit Jahren, es ist das Einzige, was mir mein Vater von ihrem Erbe gab!«

»Götter«, fluchte Raphanael. »Damit tat er entweder genau das Richtige oder genau das Falsche. Als Ihr in die Hauptstadt zurückgekehrt seid, hat Euch doch bestimmt eine der Walküren aufgesucht. Was hat sie Euch von dem Orden erzählt?«

»Nichts«, antwortete Lorentha. »Es hat mich niemand aufgesucht. Du weißt schon, dass es ein Orden ist, der nicht gerade dafür bekannt ist, sich in der Öffentlichkeit zu entblättern? Darin unterscheidet er sich ja wohl kaum von den Hütern, ihr gebt eure Geheimnisse auch nicht einfach preis!« Sie stellte überrascht fest, wie ungehalten sie war. »Willst du mir nicht sagen, was diese Flucht bedeutet?«

»Ganz einfach«, sagte er rau. »Ein magisches Talent offenbart sich üblicherweise ein bis zwei Jahre, bevor ein Kind sich der Reife nähert. Es gibt im Normalfall nur einen kurzen Zeitraum, etwa ein bis zwei Jahre, während derer man es fördern kann. Verpasst man diese Gelegenheit, ist es meistens so, dass das Talent verkümmert ... übrig bleiben davon so etwas wie kurze Visionen, oder man weiß, wo sich etwas Verlorenes befindet, Heckenmagie nennt man das dann wohl. Solche Dinge. In seltenen Fällen bleibt das Talent unausgereift erhalten und könnte unter gewissen Umständen auch noch gefördert werden. Aber es wird nie zu der Größe führen, die es erreicht hätte, hätte man es rechtzeitig erkannt. Aber manchmal«, sagte er mit belegter Stimme, »tut die Magie, was sie will. Ein- oder zweimal alle paar Generationen soll es schon geschehen sein, dass sich das Talent entwickelte, ohne dass es gefördert wurde. Ein wildes Talent, das sich nicht an Regeln hält, sich formt, wie es will, und unbeherrscht wächst, bis es, einem Regenfass gleich, in das der letzte Tropfen fällt, überläuft, sich einen Weg bahnt, sich bemerkbar macht! Es braucht nur einen Auslöser. Wie einen Ring, der alles andere als *nur* Euer Familienring ist. Oder ein *Atanamé*, das einen Weg zur Fokussierung bietet, oder Gewänder, die eine Ordensmeisterin wie Eure Mutter mit Sicherheit mit Zaubern versehen hat, die nur sie selbst auslösen können sollte. Es sei denn, sie hätte eine Tochter, die ihr so ähnlich ist, dass die Zauber den Unterschied nicht erkennen, oder jemanden, in dem die wilde Magie brodelt, die dumm genug ist, ein solches Gewand anzulegen.«

»Du sagst, dass ich über ein Talent verfüge, das sich einen Weg sucht?«, fragte Lorentha.

Raphanael nickte knapp. »Ihr erinnert Euch? Ich habe es Euch bereits gestern Nacht mitgeteilt. Nur hielt ich es für einen der seltenen Fälle, wo ein Talent trotz mangelnder Schulung unausgereift zurückbleibt. Aber was jetzt mit Euch geschieht, ist weitaus schlimmer.«

»Wie das?«, fragte Lorentha und hielt sich krampfhaft fest, als Barlin eine Kurve so schnell nahm, dass sie fühlte, wie die eisenbewehrten Räder auf den Pflastersteinen rutschten. Im Moment sah sie mehr eine Gefahr in der hohen Geschwindigkeit der Kutsche als in einem irgendwie gearteten

Talent zur Magie. Aber Raphanael schien diesem Barlin zu vertrauen. Schließlich saß er ja mit in der Kutsche.

»Ich weiß nicht, welchen Weg die Magie beschreiten wird«, sagte Raphanael rau. »Vielleicht geht Ihr in einer Feuersäule auf oder zieht einen Wirbelsturm heran? Keiner weiß es, die Talente sind zu unterschiedlich. Wisst Ihr, wie die Magie sich in Eurer Mutter offenbarte? Welche Zauber ihr leichtfielen?«

»Nein«, erwiderte sie knapp. »Sie erwähnte nie etwas, und ich sah nur ein einziges Mal ihre Waffen leuchten. Du meinst das ernst, nicht wahr?«

»Nein«, knurrte Raphanael. »Ich scherze immer mit solchen Sachen und riskiere Kopf und Kragen, indem ich mich von einem Wahnsinnigen durch die Nacht kutschieren lasse, nachdem ich eine kaiserliche Baroness vor allen Augen entführt habe! *Natürlich* meine ich es ernst!«

»Und warum, wenn die Gefahr besteht, dass ich gleich verbrenne oder sonst etwas Unaussprechliches geschieht, bringst du mich zu deinem Haus?«, fragte sie. »Solltest du dich nicht besser von mir fernhalten? Oder besteht für dich keine Gefahr?«

»O doch«, sagte er grimmig. »Aber genau deshalb beeilen wir uns ja.«

»Ich fühle mich nicht gerade so, als ob ich gleich brennen müsste«, sagte Lorentha ruhig. »Diese Schwerter sind doch dafür gemacht, dass sie leuchten. In den Händen meiner Mutter waren sie gleißend hell, dies hier war nur ein Schimmer. Was ist so schlimm daran?«

»Dieser Schimmer bedeutet, dass Ihr Euer Talent benutzt«, knurrte er. »Ihr übt Magie aus. Jetzt, in diesem Moment! Diese Waffen sind dafür gemacht, es leichter zu machen und es zu unterstützen, nur hätten sie nicht auf Euch reagieren dürfen. Sie sind ... eingestellt auf ihren Träger. Sie dürften für Euch gar nicht leuchten, auch wenn Ihr ein Talent besitzt. Dass sie es tun, zeigt, dass die Magie in Euch dabei ist, auszubrechen!«

»Das glaube ich nicht«, sagte sie ruhig. »Müsste ich nicht etwas davon fühlen? Wie in dem Moment, als Ihr mich gefunden habt?«

»Das kommt darauf an«, sagte er und warf einen schnellen Blick aus dem Fenster, gut, sie würden bald da sein. »Das kommt darauf an, was Ihr gerade wollt. Magie folgt dem Willen! Wenn sie ausgebildet ist, unterstützt sie das, was Ihr wollt.« Er fand es etwas irritierend, wie ruhig sie blieb. »Aber meint Ihr, wahrhaftig, dass jetzt der richtige Zeitpunkt ist, Euch magische Theorien zu erklären?«

Als Antwort legte sie die Hand auf ihr Schwert und zog es langsam aus der Scheide. »Nicht«, bat er sie, doch sie schien ihn nicht zu hören. Selbst im Licht der Kerzen waren die Runen auf der Klinge leicht zu erkennen, sie leuchteten auf und verebbten in einem Wechsel, einem Puls, der, wie sie fasziniert feststellte, ihrem Herzschlag zu folgen schien. Oder war es andersherum?

»Ich glaube dir all das, was du mir erzählst«, sagte sie langsam, während ihr Blick dem Spiel des Lichts in diesen Runen folgte. »Ich wollte dich sowieso schon aufsuchen und dich um Rat und Hilfe bitten.« Das Licht schwoll an, bis es heller als die Kerzen strahlte, und sie sah, wie Raphanael sich anspannte. »Doch ich glaube nicht, dass du damit recht hast, dass es mich übermannen wird. Schau«, sagte sie und zog ihren Zeigefinger quer über die Klinge, als wollte sie Wasser oder anderes davon abstreifen, doch in diesem Fall war es kein Blut, sondern nur ein Leuchten, das vollständig erstarb, als sie an der Spitze der Klinge ankam. Sie musterte das Schwert, nickte dann und schob es in die Scheide zurück. Sie lächelte ein wenig. »Ich sah einmal, wie meine Mutter genau das tat, so wie ich eben. Das Schwert glaubt nur, ich wäre sie.« Sie lächelte und lehnte sich entspannt zurück. »Siehst du?«, sagte sie. »Es ist nichts geschehen.«

»Da bin ich anderer Ansicht«, sagte Raphanael gepresst.

»Und warum?«, lächelte Lorentha. »Schau, ich brenne nicht.« Sie hielt die Hände hoch, als ob sie es ihm beweisen müsste. Doch dann fiel ihr auf, dass er bleich geworden war und wie gebannt aus dem Fenster schaute. Sie beugte sich vor, um einen Blick auf das zu erhaschen, was ihn so faszinierte, doch zuerst verstand sie es nicht.

»Was ist?«, fragte sie leise.

»Was ist mit den Pferden?«, fragte Raphanael gepresst. »Warum hören wir keinen Hufschlag, warum bewegt sich die Kutsche nicht? Vielleicht könnt Ihr mir auch das erklären?« Er beugte sich etwas vor und wies auf einen Reiter, der ihnen aus einer Querstraße entgegenkam und von einer fernen Laterne nur schwach erleuchtet war. Nur dass Ross und Reiter, wie Lorentha ungläubig feststellte, einer Reiterstatue gleich mitten in der Bewegung erstarrt waren.

»Nun«, sagte Raphanael grimmig und lehnte sich in die Polster zurück, um die Arme vor der Brust zu verschränken und sie herausfordernd anzusehen. »Wenigstens sind wir nicht in Flammen aufgegangen. Ihr habt nur die Zeit angehalten. Etwas, das ich, nebenbei bemerkt, zuvor für unmöglich gehalten hätte.«

Sie schaute ihn mit weiten Augen an. Das kann nicht sein, dachte sie entsetzt, und im selben Moment fühlte sie, wie etwas in ihr nachgab, die Kutsche ruckte … und es wurde schwarz um sie herum.

Als sie die Augen öffnete, fand sie sich in einem niedrigen fensterlosen Raum wieder, der von sechs Kerzen erleuchtet wurde. In den Wänden waren Runen eingelassen, die in einem langsamen Wechsel leuchteten und sich verdunkelten, sie selbst lag auf einer Art Altar, und ihre Hand- und Fußgelenke waren mit breiten silbernen Manschetten und daumendicken Ketten an eben diesen Altar gekettet. Sie trug nicht viel mehr als ihr Unterkleid, doch obwohl die Luft in dem Raum recht kühl war, fror sie nicht. Vor ihr stand Raphanael, der wieder eine Robe trug, diese war von einem dunklen Rot und an den Säumen mit weiteren Runen bestickt, nur dass sie nicht daran glaubte, dass es sich um Erinnerungen an die Weisung der Göttin handelte. Weiter hinten, neben der niedrigen metallenen Tür, die den einzigen Eingang darstellte, stand Barlin, noch als Kutscher gekleidet, der die Arme vor der Brust verschränkt hatte und ihr nun knapp zunickte.

Sie wandte den Kopf und sah zu Raphanael hoch, der grimmig auf sie hinuntersah und seinen Stab in seinen Händen hielt.

Sie rasselte mit einer ihrer Ketten.

»Sag mir, dass es nicht so ist, wie es aussieht«, meinte sie mit einem schiefen Lächeln, und Raphanael zog eine Augenbraue hoch.

»Müsstet Ihr jetzt nicht in Angst erstarren oder in Panik verfallen?«, meinte er im selben grimmigen Ton wie zuletzt in der Kutsche.

»Ich weiß nicht«, sagte sie. »Müsste ich?«

Seltsamerweise spürte sie keine Neigung dazu. Was vielleicht auch daran lag, dass Raphanael seinen Stab in seinen Händen hielt und keinen blutigen Opferdolch. Oder daran, dass sein Freund Barlin Mühe zu haben schien, seine Erheiterung zu verbergen. Oder daran, dass er ihren Umhang sorgsam gefaltet über seinem Unterarm liegen hatte, als ob er darauf warten würde, ihn ihr zu reichen. Oder daran, dass die Ketten ihr zu lose erschienen und zu viel Spielraum gaben. Oder daran, dass es im Haus ihrer Mutter ebenfalls einen solchen Keller gab und ihre Mutter dort nur meditiert hatte, ohne irgendwelche blutigen Opferrituale zu vollführen. Oder, sehr viel wahrscheinlicher, auch daran, dass Raphanaels Blick ihr zwar durchaus interessiert, aber irgendwie so gar nicht blutrünstig erschien.

»Ich habe Euch in mein Haus entführt, ausgekleidet und an einen Altar gefesselt«, erinnerte er sie. »Wonach sieht es denn aus?«

Oder daran, dass seine Mundwinkel zuckten.

»Ihr hättet auch fragen können«, meinte sie mit einem übertriebenen Augenaufschlag, was weiter hinten Barlin husten ließ, während Raphanaels Augen sich weiteten.

»Ihr seid wohl durch gar nichts zu erschüttern«, meinte er dann und schüttelte ungläubig den Kopf. »Aber Ihr habt recht, es ist nicht das, wonach es aussieht. Aber ich werde die Konsequenzen dennoch tragen.«

»Also, wenn du dich nicht leidenschaftlich an mir vergehen willst oder vorhast, mich zu opfern, wieso liege ich gefesselt auf einem Altar im Keller deines Hauses?«, fragte sie. »Übrigens bist du der Erste, den ich kennenlerne, der einen solchen Keller besitzt.« Sie leckte sich über die Lippen, die ihr spröde vorkamen, und bemerkte, wie fasziniert Raphanael ihr zusah. Dabei hätte ich schwören können, dachte sie abgelenkt, dass ich ihn nicht interessiere. »Abgesehen von mir natürlich«, fügte sie mit einem Lächeln hinzu. »Nur gibt es in meinem Keller keine Ketten.«

»Sie dienen dazu, die Magie in Euch abzuleiten«, sagte Raphanael, der Mühe hatte, sich nicht anmerken zu lassen, wie sehr ihr Anblick ihn berührte. Das dünne Hemd verbarg kaum etwas, und er erinnerte sich noch zu gut daran, wie sie sich unter seinen Händen angefühlt hatte, als er sie entkleidete, um alles, das ihrer Mutter hatte gehören können, von ihr zu entfernen. »Am Anfang hat es diese Kerzen nicht gebraucht«, meinte er. »Die Runen waren hell genug.«

»Dafür ist der Raum?«, fragte sie überrascht. »Meine Mutter meditierte in dem Keller nur.«

»Eure Mutter wusste wahrscheinlich auch, was sie tat«, sagte er und beugte sich vor, um die Manschette an ihrem linken Handgelenk zu lösen. Sie war nur durch eine Art Riegel gehalten, den sie leicht selbst hätte lösen können, sogar die Ketten waren lang genug dazu. Sie löste die andere Fessel selbst, während sich Raphanael um die Fesseln an ihren Fußgelenken bemühte. Nach und nach erloschen die Runen, während Barlin, mit dezent von ihr abgewandtem Blick, an sie herantrat und ihr ihren Umhang reichte, den sie vorhin zum Ball getragen hatte. »Ich hoffe, er gehörte nicht Eurer Mutter«, sagte Raphanael leise. »Ich meine mich daran zu erinnern, dass Ihr ihn vorher schon getragen habt.«

»Ja«, sagte sie und zog den Umhang um sich. »Er gehört mir.« Sie warf einen Blick zu den Runen hin. »Ist, außer dass die Runen geleuchtet haben, hier sonst noch etwas geschehen?«

»Nein«, sagte Raphanael überraschend steif. »Ich versichere Euch, dass nichts Unschickliches geschah.«

Sie schaute ihn überrascht an, dann weiteten sich ihre Augen. »Das meinte ich nicht«, sagte sie rasch. »Ich meinte ... geschah noch etwas Seltsames?«

Ein schnelles Lächeln huschte über seine Lippen. »Nein, es ging niemand in einer Flammensäule auf.« Er bot ihr den Arm an. »Wollen wir hochgehen? Ich verspreche Euch, es gibt Räume in meinem Haus, die angenehmer eingerichtet sind. Ich denke, es gibt einiges zu erklären.«

Sie fühlte sich etwas seltsam dabei, als sie ihm barfuß und nur mit Hemd und Umhang bekleidet eine steile Treppe nach oben folgte, die in einem mit dunklem Holz eingerichteten Arbeitszimmer endete. Hinter einem Bücherregal, das wie eine Tür aufgeklappt war. Der Anblick ließ eine überraschende Erheiterung aufkommen. So oft war sie noch nicht über geheime Türen gestolpert, aber alle drei Mal hatten sie sich ohne Ausnahme hinter einem Bücherregal befunden. Offenbar war es so weit verbreitet, dass man auch gleich eine Klinke anbringen konnte.

Er hatte wohl ihr Schmunzeln bemerkt und sah sie überrascht an, aber da sie nichts weiter sagte, wies er mit einer kleinen Geste auf einen Sessel hin, der vor seinem Schreibtisch stand, auf dem das, was sie bei sich getragen hatte, ausgebreitet lag. Das Leder fühlte sich glatt und kühl an, als sie sich setzte, und sie sah schweigend zu, als Barlin das Bücherregal sorgsam schloss, dann schaute sie zu den drei bodenlangen Fenstertüren hin, die in den kleinen Garten führten, der in der beginnenden Dämmerung kaum noch zu sehen war.

»Ja«, sagte Raphanael steif. »Ihr habt die ganze Nacht bei mir verbracht. Es brauchte eine Weile, bis ich sicher war, dass keine Gefahr mehr bestand.« Er strich sich überraschend verlegen wirkend über seine Robe, um dann auf einen Stapel sorgsam gefalteter Kleidungsstücke hinzuweisen, der auf einem Stuhl neben ihrem Sessel lag. »Diese Kleider gehörten meiner Frau, Jesmene. Sie war kleiner, als Ihr es seid, aber ...« Er räusperte sich verlegen. »Ich habe die weitesten Kleider herausgesucht, ich ... Ihr ... wir werden draußen warten.«

Er ging steif zur Tür, es machte fast den Eindruck, als ob er flüchten würde. Barlin folgte etwas gemächlicher und zwinkerte ihr grinsend zu, als er die Tür zuzog und sie allein in dem Raum zurückließ.

Lorentha sah zu der Tür und schmunzelte erneut. Irgendwie fand sie es anziehend, wie verlegen er sich gab, doch dann wurde sie wieder ernster.

Sie trat an den Stuhl heran und schaute, was es dort zu finden gab, viel war es nicht, ein Rock, der ihr zu kurz war, aber an den Hüften passte, und eine weite Bluse, deren Ärmel gerade lang genug waren, dazu ein paar seidene Strümpfe, die sie liegen ließ, und ein Paar Hausschuhe sowie ein Kamm. Mit dem Umhang zusammen, dachte sie, sah sie fast schon wieder respektabel aus. Nur dass sie es nicht war.

Die Garda erlaubte Frauen in ihren Rängen, ein Relikt aus der Anfangszeit des Kaiserreiches, als es noch üblich war, dass Frauen an den Seiten ihrer Männer kämpften. Doch es geschah nur selten, dass sich Frauen für die Garda bewarben, zum einen war es schwer, die Prüfungen zu bestehen, zum anderen, weil es danach kein Zurück mehr gab, denn kein Mann würde eine Frau noch nehmen, nachdem sie in der Garda gedient hatte. Insgesamt hatte die Garda eine Stärke von fast zweitausend Soldaten, die über das ganze Reich verteilt ihren Dienst taten, aber nur vierzehn von ihnen waren Frauen.

Sie selbst hatte es zuvor als ungerecht abgetan, dass ihr Ruf derart darunter leiden sollte, auch wenn sie es willentlich in Kauf genommen hatte. Aber nach zwölf Jahren in der Garda wusste sie es besser. Man konnte nicht nebeneinander leiden, kämpfen oder sterben, ohne dass man sich näherkam, und sosehr man auch tat, als wäre man ein Soldat wie jeder andere, so gab es doch diesen Unterschied. Und in manchen kalten oder ... heißen Nächten schien es das Richtige für sie zu sein, ihr Lager zu teilen. Man sprach nicht darüber, und wenn ein Kamerad sie zu sehr bedrängte, konnte sie davon ausgehen, dass die anderen eingreifen würden, um ihn zur Vernunft zu bringen. Sie waren alle Garda, und der Eid band sie genau wie jeden anderen. So war Raban zwar ihr erster Liebhaber gewesen, aber Albrecht nicht ihr letzter.

Sie war nicht leichtfertig, eine Hure schon gar nicht, aber das machte wenig Unterschied für die feinere Gesellschaft, es war der Preis, den sie dafür bezahlte, ihr eigener Herr zu sein. Vielleicht, dachte sie bitter, sollte sie es Raphanael erklären.

Es klopfte, und sie ging zur Tür, um sie zu öffnen, und sah sich Raphanael gegenüber, der sie sorgsam musterte. Es gab allerdings Momente, dachte sie bitter, als sie die Tür schweigend aufzog und sich wieder in den Sessel setzte, in denen sie es bereute, dass ihr manche Wege nunmehr verwehrt waren. Nach Albrecht war Raphanael der erste Mann, mit dem sie sich vorstellen konnte, mehr als nur ein Lager zu teilen. Barlin kam diesmal nicht mit hinein, er zog die Tür von außen zu.

Raphanael bedachte sie mit einem letzten langen Blick, den sie nur schwer deuten konnte.

»In Kürze wird meine Mutter darauf bestehen, dass wir uns am Frühstückstisch versammeln, wir haben also nicht viel Zeit«, begann er, doch sie hob die Hand um ihn zu unterbrechen.

»Deine Mutter?«, fragte sie erstaunt.

»Ja«, sagte er knapp. »Ich habe sie darüber unterrichtet, dass Ihr unser Gast seid. Ich gestehe, sie war nicht sonderlich erbaut, aber sie trug es mit Fassung. Ich soll Euch zwei Worte von ihr ausrichten: Sie insistiert. Ich kenne meine Mutter besser als Ihr, also lautet mein Rat, dass wir uns fügen sollten. Nachher werden wir gemeinsam die Gräfin aufsuchen und uns um passendere Kleidung für Euch bemühen. Außerdem sollten wir überprüfen, ob sich im Nachlass Eurer Mutter weitere Gegenstände befinden, die sie mit Zaubern belegt hat. All das lässt uns jetzt nicht viel Zeit, wollt Ihr mir also bitte Aufmerksamkeit schenken?«

Sie setzte sich gerader hin und nickte.

»Fangen wir mit dem Wichtigsten an. Auch wenn unser Orden nicht viel über den Orden der Walküren weiß, haben wir doch eine Vorstellung davon, welcher Art die Formen der Magie sind, in denen Walküren unterrichtet werden. Wir wissen, oder können es uns denken oder folgern, auf welche Art Euer Orden darauf prüft, ob jemand das Talent besitzt, in den Orden aufgenommen zu werden, und wir haben auch eine grobe Vorstellung davon, wie die Prüfungen aussehen, die Ihr hättet bestehen müssen, um als Walküre in den Orden aufgenommen zu werden.« Er hielt inne, als ob er erwartete, dass sie Fragen stellte, doch bisher sah sie keinen Grund dazu, das konnte sie noch immer tun, wenn er fertig war.

»Auch wenn die Ausbildung unterschiedlich verläuft, gibt es doch Gemeinsamkeiten, die sich im Wesen der Magie begründen. Es lässt sich so feststellen, wie weit Eure Ausbildung fortgeschritten ist. Unbeherrschte Magie zeigt eine andere Form als ein Talent, das gebändigt und geschult ist, so wie sich ein Hengst in freier Wildbahn anders verhält als ein Hengst, der an Menschen gewöhnt ist und zugeritten wurde.«

Aus eigener Erfahrung wusste sie, dass der Unterschied manchmal nur sehr gering war, aber er schien auf eine Reaktion zu warten, also nickte sie.

»Die Runen unten im Keller besitzen einen weiteren Zweck. Je nach Bedingung erlauben sie, die Art, Umfang und Beherrschung eines magischen Talents darzustellen. Indem man sich darauf konzentriert, nur bestimmte Runen zum Leuchten zu bringen, dienen sie auch zur Übung, um bestimmte Formen zu erlernen. Umgekehrt kann man an den Runen das Talent eines anderen ablesen, auch wenn es mehr dem Lesen in Teeblättern gleichkommt als einer Wissenschaft.« Er holte tief Luft. »Dennoch bin ich mir in meiner Einschätzung recht sicher.«

Vielleicht fehlte es ihr doch an Geduld. Ein Mangel, den ihre Mutter schon immer beklagt hatte. Es dauerte ihr alles zu lange. »Möchtest du vielleicht zum Punkt kommen?«, bat sie ihn.

»Der Punkt ist, Baroness, dass Ihr mir ein Rätsel seid. Um bei dem Vergleich zu bleiben, Euer Talent gleicht einem Pferd, das vor Jahren sorgsam zugeritten wurde und nun doch wieder in die freie Wildbahn ausgebrochen ist. Nach allem, was ich erkennen kann, verfügt Ihr über ein außergewöhnlich großes Talent, auch wenn ich Teile davon nicht erfassen kann, was wohl darin begründet liegt, dass es dem spezifischen Talent einer Walküre entspricht. Was wichtiger ist: Es deutet alles darauf hin, dass Ihr eine umfassende Ausbildung erhalten habt, die Euch lehrte, Euer Talent zu beherrschen. Zugleich auch darauf, dass Ihr vergessen habt, dass Ihr diese Ausbildung besitzt. Zum Teil ist Euer Talent wundersam ordentlich gefügt, was für eine große Kontrolle spricht, in anderen Teilen ist es wild und ungezügelt und nur im Ansatz gezähmt. Ihr, Baroness, seid eine Walküre, und Ihr hattet recht, diese Gegenstände«, er wies zu den Sachen ihrer Mutter, »sind auf Euch eingestellt. Nur dass es keinen Sinn ergibt, denn ich kann erkennen, dass es nicht erst kürzlich geschah, sondern schon vor Jahrzehnten. Der einzige Schluss, der mir möglich ist, besagt, dass Euer Talent und das Eurer Mutter in großen Teilen identisch sein müssen. Was nicht hätte möglich sein dürfen« Er schaute sie fragend an.

»Darüber weiß ich nichts«, sagte sie. »Aber ich kann dir versichern, dass ich keine Ausbildung erhalten habe.«

»Vielleicht in den Jahren, die Ihr vergessen habt?«, fragte er vorsichtig.

»Ich vergaß sie nur für etwas mehr als drei Wochen«, gestand sie ihm. »Meine Erinnerung ist nicht perfekt, aber ich kann dir versichern, dass mir keine Tage oder Wochen fehlen.«

»Es müssten Jahre sein«, sagte Raphanael leise. »Irgendjemand hat Euer Talent über Jahre, vielleicht Euer ganzes Leben lang geformt, und Ihr sagt, Ihr wisst nichts darüber?«

»Genau das. Ich weiß noch nicht einmal, was genau man mit Magie tun kann. Außer Kerzen anzuzünden, Waffen zum Leuchten zu bringen oder aber ... die Zeit anzuhalten.«

»Das Erste ist eine Art Trick, den jeder Schüler als Erstes lernt. Das Zweite liegt in der Natur Eurer *Atanamés*, sie sind dafür geschaffen, mein Stab zum Beispiel leuchtet nicht. Das Dritte ... das Dritte hätte ich für unmöglich gehalten, bis ich es selbst erlebt habe. Da Ihr vieles bereits nur vergessen habt, ist es möglich, dass ich Euch das eine oder andere lehren kann, aber es wäre trotzdem meine Empfehlung, dass Ihr Euch schnellstmöglich zu Eurem Orden begeben solltet, um Euch ausbilden zu lassen.« Er schaute sie direkt an. »Ihr hättet gestern Abend auf dem Ball auch die silbernen Flügel tragen können, Lorentha. Nach allem, was ich weiß, habt Ihr das Recht dazu. Ihr seid eine Walküre.«

Langsam schüttelte sie den Kopf. »Ich habe das Gefühl, dass meine Welt sich gedreht hat, Raphanael. Die Hälfte von dem, was du mir sagst, verstehe ich nicht, und die andere Hälfte ergibt keinen Sinn, obwohl ich deinen Worten folgen kann. Es gab keine Ausbildung. Ich bin mir sicher, dass mich Mutter noch zu den Walküren gebracht hätte, aber dazu erhielten wir nicht mehr die Gelegenheit. Im Moment ist es auch zu viel für mich, ich muss all das erst einmal ordnen. Sag mir einfach, was ist es, das Walküren tun?«

»Äh, ja«, sagte Raphanael unbehaglich. »Soviel unser Orden weiß, verbinden die Walküren Magie mit Schwertkampf. Wir vermuten, dass die Stellung von Haupt- und Nebenwaffe zueinander bestimmte Formen der Magie begünstigt, führt und wahrscheinlich vor allem fokussiert.«

»Ihr vermutet«, sagte Lorentha nachdenklich. »Das bedeutet, dein Orden weiß es nicht?«

Er zuckte verlegen mit den Schultern. »Die Orden der Hüter und der Walküren sind seit Jahrhunderten gegen einen gemeinsamen Feind verbündet, aber wir teilen nicht alle Geheimnisse. Den Legenden nach, die nur zum Teil von Aufzeichnungen bestätigt sind, verfügen zumindest manche Walküren über die Fähigkeit zu fliegen, was irgendwie naheliegend ist. Ihre Tränen sollen Wunden heilen und sogar Tote zum Leben zurückrufen können, und sie können Thors Hammer benutzen, mit einem Tropfen ihres Blutes verwandeln sie Wasser in Wein, der Krieger zehn Tage kämpfen lässt, ohne dass sie ermüden. Es soll auch nicht möglich sein, eine Walküre gefangen zu nehmen, sie kann sich aus allen Fesseln lösen. Der Rest ist das Übliche, das man allen Magiern zuschreibt. Ach ja, eines noch. Sie sollen imstande sein, zwischen der Welt der Toten und der Welt der Lebenden zu wechseln, was in Anbetracht ihrer Legende einen Sinn ergeben würde. Ich hörte allerdings noch nie davon, dass sie die Zeit anhalten können.«

»Das sind die üblichen Legenden«, stellte Lorentha fest. »Ich fragte einmal meine Mutter, ob sie stimmen, und sie lachte und sagte, ich solle nicht alles glauben. Ich sah, wie sie ihre Schwerter leuchten ließ, aber sie benutzte einen Kienspan, um Kerzen anzuzünden, immer. Sag, besteht noch immer die Gefahr, dass ich verbrenne oder Kutschen anhalte?«

»Nein. Zumindest nicht unmittelbar«, sagte er. »Was gut ist, da wir es uns nicht leisten können zu warten, bis Ihr mehr darüber gelernt habt, Eure Magie zu beherrschen. Meine Schwester hat noch einige Dinge herausgefunden, sie wird auch zum Frühstück erscheinen, und anschließend werden wir überlegen müssen, wie wir weiter vorgehen. Wenn ... wenn Ihr noch bereit seid, den Raub des Falken aufzuklären.«

»Warum sollte ich es nicht sein?«, fragte sie erstaunt.

»Weil ... weil Euer überraschender Auftritt gestern Abend erfolgreich war«, teilte er ihr mit rauer Stimme mit. »Wir wissen jetzt, wer der Mörder Eurer Mutter war. Ich erfuhr es eben erst, als ich meine Nachrichten las, während Ihr Euch angekleidet habt.«

»Wer war es? Wie fand man es heraus?«, fragte sie mit belegter Stimme, während ihr Herz zu rasen anfing.

»Wie es aussieht, war es Meister Angardt«, antwortete Raphanael. »Er wurde heute Morgen tot in seinem Arbeitszimmer aufgefunden. Er hat ein umfassendes schriftliches Geständnis hinterlassen, Euch zum Schluss noch um Verzeihung gebeten und es dann vorgezogen, sich selbst mit der gleichen Waffe zu richten, mit der er Eure Mutter getötet hat. So wie es scheint, hatte er mehr Angst vor Euch als vor dem Tod selbst.«

»Wer, bei allen Göttern«, fragte Lorentha fassungslos, »ist Meister Angardt?«

Zu Tisch

20 »Er ist ... er war ein Bankier«, erklärte Raphanaels Mutter etwas später, als sie sich zum gemeinsamen Frühstück eingefunden hatten. Raphanael saß an einem Kopfende des Tischs, sein Mutter am anderen, und Arin und Larmeth saßen Lorentha gegenüber. Was zur Folge hatte, dass sie sich immer mindestens einem Paar dunkler Augen ausgesetzt fühlte, wenn es nicht gleich alle waren. Sowohl Raphanael als auch seine Schwester besaßen eine große Ähnlichkeit mit ihrer Mutter, nur Arin fiel etwas heraus, sie besaß die gleichen dunklen Augen, aber ein etwas breiteres Gesicht und deutlich ausgeprägte Grübchen, ansonsten sahen sie sich so ähnlich wie Bohnen in einem Topf.

Baroness Renera hatte, wie Raphanael schon angedeutet hatte, am Anfang nicht sehr erfreut gewirkt und hatte so etwas wie »Nun, es lässt sich jetzt nicht mehr ändern« gemurmelt, Larmeth hingegen schien sich über irgendetwas zu amüsieren, und Arin hatte sie breit angegrinst.

»Das sind Mamas Kleider.«

»Ja, sind sie«, hatte Raphanael zugegeben. »Ihre eigenen Kleider müssen noch ... gesäubert werden.«

»Sie sind ihr zu klein«, stellte Arin fest, und dann zu ihrer Großmutter gewandt: »Mir scheint, sie hat sich Vater doch selbst angesehen, Granmaer«, ein Kommentar, den Lorentha nicht verstand und den man ihr auch nicht erklärte, der aber zur Folge hatte, dass sich Raphanaels Mutter an ihrem Tee verschluckte.

Die Hohepriesterin der Isaeth, die in ihrer priesterlichen Robe so elegant und herrschaftlich wirkte und die Kardinal Rossmann mit einem Blick und wenigen Worten hatte unterwerfen können, gab sich hier im Kreis ihrer Familie zwanglos und trug ein schlichtes Kleid, das zwar ebenfalls hochgeschlossen war, aber dennoch wenig priesterlich wirkte. »Ich habe herausgefunden, wie und wann es geschehen ist«, hatte sie Lorentha nur kurz mitgeteilt und mit Blick zu Arin hinzugefügt, dass man später darüber reden sollte. Von dem Raub an dem Falken sollte Arin wohl nicht erfahren, dafür kannte ihre Mutter keine Scheu, Lorenthas Frage zu einer anderen Angelegenheit zu beantworten. Offenbar hatte sie es vollbracht, schon vor dem Frühstück alle blutigen Einzelheiten in Erfahrung zu bringen.

»Wir haben ja alle die Augen offen gehalten«, erzählte Raphanaels Mutter munter weiter. »Ich konnte sehen, wie er auf Euren Anblick reagierte, er wurde so bleich wie Schnee, und die Beine schienen ihn nicht mehr tragen zu wollen, er musste sich gegen die Wand lehnen. Danach schien er abgelenkt und unruhig, um sich dann unmittelbar nachdem ihr den Ball verlassen habt, auch eilig zu entschuldigen, er gab an, dass es ihm nicht gut ginge.« Sie warf Raphanael einen triumphalen Blick zu. »Also all das, was wir uns erhofft haben.«

»Ja«, nickte Raphanael trocken. »Ich sah zudem noch mindestens vier andere, die ähnlich reagierten. Ich hoffe, dass sie sich nicht alle erschossen haben.«

»Aber in welcher Beziehung stand dieser Meister Angardt denn zu meiner Mutter?«, fragte Lorentha unverständig. Von denen, die vor zwanzig Jahren die Mittel und Möglichkeit besessen haben mochten, den Anschlag auf ihre Mutter einzurichten, lebten heute nur noch ein knappes Dutzend, doch Meister Angardt war auf der Liste, die sie so sorgsam hütete, nicht vertreten.

»Es war für alle eine Überraschung«, sagte Renera. »Es scheint, als hätte Euer Vater auch Geschäfte mit Aryn geführt, und er unterhielt ein Konto bei Angardt. Ich wusste gar nicht, dass Euer Vater im Handel tätig ist?«

Abgesehen davon, dass Lorentha es ebenfalls nicht gewusst hatte, dass er hier ein Kontor unterhielt, sah sie sich nicht genötigt, vor Raphanaels Mutter die weit gefächerten Unternehmungen ihres Vaters auszubreiten. Von denen sie im Übrigen nur einen Bruchteil kannte.

»Ich nehme an, er bezieht die eine oder andere Ware aus Aryn«, antwortete sie ausweichend. Das Gleiche konnte man wahrscheinlich von allen anderen Städten im Reich behaupten. »Aber er erwähnte nie etwas davon.« Auch als sie noch ab und zu miteinander gesprochen hatten, war der sicherste Weg, ihren Vater zum Schweigen zu bringen, der gewesen, etwas zu erwähnen, das auch nur im Entferntesten mit Aryn zu tun hatte.

»Eure Mutter hat den Bankier wohl aufgesucht, um eine Summe Gold abzuheben und entdeckte Unregelmäßigkeiten in den Unterlagen. Sie muss ihn zur Rede gestellt und ermahnt haben, es auszugleichen, und ihm gedroht, es zu melden, würde er dies unterlassen. Ich fragte Cerline danach, sie meint, sie könne sich erinnern, dass Eure Mutter davon gesprochen hatte, aber nicht in einem Ton, der dem Ganzen eine Wichtigkeit verlieh.«

»Wann hast du denn die Gräfin gesprochen?«, fragte Raphanael erstaunt.

»Ich war heute Morgen auf dem Markt«, erklärte sie nachlässig.

»Sie bestand darauf, den Einkauf selbst zu führen«, erklärte Barlin lächelnd. »Offenbar waren andere Damen der gleichen Ansicht, es gab eine ganze Traube am Brunnen, und die meisten dieser Damen würden sonst nie auf die Idee kommen, den Einkauf selbst zu überwachen.«

Raphanael rollte mit den Augen. »Gut, fahr bitte fort, Mutter.« Er schaute zu seiner Tochter hin und lachte. »Arin würde es dir nie verzeihen, wenn du eine Geschichte nicht fertig erzählst.« Was seine Tochter mit einem Nicken und glänzenden Augen bestätigte.

»Cerline hat die Einzelheiten übrigens von Mergton, den man zu Angardt gerufen hat«, erklärte Raphanaels Mutter. »Ich soll Euch beiden von ihr einen Glückwunsch ausrichten, und sie hofft, dass ihr sie bald aufsucht.«

Lorentha nickte höflich, obwohl sie einen Glückwunsch nicht als passend empfand; dass sich alles so überraschend entwickelt hatte, fühlte sich für sie nicht glücklich an, vielmehr ließ es sie irgendwie leer zurück.

»Woher weiß man, dass es wirklich Angardt war?«, fragte Raphanael.

»Warum sollte er sich sonst umbringen, nachdem er einen Geist gesehen hat?«, fragte Sera Renera. »Aber er hat wohl auch alles aufgeschrieben; sein Geständnis war sehr umfangreich, nach zwanzig Jahren war es für ihn vielleicht eine Erleichterung, es sich von der Seele zu schreiben. Tatsächlich erklärt es einiges. Offenbar waren es mehrere gedungene Mörder, die Eure Mutter angriffen, Lorentha, aber es muss ihr gelungen sein, sie abzuwehren, sodass Angardt sich genötigt sah, sie selbst mit einer Pistole zu erschießen. Er hat sie dort hingelockt, um sie, nachdem er angeblich im Tempel um Vergebung gebetet hatte, selbst noch einmal um Verzeihung für die Unterschlagung zu bitten. Cerline meint, dass dies das Einzige wäre, das sie nicht verstehen würde, aber möglich wäre es, Eure Mutter wäre manchmal überraschend großmütig gewesen. Das Geständnis enthält noch eine Fülle weiterer Einzelheiten, die nur der Mörder hat wissen können, und Mergton hat wohl gesagt, dass es sich mit vielen Dingen deckt und manches, was vorher unklar war, erklärt.« Renera schenkte der Majorin ein freundliches Lächeln. »Damit ist es ausgestanden, jetzt kann Eure Mutter endlich in Frieden ruhen.« Sie schüttelte unverständig den Kopf und schaute zu Raphanael. »Dein Vater war dagegen, bei einem Kaiserlichen Mittel zu hinterlegen, aber ich kannte Angardt. Er schien mir immer sehr zerstreut, war aber ein höflicher und liebenswerter Mensch. Cerline sagt, dass Mergton damals jeden Stein gewendet hat, um den Mörder aufzuspüren, aber er nie auch nur ansatzweise Angardt in Verdacht gehabt hätte.«

Sie hat recht, dachte Lorentha, man sieht es den Menschen nicht an, aber dennoch hatte sie nur halb zugehört, denn Arin hatte sie die ganze Zeit über mit großen Augen angesehen, die nun deutlich feucht geworden waren.

»Meine Mutter wurde ebenfalls ermordet«, sagte sie leise. »Vater hat den Mörder schnell gefunden, ich brauchte nicht so lange zu warten wie Ihr. War es auch so schlimm für Euch?«

»Ja«, sagte Lorentha mit belegter Stimme und streckte die Hand über den Tisch, um Arins Hand zu nehmen, die überraschend fest zugriff. »Jetzt wird es bald besser sein.«

Arin schüttelte den Kopf. »Der böse Mann ist tot«, sagte sie. »Aber es hilft nicht viel.«

Lorentha schluckte und zwang sich zu einem Lächeln. »Wenn es ein wenig hilft, ist das auch schon besser.«

Arin nickte und gab Lorenthas Hand frei, um dann festzustellen, dass alle Augen auf ihr lagen.

»Habe ich das eben falsch gesagt?«, fragte sie.

»Nein«, antwortete Lorentha leise. »Das hast du nicht.«

»Wie alt ist sie?«, fragte Lorentha etwas später, als er ihr in die Kutsche half.

»Irgendetwas zwischen acht und achthundert«, antwortete er und schüttelte erstaunt den Kopf. »Wir sind uns da nicht mehr sicher. Sie ist ein Wunder und kann mich jeden Tag aufs Neue überraschen. Sie scheint Euch zu mögen.«

»Ich mag sie auch«, gestand Lorentha. »Waren wir nicht schon beim Du?«

»Richtig«, sagte er und lächelte etwas schief. »Ich vergaß.«

Doch den Rest der Fahrt zum Haus der Gräfin war er schweigsam und in sich gekehrt, zwar sah er immer wieder zu Lorentha hin, aber er schien tief in Gedanken versunken.

Sie störte es nicht. Sie kannte es von einigen Kameraden in der Garda. Manchmal sagten sie halt nichts, und so konnte sie ihren eigenen Gedanken nachhängen.

»Wollt Ihr ihn sehen?«, fragte Raphanael überraschend.

»Wen?«, fragte sie.

»Den Mörder. Der Gouverneur kann es sicherlich einrichten und …«

Sie schüttelte den Kopf. »Nein«, sagte sie. »Ich habe von Tod vorerst genug.«

Zu viel der Ehre

21 Sie hatten die Gräfin verpasst, doch das machte nichts, Lorentha wollte sich nur schnell umkleiden. Doch in ihrem Zimmer angekommen, sah sie erstaunt, dass dort ein Mädchen dabei war, ihre neuen Kleider einzupacken.

»Ihre Gnaden hat gesagt, dass Ihr abreisen würdet und ich packen soll«, erklärte das Mädchen, als es gefragt wurde.

»Das ist ein Irrtum, ich hege nicht die Absicht, die Stadt zu verlassen«, sagte Lorentha, und das Mädchen knickste höflich. »Sie sagte auch, dass man Euer Gepäck zum Stadthaus von Lord Manvare schicken würde.«

Da sich das Mädchen hauptsächlich darauf beschränkte, ihre neuen, zum Teil nie getragenen Kleider in die ebenfalls neuen Koffer zu packen, zuckte die Majorin nur mit den Schultern. Solange ihre Seekiste nicht angerührt wurde, konnte sie damit leben. »Sie irrt. Aber geht jetzt, ich will mich ankleiden.«

Ihre Rüstung und anderes hatte das Mädchen unangetastet gelassen, mehr brauchte Lorentha im Moment nicht. Als sie die Treppe hinuntereilte, sah sie unten Raphanael stehen, und als er sie kommen sah, lächelte er.

»Ich habe dieses Lächeln vermisst«, teilte er ihr höflich mit. Sie auch das seine, dachte sie, und ihre Laune hob sich etwas. Jetzt, da sie ihre Rüstung und den goldenen Wolf wieder trug, fühlte sie sich wieder wie sie selbst.

Sie hielten sich nicht länger auf, und das Erste, was Lorentha tat, als sie seine Kutsche erreichten, war, ihre Schwerter wieder einzuhängen. Kein Leuchten, aber das hatte sie auch nicht erwartet.

Es gab noch einen weiteren Grund, weshalb sie ihre Rüstung angezogen und sich den goldenen Wolf der Garda angesteckt hatte. Larmeth hatte es ihnen nach dem Frühstück, als Arin mit dem Hauslehrer nach oben gegangen war, erzählt.

»Ich habe jeden der Diener unserer Göttin befragt, vom Tempeldiener, Novizen, bis zum Kardinal, sogar die Gärtner in der Tempelschule«, seufzte sie und nickte dankbar, als Barlin ihr den Tee nachschenkte, während sie sich zugleich streckte und dann verhalten gähnte. »Entschuldigt«, bat sie. »Ich habe seit gestern kein Auge zubekommen.«

»Ich kenne das Gefühl«, meinte Raphanael. »Was hast du herausgefunden?«

»Es war die Garda«, sagte sie, und Lorentha setzte sich ruckartig gerade hin. Eigentlich, dachte sie, hätte sie empört sein sollen, doch obwohl sie der Priesterin nicht glauben wollte, tat sie es doch. Die Erinnerung an diesen betrunkenen Soldaten der Garda kam wieder auf. Dennoch ... »Wie meint Ihr das?«

»Es ist ein logischer Ausschluss«, erklärte die Priesterin müde. »Der Falke ist schwer, es ist für einen starken Mann möglich, ihn davonzutragen, aber nicht ohne dass es auffällt. Zum anderen brauchten sie mindestens zweieinhalb Stunden, um den Falken gegen die Kopie zu ersetzen, und zudem Zugang zum Lager hinter dem Altarraum, wo die Kopie in einer Kiste aufbewahrt wurde. Bei dem Gewicht und der Unhandlichkeit des Falken waren zumindest zwei, wenn nicht noch mehr Männer beteiligt, und er musste zudem noch ungesehen aus dem Tempel gebracht werden. Wir nehmen im Tempel die Horen ernst, und die Zeit zwischen den Gebeten ist zu kurz. Zudem mussten die Diebe beständig damit rechnen, dass jemand in die Halle kommt, entweder ein Gläubiger oder einer von uns, manche suchen auch abseits der angesetzten Gebete nach dem Frieden der Göttin. Es gab nur eine einzige Gelegenheit, in der all dies zusammenkam. Vor knapp sechs Wochen verstarb Hauptmann Mollmer von der Garda an einem Leberriss.«

»Ich hörte davon«, sagte Raphanael knapp. »Er hat redlich daran gearbeitet, er soll ein Fass auf zwei Beinen gewesen sein.«

Larmeth neigte leicht den Kopf. »Ich will nicht über den Mann urteilen. Ich war allerdings überrascht zu hören, dass seine Kameraden dafür zusammengelegt haben, um ihm die letzte Wacht zu ermöglichen ...« Sie holte tief Luft. »Nun, es ist immer noch die Garda, und wir haben ihrem Wunsch entsprochen, ihren Kameraden so zu ehren. Also brachten seine Kameraden an Freyas Tag seinen Sarg in den Tempel. Mollmer war ein großer Mann, und sie hatten ihm einen Eichensarg gespendet, acht seiner Kameraden brachten den Sarg in die Halle, wo er vor dem Altar aufgebahrt wurde. Im Lauf des Tages wechselten sie sich mit der großen Wacht ab, dann baten sie für die Nacht um Abgeschiedenheit und Ruhe, um im Gebet verharren zu können, wie es die große Wacht vorschreibt.«

»Die Halle wird verschlossen«, sagte Raphanael langsam. »Die Kameraden knien um seinen Sarg herum, einer an jeder Ecke des Sargs. Nur eine Kerze brennt, die Seelenkerze, die mitten auf dem Sarg steht und sechs Stunden brennen wird, die letzte Wacht.« Er räusperte sich. »Vater wurde so geehrt ...«

Larmeth nickte. »Ich habe neben dir gekniet, ich habe es nicht vergessen.«

»Sechs Stunden«, meinte Lorentha leise. »Sie hatten Zeit genug, aus Respekt vor dem Ritual ließ man sie ungestört, und der Sarg war groß und stabil genug, um den Falken dort hineinzulegen. Am nächsten Morgen, am Ende ihrer angeblichen Wacht, trugen sie den Sarg einfach hinaus.«

»Genauso war es«, sagte Larmeth rau. »Es ist ein großes Ritual, eines, das einem erlauben soll, in Besinnung dem Toten

die letzte Ehre zu erweisen. Auch das haben sie missbraucht.«
Sie schluckte, und vor Bewegung waren ihre Augen feucht.
»Ich weiß, dass unser Glauben bei den Kaiserlichen nicht weit verbreitet ist, aber ihren gefallenen Kameraden so schäbig auszunutzen und unseren Tempel so zu entweihen ... ich hätte gehofft, dass auch ein Kaiserlicher davor zurückschrecken würde!«

»Ja«, sagte Lorentha überraschend sanft. »Ich verstehe, was Ihr meint, aber ich versichere Euch, wir sind nicht alle so.«

»Das weiß ich«, sagte die Priesterin. »Es bleibt dennoch eine ungeheuerliche Tat.« Sie lächelte ein wenig. »Wir werden den Tempel übermorgen neu weihen, möchtet Ihr vielleicht an der Weihe teilhaben?«

»Gerne«, sagte Lorentha. »Wenn ich willkommen bin ...?«

»Selbst wenn mein Glauben es nicht gebieten würde, wäret Ihr es«, meinte die Priesterin und schien erstaunt. »Wie könnt Ihr nur fragen?« Sie schaute suchend zu Raphanael hin, der sich rasch räusperte.

»Sag, weißt du, wo der Hauptmann verbrannt wurde?«

Nach dem Vertrag von Aryn endete kaiserlicher Boden an den Schwellen der drei Stadttore. Die meisten Friedhöfe der Stadt waren außerhalb gelegen, deshalb war man dazu übergegangen, die Toten zu verbrennen. Lorentha wusste dies, weil man auch so mit ihrer Mutter verfahren war.

»Gar nicht«, antwortete seine Schwester. »Es gibt einen Totenacker innerhalb der Mauern, das Kaiserfeld, dort, wo die kaiserlichen Soldaten begraben wurden, die während des Aufstands gefallen sind.«

»Ja«, knurrte Raphanael. »Alle vierzehn. Die fast fünfhundert toten Zivilisten wurden vor der Stadt verbrannt.«

Lorentha sah überrascht auf, bis jetzt war es ihr nicht so erschienen, als hege er einen Groll gegen die Kaiserlichen.

»Warum bist du erzürnt?«, fragte sie ihn. »Es war ein Aufstand, und das Kaiserreich verhandelt nicht mit Aufständischen. Der Aufstand wurde niedergeschlagen und die Toten so schnell wie möglich verbrannt, alleine schon, um Krankheiten vorzubeugen. Das ist die Vorschrift.«

»Mag sein«, sagte Raphanael kurz. »Aber nach allem, was ich weiß, gingen die kaiserlichen Marinesoldaten sehr brutal vor und machten keinen großen Unterschied zwischen Aufständischen und Bürgern, die nur am falschen Ort waren.«

Larmeths Blick wechselte zwischen den beiden hin und her. »Es ist lange her, lassen wir das ruhen«, versuchte sie zu beschwichtigen, doch Lorentha schüttelte störrisch den Kopf.

»Ich war dabei, wie ein Aufstand anfing, und auch, als er ein Ende fand. Die Straßen sind voll von Leuten, sie schreien und laufen voller Angst umher. Die einen haben Äxte, Schwerter, Knüppel, Mistgabeln, alles, was sie greifen können, die anderen versuchen, ihre Habseligkeiten zu retten. Sie tragen keine Uniformen, sie unterscheiden sich nur durch ihre Handlungen, sag mir, wie willst du sie voneinander trennen? Ich habe eine Narbe in meiner Seite, von einem jungen Mädchen, kaum älter als Arin, die um Hilfe schrie, weil ein Haus brannte, doch als ich hinkam und ihr helfen wollte, fielen drei weitere Aufständische über mich her und sie rammte mir ein Messer in die Seite. Ich habe sie erschlagen müssen.«

»Ihr habt ein Kind erschlagen?«, hauchte Larmeth entsetzt.

»Ja«, sagte die Majorin kalt. »Wir fanden in dem brennenden Haus die verkohlten Leichen eines kaisertreuen Händlers und seiner Familie. Nur ein kleiner Junge überlebte und berichtete, dass sie versucht hatte, ihn zu erstechen. Sie hatte an die Tür geklopft und um Einlass gebeten, weil sie angeblich Angst vor den Rebellen hatte. Es gibt immer zwei Seiten, Eure Exzellenz. Wenn sie alt genug dafür war, einen Brand zu legen und zu töten, war sie auch alt genug zum Sterben.«

»Das ist eine harte Ansicht«, meinte die Priesterin leise.

»Keine Ansicht«, widersprach Lorentha rau. »Es ist eine Lektion, die man lernen muss, will man leben.« Sie sah die beiden Geschwister eindringlich an. »Wir haben mehr Erfahrung im Niederschlagen von Aufständen als andere darin, einen Aufstand anzuzetteln. Wenn man hier in Aryn etwas ändern will, dann jetzt. Vor einem Aufstand. Sie sollten Petitionen einreichen, versuchen, Vorschläge zu machen. Beginnt erst der Aufstand, gibt es nichts mehr zu verhandeln. Niemals. Doch ich habe den Grafen Mergton danach befragt, niemand hat sich in Aryn jemals die Mühe gegeben, eine Bittschrift einzureichen. In meinen Augen sind Aufständische solche, die sich gegen die bestehende Ordnung auflehnen und mit Gewalt das nehmen wollen, was ihnen nicht gehört. Diese drei und das Mädchen, das mich angegriffen hat, in meinen Augen waren sie Mörder. Sonst nichts.«

»Ich wollte dich nicht so erzürnen«, sagte Raphanael sanft. »Larmeth hat recht, es ist lange her. Und ja, es gibt zwei Seiten, die gibt es immer.«

Lorentha holte tief Luft. »Ihr missversteht den Grund meiner Verärgerung. Ein Aufstand verwüstet das Leben der Menschen, und ich bin erzürnt, weil jemand dieses Mädchen glauben gemacht hat, es wäre richtig, andere zur ermorden, ein Haus in Brand zu setzen oder ein Kind, jünger noch als sie, zu erdolchen. Weil es immer welche gibt, die von einem Aufstand profitieren!« Sie zwang sich, ruhiger zu werden.

»Der Preis für einen Aufstand ist immer hoch, ob er nun erfolgreich ist oder nicht. Wenn die Menschen in Verzweiflung leben, ihnen nichts bleibt und sie nichts mehr zu verlieren haben, dann mag ein Aufstand sogar gerechtfertigt sein. Aber schaut euch doch in Aryn um!«, rief die Majorin leidenschaftlich. »Ist es so schlimm, dass die Menschen nichts mehr zu verlieren haben? Ja, es gibt Elend hier, aber den meisten geht es gut genug. Doch die, die in Elend leben, leben nicht in Dreck und Not, weil das Kaiserreich sie unterdrückt, sondern weil ihnen von ihren Landsleuten und Nachbarn nicht geholfen wird!«

Sie schaute fast schon vorwurfsvoll zu Raphanael hin. »Sag mir, gibt es Adelige an König Hamils Hof, die einen Aufstand hier begrüßen würden?«

»Ja«, gab er vorsichtig zu. »Den einen oder anderen.«

»Dann behaupte ich, dass sie keine Not empfinden und es ihnen nicht darum geht, anderen zu helfen. Es geht ihnen um Macht. Um nichts sonst. Es gibt immer jemanden, der denkt, er könne von einem Aufstand profitieren. Meist ist es auch so, aber bezahlen tun andere dafür, ob sie nun auf einem Friedhof in Ehren beigesetzt oder verbrannt, verscharrt oder einfach liegen gelassen werden!«

»Lorentha«, sagte Raphanael fast schon bittend. »Beruhige dich, wir widersprechen dir doch nicht! Ich sage es jetzt anders, es wäre besser gewesen, wenn unsere Toten ebenfalls in Ehren zu Grabe getragen worden wären und es weniger Tote gegeben hätte.«

»Ja«, sagte sie ruhiger. »Da will ich dir nicht widersprechen. Es wäre besser gewesen. Aber Ehre und Anstand fliehen aus einem Haus, wenn der Tod die Tür eintritt.«

Raphanaels Schwester nickte langsam. »Lasst mich noch sagen, dass ich Eure Leidenschaft verstehe und ich Eurer Meinung bin. Wollen wir das jetzt so ruhen lassen und uns um den Falken kümmern?«

Lorentha nickte.

»Gut«, sagte die Priesterin mit einem schwachen Lächeln. »Zurück zu dem toten Hauptmann. Auf dem Kaiserfeld wird man nicht einfach so begraben, es braucht eine Petition an den Gouverneur dazu. Dreimal lehnte Graf Mergton diese ab, ließ sich dann aber doch erweichen. Einer unserer Priester begleitete den Sarg zum Kaiserfeld, und er wiederum ist bereit, auf die Göttin zu schwören, dass er den Sarg des Hauptmanns nicht aus den Augen verlor, bis er in der Erde begraben wurde.«

»Also wurde der Falke mit begraben«, stellte Raphanael fest. »Haben die Diebe ihn dann in der Nacht ausgegraben?«

»Nein«, sagte seine Schwester und schüttelte den Kopf. »Es gibt einen Totenwächter auf dem Kaiserfeld, ein alter Veteran, und der wiederum behauptet, dass die letzte Ruhe des Hauptmanns seitdem nicht gestört wurde. Demzufolge müsste sich der Falke noch immer in dem Sarg befinden.«

»Also müssten wir ihn nur ausgraben, und wir haben zumindest den Falken wieder?«, fragte Lorentha ungläubig. »Ihr glaubt doch nicht, dass der Falke sich noch dort befindet?«

»Der Totenwächter sagt, das Grab wurde nicht angerührt«, wiederholte die Priesterin, doch Lorentha schüttelte den Kopf.

»Es gibt nur eine Möglichkeit, das festzustellen.«

»Die Totenruhe ist heilig«, sagte die Priesterin unbehaglich. »Ich würde mir schwertun, einer Ausgrabung zuzustimmen. Doch da Mollmer auf dem Kaiserfeld begraben wurde, ist es Graf Mergton, der in dieser Angelegenheit das letzte Sagen hat. Ich habe noch am Morgen angefragt und erhielt, höflich und in gesetzten Worten, die Antwort, dass es eine schwierige Entscheidung wäre und er darüber in sich gehen müsste.«

»Das verstehe ich nicht«, meinte Lorentha überrascht. »Wenn wir den Falken wiederbekommen, ist ein Aufstand unwahrscheinlicher. Warum zögert der Graf?«

»Man würde es ihm vorwerfen«, sagte Raphanael bitter. »Deshalb. Der Gouverneur sitzt mit fast allem, das er tut, auf einem Zaun, und oftmals werfen beide Seiten mit Steinen nach ihm. Dass auf Bitten einer Priesterin der Isaeth ein Mann ausgegraben wird, der auf einem Friedhof liegt, auf dem viele heldenhafte Streiter des Kaiserreichs begraben liegen, wäre eine Entscheidung, die er nur dann erklären könnte, würden wir zugeben, dass der Falke gestohlen wurde.« Raphanael schüttelte enttäuscht den Kopf. »Er sagt, dass er es sich überlegen wird, und wenn wir ihn drängen, wird er es vielleicht erlauben. Aber es besteht die Gefahr, dass er damit auch sein Amt verliert.«

»Bedeutet dies, dass wir nicht überprüfen können, ob der Falke in dem Sarg liegt?«, fragte Lorentha entgeistert.

»Genauso ist es«, sagte Larmeth bedrückt. »Wir kommen nicht an ihn heran. Es sei denn, Graf Mergton nimmt in Kauf, dass er mit der nächsten Order aus der Hauptstadt von seinem Posten abgerufen wird.«

Lorentha seufzte. »Wir müssen es nicht schlimmer machen, als es ist«, sagte sie dann. »Es wäre gut, Gewissheit zu haben, aber der Falke befindet sich mit Sicherheit nicht mehr in dem Grab.«

Raphanael schüttelte den Kopf. »Es geht ihnen doch nur darum, Unruhe zu stiften. Der Falke ist ihnen nicht wichtig, es reicht ihnen, wenn wir ihn nicht haben.«

»Nein«, sagte Lorentha entschieden und schüttelte den Kopf. »Ich sagte schon, es geht bei einem Aufstand meist nicht um Ehre oder Gerechtigkeit, sondern um Geld und Macht.« Sie schaute fragend die Priesterin an. »Wisst ihr, wie viel der Falke wert ist?«

»Abgesehen davon, dass er für uns unbezahlbar ist, kann ich Euch nur sagen, dass der Falke aus solidem Gold besteht und einunddreißig Pfund wiegt.«

»Er ist nicht hohl gegossen?«, fragte Lorentha überrascht.

Die Priesterin schüttelte den Kopf. »Er ist massiv. Zudem ist er mit Juwelen und Edelsteinen besetzt, deren Wert das Gold bei Weitem überwiegen dürfte.«

»Dann befindet sich der Falke bestimmt nicht mehr im Sarg«, meinte Lorentha überzeugt. »Diese vier Gardisten haben ihren Eid gebrochen und einen Tempel geschändet. Diese Männer werden es nicht aus Überzeugung getan haben, sondern für Gold. Ihr wollt mich glauben machen, dass sie ein unermessliches Vermögen einfach so begraben, und dann unternehmen sie keinerlei Anstrengungen, den Schatz für sich zu beanspruchen?«

Raphanael sah sie an und lachte leise. »So gesehen, dann doch eher nicht.«

Die Priesterin atmete erleichtert auf. »Der Göttin sei Dank.«

Sowohl Lorentha als auch Raphanael sahen sie fragend an.

»Ich bin erleichtert, dass wir doch nicht die Ruhe eines Toten stören werden.«

»Freut Euch nicht zu früh«, sagte Lorentha bedauernd. »Wenn wir den Falken nicht bis zur Prozession gefunden haben, müssen wir nachsehen, ob er dort im Sarg liegt.«

Die Priesterin seufzte und neigte leicht den Kopf. »Ich werde dafür beten, dass es nicht notwendig sein wird.«

»Wird es nicht«, sagte Raphanael zuversichtlich zu ihr. »Durch deine Hilfe wissen wir jetzt, wo wir die Spur aufnehmen können.« Er schaute zu Lorentha hinüber.

Diese nickte mit steinernem Gesicht. »Bei der Garda«, sagte sie rau.

»Es gibt nur eines, das ich nicht verstehe«, sagte die Priesterin, und Lorentha sah sie fragend an.

»Sie mussten doch wissen, dass wir früher oder später darauf kommen würden, wie der Falke gestohlen wurde«, grübelte sie. »Sie können doch nicht glauben, dass sie ihrer Strafe entkommen können?«

»Ich schlage vor«, sagte Lorentha entschlossen, »dass wir ihnen die Gelegenheit geben, es uns zu erklären.«

»Gut«, sagte Raphanaels Schwester. »Aber bevor ihr geht, sollten wir ...«

»Das hat Zeit«, unterbrach Raphanael sie hastig. Sie schaute ihn erstaunt an.

»Worum geht es?«, fragte Lorentha.

»Es ist nicht wichtig«, sagte Raphanael.

»Das sehe ich anders, Raphanael«, sagte seine Schwester sanft, doch in einem Tonfall, der keinen Widerspruch duldete.

Lorentha blickte überrascht von ihr zu ihm. »Wollt Ihr mir erklären, um was es geht?«

»Ihr habt die Nacht hier verbracht«, sagte Larmeth ruhig.

Die Majorin unterdrückte einen Seufzer.

»Ach, das.«

»Ja«, sagte Raphanael gepresst. »Das.«

»Aber es ist nichts geschehen«, meinte Lorentha unverständig. »Ich meine, es ist schon etwas geschehen aber nicht ... *das*.«

»Es macht keinen Unterschied, was geschehen ist«, sagte Raphanael steif. »Der Anstand gebietet es.«

»Ich sage besser nicht, was ich von dem Anstand halte«, antwortete Lorentha scharf. Sie musterte diesen manvarischen Lord, der nun so unbehaglich auf seinem Stuhl hin und her rutschte, als wäre er ein Tempeljunge, der etwas ausgefressen hätte. »Sag, liebst du mich?«

Seine Augen weiteten sich. »Ich ...«, begann er und schien dann ins Stocken zu geraten.

Es ist überraschend, stellte Lorentha fest, wie sehr sich in ihr alles zusammenzog, während sie auf seine Antwort wartete.

»Nein«, gestand er langsam. »Es ... ich ... ich denke, ich könnte es, aber es ist zu früh dafür. Wir kennen uns nicht gut genug.« Er tat eine hilflose Geste. »Aber was hat Liebe damit zu tun? Unseresgleichen heiratet selten genug aus diesem Grund.«

»Hast du Jesmene geliebt?«, fragte sie leise.

»Ja«, antwortete er gefasst. »Aber auch erst, nachdem wir uns kennengelernt haben. Wir wurden schon als Kinder miteinander verlobt. Es war eine Ordensehe.«

»Was bedeutet, dass der Orden es als vorteilhaft empfand«, sagte Lorentha bitter.

Raphanael neigte den Kopf. »Es hat sich bewahrheitet, Arin zeigt jetzt schon Anzeichen für ein starkes Talent. Aber der Orden besitzt Erfahrung in solchen Dingen, er wusste, dass Jesmene und ich einander lieben würden.«

»Aber dies ist deine zweite Ehe«, stellte Lorentha mit neutraler Stimme fest. »So viel weiß ich von den Ordensgebräuchen. Dir steht es jetzt frei zu heiraten, wen auch immer du willst. Ich bin die Falsche für dich.«

»Das tut nichts zur Sache«, sagte er steif. »Es ist meine Pflicht.«

»Ja«, nickte sie. »Aber nicht die meine. Soviel ich weiß, darf ich die Verbindung ablehnen oder eine Verlobung lösen, wann immer ich will. Gut. Du hast deinen Antrag gemacht, ich habe abgelehnt.«

»Aber ...«, begann Raphanael, doch sie unterbrach ihn.

»Ich weiß, dass Cerline und deine Mutter versuchen wollten, meinen Ruf wiederherzustellen. Ich bin beiden dafür dankbar. Aber es ist mir nicht wichtig genug, um mich an einen Mann zu ketten, der mich nicht liebt. Ich lebe schon seit Jahren damit, dass mein Ruf keinen Wert besitzt, man kann sich daran gewöhnen.«

Larmeth hatte die Unterhaltung schweigend verfolgt.

»Seid Ihr sicher, Lorentha?«, fragte sie jetzt leise.

»Ganz sicher«, antwortete Lorentha, während sich ihr Herz zusammenzog. Götter, dachte sie erbost, ich bin doch kein kleines Mädchen mehr! Sie wusste, was sie tat. Und selbst Renera hatte deutlich genug durchblicken lassen, dass sie Lorentha nicht für eine geeignete Kandidatin hielt. »Reden wir nicht mehr davon. Dennoch ...« Lorentha stand auf, um sich dann noch einmal der Hohepriesterin der Isaeth zuzuwenden. »Habt Dank.«

»Wofür?«, fragte Larmeth überrascht.

»Für alles«, lächelte Lorentha. »Ihr habt uns sehr weitergeholfen.« Doch in Wahrheit hatte Lorenthas Dankbarkeit einen anderen Grund. Es war lange her, dass jemand sie mit so viel Freundlichkeit empfangen hatte wie Raphanael und seine Familie. Lorentha wusste sehr wohl, dass die Tatsache, dass sie die Nacht bei Raphanael verbracht hatte, seinen Ruf zerstört hatte, aber niemand in diesem Haus schien es ihr vorzuhalten. Dafür war sie ihnen allen Dank schuldig.

Sie unterdrückte einen Seufzer. Erst Albrecht, dann Raphanael. Jetzt hatte sie schon zum zweiten Mal den Ruf eines Mannes zerstört, den sie zu schätzen gelernt hatte. Sie sah verstohlen zu Raphanael hin, der sie auf diese seltsame undeutbare Art anschaute, und zwang sich zu einem Lächeln.

»Gehen wir den Falken finden.«

Der Sündenbock

22 »Junge«, sagte Mort und ließ Raban zusammenzucken, denn der alte Mann hatte die letzte Stunde so still und regungslos wie eine Statue verbracht, »hör auf, so herumzuzappeln. Es irritiert mich. Du willst mich doch nicht irritieren?«

Raban schnaubte verärgert. »Ich zappele nicht, ich habe mir nur eben an die Nase gefasst. Überhaupt, warum stehen wir hier herum?«

»Weil du klug bist und das tust, was ich dir sage«, antwortete Mort mit einem leichten Lächeln. Ich könnte schwören, dachte Raban verärgert, dass er seinen Spaß daran hat, mich herumzukommandieren. Nur dass es bis jetzt noch niemand gewagt hatte, einem Todeshändler irgendeine Form von Humor zu unterstellen.

Der ältere Mann hatte ihn mitten in der Nacht aus seinem Bett gezerrt. Wortwörtlich. Mit einem Griff um Rabans Nacken. Überrascht und noch nicht ganz wach, hatte der nach seinen Messern gegriffen, nur um festzustellen, dass Mort sie, zu einem Fächer gespreizt, in der linken Hand hielt. In der rechten hielt er Raban. Dessen Füße den Boden nicht berührten. Danach hatte Mort die Messer auf das Bett geworfen und Raban fallen lassen, um ihn dann anzuweisen, sich anzuziehen und ihn, Mort, nicht warten zu lassen.

Nach seiner letzten Unterhaltung mit dem Todeshändler hatte Raban ein paar begreifliche Vorsichtsmaßnahmen getroffen. Er hatte diesmal nicht im *Schiefen Anker* geschlafen, sondern in einem seiner anderen Verstecke, einem kleinen

Haus, in dessen Erdgeschoss sich eine Wäscherei befand. Niemand wusste davon, dass dieses Haus ihm gehörte, dennoch hatte er zusätzlich Fäden vor das Fenster und die Tür gespannt, an denen kleine Blechstreifen hingen. Sowohl Fensterläden als auch Tür waren stabiler, als sie aussahen und mit festen Riegeln gesichert. Nur dass Raban nun hatte zusehen müssen, wie der Todeshändler in aller Ruhe die drei Riegel an der Tür zurückschob und hinausging, während hinter ihm die Blechstreifen scheppernd auf den Boden fielen. Die Riegel am Fenster jedoch waren noch immer vorgelegt, und die Fäden waren auch noch da.

Ein Gutes hat es ja, dachte Raban grummelnd, heute Nacht konnte er wieder in seinem eigenen Bett schlafen, es war breiter, und es ließ sich leicht weibliche Gesellschaft finden. Denn warum vor Mort verstecken, wenn es ihm sowieso nicht gelang?

Jetzt, bei Tageslicht, war ihm Mort ein noch größeres Rätsel. Der Mann war größer als die meisten, und die breiten Schultern, das wusste Raban mittlerweile aus schmerzhafter Erfahrung, waren alles andere als nur gepolstert, der Mann hatte Kraft für zehn. Er bewegte sich mit der Leichtigkeit eines Taschendiebes, doch ein Blick auf das Gesicht unter dem breitkrempigen Hut strafte diese Leichtigkeit lügen, Mort war alt, sein Gesicht von harten, scharfen Falten nur so durchzogen. Er musste schon weit über sechzig sein.

»Erklärt mir noch einmal, warum wir hier sind«, knurrte Raban und massierte sich den Nacken, wo er immer noch den harten Griff des Mannes spüren konnte.

»Weil du gierig bist«, antwortete Mort abwesend und sah mit geschlitzten Augen zu der Kutsche hin, die nun auf der anderen Seite der Straße vorgefahren war.

»Weil ich leben will?«, fragte Raban erbost.

»Genau das«, antwortete Mort abgelenkt, während er mit schmalen Augen zusah, wie ein kleiner, rundlicher Mann das Haus auf der anderen Straßenseite verließ und die Tür mit zwei großen Schlüsseln abschloss. Er rüttelte an der Klinke, um zu sehen, ob die Tür auch wirklich verschlossen war, und stieg dann in die Kutsche, die vor dem Haus wartete. Der livrierte Kutscher nickte und ließ die Pferde antraben. »Zu viel Gier nach Leben kann einen umbringen. Nimm es als einen Rat.«

»Danke«, sagte Raban spitz. »So habe ich das bisher noch nicht gesehen.« Was sich so schnell auch nicht ändern würde. »Sollten wir uns nicht verbergen?«

»Wofür?«, fragte Mort, ohne von der Kutsche wegzusehen.

»Weil es jemandem auffallen könnte, dass wir hier seit zwei Stunden herumstehen!«

»Niemand kann uns sehen«, meinte Mort ungerührt. »Wenigstens nicht, solange du nicht so herumzappelst. Du sagst, das ist Graf Mergton?«

»Ja, sicher. Jeder kennt ihn«, gab Raban gereizt zur Antwort. »Wie meint Ihr das, niemand kann uns sehen?«

Mort bedachte ihn mit einem harten Blick, um dann wieder der Kutsche nachzuschauen, bis sie zwischen den Fußgängern, Kisten, Kästen, Bällen, Säcken und den anderen Karren und Kutschen verschwand, die es in dieser Gegend so überreichlich gab.

»So, wie ich es sage. Habe ich nicht eben erwähnt, dass du mich nicht irritieren sollst?«

»Wollt Ihr mir nicht wenigstens erklären, weshalb wir hier die ganze Zeit herumstehen?«

»Junge«, begann Mort in einem Ton, der dem Mohren nichts Gutes versprach, doch Raban sprach schon hastig weiter.

»Meint Ihr nicht, ich wäre für Euch sinnvoller, wenn ich wüsste, um was es geht?«

»Hm«, sagte der alte Mann und kratzte sich gedankenverloren hinter dem Ohr. »Mag sein, dass du recht damit hast.«

»Dann erzählt es mir«, bat Raban.

»Das junge Fräulein ist hier, weil es den Mörder seiner Mutter finden will«, sagte Mort. Raban nickte, das wusste er ja schon.

»Gestern Abend ging sie, als ihre Mutter verkleidet, auf den Ball, um ihr Jagdwild aus dem Busch zu scheuchen.«

Wieder nickte Raban. Er war da gewesen und konnte sich noch gut daran erinnern, wie ihm selbst der Atem gestockt hatte, als er sie vom Garten aus durch die offenen Fenster gesehen hatte. Sie war ihm fast wie eine Königin erschienen, die das niedere Volk huldvoll ignorierte. Er hatte aber auch gesehen, wie Lord Visal sich ängstlich an einer Säule vorbeigedrückt hatte, aus Angst, sie würde ihn *nicht* übersehen!

Mort wies nun mit seinem Blick auf das Haus gegenüber. »Dies ist das Haus von einem Bankier mit Namen Angardt. Er hat sich heute Morgen erschossen und nach dem, was ich höre, ist er der Mörder, den das junge Fräulein aufscheuchen wollte.«

»Woher wollt Ihr das wissen?«, fragte Raban neugierig. Normalerweise war er es, der Dinge hörte, die andere nicht wussten, aber er kam ja zu nichts mehr, seitdem ihm der Tod im Nacken saß!

Der alte Mann seufzte. »Weil jedes zweite Waschweib auf dem Markt darüber tratscht.«

»Warum sind wir dann hier?«, fragte Raban. »Es ist doch gut für Lorentha, wenn ...«

»Weil ich nicht daran glaube«, antwortete Mort und ging in Richtung Haus.

Raban eilte ihm nach. »Warum nicht?«

»Weil Angardt angeblich vertuschen wollte, dass er Geld gestohlen hatte«, sagte Mort und klang ... irritiert. Er blieb stehen und besah sich die Tür des Hauses, eine mit Eisenbändern verstärkte Tür, die durch zwei Schlösser gesichert war.

Selbst Raban pfiff leise durch die Zähne, als er die Punze des besten Schlossmachers der Stadt auf der Schlossabdeckung erkannte. Vierzehn Zuhaltungen ... selbst er würde damit Probleme haben. Er trat zurück und sah am Haus entlang, ob er irgendwo ein Fenster erkennen konnte, das man vergessen hatte.

»Vielleicht sollte ich versuchen ...«, begann er, als Mort die Hand auf die Klinke legte, es in beiden Schlössern zugleich klickte und die Tür aufschwang. Ohne zu zögern, betrat er das Haus, um dann zu Raban zurückzuschauen, der immer noch vor der Schwelle stand und staunte.

»Beweg dich, oder willst du dort Wurzeln schlagen?«, kommandierte Mort ungehalten.

»Hey«, beschwerte sich Raban, folgte dem alten Mann aber in das Haus, um dann die Tür zuzuziehen und sich die Schlösser zu besehen. »Ich bin nicht Euer Diener!«

»Sei froh drum«, antwortete der andere und fing an, Türen aufzustoßen, um einen Blick in die Räume zu werfen. »Sonst müsste ich dich für dein Mundwerk peitschen lassen! Was ist dir aufgefallen?«

»Dass Ihr die Tür ...«

Mort seufzte.

»Hast du hier jemanden von der Stadtwache oder der Garda gesehen?«

»Nein«, sagte Raban.

»Das findest du nicht seltsam?«

Raban zuckte mit den Schultern. »Warum? Die Stadtwache kümmert sich nur um die Feuerwacht und Kleinigkeiten, und die Garda hier ist ein Geschenk der Götter.«

»Ist sie das?«, fragte Mort und nickte befriedigt, als er das richtige Zimmer fand, es war unschwer an dem roten Fleck an der Wand hinter dem Schreibtisch zu erkennen. »Warum?«

»Solange die besoffen in der Gegend herumliegen, können sie nicht stören«, erklärte Raban ungehalten. »Darum.«

Mort blieb stehen und schüttelte den Kopf. »Ordnung und Gesetz sind wichtig, auch für die, die sich nicht daran halten. Denn dann spielen alle nach den gleichen Regeln. Es würde dein Leben sicherer machen, wenn jeder wüsste, dass die Garda auch dann den Mörder jagen würde, wenn einer jemanden wie dich umbringt.«

»Tun sie aber nicht«, grummelte Raban.

»Eben«, antwortete Mort. Er blieb in der Mitte des Raums stehen. »Was siehst du?«

So häufig hatte er noch nicht im Arbeitszimmer eines Bankiers gestanden, meist hatten sie zu viele Wachen und zu gute Schlösser, als dass es sich lohnte, dort einzubrechen, aber so hatte er es sich immer vorgestellt. Holztäfelungen an den Wänden, große Schränke mit Akten, ein großer Schreibtisch und dort hinten in der Ecke eine offenstehende Geldtruhe, die nicht weniger als vier Schlösser besaß. Neben dem Schreibtisch stand ein gepolsterter Sessel, der mit Blut besudelt war, er hatte wohl ursprünglich hinter dem Schreibtisch gestanden, denn dort hatten sich an der Wand Blut, Gehirn und Knochensplitter verteilt. Die Fensterläden waren geschlossen, die Riegel vorgelegt. Obwohl draußen die Sonne schien, war der Raum dunkel und düster, und es roch nach Tod. Raban zuckte mit den Schultern.

»Du bist mir ein rechter Meisterdieb«, grummelte Mort. »Blind wie ein Maulwurf. Schau«, sagte er und wies mit der behandschuhten Hand auf den Schreibtisch und tat dann eine Geste, die den Raum einschloss. »Was siehst du nicht?«

Raban schaute verständnislos drein.

»Unordnung«, sagte Mort. »Es ist alles ordentlich. Nichts wurde berührt, nichts angefasst. Ich sage immer, wer nicht sucht, hat schon gefunden, und wer nichts wissen will, denkt, er weiß schon alles.« Er drehte sich langsam im Zimmer um. »Oder er weiß, dass er nichts finden kann, das ihm nützt.«

»Die Geldtruhe ist leer«, widersprach Raban verärgert. »Zumindest die wurde ja wohl angefasst!«

»Wärest du der Gouverneur und wüsstest, dass dir niemand widersprechen wird, wenn du eine andere Summe nennst als die, die sich in Wahrheit in der Kiste befand, würdest du es liegen lassen?«

»Natürlich nicht!«

»Was uns dann etwas über diesen feinen Herrn, den Grafen, sagt«, meinte Mort. »Nämlich, dass er sich nicht sehr von dir unterscheidet.« Er sah zu Raban hin und rümpfte die Nase. »Nur dass er sauberer ist.«

»Meine Haut ist von Natur aus dunkel!«, begehrte Raban auf. »Ich bin nicht dreckig!«

»Und deine Hosen und dein Hemd wurden auch so geboren? Junge, du stinkst noch nach dem Wein von gestern!«

»Ich wasche mich jede Woche!«, protestierte Raban getroffen. »Ich stinke nicht!«

Mort, der hinter den Schreibtisch getreten war, um sich die lederne Mappe anzusehen, die dort lag, und sie gerade öffnen wollte, erstarrte in seiner Bewegung, ließ die Hand sinken und schüttelte den Kopf. »Ich glaube das nicht«, sagte er wie zu sich selbst und durchbohrte Raban dann mit seinen blassen blauen Augen. »Wieso lasse ich mich auf dich ein und verschwende Atemluft an dich? Junge, du willst nicht lernen!«

»Ihr braucht mich! Und hört endlich auf, mich Junge zu nennen!«

»Wie alt bist du?«

»Vielleicht zweiunddreißig«, sagte Raban und zuckte mit den Schultern. »Was hat das ...«

»Ich bin fast hundert Jahre älter als du ... Junge«, antwortete Mort knapp. »Überschätze auch besser nicht deine Nützlichkeit.«

»Ja«, knurrte Raban. Hundert Jahre älter? Das konnte Mort einem anderen erzählen. Niemand wurde so alt. »Da Ihr alles besser könnt als ich, wofür braucht Ihr mich denn überhaupt? Götter, Ihr wisst, dass Loren meine Freundin ist! Wenn das, was Ihr tut, Loren hilft, dann helfe ich Euch, auch ohne dass Ihr mich so scheuchen müsst, nur sagt mir endlich ...«

»Ich brauche dich als Zeugen«, sagte Mort und klappte jetzt die Ledermappe auf. »Sie wird dir glauben, wenn du ihr von mir berichtest.« Die grauen Augen fixierten Raban auf der Stelle. »Nur ihr. Erwähnst du mich auch nur im Suff einem anderen gegenüber, bist du tot.«

Raban ignorierte die Drohung. Was nur bedeutet, dachte er, dass man sich an alles gewöhnen kann. Dennoch war er überrascht. »Das ist alles, wofür Ihr mich braucht? Damit ich Loren später davon berichte?«

Mort lächelte knapp. »Du siehst, deine Nützlichkeit für mich ist nicht allzu hoch bemessen.« Er musterte den Stapel leerer Blätter in der Mappe, nahm dann das Tintenfass und ließ einen Tropfen Tinte auf das oberste Blatt fallen und tat eine Handbewegung. Staunend sah Raban zu, wie sich die Tinte auf dem Blatt verteilte und die Form von Schriftzeichen annahm. Mort warf einen Blick auf den entstandenen Text, nickte wie für sich selbst und zog die Schubladen des Schreibtischs auf, bis er fand, was er suchte. Er überflog den Schriftverkehr des Bankiers, fischte ein anderes Blatt heraus und legte es neben das, auf dem die Tinte so wundersam geschrieben hatte.

»Es ist die gleiche Schrift«, teilte er Raban abwesend mit. »Aber er ist nicht der Mann, den das junge Fräulein sucht.«

Nun, dachte Raban, wenn der alte Mann wahrhaftig so alt war, wie er sagte, dann erklärte es auch, warum Loren für ihn das junge Fräulein war. Er musterte den alten Mann.

»Sagt«, bat er leise, »wollen wir nicht neu anfangen? Zumindest was Loren angeht, sind wir auf der gleichen Seite. Ihr bereitet mir eine Scheißangst, alter Mann, aber ich weiß, dass Ihr mich vieles lehren könntet. Wenn man mir erklärt, warum ich etwas tun soll, neige ich eher dazu, etwas tun zu wollen, als wenn man mich am Nacken aus dem Bett zieht oder man mich beständig in Todesangst versetzt!«

»Du willst mein Lehrling werden?«, fragte Mort und schien jetzt doch überrascht.

»Das habe ich nicht gesagt!«, begann Raban, doch dann hielt er inne, und seine Augen weiteten sich. »Würdet Ihr mich denn als Lehrling nehmen?«

Mort musterte ihn. Lange. Und noch länger. Eine Ewigkeit.

Raban zwang sich, still stehen zu bleiben und dem alten Mann direkt in die Augen zu schauen. Sein Herz raste, als stünde er im Begriff, über eine Klippe zu springen.

»Vielleicht«, sagte Mort und schüttelte dann erheitert den Kopf. »Wenn du das hier überlebst. Aber nur, weil du mich an jemanden erinnerst, den ich einst kannte.«

»An wen?«

»Du musstest das jetzt fragen?«

Raban zuckte mit den Schultern.

»An einen jungen Burschen, der auch dachte, er wüsste alles besser«, meinte Mort mit einem feinen Lächeln. »An mich.«

»Eines ist sicher«, sagte Raban, bevor er seine Zunge bremsen konnte. »Viel geändert habt Ihr Euch nicht.«

Tja, dachte Raban, als er fassungslos zusah, wie Mort anfing zu lachen, so sehr lachte, dass ihm die Tränen aus den Augen liefen, auf die alten Legenden ist doch kein Verlass, denn nirgendwo wurde auch nur im Ansatz erwähnt, dass Todeshändler überhaupt lachen *konnten*!

Er wartete, bis der alte Mann sich wieder gefangen hatte.

»Gut«, sagte er dann. »Warum ist er nicht der Mörder? Das ist doch sein Geständnis, oder nicht? In seiner Hand verfasst?«

»Komm her und lies diese Zeile«, befahl der alte Mann, und Raban trat an den Schreibtisch heran. »Du kannst doch lesen?«

»Loren hat es mir beigebracht«, gab er abgelenkt Antwort.

»… *um meine Schuld zu verschleiern, entschloss ich mich dazu, mich meines Problems zu entledigen und heuerte fünf Söldner der Stillen Gilde an …*«, las Raban etwas mühevoll, um sich zugleich zu beschweren. »Götter, der Mann war ein Bankier, was für eine Klaue!«

»Und jetzt das. Hier schreibt er an einen seiner Buchhalter.«

»… *und wenn Er noch einmal versucht, etwas vor mir zu verbergen, kann Er sicher sein, dass Er im Armenhaus ein Ende finden wird!*«

Raban sah Mort fragend an.

»In diesem Brief an seinen Buchhalter war unser toter Freund sehr direkt und benutzte das Wort ›verbergen‹. Doch derjenige, der ihm dieses Geständnis diktierte, legte ihm das Wort ›verschleiern‹ in den Mund und sprach umständlich und geschwollen«, erklärte Mort. »Aber wir werden auch so beweisen können, dass der Bankier nicht der Mörder ist.«

»Und wie?«, fragte Raban neugierig.

Der Mann trat an die blutbeschmierte Wand, bohrte seine Finger in das Einschussloch und grub das, was von der Kugel übrig war, aus dem Putz heraus. Er wischte Dreck, Blut und anderes ab und legte die platt gedrückte Kugel auf den Tisch, um dann unter sein Wams zu greifen und aus einem Beutel eine andere verformte Kugel herauszunehmen. Sie musste älter sein, denn das Blei war schon grau angelaufen.

»Ist das ... ist das die Kugel, die Lorenthas Mutter getötet hat?«, fragte Raban leise.

Mort nickte. Und sagte nichts weiter.

»Sie ist kleiner«, stellte Raban fest. »Und sie hat diese seltsamen Riefen.«

»Weil sie aus einer Duellpistole stammt«, erklärte Mort. »Was der erste Hinweis darauf ist, dass Angardt nicht der Mörder von Sera Marie sein kann. Unser toter Freund mag reich gewesen sein und Einfluss besessen haben, aber er war ein Bürgerlicher. Bürgerliche pflegen sich nicht aus falsch verstandener Ehre zu duellieren.«

Raban nickte, das ergab auch Sinn für ihn. Nur ...

»Wer war Sera Marie?«

»Die Mutter deiner Freundin hieß Evana Marie«, erklärte Mort abwesend, während er sich noch immer die beiden Kugeln besah. Er wies mit einer nachlässigen Geste auf das Geständnis. »Hier schreibt er, dass er sich mit derselben Waffe richten will, die ihr das Leben nahm.«

»Was nicht der Fall ist«, sagte Raban und nickte. »Das ist der Beweis. Der Bankier ist ein Sündenbock.« Er schüttelte ungläubig den Kopf. »Von wegen feine Gesellschaft, der Kerl ist genauso verschlagen wie manche meiner ganz besonderen Freunde unten im Hafen!« Er sah fragend zu Mort hin. »Was soll ich Loren erzählen, wie ich darauf gekommen bin?«

»Gar nichts«, antwortete Mort. »Solange sie den Fall abgeschlossen glaubt, fühlt sich der Mörder sicher und wird nichts gegen sie unternehmen. Das macht es uns leichter.«

»Also kommt er davon?«, fragte Raban entgeistert.

Mort schaute ihn erstaunt an. »Wie kommst du darauf, Junge? Sein Tod ist schon bezahlt, und ich gebe niemals Geld zurück! Außerdem haben wir noch etwas herausgefunden.«

»Und was?«

»Warum lässt der Mörder den Bankier schreiben, dass er sich mit derselben Waffe richten wird, und nimmt dann doch eine andere?«

»Vielleicht besitzt er sie nicht mehr?«, schlug Raban vor.

»Obwohl... dann hätte er es nicht diktieren brauchen. Also...«

»Der Mörder überlegte es sich im letzten Moment anders. Die Waffe war ihm zu wichtig, um sie herzugeben«, beendete Mort den Satz für ihn. »Lerne daraus, Junge. Solche Eitelkeiten sind es, die dir den Fallstrick binden. Die Waffe muss etwas Besonderes sein.«

»Ich habe noch keine Duellpistole gesehen«, meinte Raban nachdenklich, »aber ich hörte, dass die meisten dieser Waffen wahre Kunstwerke wären.«

»Es geht nicht um Geld«, sagte Mort mit Bestimmtheit. »Wir sind uns einig, dass, wer auch immer die Mutter des jungen Fräuleins erschossen hat, davon mehr als genug besitzt. Nein, die Waffe muss von ideellem Wert für den Mörder sein. Darüber wird er sich finden lassen.«

»Also werden wir weiter nach ihm suchen«, stellte Raban fest. »Was ist eigentlich die Stille Gilde? Ich habe von ihnen noch nie etwas gehört, aber wenn der Mörder dem Bankier diktierte, sagte er vielleicht damit die Wahrheit. Wir könnten...«

»Die Stille Gilde war eine Vereinigung von Attentätern, die bis vor knapp zwanzig Jahren in fast allen größeren Städten des Kaiserreichs tätig war«, erklärte Mort, während er die kleinere Kugel wieder sorgsam in den Beutel packte.

»War?«, fragte Raban.

»Ja«, nickte Mort. »Mein Auftraggeber fand, dass sie einen Fehler begingen, als sie Sera Marie angegriffen haben. Er bat mich, sie zu befragen, was sie über ihren Auftraggeber wüssten, und sicherzustellen, dass sie einen solchen Fehler nicht erneut begehen würden. Nur wussten sie nicht viel.«

»Ihr habt eine ganze Gilde von Attentätern ausgelöscht?«, fragte Raban ungläubig.

»Ja.« Morts Lippen verzogen sich zu einem fast andächtigen Lächeln. »Weißt du, Junge, was wahrhaftig enttäuschend ist?«

Raban sah ihn fragend an.

»Wie oft es kleine Geister sind, die nach einem Handel auf den Tod fragen. Doch mein Auftraggeber ... er ist ein großer Mann. Ich stehe nun schon seit zwanzig Jahren in seinen Diensten, und er gibt mir etwas, das wichtiger für mich ist als Gold.«

»Und was?«, fragte Raban leise. Was konnte einem Mann wie Mort ...

»Ehre«, antwortete der Todeshändler leise, während seine blassen Augen in die Ferne schauten. »Ehre und das Gefühl, das Richtige zu tun. Du wirst lernen, Junge, dass so etwas in dieser Welt sehr selten geworden ist.«

»Ich wusste nicht, dass es Euch wichtig ist«, sagte Raban erstaunt.

»Ja«, sagte Mort und faltete die Kopie des falschen Geständnisses sorgfältig zusammen, um es unter sein Wams zu stecken. »Es hat mich auch sehr überrascht.«

Die Akten der Garda

23 Offenbar, dachte Raphanael, verlor Lorentha keine Zeit, wenn sie sich ein Ziel gesetzt hatte. Schon als sie mit zwei langen, schmalen Kisten unter den Armen die Treppe vor dem Haus der Gräfin herunterkam, hatte er ihren schnellen Schritt bewundert, auch wenn er darauf geachtet hatte, sich nicht zu verraten.

Jetzt folgte er ihr durch den langen Gang, der zum Amtsraum des Gouverneurs führte, und wieder ging sie so schnell, dass der Hall ihrer Absätze wie Schüsse durch den langen Gang peitschte. Die beiden Marinesoldaten an der Tür nahmen unwillkürlich Haltung an, obwohl sie ihr nicht unterstellt waren.

»Ist Graf Mergton zu sprechen?«, fragte sie scharf.

»Nein, Major, er ist ausgegangen. Er wird aber noch vor Mittag zurückerwartet.«

»Sein Sekretär?«

»Meister Fellmar ist zugegen, aber ...«

»Danke«, sagte Lorentha knapp, klopfte kurz, doch bevor jemand die Gelegenheit bekam, »Herein!« zu rufen, drückte sie die Tür bereits auf.

»Ihr entschuldigt«, sagte Raphanael höflich zu dem verdutzten Soldaten, als er sich an ihm vorbeidrückte, um Lorentha zu folgen.

Meister Fellmar saß allein im Vorzimmer des Grafen und hatte den Kopf in einen Stapel Unterlagen versenkt, jetzt sah er auf und blinzelte kurzsichtig, doch dann formten sich seine Lippen zu einem erfreuten Lächeln.

»Baroness«, begrüßte er sie höflich und stand hastig auf. »Ich bin erfreut, Euch wiederzusehen, aber ...«

»Ja«, sagte Lorentha und tat eine wegwischende Handbewegung. »Ich weiß, er ist nicht zugegen und wird erst zu Mittag wieder erwartet. So lange kann ich nicht warten, und Ihr seid der Mann, den ich suche.«

Meister Fellmar schaute sie verwirrt an.

»Der Gouverneur ist ein viel beschäftigter Mann, ich möchte wetten, dass Ihr es seid, der ihm die lästige tägliche Arbeit abnimmt, richtig?«

»Schon, nur ist es mir nicht lästig. Ich ...«

»Dann führt Ihr bestimmt auch die Soldlisten für die Garda, richtig?«

»Ja, aber ...«

»Ich will sie sehen.«

»Aber ...«

»Ich bin der höchstrangige Offizier der Garda in der Stadt«, teilte sie ihm mit. »Ich hege die Absicht, eine Inspektion bei der Garda durchzuführen, deshalb benötige ich alle Unterlagen, die Ihr, sagen wir, im Verlauf des letzten halben Jahrs über sie angesammelt habt. Wer befördert wurde, wer degradiert, Beschwerden und Beurteilungen.«

»Aber ...«

»Ich weiß, Ihr seid ein viel beschäftigter Mann, Fellmar«, sagte sie und schenkte dem grauhaarigen Sekretär ein Lächeln, das diesen verlegen blinzeln ließ. »Aber ich weiß auch, dass Ihr fähig sein müsst, sonst hättet Ihr nicht diese verantwortungsvolle Position inne. Ich bin sicher, Ihr habt alle Unterlagen sorgfältig zusammengefasst an einem Ort liegen. Ich werde Euch auch nicht lange stören, ich warte einfach hier, bis Ihr sie mir bringt.«

»Ich ...«

»Wir haben ein Sprichwort bei der Garda«, erklärte sie ihm mit demselben freundlichen Lächeln. »Lasst Euch Zeit, soviel Ihr wollt, Hauptsache, es wird sofort erledigt! Bringt mir die Unterlagen, ich tue Euch sogar den Gefallen und warte hier darauf.«

Götter, dachte Raphanael fasziniert, als er zusah, wie der Sekretär sie verwirrt anschaute, um dann hastig zu nicken und davonzueilen, sie ist eine Naturgewalt.

»Ihr habt dem armen Kerl aber heftig aufgelegt«, bemerkte er mit einem Lächeln. »Er war ja ganz verwirrt.«

Sie lachte und grinste schelmisch. »Es ist leicht, Menschen zu bewegen, man muss freundlich und bestimmt auftreten.«

Und schneller reden, als der andere denken kann, dachte Raphanael erheitert. In einem behielt sie allerdings auch recht, Meister Fellmar war ein ordentlicher Mann, so dauerte es tatsächlich nicht lange, bis er wiederkam, um ihr drei dicke gebundene Akten vorzulegen.

»Sie sind vertraulich, Majorin«, begann er. »Ich wäre Euch verbunden ...«

»Ja, ich weiß«, lächelte die Majorin. »Eigentlich dürften nur Offiziere der Garda diese Unterlagen sehen, aber ich werde ein Auge zudrücken und Euch nicht dafür belangen. Schließlich muss jemand auch die Akten führen.« Sie klopfte ihm freundlich auf den Arm. »Ich werde sie Euch bald wiederbringen«, versprach sie ihm, während sie sich bereits abwandte. »Keine Sorge, von mir erfährt niemand etwas.«

Und damit drückte sie die Tür auf und spazierte an den Wachen vorbei.

»Einen schönen Tag noch«, meinte Raphanael freundlich zu dem Sekretär, der nicht zu wissen schien, was er jetzt tun sollte. »Ihr leistet wahrhaftig gute Arbeit!«

»Danke, Ser«, sagte Meister Fellmar und schaute hilflos auf den Aktenberg auf seinem Tisch herab, als wüsste er nicht mehr, wo der hergekommen war.

»Ich nehme an, es ist verboten, Akten der Garda zu entfernen?«, fragte Raphanael höflich, als er ihr die Tür seiner Kutsche aufhielt.

»Natürlich«, antwortete sie abgelenkt und wickelte bereits das Schließband von der ersten Akte ab. »Hier«, meinte sie und reichte ihm die zweite Akte.
»Wonach suche ich?«, fragte Raphanael.
Sie schaute auf. »Barlin?«, rief sie.
»Ja, Sera?«
»Zur Garda, bitte.«
»Ja, Sera!« Die Kutsche zog an.
»Er ist *mein* Kutscher, wisst Ihr?«, merkte Raphanael milde an.
Sie sah kurz auf und schenkte ihm ein breites Grinsen. »Ist er nicht. Wir sind alte Freunde, hast du das vergessen? Waren wir nicht beim Du?«
»Ich vergaß es«, lachte Raphanael. »Du musst wissen, dass die Frau Majorin mir noch unbekannt ist.«
»Du gewöhnst dich daran. Es hat damit zu tun, dass Unsicherheit sich auf Untergebene auswirkt; scheint man selbst unsicher, verunsichert man auch sie. Also ist es geschickt, so aufzutreten, als hätte man alles im Griff. Man darf nur nicht vergessen, dass es nicht so ist.« Sie seufzte und sah einen Moment lang an Raphanael vorbei ins Leere.
»Was ist?«, fragte er.
»Albrecht hat das immer gesagt. Herzog Albrecht. Er hat mir das meiste von dem beigebracht, was ich weiß.« Sie wies auf die Akte, die Raphanael in den Händen hielt. »Beschwerden und Petitionen in Bezug auf die Garda. Schau einfach, ob dir etwas auffällt.«

»Raph«, rief Barlin nach einer Weile vom Kutschbock herunter. »Wir sind gleich da. Soll ich vorfahren?«
Raphanael sah Lorentha fragend an. Sie schüttelte den Kopf, ohne von den Akten aufzusehen, und drehte das nächste Blatt, um weiter an ihrer Unterlippe herumzukauen, während ihre Augen über den Text huschten.
»Nein«, rief Raphanael zurück. »Halte am Straßenrand und gib uns noch etwas Zeit.«

Sie warf einen Blick auf das nächste Blatt, seufzte dann und lehnte sich im Polster zurück, um sich die Augen zu reiben und dann Raphanael fragend anzusehen.

»Hast du etwas gefunden?«

»Dafür, dass der Ruf der Garda so schlecht ist, habe ich wenig Beschwerden gefunden«, sagte er. »Dafür eine Menge Anträge von einem gewissen Leutnant Serrik, dessen Unterschrift offensichtlich gefälscht ist, sie sieht immer gleich aus.«

»Was für Anträge?«

Raphanael blätterte in seiner Akte. »Gesuch um Gewährung von Mitteln für die Säuberung des Brunnens. Gesuch von … er beantragte Geld für Reparaturen. Wenn es nach diesen Anträgen geht, müsste die Garda eigentlich nur noch eine Ruine sein.«

Lorentha erinnerte sich an den Anblick der einst stolzen Gebäude. »Das ist nicht weit entfernt von der Wahrheit. Jedenfalls bezweifle ich, dass dieser Leutnant Serrik auch nur ein Kupfer für die Garda ausgegeben hat.«

»Ich ebenfalls«, sagte Raphanael. »Es wurden keine Mittel gewährt.«

Lorentha sah überrascht auf. »Die Garda ist eine kaiserliche Einrichtung, die dem zivilen Verwalter einer Stadt untersteht. Es wäre Graf Mergtons Pflicht, ihnen Mittel zur Verfügung zu stellen.«

»Nun, er tat es nicht. Interessanter ist allerdings etwas anderes.« Er hob die Akte an und ließ sie wieder auf sein Knie fallen. »Die Petition für das Begräbnis von Hauptmann Mollmer. Sie wurde ebenfalls von diesem Leutnant Serrik gestellt. Wie meine Schwester schon sagte, viermal. Die Unterschriften unter diesen Petitionen scheinen mir keine Fälschungen, sie sind weit flüssiger geschrieben und unterschiedlich. Ansonsten habe ich nur ein paar Beschwerden der Anwohner in der Nähe der Garda, über ungebührliches Verhalten, Trunkenheit und Belästigung. Was hast du?«

»Eine Menge. Hauptmann Mollmer griff wohl sehr hart durch«, sagte Lorentha grimmig. »Wenigstens wenn es nach den Unterlagen geht. Er war schnell darin, zu degradieren oder Disziplinarstrafen anzuordnen, meist mit der Begründung, seine Untergebenen hätten Meuterei versucht. Viermal hat er die Todesstrafe verhängt, einmal wurde sie vollstreckt, die drei anderen Male hat der Gouverneur sie in unehrenhafte Entlassungen verändert. Raphanael, nach diesen Unterlagen besitzt die Garda zur Zeit eine Stärke von neun Soldaten!«

»Wie viele sollten es sein?«, fragte er überrascht.

»Bei einer Stadt dieser Größe? Fünfzig zumindest. So viel hatten sie jedenfalls in meiner Jugend. Ich habe so etwas schon einmal gesehen«, sagte sie dann und schloss die Akte. »Ein falscher Mann wird befördert und reißt alle mit hinunter in den Dreck. Machtmissbrauch, Korruption ... wer widerspricht, wird disziplinarisch belangt und geschasst. Um so etwas vorzubeugen, untersteht die Garda dem Bürgermeister oder wie hier dem Gouverneur. Graf Mergton hätte sich darum kümmern sollen, aber wie es scheint, ignorierte er die Garda vollständig. Übrigens, einen Tag nach Hauptmann Mollmers Tod baten siebzehn Mann um ihre Entlassung. Leutnant Serrik hat sie jedem aufgrund von außergewöhnlichen Umständen gewährt.« Sie nahm eines der Blätter hoch und verglich es mit einem anderen. »Auch hier scheint mir die Unterschrift gefälscht. Es steht überall das Gleiche drin, als wären sie hintereinander weggeschrieben worden.«

Sie klappte die Akte zu und verschnürte sie wieder, legte sie zur Seite und öffnete eine der zwei flachen Kisten, die sie mit in die Kutsche genommen hatte.

Raphanael pfiff leise durch die Zähne, als er die zwei doppelläufigen Radschlosspistolen sah. Sie waren reich verziert, Gold, Silber, Messing und der graue Stahl der Läufe glänzten um die Wette, und die hölzernen Schäfte waren mit Elfenbein eingelegt.

»Ein Geschenk von Herzog Albrecht«, erklärte sie ruhig, während sie die Waffen sorgsam überprüfte. »Sie schießen sogar besser, als sie aussehen. Es sind Jasparis.«

Raphanael nickte. Er hielt wenig von Feuerwaffen, für ihn gab es andere Mittel, aber selbst er hatte von Meister Jaspari gehört. Seit fast dreißig Jahren galten seine Pistolen als die Krönung der Büchsenmacherkunst im Kaiserreich. Es gab wenig, in dem Manvare dem Reich nachstand, aber ihre Büchsenmacher waren von dieser Kunstfertigkeit noch weit entfernt.

Bis vor wenigen Jahrzehnten waren Schusswaffen noch verlacht worden. Eine Armbrust war billiger und konnte schneller schießen, und die Luntenbüchsen, die es schon seit gut zwei Jahrhunderten gab, waren notorisch unzuverlässig und im Regen nur als Knüppel zu gebrauchen. Aber die daumengroßen Bleigeschosse richteten mehr Schaden an, durchschlugen Schilde oft mit Leichtigkeit, und der Knall ließ Pferde scheuen. Raphanael hatte sogar einmal gehört, dass dies der Grund war, weshalb man an ihnen festgehalten hatte. Sie waren zudem einfacher in der Herstellung. Ein Rohr, ein Hebel mit einer Lunte daran … keine Drahtsehne, kein Federstahl.

Als in Ulmas ein Uhrmacher auf die Idee kam, das Laufwerk einer Turmuhr durch eine gebogene Feder aus Stahl zu ersetzen, dauerte es nicht lange, bis die Büchsenmacher das Radschloss erfanden. Damit hatten sie eine Waffe entwickelt, die selbst bei Regen und in jeder Lage zuverlässig feuerte, da das gesamte Schloss bis hin zur Pulverpfanne gekapselt war. Das Problem war nur der Preis. Auch wenn man sie nicht mit Gold, Silber und Elfenbein verziert hätte, wären die Pistolen der Majorin kaum bezahlbar gewesen.

Vor etwa dreißig Jahren kam ein Büchsenmacher aus Aragon auf die Idee, einen Feuerstein mit einer Feder gegen eine gebogene Metallplatte schnellen zu lassen, die zugleich die Pulverpfanne abdeckte, der Feuerstein drückte die Metallplatte zurück, und der Funken flog in die Pfanne, um das Pulver dort zu entzünden. Das Steinschloss war zuverlässiger als die Luntenschlösser und weitaus billiger als ein Radschloss. Bei der Schlacht von Istimus vor siebzehn Jahren hatte eine solcherart ausgerüstete kaiserliche Kompanie auf diese Weise gegen eine dreifache Übermacht das Feld für sich gewonnen, seitdem wetteiferten die bekannten Reiche darin, ihre Armeen mit diesen Waffen auszurüsten.

Doch in seiner Zuverlässigkeit blieb das Radschloss ungeschlagen. Wer reich genug war, um sie sich zu leisten, entschied sich für diese Art von Waffen.

Wenn man Feuerwaffen mochte.

Raphanael mochte sie nicht, was nicht bedeutete, dass er ihre Nützlichkeit nicht erkannte. Er legte die Akte zur Seite, stand auf und klappte die Sitzbank, auf der er gesessen hatte, hoch und entnahm ihr eine kurze Fanfarenflinte.

»Ich bin nicht gut darin«, erklärte er entschuldigend, als er die schwere Waffe aufrecht vor sich stellte. »Aber damit treffe ich zumindest etwas.«

»Das«, sagte Lorentha, die fasziniert und zugleich erschreckt auf seine Waffe starrte, »glaube ich gerne.« Die Fanfarenflinte, so genannt, weil der Lauf sich wie bei einer Fanfare weitete, verschoss eine gute Handvoll Bleikugeln auf einmal. Oder Nägel, oder was auch immer man in den gut doppelt daumenbreiten Lauf füllte. In dieses Loch zu sehen, brachte einen dazu, zu beten, man wäre woanders.

»Gut«, sagte sie und leckte sich nervös über die Lippen. »Aber halte dich damit fern von mir und, um der Götter willen, komme mir damit nicht in meinen Rücken!«

Die Beförderung
des Arimant Bosco

24 Arimant Bosco, seines Zeichens Sergeant der kaiserlichen Garda zu Aryn, stöhnte laut auf, als er die Eingangstür quietschen hörte. Wenn Quietschen das richtige Wort für ein Geräusch war, das sich eher anhörte, als würden Dämonen eine verzweifelte Seele in zwei Teile reißen. Zum hundertsten Mal nahm er sich vor, die Angeln zu ölen, und zum neunundneunzigsten Male fragte er sich, warum er es nicht schon längst getan hatte.

Mühsam schwang er sich aus dem Bett, strich sich über seine Haare und kratzte sich an der Wange, während er sich über Korporal Ramina beugte, die im Bett nebenan lag.

Er schüttelte sie unsanft, doch außer, dass ihr Schnarchen die Tonlage änderte, geschah wenig, nur die leere Flasche, die sie lose in der Hand hielt, fiel herunter und kullerte über den dreckigen Boden.

Er zog den Gürtel zu, warf sich ein Hemd über, stieg in seine Stiefel und suchte nach seinem Schwert, es musste doch hier irgendwo ... ah, da. Unter dem Bett. Er kniete sich hin, fischte es leise fluchend hervor und ging dann schlurfend nach vorne, während er den Wein verfluchte, den er gestern getrunken hatte.

Er hasste das. Nicht den Kater, den empfand er als gerechte Strafe. Nein, was er mittlerweile zu fürchten gelernt hatte, war ein besorgter Bürger, der noch nicht verstanden hatte, dass es die Garda faktisch nicht mehr gab, und der seine Hoffnungen in einen Haufen abgerissener Soldaten steckte, die nur deshalb noch nicht gegangen waren, weil sie nicht wussten, wohin sie gehen sollten. Es brach ihm manchmal das Herz, den Geschichten zu lauschen, die sie erzählten, von Gewalt und Ungerechtigkeiten und Not, und sie erzählten sie immer, auch wenn er schon vorher versuchte, ihnen begreiflich zu machen, dass er ihnen nicht helfen konnte. Manchmal, bei Kleinigkeiten, konnte er es, dann trat er einen oder zwei der anderen aus dem Bett und verprügelte einen schlagfertigen Ehemann oder versuchte, einen Streit zu schlichten, oder wenn es um einen Vermissten ging, machte er sich sogar auf den Weg nach unten zum Hafen, wo man am Anfang der kaiserlichen Besetzung der Stadt ein altes Lagerhaus als provisorische Totenhalle eingerichtet hatte; der Ort war praktisch, war es doch üblich, die Toten in den Hafen zu werfen.

Es war noch immer das gleiche Provisorium, und von Mal zu Mal kam es ihm voller vor, obwohl man jeden zweiten Tag die Toten sammelte und mit einem hastigen Gebet verbrannte. Das war das Schlimmste, dachte er niedergeschlagen, wenn er dann dort einen der Vermissten fand ... und es kam zu oft vor.

Er stieß die Tür zur Wache auf und erstarrte, denn die Sera, die dort an der dreckigen Theke lehnte und mit langen, schlanken Fingern ungeduldig darauf herumtrommelte, sah ihm nicht sehr hilfsbedürftig aus. Sie war nicht allein, neben ihr stand ein feiner Herr, in einer dunkelblauen Jacke mit hohem Kragen angetan, die Haare sorgfältig frisiert, der Spitzbart sorgsam und ohne auch nur den Anflug eines Bartschattens gestutzt und rasiert, das Hemd darunter und das sorgsam geknotete Tuch waren von einem so reinen Weiß, dass es ihm in den Augen wehtat.

Die wahre Offenbarung aber war die blonde Sera, deren dunkelgrüne Augen sich zusammenzogen, als sie seiner gewahr wurden. Sie trug die Rüstung der Garda, als wäre sie darin geboren, und während er sie noch anstarrte, stellte er fest, dass sie ihm eine Frage beantwortete, die ihn schon lange fasziniert hatte, so also musste dieser Gurt getragen werden! Er blinzelte ein zweites Mal, als er das kleine goldene Schild mit dem Wolf darauf erkannte, es musste Gold sein, Messing glänzte nicht so, also war sie ...

»Ich bin Majorin Sarnesse«, sagte sie mit einer kalten Stimme, die ihn frösteln ließ. »Ab sofort werde ich das Kommando hier übernehmen. Wie ist Sein Rang und Name, Soldat?«

»Ser, Sergeant Arimant Bosco, Ser!«, antwortete Bosco aus Reflex heraus.

»Er ist eine Schande«, sagte sie in einem Tonfall, der Steine schneiden konnte. »Gehe Er und hole mir Leutnant Serrik.«

»Da sagt Ihr mir nichts Neues«, sagte Bosco müde und ging hinüber an den kleinen Tisch, der in dem Bereich hinter der Theke stand, um den Wasserkrug zu greifen, sich damit erst das Gesicht zu befeuchten und dann einen Schluck zu trinken. Das war es also. Wahrscheinlich würde er morgen um die Zeit schon baumeln. Scheiß drauf, dachte er, das ist sowieso kein Leben mehr. »Auf Serrik braucht Ihr auch nicht zu hoffen«, fügte er hinzu und kramte in der Schublade, bis er das fand, was er suchte, sein eigenes Abzeichen, das er einst mit so viel Stolz getragen hatte. »Er hat sich schon vor sechs Wochen mit der Kasse abgesetzt.« Er versuchte, das stumpfe Abzeichen an seinem Ärmel zu polieren und gab es dann auf. Er legte es vor ihr auf die Theke und griff nach seinem Schwert, um in die Mündung einer Fanfarenbüchse zu blicken, die ausgerechnet der feine Herr ihm vor die Nase hielt ... in diesem Moment erschien ihm der Lauf so weit, als könne man einen Karren darin parken.

»Bah«, meinte er und schob die Mündung mit der Hand zur Seite. »Ich will keinen Ärger, ich ergebe mich gerade, habt Ihr das noch nicht bemerkt?«

Er legte das Schwert vor der Majorin auf die Theke ... grübelte, irgendetwas stimmte noch nicht, ach ja ... und drehte es so, dass es mit dem Griff zu ihr da lag.

»Ich kann alles erklären«, meinte er dann müde. »Aber ich weiß nicht, ob Ihr es hören wollt.« Er nahm den schweren Schlüsselbund, der unter der Theke hing. »Soll ich mich selbst einsperren?«, fragte er und gähnte. Irgendwie war es eine Erleichterung, wenn er baumelte, war der ganze Ärger wenigstens vorbei.

»Was, in aller Götter Namen, geht hier vor?«, fragte die Majorin entgeistert.

»Seht Ihr doch«, gab Bosco Antwort. »Es ist alles vor die Hunde gegangen ... viel Glück mit Eurem neuen Kommando, Major«, sagte er. »Ihr werdet es brauchen.« Er drehte sich um und schlurfte davon.

»Wo geht Er hin?«, fragte sie ungläubig.

Er hob den Schlüsselring und klapperte damit. »Zum Zellenblock. Aber hängen müsst Ihr mich schon selbst.«

»Sergeant Bosco«, peitschte ihre kalte Stimme über ihn. »Augen zu mir und stillgestanden!«

Faszinierend, dachte er, als er sich scheinbar ohne eigenes Zutun auf der Ferse umdrehte und Haltung annahm, dass das so tief in einem sitzt.

»Und jetzt?«, fragte er resigniert. »Wollt Ihr mich marschieren lassen?«

»Nein«, antwortete sie kalt. »Er sagt, Er könne dies alles erklären. Fange Er damit an.«

»Also«, fasste sie gut eine Stunde später all das zusammen, was er ihr gemeldet hatte. »Mollmer starb einfach so.«

»Ja, Ser«, sagte Bosco. Mittlerweile stand er nicht mehr, sondern sie saßen um den kleinen Tisch herum. »Kam die Treppe runter, wie üblich schlecht gelaunt und fluchend, dann stockte ihm die Stimme, und er fiel die Treppe herunter, als wäre er eine Marionette, der man die Fäden durchgeschnitten hätte. Ich glaub, der war schon mausetot, bevor er unten ankam.«

»Dann übernahm dieser Serrik das Kommando, schickte dich, den Leichenschauer zu holen, und als du wiederkamst, war dieser Serrik weg, zusammen mit der Geldkassette, welche die Mittel der Garda enthielt und den Sold für das Vierteljahr.«

»Ja, Ser.«

»Dann hast du seinen Namen gefälscht und die Kameraden, die sich unerlaubt aus dem Dienst entfernt haben, in seinem Namen entlassen?«

»Ja, Ser.« Bosco zuckte mit den Schultern. »Unehrenhaft, sie sind ja abgehauen. Aber sie wurden immer noch in den Büchern geführt, und wenn man sie irgendwo aufgegriffen hätte, wären sie als Deserteure hingerichtet worden.« Er kratzte sich hinter dem Ohr. »Das haben sie nicht verdient.«

»Dann hast du versucht, mit gefälschter Unterschrift beim Gouverneur neue Mittel anzufordern?«

»Ja«, nickte Bosco. »Aber ich bekam von seinem Sekretär nur die Antwort, dass die Mittel ja schon bewilligt worden wären und erst nächstes Jahr neu zur Verfügung stehen würden.«

»Ihr seid jetzt nur noch zu siebt, und ihr ernährt euch, indem ihr Gelegenheitsarbeiten für die umliegenden Händler ausführt?« Diesmal war es Raphanael, der die Frage gestellt hatte.

»Ja, Ser. Ehrliche Arbeit, Ser.« Der Sergeant seufzte erneut. »Keiner von uns hat in den letzten zwei Monaten seinen Sold gesehen. Wir waren mal Garda ... wir hofften, so lange zu bestehen, bis die neuen Mittel angewiesen würden. Was dann gewesen wäre«, er zuckte mit den Schultern, »so weit denkt ein hungriger Magen nicht.«

»Und der Gouverneur?«, fragte Raphanael ungläubig. »Hat er sich nicht darum gekümmert?«

»Ich bin ein Sergeant, kein Offizier, konnte mich ja schlecht selbst befördern, nicht wahr?«, meinte Bosco müde. »Ich war zweimal vorstellig, aber der alte Sekretär hat nur die Nase gerümpft und mir gesagt, dass dies eine Angelegenheit der Offiziere wäre und dass Serrik schon selbst kommen müsse, wenn er etwas wolle. Nur dass Serrik abgehauen ist und ich das nicht sagen konnte, weil ich gerade unter seinem Namen neue Mittel beantragt hatte …«

»Und was genau ist mit Hauptmann Mollmer geschehen?«

Bosco zuckte mit den Schultern. »Der Leichenschauer kam und hat ihn auf seinen Karren geworfen, das war das letzte Mal, dass ich den Mistkerl gesehen habe.«

»Ihr habt nicht zufällig den Antrag gestellt, ihn mit der großen Wacht im Tempel der Isaeth zu ehren?«, fragte Raphanael.

»Nein«, meinte Bosco und spie verächtlich aus, um sich hastig zu entschuldigen, als sein Auswurf den Spucknapf in der Ecke verfehlte. »Wofür? Niemand weint dem alten Suffkopp eine Träne nach! Als er noch lebte, hat er uns drangsaliert und den Sold vorenthalten, und er hätte ein Gotteshaus nicht einmal dann erkannt, wenn es auf ihn gefallen wäre!«

Die Majorin schüttelte ungläubig den Kopf. »Niemand hat diese Zustände je gemeldet?«

»Doch«, meinte Bosco grimmig. »Vor zwei Jahren erhielten wir einen neuen Leutnant, frisch aus der Ausbildung. Am ersten Tag beschwerte er sich bei dem Hauptmann, am zweiten Tag teilte er ihm mit, dass er ihn melden wollte, und am dritten Tag hingen er und die drei anderen neuen Rekruten im Hof am Galgen. Wegen Insubordination. Nicht dass es ein Verfahren gegeben hätte, sie wurden im Schlaf von Mollmer, Serrik und den anderen abgestochen und am nächsten Morgen hochgezerrt, als Warnung an uns, die Klappe zu halten. Hat gewirkt.«

»Und warum …«, begann Raphanael und tat dann eine hilflose Geste.

»Die, die abhauen konnten, sind längst fort. Doch die meisten von uns können nichts anderes, und wir hatten wenigstens ein Dach über dem Kopf und zu essen. Mollmer, Serrik und die anderen …«

»Das wären Hauptmann Mollmer selbst, Leutnant Serrik, Fähnrich Engil, die Sergeanten Hamich, Urtman, Rangis und Wielke und Korporal Cerwig?«, fragte die Majorin, und er nickte.

»Ja, das sind sie. Alles Saufkumpane des Hauptmanns, die sich ein feines Leben gemacht haben. Als ich vor sieben Jahren in die Garda kam, war es noch nicht ganz so schlimm, aber dann kam Serrik aus Barnsberg her, er hatte dort wohl Ärger gehabt, und mit ihm und dem Hauptmann haben sich die beiden Richtigen hier getroffen. Serrik verstand sich bestens darauf, aus der Garda alles herauszuquetschen, was sie hergab.« Er schnaubte verächtlich. »Sie taten, als wären sie feine Herren, und wir haben ihnen die Stiefel tragen müssen. Wenn wir nicht spuren wollten, haben sie uns mit Disziplinarmaßnahmen gedroht, oder wenn wir abhauen würden, damit, uns als Deserteure jagen zu lassen. Als der alte Mollmer dann tot umgefallen ist, habe ich herausgefunden, dass dies eine leere Drohung war, sie hatten mehr davon, den Sold weiterhin einzustreichen.«

»Niemand hat etwas bemerkt? Auch der Gouverneur nicht?«, fragte Lorentha fassungslos.

»Doch. Es ist ja nicht zu übersehen«, meinte Bosco bitter. »Da braucht man nur die Straße entlangzugehen. Der Gouverneur tat nur so, als wäre alles in Ordnung, ich weiß, dass er vor Jahren mal hier war, hat mit Mollmer gestritten, das war, nachdem Mollmer den neuen Leutnant aufgehängt hat, aber geändert hat sich nichts. Die im Palast haben nur drauf geachtet, dass ihre Akten gut aussahen.«

»Ich glaube, wir müssen dem Grafen ein paar Fragen stellen«, meinte Lorentha zu Raphanael.

»Das sehe ich genauso«, sagte der und sah sich kopfschüttelnd in der verwahrlosten Wache um.

»Und was ist mit mir?«, fragte Bosco. »Und mit den anderen?«

»Das kommt darauf an«, sagte die Majorin leise.

»Und worauf?«

»Auf dich. Willst du hängen oder doch lieber wieder stolz das Schild der Garda tragen?«

»So gesehen …«, sagte der Sergeant.

»Dachte ich es mir doch«, lächelte Lorentha. »Als Erstes rufst du den Rest deiner Leute zusammen und schaust zu, dass ihr wieder ausseht wie Soldaten der Garda. Macht diesen Saustall sauber, ich will keinen Fleck sehen, wenn ich wiederkomme. Stell mir zusammen, was ihr braucht … und hier.« Sie griff an ihren Beutel und öffnete ihn, um sechs dicke, funkelnde Goldstücke herauszunehmen. »Das sollte für das Nötigste reichen, morgen bekommt ihr dann weitere Mittel zugeteilt.« Sie beugte sich etwas vor, um ihn mit ihren grünen Augen zu durchbohren. »Vor allem aber will ich wissen, wo dieser Leutnant Serrik zu finden ist.«

»Ich weiß es nicht, Herrin«, sagte der Sergeant hilflos. »Ich weiß, dass er noch in der Stadt ist, ich habe ihn vor vier Tagen unten am Hafen gesehen, aber mehr weiß ich nicht. Aber ich kann die anderen fragen.«

»Wo am Hafen?«, fragte Lorentha.

Bosco zuckte mit den Schultern. »In der Schiefen Bank. Er unterhielt sich dort mit einem Seemann, trug neue Kleider, für ihn hat es sich wohl gelohnt.«

»Das werden wir noch sehen«, sagte die Majorin grimmig. Sie tippte auf Boscos Marke, die zwischen ihnen auf dem Tisch lag.

»Hat Serrik sein Abzeichen hiergelassen?«

»Nein«, knurrte Bosco. »Er hat alle Marken, die aus Silber oder besser waren, mitgehen lassen.«

»Dann geh zum Goldschmied und lass dir eine neue machen. Aus Silber. Denn hiermit befördere ich dich zum Leutnant und übertrage dir das Kommando über diese Garda!«

»Ich und Offizier?«, fragte Bosco ungläubig. »Ich eigne mich doch gar nicht dafür, das seht Ihr doch daran, in welchem Zustand dieser Ort ist ... Ich wusste nicht, was ich tun soll, und ein Offizier hätte es doch gewusst!«
»Bosco ...«, sagte die Majorin mit einem feinen Lächeln.
»Ja, Herrin?«
»Ich sehe es anders. Finde dich damit ab. Das ist jetzt deine Garda. Aber solange ich hier bin, werde ich dafür sorgen, dass ihr wieder stolz darauf sein könnt, Garda zu sein!«
Bosco seufzte.
»Ich bin besser, wenn andere die Befehle geben«, meinte er dann. »Aber wenn Ihr darauf besteht ...«
»Ja«, schmunzelte Lorentha. »Ich bestehe darauf. Aber du brauchst dich nicht zu sorgen. An Befehlen wird es dir nicht mangeln.«

»Glaubst du ihm?«, fragte Raphanael, als Barlin antraben ließ und sich die Kutsche in Bewegung setzte. Er hatte die Fanfarenflinte wieder unter dem Sitz verborgen und lehnte sich bequem zurück.
»Ja. Es deckt sich mit dem, was ich in den Akten las«, antwortete Lorentha. Sie schüttelte den Kopf. »Als ich ihn da herausschlurfen sah, nahm ich mir vor, ihn als Ersten aufzuhängen, dabei hat er nur versucht, das Beste daraus zu machen. Ohne Mittel, nach all den Jahren der Verwahrlosung ... wir können froh sein, dass sie nicht angefangen haben, Leute zu überfallen.«
»Er wusste nicht von einer Wacht für Mollmer und auch nichts von einer Petition dafür.«
»Ja. Aber es ist Serriks Unterschrift auf den Petitionen«, meinte Lorentha grimmig. »Bosco meint, Serrik wäre noch in der Stadt. Wenn das so ist, werden wir ihn finden. Götter, wie konnte es Mergton nur so weit kommen lassen! Er hätte dem Hauptmann schon vor Jahren den Prozess machen sollen.« Sie schüttelte verständnislos den Kopf. »Wer hat

sich denn in all den Jahren um schwerere Verbrechen gekümmert?«

»Die Stadtwache, nehme ich an?«

Lorentha schnaubte. »Normalerweise ist die gerade mal gut genug, um einen Dieb zu fangen oder einen Alarm zu geben, wenn es irgendwo brennt. Sie sind nicht dazu ausgebildet, und es ist nicht ihre Aufgabe. Ich hörte schon, dass es schlimm wäre ... aber so schlimm ... Der Graf wird mir einiges erklären müssen.«

Graf Mergtons
Geheimnis

25 Diesmal war der Graf anwesend, und als er hörte, dass die Majorin ihn sprechen wollte, ließ er sie sofort zu sich bitten. »Ich hörte, Ihr hättet Akten der Garda entwendet«, sagte er zur Begrüßung. Er schien nicht sonderlich erfreut darüber.

»Ich habe sie soeben Eurem Sekretär wieder in die Hand gedrückt«, sagte sie nachlässig. Er hatte ihr und Raphanael einen Stuhl angeboten, ein Angebot, das der Lord auch nutzte, er hatte sich etwas weiter weggesetzt, dorthin, wo er das Schauspiel in aller Ruhe gut verfolgen konnte. Je länger er sie kannte, umso mehr beeindruckte sie ihn, vor allem aber fand er ihre Selbstsicherheit faszinierend, denn sie stand stramm wie eine gespannte Feder vor dem Schreibtisch des Grafen und funkelte diesen an, als wäre er ihr Untergebener und nicht umgekehrt. »Es war notwendig, sich über den Stand der Dinge ein Bild zu machen. Bei den Göttern, Graf, wie konntet Ihr zulassen, dass es so weit kam? Könnt Ihr Euch vorstellen, welches Licht dies auf Euch wirft, wenn ich meinen Bericht schreibe?«

»Ja«, sagte Mergton nüchtern. »Das kann ich. Es wird mir schaden, aber weniger, als Ihr denkt. Doch ich hatte keine andere Wahl.«

»Wie das?«, fragte die Majorin überrascht. »Ein Wort von Euch ... Ihr hättet Soldaten schicken können, Mollmer zu verhaften!«

»Das konnte ich nicht. Eurer Mutter zuliebe.«

Lorentha blinzelte ungläubig.

»Ich kann es Euch erklären, aber nicht in seinem Beisein.« Er tat eine Geste in Richtung Raphanael, der freundlich lächelte und sich bequemer hinsetzte. Wenn der Graf dachte, dass er sich das entgehen lassen würde, hatte er sich getäuscht.

»Lord Raphanael besitzt mein Vertrauen«, sagte Lorentha nur. »Sagt, was Ihr zu sagen habt.«

»Hauptmann Mollmer hat mich erpresst«, gestand der Graf unglücklich. »Er leitete die Ermittlungen zum Tod Eurer Mutter. Er fand heraus, dass sie mich in der Nacht zuvor aufgesucht hat. Es hatte mit Nachforschungen zu tun, privaten Nachforschungen, in denen sie meine Hilfe brauchte, aber wenn es herausgekommen wäre, hätte es ihren Ruf zerstört.« Er seufzte. »Es scheint ja jeder zu wissen, dass ich ihr in jungen Jahren den Hof gemacht habe. Sie entschied sich für Euren Vater, eine Entscheidung, die ich nicht verstehen kann, aber immer respektiert habe. Er ist ein guter Mann, nur …« Mergton hob die Schultern und ließ sie wieder fallen. »Ich hätte ihr um so viel mehr bieten können. Aber es war ihre Entscheidung, und ich habe sie respektiert. Nur könnt Ihr Euch denken, wie es ausgesehen hätte, wäre es herausgekommen, dass sie mich in der Nacht vor ihrem Tod besuchte. Da ihr Aufenthalt bei mir in jener Nacht auf keinen Fall mit ihrem Tod zu tun haben kann, habe ich Mollmer gebeten, es aus dem offiziellen Bericht zu entfernen. Er tat dies auch, aber nachdem ich ihn in die Hauptstadt geschickt habe, fing er an, mich damit zu erpressen.«

»Ein Grund, ihn aufzuhängen, aber nicht, ihm nachzugeben!«, sagte Lorentha kalt.

»Er drohte mir damit, dass er an geeigneter Stelle ein Schriftstück deponiert hätte«, sagte der Graf und zog ein Tuch heraus, um sich den Schweiß von der Stirn zu tupfen, obwohl es so warm gar nicht war. »Es würde nach seinem Tod bekannt gemacht werden. Deshalb waren mir die Hände gebunden. Ich habe Blut und Wasser geschwitzt, als er dann starb, aber er hat mich wohl getäuscht, bislang hörte ich nichts davon und glaubte das Geheimnis nun doch sicher.« Er sah fast verzweifelt zu Raphanael hin. »Wenn Ihr es bitte wahren würdet, es geht hier um das Andenken einer Dame!« Er sah fast bittend zu Lorentha hoch. »Auch Euren Vater hätte es hart getroffen.«

Es ging Euch um Euren eigenen Ruf, dachte Raphanael angewidert. Wenn es so harmlos war, dann hättet Ihr dafür geradestehen und mit Eurer Ehre den Ruf der Sera verteidigen sollen!

Auch Lorentha hatte Schwierigkeiten, dem Grafen zu glauben. »Deshalb habt Ihr zugelassen, dass die Garda vor die Hunde geht?«, fragte sie fassungslos.

»Ich habe versucht, zu tun, was möglich war. Ich habe sogar neue Offiziere angefordert, aber ...« Er machte eine hilflose Handbewegung. »Sie haben mir nur einen Leutnant und ein paar Unteroffiziere geschickt, und Mollmer hat sich ihrer schnell entledigt. Am Anfang war es auch nicht so schlimm, erst in den letzten Jahren ...« Er tupfte sich wieder den Schweiß ab. »Es ist mir unangenehm, Baroness, und ich tat, was ich konnte. Ich stärkte die Stadtwachen, und mancher Dinge nahm ich mich selbst an, um die Ordnung nicht zu gefährden, aber ...«

Götter, dachte Lorentha, dieser Mann glaubt, er hätte meinem Vater das Wasser reichen können? Sie schüttelte fassungslos den Kopf. Ein Freund ihrer Mutter. Jemand, der es gut mit ihr meinte. Auf solche Freunde, fand sie, konnte sie leicht verzichten.

»Ihr habt mich enttäuscht«, sagte Lorentha kühl. »Ich überlasse es Euch, zu überlegen, was meine Mutter zu Euch gesagt hätte.«

»Aber sie war es doch, die darum bat, dass nichts von ihrem Besuch bekannt werden sollte!«, begehrte der Graf auf. »Hätte ich denn mein Versprechen ihr gegenüber brechen sollen?«

»Worum ging es?«, fragte Lorentha. »Was hat meine Mutter von Euch gewollt?«

Wieder sah Mergton zu Raphanael hin.

»Fragt gar nicht erst«, sagte Lorentha hart. »Ich sagte schon, ich habe wenig Geheimnisse vor ihm. Worum ging es meiner Mutter?«

»Um Dinge, die nichts mit ihrem Mord zu tun haben können!«, sagte der Graf und sah sie fast schon verzweifelt an. »Lorentha, ich bitte Euch, ich habe es ihr versprochen!«

»Sie würde wollen, dass ich es weiß«, sagte sie ruhig.

Der Graf sah sie an und seufzte. »Sie wollte Zugang zu den Archiven.«

»Und was genau?«

»Sie wollte das Protokoll der Hochzeit zwischen dem damaligen Prinzen Pladis und Prinzessin Armeth einsehen, die Verträge, die den Besitzwechsel der Stadt beurkunden, und dann, zuletzt, die Berichte über den Aufstand, der sich damals hier zutrug, als Prinzessin Armeth im Kindsbett gestorben ist. Alles Dinge, die Jahrhunderte her sind und heute gewiss nicht mehr wichtig sind.«

»Wisst Ihr, was sie herausfand?«, fragte Lorentha gespannt.

Der Graf schüttelte den Kopf. »Nein. Ich habe ihr die Dokumente zugänglich gemacht, sie hat sie in jener Nacht bei mir studiert, deshalb war sie auch so lange bei mir. Ich weiß nur, dass sie sagte, sie wisse jetzt, welche Rolle der Falke von Sarnesse in der ganzen Angelegenheit gespielt hätte. Ich weiß das noch, weil ich dachte, sie würde den Falken im Tempel meinen, aber sie lachte und schüttelte den Kopf, das eine hätte mit dem anderen nur zufällig zu tun.«

Zum ersten Mal richtete Raphanael das Wort an den Grafen. »Sie sagte, es gäbe einen Zusammenhang, auch wenn der nur zufällig wäre?«

Der Graf nickte unglücklich. »So habe ich sie verstanden. Sie brach kurz danach auf, und es war das letzte Mal, dass ich sie gesehen habe.« Er sah Lorentha fast verzweifelt an. »Wäre es eine andere Sera gewesen, ich hätte Mollmer an Ketten durch die Stadt schleifen lassen. Aber es war nicht mein Geheimnis, sondern das ihre, und ich hatte es ihr versprochen.«

Er schaute sie so verzweifelt an, dass Lorentha seufzen musste. Sie war immer noch der Ansicht, dass es besser gewesen wäre, Mollmers Erpressung im Keim zu ersticken, aber sie erinnerte sich daran, dass die Gräfin gesagt hatte, dass Mergton nie aufgehört hätte, ihre Mutter zu lieben. Liebe macht dumm. Noch so ein geflügeltes Wort von Albrecht, dachte sie zerknirscht. Auch wieder eines, dessen Richtigkeit sie aus eigenem Erleben bestätigen konnte. Also war der Graf doch ein Ehrenmann. Götter, dachte sie, wie sie das hasste. Sie hielt viel von ehrenhaftem Verhalten. Von Loyalität und davon, einem Freund beizustehen, aber wenig davon, eine zweifelhafte Moral mit Ehre gleichzusetzen. Zu oft hatte sie in den letzten zwölf Jahren erleben müssen, wie wenig diese Art der Ehre wirklich wert war.

»Könnt Ihr mir das Dokument besorgen, das sich meine Mutter angesehen hat?«

Der Graf nickte. »Aber es wird ein wenig dauern. Morgen vielleicht?«

»Das soll mir recht sein«, antwortete sie und atmete dann tief durch. »Gut, Mollmer ist tot, das Problem gelöst. Ihr habt jetzt die Möglichkeit, einen Teil dessen, was Ihr mit Eurer Nachlässigkeit angerichtet habt, auszugleichen.«

»Gerne«, sagte der Graf, offensichtlich erleichtert darüber, dass der Sturm sich allmählich verzog. »Was kann ich tun?«

»Mein Vorschlag wäre, dass Ihr die Ernennung von Sergeant Arimant Bosco zum Leutnant ersten Grades bestätigt und ihm die Führung der Garda hier übertragt. Zudem wäre es angebracht, die Mittel freizugeben, die er braucht, um die Garda wieder aufzubauen, die Hauptmann Mollmer und seine Komplizen in den letzten Jahren unterschlagen haben. Dann solltet Ihr Werber ausschicken, um neue Rekruten für die Garda zu finden, in ihrer jetzigen Stärke ist sie nutzlos. Wenn Ihr ihnen auch sonst den Rücken stärken könntet, wäre der Garda damit sehr geholfen. Aber das sind natürlich nur Vorschläge.« Ihr Blick machte deutlich, dass sie hier lediglich die Form wahrte.

»Ja, Herr, selbstverständlich, Baroness«, sagte Mergton hastig. »Es soll so geschehen, es wäre dumm von mir, einen Rat von jemand mit Eurer Erfahrung abzuwehren.«

»Genau«, sagte Lorentha. »Genau das wäre es. Mit Verlaub.«

»Können wir die Angelegenheit jetzt ruhen lassen?«, fragte Mergton unbehaglich.

»Ja«, nickte die Majorin. »Fürs Erste.«

Der Graf atmete erleichtert auf. »Es gibt nämlich noch etwas, weswegen ich auch nach Euch hätte rufen lassen. Heute Morgen erhielt ich Nachricht von der Stadtwache, dass jemand den Bankier Angardt erschossen hätte. Er hätte ein Geständnis hinterlassen und …«

»Ich hörte davon«, unterbrach ihn Lorentha. »Anscheinend war es Stadtgespräch. Er hat den Mord an meiner Mutter gestanden?«

»Ja. Aber …« Mergton tupfte sich wieder den Schweiß von der Stirn.

»Mit Verlaub, Eure Exzellenz«, bat Lorentha leise. »Spannt mich nicht auf die Folter.«

»Ich habe mich selbst der Sache angenommen«, brach es aus dem Gouverneur heraus. »Ich war dort, habe mir den Ort angesehen … vieles von dem, was in dem Geständnis stand, konnte nur der Mörder wissen, aber ich glaube nicht, dass Eure Suche bei Angardt ein Ende findet.«

Lorentha nickte. So ganz hatte sie es nicht glauben können. Es *fühlte* sich nicht richtig an für sie. Es mochte sein, dass ihr Auftritt auf dem Ball gestern Abend den Mörder aufgeschreckt hatte, aber wenn der Bankier der Mörder gewesen wäre, hätte es mehr Sinn ergeben, zu versuchen, sie anzugehen, ihr einen Attentäter auf den Hals zu schicken. Wenn diese Versuche gescheitert wären und sie wirklich vor seiner Tür gestanden hätte, hätte er sich immer noch selbst richten können.

»Warum glaubt Ihr nicht, dass er der Mörder war?«

Der Gouverneur seufzte, etwas, das er heute öfter getan hatte. »Was soll ich sagen? Angardt ist einfach nicht der richtige Mann dafür. Es ist nur ein Gefühl. Ich … es wäre zu einfach, findet Ihr nicht?«

»Aber Ihr habt es verbreiten lassen?«, fragte Raphanael.

Der Graf nickte. »Ich hielt es für besser, dass der Mörder glaubt, seine Täuschung sei gelungen.« Er zuckte hilflos mit den Schultern. »Es mag sein, dass ich mich irre, das Geständnis ist durchaus überzeugend, aber … ich kann mir nicht vorstellen, dass Angardt gegen Evana hätte vorgehen wollen.«

»Also sind wir noch am Anfang«, stellte Lorentha fest. »Nur dass es jetzt ein Opfer mehr gibt.«

»Nein«, widersprach Raphanael gelassen. »Wir wissen mehr. Wir wissen, dass er noch lebt, dass es wahrscheinlich ist, dass er auf Simers Ball war, und wir wissen, dass er dich fürchtet. Sonst hätte er es nicht mit dieser Täuschung versucht.«

»So ist es«, nickte der Graf und sah erst fragend zu Raphanael und dann zu Lorentha hin.

»Habt Ihr in Angelegenheit des Falken Fortschritte machen können?«

»Wir haben ein paar Namen«, antwortete Lorentha. »Vorneweg Leutnant Serrik von der Garda. Eure Nachlässigkeit hat dafür gesorgt, dass man mit dem Finger direkt auf die Garda zeigen wird, wenn der Diebstahl des Falken bekannt wird, denn es besteht nicht der geringste Zweifel daran, dass Serrik und seine Komplizen den Falken gestohlen haben. Wenn der Diebstahl des Falken jetzt publik wird, wird sich die Wut der Leute hier auf das Reich und kaiserliche Loyalisten richten. Etwas, das nur möglich wurde, weil Ihr diese verdammte Petition unterzeichnet habt, obwohl Ihr wissen musstet, dass ausgerechnet Mollmer nicht der Mann war, der im Kaiserfeld bestattet gehört.«

»Ja«, sagte der Graf. »Deshalb habe ich mehrfach abgelehnt, doch als Serrik auftauchte und schon wieder davon sprach, habe ich zugestimmt, einfach nur, damit Mollmer unter der Erde landet und ich ihn endlich vergessen konnte.«

»So erfolgreich wart Ihr damit nicht«, merkte Raphanael an, was ihm einen ärgerlichen Blick des Grafen einbrachte.

»Als ob ich das nicht selbst wüsste!«

Lorentha räusperte sich, um die Aufmerksamkeit des Grafen wieder auf sich zu lenken, und sprach dann weiter. »Wir müssen diesen Serrik finden, und zwar lebend. Von Euch erhoffe ich mir, dass Ihr mich in allen Belangen unterstützt!«

»Ja, sicher«, sagte der Graf, der von der Vehemenz der Majorin etwas überrascht schien.

»Ich werde die Stadtwache anweisen, Euch in jeder Form zu unterstützen.«

»Die Garda zu unterstützen, ist sowieso die Pflicht der Wache«, meinte Lorentha.

»Ja«, gab der Graf zu und schaute verlegen drein. »Aber nach den letzten Jahren sollte man sie daran erinnern.«

Damit hatte er wohl recht, gestand sich Lorentha ein.

»Kann ich sonst noch etwas tun?«

Sie nickte. »Lasst Steckbriefe fertigen und die auslaufenden Schiffe nach ihm oder seinen Männern durchsuchen.« Sie wandte sich zum Gehen, blieb dann aber stehen, um zu ihm zurückzusehen. »Es mag sein, dass Ihr Gerüchte darüber hört, dass sich jemand an der Totenruhe eines verdienten Offiziers der Garda vergreifen würde. Wenn es an Euch herangetragen wird, in welcher Form auch immer, wehrt es ab, es ist nur ein Gerücht. Wenn Ihr mich jetzt entschuldigen wollt ...«

Der Graf nickte nur schwach.

Lorentha trat zur Tür, zog sie auf und stand einem überrascht und betreten dreinschauenden Lord Visal gegenüber, der die Hand zum Klopfen erhoben hatte. Sie sah sich im Vorzimmer um, Fellmar war nirgendwo zu sehen, Visal konnte also schon länger dort gestanden haben.

»Valkin«, begrüßte sie ihn mit einem kalten Lächeln. »Was suchst du denn hier?«

»Ich bin jetzt Lord Visal«, teilte er ihr erhaben mit, auch wenn die Wirkung dadurch gemindert wurde, dass er vor ihr zurückwich. »Einer meiner Arbeiter ist ermordet worden, und ich will das Verbrechen melden.«

»In Zukunft könnt Ihr so etwas wieder bei der Garda melden und braucht nicht den Gouverneur damit zu belästigen. Ich verspreche dir, die Garda und ich werden uns dann gerne um deine Angelegenheiten kümmern.« Ihr Lächeln wurde eisig. »Wir können ja entspannt über alte Zeiten sprechen ... aber du musst uns jetzt entschuldigen.«

Es klang mehr wie eine Drohung, dachte Raphanael, und so schien es Visal auch aufzunehmen, denn er wich noch weiter vor ihr zurück, um sie an sich vorbeizulassen.

Raphanael nickte dem Mann zu. »Visal«, grüßte er ihn mit kühler Freundlichkeit und lächelte, als der Mann ihn mit einem bösen Blick bedachte. »Bis bald dann.«

»Du scheinst Visal auch nicht zu mögen«, stellte Lorentha fest, als sie den Palast verließen und zur Kutsche zurückgingen.

Raphanael schnaubte verächtlich. »Der Mann ist ein Blender. Der letzte Lord Visal nahm an dem Aufstand hier in der Stadt teil. Es gelang ihm, mit seinem Leben zu entkommen, wie viele der Aufrührer damals brauchte er dazu ja nur einen Schritt aus den Toren der Stadt heraus zu tun. Der größte Teil seines Besitzes lag in der Stadt und wurde von den Kaiserlichen beschlagnahmt, außer einem Herrenhaus und einem Dorf blieb ihm wenig. Der König weigerte sich damals, die Aufrührer an die Kaiserlichen auszuliefern, also blieb Visals Vorfahr verschont, aber er hat die Stadt nie wieder betreten können. Visal träumt davon, dass, wenn Aryn wieder an

Manvare fällt, er auch seinen Titel zurückerhalten würde, und er ist ein glühender Loyalist. Es würde mich nicht wundern, wenn er in einen etwaigen Aufstand verwickelt wäre. Aber er ist klug genug, wenigstens die Form zu wahren, und zu vorsichtig, sich ertappen zu lassen.«

»Nicht immer«, sagte Lorentha, als sie in die Kutsche stieg. »Ich erhielt einen Hinweis, dass er daran beteiligt ist, Waffen für einen Aufstand in die Stadt zu schmuggeln.« Sie lächelte hart. »Das ist Hochverrat. Zudem schuldet er mir noch etwas. Ich denke, wir sollten ihn bald aufsuchen, vielleicht ist er ja bereit, uns ein paar Dinge zu verraten, um seinen dürren Hals zu retten.«

»Waffen?«, fragte Raphanael überrascht.

»Schwerter aus Aragon. Blanke Klingen, ohne Heft und Querstück«, teilte sie ihm mit. »Aber die sind nicht verboten und wurden wahrscheinlich mit einer anderen Lieferung geschickt. Aber im Moment lasse ich es laufen, ich will sehen, wo es hinführt.«

Raphanael setzte sich aufrechter hin. »Aragon ist beteiligt?«

»Ja«, nickte Lorentha grimmig. »Ich sage doch, es gibt immer welche, die aus einem Aufstand einen Vorteil ziehen wollen.«

»Wohin?«, fragte Barlin vom Kutschbock her.

»Zurück zur Garda«, gab Lorentha Antwort.

»Nein«, widersprach Raphanael. »Es gibt noch etwas Wichtigeres zu tun. Zudem, ich habe Hunger. Nach Hause, Barlin.«

»Ich will Serrik«, sagte Lorentha grimmig.

»Ja«, nickte Raphanael. »Aber im Moment nutzen dir deine Gardisten nichts, sie sind wahrscheinlich noch dabei, die Böden zu schrubben.«

»Dann sollten wir zum Hafen fahren«, meinte die Majorin. »Serrik wurde dort gesehen.«

Raphanael nickte. »Ich habe es nicht vergessen. Doch zuerst müssen wir essen und uns um etwas anderes kümmern.«

»Und was?«, fragte die Majorin unwillig. »Was ist wichtiger, als Serrik zu ergreifen?«

»Magie«, antwortete Raphanael ernst. »Du musst lernen, sie selbst im Zaum zu halten. Abgesehen davon musst auch du essen.«

»Ich habe keinen Hunger«, widersprach sie, nur um im nächsten Moment von einem vernehmlichen Knurren ihres Magens verraten zu werden.

»Ich hörte eben anderes«, grinste Raphanael und lachte erheitert, als Lorentha die Hände hochwarf, als ob sie sich ergeben müsste.

»Wenn du darauf bestehst, habe ich wohl keine andere Wahl«, grummelte sie.

»Gut, dass du es einsiehst«, schmunzelte seine Lordschaft. »Nach Hause, Barlin.«

»Sehr wohl, o Herr und Meister«, kam die etwas spöttische Antwort vom Kutschbock her, und die Kutsche fuhr an.

Jeder auf seiner Seite

26 Lord Valkin Visal sah zu, wie die Kutsche anfuhr, und ließ dann den Vorhang wieder fallen, um sich dem Grafen zuzuwenden, der sich in aller Seelenruhe um das Gebäck auf seinem Teller kümmerte.

»Götter«, beschwerte sich der junge Lord. »Wie könnt Ihr dabei so gelassen bleiben?«

»So schwer ist es nicht«, sagte der Graf und wies auf den Teller mit dem Gebäck. »Man darf sich einfach nicht aufregen. Greift zu, der Koch hat sich heute wieder selbst übertroffen.«

»Ich bin nicht wegen des Gebäcks gekommen«, knurrte Visal.

»Gut«, meinte der Graf und wies auf den Sessel, in dem eben noch Lord Raphanael gesessen hatte. »Dann setzt Euch wenigstens und lauft hier nicht so nervös auf und ab. Es besteht kein Grund zur Sorge.«

»Ach nein?«, meinte Visal grimmig. »Sie stecken ihre Nase überall hinein! Wisst Ihr überhaupt, wer die Majorin ist?«

»Wahrscheinlich besser als Ihr, Valkin«, sagte der Graf ruhig.

Der junge Lord schnaubte. »Das bezweifle ich doch sehr. Wisst Ihr, dass sie als Kind ein Teil eines Diebesgespanns war, das unten im Hafen Kaufleute und Seemänner ausgenommen hat? Sie hat einen von Vaters Leutnants umgebracht, als sie noch keine sechzehn war!«

Der Graf sah überrascht auf. »Robart?«

Der junge Lord nickte.

»Wenn ich mich richtig erinnere, hat er es nicht anders verdient«, sagte der Graf gelassen. »Aber in der Tat wusste ich das noch nicht. Dann ist dieser Ravan, der Wirt unten im *Schiefen Anker*, der andere Teil des Gespanns gewesen?«

»Raban heißt der Kerl«, knurrte Visal. »Er ist mir schon seit Langem ein Dorn im Auge. Erst kürzlich hat er einen meiner Leute abgestochen!« Es hielt ihn nicht mehr in dem Sessel und er sprang wieder auf. »Wir müssen uns ihrer entledigen!«

»Das werdet Ihr sein lassen«, sagte der Graf ruhig. »Selbst Euer Vater war in seinen Geschäften mit Robart vorsichtig, der Kerl war unberechenbar. Wenn es Lorentha war, die damals diesen Ochsen abgestochen hat, dann solltet Ihr Euch fragen, wie gefährlich sie heute ist. Ihr habt bemerkt, dass sie die Schwerter einer Walküre trägt, ja?«

»Aber sie stecken die Nase in unsere Angelegenheiten, überall stellen sie Fragen und drehen jeden verdammten Stein um!«

Der Graf seufzte. »Valkin. Sie wissen nichts. Gar nichts. Sie suchen überall, nur nicht an den richtigen Stellen. Und selbst wenn sie etwas finden, werden sie viel Zeit brauchen, bis sie verstehen, was hier geschieht.«

Der junge Lord sah ihn misstrauisch an. »Ihr wart noch nie davon überzeugt, dass es der richtige Weg ist«, grollte er. »Und versucht nicht, mich damit zu erschrecken, dass sie die Schwerter eines Ordens trägt.«

»Ich sagte es Eurem Vater schon, und jetzt sage ich es Euch«, antwortete der Graf gleichmütig. »Es gibt nur einen Weg, Euer Ziel zu erreichen. Indem Ihr Euch an die Gesetze haltet.« Er musterte den jüngeren Mann. »Ihr habt den Falken stehlen lassen, nicht wahr?«

»Und wenn es so wäre?«, fragte der Lord aufgebracht.

»Dann war es ein Fehler«, sagte der Graf ruhig. »Erwartet nicht, dass ich Euch in dieser Angelegenheit unterstütze. Euer Vater war genauso. Er wollte Abkürzungen gehen, ihm fehlte es wie Euch an Geduld.«

»Setzt Euch nicht auf ein hohes Ross«, schnaubte der Manvare erregt. »Ihr steckt genauso mit drinnen wie wir alle!«

»Nein«, antwortete der Graf, ich halte mich an die Gesetze. Und wenn Lorentha und Lord Raphanael Euch wegen des Falken auf die Spur kommen, rühre ich keinen Finger, wenn sie Euch am Halse hochziehen.«

»Auf welcher Seite steht Ihr eigentlich?«, fragte der junge Lord hitzig.

»Auf meiner«, antwortete der Graf. »Wie Ihr auf Eurer steht. Es ist nicht nötig, dass wir einander Freundschaft vorheucheln, jeder von uns vertritt seine eigenen Interessen. Auch Euer Berater ... und hättet Ihr auf mich gehört, hättet Ihr dieses Problem gar nicht erst. Es ginge alles seinen Gang.« Er beugte sich etwas vor, um den Manvaren mit einem harten Blick zu bedenken. »Haltet Euch zurück, was Lord Raphanael und Lorentha angeht. Wenn Ihr gegen sie vorgeht, werde ich Euch meine Unterstützung entziehen. Dann könnt Ihr mit kaiserlichen Truppen diskutieren, während die Advokaten in Augusta Euren Anspruch prüfen ... und Ihr werdet Euch denken können, wie es ausgeht.«

»Ihr droht mir?«, fragte Visal fassungslos.

»Ich rate Euch«, sagte der Graf und aß das letzte Stück seines Gebäcks, um dann zu seiner Tasse zu greifen. »Genau wie ich Euch rate, diesen Raban anders anzugehen.«

»Und wie? Soll ich ihn etwa zum Tee einladen?«

»Nein«, sagte der Graf. »Ihr geht hinaus zu Fellmar und beschreibt ihm einen Mann, den Ihr im Verdacht habt, Euren Mann erschlagen zu haben. Mein Sekretär stellt einen Steckbrief auf ihn aus, und es geht dann seinen Gang.« Seine Augen zogen sich drohend zusammen. »Ansonsten haltet Euch zurück. Wir wissen beide, wer damals Baroness Sarnesse diese Attentäter auf den Hals geschickt hat. Nur weil Euer Vater tot ist, bedeutet es nicht, dass Ihr vor Ihrer Rache sicher seid.«

»Ihr könnt hier nicht sitzen und so tun, als hätte dies alles nichts mit Euch zu tun!«, beschwerte sich der Lord.

Der Graf hob eine Augenbraue. »Warum denn nicht?«, fragte er mit leicht spöttischem Unterton. »Man könnte mir vorwerfen, dass ich manches weiß, das ich nicht wissen dürfte. Dass ich Sympathien hege. Doch es dürfte schwerfallen, etwas davon zu beweisen. Ich halte mich an die Gesetze. Was Euch angeht, sieht es etwas anders aus. Verschwörung zu einem Aufstand gegen die Krone, Raub eines heiligen Artefakts aus einem Tempel, Mord und Waffenschmuggel, ganz zu schweigen von Euren täglichen Geschäften im Hafen. Die Liste ließe sich fortsetzen. Noch einmal, Valkin, damit Ihr es versteht. Ihr habt einen Anspruch, dem ich mich nicht entgegenstelle, weil er rechtens ist.«

»Und weil Ihr daran gut verdienen werdet«, warf der junge Lord ein.

»Meine Beweggründe sind meine Sache«, antwortete der Graf scharf. »Ihr seid auf meine Hilfe angewiesen, ich nicht auf die Eure. Wenn Ihr gegen die Majorin und Raphanael vorgeht, werde ich Euch meine Unterstützung entziehen und selbst dafür sorgen, dass Ihr baumelt.« Er wies nachlässig zur Tür. »Wenn Ihr weiter nichts zu sagen habt, dürft Ihr jetzt gehen. Und denkt an diesen Steckbrief.«

Der Graf sah zu, wie der junge Lord die Tür etwas zu heftig hinter sich ins Schloss zog, und seufzte, um dann auf seine Hände herabzusehen. Etwas verwundert stellte er fest, dass sie nicht zitterten. Schließlich stand er auf, um ans Fenster zu treten und auf die Stadt hinauszuschauen, die er nun seit mehr als zwanzig Jahren regierte. Ein einziger Fehler, dachte er verbittert. Einmal zu tief ins Glas geschaut, und all das folgt daraus. Aber bevor er zuließ, dass Lorentha etwas widerfuhr, würde er die Konsequenzen auf sich nehmen. Ihre Mutter hätte es ihm nie verziehen, wenn die ganze Angelegenheit auch noch ihre Tochter in den Abgrund zog. Götter, dachte er verbittert, als er den Vorhang fallen ließ. Warum musste Lorentha ausgerechnet jetzt auftauchen?

Der Tanz der Schwerter

27 Das Essen mit Raphanael verlief für Lorentha überraschend ruhig und entspannt, es war eine der Gelegenheiten, bei denen auch Barlin mit am Tisch saß, er hatte sich umgezogen und ließ sich, ganz der feine Herr, mit einem breiten Grinsen von einem Mädchen bedienen, das ob seiner Blicke immer wieder errötete.

Sera Renera hatte ihre Enkeltochter auf einen Ausflug mitgenommen und wurde erst zum Abend hin erwartet, die Schwester bereitete im Tempel die Weihung vor, um den Tempel von der Blasphemie zu reinigen.

Als Lorentha Barlins neue Kleider lobte, tauschten die beiden Freunde einen Blick aus.

»Ich bin kein Magier«, erklärte Barlin dann, als hätte ihm Raphanael die Erlaubnis dazu erteilt. »Aber ich nahm mit ihm zusammen an der Ausbildung teil. Es gibt vieles, was der Orden einen lehren kann, das kein magisches Talent benötigt. Körperliche und geistige Übungen, die einem Dinge ermöglichen, die andere als Magie ansehen könnten ... die aber eben keine sind. Es gibt nicht viele, die über ein derart großes Talent wie Raphanael verfügen, dennoch ist er verletzbar. Eine Kugel bringt auch einen Hüter um oder ...« Er seufzte. »Ich sage Euch damit nichts Neues. Deshalb schützt der Orden Meister wie Raphanael und trat an mich heran, um mich zu fragen, ob ich dem Orden ebenfalls beitreten würde ... in einer anderen Eigenschaft.« Er schaute kurz zu Raphanael hin, der wieder fast unmerklich nickte. »Ich bin nicht nur sein

Freund. Ich habe zudem einen Eid geschworen, dass ich ihn mit meinem Leben beschütze.« Wieder sah er zu Raphanael hin. »Ich würde es auch ohne diesen Eid tun, und er für mich, was mir die Sache etwas schwerer macht, aber die Ausbildung beim Orden gab mir die Möglichkeit zu lernen, wie ich ihn besser schütze. Zudem kümmere ich mich um Angelegenheiten des Ordens. Ich weiß, dass er sich die nächsten Stunden hier aufhalten wird, und dieses Haus ist weitestgehend sicher. Also habe ich Zeit, mich um andere Dinge zu kümmern. Ordensangelegenheiten.« Er erlaubte sich ein leichtes Lächeln. »Manchmal ist es von Vorteil, Dienerschaft zu sein, man wird gerne übersehen. Manchmal ist es von Vorteil, ein Herr zu sein ...« Er wies an seiner Kleidung herab. »Wie jetzt auch.«

»Hast du von den Todeshändlern gehört?«, fragte Raphanael leise.

Lorentha nickte. »Wer nicht? Die Legende hält sich hartnäckig, aber bislang sah ich noch nie etwas, das ich als Beweis für ihre Existenz werten könnte.«

Er nickte. »Nun, es gibt Hinweise, dass sich ein Todeshändler in der Stadt aufhält. Barlin wird *vorsichtig*«, er betonte das Wort mit einem mahnenden Blick zu seinem Freund, »versuchen, herauszufinden, ob sich diese Hinweise bestätigen lassen. Aber dieser Todeshändler ist nicht das wahre Problem. Du hast Aragon erwähnt. Dort befindet sich schon seit Jahrhunderten der Hauptsitz eines anderen Ordens, der Bruderschaft.«

Lorentha schüttelte den Kopf. »Bruderschaften gibt es viele, aber in dem Zusammenhang ...«

»Es hätte mich auch gewundert, wenn du von ihnen gehört hättest«, sagte Raphanael mit einem schwachen Lächeln. »Sie sind wie Geister. Die Seher, die Hüter und ebenfalls die kaiserlichen Walküren haben über die Jahrhunderte oft genug ihre Differenzen gehabt, aber in gewissem Sinne sind wir gegen die Bruderschaft verbündet. Ihre Mittel sind subtil, Beeinflussung, Intrigen, solche Dinge. Manchmal allerdings sind sie auch direkter. Einer ihrer Meister, Don Amos, hegt einen tödlichen Hass gegen mich, und wir erhielten einen Hinweis, dass er in die Stadt gekommen ist. Vielleicht mit dem Schiff, das diese Ladung Klingen geschmuggelt hat. Barlin will versuchen, mehr herauszufinden, bevor es zu spät ist, denn wenn Don Amos tatsächlich in der Stadt ist, wird er versuchen, eine Gelegenheit zu finden, mich zu erschlagen.«

Lorentha nickte langsam. So war es immer mit Geheimnissen und Intrigen. Jedes Mal, wenn man eine aufdeckte, stieß man nur auf eine andere. Es gab beständig neue Ebenen, Verbindungen und Fäden, die sich kreuzten und mit anderen Dingen zusammenwirkten. Ein dämonisches Spiel, das ihrer Meinung nach niemand gewinnen konnte. In ihrer Zeit bei der Garda hatte es immer wieder schattenhafte Spuren gegeben, nie etwas Greifbares, das auf größere Zusammenhänge hindeutete.

Jeder ist eine Puppe, hatte Albrecht einmal sehr ernsthaft gesagt. Der Trick wäre, zu erkennen, wer die eigenen Fäden führt.

Für sie war der kaiserliche Hof in Augusta voll von diesen Fäden und Schatten. Manche der Intrigen dort erschienen ihr kleinlich, kindisch fast, und doch hatte sie ab und an das Gefühl, dass hinter einem kleinen Plan ein großer stand, dass ein Intrigant, ohne es zu merken, selbst an Fäden gezogen wurde. Sie hasste diese Welt, aber auch die Garda war nicht frei davon.

Ihre Mutter war Opfer dieser Schattenwelt geworden, davon war sie überzeugt. Und jetzt erfuhr sie, dass Raphanael ebenfalls in dieser Welt lebte … aber das hatte sie ja von Anfang an befürchtet. Wenn der Orden rief, musste er dem Ruf folgen. Bei ihrer Mutter war es nicht anders gewesen. Jetzt fiel es Lorentha schwer, nicht preiszugeben, wie sehr es sie bedrückte, dass auch Raphanael in diesem Netz gefangen war.

»Ich hoffe, du gewinnst die Auseinandersetzung«, sagte sie und versuchte, so unbeteiligt wie möglich zu klingen.

Sie konnte nicht wissen, dass Raphanael für sie eine Ordensregel gebrochen hatte, um ihr zu erklären, warum er sie unter Umständen im Stich lassen musste. Nicht weil er es so wollte, sondern weil er befürchtete, die Auseinandersetzung nicht zu überleben. Einmal schon war er mit Don Amos aneinandergeraten, und nur Glück hatte ihn lebend, wenn auch nicht unbeschadet, entkommen lassen. Die Wahrscheinlichkeit, dass es ihm dieses Mal gelingen würde, gegen Don Amos zu bestehen, schätzte er selbst eher niedrig ein, allein deshalb traf es ihn, wie unbeteiligt ihre Antwort soeben geklungen hatte.

»Ja«, sagte er rau. »Das hoffe ich auch.«

Umso wichtiger war, dass er ihr zuvor noch zeigte, wie sie ihr eigenes Talent zügeln konnte.

»Das Problem mit der Magie ist«, erklärte Raphanael später, nachdem Barlin bereits aufgebrochen war, »dass Magie schwer greifbar ist, nur indirekt gewoben werden kann. Ihr habt bestimmt schon einmal von einem fernen Ort geträumt, der so echt wirkte, dass Ihr hättet glauben können, Ihr wäret dort gewesen. Wahrscheinlich seid Ihr es auch gewesen, in Eurem Geist, was dann Magie gewesen wäre. Aber es dürfte Euch schwerfallen, es zu wiederholen.« Sie befanden sich wieder im Keller, nur war es jetzt nicht sie, die den Altar schmückte, sondern eine einfache Kerze.

Sie nickte und hörte weiter zu. Seit dem Essen war er wieder schweigsamer geworden, mehr in sich zurückgezogen, und es fiel ihr durchaus auf, dass er das vertrauliche Du bereits wieder vergessen hatte.

»Im Laufe von Jahrhunderten, in manchen Fällen Jahrtausenden, haben Orden Techniken entwickelt, dies, was so schwer zu greifen ist, greifbar zu machen. Die alten Meister fanden heraus, dass Magie einen eigenen Puls hat, einen Rhythmus besitzt, wie Musik, und oft waren die ersten Rituale auch Gesänge. Am Anfang waren diese Rituale umständlich, man musste sich dreimal nach links, dann einmal nach rechts drehen, einen Bocksprung machen und sich Salz auf die Nase stäuben, solche Dinge.« Er zuckte mit den Schultern. »Das meiste davon war unnötig und hielt sich, weil es beeindruckend aussah. Tatsächlich braucht es nur einen Rhythmus, ein bestimmtes Muster, eine Art Schwingung in den eigenen Gedanken, das den Puls der Magie beeinflusst und sie dazu bringt, das zu tun, was man will. Die erste Übung, die ein Lehrling lernt, ist die der Kerze. Ich brauchte fast ein halbes Jahr dazu, aber auch wenn Ihr es nicht mehr wisst, seid Ihr bereits ausgebildet. Ihr braucht Euch nur daran zu erinnern.« Er tippte die Kerze an, sie flammte auf und erlosch beim zweiten Tippen.

»Diese Übung ist einfach. Ihr konzentriert Euch auf die Kerze, zwingt sie mit Eurem Willen zum Brand, und im Hintergrund Eurer Gedanken baut Ihr eine Abfolge von Bildern oder Tönen auf. Was Ihr verwendet, ist nicht wichtig, nur dass es dem Rhythmus folgt. Dumm-de-la-de-la. Wiederholt es, verändert Thema und Geschwindigkeit, aber behaltet diesen Rhythmus oder Puls bei. Irgendwann findet Ihr die richtige Art, dem Puls zu folgen und berührt Euer Talent damit, und es formt sich zu Eurem Willen. Versucht es.«

Dumm-de-la-de-la. Es kam Lorentha bekannt vor. Dumm-de-la-de-la. Dumm-de-la-de-la. Es war wie bei den Stöckchenspielen, die ihre Mutter mit ihr so oft spielte, als sie noch ein Kind gewesen war. Dumm-de-la-de-la. Nur ging es nicht nur um Rhythmus, sondern auch um Form und Position der Stöckchen. Dumm-de-la-de-la. Zum Schluss hatten sie das Spiel ohne die Stöckchen gespielt, nur, indem sie sich Form, Position und Abfolge vorstellte … Dumm-de-la-de-la. Ganz zum Schluss war es ihr gelungen, Lage, Form und Abfolge auf einen Gedanken zusammenzufassen, der doch all das Vorherige enthielt, eine Struktur, ein Bild, eines, das sich um sich selbst rankte und doch und im Kleinen all das enthielt, was im Großen war, als ob man ein Blatt Pergament unendlich gefaltete hätte, auf dem alles, was darauf geschrieben stand, noch Bestand hatte, obwohl das Blatt so klein gefaltet war, als wäre es nicht mehr als ein Punkt, der um sich selbst gewunden war. Dumm-de-la-de-la.

So.

Eben brannte die Kerze noch nicht. Jetzt brannte sie. Sie entzündete sich nicht, kein kleiner Funken, kein Glühen, das erst wuchs, nein, eben war der Docht noch kalt und dunkel, im nächsten Moment war die Flamme da, ohne dass es ihrer Entstehung bedurfte.

Lorentha lachte erleichtert, es war wie dieses wunderbare Stöckchenspiel, das sie so oft in eine wundersame Welt geführt hatte, in der ganze Bücher so gefaltet waren, dass sie nicht mehr waren als ein Sandkorn in einem Meer aus Sand.

Dumm-de-la-de-la.

Mit einem leisen Knistern fanden alle Kerzen in dem Raum die Flamme wieder.

So.

Die Flammen auf den Kerzen waren größer. Wieder waren sie nicht gewachsen, nicht geworden, sondern einfach größer. Nur weil sie in Gedanken dieses eine Sandkorn ausgeklappt hatte.

So.

Wieder sprangen die Flammen von einer Größe auf die andere und strahlten nun um vieles höher, während das Wachs immer schneller tropfte, zischte und in Rinnsalen herunterlief. Wieder klappte sie den Punkt weiter auf.

Dumm-de-la-de-la.

So.

Die Kerzen flossen unter der Hitze ihrer Flammen wie Wasser davon, nur brauchte es jetzt keine Kerzen mehr.

Dumm-de-la-de-la.

So.

Die Hitze prickelte auf ihrer Haut, und entfernt hörte sie jemanden etwas rufen, spürte, wie jemand sie schüttelte, doch es war so fern, und sie wollte wissen, wie es aussah, wenn sie dieses Sandkorn noch weiter entfaltete …

Dumm-de-la …

Brennendes Eis berührte ihre Haut am Handgelenk, die Flammen erstarben, das einzige Licht kam von der leuchtenden silbernen Kette, die man ihr um das Handgelenk geschlungen hatte, während jemand mit Kraft ihren Oberkörper auf den Altar presste, so fest, dass sie kaum noch Luft bekam. Dort, wo ihr Kopf den Altar berührte, schimmerte das Metall in Wellen, die von ihr ausgingen; dies hatte eine Bedeutung, einen Sinn, doch im Moment verstand sie ihn nicht. Nur dass jemand sie mit harten Händen zwingen wollte … Sie trat nach hinten aus, duckte sich und drehte sich auf ihrem Absatz und spürte mit Genugtuung, wie ihr anderer Stiefelabsatz etwas traf, das gequält »Ouff« sagte, dann riss sie sich von der Kette los … sie erlosch, und Lorentha stand inmitten der absoluten Dunkelheit schwer atmend da.

»Lorentha«, hörte sie Raphanael keuchen. »Genug.«

Ein Funken stieg auf und entzündete einen Docht in einer Lache aus Wachs. Das Licht flackerte unruhig, aber es reichte, um Raphanael erkennen zu können, seine gerötete Haut, die angesengten Augenbrauen und seine geröteten Augen.

Die Hitze in dem kleinen Raum war unerträglich, als ob sie sich in einem Ofen befinden würden, und ihre Gesichtshaut spannte. Raphanael fluchte, als er sich an dem Riegel der Tür verbrannte, wickelte eine Hand in seinen Ärmel und stieß den Riegel zurück, um hinauszutaumeln, dorthin, wo die Luft kühl war und nicht mit jedem Atemzug die Lungen verdorrte.

Sie folgte ihm auf unsicheren Füßen und lehnte sich außerhalb des Kellers an die Kellerwand, um langsam an ihr herabzurutschen und erschöpft die Augen zu schließen, sie fühlte sich, als wäre sie hundert Meilen am Stück gerannt.

»Was … was ist geschehen?«, fragte sie mühsam.

»Du hast die Kerze angezündet«, antwortete Raphanael rau. »Nur etwas zu sehr. Lorentha«, keuchte er. »Du musst zu den Walküren gehen. Sie müssen dir zeigen, wie du dein Talent beherrschst! Ich dachte, unsere Traditionen der Magien wären ähnlich genug, um dir zu zeigen, wie du es tun kannst, aber wie es aussieht, habe ich mich darin gründlich getäuscht!« Er schüttelte ungläubig den Kopf. »Du *musst* eine Ausbildung erfahren haben, aber ich weiß nicht, wie!«

»Ich weiß es wieder, Raphanael«, sagte sie leise. »Und ich weiß jetzt auch, warum die Walküren zwei *Atanamés* tragen. Du hast es selbst gesagt, sie fokussieren und lenken damit die Magie.« Denn es waren immer zwei Stöckchen gewesen, mit denen sie gespielt hatten. Ein großes und ein kleines. Sie wies mit einer müden Geste zu ihren Waffen hin, die auf einem Tisch im Gang lagen. »Unser Fehler war, sie nicht mit hineinzunehmen. Denn indem ich sie leuchten lasse, leiten sie die Magie ab, genauso wie diese silberne Kette. Ich brauche sie nicht für die Magie, den Zauber, ich brauche sie, um ihn zu beenden … um nicht in diesem Puls aufzugehen.« Sie lächelte schwach. »Raphanael, solange ich sie bei mir trage, besteht keine Gefahr, dass so etwas wie in der Kutsche noch einmal geschieht.«

»Du erinnerst dich, wer dich ausgebildet hat?«, fragte Raphanael.

»Ja«, sagte sie leise. »Es war meine Mutter. Sie hat mit mir immer wieder ein Spiel gespielt. *Cantares*, nannte sie es. Das Stöckchenspiel.«

»Gesänge?«, sagte Raphanael nachdenklich. »Es ergibt Sinn. Gesang ist die älteste Form.«

Sie schüttelte müde den Kopf. »Kein Gesang. Nur Form. Ausgedrückt in Stellung und Bewegung beider *Atanamés* zueinander. *Baileras Espadir*. Der Tanz der Schwerter. Ich dachte, sie spielt mit mir, weil es uns Freude bereitet hat, in Wahrheit aber hat sie mich ausgebildet. Seitdem ich denken kann.«

Er musterte sie sorgfältig. »Also weißt du jetzt, wie …«

»Ich weiß jetzt, wie ich Kerzen schmelzen kann. Mehr will ich nicht wissen. Ich trage meine Schwerter schon seit vier Jahren. Es ist nie zuvor etwas geschehen. Es mag sein, dass die Kleider meiner Mutter etwas ausgelöst haben, aber ich hätte nur meine Schwerter halten müssen, und es wäre nichts geschehen. Es reicht mir, das zu wissen, mehr brauche ich nicht.« Sie tat eine Geste in Richtung der offenen Tür, aus der noch immer warme Luft in den Gang strömte. »Das ist nichts für mich. Wenn ich mich umbringen will, kenne ich noch andere Mittel.«

»Du kannst deinem Erbe nicht den Rücken kehren«, sagte Raphanael leise. »Es ist in dir.«

»Mag sein«, nickte die Majorin. »Aber es war schon seit meiner Geburt in mir, es kann auch noch länger in mir bleiben.«

»Aber warum?«, fragte Raphanael verständnislos. »Warum sich dieser Gabe verwehren? Es ist ein Geschenk der Götter!«

»Ein Fluch, meinst du wohl«, sagte Lorentha rau und stützte sich an der Kellerwand ab, als sie mühsam aufstand. »Schau dich doch an. Wenn du nicht dem Orden angehören würdest, müsstest du dich nicht diesem Don Amos stellen und Gefahr laufen, Arin allein in der Welt zurückzulassen. Und meine Mutter ...« Sie atmete tief durch und fuhr sich mit einer verärgerten Geste durchs Haar. »Ich werde ganz bestimmt nicht zu den Walküren gehen und mich dem Diktat dieses Ordens unterwerfen. Ich will all das nicht in meinem Leben haben, Raphanael. Mein Vater hat recht. Arin auch. Egal, was ich hier tue, es macht meine Mutter nicht wieder lebendig. Wenn wir den Falken gefunden haben, verlasse ich die Stadt mit dem ersten Schiff und werde mich bemühen, all das hier«, sie tat eine weit ausholende Geste, »zu vergessen. Lass den Besitz meiner Mutter zum Haus der Gräfin schicken und kümmer dich um diesen Amos. Ich werde in der Zwischenzeit schauen, wie ich Serrik finden kann.«

»Ich geleite dich noch nach oben.« Er räusperte sich. »Du solltest dich frisch machen, bevor du gehst.«

Sie sah an sich herab. Ihre Rüstung hatte den Zwischenfall besser überstanden als Raphanaels feine Kleider. »Es wird schon gehen. Aber dennoch, danke für alles.«

»Wie du wünschst«, sagte seine Lordschaft. »Wo kann ich dich finden?«

»Versuche es in der Garda.« Sie tippte mit dem Finger gegen ihren goldenen Wolf. »Denn dort gehöre ich hin.« Sie nahm Dolch und Schwert auf und nickte Raphanael zu, der Anstalten machte, sie nach oben zu begleiten. »Bemüh dich nicht. Ich finde den Weg hinaus.«

Sie hatte schon gut ein Viertel der Straße hinter sich gebracht, als sie ein dumpfes Grollen hörte, das sie sogar durch ihre Sohlen spürte. Sie sah zurück zu Raphanaels Haus, doch dort war alles ruhig und still. Donner vielleicht? Sie sah nach oben in den wolkenlosen, blauen Himmel. Wohl nicht.

Götter, dachte sie müde. Manchmal tun die richtigen Entscheidungen weh. Noch so ein Wort von Albrecht. Sie wünschte nur, er hätte nicht so oft recht behalten. Genug davon, ermahnte sie sich. Dem Stand der Sonne nach war es früher Nachmittag. Vielleicht war Raban doch schon auf. Denn langsam wurde es Zeit, diesem Serrik das Handwerk zu legen.

Nach dem Donner

28 Als Barlin eine gute Stunde später die Tür aufstieß, sah er zwei der Dienstboten, die damit beschäftigt waren, die Reste des Kronleuchters zusammenzukehren. Zu seinen Füßen zogen sich Risse durch den Steinboden der Halle, die von einer Platte etwas rechts von der Mitte ausgingen, die ein etwa faustgroßes Loch hatte, in dem der Stein fast pulverisiert worden war. Das Loch passte in Form und Größe zu den Enden von Raphanaels Kampfstab.

»Wo ist seine Lordschaft?«, fragte er eines der Mädchen, das erleichtert darüber schien, ihn zu sehen.

»In der Bibliothek, Herr«, sagte sie. »Aber habt acht, er hat gar üble Laune.«

»Ja«, sagte Barlin und ließ seinen Blick über die verwüstete Halle schweifen, in der nicht nur der Boden und der Kronleuchter in Mitleidenschaft gezogen waren, auch die kleine Anrichte an der Seite und ein Teil der Wandvertäfelung hatte übel gelitten. »Das sehe ich.«

Er fand Raphanael neben dem kalten Kamin sitzend, in seinen Händen ein Glas Branntwein, eine offene Flasche neben ihm auf dem Beistelltisch, während er grimmig in den Kamin starrte.

»Sie ist gegangen?«, fragte Barlin sanft.

»Ja«, knurrte Raphanael. »Das ist sie. Es stellte sich heraus, dass sie kein Interesse an Magie besitzt, sie vielmehr als einen Fluch betrachtet, der auch mich berührt. Sie sagt, dass, wenn der Falke gefunden ist, sie das erste Schiff nehmen will und all das hier vergessen wird.«

»Es ist lange her, dass du einen Wutanfall erlitten hast«, stellte Barlin fest und nahm sich ein Glas, um sich dann einzuschenken. Er lehnte sich gegen den Kaminsims und sah auf seinen Freund herab. »Was ist geschehen?«

»Ich stand da, versuchte mir einzureden, es ließe mich unberührt. Was eine Lüge war. Ich fand es so ... ungerecht ... und dann muss ich meinen Stab herbeigerufen haben ...« Er schüttelte niedergeschlagen den Kopf. »Ich sollte mittlerweile wissen, dass es ein Fehler ist, einen Donner in einen geschlossenen Raum zu rufen.«

»Ich hoffe, du weißt, wie du deiner Mutter erklären willst, dass ihre kostbare Uhr etwas ... gelitten hat.«

»Sie wird es verstehen«, knurrte Raphanael. »Zudem ... ich habe dieses Ding noch nie gemocht.«

Barlin trank einen Schluck, es war eine von Raphanaels besseren Flaschen. »Gutes Zeug«, stellte er dann zufrieden fest. »Weich wie Samt ... aber du weißt, dass es nicht hilft, wenn du dich darin ersäufst?«

»Ja«, grummelte Raphanael. »Deshalb starre ich das Glas ja auch nur an. Ich habe noch keinen Tropfen getrunken.« Mit einem Seufzer stellte er das Glas zur Seite und sah zu Barlin hoch. »Was hast du herausgefunden?«

»Nicht viel. Was den Todeshändler angeht, handelt es sich wohl wieder nur um ein Gerücht. Selbst wenn es keins ist und es sie tatsächlich gibt, könnte einer von ihnen vor mir stehen, und ich wüsste es nicht. Sollte wahrhaftig einer in der Stadt sein, können wir nur hoffen, dass er es nicht auf jemanden abgesehen hat, den wir vermissen werden.«

»Was ist mit Don Amos?«

»Das ist kein Gerücht, er kam vor zwei Wochen mit einem Schiff an und war leicht zu finden. Er hat sich nicht versteckt, mir kommt es eher so vor, als hätte er nur darauf gewartet, dass wir ihn finden. Ich habe ihn gesehen. Er mich auch. Er nickte mir höflich zu.« Barlin zuckte mit den Schultern. »Die Art von Höflichkeit, die einen frieren lässt. Du weißt, wie er ist. Ich sah zu, dass ich mich wegmachte.«

»Wo ist er?«

»Er ist im *Goldenen Eber* abgestiegen und macht auch kein Geheimnis daraus.«

»Immer wieder Lord Visal«, knurrte Raphanael und stand auf.

»Man kann ihm nicht zum Vorwurf machen, wer in seinem Gasthaus absteigt«, merkte Barlin an. »Wo willst du hin?«

»Es zu Ende bringen.«

Barlin nickte langsam. »Aber nicht so.«

»Was meinst du?«, fragte Raphanael, um dann an sich herabzusehen. »Oh«, sagte er.

Seine Kleider hatten schon im Keller gelitten, doch der Donner hatte weitere Spuren hinterlassen, ihm an Hemd und Hose Risse beschert.

»Lorenzo wird mich umbringen«, stellte er fest und seufzte.

Barlin lachte. Lorenzo war der echte Leibdiener des Grafen, der zur Zeit noch auf dem Gut weilte. Da dies so war, sah Barlin die Gefahr als nicht sonderlich gegeben.

Zwei Steckbriefe

29 »Kein gutes Bild«, stellte Mort fest, als er den Steckbrief musterte, den eben eine der Stadtwachen an das Brett unten im Hafen genagelt hatte. Er schaute zu Raban hin und wieder zu dem Steckbrief zurück. »Aber mit etwas Fantasie erkennbar.«

»Zwölf Silber«, knurrte Raban, »sind eine Beleidigung!« Er streckte die Hand aus und riss den Steckbrief ab. »Ich weiß nicht einmal, wer dieser Alonsa ist, den ich angeblich umgebracht habe!«

»Nun, Junge, wen hast du denn in der letzten Zeit zu seinen Göttern befördert?«, fragte Mort, während er gelassen die anderen Steckbriefe und Bekanntmachungen studierte.

»Nur diesen Mistkerl, der mir aufgelauert hat«, knurrte Raban erzürnt. »Und ... oh.« Er zerknüllte den Steckbrief und warf ihn mit einer angewiderten Geste zur Seite weg. »Den können sie mir nicht anhängen«, beschwerte er sich. »Er hat mich angegriffen! Außerdem, seit wann kümmern die sich denn um so jemanden? Bislang haben wir das im Hafen unter uns ausgemacht! Überhaupt, woher wollen die das wissen? Es hat mich doch niemand gesehen!«

»Das war auch nicht nötig«, sagte Mort ruhig. »Er ging zu seinem Herrn, erzählte ihm, dass du ihn und den anderen belauscht hättest, und der gab ihm den Auftrag, euch beide zum Schweigen zu bringen. Da er nicht zurückkam ...« Mort zuckte mit den Schultern. »Beachte, dass sich niemand für den anderen interessiert, den sie aus dem Hafen gefischt haben.«

»Also habe ich das hier Visal zu verdanken«, meinte Raban grimmig. »Ich dachte, er wüsste es besser, als mich zu verärgern!«

»Der Mann kam aus Aragon«, erinnerte ihn Mort, während seine blassen Augen immer wieder die Straße hoch zum Hafentor absuchten. »Visal war nicht sein Herr. Jetzt höre auf zu jammern und sage mir, was es mit dem hier auf sich hat.« Er tippte auf einen anderen neuen Steckbrief.

»Makas Serrik, Deserteur der Garda. Zur Befragung lebend einzubringen.« Raban pfiff leise durch die Zähne. »Zehn Gold? Das lohnt sich ja richtig.« Er sah fragend zu Mort hin. »Was ist mit ihm?«

»Ich bereue es bereits«, sagte Mort und wandte sich zum Gehen ab.

»Was bereut Ihr?«

»Dass ich überhaupt mit dem Gedanken gespielt habe, dich als Lehrling anzunehmen. Du bist denkfaul.«

»Wieso denn das schon wieder?«, fragte Raban erzürnt. »Ich bin nicht dumm!«

»Ja. Nur denkfaul.« Der alte Mann seufzte. »Sag mir noch einmal, was du vorhin von den Huren oben am Tempelplatz herausgefunden hast?«

»Die Sache mit dem Hurenhüter, den Gardisten und dem Sarg?«, fragte Raban.

»Ja. Die Frage war, wie stiehlt man einer Göttin ihren Falken. Jetzt stelle die Frage um. Wer ...«

Raban schlug sich so hart gegen die Stirn, dass es laut klatschte. »Ich bin dumm«, seufzte er.

»Vorsicht, Junge«, sagte Mort. »So etwas kann einen umbringen.«

»Dummheit?«, fragte Raban verwirrt.

»Das auch«, schmunzelte Mort. »Aber ich meinte den Schlag gegen die Stirn. Richtig ausgeführt, hinterlässt er keine Spuren.«

»Von mir aus«, knurrte Raban. »Also waren es Serrik und die anderen Arschlöcher, die mit ihm zusammen desertiert sind! Deshalb hat ihnen der Hurenhüter Sarg und Wagen besorgt!«

»Das junge Fräulein wird es auch herausgefunden haben«, sagte Mort. »So schwer war es ja nicht.«

»Sagt Ihr«, grummelte Raban. »Ihr musstet ja nicht …«

Mort brachte ihn mit einem Blick zum Schweigen. »Jetzt sucht sie diesen Serrik. Du kennst sie, was wird sie tun?«

»Sie wird mich fragen, ob ich weiß, wo der Kerl zu finden ist.«

»Und, Junge, weißt du es?«

Raban schüttelte den Kopf. »Nein, aber ich denke, ich kann es herausfinden.«

»Dann denke nicht, handele«, sagte Mort.

»Was? Jetzt sofort?« Es gab keine Antwort. »Mort?« Raban sah sich um und fluchte, denn der alte Mann war nirgendwo zu sehen.

Don Amos

30 Der *Goldene Eber* war das beste Haus im Hafenviertel, direkt neben dem Hafentor gelegen, sodass, sollte es Ärger geben, er vor den Augen der Stadtwachen geschah. Erwartungsgemäß kam das nicht allzu häufig vor. Wer hier abstieg, hatte das Geld dafür, sich in den anderen Vierteln der Stadt eine Unterkunft zu suchen, hatte aber meistens noch im Hafen zu tun. Deshalb waren es in der Regel Händler und wohlhabende Kapitäne, die hier abstiegen. So war es für Raphanael keine Überraschung, Kapitän Sturgess dort an einem Tisch sitzen zu sehen. Er nickte dem Mann freundlich zu, doch sein Augenmerk war auf den Aragonen gerichtet, der nun mit einem blütenweißen Tuch seine Lippen abtupfte und mit einem schmalen Lächeln eine Geste ausführte, die Lord Raphanael dazu einlud, sich zu ihm an den Tisch zu setzen.

»Welch geringe Überraschung«, meinte Don Amos spöttisch, als Raphanael sich steif den Stuhl herauszog. »Es ist schade, dass Ihr so spät kommt. Ich hätte Euch gerne zu Eurer Henkersmahlzeit eingeladen.« Er wies auf die Reste seines Essens. »Es wäre vorzüglich gewesen.«

»Nein, danke«, sagte Raphanael kalt, als er sich setzte. Ein Mädchen eilte herbei, knickste und räumte eilig ab, während es Raphanael fragend ansah, der schüttelte nur leicht den Kopf.

Raphanael lehnte sich in seinem Stuhl zurück und musterte den Aragonen. Es war eine Weile her, dass sie sich gegenübergestanden hatten, doch der Mann hatte sich kaum verändert. Einen Fingerbreit kleiner als Raphanael, besaß auch er eine dunklere Hautfarbe, schwarzes, dichtes Haar und dunkle Augen, zumindest darin bestand eine gewisse Ähnlichkeit zwischen den beiden Männern. Nur waren die Augen des Aragonen eher wie schwarze Löcher, in denen kein Hinweis dafür zu finden war, dass sie je beseelt gewesen waren.

Ob die Mitglieder der Bruderschaft tatsächlich mit dunklen Mächten und Dämonen paktierten, wusste Raphanael nicht, aber dem Mann, der ihm, nach neuester aragonischer Mode gekleidet, gegenübersaß, traute er es zu, das Unaussprechliche ungerührt zu tun.

»Ihr musstet wissen, dass dieser Tag kommen würde«, sprach Don Amos weiter und besah sich seine Fingernägel.

»Und Ihr und die Bruderschaft müsstet wissen, dass unser Orden keinen wie Euch hier dulden wird.«

»Fein«, sagte Amos mit einem falschen Lächeln. »Dann wäre das erledigt, die Bedrohungen sind ausgesprochen … Ihr könnt wieder gehen.«

»So einfach wird das nicht«, widersprach Raphanael kalt.

»Nicht?« Don Amos sah ihn unter tiefen Augenlidern heraus an. »Wollt Ihr den Zwist hier anfangen? In diesem Gastraum, und all die, die in diesem Haus abgestiegen sind, in Gefahr bringen? Was sagen denn die Regeln Eures Ordens dazu? Ich dachte, Ihr dürftet in der Öffentlichkeit Eure Fähigkeiten nicht zeigen und müsstet auf Unbeteiligte Rücksicht nehmen?« Er lächelte und zeigte scharfe, weiße Zähne. »Wir werden uns früh genug begegnen, Raphanael. An einem Ort und zu einer Zeit, die ich bestimmen werde. Ich werde Euch Nachricht zukommen lassen, wo und wann das sein wird, bis dahin«, sein Lächeln wurde schmaler, »erinnert Euch daran, dass ich nicht an solche Regeln gebunden bin.« Er sah zu einem jungen Mann am Nachbartisch hin, der gerade mit offensichtlichem Genuss Wachteln aß … bis ihm wohl etwas im Hals stecken blieb und er zu husten anfing.

»Nicht …«, begann Raphanael entsetzt, doch Don Amos bedachte ihn mit einem kalten Blick und schüttelte fast unmerklich den Kopf.

»Es ist schon zu spät. Bleibt sitzen, Raphanael, schaut zu, wie er wegen Eurer Dummheit stirbt, und dann geht, bevor noch ein anderer zulasten Eurer Selbstüberschätzung geht. Oder greift mich an. Bis er stirbt, bleibe ich hier sitzen und warte auf Eure Entscheidung. Danach, wenn Ihr nicht geht, treffe ich sie für Euch.«

Götter, dachte Raphanael entsetzt. Ich kann doch nicht … Und doch musste er. Eine Auseinandersetzung mit dem Aragonen an diesem Ort hätte genau das zur Folge, was der Don gesagt hatte, Unschuldige würden sterben. Es war sein Fehler gewesen, dachte Raphanael verzweifelt. Er hatte schon wieder die Kaltblütigkeit des Aragonen unterschätzt. Aber vielleicht …

»Wagt es nicht, ihm zu helfen«, drohte Don Amos leise. »Denn sonst klären wir das hier und jetzt.«

Mittlerweile war auch den anderen Gästen aufgefallen, was geschah, doch selbst wenn sie alle starrten und eines der Mädchen immerhin die Geistesgegenwart besaß, dem jungen Mann auf den Rücken zu klopfen, war das Ende vorgezeichnet, sie alle würden nur hilflos zusehen, wie der junge Mann blau anlief und verstarb.

Nur Kapitän Sturgess nicht. Er stand von seinem Essen auf, ging die fünf Schritte zu dem jungen Mann, der sich mittlerweile die Hände um den Hals gekrallt hatte und mit hervortretenden Augen um sein Leben kämpfte, riss ihn mit einer Hand am Kragen aus dem Stuhl, schlug mit der anderen Hand so fest zu, dass die Zähne des jungen Mannes aufeinanderklackten und das Mädchen erschreckt und empört aufschrie, warf ihn zu Boden, zog ihm den Mund auf, griff grob hinein, während der junge Mann noch zuckte, röchelte und würgte, und zog ihm mit zwei Fingern den Wachtelknochen aus dem Hals.

Der Kapitän warf ihn verächtlich zur Seite, hielt sein Ohr an den Mund des Sterbenden und richtete sich dann auf, um ihm einmal auf die Brust zu schlagen. Der junge Mann zuckte, bäumte sich auf … und jeder konnte den röchelnden Atemzug vernehmen, der darauf folgte. Ohne ein weiteres Wort drehte der Kapitän den Mann auf die Seite, griff nach dessen Weinglas und schüttete es ihm ins Gesicht, woraufhin dem anderen die Augenlider zu flattern begannen.

»Ihr«, röchelte der Mann verständnislos, »habt mich geschlagen!«

»Ja«, sagte Sturgess und lachte erleichtert. »Ich wollte meine Finger noch behalten.«

Fasziniert hatten Don Amos und Raphanael dem Ganzen zugesehen.

»Beachtlich«, stellte Amos fest und sah zu seinem Feind hinüber. »Ich denke, Ihr seid hier jetzt überflüssig.«

»Ihr werdet es bereuen«, drohte Raphanael, der Mühe hatte, sich zu beherrschen.

»So viel Leidenschaft«, stellte Don Amos scheinbar bewundernd fest. »Und so verschwendet. Geht. Sonst braucht es gleich ein zweites Wunder.«

Als Raphanael den Gasthof verließ, wartete Barlin dort bereits mit der Kutsche. »Was ist geschehen?«, fragte er, als er das finstere Gesicht seines Freundes wahrnahm. »Der Gasthof steht noch, also …«

»Es war ein Fehler. Eine Falle, um mich zu demütigen«, knurrte Raphanael. »Er droht, Unbeteiligte in unseren Zwist hineinzuziehen, und hätte eben beinahe einen Gast ermordet, nur um mir zu beweisen, dass er an keine Regeln gebunden ist! Er sagt, er wird es mich wissen lassen, wann und wo er sich mir stellt.« Er sah auf seine geballten Fäuste herab. »Verfluchter Bastard!«

»Und jetzt?«, fragte Barlin.

Raphanael lehnte sich gegen die Kutsche und sah zu seinem Freund hoch, der vom Kutschbock aus auf ihn herabsah.
»Ich weiß es nicht. Diese verfluchten Regeln«, grollte er.
»Du weißt, dass sie einen Sinn erfüllen«, erinnerte ihn Barlin. »Steig ein. Wir fahren zur Garda.«
»Warum?«, fragte Raphanael müde. »Sie hat mich doch abgewiesen.«
»Hat sie das? Ich dachte, sie hätte gesagt, sie wäre dort zu finden.« Barlin sah auf seinen Freund hinunter und lachte leise. »Ich glaube das nicht«, meinte er dann. »Du bist doch der, dem die Frauen zu Füßen liegen, wie kann es sein, dass du hier so leicht aufgibst?«
»Sie liegt mir nicht zu Füßen«, sagte Raphanael bitter. »Ist dir das noch nicht aufgefallen? Nichts an mir scheint sie zu beeindrucken!«
»Gut gemacht«, grinste Barlin. »Gesprochen wie ein kleines Kind. Jetzt sage mir noch, warum du sie beeindrucken musst? Reicht es nicht, dass sie deine Gesellschaft schätzt und du sie zum Lachen bringen kannst?«
»Du hast leicht reden«, knurrte Raphanael. »Du hast nicht gesehen, was sie unten im Keller angerichtet hat.«
»Und sie nicht, was du der Uhr deiner Mutter angetan hast. Ganz zu schweigen von dem Kronleuchter«, lächelte Barlin. »Du kannst sie zum Lachen bringen. Ich bin bereit zu wetten, dass nicht viele dazu imstande sind. Zudem gilt es noch immer, den Falken zu finden. Also, fahren wir zur Garda.«
»Und Don Amos?«, fragte Raphanael und sah zu dem Gasthaus hin, als wolle er es mit bloßen Händen niederreißen.
»Er sagt, er wird sich melden«, meinte Barlin schulterzuckend. »Wenn er sicher ist, dass seine Falle dich halten kann. Vorher lässt er sich nicht darauf ein, er ist ein Feigling. Auch das letzte Mal hat er sich dir erst gestellt, als er den Vorteil auf seiner Seite glaubte. Vergiss ihn für den Moment. Wir kümmern uns um ihn, wenn es an der Zeit ist.«

Raphanael seufzte und zwang sich zur Ruhe. »Gut«, gab er dann nach. »Fahren wir zur Garda.«

Barlin wartete, bis Raphanael eingestiegen war, ließ die Pferde antraben und lachte leise. Dass die Majorin seine Lordschaft so aus dem Gleichgewicht bringen konnte, sprach in Barlins Augen nur für sie.

Das Schiff ohne Namen

31 Als das Schiff am späten Morgen in den Hafen eingelaufen war, hatte es einiges an Aufmerksamkeit erregt. Ein kleiner Zweimaster, scharf geschnitten, mit glänzenden, weiß polierten Flanken und einem Bug, der nur dafür geschaffen war, die Wellen wie ein Rasiermesser zu teilen. Die Form und Takelage dieses Schiffs war ungewöhnlich für seine Größe, es war ein Rahsegler, und jene, die es sahen und glaubten, sich ein Urteil darüber erlauben zu können, schworen, dass es diese Last an Segeln gar nicht halten könnte, dass eine steife Brise den schmalen Rumpf schon kentern lassen müsste, obwohl es die Überfahrt ganz offensichtlich unbeschadet überstanden hatte.

Es lag eine Stille über dem Schiff, für diese Takelage schienen zu wenig Seeleute an Bord, und die, die man sah, taten ihre Arbeit, ohne dass es jemanden gab, der auf der Brücke stand, keinen, der Befehle brüllte, nur dunkel gekleidete Männer, die wortlos taten, was getan werden musste, und dann unter Deck verschwanden. Selbst als der Lotse an Bord kam, fand er dort nur einen schweigsamen Mann am Steuer vor. Wem auffiel, dass das Schiff keinen Namen trug, wandte sich schaudernd ab, denn ein Schiff ohne Namen forderte das Schicksal heraus und trotzte den Göttern.

Das Schiff legte an einer selten genutzten Anlegestelle an, schweigsame Männer in dunkler Kleidung zurrten die Leinen fest und verschwanden unter Deck. Der Mann von der Hafenaufsicht kam an Bord, blieb nur einen Moment und ging, hastig, als wolle er den Ort so schnell wie möglich verlassen. Zwei Seeleute zogen die Planke ein, die das Schiff mit dem Land verband, seitdem hatte sich dort nichts gerührt. Es gab keine Ladung, die gelöscht wurde, auch wurde keine neue Ladung aufgenommen, der alte Kran, der dort stand, rührte sich nicht.

Es sollte noch gut zwei Stunden dauern, bis dieselben Seeleute, die sie eben eingezogen hatten, die Rampe wieder ausbrachten. Wenn es sie beunruhigte, dass sich die Planke kurz danach unter unsichtbaren Schritten bog, dann zeigten sie es nicht, sie standen nur still da und beobachteten den verlassenen Ankerplatz, den einzigen in Aryn, der in den letzten Jahren so wenig genutzt worden war, dass die meisten vergessen hatten, dass es ihn je gegeben hatte. Wäre jemand dort gewesen, er hätte sich vielleicht gewundert. Nur war niemand dort, denn das Tor, das zu dem alten Lagerhaus und der Anlegestelle führte, war seit Jahren schon verschlossen, und selbst das lebende Treibgut des Hafens zog es vor, den Ort nicht zu besuchen, es lag etwas Unheimliches an ihm, das sie davon abhielt, hier einen Unterschlupf oder ein Versteck zu suchen.

Als der große, breitschultrige Mann die Kabine des Eigners betrat und höflich den breitkrempigen Hut abnahm, sah er den Besitzer des Schiffes an den hinteren Fenstern stehen, ein Glas Branntwein in der Hand, und auf den verlassenen Anlegeplatz schauen.

»Ich würde zu gerne wissen, wie Ihr das macht«, sagte der Mann, bevor er sich umdrehte, um Mort mit einem Lächeln zu begrüßen. »Es braucht noch nicht einmal Wachen, damit sie den Ort in Ruhe lassen.«

»Ich habe einen Geist an den Ort gebunden«, antwortete Mort und legte seinen Hut sorgsam auf einem der kostbaren Sessel ab. »Er flüstert ihnen zu, dass sie sein Schicksal teilen werden … die meisten wollen es nicht hören und fliehen von diesem Ort.«

»Ich frage besser nicht, ob es ein Scherz war«, meinte der andere, ein Mann mittleren Alters, der so hager war, dass man ihn als dürr bezeichnen konnte. Sein Gesicht war von tiefen Falten gezeichnet, Falten von Gram, Leid und Verzweiflung, doch in seinen grauen Augen brannte ein kühles Feuer, zeugte von einem Willen, der sich nicht brechen lassen würde. So wie er dort stand, in seinen schlichten, aber elegant geschnittenen Kleidern, sah er zerbrechlich aus, über seine Jahre alt und verbraucht. Mort hätte ihn mit einer Hand erschlagen können, dennoch gehörte er zu den wenigen Menschen, die der Todeshändler respektierte … und für gefährlicher einschätzte, als er es selbst war. Zudem hatte er auch etwas mit Mort gemeinsam, eine innere Stille, die überlegten Handlungen, die ruhigen, besonnenen Gesten.

Jetzt trat er an einen kleinen Tisch heran und bat seinen Gast mit einer Geste, Platz zu nehmen. Er wusste es besser, als Mort einen Branntwein anzubieten, der alte Mann würde es nur ablehnen. »Sie hat mir geschrieben«, erklärte der hagere Mann, und Mort nickte langsam.

»Das erklärt es wohl«, meinte er. »Wenn auch nicht ganz. Die Nachricht hätte allein schon gut drei Tage brauchen müssen, wie kommt es, dass Ihr schon hier seid?«

»Ich habe in der Nähe ankern lassen, noch bevor sie einen Fuß auf den Boden dieser verfluchten Stadt gesetzt hat, und dann dafür Sorge getragen, dass ein Brief an mich bereits hier abgefangen wird«, erklärte der andere. »Nur für diesen Fall.« Er seufzte leicht. »Allerdings hatte ich die Hoffnung bereits aufgegeben, dass sie sich jemals wieder an mich wenden würde.«

»Was schrieb sie?«

Der hagere Mann lachte kurz auf. »Ich brauche dich.« Mehr nicht. Sie hielt es nicht für nötig, zu erwähnen, wofür und wo und wann.

»Sie scheint Euch doch recht gut zu kennen«, sagte Mort mit einem feinen Lächeln. »Diese Worte würden Euch sogar aus den Höllen zu ihr rufen.«

»Wohl wahr«, sagte der andere und schaute für einen langen Moment in sein Glas, als lägen dort die Antworten auf alle Fragen verborgen. Dann sah er zu dem alten Mann hin, der ihm in den letzten zwanzig Jahren ein Freund geworden war. »Sagt mir, was ich wissen muss.«

Er hörte ruhig und konzentriert zu, nahm nur ab und zu einen kleinen Schluck. Es war still hier hinten in der Kabine, nur das Geräusch der Wellen an dem Holz des Schiffes, das Knarren der Takelage und Morts ruhige Stimme, als er davon erzählte, was er herausgefunden und was sich ergeben hatte.

Nur einmal stellte er eine Frage.

»Dieser Raban hat sie gerettet?«

»Ja. Er fand sie und brachte sie in Sicherheit, versorgte so gut er konnte ihre Wunde. Er sagt, er weiß selbst nicht warum, aber sie wäre zu unschuldig gewesen, um dort zu enden.« Ein feines Lächeln spielte um Morts Lippen, als er weitersprach. »Als sie aufwachte, biss das junge Fräulein ihn.«

Der hagere Mann lachte kurz auf. »Er beschützte sie die nächsten Jahre?«

Mort zuckte leicht mit den massiven Schultern. »Es war wohl so, dass sie sich gegenseitig schützten. Er war bereit, für sie zu sterben und ist es noch immer.«

Der hagere Mann holte tief Luft. »Ihr sagt, er hätte ihr die Kleider abgenommen, weil er dachte, sie würden zu viel Aufmerksamkeit erregen, und hätte sie noch am gleichen Tag verkauft?«

»Ja«, sagte Mort. »Er hat die Kleider an ein Hurenhaus verkauft, er wusste, dass sie immer Bedarf für solche Kleider haben. Das erklärt dann auch, weshalb das tote Kind die Kleider des jungen Fräuleins trug.«

»Kein Wunder, dass wir dachten, sie wäre tot. Also war die verweste Leiche ein Hurenkind«, stellte der hagere Mann bitter fest. Er seufzte. »Wenigstens liegt sie in einem richtigen

Grab und wurde nicht in einem Loch verscharrt. Kein Kind verdient so etwas.«

Mort nickte, mehr sagte er nicht dazu, aber dass sein Herr so dachte, machte ihn in seinen Augen zu einem Ehrenmann.

»Es mag also sehr wohl sein, dass dieser Raban ihr damit das Leben gerettet hat, indem er ihr die Kleider abnahm?«

»Er sagt, sie hätte unten im Hafen wie Blut im Wasser gewirkt. Haie mögen so etwas.«

»Er muss es wissen, nicht wahr?«

Wieder nickte Mort.

»Gut«, sagte der hagere Mann. »Wenn es vorbei ist, werde ich ihn dafür entlohnen.«

Doch Mort schüttelte leicht den Kopf. »Dafür ist bereits gesorgt.«

»Wie Ihr meint«, sagte der andere, der es besser wusste, als den Todeshändler zu fragen, wie er das meinte. »Fahrt fort.«

Bis der alte Mann seinen Bericht abgeschlossen hatte, folgten keine weiteren Fragen mehr, dann, als Mort schwieg, stand der hagere Mann auf und trat an das weite Fenster der Kabine, um nachdenklich auf den Hafen hinauszusehen. »Es geht also um diesen Falken«, sagte er leise in der Art, wie es viele tun, die viel Zeit allein verbringen.

Mort sagte nichts dazu, er wusste, dass es keine Frage gewesen war. Er wartete, während der andere all das, was er erfahren hatte, abwog und die Zusammenhänge suchte. Das war es, dachte Mort, was diesen Mann so gefährlich machte, er sah mehr als andere und vergaß nie auch nur die geringste Kleinigkeit. Selbst Mort fand es faszinierend, wie der Mann die Welt dazu gebracht hatte, ihn zu vergessen, während er wie eine Spinne sein Netz über sie gezogen hatte, unsichtbar, verborgen, dort, wo es jeder sehen konnte, aber niemand hinsah. So dicht war dieses Netz gesponnen, dass Mort bezweifelte, dass er dem anderen vieles hatte berichten können, das er zuvor nicht schon aus anderen Quellen erfahren hatte.

»Dieser Manvare. Lord Raphanael. Ist er ein guter Mann?«
Mort hatte die Frage erwartet.
»Ja. Er ähnelt Euch in vielen Dingen.«
Karl Hagenbrecht, der einst den Namen Sarnesse angenommen hatte, drehte sich langsam um und sah den Todeshändler lange an, während er noch weiter seine Gedanken ordnete. Den alten Mann störte es nicht, er war es von ihm gewohnt. Dann folgte das, was Mort erwartet hatte.
»Erzählt mir von dem Aragonen.«

Pferd und Waffen
für die Garda

32 »Wartet einen Moment«, bat Lorentha den Pferdehändler und warf dem Hengst, den er an den Zügeln hielt, noch einen letzten bewundernden Blick zu. Das prächtige Tier tänzelte unruhig und schien ihr kaum gezähmt, was ihr keine großen Sorgen bereitete, aber den günstigen Preis erklärte. Sie schaute zu Bosco hin, der im Vergleich zum Morgen kaum mehr wiederzuerkennen war. Er trug seine Rüstung, jede Schnalle und jeder Gurt am rechten Ort, war frisch rasiert, und jemand hatte ihm sogar die Haare geschnitten, auch wenn der Versuch etwas misslungen war. Wahrscheinlich mit seinem eigenen Dolch, dachte die Majorin, erinnerte sich an die Worte der Gräfin und musste ein Lächeln unterdrücken. »Was gibt es?«

»Lord Raphanael Manvare wünscht Euch zu sprechen«, sagte der junge Leutnant knapp, der immer noch seine alte Marke an der Schulter trug. »Er wartet am Tor.«

»Bittet ihn zu mir«, gab sie Antwort und wandte sich wieder an den Händler. »Vier Gold, fünf Silber, guter Mann. Er weiß besser als ich, dass dieser Kerl hier kaum gezähmt ist.«

»Das Pferd hat gutes Blut«, beschwerte sich der Händler. »Es ist hervorragend zur Zucht geeignet. Fünf Gold, ich gehe höchstens noch ein halbes Silber herunter!«

»Weshalb bietet Er ihn dann mir und nicht zur Zucht an?«, fragte Lorentha und fing den Blick des stolzen Wesens ein. Sie lächelte, als der Hengst schnaubte und sie misstrauisch beäugte, und wandte sich dann dem Händler wieder zu, um ihn mit ihrem Blick aufzuspießen.

»Sage Er es mir, was Er weiß, ich finde es ohnehin heraus.«

»Er ... er warf seinen letzten Besitzer ab und trampelte ihn zu Tode«, gestand der Händler.

»Hat Er deshalb versucht, die Sporennarben zu verbergen?«, fragte Lorentha leichthin. »Vier Gold und fünf glänzende Silberstücke. Dafür nehme ich ihn Ihm aus der Hand, nur der Abdecker wird ein Mordpferd kaufen, das weiß Er selbst, also sollte Er nicht weiter zögern, sonst kann Er schauen, was Er für das Fell noch bekommt.«

Der Händler sah von dem Pferd zu ihr, nahm ihren unnachgiebigen Blick wahr und gab sich geschlagen.

»Vier Gold, fünf Silber sollen es sein«, knurrte er dann. »Auch wenn es mich in den Ruin treibt.«

Er spuckte in die Hand und hielt sie ihr hin, Lorentha hingegen griff nur in ihren Beutel, um ihm die Geldstücke abzuzählen und in die befleckte Hand fallen zu lassen.

»Wie heißt der Hengst?«, fragte sie noch.

»Hector«, hörte sie Raphanaels Stimme und sah über ihre Schulter zu ihm hin. Der Manvare lehnte an dem Torpfosten des alten Stalls und lächelte, auch wenn er ihr besorgt erschien. »Dein Freund hier«, fuhr Raphanael mit einem Blick auf den Händler fort, »hat dir nicht die ganze Wahrheit gesagt. Dieser Hengst hat schon zweimal gemordet. Wenn er Sporen oder eine Peitsche nur sieht, gerät er schon in Rage. Zur Zucht wird ihn keiner nehmen, aus Angst, sein Blut überträgt die Mordlust auf das Fohlen, und selbst der Abdecker wird fürchten, dass er sein Fleisch nicht verkaufen kann.«

Er trat näher, um sich das stolze Tier anzusehen, was den Händler etwas zurückweichen ließ. »Er stammt aus allerbestem Blut, und Ser Herkum erwarb ihn für die unglaubliche Summe von vierundsechzig Gold, nur um drei Tage später unter diesen Hufen zu enden, es heißt, man hätte ihn nur daran erkannt, dass er noch immer diese Stachelpeitsche hielt.«

»Wenn Ihr erlaubt, Baroness«, sagte der Händler hastig und beeilte sich, das Geld verschwinden zu lassen, »werde ich mich entfernen.«

»Ja, gehe Er«, sagte sie, ohne zu ihm hinzuschauen. »Und eile Er sich damit.«

Der Händler floh, und Lorentha trat an den Hengst heran, um langsam die Hand auszustrecken. Raphanael hielt den Atem an, doch der Hengst weitete nur seine Nüstern und schnaubte einmal, um dann still und mit zitternden Flanken zu verharren, als sie ihm langsam über das glänzende Fell strich.

»Reich mir einen Apfel aus dem Beutel dort«, bat sie Raphanael. Als er näher trat, um den Apfel an sie weiterzureichen, hob Hector seinen mächtigen Schädel und legte die Ohren an. Hastig trat Raphanael zurück und sah schweigend zu, wie das Tier mit sanften Lippen den Apfel nahm.

»Gehen wir und lassen ihn für einen Moment in Ruhe«, sagte Lorentha leise. Sie tätschelte den Hengst ein letztes Mal und ging nach draußen, um dann das Tor des Stalls zuzuschieben. »Danke«, sagte sie zu Bosco, der ihr damit half. »Lasst es etwas auf, er soll sich nicht eingesperrt fühlen. Und sage den anderen Bescheid, nicht hineinzugehen. Korporal Ramina soll sich um ihn kümmern. Vorsichtig, aber ich glaube nicht, dass er ihr etwas antun wird, es scheint, als habe er es nur auf Männer abgesehen.« Bosco nickte, froh darum, dass er das Pferd nicht versorgen musste, er hatte einen gehörigen Respekt vor allem, das um so vieles größer und schwerer war als er.

»Für den Moment hat er den ganzen Stall für sich allein, vielleicht beruhigt es ihn, nicht ganz so beengt zu sein«, erklärte sie, als sie sich Raphanael zuwandte. »Was führt dich hierher?«, fragte sie höflich und warf einen Blick zur Straße hin, wo Barlin an der Kutsche lehnte. »Habt ihr diesen Don Amos finden können?«

»Haben wir«, sagte Raphanael und seufzte. »Es war ein Fehler...« Mit wenigen Worten erzählte er ihr, was in dem Gasthaus geschehen war. Währenddessen folgte er ihr zu einem Tisch mit ein paar Stühlen, der im Hof stand und noch die Reste einer reichlichen Brotzeit hielt.

»Ich fand das schon immer den besten Weg, die Mannschaften kennenzulernen«, erklärte sie ihm. »Ein voller Magen macht viel aus.«

»Das sehe ich«, sagte Raphanael und ließ seinen Blick über den Hof schweifen, wo zwei Gardisten in voller Rüstung Unkraut zupften, während zwei andere gerade damit beschäftigt waren, alte Möbel und Abfall aus den Fenstern des Hauptgebäudes zu werfen. Der Haufen hinter dem Haus hatte schon beträchtlich an Höhe gewonnen.

»Wenn dieser Don Amos dir Nachricht gibt, wird es eine Falle sein«, sagte sie. »Ich werde dich begleiten.«

»Nein«, sagte Raphanael scharf. »Das lasse ich nicht zu.«

»Du hast mir einen Mordversuch gemeldet«, sagte sie, während ein leichtes Lächeln um ihre Lippen spielte. »Das hat nichts mit dir zu tun, ich tue nur meine Pflicht. Abgesehen davon, er könnte in den Aufstand verwickelt sein.«

»Kein Zweifel daran«, knurrte Raphanael. »Die Frage ist nur, wie. Es mag sein, dass er nur hier ist, damit er schauen kann, ob es sich für Aragon lohnt.« Er schaute sie einen Moment prüfend an. »Kannst du weg?«, fragte er dann leise. »Wir sollten nachsehen, ob wir diesen Serrik rasch finden. Ich habe die Steckbriefe gesehen, er wohl auch. Er wird wissen, dass wir ihm jetzt hinterher sind. Ihn mit einem Steckbrief auszuschreiben, war vielleicht ein Fehler.«

»Mag sein«, sagte sie. »Aber ich muss versuchen, zu verhindern, dass er die Stadt verlässt, so wissen sie am Hafen und an den Toren zumindest Bescheid.« Sie sah sich suchend um. »Bosco!«, rief sie laut genug, dass Raphanael die Ohren klangen. Der Leutnant kam hastig aus der Tür des Haupthauses herausgerannt.

»Ja, Herrin?«

»Übernehme du hier. Du weißt, was am wichtigsten ist?«

»Jawohl, Major. Küche, Messe, Unterkünfte.«

»Lord Raphanael und ich wollen uns diesen Serrik holen«, erklärte sie dem frischgebackenen Offizier. »Hast du von den anderen noch etwas über euren alten Leutnant herausgefunden?«

Bosco schüttelte bedauernd den Kopf. »Ramina sagt, er hätte vor ihr damit angegeben, dass er sich Huren zu einem Haus außerhalb der Stadt hätte bringen lassen. Mehr weiß sie nicht. Emlich sagt allerdings, dass er Serrik zweimal oben am Tempelplatz mit einem der Hurenhüter hat sprechen sehen.«

»Ich will Emlich sprechen.«

Bosco rief quer über den Hof, und einer der Soldaten, die alte Möbel aus dem Fenster geworfen hatten, eilte herbei. Feldwebel Emlich war wohl der älteste der verbliebenen Gardisten, vielleicht so um die vierzig Jahre alt, mit einem sorgsam getrimmten Backenbart und grauen Schläfen. Lorentha hatte ihn kurz zuvor gesprochen, ihn gefragt, warum er geblieben war.

»Ich kann nichts anderes, Sera, und so hatte ich wenigstens ein Auskommen. Außerdem ... jede schlechte Zeit geht irgendwann vorbei. Und Bosco ist ein guter Mann.«

Diese einfache Überzeugung des Mannes war etwas, um das sie ihn beneiden konnte, dachte Lorentha und nickte dem Feldwebel freundlich zu, als dieser Haltung vor ihr annahm.

»Erzähl mir von dem Hurenhüter, den du mit Serrik zusammen gesehen hast.«

»Der Kerl heißt Lesren, Major. Ein Pandare.«

Sie schaute fragend drein.

»Pandar ist ein Gebiet im Osten des Königreichs«, sprang Raphanael für den alten Soldaten ein. »Man unterstellt den Pandaren, dass jede Betrügerei und jeder üble Trick von ihnen erfunden wurde. Sie gelten als verschlagen und hinterhältig.« Raphanael schmunzelte. »Ich weiß nicht, ob sie es wahrhaftig sind, aber ein Freund kam mich besuchen, er sagte, er ritt dort durch ein Dorf, und als er auf der anderen Seite herauskam, fehlten ihm Beutel und Hut und dem Pferd alle vier Hufeisen. Er hatte etwas getrunken, es mag also sein, dass er übertrieb.«

Lorentha lachte, und auch Feldwebel Emlich schnaubte. »Das würde passen«, meinte er. »Aber Lesren ist schon in Manvare mit dem Gesetz über Kreuz gegangen, er hat seine eigene Mutter erschlagen. Er floh vor dem Sheriff in die Stadt, hat es gerade noch so über die Schwelle geschafft.«

»Und?«, fragte Lorentha verständnislos.

»Die Amtsgewalt des Sheriffs endet an der Schwelle des Stadttors«, erklärte Raphanael knapp.

»Warum hat man ihn nicht ausgeliefert?«

»Das hat mit dem Aufstand damals zu tun. Die Rädelsführer flohen aus der Stadt, und der König weigerte sich, sie den Kaiserlichen auszuhändigen.«

Emlich nickte. »Was dazu führte, dass auch *wir* stur wurden. Seitdem ist die Auslieferung untersagt.«

»Das bedeutet, jeder, der will, kann einfach durch das Stadttor gehen und sich so der Verfolgung entziehen?«, fragte Lorentha ungläubig.

»So ist es«, nickte der Feldwebel. »Lesren hat es weidlich ausgenutzt. Er ist eine fiese Ratte und genauso verschlagen, selbst die anderen Ratten oben am Tempelberg lassen ihn in Ruhe. Er hat einen üblen Ruf, und angeblich erfüllt er für seine Kunden jeden Wunsch ... auch die schlimmsten, ohne dass es nachher Fragen gibt. Wer von seinen Huren sich dagegen sträubt, landet schnell im Hafen.«

Lorentha und Raphanael tauschten einen Blick. Es mochte das Schicksal dieser jungen Hure Marbeth erklären.

»Wenn ihr das doch alles wisst«, fragte Lorentha verständnislos, »warum habt ihr den Kerl dann noch nicht in Ketten geschlagen?«

»Emlich hat's doch eben gesagt«, mischte sich Bosco ein. Er klang verärgert. »Dieser Lesren ist ein Saufkumpan von

Mollmer und Serrik gewesen, würde mich nicht wundern, wenn sie an dem Geschäft beteiligt waren.«

»Oder sind«, sagte Raphanael leise.

»Oder sind«, nickte Lorentha und kaute an ihrer Unterlippe, bevor sie hoffnungsvoll zu Raphanael hinsah. »Vielleicht weiß dieser Lesren mehr.« Sie sah zur Sonne hoch. »Wir sollten ihn hochnehmen. Viel Zeit bleibt allerdings nicht dazu. Nach Einbruch der Dunkelheit dürfte es uns dort schwerfallen.«

»Heute findet Ihr ihn nicht, Major«, sagte Feldwebel Emlich respektvoll. »Geht morgen hin, denn morgen und übermorgen sind die Wochentage, an denen der Hauptmann und die anderen zu ihm hingegangen sind.« Er räusperte sich. »Ich habe eine Bitte, Major.«

»Sprich«, bat Lorentha Emlich.

»Hier das Haus aufzuräumen und Unkraut zu jäten, ist gut und notwendig«, meinte der Feldwebel verlegen. »Aber dafür tragen wir die Marke nicht.« Er schaute Hilfe suchend zu Bosco hin, der nun nickte.

»Der Feldwebel hat recht«, sagte der Leutnant entschieden. »Lasst uns helfen, Major. Wir wollen wieder Garda sein, und dieser Lesren hört sich an, als ob er es verdient, dass man ihm einen Besuch abstattet.«

Lorentha nickte langsam und musterte den Feldwebel. Vielleicht war es ja nur ihr angestammtes Misstrauen, aber …

»Wie kommt es, dass du des Nachts dort oben warst?«, fragte sie.

»Ich war dort beten«, sagte der Feldwebel einfach. »Es half mir, die Dinge zu ertragen.« Sie musterte die offenen, ehrlichen Augen des Feldwebels und nickte dann.

»Bosco?«

»Ja?«

»Nehmt Vargil mit. Geht zum Palast des Gouverneurs und lasst euch aus dem Arsenal zehn Pistolen geben. Lasst euch nicht mit dem billigen Zeug abspeisen, verlangt Radschlosspistolen, ich weiß, dass sie welche in ihrem Arsenal haben. Reichlich Pulver und Kugeln. Ihr wisst, wie mit diesen Pistolen umzugehen ist?«

Bosco nickte zögerlich.

»Ich weiß es«, meldete sich Emlich. »Der Bruder meines Vaters war Ausbilder bei der königlichen Armee, er nahm mich oft zum Schießen mit.«

»Gut«, sagte Lorentha und wies nach hinten, weiter in das Gelände der Garda, dorthin, wo der rückwärtige Wall fast vollständig überwuchert war.

»Schüttet dort Erde auf und setzt für morgen früh ein Schießen an. Hört nicht eher auf, als bis jeder sein Ziel fünfmal hintereinander getroffen hat. Fangt zur sechsten Stunde damit an, bis zur zehnten will ich, dass jeder von euch auf zwanzig Schritt zuverlässig einen Mann treffen kann.«

»Die Nachbarn werden ihre Freude daran haben«, meinte Emlich und kratzte sich am Ohr.

»Sie dürfen sich bei mir beschweren«, teilte sie ihm mit und wandte sich dann an Raphanael.

»Gehen wir. Ich weiß, wer noch etwas über unseren Freund Serrik wissen könnte. Ich möchte, dass ihr euch kennenlernt.«

»Es fällt dir leicht, Befehle zu geben«, stellte Raphanael schmunzelnd fest, als Barlin die Pferde antraben ließ.

Lorentha lehnte sich in das Polster zurück und musterte ihn mit einem Lächeln. »Es ergab sich so«, meinte sie dann. »Allerdings schreckt es viele Männer ab.«

Die Frage ist, dachte Raphanael bei sich, als er dieses Lächeln sah, ob sie mich eben warnte oder ob sie mich herausgefordert hat. Er hoffte auf das Letztere. Vielleicht, dachte Raphanael, hat Barlin ja recht. Vielleicht reicht es, wenn ich sie zum Lächeln bringen kann.

Das Duell

33 »Der Hafen am Abend«, sagte Raphanael und zog seinen Umhang fester um sich. Sie hatten sich dazu entschlossen, allein weiterzugehen. Barlin sollte am Tor mit der Kutsche warten. Es ergab so auch mehr Sinn, denn nach Einbruch der Nacht hätten manche der Hafenratten die Kutsche vielleicht als ein lohnendes Ziel gesehen. »Ich wollte schon lange mal wieder überfallen werden«, fuhr er dann mit einem feinen Lächeln fort, das ihm allerdings entglitt, als er zur linken Seite hinsah und dort Don Amos aus der Tür des Gasthauses treten sah. Der Aragone erkannte ihn ebenfalls und deutete eine spöttische Verbeugung an. Es hatte ausgesehen, als ob er das Haus hätte verlassen wollen, doch jetzt machte er auf dem Absatz kehrt und betrat das Gasthaus wieder.

»Ist er das?«, fragte Lorentha.

»Ja«, nickte Raphanael knapp. »Das ist er. Don Amos. Eine Schlange wie die, die von der Göttin aus ihrem Garten geworfen wurden.«

»Und ein Feigling«, stellte Lorentha fest. Sie hatte den Mann nur kurz gesehen, aber sein Anblick hatte ihr die feinen Haare im Nacken steigen lassen. Sie kannte das Gefühl, es hatte sie schon öfter beschlichen, wenn sie besonders üblen Schurken gegenübergestanden hatte. Solchen, die wahrhaftig nicht wussten, was Reue bedeutete, und nicht, wie Raban, nur so taten, um nicht schwach zu wirken. Solchen, denen neben dem Gewissen auch die Seele fehlte.

»Warum das?«, fragte Raphanael überrascht.

»Er wollte eben das Haus verlassen, jetzt ging er hinein. Es ist, wie du sagst, er will Zeit und Ort eurer Begegnung bestimmen. Ohne Vorbereitung traut er sich nicht, gegen dich anzutreten.«

Raphanael schüttelte den Kopf, während sie gemeinsam die Straße hinuntergingen. »Wir sind vor vier Jahren in Brunswig aneinandergeraten, eher durch Zufall als aus Absicht. Ich bin nur gerade so durch viel Glück mit dem Leben davongekommen. Er ist stärker, als ich es bin.«

»Du warst im Kaiserreich?«, fragte sie überrascht.

Er lachte.

»Habe ich das nicht schon erwähnt? Ich bin öfter dort. Es ist unser größter Handelspartner. Wundert es dich, dass ich auch dort Interessen habe? Ich habe ein Weingut besucht, weil ich mir überlegte, ein paar Reben neu zu kreuzen. Leider kam es dazu nicht.«

Vielleicht erzählte er ihr irgendwann mehr über sein Weingut, dachte Lorentha etwas wehmütig. Es muss schön sein, Dinge wachsen zu sehen. Vielleicht sollte ich ihn fragen, ob er mich einladen will? Tatsächlich gab es aber eine andere Frage, die ihr heftiger auf der Zunge brannte, obwohl sie die Antwort eigentlich nicht hören wollte.

»Ihr habt ein magisches Duell ausgefochten?«

Er nickte knapp.

»Wie muss man sich so ein Duell vorstellen? Mit Blitz und Donner, Feuerregen und Erdbeben?«

Raphanael blieb stehen und sah sie mit ernsten Augen an. »Willst du das wahrhaftig wissen?«

Sie nickte. Er sah sich auf der Straße um, noch war die Dämmerung nur leicht zu spüren, und es gab noch andere, die auf der Straße unterwegs waren, zudem würde es nicht lange dauern.

»Gib mir deine Hand«, bat er sie, und als sie ihm diese reichte, nahm er sie fest zwischen seine beiden und führte sie an seine Schläfe …

Das Wetter war schlecht, es regnete, und der Weg war zum Teil schon ausgewaschen. Hier, zwischen den Weinbergen, war bei einem solchen Wetter mit Erdrutschen zu rechnen, alles Gründe, dachte Raphanael träge, warum Barlin die Kutsche so langsam fahren ließ. Warm war es auch nicht gerade, dachte er, und zog den Mantel enger um sich, um sich dann schuldig zu fühlen, dass Barlin vorn auf dem Kutschbock saß und frieren musste.

In der Ferne zuckte ein Blitz herunter und warf durch die Kutschenfenster Licht herein, doch gleichzeitig gab es ein berstendes Geräusch, als ein schwerer Stein die Kutsche traf und durchschlug und an beiden Wänden ein kopfgroßes Loch hinterließ. Vorn schrie Barlin auf, Pferde wieherten, und die Kutsche zog an, nur für einen oder zwei Lidschläge, dann schrie eines der Pferde gequält auf, und die Kutsche verkeilte sich in etwas. Wieder schlug ein Stein in die Wand der Kutsche ein, diesmal verfehlte das Geschoss Raphanael nicht, sondern streifte ihn an den Schulter, gerade als er seinen Stab herbeigerufen hatte. Die Kutsche war noch immer in Bewegung, eines der Räder stieß gegen ein Hindernis, mit einem lauten Bersten brachen die Speichen, und die Kutsche legte sich langsam auf die Seite, um dann, mit lautem Krachen und dem Geräusch von berstendem Holz, zu kippen und gegen eine der niedrigen Mauern zu fallen, die den Weg säumten; Mauern aus Feldstein, den die Bauern hier aus den Feldern aufgelesen hatten, um den Hang damit zu säumen und den Reben so eine Terrasse zu bauen. Endlich kam die Kutsche zum Stehen, der halbe Aufbau war auseinandergebrochen und in sich zusammengefallen, über sich sah Raphanael die Tür ... im nächsten Moment duckte er sich, als der nächste Stein einschlug und die Tür zur Seite riss. Eine Gestalt wie ein schwarzer Vogel tauchte gegen den Himmel auf, der just in dem Moment von weiteren Blitzen erhellt wurde, deren Donner die Welt um ihn erschütterte. Barlin, in seinen weiten Kutschermantel gekleidet, streckte ihm die Hand ent-

gegen. Raphanael griff zu, und mit einem mächtigen Ruck zog Barlin ihn aus der Kutsche heraus, gerade noch rechtzeitig für Raphanael, um seinen Stab der irrlichternden Gestalt entgegenzustrecken, die knapp zwanzig Schritt entfernt mit einem Ruck beide Hände nach ihm warf ... und mit ihnen zwei große Felssteine aus den Mauern der Weinberge. Der Stab war nicht dazu gemacht, mit einer Hand geführt zu werden, dennoch gelang es Raphanael, den einen Stein zur Seite zu schlagen, während der andere Barlin und ihn verfehlte.

Elmsfeuer tanzte über die beiden Freunde, als Raphanaels Magie sich mit dem Sturm verband, und auch über den anderen, der nun die Hände vor sich zusammenschlug. Raphanaels Stab zuckte hoch und quer, und für einen Lidschlag wurden die Konturen des magischen Schilds, den er gerade noch hatte beschwören können, von dem Elmsfeuer nachgezeichnet, dann riss die Druckwelle sie von der Kutsche hinweg, Dreck, Steine und Holz und Beschläge der Kutsche prasselten um sie herum nieder.

Wie Puppen wurden sie in den Hang geschleudert, wo sie zwischen Rebstöcken zum Liegen kamen, Barlin schrie etwas, sein Mund war weit aufgerissen, doch der letzte Donner war so laut gewesen, dass Raphanael nicht hören konnte, was sein treuer Freund da rief, es war auch nicht nötig, es konnte nur eine Warnung sein. Er raffte sich auf und hob seinen Stab, stemmte ihn gegen den Boden, als ein Felsbrocken, halb so groß wie ein Wagenrad, auf sie zugeflogen kam und wie ein Schneeball an dem Stab zerschellte und Brocken und Splitter auf sie herniederprasselten. Blut und Regen flossen ihm in die Augen, es war zu dunkel, um den anderen zu sehen, hätte der nicht auch im Hexenfeuer gelodert. Etwas schlug gegen seine Schulter, als Raphanael seinen linken Arm nach vorn zwang, den Stab nun trotz des Feuers in der Schulter in beide Hände nahm und zu dem griff, was die Natur ihm überreichlich bot, Wind und Wasser, Donner und Blitz.

Jetzt war es Raphanael, der den Sturm rief, einen peitschenden Wind, der das nächste Geschoss des Gegners vom Kurs abtrieb, bevor es gefährlich werden konnte, der den Regen in eisige Nadeln verwandelte, die er dem Mann dort drüben entgegentrieb, der nun eine stampfende Geste machte, gerade dann, als Raphanaels Blitz aus dem dunklen Himmel auf ihn herniederfuhr und ihn zucken ließ, bevor die Druckwelle ihn zur Seite warf. Doch auch der andere hatte seinen Zauber durchgebracht, die Erde bebte unter ihnen, und mit vor Schreck geweiteten Augen sah er, wie über ihnen am Hang sich die Steine einer dieser Mauern lösten, Wasser, Erde und Steine sich in Bewegung setzten und immer schneller wurden, Rebstöcke und den halben Berg mitrissen und mit der Geschwindigkeit eines erst trägen und dann schneller und schneller werdenden Pferdes auf sie herabfuhren. Er fühlte Barlins harte Hand, wie der ihn zog, hörte jetzt über das Tosen der Geröllawine ihn auch fluchen und versuchte taumelnd, seinem Freund zu helfen, ihrer beider armseliges Leben zu retten. Der Abhang auf ihrer Seite war in ganzer Front in Bewegung geraten, ein Entkommen war nicht möglich, nur eine kleine Hoffnung blieb, der Rest der Kutsche, die einen Spalt zwischen der untersten Mauer und der Achse frei gelassen hatte, schuf mit einem Rad und der Hinterachse einen Hohlraum, der gerade so reichen musste. »Barlin, nein!«, rief er, als sein Freund ihn zuerst unter die Kutsche schob, um sich dann schützend über ihn zu legen, um mit seinem eigenen zerbrechlichen Körper ein Bollwerk gegen die Geröllawine zu erschaffen, damit Raphanael vielleicht noch leben konnte ...

Schwer atmend stand Lorentha da und starrte in Raphanaels feuchte Augen, sie spürte noch immer den Schmerz in ihrer Schulter, dort, wo Don Amos' zweites Geschoss ihm das Schlüsselbein gebrochen hatte, die Kälte und die Nässe des Regens.

»Sieben Knochen hat es ihm gebrochen und fast noch den Schädel eingeschlagen«, sagte Raphanael leise und ließ langsam seine und auch ihre Hand sinken. »Drei Wochen lag Barlin wie tot darnieder, erst danach konnte ich Hoffnung schöpfen, doch es dauerte noch gut zwei Monate, bis er wieder mühsam gehen konnte.« Er schluckte und schaute die Straße hoch, zurück zu diesem Gasthof. »Hätte ich mich dort auf einen Kampf eingelassen, hätte es gut sein können, dass es das ganze Gebäude mitgerissen hätte.«

»Götter«, hauchte Lorentha.

Raphanael atmete tief durch. »Um deine frühere Frage zu beantworten: Ja. Genau so. Mit Blitz und Donner, Feuerregen und Erdbeben. Den Feuerregen haben wir uns gespart, es war zu nass dafür.« Er brachte ein mühsames Lächeln zustande. »Ich hoffe, du bist nicht allzu enttäuscht.«

»Es ist tatsächlich wie in diesen alten Legenden«, flüsterte Lorentha, die nun erst bemerkte, dass er ihre Hand noch immer fest in seinem Griff hielt, so fest, dass ihr die Finger beinahe taub wurden. »Wieso ... wieso hört man nichts davon?« Sie bewegte leicht ihre Hand, er sah herab, als hätte er vergessen, dass er sie noch hielt, und ließ sie los, allerdings nicht, bevor er mit dem Daumen noch einmal sanft über ihren Handrücken gefahren war.

»Die Menschen würden uns fürchten«, sagte er rau. »Zu viel Furcht, und sie würden sich erheben gegen uns, ob wir nun auf ihrer Seite stehen oder nicht. Das Konkordat von Ravanne trägt dem Rechnung, damals haben die Orden eine Vereinbarung getroffen, die die Verpflichtung beinhaltet, das Wirken von Magie vor den Augen der Nichteingeweihten so gering wie möglich zu halten.«

»Ich habe noch nie davon gehört«, sagte sie mit weiten Augen. Er lächelte und strich ihr eine Haarsträhne aus dem Gesicht. »Das solltest du auch nicht, das ist der Sinn des Ganzen.«

»Aber ... die Menschen wissen, dass es euch gibt. Sie wissen, dass es die Hüter gibt, den Orden der Seher, die Walküren ...«

»Ja«, nickte er. »Aber was wissen sie? Sie wissen, dass die Schwerter der Walküren im Kampf leuchten, die Seher entlang der Zeiten die Folgen einer Handlung in der Zukunft sehen können und dass die Hüter mit ihren Stäben den Donner rufen können. Für jeden der Orden wurde *eine* Form der Magie vereinbart, die sie zeigen dürfen, eine, von der man hoffte, dass die Menschen sie akzeptieren lernen würden, sonst hätten wir uns ja selbst waffenlos gemacht und selbst zu sehr beschnitten und uns die Möglichkeit genommen, uns zu wehren. Die Menschen kennen den Donner, seit sie vor Urzeiten furchtsam in die Himmel schauten, die gleißenden Schwerter der Walküren mit ihrem Licht verkünden Schutz in der Dunkelheit, und die Seher von Ravanne leiten mit ihrer Weisheit die Völker. *Das* wissen die Menschen, und *das* können sie verstehen. Alles andere halten wir vor ihnen verborgen.«

»Was ... was zeigt die Bruderschaft den Menschen?«

Raphanael schwieg einen Moment lang, während seine Augen die Straße absuchten, bevor er wieder ihren Blick fand. »Das Konkordat ist der einzige Vertrag, dem sie je zustimmten. Was ihre Magie angeht, sagen sie, dass ihr Wirken seit jeher den Menschen unsichtbar geblieben wäre und dies auch fortan so sein würde.«

Sie nickte langsam, ihr Blick in sich gekehrt, und sie schwieg lange, dann sah Raphanael, wie sich ihr Gesicht vor Abscheu verzog, sodass er schon befürchtete, wieder von ihr zu hören, wie sehr sie Magie als Fluch empfand und sich selbst und auch ihn verabscheute.

»Es war ein Hinterhalt, Raphanael«, sagte sie leise. »Er griff euch an ohne Vorwarnung, wie ein Räuber in der Nacht. Er warf das, was er hatte, auf euch, und ihr habt gegen ihn bestanden, ihn in die Flucht geschlagen. *Er* hat Grund, Angst vor dir zu haben.«

»Er ist dennoch stärker als ich«, sagte Raphanael rau. »Diesen letzten großen Stein ... nicht mit aller meiner Macht könnte ich einen solchen Brocken auch nur bewegen!«

»Ja«, nickte sie. »Ich bezweifle ebenfalls, dass du mich im Schwertkampf besiegen würdest, und dennoch bist du damit nicht mir unterlegen ... du hast dich nur in anderen Waffen geübt als ich. Glaube mir, Don Amos fürchtet dich.« Sie lachte leise. »Erinnere mich daran, dass ich mich bei Barlin dafür bedanke, dass er dich gerettet hat. Du hast Glück, einen solchen Freund zu haben.«

»Göttin«, sagte er mit Inbrunst. »Als ob ich das nicht wüsste.« Er lächelte ein wenig. »Wollen wir nicht weitergehen? Die Leute starren schon.«

»Ja«, sagte sie, holte tief Luft und sah hoch zum Himmel, der immer dunkler wurde. »Wir sollten uns beeilen, bevor Raban noch zu sehr dem Wein zuspricht.«

Am Hafen bei Nacht

34 Raphanael war noch nicht so oft bei Dämmerung oder gar in der Nacht im Hafen unterwegs gewesen. Er wusste, dass er sich seiner Haut erwehren konnte, er war ein Hüter, aber er war klug genug, das Schicksal nicht allzu sehr herauszufordern. Diese Welt besaß ihre eigenen Regeln, und für den, der diese nicht kannte, waren Fehltritte unausweichlich und zuweilen tödlich.

Lorentha hingegen schien nicht einen Gedanken darauf zu verschwenden. Das Schild der Garda glänzte hoch auf ihrer linken Schulter, es gab wohl für Schurken und Halunken kein Symbol, das sie mehr hassten und fürchteten als dieses. Vielleicht lag es daran, dass in Aryn die Garda nichts galt, aber es war nicht sie in ihrer Rüstung und mit ihrem Schwert und den beiden Radschlosspistolen, die an ihrem Gürtel steckten, die erstaunte Blicke erntete, sondern er, obwohl er nicht seine besten Kleider trug, und dabei hätte er denken können, dass er nicht weiter auffallen würde.

Das Gegenteil war der Fall, mit jedem Schritt, je dunkler der Himmel wurde, umso mehr Augen schienen ihn aus den Schatten anzustarren, das Gewicht seines Beutels damit aufzuwiegen, wie viel Ärger er bereiten konnte.

Als sie in die Schiefe Bank einbogen, zeigte es sich noch deutlicher. Drei verwegen aussehende Gestalten sahen ihn und richteten sich auf, einer tat sogar einen Schritt auf Raphanael zu und erstarrte dann, als er in zwei übereinanderliegende Bohrungen einer von Lorenthas Pistolen schaute, die ihm wie die Pforte zu den Höllen erscheinen mussten, was sie ja auch waren.

»Verzieh dich«, sagte Lorentha wie beiläufig. »Bevor ich den Hohlraum zwischen deinen Ohren mit Blei aufblase.«

»Scheiße!«, sagte einer der anderen. »Sie ist Garda!«

»Un' noch nich besoffen!«, stellte der Dritte beeindruckt fest.

»Mein Fehler, Prinzessin«, sagte der Erste mit einem verlegenen Lächeln, während er abwehrend die Hände hob und zurücktrat. »Eine Verwechslung, dachte, er wäre ein alter Freund.«

»Sicher«, sagte Lorentha und lächelte hart. Er trat noch einen Schritt zurück, erst dann ließ sie die Pistole sinken.

»Götter«, entwich es Raphanael. »Jeder schaut mich an, als wäre er ein Wolf und ich ein Klumpen rohes Fleisch.«

Sie blieb stehen und musterte ihn, während sich im Hintergrund die drei von eben wieder in den Schatten zurückzogen, um auf den Nächsten zu warten, der die Regeln nicht kannte.

»Schau dich um«, bat sie ihn lächelnd. »Und sage mir, wie viele du siehst, die unbewaffnet sind.«

Sein Blick fiel auf einen Seemann, der in der Ecke lag und seinen Rausch ausschlief, mehr als eine Leinenhose hatte man ihm nicht gelassen. Sie folgte seinem Blick und lachte. »Der zählt nicht. Aber ich schwöre dir, bevor er zu viel trank, hatte er zumindest noch ein Messer.«

»Ich verstehe, was du meinst«, sagte er, als er seinen Blick über das raue Volk schweifen ließ, das sich hier herumtrieb. Sogar die junge Hure dort drüben, die ihn so einladend anlächelte, zeigte Bein bis hinauf zum Oberschenkel, wo, an einem Band festgeschnallt, ein übel aussehender Dolch zu finden war. »Ich sehe nicht gefährlich aus.«

Sie nickte. »Es ist seltsam mit dir«, sagte sie grübelnd. »Barlin ist nur einen Fingerbreit größer als du und nur ein wenig breiter, und ihm ginge man hier aus dem Weg. Du bist nicht halb so dünn, wie du erscheinst, und du hast Muskeln unter diesen Ärmeln. Ich weiß ja jetzt, wie du dich deiner Haut erwehren kannst, und es würde die eine Hälfte schreiend fliehen lassen, während die andere vor Schreck tot umfallen würde. Dennoch wirkst du so gefährlich wie eine Milchmagd, eine junge noch dazu.« Sie trat näher an ihn heran. »Du bist zu schön«, sagte sie dann lächelnd. »Es sind diese langen Wimpern, für die ich dich hassen könnte, diese hohen Wangen und der Mund.« Sie trat an ihn heran und löste das sorgsam geknotete Tuch von seinem Kragen und zog es mitsamt dem Kragen ab, um sie achtlos wegzuwerfen. Noch bevor sie ihm mit beiden Händen in die sorgfältig gelegten Haare fuhr und sie ihm zerzauste, hatte ein Kind Krawatte und Kragen bereits gegriffen und eilte davon, als ob es versuchte, einen Schatz in Sicherheit zu bringen. Damit nicht genug, griff sie ihm noch ans Hemd und zog daran, sodass die Knöpfe davonsprangen und das schwache Licht der Laternen sich auf seiner glatten Haut spiegelte. Auf den ersten Blick schien es nicht viel, was so zu sehen war, dachte sie erheitert, erst wenn man sah, dass jede Muskelfaser einzeln sichtbar war, konnte man erahnen, dass er kein verweichlichter Adeliger war. Vielleicht ... sie zog noch einmal an dem Hemd, die letzten Knöpfe sprangen auf, und er stand da, auf offener Straße, und sah sie sprachlos an, während das Hemd ihm bis zum Bund offen stand. Ja, dachte sie und lachte leise, als sie seinen ungläubigen Gesichtsausdruck sah, der Mann besaß Muskeln, warum sollte er sie nicht zeigen? Ein letzter Blick auf seinen Bauch, der einer glücklichen Frau auch ohne Wäsche als Waschbrett dienen konnte, dann streckte sie fordernd eine Hand aus.

»Umhang und Jacke«, sagte sie knapp.

Wortlos zog er beides aus und reichte es ihr. Sie sah sich suchend um und fand, was sie suchte, einen Mann ungefähr in seiner Größe, der einen ledernen Mantel trug, der alt und abgenutzt aussah, als hätte er schon tausend Stürmen getrotzt.

»He, Seemann«, lachte sie. »Ein Tausch für dich. Umhang und Jacke gegen deinen Umhang?«

Der wandte sich um, musterte erst Raphanael, dann die angebotenen Kleidungsstücke und schließlich sie. »Zu fein für mich«, stellte er fest. »Aber wenn du einen Kuss drauflegst …« Er grinste breit und tippte auf eine stoppelige Wange.

Lorentha lachte, gab ihm diesen Kuss, schälte ihn fast noch in der gleichen Bewegung aus dem Mantel heraus, um ihm dann lachend Raphanaels fein gewirkten Umhang und die Jacke aus bester Seide in die Armbeuge zu legen. Rasch zog der Mann noch etwas aus der Tasche seines ehemaligen Besitzes, um lachend zuzusehen, wie sie Raphanael den Mantel zuwarf. Der musterte ihn skeptisch.

»Ich bin sicher, dass er Läuse hat.«

»Du bist ein Magier des Ordens«, sagte sie ungerührt. »Tue etwas dagegen!«

»Schon geschehen«, grinste Raphanael und warf sich den Mantel über.

»Hier«, sagte sie und hielt ihm eine ihrer Pistolen hin. »Steck sie dir vorn in den Bund, sodass jeder sie sehen kann.«

Er musterte die reich verzierte Waffe.

»Das ist doch eher eine Herausforderung als alles andere, das Ding muss ein Vermögen wert sein. Abgesehen davon … in den Hosenbund?«

Sie lachte. »Solange dieser Hebel hier nach oben zeigt, taugt die Waffe nur als Knüppel. Du brauchst keine Angst um deine Manneskraft zu haben. Was das andere angeht … nur ein Depp oder jemand, der ganz genau weiß, dass er sich seiner Haut erwehren kann, würde sich mit einer solchen Waffe zeigen. Du siehst nicht blöde genug aus, also muss es das andere sein. So«, lachte sie und schlug ihm spielerisch auf die Finger, als er den Mantel zuziehen wollte. »Lass Hemd und Mantel offen und gehe breitbeinig, als wärest du zehn Tage geritten. So, als ob zwischen deinen Beinen Glocken läuten würden.«

Sie lachte, als er sie fassungslos ansah. »Hier fordert dich keiner zum Menuett heraus, Raphanael«, sagte sie ernster, um dann zurückzutreten und ihn zu mustern. »Gut«, befand sie. »Jetzt siehst du aus wie einer dieser Hurenfänger, der zeigt, womit er die Weiber ködern kann, du musst nur noch grinsen, als wäre all das Elend hier nur ein Spaß, um dir das Leben zu versüßen, und jeder, der dich anschaut, sowohl ein Witz als auch unter deiner Würde.«

Er verzog sein Gesicht zu einer Grimasse, und sie lachte schallend, ohne sich darum zu kümmern, dass die halbe Gasse dem Schauspiel zugesehen hatte.

»So bist du zum Fürchten«, grinste sie.

»Ja«, antwortete Raphanael. »Ich sehe, was du meinst.« Lorenzo würde ihn umbringen, wenn er erfuhr, was mit Umhang und Jacke geschehen war, und er musste dagegen ankämpfen, Hemd und Mantel zuzuziehen, aber dennoch ... er grinste breit. »Bist du zufrieden?«

»Durchaus«, lachte sie. »Deine Stiefel sind noch zu sauber, sie glänzen, aber das will ich dieses Mal durchgehen lassen.«

Das Seltsame an der ganzen Sache war, dass sie Dutzende von Zuschauern gehabt hatten, als sie ihn auf offener Straße halb ausgezogen und so ausstaffiert hatte, und die meisten trugen nun lachende oder erheiterte Gesichter, der eine oder andere nickte ihm noch zu, und die Hure mit den langen Beinen und dem scharfen Dolch pfiff ihm sogar nach.

Und als sie weitergingen, stellte er fest, dass ihn kaum noch jemand eines zweiten Blicks würdigte.

»Es ist nichts anderes als auf einem eurer Bälle«, sagte Lorentha mit einem Schmunzeln. »Wer falsch gekleidet ist und sich nicht zu benehmen weiß, wird hinausgeworfen.«

Er nickte lächelnd, dennoch ... ›eure Bälle‹ hatte sie gesagt, als ob sie nicht dazugehörte. Sie war eine Baroness, wenige Türen würden ihr verschlossen bleiben, aber ... er erinnerte sich daran, wie sie den Ball gestürmt hatte, als wäre die feine Gesellschaft dort eine Festung, die sie überrennen wollte. Es war ihr gelungen, aber hier, inmitten von rauen Männern und leichten Weibern, wo jeder eine Waffe trug und ein falsches Wort den Tod bedeuten konnte, fühlte sie sich zu Hause.

Dies war ihre Welt, dachte er, aber er erinnerte sich auch daran, wie sie in Jesmenes viel zu kurzen Kleidern am Frühstückstisch gesessen hatte und Arin für sich gewonnen hatte. Sie passte auch in seine Welt, dachte er, wusste sich darin zu behaupten, doch konnte er sich in ihrer Welt bewegen?

Sie blieb stehen und lachte ihn an.

»Was ist?«, fragte er.

»So übertreiben musst du es wiederum nicht«, grinste sie. »Ich sprach nicht von Tempelglocken! Entspanne dich einfach, die Menschen hier sind auch nicht anders als die, die du kennst, ihr Schicksal ist nur um so vieles härter, ihr Leid größer, und ihre Freuden sind kleiner. Wäre er nicht dein Freund geworden, könntest du Barlin hier stehen sehen, mit einem breiten Grinsen und einem Becher in der Hand, und er wäre im Kern doch der gleiche Mensch und vielleicht auch hier ein Freund.«

»Warte«, bat Raphanael und sah sich langsam um. Niemand schenkte ihm Beachtung, und so sah er die beiden Seemänner, die Arm in Arm, sich gegenseitig stützend, unsicher durch die Menge schwankten und offenbar ihre Freude hatten, die dicke Frau dort drüben, die mit einem rauen Gesellen scherzte, und die beiden Halsabschneider, die weiter hinten sich miteinander maßen, indem sie ihre Klingen in einen Pfosten warfen. Er sah auch die drohende Faust, die einer erhob, als ein Kind aus einem Korb einen Apfel stahl, ohne dann doch zuzuschlagen, und vieles andere, was er zuvor nicht hatte sehen können.

Lorentha schien zu wissen, was er dachte, denn jetzt trat sie noch näher an ihn heran. »Dennoch ist es so«, mahnte sie ihn leise, »dass die meisten hier vom Schicksal in die Enge getrieben wurden wie die Ratten, und Ratten gleich beißen sie, wenn sie sich zu sehr bedrängt fühlen. Sie haben zu wenig, um es kampflos herzugeben, und Vertrauen haben sie verlernt. Aber solange du dich nicht über sie erhebst, sie nicht bedrängst, lassen sie auch dich in Frieden.«

Sie wies auf einen Anker, der über dem Eingang einer großen Taverne hing, neben dem zwei raue Gestalten an der Wand lehnten. »Dorthin«, sagte sie und zog ihn fast noch mit sich.

Der eine der beiden Kerle schluckte, als er Lorentha und ihren Begleiter kommen sah, und trat in ihren Weg.

»Das ist nicht der rechte Zeitpunkt für die Garda«, sagte er, als von drinnen Kampflärm und das Geräusch von berstendem Holz und wütenden Flüchen an sie drang.

Sie reckte den Hals, um an ihm vorbeizusehen. »Was ist los?«, fragte sie ruhig, während sie an ihre Schulter griff und die Marke abzog.

»Es ist einer dieser Tage«, sagte der andere Schläger betrübt. »Irgend so ein Depp dachte, er könne eines der Mädchen auf den Tisch legen und sich mit ihr vergnügen, doch sie wollte nicht, also hat er sie geschlagen. Raban sieht so etwas nicht gerne.«

»Ist das nicht Eure Arbeit?«, fragte Raphanael erstaunt. »So jemanden dann an die Luft zu setzen?«

»Nö«, meinte der Erste. »Wir sorgen nur dafür, dass sie nicht wieder hier hineinkommen.«

»Wer ist der Kerl?«, fragte der andere und deutete mit dem Daumen auf Raphanael. »Er hört sich an wie so'n feiner Pinkel.«

»Weil er das ist«, lächelte Lorentha. »Aber er ist auch ein Freund. Von mir und Raban.«

»Weiß Raban das auch?«, fragte der Erste und kratzte sich am Kopf.

»Noch nicht. Jetzt lass mich durch, ich will den Spaß nicht verpassen!«

»Keine Angst«, meinte der eine, der durch den Türspalt einen Blick in den Gastraum geworfen hatte. »Der Spaß kommt gerade zu uns her.« Er zog die Tür auf und trat zur Seite, Lorentha tat es ihm nach und zog Raphanael ebenfalls zurück, sodass sie Spalier standen, als Raban einen Kerl, der fast so groß war wie ein Bär, rückwärts aus der Tür beförderte.

Raban sah etwas mitgenommen aus, eine Augenbraue war ihm aufgeplatzt, und Blut lief ihm die Wange hinab, doch als er sie sah, grinste er breit und zeigte weiße Zähne.

»Prinzessin«, lachte er. »Ich habe dich erwartet!«

Er duckte sich unter einem Schlag hindurch, der eine Mauer gefällt hätte, und rammte dem anderen die Stirn in die Nase. Der taumelte zurück und schüttelte sich wie trunken, mächtige Schultern wie die eines Bullen spannten sich unter seinem dünnen Leinenhemd, und wie ein Stier röhrte er auch auf, um sich mit blutunterlaufenen Augen auf den schlanken Mann zu stürzen, der einfach nicht stehen bleiben wollte, um sich schlagen zu lassen.

Lorentha zog dem einen Schläger links von ihr mit einer Hand den Knüppel aus dem Bund und streckte ein langes Bein aus, der Mann stolperte darüber, sie schlug mit dem Knüppel zu, und wie ein gefällter Baum schlug der schwere Mann vor Rabans Stiefel auf dem Boden auf.

»Danke«, sagte Lorentha und reichte dem verdutzten Schläger seinen Knüppel wieder.

»Schafft ihn weg«, befahl Raban, bevor er sie breit grinsend umarmte. »Götter«, lachte er. »Wie in alten Zeiten!«

»Du bist die Prinzessin?«, fragte einer der Türschläger fast schon ehrfürchtig, während der andere sie nur staunend anglotzte.

»Hast du mir vorgestern nicht zugehört?«, lachte Raban. »Ich sagte, sie wäre eine alte Freundin.«

»Aber du hast nich gesagt, dass sie die Prinzessin is«, meinte der Schläger und schüttelte fassungslos den Kopf, um sich dann zu bücken und den großen Mann, der zu ihren Füßen lag, an seinem dreckigen Stiefel zu ergreifen. Von unten sah er dann zu ihr hinauf und grinste breit. »Du bist ein gutes Stück gewachsen ... kein Wunder, dass ich dich nich erkannt hab ... Ich bin Foster, du hast mir mal die Wange aufgeschlitzt.« Er wies stolz mit der freien Hand auf seine Wange, wo unter dem Bart eine weiße Narbe sichtbar war.

Sie lachte laut. »Jetzt erinnere ich mich, du bist auch ein Stück gewachsen!«

Sie ging hinter Raban in die Taverne hinein, und Raphanael folgte ihr, während er es nur mit Mühe vermochte, nicht allzu deutlich mit dem Kopf zu schütteln.

»Ein Lord bist du also«, sagte Raban und bedachte den feinen Herrn mit einem harten Blick.

»Zumindest heute Morgen war ich es«, sagte Raphanael mit einem freundlichen Lächeln. Er tat eine Geste, die auf seinen alten neuen Mantel und sein offenes Hemd verwies. »Jetzt bin ich mir nicht mehr so sicher.«

»Ha!«, sagte Raban und winkte ein Mädchen herein. »Das war eine gute Antwort, und ich kenne das Gefühl, die hier«, er wies auf Lorentha, »konnte einen Mann schon immer gut verwirren. Ich hab was läuten hören, Lord, es sprach sich sogar bis zu uns herum, dass du eine feine Dame in dein Bett genommen hast ...«

»Raban«, sagte Lorentha scharf, während sie hastig nach Raphanaels Hand griff, die sich zur Faust geballt hatte. »Jetzt fangt keinen Mist an, keine Schlägerei und auch kein Duell bei Morgengrauen.« Sie bedachte Raphanael mit einem harten Blick. »Die Schlägerei würdest du verlieren und du«, sie schwenkte ihre dunkelgrünen Augen wie Geschützstellungen zu Raban hinüber, »das Duell. Zudem war ich nicht in seinem Bett, und wenn ich es gewesen wäre, ginge es dich nichts an.«

»Weiß ich doch«, grinste Raban. »Ich wollt nur wissen, ob du ihm wichtig bist.«

»Sie ist es«, sagte Raphanael und zwang sich zur Ruhe, um den anderen mit einem kalten Blick zu fixieren. »Bei der Schlägerei wäre ich mir an Eurer Stelle auch nicht sicher.« Es gab da so das eine oder andere, das Barlin ihm hatte zeigen können. Sie hatten es ja oft genug an den eigenen harten Schädeln eingeübt.

»Ich wäre bereit, es zu testen«, sagte Raban mit einem breiten Grinsen, »aber dann wird sie hier sauer, und das, glaub mir, wollen wir beide nicht. Kommt«, sagte er und nahm die Becher von dem Mädchen an, das eilig wieder verschwand. »Lasst uns zusammen trinken, prügeln können wir uns noch ein anderes Mal.«

Sie hoben ihre Becher und diesmal, stellte Raban fest, trank auch sie.

»Du erinnerst dich an den Kerl, der Waffen geschmuggelt hat?«, fragte er sie. »Der, der mich angegriffen hat? Jetzt hat jemand einen Steckbrief deswegen aufgehängt, kannst du den verschwinden lassen?«

Sie nickte. »Ich kümmere mich darum. Ich brauche auch einen Gefallen von dir. Ich suche einen Makas Serrik. Er ist mit ein paar seiner Kumpane von der Garda desertiert und …«

»… hat einen ganz gewissen Vogel gestohlen«, beendete Raban ihren Satz. »Im Sarg seines alten Saufkumpans Mollmer. Ich hab es heute Mittag herausgefunden«, erklärte er, als er ihren überraschten Blick sah. »Ein paar der Huren haben davon erzählt, *wie* Mollmer seine letzte Wacht bekam.«

Lorentha seufzte, und Raphanael schüttelte den Kopf.

»Was ist?«, fragte Raban.

»Wir waren der gleichen Fährte auf der Spur, hörten davon, dass eine der Huren dort am Tempelplatz etwas wissen könnte und gingen dem nach. Wir hörten dann, dass man sie erschlagen hat … Unser Fehler war nur, die anderen Huren nicht ebenfalls zu befragen.« Sie schüttelte ungläubig den

Kopf. »Das war dumm von mir. Diese Huren ... wissen sie, dass der Falke gestohlen wurde?«

Raban schüttelte den Kopf. »Nein«, beruhigte er sie. »Aber ich weiß es, denn das war die einzige Möglichkeit, die mir einfiel, wie die Diebe den Falken haben stehlen können. Außerdem ausgerechnet Mollmer eine letzte Wacht zu gönnen, stank bis zu den Göttern. Er war nicht beliebt bei seinen Huren«, fuhr er grinsend fort. »Nicht eine hat es ihm gegönnt.«

»Was mich wenig wundert«, meinte Raphanael. »Nach allem, was ich von ihm hörte.«

»Weißt du, wo wir Serrik finden können?«, fragte Lorentha.

Raban nickte langsam. »Er und seine Leute treiben sich in einem Haus hier im Hafenviertel herum, oben an der Mauer, ein Stück weit vom *Goldenen Eber* entfernt. Ob er jetzt gerade da ist, weiß ich nicht, aber ein paar seiner Freunde werden wir dort finden. Wo der Wagen ist, kann ich euch allerdings nicht sagen.«

»Welcher Wagen?«, fragte Raphanael.

»Der Wagen des Totengräbers«, sagte Raban. »Ihr glaubt doch nicht, dass sie den Falken mit dem alten Mollmer zusammen begraben haben? Der Hurenhüter, dieser Lesren, hat den Wagen und den Sarg dafür umbauen lassen.«

»Was genau ...«, begann Lorentha.

»Der Sarg hatte einen doppelten Boden, der Wagen auch. Als sie den alten Mollmer zum Totenacker gefahren haben, lag einer von Serriks Leuten in dem Wagen drin und hat von unten den Falken aus dem Sarg geholt und in den Wagen verfrachtet. Ich habe herumgefragt, und einer meinte, er hätte den Hurenhüter mit dem Wagen aus dem Osttor fahren sehen, aber mehr kann ich nicht sagen. Wenigstens nicht dazu.«

»Zu was sonst?«, fragte Lorentha.

Raban sah sich um und beugte sich dann vor. »Das mit dem Aufstand ist diesmal ernst gemeint. Jemand hat ein Gerücht in die Welt gesetzt, und es erregt die Gemüter.«

Raphanael und die Majorin sahen sich gegenseitig an.

»Ich habe nichts gehört«, meinte Raphanael.

»Wird nicht lange dauern, bis auch ihr es hören werdet«, meinte Raban grimmig. »Es gibt der Sache einen neuen Rahmen. Das Gerücht besagt, dass Prinzessin Armeth Herzogin von Aryn war.«

Raphanael nickte.

»So war es. Und?«

»Sie wäre es nach eigenem Recht gewesen.« Raban schaute zu dem Lord hin. »Du bist Manvare und ein Adeliger noch dazu, was weißt du darüber?«

»Es stimmt«, sagte Raphanael. »Ihre Mutter war schon Herzogin von Aryn, und sie erbte den Titel von ihr und nicht von ihrem Vater. Worauf läuft das hinaus?«

»Darauf, dass der Titel angeblich nur an das Kind vererbt werden darf und erbgebunden ist. Dass das Herzogtum von Aryn zwar Teil des Königreiches war, aber eigenem Erbrecht unterstand, es wurde nicht erobert, es war Teil der Allianz, die Manvare einst gegründet hat.«

»Meines Wissens stimmt das so«, sagte Raphanael, der noch immer nicht verstand. »Was hat es damit auf sich?«

»Das Gerücht sagt, dass nach dem Erbrecht das Herzogtum weder an Manvare noch an das Reich hätte fallen dürfen, sondern einzig und allein an den Erben der Prinzessin. Demzufolge sind alle Verträge zwischen Manvare und dem Kaiserreich hinfällig. Und dies wäre der wahre Grund gewesen, weshalb es damals diesen Aufstand gab. Denn als die Prinzessin ohne Erben im Kindbett starb, fiel das Herzogtum an den nächsten Verwandten auf der mütterlichen Seite der Prinzessin zurück. Weder das Königreich Manvare noch das Kaiserreich hätten ein Recht darauf gehabt, vielmehr hätte das Reich die Stadt von dem wahren Erben gestohlen. Denn das Herzogtum hätte noch immer einen Erben, der lückenlos seine Linie bis zu dem Onkel der Prinzessin zurückverfolgen kann. Dreimal dürft ihr raten, wer der Erbe ist und bereit ist, dafür einzustehen, dass Aryn sich seiner Fesseln entledigt und frei und unabhängig von kaiserlicher Tyrannei wieder sein Haupt erhebt?«

»Valkin Visal«, sagte Raphanael grimmig. »Er hat schon immer behauptet, er wäre der wahre Erbe.«

»Das darf doch nicht wahr sein«, meinte Lorentha ungläubig.

»Es kommt noch besser«, sagte Raban.

Lorentha schüttelte den Kopf. »Und wie?«

»Es gäbe einen Grund, weshalb dieser Aufstand von Erfolg gekrönt sein würde. Denn diesmal würde man sich nicht gegen das Reich erheben oder gar gegen König Hamil. Da Aryn niemals kaiserlich gewesen wäre und man das auch beweisen könne, könnte das Reich Größe zeigen, indem es diesen Fehler eingesteht. Somit fiele Aryn an einen Herzog Visal zurück, und der wiederum beabsichtige nicht, an den bestehenden Verhältnissen zu rütteln, Aryn soll als freie Stadt weiterhin vom Zoll befreit bleiben, sodass alle Seiten weiterhin kräftig daran verdienen können. Nur auf die Steuern müsste das Reich verzichten … und Manvare müsste den Anspruch auf das Umland, das einst zum Herzogtum gehörte, ebenfalls aufgeben. Dafür wäre aber aller Streit und Zwist um diese Stadt für immer aus der Welt, und er, Visal, würde sich verpflichten, beiden Reichen gegenüber freundschaftlich verbunden, aber neutral zu verbleiben.«

»Götter«, sagte Raphanael grimmig.

»Ja«, nickte Raban. »Immer wieder wird betont, dass es kein Aufstand wäre, dass nur ein Fehler ausgeglichen werden würde, man es beweisen könne und deshalb niemand das Recht hätte, gewaltsam gegen eine friedliche Übernahme vorzugehen. Da dann nicht mehr das Kaiserreich Aryn die Steuergelder aussaugen würde, ließen sich diese leicht dafür verwenden, den Bürgern dieser Stadt ein besseres Leben zu ermöglichen.«

Lorentha hatte sich all das staunend angehört, jetzt wandte sie sich Hilfe suchend an Raphanael. »Ist es möglich, dass es tatsächlich so ist?«, fragte sie. »Valkin hat es schon immer behauptet, es würden ihm nur die Beweise fehlen. Was ist, wenn er die Wahrheit sprach und diese Beweise in den Händen hält? Ist dies denn möglich?«

»Valkin weiß nicht, was die Wahrheit ist, selbst wenn sie ihn in die Hose beißt«, sagte Raban grimmig. »Es ist alles erstunken und erlogen.«

»Aber es ist möglich«, sagte Raphanael leise. »Die Wahrheit und auch die Beweise müssten sich in den Kirchenbüchern und in den Archiven des Palasts finden lassen.« Er sah zu Lorentha hin. Ihre Mutter hatte in den alten Unterlagen etwas nachsehen wollen, konnte es tatsächlich mit all dem zusammenhängen?

Doch Raban sprach schon weiter. »Vielleicht finden sich in den Archiven noch Beweise, aber in dem Gerücht geht es um etwas anderes.«

»Und was?«, fragte Lorentha.

»Der wahre Erbe würde das Zeichen der Göttin dadurch zeigen, dass er den Falken von Aryn rufen könne und der dann auf seiner Schulter landen würde.«

»Jeder kann einen Falken dressieren«, meinte Raphanael abfällig. »Das ist kein Beweis.«

»Doch«, sagte Raban leise. »Dieser wäre einer. Denn der Falke, der dem Ruf folgen würde, wäre kein gewöhnlicher Vogel, sondern derselbe, der schon einmal Aryns Schicksal besiegelt hat.«

»Der Falke, der die Priesterin vor dem Angriff warnte?«, fragte Lorentha, doch Raban schüttelte den Kopf.

»Nein. Anscheinend glaubt Visal tatsächlich, der goldene Falke der Göttin würde zu ihm geflogen kommen und auf diese Weise nicht nur beweisen, dass er der Erbe ist, sondern auch, dass die Göttin selbst seinen Anspruch segnet.«

Einen Moment lang sahen die drei sich gegenseitig an, dann schüttelte Raphanael den Kopf. »Das ist unmöglich.«

»So sehe ich das ebenfalls«, sagte Raban. »Es muss ein Trick dabei sein. Aber wenn der Trick gelingt und Visal die Leute derart täuschen kann, würde sich jeder hier in der Stadt erheben. Wenn die Göttin es durch ein solches Wunder bestätigt, sähen es die meisten sogar als Gottesdienst und würden für eine so gerechte Sache bis in den Tod kämpfen. Wenn ich es nicht besser wüsste, würde sogar ich mich ihnen anschließen.«

»Es sind zweihundert Marineinfanteristen in der Stadt stationiert«, sagte Lorentha leise. »Damals waren es hundert, die den Aufstand niederschlugen.«

»Aber wenn die ganze Stadt geschlossen aufbegehrt, dann sind auch zweihundert zu wenig. Selbst wenn sie in ihrem eigenen Blut ertrinken würden, wenn es der Wille der Göttin ist, würden sich die Leute mit bloßen Händen auf die Marinesoldaten stürzen.«

»Tatsächlich würde es die Verluste sogar reduzieren, griffe man ohne Zögern und geschlossen an«, meinte Lorentha nachdenklich. »Graf Mergton hätte keine andere Wahl, als die Stadt zu übergeben ... womit dann Tatsachen geschaffen wären.« Sie schüttelte entschieden den Kopf. »Das kann ich nicht zulassen. Also verhafte ich besser Valkin noch heute Nacht. Bis morgen früh habe ich ihn schon baumeln. Was er tut, ist Hochverrat.«

»Nicht, wenn er der Erbe ist«, sagte Raphanael, und sie schaute ungläubig zu ihm hinüber.

»Das meinst du nicht ernst.«

»Doch«, sagte Raphanael gequält. »Wenn es stimmt, ist er kein Verräter. Warte«, bat er sie, als er sah, wie sich ihre Augen zusammenzogen, »bedenke, wie es auf alle anderen wirkt, wenn du ihn jetzt in Ketten schlägt oder ihn gar hängst.«

»Er würde auf das Schwert bestehen«, warf Raban hilfreich ein, was ihm von den beiden anderen einen bösen Blick einbrachte.

»Denk nach, Lorentha«, bat Raphanael sie eindringlich. »Selbst wenn du ihn morgen früh baumeln lässt, machst du ihn doch zu einem Helden, schlimmer noch, zu jemandem, der dafür gestorben ist, der Tyrannei des Kaiserreichs die Stirn zu bieten und nur zu fordern, was von Rechts wegen ihm gehören müsste und ihm einst gestohlen wurde. Es käme zwar nicht zu diesem Wunder, aber ob es den Aufstand vermeidet, ist nicht sicher. Wenn er dann doch käme, wäre er nur ungleich blutiger.«

Lorentha musterte ihn misstrauisch. Er konnte fast sehen, was sie dachte. Er war Manvare, wie objektiv war da sein Rat?

»Visal hofft auch auf die Gebiete des Herzogtums«, sagte er ruhig. »Manvare hat dabei ebenfalls zu verlieren. Aber wir brauchen nichts zu überstürzen, bis zur Prozession sind es noch mehr als drei Wochen.«

Beide sahen sich gegenseitig an. »Was ist wichtiger?«, fragte sie dann. »Serrik zu fassen oder den Beweis zu suchen?«

»Serrik«, sagte Raphanael, ohne zu zögern. »Anschließend können wir zum Tempel gehen und meine Schwester fragen, ob sie uns Zugang zu den Tempelarchiven gewährt, ich weiß, dass sie wegen der Weihe morgen heute länger dort sein wird.«

Sie wandte sich an Raban. »Wo, sagtest du, wäre das Haus, in dem Serrik sich versteckt?«

»Das grüne Haus oben am Tor«, erklärte Raban. »Du kennst es, dort hat Visal früher seine Geliebten untergebracht.«

»Noch ein Beweis«, knurrte sie.

»Nein«, widersprach Raban. »Es hat dort vor ein paar Jahren gebrannt, und er hat das Haus verkauft. Der neue Besitzer hat es wieder aufgebaut und vermietet es an Händler oder andere, die länger in der Gegend sind.«

»Wer ist der neue Besitzer?«, fragte sie.

Raban zuckte mit den Schultern. »Ich kann nicht alles wissen. Aber Serrik hat es ganz offiziell gemietet, er versteckt sich nicht einmal. Er stolziert herum, als hätte er keine Sorge auf der Welt, und führt seine neuen Kleider aus. Obwohl ...« Er kratzte sich am Hinterkopf. »Wenn er einen seiner Steckbriefe sieht, hört er damit gewiss schnell auf.« Er sah hoffnungsvoll auf. »Soll ich mit euch kommen?«

Lorentha zögerte, doch Raphanael schüttelte leicht den Kopf. »Amos.«

Raban schaute ihn verständnislos an, doch Lorentha wusste, was der Manvare meinte. Der *Goldene Eber* war nicht weit vom grünen Haus entfernt, was vielleicht kein Zufall war. Sie erinnerte sich an Raphanaels Kampf mit dem Mann, sie hatte zumindest ihre Schwerter, aber Raban ...

»Nein«, entschied sie. »Du bleibst besser hier und hältst weiter die Ohren offen.« Er wollte protestieren, doch sie hielt die Hand hoch, um ihn davon abzuhalten.

»Glaube mir, Raban, es gibt einen guten Grund.«

Er nickte langsam und tat dann, als wäre er enttäuscht. »Der Wein geht aufs Haus«, sagte er großzügig und sah zu, wie sich die beiden durch die Menge Richtung Ausgang quetschten.

Er wartete noch einen Moment länger und ging dann zum Hinterausgang hinaus, wo jemand auf ihn wartete.

»Du hast dir Zeit gelassen«, brummte Mort.

Raban zuckte mit den Schultern. »Sie hatten viele Fragen.«

»Wo sind sie hin? Suchen sie Serrik oder wollen sie zum Palastarchiv?«

»Serrik. Anschließend wollen sie zum Tempel.«

»Die Tempelarchive«, meinte Mort nachdenklich. »Vielleicht sind sie ja tatsächlich unberührt. Komm mit.«

»Wohin?«

Mort seufzte. »Dem jungen Fräulein nach. Und bevor du fragst: Wenn du Serrik wärest und du wüsstest, dass sie hinter dir her ist, was würdest du tun?«

»Abhauen«, sagte Raban, ohne zu zögern.

»Oder?«

»Abhauen. So schnell wie möglich.«

»Ich würde einen Hinterhalt legen«, sagte Mort.

»Ich nicht.«

Mort blieb stehen und schaute ihn nachdenklich an. »Warum? Sie sind nur zu zweit.«

»Nun gut«, gab Raban nach. »Serrik kennt sie nicht, vielleicht versucht er es ja damit.«

»Du bist nicht besorgt?«, fragte Mort, während sie weitergingen.

»Habt Ihr sie schon kämpfen sehen?«

»Zweimal«, sagte Mort.

»Gegen einen einzelnen Gegner oder eine Übermacht?«, fragte Raban.

Mort schaute ihn fragend an.

»Gegen einen Einzelnen gibt sie sich keine Mühe«, erklärte Raban. »Erst bei einer Übermacht fängt der Zauber an. Oh…«

Na also, dachte Mort. Jetzt ist ihm eingefallen, dass ihre Mutter eine Walküre war und das mit dem Zauber vielleicht wortwörtlich stimmte. Er ging ein wenig schneller. Das konnte interessant werden.

»Müssen wir denn rennen?«, beschwerte sich Raban prompt.

»Serrik hat einen Hinterhalt gelegt. In der Adlergasse. Drei seiner Leute sowie Jorgen und seine Bande. Insgesamt zehn Mann. Aber wenn du meinst, dass sie keine Hilfe braucht, können wir auch langsamer gehen.«

Raban ging schneller.

»Woher wisst Ihr das schon wieder?«

Mort erlaubte sich ein feines Lächeln. »Ich habe Jorgen belauscht.«

»Und woher wusste er, dass sie durch die Adlergasse geht?«

»Visal hat ihm gesagt, dass ihr befreundet seid und sie sich zuerst an dich wenden wird, wenn sie Serrik sucht. Ich stand daneben«, ergänzte er, bevor Raban fragen konnte.

»So dumm, wie er tut, ist Valkin gar nicht«, stellte Raban verärgert fest.

Mort sagte nichts dazu. Seiner Meinung nach war Lord Visal sogar ausgesprochen dumm. Das Problem war nur, dass seine Dummheit dem jungen Fräulein sogar noch gefährlicher werden konnte als ihm selbst.

Der Hinterhalt

35 »Hast du nicht vorhin gesagt, dass du schon länger nicht mehr überfallen wurdest?«, fragte Lorentha nebenbei, als sie über den Backmarkt hinüber zur Adlergasse gingen.

»Es war nicht so ganz ernst gemeint«, sagte Raphanael mit einem Lächeln.

»Schade«, sagte sie.

»Warum?«

»Weil ich dachte, ich könnte dir eine Freude bereiten.«

»Was … oh.« Er sah sich verstohlen um. »Wo?«

»Die Adlergasse bietet sich dazu gut an. Sie ist dunkel und verwinkelt und nah genug am grünen Haus, um auch dort noch einzugreifen, sollten wir auf anderem Weg dorthin gelangen.«

»Die Gasse dort vorn?«, fragte Raphanael und griff in die Luft, um seinen Stab hervorzuziehen. Er blinzelte in die Dunkelheit. »Noch sehe ich keinen«, meinte er dann.

»Ich auch nicht«, sagte Lorentha grimmig. »Ich kann mich ja täuschen.« Sie schaute zu ihm hin. »Wir können auch den anderen Weg gehen.«

»Du vermutest den Hinterhalt nur?«

»Na ja«, entgegnete sie. »Erst als Serrik nach Aryn versetzt wurde, wurde es bei Hauptmann Mollmer richtig schlimm. Der Leutnant ist es, der sich für gerissen hält. Vielleicht ist er es auch. Er kam in den Genuss der gleichen Ausbildung, wie ich sie erhielt. Raban hat vorgestern jedem erzählt, dass wir alte Freunde sind. Die Steckbriefe haben den Leutnant ebenfalls vorgewarnt. Wenn er alles richtig zusammenzählt, wird er vermuten, dass ich Raban nach ihm frage. Raban sagt, er hätte sich ganz offen eingemietet, also kann Serrik annehmen, dass Raban mir sagen kann, wo ich ihn finde. Das hier ist der kürzeste Weg vom Hafen zu diesem grünen Haus. Serrik kann fliehen, oder er kann versuchen, uns loszuwerden. Wir sind zu zweit, es gibt insgesamt acht Deserteure, die seinen Befehlen folgen.« Er sah, wie sie lächelte. »Was meinst du?«

»Er wird es versuchen.« Er lachte leicht. »Wenn die vielen Wenns zutreffen. Wo?«

»Am Ende der Adlergasse, sie macht dort einen Knick. Dort ist für einen Hinterhalt die beste Stelle.«

»Also acht Deserteure.«

»Vielleicht noch andere. Mehr als ein Dutzend werden es nicht sein, sonst trampeln sie sich gegenseitig auf die Füße. Es ist ja nicht umsonst eine Gasse. Wenn er richtig gerissen ist, hat er sich noch zusätzliche Leute geholt, lässt die für sich sterben und macht sich jetzt schon aus dem Staub, um abzuwarten, ob der Hinterhalt gelingt. So würde ich es machen.«

»Also im schlimmsten Fall ein Dutzend.«

Sie nickte. »Ich gehe immer vom schlimmsten Fall aus.«

»Der schlimmste Fall wäre, wenn Don Amos ebenfalls an dem Hinterhalt beteiligt ist«, gab Raphanael zu bedenken. »Vorausgesetzt natürlich, es gibt diesen Zusammenhang zwischen Visal, Serrik und dem Aragonen. Also könnte es sein, dass dort in der Gasse Don Amos auf uns lauert, Serrik und seine Leute und zudem noch andere, die er zu Hilfe rief. Wenn er welche gefunden hat.«

»Sie wollen sich ein Herzogreich zusammenstehlen. Es wird noch andere geben, die hoffen, ein Stück davon abzubekommen.«

Sie blieben stehen. Sahen sich gegenseitig an.

Raphanael schaute zu der dunklen Gasse hin und rieb sich nachdenklich die Nase.

»Es wäre dumm von uns, einfach in diese Falle zu laufen.«
»Ziemlich dumm«, stimmte sie ihm zu.
Er schaute sie misstrauisch an. »Das bedeutet hoffentlich nicht, dass du sagst ›Was soll's‹ und wir trotzdem in diese Falle hineinmarschieren?«
Sie grinste breit.
»Es wäre heldenhaft.«
»Und dumm.«
Sie lachte. »Lass uns den weiten Weg nehmen.«

»Was, bei allen Höllen, machen die da?«, flüsterte Lord Visal verärgert. »Eben noch laufen sie direkt auf uns zu und jetzt ...«
»Wollt Ihr einen guten Rat hören?«, meinte Serrik und gab Fähnrich Engil ein Zeichen, zu ihm zu kommen.
»Und welchen?«, knurrte Lord Visal ungehalten.
»Verschwindet aus der Stadt.«
»Wir sind ihnen überlegen. Don Amos wird uns helfen.«
»Fein«, sagte Serrik. »Versucht es.« Er nickte dem Fähnrich zu. »Wir machen uns jedenfalls aus dem Staub.«
»Ihr seid ein Feigling, Leutnant«, knirschte Visal. »Gut, jemand hat sie vorgewarnt. Wir sind immer noch fünfmal mehr als sie. Diesmal wird sie dran glauben.«
Serrik merkte auf. »Diesmal? Ihr habt schon einmal versucht, sie umzubringen?«
Visal nickte abgelenkt, er war weiter vorgetreten, um auszuspähen, wo die beiden hingegangen waren. »Vor Jahren.«
»Dann seid Ihr noch dümmer, als ich dachte. Aber ... viel Glück. He, Jorgen?«
»Jo?«, meinte Jorgen, der Anführer der Bande, die Visal zur Verstärkung herangezogen hatte, ein großer, vernarbter Mann, der es liebte, seine Opfer mit zwei Entersäbeln gleichzeitig in Stücke zu schlagen.
Serrik wies zum Ende der Gasse hin. »Sie haben es gerochen und werden einen Gegenangriff starten.«
Der große Mann nickte. »Wir verziehen uns.«

»Mann, was faselt Ihr da?«, beschwerte sich Visal. »Gegenangriff? Sind die zwei plötzlich eine Armee geworden? Wie sollen sie das anstellen?«

Der ehemalige Leutnant der Garda zuckte mit den Schultern. »Was weiß ich. Ich werde nicht bleiben, um es herauszufinden.« Er nickte dem Lord zu. »Viel Glück noch. Komm, Engil, wir gehen.« Er wandte sich noch einmal an Visal. »Man wird nicht ohne Grund Major bei der Garda.«

»Sie hat mit Herzog Albrecht geschlafen«, knurrte Visal. »Deshalb ist sie Majorin.«

»Ja. Genau. Ihr kanntet den Herzog nicht, denn das hat es wahrscheinlich nur noch schwerer für sie gemacht.« Er nickte dem Adeligen höflich zu. »Wir sehen uns.«

»Ruft uns, wenn Ihr uns braucht«, meinte jetzt auch Jorgen zu dem Lord. »Ihr habt noch etwas gut bei uns.« Er wandte sich seinen Leuten zu. »Wir hauen ab.«

»Amos!«, rief Visal, und der Aragone tauchte aus dem Schatten auf. »Wir müssen …«

»… gehen«, beendete der andere seinen Satz und zuckte mit den Schultern. »Regt Euch nicht auf. Wir bekommen sie ein anderes Mal.«

Visal schüttelte ungläubig den Kopf.

»Jorgen!«, rief er dem Anführer der Straßenräuber nach. »Ich will mein Gold zurück!«

»Ich sach doch, Ihr habt was gut, Eure Lordschaft«, kam die freundliche Antwort. »Meldet Euch, wenn Ihr uns braucht.«

»Hmm«, meinte Lorentha und trat von der Tür zurück, an der sie eben den Klopfer betätigt hatte. Sie sah sich sorgsam um. Die Straße, Wallstraße genannt, weil sie sich am Wall entlangzog, war breiter, bot mehr Platz für Bewegung in einem Kampf. Deshalb hatte sie sich dazu entschlossen, den weiten Weg zu gehen und hier die Auseinandersetzung zu suchen. Dennoch hätte sie erwartet, dass der Gegner mittlerweile seinen Angriff eingeleitet hätte.

»Sollen wir die Tür aufbrechen?«, fragte Raphanael.

»Nein«, sagte sie. »Das lohnt nicht, die Vögel sind bereits ausgeflogen.« Sie runzelte die Stirn. »Ich verstehe das nicht«, meinte sie dann. »Ich täusche mich in diesen Angelegenheiten selten, mit der Zeit habe ich ein Gefühl für so etwas entwickelt. Warte hier ...«

Sie zog mit der Linken ihr Schwert und mit der Rechten eine ihrer Pistolen und drückte sich in den Schatten, um vorsichtig die Adlergasse auszuspähen. Raphanael nahm seinen Stab fester in die Hand und versuchte, mit seinen Blicken die Schatten zu durchdringen, aber nichts rührte sich. Nur dort, auf der anderen Seite ... er erstarrte, nur um dann erleichtert auszuatmen, als Lorentha sich aus dem Schatten löste und Schwert und Pistole wegsteckte. Sie sah sich um und zuckte mit den Schultern.

»Nur ein paar Ratten«, sagte sie. »Vierbeinige.« Sie schaute sich noch einmal um. Aber die Straße blieb leer. Dann hob sie misstrauisch den Kopf und schaute zur Adlergasse hin. »Hast du das gehört?«

»Was?«, fragte Raphanael.

»Mir schien, als hätte ich jemanden lachen hören.«

Raphanael schüttelte den Kopf. »Ich habe nichts gehört.« Er seufzte und sah an seinem zerrissenen Hemd herab. »Lass uns zum Tempel gehen.«

In der Adlergasse saß Raban auf einem alten Fass, spielte entnervt mit einem seiner Messer herum und schaute kopfschüttelnd zu Mort hin, der offenbar einem Lachkrampf zum Opfer gefallen war und sich nun nur mit Mühe zu beruhigen schien.

»So witzig ist das nicht«, meinte Raban verärgert.

Mort holte tief Luft und wischte sich die Tränen aus den Augen. »Doch«, keuchte er. »Das war es. Alles nur, weil das junge Fräulein einen anderen Weg gegangen ist!«

»Sie standen direkt vor uns«, knurrte Raban. »Ein Schnitt, und das wäre es gewesen. Kein Visal, kein Aufstand.«

»Junge, man hätte es ihr zur Last gelegt, hast du das bedacht? Nein«, meinte Mort und schüttelte den Kopf, »wir brauchen Visal noch etwas länger, bis es jedem bewusst ist, dass er ein Hochstapler ist.« Er schnaufte, und für einen Moment schien es, als wäre es vorbei, dann fing er wieder an zu lachen.

»Götter«, beschwerte sich Raban. »Hört auf zu lachen! Wollt Ihr mich nicht einfach wieder mit dem Tod bedrohen? Es passt mehr zu Euch, als hier zu stehen und zu kichern!«

»Junge, du hast ja recht«, meinte Mort schwer atmend. »Aber in all meinen Jahren ist es das erste Mal, dass ich sah, dass Angreifer dadurch in die Flucht geschlagen wurden, dass es zu einem Kampf nicht kam!«

»Wir hätten zumindest Serrik verfolgen sollen«, grummelte Raban.

»Nein«, widersprach Mort, der sich wohl wieder gefangen hatte. »Wir halten uns an Don Amos. Er ist der Kopf des Ganzen.«

»Aber Visal ist es, der Herzog werden will.«

»Ja. Aber er hat sich jetzt schon an Aragon verkauft.« Mort rückte sein Schwert und seinen Hut zurecht und ging los. »Komm mit und sitz nicht faul herum.«

»Müsst Ihr mich immer kommandieren?«, beschwerte sich Raban.

»Es ist besser, als wenn ich dich die Werkstatt fegen ließe«, grinste Mort, und Raban seufzte. Vielleicht war die Idee, Lehrling eines Todeshändlers zu werden, doch nicht die beste, die er jemals hatte. Wenn er es recht bedachte, hatte er dem auch nicht ernsthaft zugestimmt. Auf der anderen Seite wurde es immer offensichtlicher, wie viel Mort ihn lehren konnte. Mit dem *Schiefen Anker* hatte er sein Auskommen, aber es fehlte ihm doch etwas. Das Abenteuer, die Zeit, als er nur durch Witz, Verstand und schnelle Hände hatte überleben können. Vielleicht war es doch nicht so verkehrt, bei ihm in die Lehre zu gehen.

»Mort?«

»Ja?«, fragte der alte Mann abgelenkt, während er sorgsam die Umgebung musterte.

»Wie ging Euer alter Meister mit Euch um?«

»Er verpasste mir bei solchen Fragen Schläge auf den Hinterkopf, um mein Denkvermögen anzustoßen, wie er es zu nennen beliebte.«

»Warum ...«

»Warum mache ich das nicht?«

Raban sah es nicht kommen. Er sah es nie kommen, für einen alten Mann bewegte sich Mort sehr schnell. Der Schlag ließ Raban nach vorn taumeln und seinen Schädel brummen.

»He!«, beschwerte er sich.

»Ich fand, dass es meinem Denkvermögen nicht sehr half, tatsächlich fand ich, dass ich dadurch eher sturer wurde.« Mort schaute ihn mit vergnügt funkelnden Augen an. »Aber wenn du darauf bestehst, können wir es einführen.«

»Nein, danke«, sagte Raban höflich und rieb sich den Hinterkopf. Er musterte den Todeshändler misstrauisch. »Sagt, macht Euch das Spaß?«

Mort blieb stehen und hob fragend eine Augenbraue. »Was würdest du vermuten?«

In Kunst und Künsten gross

36 »Ihr seht beide nicht sehr glücklich aus«, stellte Barlin fest, als er die beiden durch das Hafentor kommen sah. Sein Blick glitt an Raphanaels offenem Hemd und dem Mantel herab, um dann misstrauisch an Lorentha hängen zu bleiben. »Was habt Ihr mit meinem Freund gemacht?«, fragte er sie. »Der da ist nicht Lord Raphanael, gebt es zu, Ihr habt ihn ausgetauscht!«

Sie lachte, und Barlin grinste breit. »Du siehst verwegen aus, Raph!«

Doch seine Lordschaft fand den Humor nicht ganz angebracht. »Wir haben einiges herausgefunden«, sagte er kurz. »Und nichts davon ist gut.«

Mit kurzen Worten erzählte er Barlin von dem Gerücht, was seinem Freund sogleich das Lächeln aus dem Gesicht vertrieb.

»Kann es wahr sein?«, fragte er dann.

»Das wollen wir herausfinden«, antwortete Raphanael. »Wir fahren zum Tempel der Isaeth, vielleicht finden wir in den Tempelarchiven etwas. Ich hoffe darauf, dass sie uns Zutritt gewährt.«

»… anschließend führen wir die Gläubigen ins Gebet über«, hörten sie Larmeths klare Stimme durch das Tempelschiff hallen. »Währenddessen nehmen die Novizen im Mittelgang Aufstellung. Dann wieder Gesang … die Lobpreisung der Gnade wäre angebracht … und Bruder Demal hier«, sie nickte zu einem bartlosen jungen Priester hin, der es kaum glauben konnte, dass er bei einer so wichtigen Zeremonie eine Rolle spielen würde, »wird das Kissen mit der Schale und der Rute zum Altar tragen. Dort werde ich ... oh, entschuldigt mich«, meinte sie zu den Priestern, die am Altar um sie herum versammelt standen. »Wir üben das alles gleich noch mal. Und du, Demal, lass deine Robe vorn etwas kürzen.«

»Wieso?«, fragte der junge Priester überrascht.

»Weil sonst die Gefahr besteht, dass du auf den Saum trittst«, meinte ein älterer Priester. »Glaube mir, das willst du nicht.«

»Mitten in den Vorbereitungen, wie ich sehe«, stellte Raphanael fest, nachdem man sich begrüßt hatte. »Wie geht es voran?«

Larmeth seufzte. »Es ist in der ganzen Stadt kein weißes Lamm aufzutreiben. Jetzt überlegen wir, ob wir das Opfer ganz sein lassen. Ich muss die Liturgien durchgehen, ob das erlaubt ist, aber mir wäre es recht, die armen Viecher schauen einen immer mit diesen großen Augen an, als ob sie wüssten, was ihnen bevorsteht.« Sie seufzte. »Was ist mit euch, seid ihr weitergekommen? Einer der Novizen hat von einem Gerücht erzählt, das die Runde macht ...«

»Ja«, meinte Raphanael. »Das haben wir auch gehört.« Er zog seine Schwester etwas zur Seite. »Deshalb sind wir hier. Können wir die Tempelarchive einsehen?«

Sie seufzte.

»Ich habe mich wegen der ganzen Sache schon mehrfach über unsere Glaubensgesetze hinweggesetzt, doch die Archive sind heilig, ich darf euch nicht dort hinunterlassen. Wenn ich es täte, würde man es mir zum Vorwurf machen.«

»Ist es verboten, die Texte einzusehen, oder nur, das Archiv zu betreten?«, fragte Lorentha.

»Es kommt mir jetzt gerade fürchterlich ungelegen«, sagte Larmeth und wies auf die Priester hin, die etwas weiter weg über irgendetwas zu diskutieren schienen. »Aber …« Sie seufzte erneut. »Was wollt ihr einsehen?«

»Alle Aufzeichnungen über die Verhandlungen zwischen dem Kaiserreich und Manvare hinsichtlich der Mitgift«, sagte Raphanael.

»Alles darüber, wie der Falke hierherkam«, ergänzte Lorentha.

»Ich kümmere mich darum.« Die Priesterin tat eine eher hilflos wirkende Geste hin zu dem Tempeltor und den Häusern auf der anderen Seite des Platzes. »Habt ihr etwas über das Mädchen herausfinden können?«

»Nicht viel. Wir hörten nur, dass jemand sie in einer der Gassen dort erschlagen aufgefunden hätte.«

»Göttin«, hauchte Raphanaels Schwester. »Es endet oftmals so, aber es trifft mich immer wieder, wenn ich davon höre. Wisst ihr, wer es gewesen ist?«

Raphanael kratzte sich am Kopf. »Es gibt eine Beziehung zwischen dem Falken und dem Hurenhüter Lesren«, sagte er dann und berichtete ihr von dem Wagen des Totengräbers und davon, was Raban herausgefunden hatte. »Vielleicht war es dieser Lesren, zuzutrauen wäre es ihm wohl.«

»Werdet ihr ihn zur Rechenschaft ziehen?«

Lorentha nickte mit steinerner Miene. »Ganz sicher.«

Larmeth schaute zu den anderen Priestern hin und seufzte. »Nun, sie können ja noch etwas diskutieren.« Sie wies mit der Hand auf die Reihe der Bänke. »Setzt euch, es wird eine Weile dauern, bis ich die Texte gefunden habe. Es bliebe Zeit genug für ein Gebet«, fügte sie bedeutungsvoll hinzu.

»Was sagt der Glaube der Isaeth eigentlich aus?«, fragte Lorentha leise, als sie sich neben Raphanael auf die vorderste Bank setzte. Von dort aus konnte man die Göttin und den metallenen Schimmer des falschen Falken gut sehen, und es schien ihr, als würde die Göttin ihr zulächeln.

»Die lange oder die kurze Form?«

»Wenn es eine kurze gibt, dann diese«, meinte Lorentha.

»Die Lehre Isaeths sagt, dass wir nicht in diese Welt gekommen sind, um allein zu sein, sondern dass das Glück im Miteinander liegt und die Gaben des Einzelnen dazu bestimmt sind, sich mit den Gaben anderer zum Wohle aller zu ergänzen«, sagte Raphanael. Er lächelte. »Ein Zitat. Es gibt noch mehr, die es kurz haben wollen. Es geht noch kürzer: Gemeinsam sind wir stark.« Er schaute kurz zu dem Standbild der Göttin hinauf. »Ihre Regeln ergeben Sinn. Sie sagt, dass der Herr verpflichtet ist, den Diener entsprechend seiner Gaben zu unterstützen und die, die schwach sind oder im Dienst an ihrem Herrn schwach wurden, alt oder ergraut, zu versorgen.«

»Kürzt das nicht die Privilegien des Adels?«, fragte Lorentha überrascht.

»Nein«, sagte Raphanael. »Es nimmt uns nur mehr in die Pflicht.« Er lehnte sich in der Bank zurück und sah sich gedankenverloren in dem Tempel um. »Der Unterschied ist eigentlich nur der, dass unser Adel verpflichtet ist, dafür zu sorgen, dass der Ärmste unter uns noch leben kann und ein Dach besitzt.« Er sah sie prüfend an. »Ihr wollt doch deswegen nicht noch einmal mit mir streiten?«

»Nein«, sagte sie leise. »Ich habe lange genug Elend erfahren, um diese Einstellung zu würdigen. Aber Aryn ist vom Glauben her doch Isaeths Stadt. Hier steht der größte Tempel der Göttin. Die meisten beten zu ihr, aber dem Elend gebietet es wenig Einhalt.«

»Vielleicht schon«, sagte Raphanael nachdenklich. »Ich glaube, die Armut hier ist nicht so groß wie an anderen Orten. Aber du hast recht, es gibt noch Elend und Verzweiflung. Graf Mergton könnte mehr für die Armen tun, aber er sieht die Notwendigkeit dazu nicht. Es ist leichter, sie zu übersehen, die Armen haben niemand, der für sie spricht.«

»Auch an anderen Orten ist es so«, stellte sie leise fest. »Es heißt meist, es sei der Götter Wille.«

»Das ist der Unterschied«, sagte Raphanael mit einem Blick zur Göttin hin. »Sie sieht es anders, und wenn sich jeder an das, was sie uns vorgibt, halten würde, wäre die Welt ein besserer Ort.« Er zuckte die Schultern. »Meine Schwester sagt, es ginge der Göttin nicht um Almosen, diese wären nur für jene, die sich selbst nicht mehr helfen könnten. Es ginge darum, anderen zu helfen, sich selbst zu helfen. Ich glaube, es scheitert jedoch auch daran, dass viele Menschen mit wenigem zufrieden sind. Ein voller Magen und ein Schlafplatz reichen vielen schon. Es fehlt ihnen an der Bereitschaft und dem Ehrgeiz, etwas anzupacken und aufzubauen.« Er sah zu ihr hinüber. »Aber manchmal fühle ich mich schuldig und denke, dass meine Schwester recht hat und ich mehr tun könnte …«

»Warum tust du es nicht?«

»Vor vier Wochen kam ein junger Mann zu mir und fragte, ob er eine Mühle bauen könne. Wir haben zwei auf meinem Land, aber Baron Pasik, einer meiner Nachbarn, meinte kürzlich, dass er eine weitere Mühle gebrauchen könnte. Ich habe dies dem jungen Burschen gesagt. Der sagte allerdings, so weit wolle er nicht weg, es wäre auch nur eine Idee gewesen; das war das Letzte, was ich davon hörte.« Er schüttelte ungläubig den Kopf. »Mutter sagt, die Menschen wären einfach viel zu oft nur träge und würden sich vor Neuem scheuen. Deshalb blieben sie bei dem, was sie kennen, und würden nicht nach anderem streben.« Er zuckte mit den Schultern. »Jetzt hat Pasik einen Aushang an den Wirtshäusern in der Umgebung angebracht, dass er einen Müller sucht; bislang hat sich noch niemand dafür gemeldet.«

Er richtete sich auf und streckte den Rücken durch, der ihm auf der harten Bank ein wenig steif geworden war. »Da kommt Larmeth, es scheint, als wäre sie fündig geworden.«

Nachdem Larmeth sie mehrfach ermahnt hatte, besonders vorsichtig mit den alten Aufzeichnungen umzugehen, hatten sie sich in eine der Gebetszellen zurückgezogen und damit angefangen, sie zu studieren, im Licht von Laternen, da Larmeth ihnen auch offene Kerzen verboten hatte.

Obwohl sich die Priester damals Mühe gegeben hatten, deutlich zu schreiben, und die Tinte oftmals mit gemahlenen Halbedelsteinen versetzt war, um sie dauerhaft zu machen, war es nicht einfach, die eng beschriebenen Seiten zu lesen. Zum Teil waren es auch die Formulierungen, die es Lorentha schwer machten; manche Wörter ergaben für sie kaum mehr einen Sinn oder schienen ihren Sinn verloren zu haben. Dazu kam, dass sie auf den Straßen von Manvare zwar die Sprache sprechen lernte, sich die Schrift dennoch zum Teil deutlich von der kaiserlichen unterschied. Sie legte ein Blatt zur Seite, von dem sie zwar jedes Wort gelesen, aber nur jedes dritte verstanden hatte, und seufzte unzufrieden.

»Ich kann gelehrte Traktate in Fränkisch lesen oder in Castillian. Aber ...« Sie tat eine entnervte Geste in Richtung des Stapels, der noch vor ihr lag. »Hiervon verstehe ich das meiste nicht, und mir pocht jetzt schon der Schädel. Hast du irgendetwas, das vielleicht in Fränkisch geschrieben ist? Oder ist alles nur in der Tempelschrift gehalten?«

»Nur das hier«, sagte er. »Das Protokoll der Hochzeit, es ist in Manvare und in Fränkisch abgefasst, vielleicht, weil es beide Seiten betraf.« Er blätterte durch seinen Stapel und schüttelte den Kopf. »Sonst nichts.«

»Dann musst du den Löwenanteil tun«, sagte sie und rieb sich die Augen. »Bist du über irgendetwas gestolpert?«

»Nichts, was dem entgegensteht, was in diesem Gerücht behauptet wird«, sagte Raphanael müde. »Ich will es noch nicht glauben, aber es kann sein, dass Lord Visal sich im Recht befindet. Hier.« Er hielt ihr ein Blatt hin. »Das ist eine Seite aus dem Vertrag, der von dem damaligen Hohepriester zur Hochzeit abgeschlossen wurde. Demnach ›ergeht Titel, *Pflicht und Recht von Aryn nach altem Recht in die Hand des Prinzen Pladis zur erblichen Verwahrung*‹.« Er schaute auf das Blatt hinab und runzelte die Stirn. »Was sich so anhört, wie Visal behauptet, Pladis war nur Treuhänder von Aryn, bis es einen Erben gab.« Er griff nach einem anderen Blatt. »Oder das: ›*Er schwöret vor der Göttin, dass er die Tore offen halten will, auf Aryns Grenzen keinen Zoll erhebet und den Säckel treu und gut verwalten wird.*‹« Er sah zu ihr hin. »Pladis' Verpflichtung.« Er zog ein anderes Blatt heraus.

»Und nur dieses hier bezieht sich auf den Falken. Noch nicht einmal eine offizielle Schrift, eine Notiz von einem der Priester damals, kurz nach dem Aufstand vier Jahre später. ›*Ließ Kaiser Pladis einen goldenen Falken zum Tempel verbringen, als Unterpfand für seinen Schwur gut und treu zu halten, auf dass Frieden sein soll in den Straßen.*‹«

»Das deckt sich mit dem, was Raban sagt, dass der Falke erst nach dem Aufstand zum Tempel gebracht wurde«, sagte Lorentha nachdenklich. »Aber dann passt trotzdem etwas nicht.«

»Wieso?«, fragte Raphanael.

»Hier. Das Protokoll der Hochzeit. Prinz Pladis hält eine Rede. ›*Mir ist treust myn gut Freund und Kampfkumpan, von dess Ehr ich Kündniss geben will, er ist myn Falke, führt mir die Jagd und wyrd Pate syn für myn Weib und Kind, als Pfand für syn Ehr stehet dieser Falconys, in Kunst und Künsten groß, das Volk, das Land, die Stadt und all, das sich myn Weib jetzt beugt, zu bewachen immerdar, der heilig ist myn Weib, der Göttin und dem Land.*‹«

»Götter«, fluchte Raphanael. »Was, bei allen Höllen, sagt er da?«

»Warte«, bat Lorentha ihn leise. »Hier steht: ›*So brachten vier Diener den Falken vor, ein Wunderwerk von Kunst und Künsten, und stellten ihn vor den Altar. Als Prinz und Braut vor ihm gekniet, darauf der Vogel sein Lied anstimmt und mit Schwing und Feder ehrt das junge Paar.*‹«

»Von Kunst und Künsten«, wiederholte Raphanael leise. »Von Kunst und Künsten. Ich habe das schon einmal so gehört. Oder gelesen.«

Lorentha sah mit großen Augen hin zu ihm, dann zog sie langsam ihren Dolch aus der Scheide und legte ihn auf die alten Blätter. »Siehst du hier die Punze des Schwertschmieds unter dem Heft?«, fragte sie ihn leise. »Es ist schwer zu lesen, so klein, wie es ist. *In Kunst und Künsten zur Ehr geschmiedet.*«

»Die Kunst des Schwertschmieds und die Kunst der Magie«, sagte Raphanael. Er schaute sie mit großen Augen an. »Im Protokoll steht, dass der Falke schrie und die Schwingen ausgebreitet hat. Ein Mechanicus vielleicht?«

»Oder ein Artefakt«, sagte Lorentha leise. »In Kunst und Künsten groß.«

»Aber dann müsste es zwei Falken geben«, protestierte er.

»So ist es doch auch«, sagte die Hohepriesterin der Isaeth leise, die unbemerkt die Gebetszelle betreten hatte. »Es gibt zwei Falken.« Sie holte tief Luft. »Der eine ist aus massivem Gold, mit Juwelen und Edelsteinen verziert. Der andere aus Messing und Stahl, nur seine Augen sind dunkle Smaragde. Aber dieser Falke ist in jeder Feder einzeln gefertigt, jedes Glied, jedes Gelenk treu nachempfunden, sodass man ihm die Flügel spreizen kann oder sie ihm eng anlegen.« Sie war bleich geworden. »Seit Jahrzehnten halten sich die Gerüchte, dass der Falke sich in seiner Kiste bewegen würde, man legt ihn hinein, aber wenn man die Kiste öffnet, sitzt er da, mit seinem Kopf unter dem Gefieder, als ob er schlafen würde. Wir dachten immer, es wäre ein Streich der Novizen. Als ich ihn das letzte Mal aus der Kiste nahm, die zuvor fest zugenagelt wurde, saß er auch anders da, als ich ihn gebettet hatte.« Sie sah die beiden mit großen Augen an. »Kann es sein, dass wir den falschen Falken ehrten?«, fragte sie dann. »Dass sich sogar unsere Priester haben von Gold und Glanz blenden lassen und wir das wahre Wunder vergessen haben?«

Raphanael runzelte die Stirn. »Haben die Drahtzieher das Seil bereits gebracht?«

Seine Schwester nickte.

»Dann lasst uns diesen Vogel ansehen«, entschied er.
»Jetzt?«, fragte sie entgeistert. »Mitten in der Vorbereitung zur Weihe?«
»Ja«, sagte er bestimmt. »Genau jetzt. Oder weißt du einen besseren Zeitpunkt dafür?«

Schweigend sahen Lorentha und Raphanael zu, wie drei der jüngeren Priester und ein Novize den Falken von der Hand der Göttin lösten. Es zeigte sich, dass Kardinal Rossmann darin recht behielt, es war ein langwieriger und schwieriger Prozess und nicht ganz ungefährlich. Zuerst wurde der Novize von dem Kran in die Höhe gezogen, mit einem Fuß in einer Schlaufe, um von dort aus vorsichtig auf den Arm der Göttin zu klettern … tief unter ihm der tödliche Zaun, der schon einen Novizen das Leben gekostet hatte. Dann wurde einer der Priester nach oben gezogen, und gemeinsam lösten sie einen Bolzen, der den Falken hielt, und hingen den Vogel an einem Haken ein. Der auf dem Arm hob den Falken an, immer in Gefahr, das Gleichgewicht zu verlieren, und schwang ihn herum, erst dann konnte der Falke abgelassen werden. Er mochte keine dreiunddreißig Pfund wiegen wie der goldene Falke, aber so, wie die Priester sich mühten, war er schwer genug. Erst als alle wieder sicher am Boden waren, hörte man ein gemeinsames Aufatmen.

Zuerst stellten sie den Falken vor dem Altar hin, doch dann sah Raphanael, wie seine Schwester grübelnd vor dem Altar stand und schließlich Anweisungen erteilte, den Altar abzuräumen, um zum Schluss das Tuch abzuziehen. Sie schien irgendetwas dort zu suchen … und auch zu finden, und sie gab den Priestern ein Zeichen, den Vogel auf den Altar zu setzen. Sie selbst schob den Vogel etwas hin und her, dann klickte etwas, und die Krallen des Vogels bohrten sich in die polierte Steinplatte des Altars.

Ein Surren und eine Folge von leisen Klicklauten waren zu hören, schließlich begann sich der Vogel zu bewegen. Mit weiten Augen traten alle von dem Altar zurück und sahen ungläubig zu, wie sich der mechanische Vogel, seinen lebenden Artgenossen gleich, das metallene Gefieder putzte.

»Ich habe mich schon immer gefragt, wofür die Löcher in der Altarplatte sind«, meinte die Priesterin leise, als sie sich das Wunder vor ihnen mit großen Augen besah.

»Göttin«, flüsterte Raphanael ergriffen, als der Falke sich ein letztes Mal in der Tempelhalle umsah und dann seine Flügel anlegte und in einer stolzen Pose erstarrte, aufrecht, Augen und Schnabel auf die Tür des Tempels gerichtet. Wo eben noch das metallene Gefieder staubig und verdreckt gewesen war, hatte der Vogel es selbst mit seiner Magie zur alten Blüte gebracht, Messing, Silber und blauer Stahl schimmerten im Schein der Kerzen, und in den Smaragdaugen schien ein fernes Licht zu spielen.

Langsam traten sie an den Altar heran, um sich den stillen Falken genauer zu besehen.

»Ich kannte ihn immer nur stumpf und staubig«, sagte Larmeth leise. »Ein altes, seltsames Ding, das nur gut dafür war, den Platz auf der Hand der Göttin einzunehmen, wenn der wahre Falke durch die Straßen getragen wurde. Aber schaut, wie er glänzt und glitzert ...« Sie beugte sich fasziniert vor. »Man kann es jetzt erst sehen, jede Feder, jedes Gelenk ist in fein geschliffenen Rubinen gelagert. An Kunstfertigkeit übersteigt dies bei Weitem alles, was ich je gesehen habe; auch den anderen Falken, wieso habe ich das nur nie erkannt?«

Die anderen Priester hatten sich den Vogel ebenfalls staunend angesehen, überraschenderweise war es Kardinal Rossmann, der nun Larmeth tröstend die Hand auf die Schulter legte. »Weil wir es anders glaubten. Wir haben immer nur den goldenen Falken geputzt, der für die Prozession glänzen sollte; dass dieser hier stumpf und staubig war ... es hat uns nicht gekümmert, er war ja nur der Stellvertreter.« Er schluckte und sah zur Göttin hoch. »Manchmal verbirgt sich das wahre Wunder direkt vor unseren Augen.«

Sie mochte den Kardinal noch immer nicht, aber dass er seiner Göttin so treu diente, wie er konnte, daran hegte auch Lorentha keinen Zweifel mehr.

»Darf man näher treten?«, fragte sie höflich, denn im Tempel galt, dass niemand, der nicht im Glauben stand, sich dem Altar weniger als fünf Schritt annähern durfte.

Wieder war es der Kardinal, der sie überraschte.

»Warum nicht?«, meinte dieser. »Schließlich habt Ihr dieses Wunder für uns entdeckt.«

»Ich will ihn mir nur kurz besehen«, lächelte Lorentha und nickte dem Kardinal dankbar zu. »Ich …«

Weiter kam sie nicht, denn als sie vor den Altar trat, wachte der Falke auf, sein Kopf mit den grünen Augen und dem scharfen Schnabel hob sich und reckte sich nach hinten, er breitete seine Schwingen aus und öffnete den Schnabel, und ein Jubilieren wie von einem himmlischen Chor entsprang der verwunschenen Kehle wie einst vor fast genau zweihundert Jahren, als der Falke sein Lied anstimmte und mit Schwing und Feder ehrte das junge Paar.

Dass er sich dann anschließend, mit einer Schwinge vor der Brust, auch noch elegant verbeugte, bevor er wieder in seiner alten Position erstarrte, hatte der Schreiber damals wohl vergessen zu erwähnen.

Langsam ging Lorentha auf die Knie, während sich um sie herum der Tempel füllte, mit Menschen, die sie nie zuvor gesehen hatte, lächelnd oder ernst, doch alle feierlich und würdevoll. Neben ihr kniete in Gold und Weiß ein junger Mann, der sie mit verlegener Schüchternheit und einem lieblichen Lächeln ansah, als gäbe es sonst nichts auf dieser Welt, was ihm noch wichtig war. Dort vor ihr stand der Falke und sah mit schief gelegtem Kopf auf sie herab, und dort, auf dem silbernen Band an seiner linken Kralle, wo bei einem lebenden Falken der Name des Eigners stand, sah sie, tief in das Metall geprägt, das geflügelte Pferd, das Wappen, das ihre eigene Familie schon seit Anbeginn geführt hatte.

Ein Hand berührte sie an der Schulter und rief sie zurück, der Tempel wurde dunkler und leerer, doch der Falke blieb und auch an seiner linken Kralle das silberne Band, das ihn als das auswies, was er war.

Der Falke der Sarnesse.

DER ORDEN DER SEHER

37 »Ob Visal wohl weiß, dass er den falschen Falken stahl?«, meinte Raphanael mit rauer Stimme.
Doch bevor sie sich so weit hatte fassen können, um ihm eine Antwort darauf zu geben, schwangen weit hinter ihnen mit lautem Knarzen die mächtigen Tempeltore auf, ohne dass eine Hand sie berührte. Drei Frauen standen dort an der Schwelle, tief verschleiert und in weite Reiseroben gehüllt. Die erste hob nun eine von Altersflecken gesprenkelte, bleiche Hand und lüftete den Schleier, zeigte Falten, weißes Haar und blasse, blinde Augen.

»Oh, Götter«, brachte Raphanael hervor, als jeder sprachlos zu der Erscheinung hinsah. Die Zweite hob die Hand und schlug den Schleier zurück und offenbarte eine Frau in besten Jahren, mit blitzenden blauen Augen und einem verschmitzten Lächeln, dann schlug die Dritte ihren Schleier zurück, ein Mädchen an der Schwelle zur Frau, mit grünen Augen und einem Lächeln, das so unschuldig schien, dass es Lorentha wehtat, es zu sehen.

Dann sprachen sie, gleichzeitig, und der Klang ihrer Stimmen füllte den Tempel, wie es Larmeths beste Predigt bisher noch nicht vollbracht hatte.

Der Orden der Seher bittet um Einlass in das Haus der Göttin Isaeth.

Der Dreiklang der Stimmen schien von den hohen Säulen und Wänden des Tempels widerzuhallen.

»Göttin«, flüsterte Larmeth und schaute verlegen an ihrer

Robe herab, die durch das Ausrichten des Falken auf dem Altar Staub und Dreck von seinem Gefieder aufgenommen hatte und in ihren Augen nun mehr dem Kleid einer Magd als der Robe einer Priesterin glich. Aber es half nichts. Sie richtete sich zu ihrer vollen Höhe auf. Ein letzter Blick hinauf zur Göttin folgte, doch die regte sich nicht, also atmete Larmeth tief durch und zwang sich, ihre Hände ruhig zu halten und nicht am Saum ihrer Robe herumzuspielen.

»Seid willkommen.«

Lorentha, die noch immer vor dem Altar kniete, wusste nicht so recht, ob sie auf Knien bleiben sollte oder doch lieber stehen, sie entschied sich für das Letztere und sah wie die anderen staunend zu, wie die drei Frauen in perfektem Einklang der Bewegung den Mittelgang entlangkamen, um dann sechs Schritt vom Altar entfernt regungslos zu verharren.

Die alte Frau schaute mit blinden Augen hoheitsvoll über die Anwesenden hinweg, dann bewegte sich ein faltiger Mundwinkel, eine Bewegung, die zu einem Lächeln wurde, das Jahre oder gar Jahrzehnte von ihr abfallen ließ.

»Wir sind hier«, sagte sie in einer Stimme, die noch immer fernen Tempelglocken ähnelte, aber nur ihre eigene war, »weil wir es so sahen.« Sie sah langsam empor zu dem Standbild der Göttin. »Wir ehren die Göttin Isaeth in allen ihren Namen.« Sie schwenkte ihren Kopf herum und sah Raphanael mit blinden Augen an. »Wir ehren den Orden der Hüter.« Die blassen Augen schienen sich nun in die Lorenthas zu bohren. »Wir ehren den Orden der Walküren«, fügte sie hinzu. »Vor der Göttin bezeugen wir Folgendes: In ihrer Weisheit verfügten die Götter, dass Prinzessin Armeth dem Prinzen Pladis von Franken einen Erben schenken sollte. Doch in der Nacht ihrer Niederkunft war eine Natter zugegen, eine Schlange der Bruderschaft. Heimtückisch, vor allen Augen und doch ungesehen, wendete sie das vorgefügte Schicksal zweier Reiche, Gift sollte zwei Leben nehmen. Seinem Schwur gemäß wachte der Falke an der Seite seiner Herrin; obgleich vom Blute der Walküren, fehlte ihm ihre Macht, doch er sah die Tat der Natter und erschlug sie dort, wo sie stand. Für das Herz Aryns war die Schlacht geschlagen, das Gift zu stark. Doch für das Kind gab es noch Rettung. Er rief seinen Herrn herbei, und unter Tränen erlaubte ihm der Prinz, dem Tod das zu entreißen, was die Natter ihm verwehren wollte, ein Leben, gesund, vom Gift noch nicht berührt, ein Leben, das dem Schicksal nach die Krone zweier Völker tragen sollte und nicht durfte, da es Blut vereinte, das die Bruderschaft nicht lebend dulden konnte.«

Die alte Frau schwieg, doch die Mittlere der Seher sprach für sie weiter. »In des Prinzen Blut lag das Erbe der Seher, in dem der Prinzessin das Erbe der Hüter, beides über die Zeit vergessen, ein Geheimnis nur gewahrt durch einen Feind, der eifersüchtig darüber wacht, dass Blut und Blut sich nicht verbinden können. So sprach die Natter nach ihrem Tod für uns und gab uns das Geheimnis preis, nachdem das Kind nicht leben durfte.«

Die Jüngste der drei übernahm, als die Mittlere schwieg.

»Die Bruderschaft würde dem Kind die Zukunft und das Leben rauben, die halbe Welt in Flammen legen und auf jeden Fall obsiegen, denn in allen Leben, die wir für es sahen, starb das Kind noch vor seinem neunten Jahr.«

»An diesen Morden«, sprach die Alte weiter, »würde auch die Bruderschaft vergehen, Pladis selbst würde Aragon in Flammen legen, doch eine Narbe wäre der Welt geschlagen worden. Wir sahen, was war und werden würde, und entschieden, dass der Preis zu hoch wäre, befanden, dass das Kind, dem Tod auf wundersame Art entrissen, ihm doch wieder zugeführt werden müsste. Weinend brach der Prinz zusammen, doch es war der Falke, der dem Schicksal trotzte, der fragte, was wäre, wenn der Erbe sterben, aber das Kind doch leben würde? Wir sahen, was die Antwort war, und stimmten zu. Ein Kind wurde mit einer fremden Mutter begraben, der Erbe starb, die Bruderschaft glaubte sich erfolgreich, und unter den Schwingen des Falken lebte das Kind als Tochter eines Freundes, dem der Falke die Sorge um das Kind schuldig war.«

Wieder wechselte die Sprecherin.

»Drei wussten um das Geheimnis dieser Nacht, der Prinz, der Falke und die Seherin, die die Geburt des Erben bezeugen sollte. Doch es gab noch einen, der das Geheimnis offenbaren konnte und so den Tod des Kindes bestimmen würde. Der Falke der Sarnesse, ein Geschenk eines Freundes an einen Freund. Der Falke von Aryn. Gegeben, um die Hochzeit zweier Reiche hier im Tempel zu ehren, ein Falke, einst im fernen Prag von den Rabbinern des Einen Gottes in Kunst und Künsten gefertigt, um die Dienste einer Walküre zu ehren, und nun mit einem Zauber belegt, um zu jubilieren, wenn der Erbe dieser zweier Reiche vor ihn trat.«

Wieder wechselte die Sprecherin.

»Der Göttin gegeben, konnte der Falke ihr nicht wieder genommen werden, aber ein anderer Falke würde sich nicht regen, selbst wenn der Erbe vor ihm stünde. Also gab der Prinz Aryn einen goldenen Falken, prachtvoll anzusehen, aber steif und blind und nicht fähig, das Geheimnis zu verraten. So waren es jetzt vier, die dieses Geheimnis trugen, der Prinz, der Falke, die Seherin und die, die hier für die Göttin stand. Der treue Freund nahm das Geheimnis zuerst mit in sein Grab, er starb alsbald in einer Schlacht und ließ das Kind als sein Mündel zurück. Auch die anderen brachen ihr Schweigen nicht. Unwissend um ihr Geheimnis, liebte das Kind den Sohn des Falken und gebar später ihm ein Kind. Ein Erbe, nicht der von zwei Reichen, doch von dem Blut dreier Orden, den Sehern, den Hütern und jenen, die auf Flügeln die Helden zu den Göttern tragen. Ein Erbe, ein Geheimnis, das sich nicht offenbaren darf.«

Diesmal war es die Jüngste, die nun weitersprach.

»So wacht der Falke der Sarnesse über das Schicksal Aryns, bis der Erbe vor ihm steht«, sagte sie sanft. »Ein Erbe, der vergessen bleiben muss, bis die Welt dafür bereit ist. Du, Lorentha Evana Sarnesse, bist dieser Erbe dreier Orden und zweier Reiche. Und doch fordern wir, dass du verzichtest, fordern wir dieses Geheimnis von dir gewahrt. Dein Los ist es, ungekrönt zu bleiben, da dein Anspruch die Welt in Flammen setzen würde. Für Aryn muss es einen anderen Erben geben.«

Nacheinander legten die Seherinnen ihre Schleier über und verblassten vor den ungläubigen Augen und verschwanden, als wären sie nie da gewesen.

Raphanael fand als Erster seine Stimme wieder. »Unglaublich«, hauchte er ergriffen. »Eine Projektion von Ravanne bis hierher, das müssen gut zweitausend Meilen sein!«

»Das mag beeindruckend gewesen sein«, meinte der Kardinal verstimmt. »Aber vielleicht war es doch zu weit, ich habe nicht ein Wort verstanden!«

»Ich auch nicht«, sagte ein anderer Priester, und wieder andere nickten.

Die Augen der Hohepriesterin weiteten sich, und sie schaute zu Lorentha hin, die nur ein leichtes Nicken andeutete und nichts weiter sagte.

Dann trat die Hohepriesterin der Isaeth vor.

»Die Nachricht war nur für mich bestimmt«, log sie, zum ersten Male, seitdem sie in den Dienst ihres Glaubens getreten war, aber nur Lorentha sah den um Verzeihung heischenden Blick, den Raphanaels Schwester der Göttin zuwarf. Und ihr.

»Sie erklärten, was es mit diesem Falken auf sich hat. Er gehörte einst der Familie der Majorin Sarnesse und wurde der Braut als Geschenk überreicht, um sie zu ehren, deshalb erkannte er die Majorin wieder. Er ist der wahre Falke von Aryn, von der Göttin gesegnet, ein Werk aus Kunst und Künsten, geschaffen, um den wahren Erben Aryns für uns zu entdecken und zu verhindern, dass die Stadt in die falschen Hände fällt. So wie er die Majorin begrüßte, wird der Falke auch den Erben Aryns für uns entdecken.« Nacheinander sah sie alle ihre Priester, zuletzt ihren Bruder und dann die Majorin an. »Wir alle haben das Gerücht gehört, und die Seher haben es bestätigt. Aryn gehört weder dem Königreich noch dem Kaiserreich an, das Herzogtum steht für sich selbst und wartet auf einen Erben. Lord Visal ist es nicht, doch will er es sein, deshalb hat er den Falken stehlen lassen. Nur dass er unseren Tempel entweihen ließ, um sich dann an dem falschen Falken zu vergreifen.« Sie straffte sich und sah auf ihre Hände herab, die sich in den Stoff ihrer Robe verkrallt hatten, und ließ langsam los. »Wir werden Stillschweigen bewahren, während wir im Gebet bedenken, was diese Offenbarung für uns bedeutet. Im Namen der Göttin fordere ich von allen, die hier stehen, ein Schweigegelübde ein, bis die Göttin uns den Weg zeigt, wie wir mit diesem Wissen verfahren werden.«

Ein Murmeln wurde laut, als jeder schwor, dann auch Raphanael, und zum Schluss suchte Larmeths Blick die Augen, die in ihrer Farbe so sehr den Smaragden glichen, die den Falken sehen ließen.

»Ich schwöre«, sagte Lorentha leise. »Im Namen der Göttin.«

»Wir müssen uns beraten«, verkündete die Priesterin hoheitsvoll und winkte ihren Bruder und die Majorin herbei. »Allen anderen trage ich auf, im Gebet zu meditieren.«

Sie führte Lorentha und den Lord in den hinteren Teil des Tempels, zu ihren privaten Gemächern, die einfach, aber behaglich eingerichtet waren, um dann die Tür fest hinter sich zu verschließen.

»Große Göttin«, seufzte sie. »Hätten sie mir das nicht auch hier sagen können?« Ihre Augen suchten erst die ihres Bruders, der sich nun langsam auf einen der Stühle setzte und den Kopf in die Hände stützte, und dann die der Majorin, die sich in diesem Moment mehr als verloren vorkam.

Wie oft geschah es schon, dass die Seher von Ravanne zu einem kamen, einem verkündeten, dass man der Erbe zweier

Reiche wäre, und dann von einem forderten, darauf zu verzichten?

»Ich weiß es«, sagte Raphanael zwischen seinen Händen hindurch. »Ich habe jedes Wort verstanden, ich spürte aber auch den Zauber, der es den anderen unmöglich machte, ihre Worte zu verstehen.« Er hob den Kopf und sah gequält zu Lorentha hin. »Warum mussten sie es mir offenbaren? Ich gehöre nicht dazu und hätte es nicht wissen wollen.«

»Sie sind die Seher«, sagte seine Schwester. »Sie werden wissen, warum.« Sie trat an einen Schrank heran und zog eine Flasche heraus, der sie den Korken zog. Sie schenkte ihnen allen dreien ein, drückte den anderen den Becher in die Hand und leerte ihren eigenen in einem Zug.

»Das«, meinte sie, als sie sich nachschenkte, »war nötig. Wie geht es dir, Lorentha?«, fragte sie dann leise.

»Wie soll es mir gehen?«, sagte die Majorin erschöpft. »Falls du das meinst, ich fühle mich nicht betrogen. Das Erbe war nie meins, ich habe nichts verloren.«

»Denkst du wirklich so?«, fragte Raphanael überrascht.

»Meinst du, König Hamil oder der Kaiser würden ihren Thron räumen, wenn ich sie nur höflich frage? Es geht nicht immer nur um Recht, sondern oft genug um Macht. Sie halten den Thron, weil sie es können, ich kann es nicht. Soll ich an der Spitze eines Heeres durch die Lande ziehen, um sie zu stürzen? Warum sollte man mir folgen? Nach allem, was ich weiß, ist König Hamil kein schlechter Herrscher und besser als viele, und auch der Kaiser ... es saßen schon Schlimmere auf dem eisernen Thron.« Sie zuckte mit den Schultern. »Es ist müßig. Ich kann nicht dem nachtrauern, das ich nie besaß.« Sie schaute zu Larmeth hin. »Warum nur musstet Ihr sagen, dass Aryn weder dem Kaiser noch König Hamil gehört? So wird es nur noch schwerer, einen Aufstand zu verhindern.«

»Weil ich es musste«, sagte Larmeth. »Weil es wahr ist. Ich kann Kaiser Pladis verstehen. Er betrog niemanden, es tat das, was er geschworen hatte, er hielt Aryn für seinen Erben, für seine Tochter. Er wusste ja, dass sie noch lebte. Kein Wunder, dass man ihm den Beinamen »der Schwermütige« gab; das Opfer, das die Seher von ihm forderten, war mehr, als ein Mensch tragen sollte. Aber ich weiß, wer der wahre Erbe ist. Ich weiß auch, dass es der Wille der Göttin ist, dass Aryn nicht an Visal fallen soll. Die Göttin zeigte mir den Weg dazu.«

Sie sagte es mit so schlichter Überzeugung, dass Lorentha nicht wusste, was sie darauf antworten sollte. Sie trank einen Schluck von dem Wein, der zur Unkenntlichkeit verwässert war, und schüttelte den Kopf.

»Ihr macht es damit nur noch schlimmer«, sagte sie dann und wies müde auf Raphanael. »Wir unterhielten uns vorhin. Er hat recht, in Aryn geht es den Menschen besser als an vielen Orten, was auch mit an eurem Glauben liegt. Lassen wir es dabei. Verhindern wir diesen Aufstand, legen Visal das Handwerk, und sorgen wir dafür, dass der goldene Falke durch die Straßen getragen wird.« Sie schaute zu Larmeth hinüber. »Es war klug von Eurer Vorgängerin, mit dem Falken so zu verfahren. Ich nehme an, er stand einst auf dem Altar, ihn auf die Hand der Göttin zu versetzen oder ihn in eine Kiste zu packen, die weit weg in einem Lager steht, hat verhindert, dass der Falke sich regt. Auch wenn es niemals einen Erben gab.«

»Das stimmt so nicht«, sagte Raphanael leise und sah sie fast schon traurig an. »Weißt du, warum deine Mutter hier auf dem Tempelplatz war?«

»Sie wollte sich hier mit jemandem treffen«, sagte Lorentha mit belegter Stimme, denn die Erinnerung an diesen letzten Moment war noch zu frisch in ihr, auch wenn über zwanzig Jahre vergangen waren. »Sie wusste nicht, dass er sie ermorden würde.«

»Nein«, sagte Raphanael sanft. »Warum traf sie sich *hier* mit ihm?« Er nickte, als er sah, wie sich Lorenthas Augen weiteten. »Du bist nicht der erste Erbe, vor dir erfüllte deine Mutter die gleichen Bedingungen. Wäre sie vor den Falken getreten, er hätte sie ebenfalls jubelnd begrüßt. Vielleicht geschah genau das ja, und es war der Grund, weshalb deine Mutter sterben musste.« Er atmete tief durch. »Bevor man nur auf den Gedanken kommt, eine Walküre ermorden zu wollen, muss man schon verzweifelt sein. Oder es steht so viel auf dem Spiel, dass man es wagen muss.«

Larmeth schüttelte langsam den Kopf. »Ich glaube nicht, dass die Baroness jemals den Falken sah«, meinte sie dann. »Ich habe nachgesehen, ob irgendetwas Ungewöhnliches für die Mordnacht in den Archiven vermerkt wurde, doch nur der Mord selbst wird erwähnt, ansonsten ist in den Tagen zuvor nichts Ungewöhnliches geschehen.« Sie lächelte schwach. »Wir haben es ja selbst gesehen, hätte der Falke ihre Mutter so begrüßt, wäre es allen in Erinnerung geblieben.«

»Und doch hat Raphanael in einem recht«, sagte Lorentha rau, die sich an den Streifen Pergament erinnerte, den sie von der Gräfin erhalten hatte. »Meine Mutter kannte das Geheimnis, ich bin mir dessen sicher. Vielleicht kannte sie es sogar schon immer. Ich kann mir vorstellen, dass sie es überprüfen wollte. Es könnte auch erklären, warum sie mich mitnahm, es wäre für ein Kind ein unvergessliches Erlebnis gewesen, zu sehen, wie dieser Falke sie begrüßt. Nur wurde sie ermordet, bevor es dazu kam.« Sie sah die beiden anderen eindringlich an. »Sie hätte es wissen wollen, doch ich sage Euch, auch sie hätte nicht anders entschieden als ich.« Sie sah die beiden entschlossen an. »Es ist mein Erbe, und ich verzichte. Es wird keinen Aufstand geben, ich will nicht das Blut Hunderter an meinen Fingern kleben haben. Wir können Visal stoppen, er hat den falschen Falken, und wenn die Hohepriesterin der Isaeth vor ihn tritt und den wahren Falken zeigt und verkündet, dass es eben nicht der Wille der Göttin ist, dass Visal nach der Herzogskrone greift, dann wird man es ihr glauben!«

»Don Amos«, rief Raphanael plötzlich. »*Das* ist der Grund, weshalb er hier ist.«

Beide Frauen schauten ihn überrascht an.

»Er verfügt über das Talent, Unbelebtes zu bewegen«, erklärte er aufgeregt. »Du erinnerst dich an diesen letzten Felsbrocken, den er auf mich warf? Der dürfte weit schwerer gewesen sein als dieser goldene Falke! Das ist das Wunder, mit dem Visal die Menschen überzeugen will, der goldene Falke, wie er auf die Schulter des wahren Erben fliegt!«

»Welcher Felsbrocken?«, fragte seine Schwester verwirrt, doch er beachtete sie nicht.

»Du hattest in einem anderen recht, Lorentha«, sagte er. »Wir müssen dem Feind nur einen Stein aus seinem Spiel nehmen, aber nicht Visal, sondern Don Amos. Ohne ihn und seine Magie, Gegenstände zu bewegen, fällt der ganze Plan in sich zusammen; ohne ein Wunder kann Visal seinen Anspruch nicht erheben.«

»Gut«, entgegnete Lorentha und stand auf. Sie leerte den wässrigen Wein mit einem Zug. »Ich habe genug von Magie, Sehern, Geheimnissen und Verschwörungen! Lasst uns etwas Sinnvolles tun! Wenn dieser Aragone Dreck fressen muss, damit der Aufstand noch verhindert wird, dann sollten wir dafür sorgen, dass er es auch tut!«

»Don Amos ist in der Stadt?«, fragte Larmeth entsetzt.

»Ja«, erwiderte ihr Bruder hart. »Aber ich habe ihm schon versprochen, dass er es bereuen wird, den Fuß auf dieses Land gesetzt zu haben!«

»Das letzte Mal hat er dich fast umgebracht!«, rief Larmeth entsetzt.

»Ja«, sagte Raphanael grimmig. »Aber diesmal wird er mich nicht überraschen.«

Eine Nachricht

38 Doch als Raphanael entschlossen die Tür des *Goldenen Ebers* aufstieß und nach dem Aragonen fragte, schüttelte der Wirt nur seinen Kopf.

»Er ist vorhin aufgebrochen. In Begleitung von Lord Visal. Sie waren gekleidet, als hätten sie vor, eine Reise zu tun, aber wohin die Herren aufgebrochen sind, kann ich Euch nicht sagen.«

»Bah!«, sagte Raphanael verärgert, als er in die Kutsche stieg. »Wir haben alle Bruchstücke zusammen, wissen, was sie vorhaben, die ganze Intrige ist aufgelöst … und jetzt sind sie uns doch entwischt!«

Auch Lorentha war verstimmt, doch sie hatte die Hoffnung noch nicht aufgegeben. »Wir werden uns morgen diesen Lesren greifen«, meinte sie beruhigend. »Ich möchte wetten, dass Don Amos und Visal zu dem gleichen Versteck gefahren sind, in dem Hauptmann Mollmer sich mit seinen Weibern vergnügt hat, und dort werden wir wahrscheinlich auch Serrik und den Falken finden. Dieser Hurenhüter wird wissen, wo sich dieser Ort befindet.«

»Wohin?«, fragte Barlin vom Kutschbock.

»Zum Haus der Gräfin«, sagte Raphanael resigniert. »Es ist spät genug.«

Die Kutsche setzte sich in Bewegung. Der Tag hatte nicht nur an Lorentha Spuren hinterlassen, sondern auch an dem feinen Lord, der ihr gegenübersaß und brütete; seine Enttäuschung und sein Zorn waren ihm an jeder Faser anzusehen.

Früher oder später würden sie Don Amos finden, daran hatte Lorentha keinen Zweifel. Entweder verriet ihnen der Hurenhüter, wo er zu finden war, oder Amos selbst gab ihm die Einladung, in seine Falle hineinzuspazieren, oder, als letzte Möglichkeit, Visal inszenierte seinen Aufstand. Spätestens, wenn der goldene Falke fliegen sollte, musste der Aragone zugegen sein.

Doch Lorentha hatte auch seinen letzten Kampf mit dem Ordensmeister der Bruderschaft noch nicht vergessen, und insgeheim teilte sie Larmeths Sorge.

Was, wenn Don Amos in diesem magischen Duell doch die Oberhand behielt? Wieder überraschen konnte? Das letzte Mal war Raphanael nur durch Glück und Barlins Opferbereitschaft dem Tod entkommen.

Nach guter alter kaiserlicher Tradition gab es schon in alten Zeiten etwas, womit die Frauen ihren Helden den Schwertarm stählen konnten und ihnen den Willen gaben, den Kampf zu überleben. Ihre Ehre konnte sie ihm nicht mehr geben, diese war nichts wert, aber es gab etwas anderes, ein anderes Geschenk, das sie ihm geben wollte. Und sich selbst, wie sie sich eingestand. Sie wusste, was sie tat, es war die rechte Zeit dafür, und er war der Erste, für den sie jemals so empfand. Fiel er im Kampf mit dieser falschen Schlange, so blieb vielleicht, so die Götter ihr die Bitte gewährten, doch etwas von ihm in dieser Welt.

Als die Kutsche in die Straße einbog, wo das Haus der Gräfin zu finden war, hatte Lorentha ihre Entscheidung bereits getroffen. Wenn Raban davon gehört hatte, dann wusste schon die ganze Stadt davon, dass sie bereits eine Nacht bei ihm verbracht hatte.

»Raphanael«, sagte sie leise, als Barlin die Kutsche vor dem Haus der Gräfin zum Stillstand brachte.

Er sah auf, dann zum Fenster hinaus.

»Wir sind schon da«, stellte er fest, und es klang bedauernd. Er lächelte schief und beugte sich vor, um ihr den Schlag zu öffnen. »Bis morgen dann?«

Lorentha jedoch machte keinerlei Anstalten, sich zu erheben. »Nein«, sagte sie mit feinem Lächeln und zog den Schlag wieder zu. »Ich will heute Nacht nicht allein sein. Barlin?«, rief sie zum Kutschbock hoch, während Raphanael sie nur ungläubig ansah. »Nach Hause.«

»Sehr wohl, Baroness«, kam Barlins Antwort, und sie vermeinte, ein Grinsen in seiner Stimme hören zu können. Die Kutsche fuhr an, dann erst schien Raphanael zur Gänze zu begreifen, was sie meinte.

»Willst du das wahrhaftig?«, fragte er vorsichtig. »Ich habe davon geträumt, aber die Leute werden über uns reden und …«

Sie beugte sich vor. »Psst«, flüsterte sie und legte ihm einen Finger auf die Lippen, um sich dann neben ihn zu setzen und ihm in sein noch immer offenes Hemd zu greifen. Seitdem sie es ihm aufgerissen hatte, wartete sie auf diesen Augenblick, und sie hatte sich nicht getäuscht, unter einer Haut wie Samt lagen Muskeln aus Stahl und ein Herz, das so heftig pochte, dass sie lächeln musste. Er legte seine Hand auf ihre, zog sie aber nicht von seinem Herzen fort.

»Wenn wir das tun, gibt es kein Zurück«, flüsterte er.

»Küss mich«, forderte sie.

Das ist der Vorteil, dachte sie erheitert, als er sie fest und hart ergriff und sich über sie beugte. Irgendwann lernt man, Befehle so zu geben, dass die anderen ihnen gerne Folge leisten …

Als sie am nächsten Morgen erwachte, fand sie sich halb begraben von ihm vor. Etwas hatte sie geweckt, doch vor den Fenstern war es noch dunkel. Sie streckte sich, gähnte und schob lächelnd erst den einen Arm und dann das Bein, das besitzergreifend auf ihr lag, zur Seite. Raphanael grummelte etwas, drehte sich um und schnarchte etwas lauter. So also, dachte sie lächelnd, war Leidenschaft. Zwar hatte auch sie leidenschaftliche Nächte gekannt, aber … sie richtete sich auf, um ihn im schwachen Licht zu studieren. Götter, dachte sie schmunzelnd, was hatte sie sich in ihm geirrt. So zurückhaltend, so steif wie er gewesen war, hatte sie sich mitunter gefragt, woher er den Ruf eines Lebemanns nur hatte. Doch hier, in einem Bett, dessen Matratze so hart war, dass man auch gleich auf einer Planke hätte schlafen können, hatte er all die Unsicherheit abgelegt, von ihr gefordert, bekommen und noch mehr gefordert. Sie setzte sich aufrecht hin und sah im Halbdunkel unförmige Dinge auf dem Boden liegen, dort Teile ihrer Rüstung, da seine Stiefel, da ihr Schwert. Götter, grinste sie, es war es wert gewesen. Er hatte sie aufgefressen ... und sie ihn. In Anbetracht der Tatsache, dass er ein Hüter war, hatte sie sich das Elmsfeuer, das über ihre verbundenen Körper gelaufen war, wahrscheinlich auch nicht eingebildet.

Es klopfte.

Das also hatte sie geweckt. Sie sah sich suchend um und fand nur sein Hemd, das sie ihm gestern zerrissen hatte, es musste genügen.

Sie zog es sich über und öffnete die Tür einen Spalt und sah sich Barlin gegenüber, der ihr Lächeln nicht erwiderte. Vielmehr war er bleich, und in seinen Augen las sie Angst.

»Weckt ihn, Baroness«, bat er sie leise. »Es ist etwas geschehen.«

»Was gibt es denn?«, fragte Raphanael beunruhigt, kaum dass er sein Arbeitszimmer betrat, Barlin hatte ihn dorthin bestellt, da er nicht wollte, dass der Rest der Dienerschaft etwas erfuhr. »Was soll die Dienerschaft nicht erfahren?«

»Das«, sagte Lorentha rau und wies auf ein kleines Kästchen, das unscheinbar auf Raphanaels Schreibtisch lag. »Don Amos«, fuhr sie flüsternd fort, »hat dir eine Nachricht geschickt.«

Raphanael sah von ihrem bleichen Gesicht zu dem seines Freundes. Er ahnte Böses, straffte sich und tat einen tiefen Atemzug, als er den Deckel abnahm ... und in der Bewegung erstarrte, als er sah, was in dem Kästchen war.

»Götter«, hauchte er und taumelte, Barlin sprang ihm zur Seite, und Lorentha eilte sich, ihm einen Stuhl herbeizubringen; schwer setzte sich Raphanael nieder, um ungläubig auf das zu schauen, was in dem Kästchen lag, Arins linke Hand, sauber kurz nach dem Handgelenk abgetrennt und auch ohne den schmalen Ring am Finger für den Vater ohne Zweifel zu erkennen. Unter ihr, von Arins Blut befleckt, lag ein gefaltetes Stück Pergament. Weder Barlin noch Lorentha hatten es bisher gewagt, an dieser Stelle Raphanael vorzugreifen, der nun seine ganze Kraft zusammennahm, um mit zitternden Fingern die kalte Hand seiner Tochter herauszunehmen und das blutige Pergament aufzufalten.

Er las und ließ das Blatt dann sinken, um starr in die Ferne zu schauen, während seine Wangenmuskeln mahlten.

Lorentha trat an ihn heran, strich ihm leicht über die Schulter und nahm ihm das Blatt aus der Hand, er ließ es geschehen, ohne auch nur aufzusehen.

»Was steht dort geschrieben?«, fragte Barlin leise.

»Don Amos schreibt, dass er die Baroness und Arin in seinem Gewahrsam hat, er sich sogar die Mühe gegeben hätte, einen Beweis dafür dieser Nachricht beizulegen. Er fordert, dass sich Raphanael heute Abend um Mitternacht bei der alten Mühle bei Burbach stellen soll, allein und ohne Stab. Gibt sich Raphanael Don Amos auf, verspricht er, die Baroness und Arin ohne weiteren Schaden und am Leben freizugeben. Ergäbe Raphanael sich ihm nicht am vereinbarten Ort und zur vereinbarten Zeit, verspricht er, beide am nächsten Tag in Stücken zurückzugeben.«

»Der Mann ist ein Ungeheuer«, brach es aus Barlin heraus. »Götter!«

Es stand noch etwas geschrieben, das Lorentha nicht an Barlin weitergegeben hatte, Don Amos' hämischer Vorschlag, dass Raphanael ja nicht kommen müsse, da er ja jetzt eine neue Hure hätte, mit der er Bälger zeugen könne.

Jetzt richtete sich Raphanael auf, auch wenn er noch immer ins Leere starrte. »Ich werde mich ihm ergeben«, sagte er tonlos.

Ja, dachte Lorentha bitter. Natürlich musste er so entscheiden, für ihn gab es keine andere Wahl. Nur war das nicht das erste Mal, dass Lorentha so etwas erlebt hatte, viermal hatte sie es schon mit feigen Entführern zu tun gehabt. Arin und die Baroness mochten im Moment noch leben, um Raphanael vielleicht zu anderem zu zwingen. Bei dreien der vier Fälle hatte man sich gefügt, doch in allen Fällen war es aufs Gleiche hinausgelaufen.

»Wie weit ist diese Mühle von hier entfernt?«, fragte sie Barlin, der sie zunächst nicht zu hören schien und ihr erst Antwort gab, als sie die Frage wiederholte. »Einen halben Tag mit einem schnellen Pferd.«

Es mochte möglich sein, dachte sie, wenn sie auch nicht wirklich daran glaubte.

»Raphanael«, wandte sie sich eindringlich an seine Lordschaft. »Ich werde versuchen, sie zu finden.«

Doch er schien sie nicht zu hören, vielmehr hielt er nun die Hand seiner Tochter in der eigenen und liebkoste sie unter Tränen, ein Bild, das sich Lorentha in seiner ganzen Schrecklichkeit einbrannte.

»Barlin«, wandte sie sich jetzt an seinen Freund. »Wenn er wieder bei sich ist, sagt ihm, dass er die Hoffnung halten soll. Schickt einen Boten zum Tempel hin, Weihe oder nicht, Larmeth muss es wissen. Lasst mir ein Pferd satteln und haltet Euch bereit, kurzfristig mit ihm zusammen aufzubrechen, selbst wenn es bedeutet, dass wir ihn auf ein Pferd schnallen müssen.«

Barlin nickte, doch es dauerte einen Moment, bis er verstand, dass er sofort handeln musste. »Sofort«, sagte er mit einem letzten Blick auf seinen Freund und eilte davon.

Sie versuchte, noch einmal zu Raphanael durchzudringen, doch er schien sie kaum wahrzunehmen.

»Lesren«, sagte sie, »der Hurenhüter. Er kennt das Versteck, hörst du? Er wird es mir nennen!«

Langsam hob er den Kopf, um sie anzusehen. »Jesmene«, flüsterte er. »Es tut mir so leid, dass ich sie nicht beschützen konnte.«

Ich werde das bereuen, dachte sie und holte aus, doch allein die Geste schien zu reichen, denn seine Hand fuhr hoch und fing die ihre ab, während er sie mit glühenden, hasserfüllten Augen ansah, in die nur langsam Vernunft zurückkehrte. Er sah auf seine Hand, die ihr Handgelenk wie ein Schraubstock hielt, und ließ sie langsam los.

»Entschuldige«, sagte er mühsam. »Ich dachte, du hättest mich schlagen wollen.«

Da sie genau das vorgehabt hatte, sagte sie besser nichts dazu.

»Der Hurenhüter weiß, wo das Versteck ist, Raphanael«, sagte sie erneut. »Ich greife ihn mir jetzt, und wenn ich weiß, wo es ist, komme ich und hole dich. Es nützt dir nichts, wenn du hier sitzt und dich deinem Schmerz ergibst, Arin und deine Mutter zählen auf dich.«

»Ich weiß«, sagte er. »Deshalb werde ich mich ihm ja auch ergeben.«

»Er wird sie nicht leben lassen«, sagte sie kalt. »Er hat keine Ehre, keinen Anstand, warum soll er sich an das Versprechen halten? Er wird sie töten, aber noch sind sie wahrscheinlich am Leben. Wenn du sie retten willst, müssen wir sie befreien!«

Er nickte langsam, um sich dann zu schütteln wie ein nasser Hund. Er sah auf die Hand seiner Tochter herab und legte sie sanft zurück in die Kiste, die er sorgsam verschloss.

»Ich will es nicht glauben«, sagte er rau. »Aber ich fürchte, du hast recht. Es ist ein schrecklicher Gedanke, aber ich glaube auch nicht, dass er sich an sein Ehrenwort halten wird. Er hat nicht unterschrieben.«

Als ob das einen Unterschied machte, dachte Lorentha, aber im Moment war es wohl zu verzeihen, dass er nicht klar dachte.

»Ich gehe mir Lesren greifen«, sagte sie ihm zum dritten Mal. »Wenn ich weiß, wo das Versteck ist, komme ich zurück, und wir reiten gemeinsam dorthin. Halte dich bereit.«

Er nickte langsam, um dann Anstalten zu machen aufzustehen.

»Nein«, bat sie ihn leise. »Warte hier auf mich. Larmeth wird bald kommen, du musst stark sein für sie.« Oder sie für ihn. »Ich komme, sobald ich kann, zurück, ja?«

Er nickte, und zur gleichen Zeit ging die Tür auf.

»Das Pferd ist gesattelt«, teilte ihr Barlin tonlos mit.

Lorentha nickte, beugte sich zu Raphanael herab, um ihm einen schnellen Kuss zu geben, nahm ihren Umhang, den Barlin ihr reichte, und eilte hinaus. Barlin begleitete sie in den Stall.

»Wir wissen jetzt, was geschehen ist«, sagte er rau. »Kastor, der Kutscher, Ihr kennt ihn, er hat Euch schon gefahren?«

Lorentha nickte, während sie rasch das Sattelzeug überprüfte. »Er lebte lange genug, um zu berichten, was vorgefallen ist. Die Baroness wollte mit Arin zu dem Gut … und sie hatten es auch fast erreicht, als Leutnant Serrik und seine Leute sie angriffen. Raphanael macht sich Vorwürfe, dass er nicht auf Begleitung durch Reiter bestanden hat, aber es hätte keinen Unterschied gemacht, Serrik und seine Leute sind ausgebildete Soldaten. Sie hatten keine Gelegenheit zur Gegenwehr.«

»Dafür wird Serrik hängen«, sagte Lorentha kalt, als sie sich in den Sattel schwang. »Es sei denn, ich erschlage ihn zuvor noch mit eigener Hand.«

»Nur, wenn Ihr schneller seid als ich«, versprach Barlin grimmig und sah zu, wie sie dem Pferd die Sporen gab und aus dem Stall ritt, als wäre ein Dämon hinter ihr her. »Der Göttin Segen mit Euch. Und findet Arin und die Baroness«, fügte er leise hinzu.

Zwei Kugeln für den Hurenhüter

39 Auf dem Weg zur Garda hätte sie mehrfach beinahe jemanden niedergeritten, doch die meisten Leute auf der Straße waren klug genug, um hastig zurückzuweichen, als sie das Geräusch der galoppierenden Hufen vernahmen. Die Garda lag im gleichen Viertel wie Raphanaels Stadthaus, was kein Zufall war, allein der Umstand, dass die Garda in der Nähe lag, sollte schließlich Übergriffe auf die Reichen und Mächtigen verhindern. Dennoch zitterte das Pferd, als Lorentha es am Tor der Garda zügelte, und stieg, als eine Salve von Schüssen es erschreckte.

»Ausputzen«, hörte sie Feldwebel Emlich im Befehlston rufen. »Ladestock ausziehen, schüttelt das Pulverhorn ordentlich durch, und ...« Er brach ab. »Schluss für jetzt!«, rief er. »Die Majorin ist da!«

Lorentha zwang das verängstigte Tier herab, sprang herunter und band die Zügel an einem der Gitterstäbe am Tor fest, um dann mit raschen Schritten auf die kleine Gruppe der Gardisten zuzugehen, die in einem Nebel aus Pulverdampf kaum mehr zu erkennen waren.

»Ihr seid zu früh«, meinte Bosco, als er vortrat und salutierte. Es lag kein Vorwurf in der Stimme.

Sie musterte ihn und die anderen Gardisten kritisch, für einen Appell reichte es im Moment wohl nicht, aber es lagen Welten zwischen diesen Soldaten und den angeschlagenen Gestalten von gestern.

»Ein Kind wurde entführt. Lesren weiß, wo es ist. Wir werden ihn jetzt greifen.«

Ein betroffenes Schweigen war die erste Antwort, dann nickte Bosco grimmig.
»Wir sind dabei.«

Niemand hatte Zeit verschwendet, doch zum Tempelberg mussten sie durch die halbe Stadt marschieren, und obwohl sie es mit grimmiger Entschlossenheit taten, dauerte es Lorentha zu lange, und sie musste all ihre Geduld aufwenden. Manche Dinge brauchten ihre Zeit.

Jetzt aber war es so weit. Den Gardisten stand der Schweiß im Gesicht, an manchen Stellen waren ihre ledernen Rüstungen sogar dunkel geworden, doch zeigte jeder Einzelne von ihnen eine Entschlossenheit, wieder der Garda zur Ehre zu gereichen. Ihr war es nicht viel besser ergangen, auch wenn sie geritten war.

Der jüngste der Gardisten, Vargil, der erst knapp drei Wochen vor dem Tod des Hauptmanns zu der Truppe hinzugestoßen war, schien ihr ganz aufgeregt, es war, wie Bosco ihr anvertraute, sein erster Einsatz.

Der Plan war einfach und brutal. Das Haus des Hurenhüters war bekannt, es war das mittlere der Hurenhäuser auf dem Tempelplatz. Das, in dem auch Marbeth einst den Gelüsten ihrer Kunden hatte dienen müssen. Tagsüber waren dort die Türen verschlossen. Oftmals gab es bei diesen Häusern ein oder zwei weitere, tiefer gelegene Stockwerke, die in den Hang gebaut waren, und von dort eine Hintertür, die in das Labyrinth der Gassen am Hang führte. Gelang es Lesren also, dorthin zu entfliehen, war es vorbei, und die letzte Hoffnung darauf, Raphanaels Mutter und Arin zu retten, vertan.

Lorentha wusste es nicht, aber sie ging davon aus, dass es mehr als einen Ausgang gab, keine Ratte würde sich nur einen Fluchtweg offen halten.

»Also werden Emlich und Vargil vorn an der Tür Lärm machen, sie eintreten, falls nötig. Lasst die Huren rennen, wir suchen einen Kerl. Hager, einen Kopf kleiner als ich, blondes

Haar, graue Augen, mit einem Muttermal hier an seiner linken Wange. Emlich sagt, er wäre meist in schwarzen Hosen und einem weißen Hemd gekleidet, und er wird sich nicht kampflos ergeben. Ich denke, er wird versuchen zu fliehen, wenn die Garda an seine Tür klopft, deshalb wird sich der Rest von uns in der Gasse am Hang verteilen. Bosco und ich werden die Tür in der Gasse aufbrechen, der Rest achtet darauf, dass er uns nicht durch die Finger schlüpft.«

Mehr war nicht zu sagen, auch das sagte sie nun schon zum dritten Mal. Sie sah zu der Gasse hin, die hinter Lesrens Haus führte, und nickte grimmig.

»Dann los.«

»Ist das das Haus?«, fragte Lorentha wenig später Bosco. Der sah nach oben, zählte Dächer ab und nickte.

»Ja, das ist es«, meinte er und beäugte die stabile Tür vor ihnen. »Man könnte meinen, er hätte sich auf eine Belagerung vorbereitet. Aufbrechen können wir die nicht.«

»Dann hoffen wir mal, dass man sie uns öffnen wird«, knurrte Lorentha und zog ihr Schwert und mit der rechten Hand eine ihrer Pistolen.

Plötzlich waren Lärm und gedämpfte Schreie zu hören, schließlich ein Schuss und ein Schrei. Bosco und Lorentha sahen sich an und dann auf die schwere Tür, die ihnen noch immer den Weg verwehrte. Götter, bat Lorentha in Gedanken, lass sie aufgehen.

Ihr Wunsch wurde auf der Stelle erfüllt, die schwere Tür flog ihr entgegen und stieß sie zurück, ein Mann in Hose, weißem Hemd und Reiterstiefeln rannte sie fast um, sah Lorentha, hob die Pistole in seiner Hand und drückte ohne zu zögern ab.

Fast war ihr, als könne sie die Kugel sehen, sie drehte sich zur Seite weg, schob in derselben Bewegung Bosco aus der Flugbahn. Die Kugel peitschte zwischen ihnen hindurch, um so nah an Boscos Gesicht in einen Balken einzuschlagen, dass einer der umherfliegenden Splitter ihm die Wange aufriss, doch Lorentha achtete schon nicht mehr darauf. Der Mann rannte, schlug Haken, doch Lorentha hob langsam die Hand mit der Pistole, zielte ... und schoss.

Sie hätte ihn nicht treffen dürfen, er wich in dem Moment zur Seite aus, als sie abdrückte, doch dorthin hatte sie auch nicht gezielt, sondern dorthin, wo er sein würde. Die schwere Kugel traf ihn am Oberschenkel und warf ihn zu Boden, er schrie und fluchte und versuchte, kriechend zu entkommen. Langsam ging Lorentha auf ihn zu, die Pistole auf ihn gerichtet.

»Halt, wartet!«, rief er, als er ihre Marke sah, den goldenen Wolf erkannte. »Tut nichts Falsches, Hauptmann Mollmer war mein Freund!«

»Ich fürchte«, sagte sie kalt, während sie die leere Pistole von ihm wegtrat, »du hast da etwas falsch verstanden.«

Hinter ihr tauchten Vargil und Emlich auf, Letzterer mit einem blutigen Streifen an seinem linken Arm.

»Schnürt ihn zusammen«, befahl Bosco ihnen. »Aber achtet darauf, er wird noch ein ...«

Es war ihr Fehler, meinte Lorentha später, dass sie die Unerfahrenheit Vargils nicht bedacht hatte. Nur darauf konzentriert, den Mann zu fesseln, trat der junge Gardist zwischen den Hurenhüter und Lorenthas Pistole. Er bemerkte seinen Fehler einen Lidschlag zu spät. Selbst Lorentha beobachtete nicht genau, was geschah, hörte nur Vargil aufstöhnen und sah, wie er sich krümmte. Als er zur Seite wegfiel, klaffte ihm die Kehle auf, aus der sich ein Sturzbach schäumenden Bluts ergoss. Der Hurenhüter hielt Vargils Pistole in der Hand, fest auf Lorentha gerichtet und drückte ab.

Die Welt wurde still und erstarrte, als Funken träge aus der Mündung krochen, und dann, in einer Wolke von Rauch und Feuer, die sich nur schwerfällig Lorentha entgegenwölbte, folgte der schwarze Schatten der Kugel, die sich drehend auf sie zubewegte. Es war nicht wie damals in der Kutsche, hier war es so, als ob ihr Körper aus Blei wäre, ihren Befehlen nicht mehr Folge leisten wollte.

Sie verstand nicht, was hier geschah, aber es bot sich ihr eine letzte verzweifelte Möglichkeit.

Dumm-de-la-de-la, pochte es in ihren Schläfen, als sie, viel zu langsam, Schwert und Pistole ihren Willen aufzwang und sie sich bewegten.

Dumm-de-la-de-la, pochte die Magie, als sich Form und Geste zu einem Sandkorn falteten und wieder öffneten.

Dumm-de-la-de-la, sang es in ihrem Blut, als Schwert und silberbeschlagene Pistole die Form einnahmen, die für Dolch und Schwert bestimmt war, das Stöckchenspiel mit Namen Schild.

Ein helles Klingen ertönte, Lorentha senkte die Pistole, an deren stählernen Läufen noch kurz die Kugel haftete, bevor sie harmlos auf den Boden fiel, und drückte ab.

Kein solches Wunder schonte den Hurenhüter, Lorenthas schwere Kugel traf ihn an der Schulter und zerschmetterte sie ihm, kraftlos fiel sein Arm herab, während zu ihren Füßen Vargil, der jüngste Gardist ihrer neuen Garda, der kaum einen Tag unter ihrem Kommando gedient hatte, fragend zu ihr aufsah, als wolle er von ihr zuletzt noch wissen, wie es dazu kam, dass er jetzt hier sterben musste.

So schnell war all das gegangen, dass Bosco und Emlich kaum etwas mitbekommen hatten, doch dass Vargil zu ihren Füßen in einem See von Blut mit einem leisen letzten Seufzen erschlaffte, entging keinem von ihnen.

»Götter!«, fluchte Bosco, doch da kniete sich die Majorin schon vor den Jungen, um ihm am Hals den Puls zu fühlen, eine sinnlose Geste, solange das Herz noch geschlagen hatte, hatte es ihm das Blut aus der offenen Kehle gepumpt.

Als die Majorin sich aufrichtete und der Leutnant ihr Gesicht sah, musste Bosco schlucken, selten hatte er einen so unbarmherzigen Blick gesehen wie den, den sie nun auf den

Hurenhüter richtete, der winselnd und zitternd in einer Lache aus seinem und Vargils Blut inmitten des Drecks der schmalen Gasse auf dem Boden lag.

Sie bückte sich und packte ihn an der unverletzten Schulter, riss ihn scheinbar mühelos hoch und drückte ihn gegen die Wand, um ihn aus schwelenden grünen Augen anzusehen.

»Ich stelle meine Fragen nur ein Mal«, sagte sie, während sie ihr Schwert wegsteckte und ihren Dolch zog, der hier im Schatten der engen Gasse schwach zu leuchten schien. Eine Ader pochte an ihrer Schläfe. »Wo finde ich Mollmers Versteck, und was weißt du über Lord Visal, Serrik und einen Don Amos?«

»Er bringt mich um«, röchelte der Hurenhüter. Wieder spürte sie das Pochen in ihrem Blut, es war, als ob es sie erfüllen würde, als ob ihr Herzschlag nur dieses eine Muster kannte.

»Sag es mir«, sagte sie ganz leise. »Oder du wünschst dir, dass er es tut.«

Was der Hurenhüter in ihren Augen sah, wusste Bosco nicht, er wollte es auch gar nicht wissen, doch sie musste ihm wie ein Dämon aus tiefsten Höllen vorgekommen sein, denn nun fing er an zu erzählen, zu beichten und zu wimmern, ein wahrer Strom aus Worten stürzte aus ihm hervor, bis sie irgendwann ihre Finger lockerte und ihn fallen ließ und er sich vor ihren Füßen wand und wimmerte.

Ohne dass sie es bemerkt hatte, hatten auch die anderen Gardisten ihren Weg in diese enge Gasse gefunden. Jemand hatte Vargil auf den Rücken gebettet und ihm ein Tuch um den Hals geschlungen, um die klaffende Wunde zu verbergen, und die Augen geschlossen. Jetzt sahen sie alle grimmig auf den Hurenhüter herab, der einen der Ihren auf seinem ersten Einsatz erschlagen hatte.

Lorentha schaute zu Bosco hin.

»Ihr habt gehört, was er gesagt hat. Ich hätte euch alle gern an meiner Seite, aber es ist zu weit für einen Marsch, und jemand muss sich um dieses Stück Dreck hier kümmern.«

»Keine Sorge«, sagte Bosco kalt, ohne den Blick von dem wimmernden Mann zu wenden. »Wir kümmern uns um ihn.«

Barlin riss die Tür auf, kaum dass sie den Klopfer in die Hand genommen hatte, und schaute die blutbeschmierte Erscheinung vor ihm erschrocken an. Hinter ihm trat Raphanael hervor, warf einen Blick auf ihre blutige Rüstung und das erschöpfte Pferd am Zaun.

»Was ist geschehen?«, fragte er besorgt. Hastig suchte sein Blick sie nach Wunden ab, aber er konnte keine erkennen. »Ist das dein Blut?«

»Ich weiß, wo sie sind«, sagte Lorentha atemlos. »Und nein, das Blut ist von einem guten Mann, für den ich später beten werde. Nur brauche ich ein neues Pferd.«

Barlin sah hinunter zu dem armen Tier und nickte leicht. »Das sieht man.«

»Es ist eine alte Mühle«, erklärte sie den beiden, während sie ihr Pferd sattelte. »Sie soll nahe einem fast ausgetrockneten Bach stehen, hinter einem vom Blitz geteilten Baum.«

»Ich weiß, wo das ist«, grollte Raphanael. »Es ist zu Pferd nicht eine Stunde hin.«

»Gut«, sagte sie und zog ein Pulverhorn aus ihrer Satteltasche. »Lass mich noch eben nachladen.«

Es waren meisterhafte Waffen, der Stahl der beste, den man im Frankenreich bekommen konnte, dennoch hatte die Kugel einen Schatten auf den glänzenden Läufen hinterlassen. Raphanael sah ihn und hielt ihre Waffenhand fest.

»Was ist geschehen?«, fragte er leise.

»Eine Kugel schlug dort auf«, gab sie ihm Antwort. »Es ist nichts, ich hatte Glück.« Damit, sah er in ihren Augen, musste er sich zufriedengeben.

Nein, dachte Lorentha bei sich, als sie die Kugeln in die Läufe schlug, Glück war das nicht gewesen, es war Magie und ein fast vergessenes Stöckchenspiel. Zu einem anderen Zeitpunkt, dachte sie grimmig, hätte sie Raphanael dazu befragt oder gegrübelt, was ihre Mutter sie noch alles mit dem Spiel gelehrt hatte, doch jetzt war nicht die Zeit dazu. Das Einzige, das sie noch in Ruhe tat, war, die Pistole zu überprüfen, doch als sie sich dann in den Sattel schwang, gab es auch für sie kein Halten mehr.

Ein Handel mit dem Tod

40 Es war das erste Mal gewesen, dass Raban erlebte, dass Mort nicht über göttergleiche Kräfte verfügte und nicht alles schon im Voraus wusste, denn als sie Lord Visal und Don Amos auf Pferden davonreiten sahen, fluchte er lange und ausdauernd. Zuerst sah es fast aus, als ob er sie zu Fuß verfolgen wollte, aber dann schüttelte er nur verärgert den Kopf ... und trottete im Laufschritt hinab zum Hafen, Raban auf seinen Fersen.

Natürlich, dachte dieser bitter, musste der alte Mann zum Geisterhafen, dort, wo es hieß, dass in dunklen Nächten längst versunkene Schiffe anlegten. Kalte Finger schienen ihm in den Nacken zu greifen, während vor ihm Mort ungerührt das schwere Schloss aufsperrte und die Kette herauszog, um das Tor zu der verwunschenen Anlegestelle weit aufzustoßen.

Ein Schiff lag dort vor Anker, das in einem fahlen Weiß zu schimmern schien, dunkel und verlassen ... bis ein Lichtspalt auf dem Deck erschien, als sich eine Tür öffnete. Mehr als ein Schattenriss war dort nicht zu sehen, er bewegte sich auch nicht, als Mort das Tor zum alten Lagerhaus aufzog und mit langen Schritten zu den vier Pferdeställen ging, die in der Ecke errichtet worden waren. Raban sah sich staunend um, beschaute sich die zwei Kutschen, den schweren Wagen, den langen Tisch, auf dem Waffen lagen, von denen er manche vorher nie gesehen hatte, und eine Kiste, die, achtlos aufgelassen, ein goldenes Schimmern offenbarte.

Es musste das erste Mal sein, dachte Raban, als er sich von dem Anblick losriss, um dem alten Mann beim Satteln zu helfen, dass es ihm nicht in den Fingern juckte, wenn er Gold so offen liegen sah.

»Was wäre geschehen, hätte ich mich an der Truhe dort vergriffen?«, fragte er, als er sein Pferd, ein prächtiges Tier, nachtschwarz, nur mit einem Strumpf und einer Blässe auf der Stirn, aus dem alten Lagerhaus führte.

»Du wärest gestorben.«

»Ich bin ein guter Dieb.«

»Dann wärest du später gestorben.«

Warum frage ich, dachte sich Raban, es kommt doch immer auf das Gleiche heraus. Er zog sich seufzend in den Sattel, es war Ewigkeiten her, dass er zuletzt geritten war, und der Boden erschien ihm doch sehr tief.

»Trödele nicht«, rief Mort und ritt hart an. Raban sah zum Schiff zurück, doch Licht und Schattenriss waren verschwunden, und das Schiff lag still und tot im Hafen.

Nein, schwor sich Raban. Ich frage besser nicht.

Als sie am Tor anhielten und ihm der alte Mann bedeutete, es für ihn zu schließen, fühlte Raban nicht nur die kalten Finger, er hörte auch den kalten Wind in seinem Ohr eine Warnung flüstern.

Auch du wirst sterben.

Ja, dachte Raban grimmig. Nur jetzt noch nicht.

Sogar Mort zeigte Zeichen von Ungeduld, bis Raban endlich mit der Wache am östlichen Tor handelseinig wurde. Ja, der Herr in rotem Samt war hier durchgeritten, und er hatte weitaus reichlicher gegeben als jemand, der zu geizig war, um eine solche Antwort überhaupt zu verdienen. Ein Geldstück mehr wechselte den Besitzer. Lord Visal war auch dabei gewesen, aber er war in der Stadt verblieben. Das Tor solle er ihm öffnen? Als die Wache wieder fordernd die Hand aufhielt, war Raban versucht, ihn mit kaltem Stahl zu bezahlen, doch er zwang sich, ruhig zu bleiben, und legte ein ganzes Goldstück obenauf.

»Wenn du noch mehr willst«, grollte er, »erzähle ich deinem Eheweib von deinem letzten Abenteuer.«

»Göttin«, entfuhr es dem Mann, als er hastig nickte. »Wie kannst du davon wissen?« Kunststück, dachte Raban, ein Mann, der nachts den Dienst am Tor versieht ... oftmals wollten auch Damen bei Nacht aus der Stadt hinaus, und manche zahlten halt mit anderer Münze.

»Ich weiß vieles«, sagte Raban bedeutungsvoll. »Jetzt öffne endlich dieses Tor!«

Die letzten drei Tage hatte es nicht geregnet, der Boden war hart und trocken, und unzählige Spuren führten von dem Stadttor weg. Wie Mort überhaupt aus den vielen Spuren die richtige lesen konnte, war ihm ein Rätsel, zumal der Mond nur zum Teil zu sehen war. Doch war es wohl auch für ihn nicht einfach, denn immer wieder verlor der alte Mann die Spur. Einmal stand der Todeshändler da und schaute grimmig in die Welt hinaus, als ob er etwas suchte, um es zu erschlagen. Raban schwieg, das erschien ihm besser; erst als nach einer halben Ewigkeit Mort die verlorene Spur doch wieder fand, erlaubte er es sich zu atmen.

Auch der Todeshändler sagte nichts. Immer wieder stieg er ab und untersuchte die Spuren, um dann langsam weiterzureiten. Erst als die Spur den Weg verließ, ging es schneller voran, allerdings nur, bis sie sich in einem trockenen Flussbett verlor.

»Ha«, sagte Mort. »Da hält sich jemand für besonders schlau und vergisst, dass er es auch wieder verlassen muss.«

Womit er recht behielt, stellte Raban wenig später fest, als sogar er im ungewissen Licht der Dämmerung die Spur wahrnahm, die das Pferd hinterlassen hatte, als es sich die Böschung hinaufkämpfte.

Beinahe wären sie dann ertappt worden, als einer von Serriks Männern in vollem Galopp an ihnen vorbeitobte, doch er sah sie nicht und bewies so nur, dass Mort die richtige Spur gefunden hatte.

Bei Sonnenaufgang hatten sie das Haus gefunden, die Pferde weit zurückgelassen und auf einem kleinen Hügel unter einem Baum, gut durch dichtes Gebüsch gedeckt, Position bezogen.

Beide sahen sie die alte Frau, die vor dem Haus auf einer Bank saß, mit einer Kette am linken Fußgelenk, und das Mädchen, dessen linker Arm nur ein Stumpf war, der mit einem dreckigen Lappen umwickelt war. Beide, alte Frau und junges Mädchen, hatten sich wohl kräftig gewehrt, vor allem die Kleider der alten Frau waren verdreckt und zerrissen, und sie blutete aus einem Schnitt im Gesicht. Das Mädchen hielt ihren Stumpf mit ihrer gesunden Hand und schmiegte sich an ihre Großmutter. Sie weinte nicht, doch ihr Gesicht schien auch auf die Entfernung leer, sie saß nur da und reagierte nicht, als die Großmutter auf ein Eichhorn zeigte.

Es war ohne Zweifel der richtige Ort, Serrik und seine Männer hatten sich dort eingerichtet, zwei Huren waren ebenfalls dabei und waren wohl sehr gefragt, denn nur einmal sah man eine, leicht bekleidet, und bevor sie mehr als einen Schritt zur Tür hinaustun konnte, zog einer von Serriks Männern sie schon wieder in das Haus hinein.

Als sie das Mädchen mit dem Stumpf gesehen hatten, war Mort neben ihm erstarrt, um dann ganz langsam auszuatmen.

»Das ist Lord Raphanaels Tochter«, erklärte er Raban mit einer Stimme, die nicht mehr ganz so ruhig war wie zuvor. »Und seine Mutter. Sie haben sie entführt.«

»Götter«, grollte Raban und starrte auf den blutigen Stumpf. »Selbst wenn sie es nicht wäre, will ich jemanden dafür sterben sehen.«

»Das wirst du, Junge«, versprach Mort rau. »Spätestens wenn das junge Fräulein ihren Weg hierher findet.«

»Und wie?«, fragte Raban. »Selbst Ihr hattet Mühe damit.«
»Wenn es einen Weg gibt, wird sie ihn finden.«
»Und wir? Was tun wir? Wir müssen ihr helfen!«
»Das können wir nicht«, grollte der alte Mann. »Jetzt noch nicht.«
»Aber sie verblutet«, begehrte Raban auf.
»Ich weiß«, sagte Mort grimmig. »Aber mich binden Regeln, die du noch nicht verstehst. Wir dürfen noch nicht eingreifen, es ist nicht im Sinne des Vertrags. Da ich sonst nichts tun kann, werde ich mich schlafen legen.«
»Ihr könnt Euch doch nicht einfach hier zum Schlafen niederlegen?«, fragte Raban entgeistert.
»Und ob ich das kann«, sagte der alte Mann, drehte sich hinter dem Busch auf den Rücken und zog sich den breitkrempigen Hut über das Gesicht. »Du wirst mich wecken, wenn Amos sich dir zeigt.« Er hob den Hut wieder an, um Raban mit einem harten Blick zu bedenken. »Du darfst ebenfalls nicht eingreifen, bevor ich es dir erlaube, sonst muss ich dein Leben nehmen.«
So, wie er das sagte, unterschied es sich von den anderen unzähligen Drohungen, mit denen Mort Raban sein Ende angekündigt hatte; diesmal meinte er es ernst.
Langsam nickte Raban. »Ich werde Euch wecken, wenn sich etwas rührt.«
»Gut«, sagte Mort und zog seinen Hut wieder ins Gesicht.

Es dauerte nicht lange, bis sich etwas rührte. »Mort, wacht auf!«
»Ich bin wach«, kam die brummende Stimme, jedoch ohne dass der alte Mann sich regte. »Sag mir, was du siehst.«
»Serrik und dieser Aragone, sie reden miteinander, und der Don scheint die Anweisungen zu geben. Ein Mann führt dem Don ein Pferd herbei … Mort, der Aragone will davonreiten!«
»Lass ihn«, brummte der alte Mann.

»Ich dachte, er wäre der Kern des Ganzen?«

»Nicht mehr. Jetzt sind es das Mädchen und die Baroness. Wecke mich, wenn ein Teil von ihnen davonreitet.«

»Warum denkt Ihr, dass sie sich trennen werden?«, fragte Raban.

Der alte Mann seufzte unter seinem Hut. »Weil sie Lord Raphanael eine Falle stellen werden. Dort vor der Scheune im Hackklotz steckt das Beil, als wir kamen, war das Blut noch feucht, der Reiter, den wir sahen, brachte Lord Raphanael die Hand. Don Amos will ihn erpressen. Es mag ihm auch bei dem Lord gelingen, nur das junge Fräulein wird sich nicht dadurch erschüttern lassen. Also wecke mich, wenn sie sich teilen.« Ein Atemzug verging, ein nächster. »Oder wenn das junge Fräulein kommt.«

Das junge Fräulein kam zuerst. Verflucht, dachte Raban, was macht Loren da? Er stieß den alten Mann an. »Sie haben sich noch nicht geteilt, und Loren kommt den Weg heraufgeritten, als wäre sie nur zum Vergnügen hier«, knurrte Raban. »Göttin, was tut sie nur?«

»Den Köder spielen«, sagte Mort und richtete sich auf. »Es sind noch alle da?«

»Serrik und sechs seiner Leute, die beiden Huren und die alte Frau und das Kind. Dem geht es gar nicht gut, es scheint mir fiebrig.«

Mort stand auf und reichte Raban die Hand, um ihm ebenfalls aufzuhelfen. »Du sagst, du bist gut mit deinen Messern. Und im Schleichen. Selbst wenn die Sonne scheint?«

»Ja«, sagte Raban, auch wenn ihm die Nacht doch besser lag.

»Wenn sie hier im Westen die Straße entlangkommt, dann kommen die anderen von Osten, sehe zu, dass du dich zur Baroness hinarbeiten kannst und sie und das Kind beschützt, achte nur auf die Tür dort; wer hindurchgeht, stirbt. Nur das ist deine Aufgabe.« Ein hartes Lächeln spielte um Morts

Mund. »Wenn du ihre Kette lösen kannst, ist es noch besser. Kommt es zu hart für dich, nimm das Kind und renne davon, selbst wenn es bedeutet, dass die Baroness stirbt. Sie würde es so wollen, dass das Kind lebt, auch wenn sie dafür sterben muss.«

Raban nickte grimmig und lockerte seine Messer in den Scheiden.

»Und Ihr?«

»Ich werde tun, was ich am besten kann«, sagte Mort und zog seine Handschuhe stramm, bevor er sein Schwert zog und fest in beide Hände nahm. »Ich werde den Tod verteilen gehen.«

»Warum jetzt und nicht zuvor?«, fragte Raban verständnislos.

Mort nickte zu der fernen Reiterin hin. »Weil mein Vertrag sich auf sie bezieht. Und nur auf sie.«

Serrik hatte einen seiner Männer als Wache abgestellt, doch der hatte es sich auf einer Kiste bequem gemacht. Vielleicht hatte er es bei den Huren oder mit dem Wein übertrieben, er schien zu dösen. Als er den Hufschlag hörte, war die Majorin schon näher an dem alten Mühlenhaus heran, als sie es sich erhofft hatte.

»Die Majorin!«, rief er und sprang auf, um nach seinem Schwert zu greifen. Doch bevor er dazu kam, ertönte laut ein Schuss. Knall und Pulverdampf ließen das Pferd der Majorin steigen, während die Wache in sich zusammenbrach. Kaum hatte das Pferd die Vorderhufe auf dem Boden, gab Lorentha ihm die Sporen. Einer der anderen Deserteure eilte aus dem Haus, in der Hand hielt er eine Pistole, doch die Kugel traf nur ihr Pferd, als sie ihn niederritt. Das Pferd schrie wie eine gequälte Seele auf und scheute, doch Lorentha sprang schon aus dem Sattel, sie rollte sich zur Seite weg, zu dem hin, der sich gerade aufzurichten versuchte, und stach einmal nur zu, um durch die Seitentür ins Haus zu rennen.

Raban hörte zwei Schüsse aus dem Haus, nach kurzer Pause einen dritten, Schreie. von Männern und den beiden Huren, aber er war zu beschäftigt, darauf zu achten.

»Ich bin ein Freund Eures Sohns, Baroness«, presste er zwischen Zähnen hervor, die eine seiner Klingen für ihn bereithielten, während er geschickt mit zwei gebogenen Federn an dem Schloss an ihrem Fußgelenk hantierte. Kette und Schloss stammten aus den Beständen der Garda, keine schlechte Ware, aber nichts, das ihn länger aufhalten sollte.

Eine Bewegung an der Tür, Raban fluchte, beinahe hätte er das Schloss schon offen gehabt, so aber musste er die Klinge werfen. Der Mann in der Tür sah ihn erstaunt an und griff an seine Kehle, wo ihm ein Messer gewachsen war, und fiel nach hinten weg.

Durch die Tür sah Raban Lorentha über einen Toten steigen und sich suchend umsehen. Hinter ihr trat einer der Deserteure hinter dem Schrank hervor, wo er in Deckung gegangen war, und legte mit einer Pistole auf sie an, ein breitschultriger Schatten trat neben ihn und schlug ihm mit der flachen Hand hart vor die Stirn.

Als Lorentha herumwirbelte und drohend ihr Schwert anhob, sah sie nur den Mann, der zuckend vor ihr auf die Knie fiel. Staunend sah sie Raban vor der Baroness knien, in seinen Händen sprang ein Kettenschloss auf, er grinste breit und mit einer angedeuteten Verbeugung sprang er dann zur Seite weg.

Sie kam hastig durch die Tür und sah sich um, schaute in die feuchten Augen der Baroness und in das blasse Gesicht von Raphanaels Tochter, doch Raban war nicht mehr zu sehen.

»Lorentha!«, rief eine Stimme, sie sah auf, Raphanael rannte auf sie zu, mit der Fanfarenflinte in der Hand, und stieß sie zur Seite weg. Die Flinte spuckte mit mächtigem Getöse Rauch und Feuer und eine Menge Blei in den Raum hinter ihr, wo das, was die Flinte von Leutnant Serrik übrig ließ, bis zur nächsten Wand geschleudert wurde.

Schwer atmend standen sie da, sahen sich gegenseitig an, dann fuhren sie zugleich herum, doch es war Barlin, der dort um die Ecke kam.

»Sie sind alle tot«, sagte Barlin atemlos und wischte ein blutiges Messer an seiner Hose ab. »Nur oben sind noch zwei kreischende Huren, ich habe den letzten von den Kerlen bei einer aus dem Bett gezerrt.« Lorentha nickte, dann kniete sie sich neben die Baroness, um diese zu stützen, als sie mit zitternden Lippen und tränenüberströmt ihrem Sohn sein Kind entgegenhielt, das nun blass und bleich in seinen Armen lag. Er hielt es wie den größten Schatz mit einem Arm, während er leicht einen Finger in seine Halsbeuge legte, noch bleicher wurde und sein Ohr über den zarten Mund des Kindes hielt.

Ein Stöhnen entwich ihm, dann schrie er gequält auf, als er sein Kind an sich presste und vor und zurück wippte, es in seinen Armen hielt und drückte und liebkoste, während es schlaff in seinen Armen lag.

»Eben noch hat sie geatmet«, sagte die Baroness tonlos und sah auf die geöffnete Kette hinab, als wüsste sie nicht, was sie dort sah. »Dann tat sie einen Seufzer, ganz leise nur … und ging. Sie ist bei Jesmene, Raphanael«, weinte sie. »Jesmene wird auf sie achten, das ist der einzige Trost, den wir noch haben.«

Lorentha sagte nichts, sie sah nur hilflos zu, fühlte Raphanaels Schmerzen. Sie kannte sich mit dem Adel aus, sie hatte ja oft genug mit ihm zu tun gehabt. Es galt die Regel dort, sich von den Kindern eher distanziert zu halten, sie nahmen nicht am Leben der Eltern teil, Ammen, Gouvernanten, Hauslehrer und andere kümmerten sich um sie, nur manchmal wurden sie den Eltern präsentiert, als schien es, dass man sie erinnern müsste, dass es sie noch gab.

Erst wenn sie fünfzehn waren, die Gefahr, einen Kindstod zu erleiden, überstanden schien, erst dann schien man sie zu bemerken, aber es blieb meist eine Distanz, die wenig Liebe zuließ. Ähnlich verfuhr man mit den Frauen, auch sie starben zu oft im Kindsbett, als dass man darauf hoffen konnte, ein langes Leben mit ihnen zu teilen. Liebe spielte selten eine Rolle, die Ehe war ein Geschäft, um Macht und Reichtum zu mehren.

Als sie zu ihrem Vater zurückgekehrt war, hatte er sich sehr distanziert gezeigt, und ohne weiter darüber nachzudenken, hatte sie ihn mit anderen in einen Topf geworfen und vergessen, dass es einst anders gewesen war.

So musste er sich gefühlt haben, dachte sie jetzt, während ihr nun selbst die Tränen aus den Augen liefen. Für wen sie gerade weinte, wusste sie selbst nicht so genau, für Arin, für sich, für Raphanael oder für sie alle.

Raphanaels Schmerz zu sehen und zu fühlen, gewährte ihr einen Einblick in das, was ihr Vater gefühlt haben musste, als er Nachricht erhielt, dass ihm die Frau ermordet und ihm sein Kind genommen worden war. Jetzt erst verstand sie, dass die Distanz ihm ein Schutz gewesen war, verstand sie diese Blicke, die er immer dann auf sie geworfen hatte, wenn er dachte, sie würde es nicht sehen, sah sie die Verzweiflung, als sie ihm so trotzig entgegengeworfen hatte, dass sie ihr Leben selbst bestimmen und in die Garda gehen würde, wo, wie man ja an Vargil sah, das Leben nicht eben ungefährlich war.

Er hatte sie schützen wollen, mit aller Kraft, das war der Grund für diese endlosen Kämpfe zwischen ihnen gewesen, und er hatte darin versagt. So wie Raphanael sich fühlen musste, auch wenn es der Götter Wille gewesen war.

Lorentha unterdrückte einen Seufzer, sie hatte den ersten Schritt getan, bald würde ihre Nachricht ihren Vater finden, nur dass sie jetzt wünschte, sie hätte ihm mehr geschrieben, ihm gesagt, dass sie ihn inzwischen verstand. Es war so ungerecht, dachte sie, als sie auf den Vater und das Kind herabsah. Raphanael hatte es anders gehandhabt als seine Standesgenossen, hatte seine Tochter in seinem Herzen getragen und nicht der Dienerschaft überlassen, es, in ihren Augen, somit richtig getan. Das sollte jetzt der Lohn dafür sein? Schmerz und Verzweiflung? Götter, dachte sie. Isaeth, du stehst für Gnade ein, und du hast solches zugelassen?

Doch dann spürte sie, wie sich ihre Haare aufstellten, Raphanael sah ebenfalls auf, als spüre auch er etwas, und ein Windstoß schien zwischen ihnen hindurchzugehen.

Nur Raban sah, wie Mort sich zwischen Lorentha und Raphanael hindurchdrängte und sich vor den verzweifelten Vater kniete, um unter seine Jacke zu greifen und eine kleine Phiole herauszuziehen, während die anderen um ihn herum ihn weder zu sehen schienen noch sich bewegten. Mort zog den Stöpsel mit seinen Zähnen und öffnete dem Kind den Mund, um die Phiole zwischen den blassen Lippen zu entleeren. Sorgsam und in aller Ruhe steckte er die Phiole wieder ein, zog einen Handschuh aus und legte seine Hand dem Mädchen auf die Stirn. Er sah zu Raban hin. Und zwinkerte ihm zu.

Arin hustete und öffnete die Augen, musterte die ungläubigen, tränennassen Gesichter um sie herum. »Vater, meine Hand tut weh«, beschwerte sie sich. »Obwohl sie nicht mehr da ist.«

»Es wird besser werden, ich verspreche es«, gab Raphanael erstickt Antwort.

»Es ist schon besser«, sagte sie, als ob sie ihn trösten wollte, und zog an seinem Arm, sodass er den verzweifelten Griff um sie löste und sie sich in seinen Armen aufrichten konnte, um sich suchend umzusehen. »Wo ist der Mann mit diesem Hut?«, fragte sie.

»Schatz«, sagte die Baroness heiser. »Niemand hier trägt einen Hut.«

Arin sah sich noch einmal um und nickte, um sich dann ihren Armstumpf anzusehen. »Er versprach mir, dass er wiederkommen wird. Wenn ich alt genug bin und nicht mehr wachsen werde. Dann will er mir eine neue Hand geben, besser als die, die ich verlor.«

»Es war kein Mann da«, sagte Raphanael leise. »Das musst du dir eingebildet haben.«

Sie schüttelte ihren Kopf, während sie ihren Stumpf vorsichtig betastete. »Es tut schon fast nicht mehr weh«, stellte sie erstaunt fest. »Nur die Finger kribbeln.« Sie sah zu ihrem Vater hoch. »Er war da, Vater. Er nannte sogar seinen Namen. Mort.«

Die Baroness erbleichte, um sich sogleich zu ihrer Enkelin vorzubeugen. »Wenn es Mort war, dann war er da ... und ist wieder gegangen. Aber es ist ein Geheimnis, von dem du niemandem erzählen wirst, verstanden?«

Arin nickte und zupfte an ihrem blutigen Verband herum.

»Mutter«, flüsterte Raphanael leise über Arins Kopf hinweg. »Setz ihr keine Flausen in den Kopf.«

»Vielleicht hat sie den Tod ja doch gesehen«, sagte Barlin rau und sah sich um, als stände dieser direkt hinter ihm. »Auf jeden Fall hat sie in einem recht, er war da und ist gegangen.« Er sah durch die Tür ins Haus, wo sich seinen Augen ein Schlachtfeld bot. »Wir haben ihm ja eine Auswahl dagelassen, er hatte genug, die er an ihrer statt hat nehmen können.«

»Wer ist dieser Mort, von dem Arin sprach?«, fragte Lorentha später die Baroness. »Ihr scheint zu wissen, wen sie meint.«

»Mortus. Gevatter Tod«, antwortete die Gräfin tonlos. »Angeblich ist dies sein Name. Manchmal, heißt es, entscheidet er, jemanden nicht zu holen, weil es vor der Zeit ist. Es sind alte Ammenmärchen ... aber ...«

Lorentha nickte langsam. Sie schaute zum Haus zurück. Barlin hatte recht. Sie hatten ihm mehr als genug zu holen dagelassen.

»Ich habe ihr versprochen, sie aufzusuchen, wenn sie erwachsen ist«, sagte der alte Mann mit rauer Stimme zu Raban. Er zog am Sattelgurt seines Pferdes und schwang sich in den Sattel. »Ich versprach ihr eine neue Hand. Es sind ein paar Jahre bis dahin, sollte ich es nicht mehr können, wirst du mein Versprechen halten.«

Raban nickte und stieg ebenfalls auf sein Pferd. Dann stutzte er. »Eine neue Hand? Wie ...«

»Bis dahin kennst du die Antwort. Versprich es mir.«

Raban nickte. »Ja, versprochen.« Doch er grübelte. »Sagt, ist Mort mehr als nur ein Name?«

»Ja«, sagte der alte Mann.

»Was bedeutet er?«

»Du musst noch Fränkisch lernen«, sagte Mort. »In der Sprache des jungen Fräuleins bedeutet das Wort Tod.«

So sehr überraschte es Raban nun nicht. Nur ... Er fasste sich ein Herz und ritt neben den alten Mann, der schon wieder den Boden musterte und dann die Spur des Aragonen aufnahm, und nahm dann all seinen Mut zusammen.

»Seid Ihr Er?«, fragte Raban rau.

Der alte Mann sah auf, und zuerst schien es, als ob er lachen wollte, doch dann sah er Rabans erschütterten Blick und besann sich.

»Der Tod gar selbst?« Mort schüttelte den Kopf. »Nein. Es ist nur ein Name«, erklärte er mit einem Schulterzucken. »Du kannst dich schon langsam daran gewöhnen, denn irgendwann wird er der deine sein.«

Erleichtert atmete Raban aus. Was irgendwann sein würde, scherte ihn im Moment noch nicht. Anderes schon.

»Wie habt Ihr das gemacht? Mit dem Kind, Raphanaels Tochter? Sie war schon von uns gegangen, als ich die Fessel löste. Ich weiß es. Ich sah es oft genug. Wieso hat Lorentha Euch nicht gesehen und ...«

»Junge«, knurrte der alte Mann mit hartem Blick. »Glaube mir, du willst mich nicht mit Fragen löchern.«

Raban sah störrisch drein.

»Du könntest Antworten erhalten«, drohte ihm der Alte und verbarg ein Schmunzeln, als Raban die Luft anhielt und hastig schwieg.

»Ich hoffe, du hast gut zugesehen?«

»Wobei?«, fragte Raban verwirrt.

»Ich habe dir bei dem einen Mann den Stirnschlag vorgeführt.«

Mort wartete.

Raban zuckte mit den Schultern. »Ich weiß nicht, was Ihr meint.«

»Auch gut«, sagte Mort und setzte sich bequemer im Sattel zurecht. Das konnte noch ein langer Ritt werden. »Es wird sich erneut Gelegenheit ergeben, ihn dir vorzuführen.«

»Hört Ihr das?«, fragte Raban und zügelte sein Pferd.

Mort hielt ebenfalls an und lauschte, doch er hörte nichts. »Deine Ohren sind jünger, Junge. Was hörst du?«

»Glocken«, sagte Raban. »Viele Glocken.« Seine Augen weiteten sich. »Das Läuten kommt aus der Stadt!«

»Schau sie dir an«, sagte Raphanael und wies auf seine Tochter, die versuchte, ein Eichhörnchen anzulocken und dann lachte, als es davonlief. »Es ist wahrhaftig ein Wunder. Sie glaubt so fest daran, dass der Tod wiederkommen wird, um ihr eine neue Hand zu bringen, dass sie sich jetzt nicht darum sorgt ... o Götter«, brach es plötzlich aus ihm heraus, und er stützte wieder den Kopf in die Hände, um zu weinen.

»Raphanael«, sagte Lorentha leise. Er sah mit feuchten Augen zu ihr auf.

»Schau zu Arin«, bat sie ihn.

Seine Tochter hatte genug von dem dreckigen Verband und zog ihn eben ab. Die Erwachsenen hatten darüber diskutiert, was sie tun sollten. Larmeth, davon waren sowohl die Baroness als auch ihr Sohn überzeugt, besaß Gaben zur Heilung, und man war sich einig gewesen, das Kind so schnell wie möglich zu der Priesterin zu bringen. Am Anfang waren sie besorgt um Arin gewesen, doch sie hatte sich ungewöhnlich schnell erholt, dafür war jetzt Raphanael um die Baroness in Sorge und fürchtete um sie, sollte sie reiten müssen. Barlin hatte eine alte Kutsche im Schuppen entdeckt, die aussah, als stamme sie noch aus Kaiser Pladis' Zeiten, mit zerschlissenen Polstern und Zeichen dafür, dass sie irgendwann als Hühnerstall gedient hatte, doch Barlin war sich sicher, dass man sie mit etwas Schmiere wieder benutzen könnte.

Das Problem war Arins Stumpf. Er hatte aufgehört zu bluten und wie das Kind behauptete, tat er ihr nicht mehr weh. Doch die Baroness hatte ihnen berichtet, wie grob Don Amos vorgegangen war, er selbst hatte das Beil geführt. Das Einzige, das man diesem Ungeheuer zugutehalten konnte, war, dass er sauber getroffen und nur einen Schlag gebraucht hatte, doch es war keine medizinische Amputation gewesen, noch hatte er sich die Mühe gemacht, den Stumpf in heißes Pech zu tauchen, wie es bei Hinrichtungen üblich war.

Er hatte dem Mädchen die Hand weit vorn abgetrennt, knapp zwischen Daumenansatz und Handgelenk, was von Vorteil war. Ein Arzt oder Priester hätte es anders getan, die Haut so vorbereitet, dass man sie hätte um den Stumpf legen können, damit sie dann verwuchs, doch außer ihr diesen Lappen fest um den Stumpf zu wickeln, hatte er Arin nicht versorgt. Sie war fiebrig gewesen und hatte so viel Blut verloren, dass man wohl glauben konnte, dass der Tod ihr so nahe gewesen war, dass sie mit ihm hatte sprechen können.

Leise hatten Lorentha, Raphanael und Barlin beratschlagt, was sie nun tun sollten. Lorentha hatte einmal eine Amputation gesehen, und auch wenn sie der Gedanke graute, hatte sie zögernd vorgeschlagen, es zu versuchen, den Knochen auszuschaben und die Haut über den Stumpf zu ziehen. Es wäre vielleicht besser, wenn sie es täten, aber tatsächlich hatte auch sie den Gedanken kaum ertragen können. Raphanael hatte sie seinerseits angesehen, als wäre sie ein Ungeheuer, bevor er ihre Sorge verstand. Man sah oft genug, wie der

Henker eine Hand nahm, aber sie wussten alle auch, dass nicht viele der Unglücklichen die Tortur überlebten.

Selbst wenn es notwendig sein mochte, sie hatten alle zu viel Furcht, ob Arin das noch überstehen würde, der Tod war einmal von ihr gegangen, ob er es ein zweites Mal tun würde, schien allzu ungewiss. Vielleicht war es nur Feigheit, vielleicht würden sie es später noch bereuen, doch da Arin nicht mehr blutete, hatten sie sich furchtsam dazu entschlossen, alles unberührt zu lassen, bis Larmeth einen Blick auf die Wunde werfen konnte, sie kannte sich wenigstens mit Heilung aus.

So blieb der dreckige Lappen, wo er war, weil sie alle zu furchtsam waren, sich das zu besehen, was unter ihm verborgen lag.

Doch jetzt hatte Arin diesen Lappen abgezogen und besah sich neugierig ihren Stumpf. Lorentha zog scharf die Luft ein, und auch Raphanael wurde bleich.

»Arin«, rief er leise, und das Kind eilte herbei.

»Zeig ihn mir«, bat er sie ruhig.

»Er sieht seltsam aus«, meinte Arin und tat, wie ihr geheißen. »Und hässlich«, fügte sie hinzu.

Man konnte die Knochen ihres Handgelenks erkennen, dazwischen Sehnen und Fleisch, am Schnitt war alles von einer dünnen Haut überzogen, am Schnittrand hatte sich die Außenhaut ein wenig nach innen eingezogen und war so verheilt. Keine Nässe, kein gefürchteter Wundbrand, kein Faulen.

Staunend gab Lorentha Arin recht. Es sah seltsam aus. Und hässlich. Es zog Lorentha den Magen zusammen, Arin so zu sehen, und sie musste mit den Tränen kämpfen. Aber die Wunde war geheilt.

»Mort sagte, dass es schnell gehen würde«, erklärte Arin und sah fragend zu ihrem Vater hoch. »Kann ich schneller älter werden?«, fragte sie. »Ich will meine Hand zurück.«

Raphanael und die Majorin sahen sich mit großen Augen an. Es gab vieles auf der Welt, das nicht leicht erklärbar war, gerade Raphanael mit seiner Ausbildung zum Hüter wusste das. Manchmal, bei allem Wissen und aller Weisheit, blieb auch ihm nichts anderes übrig als zu staunen, zu glauben und dankbar zu sein. Nicht nur wegen Arins wundersamer Heilung, sondern auch, weil sie so fest an das Versprechen des Todes glaubte, ihr, wenn sie erst erwachsen wäre, eine neue Hand zu geben. Dieser Glaube schien sie vor der Verzweiflung zu bewahren, die sie sonst sicherlich übermannt hätte.

Lorentha hingegen grübelte über ein anderes, kleineres Wunder. Die Baroness hatte ihr berichtet, dass sie einen Mohren gesehen hatte, der ihr die Kette von dem Fuß gelöst hatte, und in ihrem Stiefel stak eines von Rabans Messern, das sie dem Toten in der Tür aus dem Hals gezogen hatte, aber von Raban selbst fehlte jede Spur. Dass er einfach so wieder verschwunden war, passte wenig zu ihrem alten Freund, die große Frage allerdings war, wie er es vermocht hatte, hier zu sein.

Sie hatte sich dafür geschämt, aber sie hatte der Baroness die Frage stellen müssen, war Raban vielleicht ein Teil des Mordgelumps gewesen? Doch Raphanaels Mutter hatte sie nur erstaunt angesehen und es dann heftig verneint.

Es brauchte eine ganze Weile, bis Barlin die Kutsche so weit hatte, er ließ auch nicht zu, dass Raphanael ihm half, der sollte sich um seine Mutter und sein Kind kümmern.

Lorentha befragte ebenfalls die Huren, die mehr als nur verängstigt waren. Serriks Leute hatten ihnen recht übel mitgespielt, doch die Nachricht, dass der Hurenhüter Lesren nun in der Hand der Garda war, schien sie ein wenig aufzumuntern. Beide Huren waren noch jung, kaum älter, als sie es damals gewesen war, als Raban sie in den Hafen geschubst hatte, sie fassten schnell wieder Mut, und eine der beiden hatte ganz höflich gefragt, ob sie mit Arin spielen dürfte. Viel hatten die beiden Frauen nicht erzählen können. Sie bestätigten, was Raphanael und die Majorin bereits wussten, Serrik,

Lord Visal und Don Amos hatten unter einer Decke gesteckt. Serrik und Lord Visal sogar schon seit Langem.

Den Falken allerdings hatte keine der beiden Frauen je gesehen, nur hatten sie gehört, wie die Männer darüber spekulierten, was sie mit ihrem Anteil tun würden, wenn der Falke nicht mehr gebraucht und eingeschmolzen werden würde.

Lorentha hatte ihre Zweifel, ob Serrik und seine Männer das erlebt hätten; wenn Visal der Trick mit dem Falken gelungen wäre und dieser den Lord legitimiert hätte, hätte er ihn wohl kaum eingeschmolzen. Wahrscheinlich hatten die Deserteure heute ihren Lohn nur vorzeitig erhalten, Lorentha ging jedenfalls davon aus, dass sie so oder so in einem flachen Grab geendet wären.

In diesem Fall war es die alte Jauchegrube gewesen. Nur einer der Männer hatte noch ein wenig länger gelebt. Äußerlich schien er unberührt, nur schien er nicht mehr zu wissen, wer und was er war, er lag da und zuckte, und lediglich ein dünnes Rinnsal aus Ohren und Nase zeigte an, was mit ihm nicht stimmte. Sie fanden einen Baum für ihn, an dem sie ihn hochzogen, und damit war dieses Problem ebenfalls schnell gelöst.

Auch neu gefettet, knirschte und knackte die alte Kutsche zu sehr, als dass Barlin sie im Galopp erproben wollte, so war es eher ein gemächliches Schaukeln wie auf hoher See, das sie nur langsam wieder der Stadt näher brachte. Sowohl Lorentha als auch Raphanael ritten auf ihren Pferden und behielten die Umgebung im Auge, für den Fall, dass Don Amos zurückkommen würde, und so dauerte es recht lange, bis sie die Glocken hörten.

»Götter!«, fluchte Raphanael, als er sein Pferd neben das von Lorentha trieb. »Dieser Mistkerl!« Er sah sie mit aufgerissenen Augen an. »All das war nur ein Trick, um mich oder vielleicht auch dich aus der Stadt zu locken. Er wusste, dass ich nach meiner Familie suchen würde, und selbst wenn nicht, hätte er mich mit ihrem Unterpfand in der Hand gehabt! Sie haben niemals vorgehabt, bis zur Prozession zu warten, der Aufstand hat bereits begonnen!«

»Reitet!«, rief Barlin vom Kutschbock her und tat eine heftige Geste in Richtung Stadt. »Wartet nicht auf uns, reitet, vielleicht könnt ihr noch etwas retten!«

»Raphanael«, hörten sie die überraschend kräftige Stimme der Baroness, die gerade ihren Kopf aus dem Fenster der Kutsche steckte. »Tu, was Barlin sagt, reite, wir kommen allein zurecht!«

Visals Triumph

41 Sie ritten. Ritten wie die wilde Jagd, schonten weder die Pferde noch sich, aber so weit war es nicht mehr bis zum Tor, dessen Flügel zu ihrem Erstaunen weit offen standen. Ein paar Wachen gab es noch, sie lungerten herum und kümmerten sich wenig darum, wer aus der Stadt ein- oder ausging, und als sie ihre Pferde vor ihnen zügelten, sahen die Wachen gut gelaunt zu ihnen auf.

»Was ist hier geschehen?«, fragte Raphanael, während sie sich umsahen, um Spuren von Kämpfen, Leid und Tod zu erspähen. Nur dass es davon nichts zu sehen gab. Ein Strom von Menschen aus dem Umland drängte sich durch das Tor, viele schauten angespannt, aber einige lachten und waren guter Laune, manche der Frauen und Mädchen hatten sich sogar Girlanden aus Blumen in das Haar gebunden, als ob sie zu einem Volksfest gehen wollten.

»Wir haben die Stadt befreit«, teilte eine der Wachen ihnen mit und wies mit dem Finger auf Lorenthas goldenen Wolf. »Ihr steckt das besser weg, Major«, riet er ihr freundlich. »Es hat keine Bedeutung mehr, aber wir wollen nicht, dass Ihnen an diesem schönen Tag noch ein Leid angetan wird, weil man es missversteht.«

»Wie meint Ihr das, befreit?«, fragte Lorentha, die nicht die Absicht hatte, sich an den Rat des Mannes zu halten.

»Wie ich es sagte. Befreit. Heute Mittag ist der Herzog zusammen mit Vertretern des Adels, des Rats und der Stände zum Palast marschiert und hat dem Gouverneur Beweise vorgelegt, dass ihm das Herzogtum zu Recht zusteht. Graf Mergton studierte die Beweise und entschied, dass der Anspruch rechtens ist, und ließ seine Soldaten vor dem Palast antreten und die Waffen niederlegen, bevor er selbst seinen Degen dem Herzog zu Füßen legte und ihm die Schlüssel zu den Toren übergab.«

»Der Graf kann nicht entscheiden, ob es rechtens ist«, knurrte Lorentha.

»Nun«, meinte der Soldat schulterzuckend. »Er tat es.«

Die Gedanken der Majorin rasten, als sich das Bild Stück für Stück zusammenfügte. Das Teil des Mosaiks, das ihnen fehlte. Graf Mergton, der als dritter Rädelsführer mit Don Amos und Visal unter einer Decke stecken musste, nur so ergab dies alles einen Sinn. Der ganze Mummenschanz, all das Getue ... es musste ebenfalls damit zusammenhängen.

»Wo wollen diese ganzen Menschen hin?«, fragte Raphanael und wies auf die Menschen die sich durch die Tore drängten. Es waren Bauern aus dem Umland, Freie, Unfreie, Knechte, alle Stände und hier und da auch ein feiner Herr.

»Zum Tempelplatz, Eure Lordschaft«, erklärte die Wache. »Herzog Visal hat angekündigt, dass er dort durch ein göttliches Wunder den letzten Beweis erbringen will, dass nach weltlichem und göttlichem Recht das Herzogtum Aryn ihm gehört, und dass es der Wille von Isaeth ist, dass er die Herzogskrone tragen soll.«

Einer der anderen nickte. »Wir wären gern da, aber der Herzog ließ Boten senden und erinnerte uns an unsere Pflicht, hier die Ruhe zu wahren, bevor noch im Überschwang der Gefühle irgendetwas geschieht! Könnt Ihr Euch das vorstellen?«, sagte er und schüttelte ungläubig und glücklich den Kopf. »Nach zwei Jahrhunderten sind wir endlich frei von der Tyrannei des Kaisers!«

Ja, dachte Lorentha bitter. Und wenn es Visal gelang, sein Spiel bis zum Ende durchzubringen, dann würde es bald heißen, dass der Kaiser die Stadt bis aufs Blut ausgequetscht und versklavt hätte.

Sie erinnerte sich an die Vision am Altar des Tempels, an diesen jungen Mann, den Prinzen Pladis. Kaum ein gekröntes Haupt war imstande, die Ehe aus Liebe einzugehen, und auch er hatte seinem Vater deshalb trotzen müssen. Und doch war es bei Armeth und Pladis so gewesen. Sie war dabei gewesen, hatte ihn gesehen, hatte die Verträge studiert, die weit mehr als großzügig gefasst waren. Sie wusste, was danach geschehen war, kannte das Geheimnis der Schwermut, die den Kaiser den Rest seines Lebens plagte. Die Bruderschaft hatte mehr als nur das Leben einer jungen Frau genommen, sie hatte das Schicksal zweier Reiche umgeformt. Die Franken hatten eine Reihe großer Kaiser hervorgebracht, doch mit Pladis hatte auch seine Dynastie ein Ende gefunden. Heute trug Heinrich die Krone, Albrechts älterer Bruder, ein überlegter, ruhiger Mann, der vieles so genau bedachte, dass er manchen als unentschlossen galt. Kein schlechter Kaiser, dachte sie, aber Pladis wäre ein großer Kaiser gewesen, einer von denen, auf deren Legende das Frankenreich ruhte, ein Kaiser, den man hätte lieben können. So aber war er verbittert und ohne Erben in die Geschichte eingegangen, seine einzige Hinterlassenschaft war nur, dass die kaiserliche Fahne über Aryn wehte. Wenigstens bis jetzt.

Bei all den Bevorzugungen und Sonderrechten dieser Stadt von Tyrannei zu sprechen, empörte sie, doch der Mann wusste es nicht besser.

Lorentha und Raphanael tauschten einen Blick und trieben ihre Pferde an. Doch zwei Straßen weiter mussten sie sie zügeln, heute schien jedermann unterwegs zu sein, und die Menschen drängten sich dicht an dicht, sodass nicht daran zu denken war, schnell zu reiten.

Zähneknirschend gaben sie es auf. Auch wenn sie die Pferde nicht laufen lassen konnten, kamen sie doch ein wenig schneller voran, da man den Tieren auswich, und so sahen sie wenigstens, wohin es ging. Die ganze lange, gewundene Straße hoch zum Tempelplatz, wo sich Aryns Schicksal erneut entscheiden sollte.

Lorentha fühlte die Zeit im Stundenglas verrinnen. Sosehr sie sich auch mühten, sie kamen nicht schneller voran, in den Gassen war es noch schwieriger ... sie mussten es erdulden, hoffen, dass sie noch rechtzeitig kamen.

Nur, was dann?

Wie sollten sie sich Visal und Don Amos entgegenstellen? Dass sie Garda war und für kaiserliches Recht stand, zählte nichts, der Graf hatte die Stadt bereits aufgegeben, und was sollte Raphanael tun? Sein Eid band ihn, und käme es zu einem Kampf, müssten Unschuldige leiden. Sie hatten längst verloren, dachte Lorentha grimmig, und auch Raphanaels steinerne Miene verriet, dass er genauso dachte. Nur mussten sie es noch versuchen. Auch falls es letztlich dazu führen sollte, dass sie hilflos mitansehen mussten, wie eine ganze Stadt verraten wurde.

Da Raban und der Todeshändler keine Zeit mit einer alten Kutsche verloren hatten, war es für sie leichter gewesen. Noch waren nicht derart viele Menschen auf den Straßen; so kamen sie rechtzeitig, um zu sehen, wie auf einem reich geschmückten Wagen der goldene Falke in einer umgekehrten Prozession *hinauf* zum Tempelplatz gefahren wurde.

Gut vierzig harte Männer, in Uniformen von Blau und Gelb, den Farben der Stadt, gekleidet, schützten diesen Wagen, trieben die davon, die ihm zu nahe kamen. Auf der Ladefläche stand auf einem hölzernen Podest der Falke und glänzte golden in der Mittagssonne. Neben ihm, die Hand auf das goldene Gefieder gelegt, stand Lord Visal, der sich im Bewusstsein seines Triumphs sonnte. Don Amos war ebenfalls auf dieser Kutsche zu finden, er saß, ganz offensichtlich gut gelaunt, neben dem Kutscher auf dem Bock.

Er hatte ja auch wenig Grund zur Sorge, dachte Raban, als er hinter Morts breitem Rücken hereilte. Der Aragone wusste, dass sein Plan aufgegangen war. Eine kaiserliche Stadt auf manvarischem Grund, nein, ein ganzes Herzogtum unter dem Einfluss Aragons, ohne dass nur ein Tropfen Blut vergossen wurde.

Auch Mort war nicht bester Laune. Er hatte oft den richtigen Instinkt gehabt, richtig geraten, und Meister Hagenbrecht hatte ebenfalls vieles kommen sehen. Doch dass der Ordensmeister der Bruderschaft sowohl Lorentha als auch den manvarischen Hüter aus der Stadt locken würde, hatte keiner von ihnen vorhergesehen.

Es hätte Mort egal sein können, Lorentha lebte, dafür hatte Hagenbrecht bezahlt, doch zwanzig Jahre auf einer ungewohnten Seite hatten auch bei dem Todeshändler Spuren hinterlassen, und er fürchtete schon fast, dass es bald noch so weit kommen würde, dass er Gerechtigkeit als wichtig empfand.

Vielleicht war es auch nur so, dass Mort es diesem Aragonen und dem Lordling nicht gönnen wollte, dass ihr Plan Erfolg haben sollte. Das wird es sein, dachte Mort grimmig, als er die Menge vor sich teilte, die gar nicht wusste, warum sie es mit einem Mal als so dringlich empfand, einen Schritt zur Seite zu tun. Für Amos war bezahlt, für Visal nicht. Sollte diesem falschen Lord sein Spiel gelingen, würde es ihm keine Freude bringen. In einhundertundacht Jahren, dachte Mort entschlossen, konnte er es sich auch einmal leisten, mit dem Tod zu handeln, ohne dass jemand dafür bezahlte.

Nur dass er in diesem Moment keine Gelegenheit sah, den Handel zum Abschluss zu bringen. Dies war die Stunde von Visals Triumph, und auch wenn Mort es ihm nicht gönnte, zu verhindern war es nicht.

Raban hegte ähnliche Gedanken und bereute es, dass er Visal nicht selbst schon lange einen Schubs gegeben hatte, aber er fand es faszinierend, wie Mort die Menge vor ihm teilte wie ein scharfer Bug das Wasser. Niemand schien ihn wahrzunehmen, aber bei all dem Gedränge waren es Mort und Raban, die im fast normalen Schritt gehen konnten und so sogar imstande waren, langsam zu diesem Wagen aufzuschließen.

Als Visal und der Falke den Platz vor dem Tempel erreichten, hatten Mort und Raban den Wagen erreicht. Ab und zu sah Don Amos mit gerunzelter Stirn in ihre Richtung, doch auch er schien sie nicht wahrzunehmen.

»Wir sind nicht unsichtbar, Junge«, hatte ihm Mort bei anderer Gelegenheit erklärt. »Man sieht uns, nur nimmt man uns nicht wahr. Irgendwann wirst du es verstehen.«

Irgendwann war nicht jetzt, und Raban fand es noch immer unheimlich, dass man ihm direkt in die Augen sehen konnte, ohne ihn wahrzunehmen, aber man konnte sich auch daran gewöhnen.

Mort schien nichts von Pistolen oder Armbrüsten zu halten, jetzt wünschte sich Raban, es wäre anders. Für einen Wurf war Visal doch zu weit entfernt, aber ein gut platzierter Schuss hätte alles noch wenden können. Einer von Visals Männern trug eine dieser neuen Steinschlosspistolen in seinem Gürtel. Die Waffe war nur einen Griff entfernt, aber selbst das würde nichts ändern. Raban konnte mit einem Messer einer Fliege im Flug die Beine rasieren, aber mit einer Pistole würde er selbst dann kein Scheunentor treffen, wenn er in der Scheune stände.

Die Verschwörer hatten das Spiel gewonnen, es blieb nur, die Kaiserkarte auch noch auszuspielen, dann konnten sie mit ihrem erschlichenen Gewinn nach Hause gehen. Wieder hatte die Bruderschaft bewiesen, wie sie mit ihren Intrigen die Welt nach ihren Wünschen formen konnten, ungesehen morden und Schicksale stehlen konnten. An fast alles hatten sie gedacht und, ohne es zu wissen, mit Hagenbrecht sogar einen anderen ungekrönten Meister in seinem Spiel geschlagen.

Als Visals Wagen vor dem Tempel zum Stehen kam, blieb nur noch übrig, eine Rede zu halten und den Falken fliegen zu lassen, dann war es vollbracht.

Es war den Verschwörern als eine gute Idee erschienen. Der Falke stand als Sinnbild für die ganze Stadt, für den Segen einer Göttin. Flog er zu Visals Schultern und ließ sich auf ihm nieder, würde es für ihn schmerzhaft werden, aber niemand würde seinen Anspruch noch bezweifeln. Gegen die goldenen Krallen hatte Visal unter seinem kostbaren Wams ein Kettenstück und eine Platte angebracht, also sollte jetzt nichts mehr passieren.

ZORN. STRAFE.
GERECHTIGKEIT.

42 In ihrem Tempel, wo Raphanaels Schwester im Gebet vor dem Altar kniete, auf dem noch immer der echte Falke stand, sah die Hohepriesterin der Isaeth es ein wenig anders. Einen Segen zu erhalten, war das eine, ihn zu fordern, gar zu erschleichen, etwas anderes.

Nicht nur die Orden hüteten Geheimnisse, wussten, wie man Wunder wirkte. So machtvoll, wie die Orden auch waren, folgten sie weltlichem Geschick.

Das war das eine, das Don Amos übersehen hatte: Wahre Wunder waren nur dem Göttlichen gegeben.

Larmeth wusste, was sie tat, ihr Amt hatte sie zur Stellvertreterin der Göttin auf dieser Welt bestellt. Auch wenn viele nicht mehr an die direkte Macht der Götter glaubten, sie schritten ja nicht mehr über die Welt und warfen ihre Blitze, so wusste Larmeth es doch besser.

Ihr ganzes Leben hatte sie der Göttin schon gedient, seitdem sie als Kind staunend diesen Tempel betreten hatte, für sie war es Bestimmung, Berufung, Wunsch und Glück zugleich. Sie war der Arm der Göttin in dieser Welt, Wille, Schwert und Schild des Göttlichen, und in den heiligen Archiven lag der Weg verborgen, wie sie die Göttin rufen konnte.

Sie hatte das Ritual schon am frühen Morgen begonnen, sich von der Welt gereinigt, sich losgelöst, in tiefer Meditation auf das Göttliche besonnen … nur um von einem aufgeregten Boten zu erfahren, was Arin widerfahren war.

Sie hörte auch, wie ihre Priester davon tuschelten, wie der Graf die Stadt verriet, wusste, dass Don Amos und Visal in der Stadt gesehen wurden, wie sie ihren Bruder und die Majorin mit dem Blut des Kindes getäuscht hatten.

Obwohl die Lehren der Göttin ihr anderes geboten, war Larmeth, die Arins blasse Hand selbst gesehen und berührt hatte, jetzt von einem Zorn erfüllt, der all das zunichtemachte, was sie in den Jahren gelernt hatte.

Einen letzten Schritt, eine letzte Phase der Besinnung hätte es noch gebraucht, dann wäre sie so weit gewesen, imstande, ihre irdische Hülle aufzugeben, um dem göttlichen Willen einen Weg in diese Welt zu öffnen. Ihre Priester standen schon bereit, beteten mit ihr, warteten im Tempelschiff darauf, dass sie die Göttin selbst in der sterblichen Hülle ihrer höchsten Priesterin begrüßen konnten. Jeder, der hier stand und mit Larmeth betete, hätte sein Leben geopfert, um der Göttin einen Weg in diese Welt zu geben, doch es war Larmeths Wahl, ihr Schicksal ... und sie vermochte es nicht zu tun.

Das Ritual forderte Gelassenheit und Ruhe von ihr, Ergebenheit dem Schicksal gegenüber, und nicht einen unheiligen Zorn und diesen stählernen Willen, diesem Verrat zu trotzen. Dieser Wille sollte dazu dienen, sich frei der Göttin aufzugeben, sich in ihrem Opfer sicher zu sein – und nicht darin bestehen, auf den Platz hinauszutreten und vor allen diesem falschen Lord seine hämische Maske von der falschen Fratze abzuziehen!

Wieder und wieder begann sie ihr Gebet von Neuem, während sie durch die offenen Tempeltüren hörte, wie sich dort draußen die Menge versammelte und begann, dem falschen Herzog zuzujubeln. Es schien ihr wie ein Hohn, dass dieses Schauspiel, diese Posse, vor dem Tor dieses Tempels aufgeführt wurde und ...

Wieder war ihr die Meditation entglitten. Schon lange hätte sie in dieser Welt nichts mehr wahrnehmen sollen, sich lösen sollen, sich aufgeben ... doch es gelang ihr einfach nicht. Sie schämte sich dafür.

Lass es gut sein, Kind, hörte sie eine leise Stimme. *Es braucht mich nicht in deiner Welt ... ich würde den Tausch nicht wollen,* sprach die leise Stimme weiter, ein Flüstern nur, fern und doch so groß, wie die Weiten eines Ozeans.

Ich brauche dafür dich an diesem Ort. Es braucht auch diesen Zorn. Schäme dich nicht dafür, denn dieser Zorn ist nicht allein von dir, ich bin ebenfalls erzürnt, ich lasse mir meinen Segen nicht gerne stehlen. Also, Kind, wärest du an meiner Stelle, was würdest du jetzt tun?

Es war keine Frage, über die Larmeth lange grübeln musste. Ein seltsamer Puls ließ ihr Herz pochen, ein Rhythmus, so alt wie das Leben selbst, wie Ebbe und Flut der Ozeane und der Lauf der Gestirne. Er nahm sie auf, füllte sie, trieb sie, führte sie und zeigte ihr den Weg.

Dann tue es, hörte sie die ferne Stimme lächeln. *Worauf wartest du?*

Langsam stand Larmeth auf und schlug Kapuze und Schleier ihrer Robe zurück. Es war das große Ornat, in vierhundert Jahren war es nur zweimal getragen worden, weiße Seide, die wie Wasser um sie floss, mit feinen, leichten Stickereien, Runen, die seit Anbeginn der Zeiten überliefert waren und an die Gaben der Göttin erinnern sollten.

Die Priesterin hob langsam die linke Hand und führte sie über ihr Herz, dort, wo mit feinem goldenen Draht eine Rune eingewebt war, die seit jeher für die Göttin stand. *Gnade.* Gnade war es, die Isaeth ihren Gläubigen anriet. So lange schon, dass die Sterblichen scheinbar schon vergessen hatten, dass es keine Götter gab, die nicht auch streitbar waren.

Noch immer folgte Larmeths Herz diesem fernen Puls, trieb das Blut heiß und kalt zugleich durch ihre Adern. Unter ihren Fingern löste sich das feine Goldgespinst von dem Gewand und formte sich jetzt neu. Eine neue Rune wob sich in den Stoff. *Zorn.* Eine andere folgte. *Strafe.* Dann die letzte. *Gerechtigkeit.*

Larmeth ließ die Hand sinken, hob das Kinn und straffte sich und schaute sich im Tempel um. Schon vor Stunden hatten sie sich hier versammelt, um ihr bei ihrem Gebet zu den Füßen der Göttin mit eigener Andacht eine Hilfe zu sein. Entlang des Mittelgangs standen alle die, die in diesem Tempel ihrer Göttin dienten, von dem Kardinal, der nie aufhören würde, mit seinen Sünden zu ringen, bis hin zu einem kleinen Jungen, dem jüngsten ihrer Tempeldiener: Priester, Lehrer und Schüler der Tempelschule, auch die Gärtner und die Blumenmädchen, die den Garten der Göttin hegten und sie schmückten. Staunend, schweigend und auch furchtsam hatten sie mit angesehen, wie das goldene Gespinst aus Gnade Zorn, Strafe und Gerechtigkeit formte.

Alle sahen sie jetzt an und warteten auf das, was geschehen würde.

Larmeth trat vor und streckte den linken Arm aus, hinter ihr ertönte ein leises Surren, und der Falke breitete die Schwingen aus, um auf den Arm der Priesterin zu hüpfen.

Nur kurz verzog sie das Gesicht, als scharfe Krallen sich in Haut, Muskeln und Knochen bohrten und sich das Weiß des Ärmels zu blutigem Rot verfärbte.

Das Blut, das, wäre sie nicht in den Dienst der Göttin getreten, in den Adern einer Hüterin fließen würde, gab dem Falken das, was er für das Wunder brauchte. Der Puls pochte in ihren Schläfen und nahm ihr den Schmerz, sie lächelte, und obwohl der Falke zu schwer dafür hätte sein müssen, hob sie ihren Arm, hielt ihn etwas höher, um dem Falken in die dunklen grünen Augen zu sehen.

Es schien ihr, als ob er nicken würde. Er war bereit. Sie war es auch.

Sie sah zu ihren Priestern hin, dann zu dem Tor des Tempels.

»Wir gehen.«

Vorn, auf dem Platz, hatten die Schergen Visals einen Kreis um den Wagen herum geräumt, die Menge zurückgedrängt, bis niemand näher als zwanzig Schritt an den Wagen gelangen konnte.

Ein Meer von aufgeregten Gesichtern hob sich dem falschen Herzog entgegen, der nun an die Kante des Wagens vortrat und die Arme in einer weiten Geste hob ... und auf diese Weise das Gebrause von Hunderten oder gar Tausenden Stimmen zum Erliegen brachte. Es war, als hielte die ganze Welt den Atem an.

Raban, der eine letzte Gelegenheit witterte, all das abzuwenden, machte sich bereit zum Sprung. Hinten die Klappe hoch, zwei Schritt, er hatte sein bestes Messer in der Hand, scharf genug, einem Floh das Haar zu spalten, er streckte die Hand nach der Kante des Wagens aus, doch Mort zog ihn mit hartem Griff zurück.

Raban unterdrückte einen Fluch und sah den alten Mann nur trotzig an, doch der wies zurück in die Menge, wo langsam, viel zu langsam, zwei Reiter sich einen Weg zum Wagen bahnten.

Mit mörderischem Verlangen schaute Raban noch einmal nach vorn zu dem falschen Herzog hin, der sich in dem Moment zu baden schien, und gab nach. Wenn nicht jetzt, dann später, dachte der Mohr grimmig. Auch wenn er sich bisweilen verspätete, kam der Tod immer noch zur rechten Zeit.

»Heute«, hob Visal mit weit tragender Stimme an, die vielleicht doch ein wenig zu schrill klang, »ist ein großer Tag. Ein Wunder ist bereits geschehen, der kaiserliche Gouverneur sichtete die Beweise, die ich ihm vorgelegt habe!« Er wartete, vielleicht auf Jubel oder ein Hurra, doch die Menge schwieg und starrte ihn nur wartend an. »Er befand, dass es nicht rechtens war, dass Kaiser Pladis die Stadt auch nach dem Tod der Prinzessin hielt, denn ohne *ihren* Erben stand es ihm nicht zu. Lord Furgar, der mein Urgroßvater war, lehnte sich gegen dieses Unrecht auf und forderte die Stadt zurück, die durch Blut und seiner Hände Arbeit sein eigen war, und ihr wisst alle, was dann geschah!«

Anklagend wies er in die ungefähre Richtung des Palasts. »Blutig wurde der Aufstand unterdrückt, mit harten Stiefeln niedergetrampelt! Und wie ihr alle wisst, habe ich zeit meines Lebens für mein Recht gekämpft, endlich Anspruch auf das zu erheben, das rechtens mir gehört!«

Ungesehen hinter ihm hielt Don Amos in seinen Vorbereitungen inne und verzog ungläubig das Gesicht. An dieser Stelle hatten sie vereinbart, dass Visal von dem Aufstand sprechen sollte, von dem Mut und der Tapferkeit aller jener, die sich damals und auch heute gegen harte Tyrannei mit Leben und Seele in den Kampf geworfen hatten. Hier hätte der falsche Herzog von all denen sprechen sollen, die sich auf dem Platz versammelt hatten, von der Geschlossenheit des Willens all derer, die bereit waren, für Aryn zu sterben. Wieder und wieder hatte Don Amos ihm eingebläut, von einem Wir zu sprechen, sie alle mitzureißen, sie an seine Seite zu ziehen … doch wieder sprach Visal nur von einem Ich.

»Ich weiß«, fuhr er fort, ohne zu bemerken, dass seine Rede den einen oder anderen sich bereits umschauen und fragen ließ, was man hier suchte, wenn es um all die Menschen gar nicht ging, »dass es Zweifler gab und gibt, die an meinem Recht zu mäkeln suchen. Deshalb bin ich …«

Wir, du Idiot, *wir*, dachte Don Amos verärgert und hoffte nur, dass der Hanswurst da vorn nicht zu viel Schaden anrichtete.

»… hergekommen, um den letzten Beweis zu erbringen. Denn was sind alte Akten und Verträge schon gegen den Willen der Göttin? In den alten Schriften steht geschrieben, dass es ihr Zeichen ist, das einem die Bestimmung offenbart, ihr Segen, der bestimmt, wer eine Krone tragen darf, und es ist dieser Falke, der Falke von Aryn, der ihren Willen offenbart, und dieser Wille ist, dass ich die Krone Aryns tragen soll!« Er holte tief Luft. Das war der Moment! »Ich ...«, begann er, doch eine andere Stimme fuhr ihm dazwischen wie ein Schwertstreich. Genau so, als ob ihn ein solcher getroffen hätte, fuhr er zurück und sah ungläubig zum Tor des Tempels hin.

Hoheitsvoll, gemessenen Schrittes kam Larmeth, Hohepriesterin und Stellvertreterin der Göttin Isaeth, die weiten Stufen herabgeschritten, auf ihrem Arm ein anderer Falke aus Messing, Silber und Stahl, der wundersam belebt seinen Hals und Schnabel reckte und mit den Flügeln schlug, während von seinen scharfen Krallen das Blut der Priesterin tropfte.

Obwohl sie Schmerzen leiden musste, lag eine ruhige Besonnenheit auf ihrem Antlitz, und als sie nun sprach, waren ihre Worte leise, und doch trugen sie über den gesamten Platz. Später würden manche sogar behaupten, sie hätten ihre ruhige Stimme bis unten im Hafen vernommen, aber zumindest hier an diesem Ort war sie noch im letzten Winkel gut zu hören.

»Im Namen Isaeths, gute Leute von Aryn, weicht zurück von diesem Mann, der den Segen einer Göttin stehlen will! Macht Platz zwischen mir und diesem Lügner, der es wagt, vor *ihrem* Tempels *sie* herauszufordern! Ich bitte euch, gute Menschen, ihr wollt nicht zwischen ihm und dem Zorn einer Göttin stehen!«

Sie hob den Arm mit dem Falken an.

»Dies ist der wahre Falke von Aryn, in Kunst und Künsten geschaffen, um die Stadt und das Erbe zu bewahren. Diesen goldenen Falken«, sprach sie weiter und wies auf den falschen Herzog und den gestohlenen Falken, während die Menge zurückwich und eine Bahn zwischen den Stufen des Tempels und Visal auf seinem Wagen schuf, die mit jedem ihrer Worte immer breiter wurde, »haben wir im Namen der Göttin durch die Straßen dieser Stadt getragen, um sie zu ehren und zu feiern, aber der Wächter dieser Stadt, *dieser*

Falke«, sie hob den anderen Falken höher, dass auch jeder ihn sehen konnte, »hielt dafür im Tempel Wacht!«

Anklagend wies sie nun auf Visal, der sprachlos dastand und nicht glauben mochte, was er sah. Niemals in all den Jahren hatte sich eine Priesterin der Isaeth in weltliche Belange eingemischt, niemals zuvor hatten sie ihre Stimmen erhoben, um jemanden zu verdammen, der nach einer Krone griff.

Auch Don Amos wollte es nicht glauben, als er seinen Fehler sah. Niemals zuvor ... doch *diesmal* war es anders, weil jemand einen Segen stehlen wollte.

»Tut etwas«, rief Visal, und Don Amos unterdrückte einen Fluch, er tat ja, aber auch er brauchte seine Zeit!

»Dieser Mann«, rief die Priesterin, noch immer anklagend auf Visal zeigend, »stahl den Falken für seinen üblen Zweck, verbrüderte sich mit einem *Hexenmeister*, der keinem Orden angehört...« Im Wagen fluchte Don Amos erneut, als er sich dazu antrieb, jede Feder des goldenen Falken zu berühren. Schon bewegte sich das glänzende Gefieder unter seinen Händen, reckte auch dieser Falke seinen Kopf, doch noch war der eine Flügel lahm. Und, Götter, dachte er erzürnt, war diese Gotteshure schlau. Die Bruderschaft zu erwähnen, wäre ein Fehler gewesen, doch ihn einen Hexenmeister zu nennen, beschwor die alten Ängste ... und er hörte sehr wohl das Zischen einer Menge, die nun alles andere als glücklich war.

Lord Visal, obwohl stadtbekannt, war in seiner arroganten Art nicht gut gelitten. Kaum einer auf dem Platz vermochte sich daran zu erinnern, ob je einer Gutes von ihm gesprochen hatte. Es mochte sein, dass es so war, wie er sagte, dass sein Vorfahr nur um Aryns Recht gestritten hatte und dass auch er hier nur sein Recht wahrnahm.

Doch die Priesterin der Isaeth sah man zu allen Zeiten durch die Straßen gehen, freundliche Worte, Segen, Rat und Hilfe gewähren. Oft sprach man von dem einen oder anderen Wunder, von denen, die geheilt von Krankenlagern aufgestanden waren, von Paaren, die nach dem Gebet mit Kindern gesegnet wurden, und fast jeder in der Stadt hatte zumindest einmal schon in seinem Leben in diesem stillen Tempel gebetet und Trost und Hoffnung dort empfunden. Über allem stand, dass die Göttin auch ihrer höchsten Dienerin gebot und auch Larmeth nur die Wahrheit sagen durfte.

Wären ihre Worte Lügen, wäre die Welt auf ihren Kopf gestellt, alles, für das sie stand, nur Lug und Trug. So schwer war es nicht, sich zu entscheiden, wer hier wohl die Wahrheit sprach, der Lord, der sich schon immer über alle hatte erheben wollen, oder die Priesterin, die ruhig und sanft seit Jahren schon den Dienst an ihrer Göttin tat.

»Tut etwas!«, schrie Visal, und Don Amos tat.

Auch wenn der eine Flügel doch sehr knirschte, breitete der goldene Falke nun seine Schwingen aus und sprang schwerfällig in die Luft. Nichts Elegantes war an ihm, sein torkelnder Flug eher bedrohlich, sah es doch ganz so aus, als ob er den Menschen jeden Moment auf die Köpfe fallen würde. Auch wenn jeder hier Gold schätzte, wollte doch niemand davon erschlagen werden. Also wichen die Menschen furchtsam zurück, vor dem Vogel, dem Wagen und dem Mann, der den Zorn einer Göttin auf sich gezogen hatte, und boten so endlich zwei Reitern die Gelegenheit, sich durch die Menge zu drängen, während von vorn, von den Tempelstufen, ein Falke schrie, ein Schrei, der voller Wut und Zorn den Menschen bis ins Herz und tief in die Knochen fuhr, als die höchste Dienerin der Isaeth, einem Falkner gleich, ihren Vogel scheinbar ohne jede Mühe in die Lüfte warf.

Raphanael hatte allen Grund, den Aragonen zu fürchten, Don Amos war ein Ordensmeister der Bruderschaft und in vielen Künsten sehr erfahren. Doch totes Gold zu falschem Leben zu zwingen, einunddreißig schwere Pfund der Schwerkraft abzutrotzen, fiel auch ihm nicht leicht. Etwas anderes wäre es gewesen, das Wunder in aller Ruhe vorzubereiten, ein kurzer Flug, mehr einem Hopser gleich, dann eine Landung, das wäre leicht gewesen.

So aber musste er den goldenen Falken mit Mühe ungelenk und taumelnd in die Lüfte zwingen.

Anders hingegen der Sarnesser Falke. Vielleicht war dies der Moment, für den er in Wahrheit bestimmt war. Geformt aus Kunst und Künsten, um über ein Erbe zu wachen, das weit mehr als nur die Krone zweier Reiche war, folgte er jetzt dem Willen einer Göttin und seiner Natur, stieg mit gespreizten Schwingen leicht und flink empor, um über einer staunenden und ergriffenen Menge hoch in den Lüften sein stahlblaues Gefieder zu spreizen und in der Sonne glänzen zu lassen, während er dieses andere Ding in seinen dunkelgrünen Blick nahm, ein letztes Mal den Schrei ausstieß und dann die Schwingen eng anlegte. Und herabstieß, wie der Falke, der er war.

Nicht ohne Grund verehrte man in Manvare den Falken, galt er den Menschen als heilig, war die Falknerei so angesehen. Kaum etwas gab es, das sich damit messen konnte, was jetzt geschah.

Ein Schatten aus Silber, Stahl und Messing, gespreizten Krallen und grün leuchtenden Augen, fuhr er auf seinen trägen goldenen Gegner herab, traf ihn mit dem Schnabel in den Hals und mit stählernen Krallen an den Flügeln, und keine Kunst, derer auch der größte Meister der Bruderschaft fähig gewesen wäre, hätte an diesem Ende etwas ändern können. Nie dafür geschaffen, ein Kunstwerk lediglich aus Kunst und nicht aus Künsten, brach der goldene Falke entzwei, verlor Flügel und glänzendes Gefieder, streute Edelsteine und goldene Federn in die Menge und verlor noch dazu den Kopf, schlug alsdann so hart auf den Pflastersteinen auf, dass er die Platte brach und sich in die Erde eingrub, während der andere Falke sich im letzten Moment von seinem Gegner löste und mit einem Siegesschrei die Schwingen spreizte, so tief über die Menge flog, dass sie heißes Metall riechen konnten und die Kraft seiner Schwingen gegen ihr Gesicht wehen spürten, und schraubte sich erneut empor.

Don Amos, der, hier irrte die Majorin, alles andere als ein Feigling war, verstand lange vor dem ungläubig erstarrten Lord, noch bevor der goldene Falke brach, dass dies das Ende war.

Einen Hexenmeister hatte ihn die Priesterin genannt und mit diesem einen Wort das Urteil bereits gesprochen. Schon wandte sich die Menge gegen ihn.

Hexenmeister. Ein Wort, das Angst auslöste, Furcht und Wut. Angst zeigte sich bereits in vielen Gesichtern, als ihnen einfiel, was die Legenden über sie sagten, Angst und Verzweiflung, Furcht und Schrecken und dann die Einsicht, dass sie viele waren und er nur einer. Damit folgten Wut und Hass. Der Wagen war kein Scheiterhaufen, doch die Menge war die gleiche. Einen Hexenmeister soll man nicht leben lassen, kaum ein Gott, der das nicht von seinen Gläubigen zu fordern pflegte.

Nun, dachte Don Amos grimmig, einen Hexenmeister sollen sie bekommen. Die Bruderschaft konnte ihn dafür wohl kaum mehr richten, die Priesterin hatte sie nicht benannt. Auch die Götter hatten ihn schon lange verdammt, er hatte so viel schon in seinem viel zu langen Leben getan, dass ihn Isaeths Zorn nicht mehr schrecken konnte.

Sie, die Priesterin, war es gewesen, die seinen sorgsam ausgefeilten Plan zunichte gemacht hatte, sollte sie doch zu ihrer geliebten Göttin gehen!

Er streckte die Hand aus und rief die Sichel aus Silber und Stahl herbei, die Sichel, die das Zeichen seines Ordens war, und öffnete sich der Magie. In der Wölbung seiner Sichel entstand ein Ball aus Feuer, den er nach der Priesterin warf, die vor Schreck erstarrt auf ihr Verderben starrte, das grollend und fauchend die Luft auf dem Weg zu ihr verbrannte, um im letzten Moment von stählernen Schwingen aus dem Weg gedrängt zu werden, sodass der feurige Ball sie verfehlte und an den steinernen Säulen des Tempels zerbarst.

»Amos!«, hörte der Aragone seinen Namen rufen und fuhr herum, dort stand, grimmig den Stab in beiden Händen haltend, ein anderer, den er hasste. Besser noch, dachte Don Amos grimmig und formte mit Hand und Sichel eine Lanze aus Licht und Feuer, die der Hüter auf seinen Stab nahm und zur Seite drängte.

Um die Kontrahenten herum wichen die Menschen in Angst und Panik zurück, formten unwillkürlich einen Kreis. Auf dem Wagen stand Lord Visal, für den Moment vergessen, und schaute ungläubig zu, wie seine Träume zu Asche wurden, doch hinter ihm zog die Majorin Schwert und Dolch.

Zwei gegen einen, dachte Amos grimmig, nun, das war gerecht, so hielt er es auch am liebsten. Die goldene Sichel warf einen Schatten, der Hüter fing ihn mit dem Stab, die Majorin mit gekreuzten Klingen, doch nicht jeder hatte dieses Glück; ein kleiner Rand des Schattens fuhr in die Menge und mähte dort ein gutes Dutzend nieder.

Der Donnerschlag des Hüters traf den Aragonen mit überraschender Wucht, stieß den schweren Wagen unter seinen Füßen weg, warf ihn um und trieb den selbsternannten falschen Herzog wie eine Puppe vor sich her, doch Don Amos bleckte nur die Zähne.

Dies, dachte er mit grimmiger Entschlossenheit, war eine Gelegenheit. Die Menschen flohen vor einem Hexenmeister, aber die Orden würden wissen, was hier geschah. Sollten sie doch endlich sehen, welche Talente der Bruderschaft gegeben waren!

Er zog die Sichel scharf durch die Luft, ein Blitz fuhr herab, diesmal konnte der Hüter seinen Stab nicht halten, und er flog davon. Wieder zuckte die Sichel vor, und eine unsichtbare Klinge legte dem Hüter seine Schulter offen und warf ihn in hohem Bogen zurück.

So soll es sein, dachte Amos grimmig, als er gemessenen Schritts auf den Manvaren zuging und die Menge vor ihm floh. Wir sind Titanen, geboren, um über die Sterblichen zu herrschen! Überall flohen die Menschen vor ihm, und er lachte triumphierend, kein Scheiterhaufen heute für diesen Hexenmeister!

Schlag auf Schlag sandte er dem Manvaren entgegen, der jedes Mal hart getroffen wurde, während er verzweifelt versuchte, an seinen Stab zu gelangen, noch als Amos' Schläge ihm erst den Umhang und dann auch Jacke und Hemd und Haut in Streifen von den Schultern riss.

Die Majorin wollte auf ihn zustürmen, und Don Amos sah, wie sie ihre Waffen führte, ein ungelenkes Kind, das mit den Sachen seiner Mutter spielte, mehr als eine Handbewegung war sie ihm nicht wert, eine Geste, die Lorentha weit nach hinten gegen die Reste des Wagens schleuderte.

Warum auch immer Graf Mergton darauf gedrängt hatte, sie zu verschonen, jetzt war es Amos vollkommen gleich. Dennoch, sie war keine Gegnerin für ihn, aber einen Hüter zu bezwingen, das würde ihm Ruhm und Ehre bringen!

Schlag auf Schlag, Blitz und Donner, Feuer und Eis, all das fuhr auf Raphanael hernieder, der nicht bereit schien, aufzugeben, auch wenn ihn jeder Schlag nur weiterhin zu Boden warf.

Dann stand Amos vor ihm, sah auf seinen Feind herab, der gebrochen vor ihm lag und dennoch nicht aufgeben, nicht sterben wollte.

»Sehe es doch so«, sagte Don Amos ruhig und nutzte seine Kunst und die Magie, um seinen Atem zu beruhigen. »Du hast vier Jahre mehr gehabt, als dir gegeben waren.«

Dann hob er die Sichel zum letzten Schlag.

Ein gellender Pfiff ertönte, der ihn zur Seite schauen ließ, dort stand die Majorin, die Finger noch immer in ihrem Mund, als wäre sie ein Gassenjunge.

Don Amos lachte schallend, dachte sie wirklich, dass sie mit ihren kläglichen Kräften noch bestehen konnte ... aber gut, wenn sie schon sterben wollte, tat er ihr den Gefallen gern.

»Scheiß auf die Magie«, grollte sie. »Friss einfach Blei!«

Ihre Hände fuhren herab an ihren breiten Gürtel. Silber und Stahl und Messing blitzten auf, als sie die schweren Pistolen hob und Bruchteile einer Sekunde später in einem Schwall von Pulverdampf verschwand. Hätte er es noch sehen können, hätte er die Form erkannt, die ihre Pistolen nun einnahmen, Form, Geste, Wille und Funktion. Ein altes Stöckchenspiel, die Form, das Sandkorn, das sie nun entfaltete, das Schildbruch hieß, das ein Schild bersten ließ.

Fast wäre es ihr gelungen. Fast. Die vier Kugeln schlugen mit der Wucht von Hammerschlägen in eine unsichtbare Wand ein, die sich vor Don Amos formte und unter dem Ansturm von Blei und Magie von rötlichen Blitzen durchzogen wurde. Die Wucht der Einschläge hatte ihn taumeln lassen und gleich drei Schritt zurückgetrieben, und er schüttelte sich wie ein nasser Hund, diese Stärke hatte er von ihr nicht erwartet, dennoch stand er und war bereit, nun auch mit ihr den Kampf aufzunehmen. »So nicht!«, lachte er. »Meinst du wirklich, Weib, du könntest mich so einfach bezwingen? Mit einem Paar *Pistolen*?«

Er warf einen Blick zu Raphanael hin, der sich nur noch schwerfällig bewegte, er konnte warten. Nun war diese Majorin dran, sie hatte sich ihm einmal zu oft in den Weg gestellt, was auch immer der Graf damit bezweckte, sie zu verschonen, jetzt war dieses Versprechen nicht mehr von Wert.

Er hob seine Sichel an, und ein gleißender Blitz fuhr auf sie herab, ein Blitz wie der, der soeben Raphanael den Stab aus der Hand geschlagen hatte. Doch die gekreuzten Klingen der Walküre gleißten auf, nur nicht dort, wo der Blitz einschlug, sondern direkt vor ihm; wie war sie dorthin gekommen, warum stand sie nicht mehr dort?

Egal. Don Amos lachte, als er seine Sichel erhob, er fing gerade an, diesen Kampf zu genießen, doch dann fühlte er eine harte Hand an seinem Handgelenk, die ihn wie ein Schraubstock hielt, während zwei leuchtende Klingen zugleich sein Herz durchbohrten.

Ungläubig sah er in ein grimmig lächelndes Gesicht unter einem breiten Hut.

»Das kann nicht sein«, brachte er mühsam hervor, als seine Hand sich kraftlos öffnete und die Sichel zu Boden fiel. »Ich kann das nicht glauben!«

»Es ist mir egal, was Ihr glaubt«, sagte Lorentha ungerührt. Sie zog ihre Klingen aus seiner Brust heraus und warf sie dann achtlos zur Seite weg, um dorthin zu laufen, wo Raphanael am Boden lag und sich vergeblich mühte, sich aufzurichten. Keinen Blick verschwendete sie mehr an den Aragonen, der hinter ihr langsam zusammenbrach und dann schwer und leblos auf die kalten Steinplatten des Tempelplatzes fiel.

Doch über ihr hatte der Falke sie erkannt und flog nun zu ihr herab. Um darüber zu jubilieren, dass er die gefunden hatte, über die er wachen sollte.

Im letzten Moment verstand Lorentha die Gefahr. *Nein,* sandte sie dem Falken entgegen, *nicht ich.* Es gab nur diese eine Wahl. *Er!* Sie riss mit aller Kraft Raphanael nach oben, hielt ihn, schob ihren Arm unter den seinen, als sich scharfe Krallen in ihrer beider Arme bohrten.

Doch den furchterfüllten Massen auf dem Platz bot sich ein anderes Bild: das von Lord Raphanael Manvare, dem Hüter, der den Kampf mit dem Hexenmeister aufgenommen hatte, um die Schwester vor ihm zu beschützen, der mühsam, von der Majorin gestützt, den Arm anhob, um den jubilierenden Falken herbeizurufen, der so den Erben wählte, den Aryn so lange hatte missen müssen.

»Habt Ihr ihn eben für sie festgehalten?«, fragte Raban ungläubig, als sich Mort wieder zu ihm gesellte.

»Ja«, sagte Mort knapp, wenn auch etwas Genugtuung in seiner Stimme mitschwang. »Es erschien mir angebracht.«

»Sie hat es nicht einmal bemerkt!«, stellte Raban ungläubig fest.

»Natürlich. Sonst hätte ich meine Aufgabe wohl auch kaum erfüllt«, meinte Mort ungerührt. »Komm mit. Es gibt noch etwas für uns zu tun.«

Gemeinsam eilten sie zu dem anderen Verschwörer hin, der sich, noch ganz benommen von seinem Sturz, eben aufzurichten versuchte. Dort angekommen, forderte der Todeshändler seinen Lehrling auf, ihm zuzusehen.

»Schau her«, befahl er Raban. »So wird das gemacht.« Er griff nach unten und zog mit einer Hand Lord Visal nach oben, der nicht ganz verstand, wo der große Mann soeben hergekommen war.

»Hier.« Mort bewegte seine Hand, sodass Raban erkennen konnte, was er meinte. »Der Trick liegt im Winkel und im Handgelenk. Triffst du die Stirn ganz flach, verteilt sich der Schlag auf ganzer Breite und es wird keine verräterische Schwellung geben.«

Raban nickte und lächelte Lord Visal an. »Wie geht der Schlag denn jetzt genau?«

»So«, meinte Mort und schlug dem falschen Herzog mit der flachen Hand hart vor die Stirn. »Siehst du?«, fragte er. »Ganz genau getroffen.«

»Ich habe es gesehen«, stimmte ihm sein Lehrling zu, und Mort ließ den Lordling los. Schwer fiel Visal auf den Boden und fing dort langsam an zu zucken.

»Deshalb«, fuhr der alte Mann jetzt mahnend fort, »sollst du dir nicht auf die Stirn schlagen, wenn du deiner Dummheit gewahr wirst, triffst du falsch, oder genau richtig, kann dir *das* geschehen.«

Raban sah, wie in den Augen Visals ein Verständnis aufkam, ein Begreifen, was ihm eben widerfahren war.

»Ja«, sagte er dann, ohne den Blick von Visal abzuwenden. »Ich habe es verstanden. Dummheit kann manchmal tödlich enden.«

Die grösste Lüge

43 Die Nachricht von dem, was auf dem Tempelplatz geschehen war, ging wie ein laufendes Feuer durch die Stadt und erreichte dann auch andere Ohren. Graf Mergton nahm das Blatt entgegen, auf dem es geschrieben stand, und nickte höflich. »Danke, Soldat«, sagte er dann. »Nun geht und sagt dem Leutnant, dass er mir den Weg zum Hafen sichern soll.«

Der Soldat salutierte, und der Graf schloss langsam die Tür. Er sah sich in seinem Amtsraum ein letztes Mal um, er würde ihn vermissen.

»Tut mir leid, alter Freund«, meinte er zu Fellmar, der leblos in einer Ecke lag. »Ich wollte nie ein Verräter sein, es hat sich einfach so ergeben.«

Nun, Fellmar sagte nichts dazu, Graf Mergton hatte es auch nicht erwartet. Nach all den Jahren musste Fellmar ausgerechnet jetzt darauf kommen, wer damals der Mörder gewesen war. Und all das nur, weil er für diesen jungen Soldaten das Arsenal geöffnet hatte. Dort, an der Wand, sicher aufbewahrt, hingen die zwei Radschlosspistolen, die Lorenthas Mutter ihm einst geschenkt hatte, nur dass die eine fehlte, die er mit zum Haus des Bankiers genommen hatte, um sie ihm in die Hand zu drücken. Was, wie er im letzten Moment erkannte, ein Fehler gewesen wäre, denn es gab noch immer jemand, der diese Waffe erkannt hätte. Also hatte er dem Bankier eine andere Waffe in die Hand gedrückt ... und in all dem Trubel dann vergessen, seine Pistole an die Wand zurückzuhängen.

Wie Fellmar ausgerechnet im letzten Moment auf die Wahrheit gekommen war, indem er dieses eine kleine Stückchen zu einem großen Bild zusammensetzte, verstand auch der Graf noch nicht zur Gänze, nur, dass sein alter Freund ihm vorwurfsvoll entgegengetreten war, um eine Erklärung von ihm zu fordern.

»Wenn es etwas gibt, das ich bedauere, dann ist es das«, sagte der Graf zu seinem toten Sekretär. »Wie konntest du glauben, dass ich dich mit diesem Wissen leben lasse?«

Er tupfte sich mit einem feinen Tuch den Schweiß von seiner Stirn. Dreißig Jahre, dachte er, und ich habe mich noch immer nicht an das Wetter gewöhnt.

Ein geschickter Mann, dachte er, als er die Tür hinter sich zuzog und gelassen den langen Gang abschritt, plant für alles vor. Auch für das, was ihm andere versprachen und was dann nie geschehen wird. Wenn Visal noch lebte, konnte der sich nicht beschweren, er hatte ihn ja gewarnt. Was ihn selbst anging ... der Graf zuckte mit den Schultern. Im Hafen lag ein Kurierschiff für ihn bereit, schneller als fast alle anderen Schiffe, die es gab. In wenigen Tagen würde er wieder in Augusta sein und einem aufgebrachten Kaiser erklären, dass er keine Wahl gehabt hätte. Was in gewissem Sinne ja auch so gewesen war.

Die Kutsche wartete und brachte ihn zum Hafen, nichts unterbrach die Reise, und bevor er das Schiff betrat, wandte er sich an den Hauptmann seiner Garde.

»Zieht euch hier im Hafen in die Garnison zurück«, befahl er. »Es ist schmählich, aber es ist geschehen, und es wurde schon genug gestorben.«

Der Hauptmann nickte, es gab nur wenige Soldaten, die es übelnahmen, wenn man sie nicht in einen Kampf schickte, und sah zu, wie der Gouverneur das Schiff betrat, ein kleiner, rundlicher Mann, der zu sehr schwitzte.

Da geht ein großer Mann mit Würde, dachte er und salutierte.

In der Nacht darauf sah der Graf von seiner Lektüre auf, als ein dumpfer Schlag das Schiff erbeben ließ, gefolgt von dem Lärm trampelnder Stiefel auf Deck.

Was ist denn jetzt, dachte er verärgert, legte sein Buch beiseite, stand auf und zog sich seine Weste gerade. In letzter Zeit hatte er selten genug Muße, um zu lesen, und war deshalb umso ungehaltener. Mussten sie ausgerechnet in diesem Moment seine Ruhe stören?

Es klopfte an der Tür der Kapitänskabine, die man ihm so freundlich überlassen hatte.

»Herein«, bat er und wollte schon fordernd fragen, was der Lärm auf dem Deck zu bedeuten hatte, als er den hageren Mann erkannte, der nun eintrat und sachte die Tür hinter sich verschloss.

»Montagur«, begrüßte ihn Lorenthas Vater mit einem höflichen Nicken und wies mit dem Lauf seiner Pistole auf den Stuhl, den der Graf soeben erst verlassen hatte. Eine Pistole, die der Graf sehr wohl erkannte; er hatte sie in Fellmars Hand zurückgelassen, um ein letztes Mal eine falsche Spur zu legen. »Es ist eine Weile her. Dachtest du wahrhaftig, du kämest auch diesmal davon?«

»Es war einen Versuch wert«, antwortete der Graf und setzte sich, wie angewiesen. Dort neben ihm auf dem anderen Sessel, halb von seinem Buch verdeckt, lag das Gegenstück zu der Waffe, die sein ungebetener Gast auf ihn gerichtet hielt. Der andere Teil eines Satzes kostbarer Pistolen, die ihm Evana damals zum Abschied geschenkt hatte, ganz ähnlich denen, die Lorentha heute trug.

»Erkläre es mir«, sagte Karl Hagenbrecht. »Erkläre mir, wie du die Frau, die du angeblich so geliebt hast, erschießen konntest. Wie ist es dazu gekommen? Ich denke, ich kenne den größten Teil, aber ich will es aus deinem Mund hören.«

»Es war nur ein Zufall«, sagte Mergton. »Sag, wie kommt es, dass du hier stehst? Der Kapitän versprach mir, es gäbe höchstens zwei Schiffe, die schneller wären als dieses.«

»Ja«, nickte Hagenbrecht. »So ist es auch. Sie gehören beide mir. Ich hatte dir eine Frage gestellt?«

»Sie kam zu mir, um das Archiv einzusehen, erzählte mir von einer Familienlegende, die damit zusammenhing. Ich half ihr aus, und sie stolperte über den Vertrag, der vorsah, dass Pladis Aryn nur für den Erben der Prinzessin verwalten sollte.«

Hagenbrecht nickte. »Ich kenne die Legende. Weiter.«

»Ich fragte, warum sie sich dafür derart interessierte. Sie lachte und erzählte mir davon, dass es angeblich einen Erben gegeben habe ... eine Familienlegende, die niemand ernst nehmen würde, und dass dieser Legende zufolge sie die Krone zweier Reiche tragen müsste.«

»Was sie dir nur erzählte, weil sie dir vertraute.«

»Ja. Genau das«, gab Mergton peinlich berührt zu. »Es interessierte mich, und ich forschte nach und fand auch den Hinweis auf den Falken. Den echten. Und darauf, dass sie den Anspruch auf Aryn erheben könnte. Ich versprach, ihr dabei zu helfen, alles in die Wege zu leiten, und hätte dann für sie die Stadt verwaltet. Aber sie wollte nicht. All die Reichtümer der Stadt, die Macht, der Titel, ihr war es egal. Sie lehnte ab, bat mich nur, es einzurichten, dass sie den Falken sehen könnte, sie wollte ihn Lorentha zeigen, und da ich einen Priester dort gut kannte, versprach ich ihr, es für sie möglich zu machen.«

»So weit kann dir niemand einen Vorwurf machen«, sagte Hagenbrecht. »Warum sie töten? Es sollte doch alles bleiben, wie es war?«

»Lord Visal. Der alte, nicht der neue. Er war ein Loyalist, aber wir verstanden uns recht gut, und wir teilten die Lust auf ... nun ...«

»Verschiedene Vergnügungen«, sagte Hagenbrecht, »ich weiß. Marie erzählte mir davon.«

»Sie wusste es?«, fragte Mergton entsetzt.

»Sie wusste vieles. Nur nicht, dass ihr Freund ein Mörder war. Was war mit Visal?«

»Ich trank zu viel an einem Abend«, gestand der Graf und zuckte verlegen mit den Schultern. »Und habe wohl auch zu viel erzählt. Er sah eine Möglichkeit für sich darin. Sein Anspruch auf Aryn ist tatsächlich rechtens.«

»Lorentha ist der Erbe«, sagte Hagenbrecht ungerührt.

Der Graf zuckte mit den Schultern. »Sie hätte es abgelehnt, genau wie Evana es tat.«

»Du kannst dir denken, wie egal es mir ist, ob Visals Anspruch rechtens war«, meinte Hagenbrecht ärgerlich. »Was geschah dann?«

»An dem Abend, an dem er wusste, dass ich mich mit Evana treffen wollte, heuerte Visal fünf Mörder an, sie sollten Evana erschlagen. Als ich davon erfuhr, war es fast zu spät, ich wollte ihr zu Hilfe eilen, aber als ich ankam, war es schon vorbei, sie hatte den Kampf bereits für sich entschieden. Erst schien es, als schöpfe sie keinerlei Verdacht, aber dann fiel ihr wohl ein, dass nur ich wusste, wo sie an dem Abend sein würde, ich sah es in ihren Augen ... und irgendwie löste sich der Schuss. Ich wollte es nicht, Karl, aber ich sah keine andere Möglichkeit.«

»Und Lorentha? Was war das für ein Spiel mit ihr?«, fragte Hagenbrecht hart.

»Das?« Der Graf zog ein Tuch aus seinem Wams und tupfte sich die Stirn ab, ließ es scheinbar achtlos über Buch und Waffe fallen. »Sie kam nur ein paar Tage zu früh und platzte mitten in die Verschwörung hinein. Dazu kam noch, dass ein blöder Priester den Diebstahl des Falken bemerkte. Ich wusste, dass sie Evanas Mörder suchen würde, aber ich konnte sie nicht auch noch töten. Der Ball war nur dafür, dass man sie sah und auf sie reagierte, und ich präsentierte ihr Angardt dann als Mörder. Sie war zu schlau, also gab ich vor, auch nicht darauf hereinzufallen. Die anderen wollten sie tot sehen, doch ich sprach mich dagegen aus, schlug vor, sie und diesen Lord aus der Stadt zu locken. Ich wollte nicht, dass Lorentha etwas geschah, das kannst du mir glauben.«

»Seltsamerweise glaube ich dir das tatsächlich«, sagte Hagenbrecht.

Und wartete.

Der Graf griff theatralisch in seine Weste, als ob er das Tuch dort suchen wollte, erinnerte sich dann daran, wo es lag und griff nach dem Tuch ... und seiner Pistole.

Er lächelte verlegen. »Den Rest ...«

»... kann ich mir denken«, sagte Hagenbrecht und drückte ab.

Er trat näher an den Grafen heran, der zusammengesunken in seinem Sessel saß und ihn mit weiten Augen ansah, noch während ihm die Pistole aus den kraftlosen Händen fiel.

»Ich habe vergessen, wie gut du schießen kannst«, brachte Mergton hervor und sah an sich herab, dort, inmitten einer blütenweißen Weste, klaffte ein schwarzes Loch, aus dem nur langsam sein Herzblut quoll, da das Herz schon nicht mehr schlug.

»Ja«, nickte Lorenthas Vater. »Irgendwie vergisst man mich zu leicht.«

»Ich habe sie geliebt«, flüsterte der Graf.

»Hast du nicht. Das war nur deine größte Lüge, du hast sie selbst geglaubt.«

Hagenbrecht wartete, aber der Graf sagte nichts mehr. Hinter ihm klopfte es an der Tür.

»Herein.«

Respektvoll kam der Kapitän des kaiserlichen Kurierschiffs herein und warf einen kurzen Blick auf den toten Grafen.

»Hier«, sagte Hagenbrecht und reichte dem Mann einen schweren Beutel. »Ihr werdet alles wie versprochen vorfinden. Erledigt nun auch Euren Teil.«

»Ja, Herr«, sagte der Kapitän unterwürfig und wog den schweren Beutel in seiner Hand. »Im Logbuch wird stehen, dass der Graf bei einem Spaziergang an Deck über ein Seil gestolpert ist und über Bord ging, bevor ihm jemand helfen konnte. Niemand wird etwas anderes berichten.«

»Gut«, nickte Hagenbrecht und ging zur Tür.

»Habe ich helfen können?«, fragte der Kapitän hoffnungsvoll. Hagenbrecht wusste, was der andere wollte.

»Ja. Ich werde es Euch nicht vergessen.« Er erlaubte sich ein schmales Lächeln. »Ich bin sicher, Euer nächstes Kommando wird nicht lange auf sich warten lassen.« Er zog die Tür auf, dort stand ein schlanker Mann mit grauen Haaren, der sich soeben ein Stäubchen von seinem makellosen Anzug wischte.

»Tobas«, begrüßte Hagenbrecht ihn respektvoll. »Ich danke dir für deine Hilfe.«

Der Haushofmeister der Gräfin nickte Hagenbrecht zu. »Die Seher halten immer ihr Wort.« Er schloss die Tür hinter sich und wandte sich dem Kapitän zu, der ihn erstaunt musterte. »So«, meinte er dann sachlich. »Wollen wir mal überlegen, an was Ihr Euch nachher tatsächlich noch erinnern werdet ...«

Der letzte Appell

44 Zwei Tage später klopfte es an dem Tor zum Stall der Garda, wo Lorentha gerade Hector striegelte. Noch immer musste sie ihren linken Arm schonen, in den sich die Krallen des Falken gegraben hatten, aber es ging schon recht gut, und das Tier schien sich langsam an sie zu gewöhnen.

»Ja?«, rief sie, und die Tür zum Stall schwang auf, dort stand Bosco, darauf bedacht, einen respektvollen Abstand zu Hector einzuhalten.

»Schon zurück?«, fragte sie lächelnd. »Das ging schnell.«

»Dieser Barlin macht keine großen Worte«, erklärte Bosco, als er verlegen wartete, bis sie aus dem Stall herauskam. »Er ist wohl irgendwie so etwas wie der Kanzler des neuen Herzogs, jedenfalls scheint er zu wissen, was er will. Er hat uns ein Angebot unterbreitet. Er sagt, dass auch in Zukunft die Stadt Handel mit dem Kaiserreich treiben wird und es Gelegenheiten geben wird, wo kaiserliche Gerichtsbarkeit gefordert ist. Er sagt, wir sollen bleiben.«

Sie lächelte. »Das hört sich nach einer klugen Idee an. Habt ihr schon entschieden?«

Er sah auf seine Stiefel herab. »Ich habe mich mit den anderen beraten«, sagte er dann mit belegter Stimme. »Wir würden bleiben, aber noch lieber würden wir mit Euch gehen. Wenn Ihr uns in Eurer Einheit haben wollen würdet.«

»Niemanden lieber als euch«, sagte sie rau und verfluchte

den Frosch in ihrem Hals. Sie schluckte. »Aber ich werde den Dienst quittieren. Es gibt andere Verpflichtungen, denen ich mich stellen muss.«

»Schade«, sagte Bosco bedauernd. »Ich hoffte, mehr von Euch lernen zu können.«

»Glaubt mir, ich bin das falsche Vorbild«, lachte sie. »Ihr könnt in Augusta jeden fragen.« Sie warf einen Blick hin zu dem Galgen, der im Hof der Garda stand, das Holz so frisch geschnitten, dass es noch nicht nachgedunkelt war. Die einzige Frucht an diesem Baum war ein gewisser Hurenhüter, der sich langsam im Wind drehte, was die Krähen nicht zu stören schien. »Ich denke, ihr kommt auch ohne mich gut aus. Zumal ich sicher bin, dass es euch in Zukunft an Mitteln nicht mehr mangeln wird.«

»Ihr habt uns eine neue Gelegenheit gegeben, unser Leben in Ordnung zu bringen«, sagte Bosco bewegt. »Wir wüssten nur gerne, wie wir Euch danken können.«

»Macht mich stolz«, sagte sie mit belegter Stimme und schluckte. »Sorgt einfach dafür, dass die Garda in Aryn den besten Ruf verdient.« Sie schaute zu Hector hin. »Heute Abend wird jemand kommen, um ihn abzuholen.«

»Ihr reist ab?«, fragte Bosco sichtlich betroffen.

»Ja«, antwortete sie. »Es gibt hier nichts mehr für mich zu tun.«

»Was ist mit dem Mörder Eurer Mutter?«, fragte er und sah dann verlegen zur Seite. »Wir wissen alle davon, es war Stadtgespräch…«

»Es heißt jetzt, dass es Fellmar war, Lord Mergtons alter Sekretär«, sagte sie bedächtig. »Ich kann das nicht glauben, aber ich habe mich entschieden, nicht mehr weiterzusuchen. Die Priesterin der Isaeth sagt, ich solle auf die Götter vertrauen. Genau das tue ich jetzt.« Sie lächelte etwas mühsam. »Jedenfalls schlafe ich besser, seitdem ich diese Entscheidung traf.« Sie sah sich noch einmal auf dem Hof der Garda um. »Ich werde das hier vermissen.«

»Ihr könnt nicht einfach so gehen«, sagte Bosco entschieden. Sie hob fragend eine Augenbraue.
»Kann ich nicht?«
»Nicht ohne einen letzten Appell«, grinste er.

Und so stand Lorentha neben Bosco, als die Garda zum letzten Mal für sie antrat. Irgendwie, dachte sie, während sie Mühe hatte, nicht zu zeigen, wie sehr es sie bewegte, war es passend, dass ihr kürzestes Kommando das war, das sie am meisten vermissen würde. Keiner dieser Soldaten würde es in der Hauptstadt zu etwas bringen, aber hier waren sie richtig.
»Ich wusste gar nicht, dass Emlich Trompete spielen kann«, sagte sie leise, als der Sergeant vortrat und das Horn ansetzte.
»Kann er auch nicht«, gab Bosco zu. »Aber er versprach, sich zu bemühen...«

Nun, das hatte er getan, dachte Lorentha lächelnd, als Hein die Kutsche vor Raphanaels Haus anhielt. Ihre Ohren würden es so schnell nicht vergessen. Aber es war die Geste, die zählte... und, verdammt, sie hatte schon wieder feuchte Augen.
Und einen Kutscher, dem das nicht entging.
»Ich weiß, dass ich Euch riet, zu gehen«, meinte der alte Hein grimmig. »Aber das war damals. Jetzt ist es anders. Ihre Gnaden wird heute Abend zurückerwartet, sie wird ebenfalls in Euch dringen, es Euch noch einmal zu überlegen.«
»Danke«, sagte sie, von der Fürsorge des Kutschers erneut überrascht. »Aber es geht nicht anders. Nur dieser letzte Besuch noch... dann geht es zum Hafen.«
»Sehr wohl, Baroness«, sagte er leise. »Ich werde hier auf Euch warten.«

»Wie geht es ihm?«, fragte Lorentha sanft, als sie auf leisen Sohlen Raphanaels Zimmer betrat. Seine Schwester, die neben dem Bett saß, schaute mit erschöpften Augen zu ihr auf, sie war ihm in den letzten zwei Tagen nicht von der Seite gewichen.

»Es geht ihm besser«, meinte sie dann. »Ich habe alle Brüche richten können, und die meisten Wunden verheilen gut. Auch wenn ich manchmal dachte, es würde meine Kräfte überfordern.«

Lorentha nickte langsam, als sie an das Bett herantrat, auf dem Raphanael still und bleich und scheinbar leblos lag.

Sie erinnerte sich daran, wie sie dort auf dem Tempelplatz zusammen auf den kalten Platten gelegen hatten, während Larmeth die stählernen Krallen des Falken aus ihren Armen gezogen hatte. Sie waren mit dem Gesicht zueinander gefallen, und sie lagen nahe genug beieinander, sodass sie ihn verstehen konnte, auch wenn bei jedem Wort Blut aus seinem Mund gequollen war.

»Du darfst nicht sterben«, hatte sie ihn angefleht.

»Ich werde ... nicht ... sterben«, war seine Antwort gewesen. »Und du darfst nicht gehen ... ich lasse das nicht zu.«

Mehr hatte er nicht sagen können, bevor die Ohnmacht ihn übermannte, aber es war genug. Genug, um zu wissen, dass er in diesem Moment schon verstand, was sie tun musste.

Aber für endlose Stunden hatte es so ausgesehen, als ob er sein eigenes Versprechen nicht hätte halten können.

So oft hatte sie von Larmeths erstaunlichen Heilungsfähigkeiten gehört, und dennoch war es für Lorentha ein Wunder gewesen, zu sehen, wie sich unter den Händen der Priesterin blutendes Gewebe ihrem Willen fügte und Knochen sich wieder richteten, wo sie gebrochen waren. Und dann, endlich, Stunden später, hatte sich Larmeth erschöpft zurückfallen lassen und das gesagt, worum Lorentha gebetet hatte. »Er wird leben.«

»Sein linker Arm wird nie wieder so stark werden wie zuvor«, sagte die Priesterin jetzt und schaute die Majorin vorwurfsvoll an. »Musstet Ihr das tun?«

»Ihr kennt die Antwort«, sagte Lorentha leise und rieb sich ihren eigenen Arm, dort, wo sich die stählernen Krallen des Falken auch in ihr Fleisch gegraben hatten. »Was ist mit Euch?«

»Die Göttin war mit mir«, sagte Larmeth mit belegter Stimme. »Meine Wunden heilten noch im selben Moment, als sich der Falke in die Luft erhob. Ihr beide habt nicht so viel Glück gehabt. Göttin«, seufzte sie. »Mein armer Bruder ... als ich ihn dort liegen sah, dachte selbst ich nicht, dass er noch leben würde. Don Amos hat ihm übel mitgespielt.« Sie sah fast staunend zu der Majorin hin, die nun ihre beste Uniform, aber keine Rüstung trug. »Wie konntet Ihr ihn besiegen?«

Lorentha zuckte mit den Schultern. »Ich weiß es nicht genau. Er warf einen Blitz nach mir, ich rannte zu ihm hin, und irgendwie war es, als ob er mir seine Brust hinhielte, also stach ich zu. Ich war selbst überrascht, als er zusammenbrach.« Sie lachte bitter. »Er war es auch.«

»Solange er tot ist, ist mir alles recht«, meinte die Priesterin grimmig. Sie musterte die Majorin und ihre Uniform und seufzte dann. »Ihr seid gekommen, um Euren Abschied zu nehmen?«

»Ja«, sagte Lorentha rau. »Mein Vater kommt, mich abzuholen, sein Schiff wird noch heute Abend hier erwartet. Auch Gräfin Alessa wird für heute Abend zurückerwartet, ich hörte, sie will uns nach Augusta begleiten.« Sie beugte sich vor und strich Raphanael sanft über das schweißnasse Haar. »Er sieht so schwach aus«, stellte sie betroffen fest. »Wird er wieder gesunden?«

»Mein Wort darauf«, sagte Larmeth leise, ohne den Blick von ihr zu wenden. »Ihr wisst, dass es die Göttin anders für Euch will?« Sie wies mit einer müden Geste auf Raphanael. »Ihr liebt ihn. Ihr habt es deutlich genug gesagt.«

»Habe ich?«, fragte Lorentha erstaunt. »Wann?«

»Als Ihr ihn gefragt habt, ob er Euch liebt. Als ob es nur darauf ankommen würde.« Die Priesterin lächelte etwas wehmütig. »Ich liebe Raphanael, er ist mein Bruder, aber er ist ein Mann, er versteht nicht immer, was man ihm sagt.«

»Ich kann nicht bleiben«, sagte Lorentha sanft. »Er verdient etwas Besseres als mi…«

Larmeth schnaubte herrschaftlich. »Ihr kennt meinen Bruder schlecht. Er wusste schon immer, was er will. Er wird darauf bestehen. Mutter ebenfalls. Und auch Arin hat es längst entschieden, dass Ihr ihre neue Mutter sein sollt. Meinen Segen habt Ihr zudem … und den der Göttin. Ihr habt keine Wahl.«

»Damit habt Ihr recht«, sagte Lorentha bedauernd. »Auch wenn es anders ist, als Ihr denkt. Ich kann nicht bleiben, nicht bevor ich nicht mehr über mich erfahren habe und über die Magie, die ich in mir trage.«

»Wofür habt Ihr dann ausgerechnet ihn zum Herzog über Aryn bestimmt?«, fragte seine Schwester ungläubig.

»Ich habe nicht darüber nachgedacht«, gestand Lorentha.

»Es blieb nicht viel Zeit dafür. Aber hätte ich Zeit gehabt, gründlich nachzudenken, hätte ich keine bessere Wahl treffen können.« Sie richtete sich auf. »Ich muss gehen«, sagte sie leise. »Ich habe schon meinen Abschied von Arin und Eurer Frau Mutter genommen.«

Larmeth stand auf, und schweigend umarmten sich die beiden Frauen.

»Werdet Ihr wiederkommen?«, fragte Larmeth dann. »Ihr wisst, dass Euer Schicksal hier in Aryn liegt?«

»Es liegt dort, wo ich es suche«, antwortete Lorentha leise. Sie sah noch einmal zu dem Bett hin und seufzte. »Sagt ihm nicht, dass ich ihn liebe. Sagt ihm, dass ich mich meiner Verantwortung stellen werde und ich genau deshalb gehen muss.«

»Das wird er nicht gelten lassen«, warnte Larmeth.

»Wir werden sehen«, lächelte die Majorin und ging zur Tür. »Lebt wohl«, entbot sie den beiden und zog sanft die Tür hinter sich zu.

Die Priesterin sah noch lange zu der Tür, dann wandte sie sich mit einem Seufzer an die stille Gestalt im Bett.

»Götter, ist sie stur«, sagte sie leise.

Raphanael bewegte sich etwas, es schien Larmeth, als wolle er etwas sagen.

Sie beugte sich zu ihm herab. Selbst mit ihrem Ohr an seinem Mund konnte sie ihn kaum hören, doch dann lachte sie leise auf.

»Ich bin sturer.«

Augusta Treveris

45   Vier Monate später zügelte Lorentha ihr Pferd auf der Kuppe eines Hügels, von dem aus sie einen guten Blick auf das Haus hatte, das, voll und ganz von Efeu überwuchert, friedlich vor ihr in einem sanften Tal lag. Ein Kiesweg führte von dort hin zu einem fernen Tor, und wenn sie sich Mühe gab, konnte sie die hohen Mauern vergessen, die das Anwesen umgaben, und auch die anderen Häuser übersehen. Als Kaiser Ferdinand, der Ururgroßvater von Prinz Pladis, den Sarnesse dieses Land gegeben hatte, war all dies noch offenes Land gewesen, jetzt hatte die kaiserliche Hauptstadt Augusta Treveris es umwuchert, aber nur bis zu diesen fernen Mauern.

Rauch stieg aus einem Schornstein auf, und Lorentha erinnerte sich daran, dass ihr Vater erwähnt hatte, dass es heute Braten geben würde. Auf der Auffahrt vor dem Haus stand eine Kutsche, und an einem Vorderrad lehnte ein Mann in einem langen Mantel, dessen Gesicht ihr ungewöhnlich dunkel erschien. Ihr Puls pochte, und sie lachte, als sie sah, wer der Besucher war.

Leicht schwang sie sich wieder in den Sattel und ließ den prachtvollen Hengst laufen, wenn auch nicht so schnell, wie er gerne laufen würde.

Hector war noch immer recht nervös, wenn er Männern zu nahe kam, also führte sie ihn zunächst in seinen Stall, um ihm einen Apfel zu geben und ihn zu kraulen. Für einen Mörderhengst war er doch recht verschmust.

Dann ging sie zu dem Besucher hin, der sich mit einem breiten Grinsen aufgerichtet hatte.

»Raban!«, rief sie erfreut, als er sie in seine Arme nahm. »Wie hast du mich gefunden?«

»Gar nicht«, lachte der ehemalige Dieb. »Ich war auch erstaunt, als ich hörte, wer die Frau ist, die hier mit ihrem Hengst über das Gelände tobt.« Er trat einen Schritt zurück und musterte ihre schlanke Form. »Lange wirst du das ja nicht mehr können.«

»Ich bin jetzt schon vorsichtig«, meinte sie und führte ihn den Weg entlang zur Tür. »Aber erzähl, wie kommt es, dass du hier bist? Du warst spurlos verschwunden.«

»Ach«, meinte er wie nebenbei, als er ihr in das Haus folgte. »Ich war noch in der Stadt, länger als du, du bist doch die gewesen, die bei Nacht und Nebel aufgebrochen ist.« Sie wollte die Tür zum blauen Salon aufziehen, doch er schüttelte den Kopf. »Dein Vater ist beschäftigt.«

»Dann dort hinein«, sagte sie und zog eine andere Tür auf. »Das ist mein Lieblingszimmer«, vertraute sie ihm an. »Ich will dir etwas zeigen.«

Raban sah sie schon, bevor sie den Raum betraten. Ihr Vater hatte das Bild aus dem Gedächtnis fertiggestellt und dem Gemälde mehr gegeben, als es vormals besaß, es schien, als würde sie in ihrem Rahmen leben.

»Deine Mutter?«, fragte er rau, obwohl es der Frage nicht bedurfte, die Ähnlichkeit war zu groß.

Lorentha nickte. »Gräfin Alessa hat es mir schweren Herzens überlassen. Ist sie nicht wunderschön?«

Nicht schöner als du auch, dachte Raban, vor allem jetzt. Doch er wusste es besser, als es laut zu sagen. Er setzte sich auf einen Stuhl, den sie ihm wies, und schob seinen Degen zurecht, während er sich langsam umsah. Alles hier, von den Büchern über Schwert und Dolch bis zu den Pistolen, die auf einem Tisch lagen, sprach von ihr.

»Sag, wie kommst du her? Wie ist es dir ergangen?«

»Nun, an dem Tag, an dem du wiederkamst, hat sich mein Leben verändert«, erklärte Raban. »Ich entschloss mich dann, ganz und gar mit meinem alten Leben zu brechen. Ich gehe jetzt bei einem Händler in die Lehre, und er zeigt mir vieles, das ich nicht kannte. Er lässt mich sogar Sprachen lernen.« Er lachte. »Es ist nicht gerade langweilig, das kann ich dir sagen. Ich wusste nur lange nicht, dass mein Meister deinen Vater kennt, sie sind in diesem Moment in dem anderen Raum und hecken wieder etwas aus.« Er sah sie fragend an.

»Mein Vater heckt niemals etwas aus«, lächelte sie. »Er ist ein guter Mann, ich habe lange genug gebraucht, um das zu verstehen, aber er ist mit Herz und Seele Händler.«

»Ja«, nickte Raban ernsthaft. »Wie mein Meister auch. Warum hast du die Stadt so schnell verlassen?«

»Ich musste«, gestand sie leise. »Raphanael...« Sie seufzte. »Götter, er ist so stur. Er wollte mich unbedingt zur Frau, selbst auf seinem Krankenbett hätte er es noch von mir gefordert. Nur kann ein Herzog keine Frau wie mich gebrauchen. Ich blieb so lange, bis ich sicher war, dass er und Arin genesen würden, und floh dann aus der Stadt. Wie ging es dort weiter? Ich hörte, es hätte einen spannenden Moment gegeben, als ein Linienschiff in den Hafen einfuhr.«

»Ja«, nickte Raban. »Aber es überbrachte nur Nachricht an den Herzog und ein halbes Dutzend Vertragsvorschläge. Kaiser Heinrich hat den Verlust der Stadt überraschend gut verkraftet. Es hat uns alle gewundert, aber wir waren froh darum.«

»Vater sagte etwas Ähnliches. Er hat wohl auch geschäftlich irgendwie mit ihm zu tun. Er sagt, Heinrich wäre ein Mann, der guten Argumenten etwas abgewinnen kann.«

»Tja«, meinte Raban. »Dann muss jemand ein verflucht gutes Argument gehabt haben. Raphanael regiert nun nicht nur die Stadt, König Hamil gab ihm sogar das Land zurück, das einst zum Herzogtum gehörte. Raphanael ging mit beiden Reichen Verträge ein, die wohl allen zum Vorteil gereichen.« Er lachte plötzlich auf. »Erinnerst du dich an Kapitän Sturgess?«

Wie hätte sie ihn vergessen können, dachte Lorentha erheitert. Schließlich war er der einzige Mann, der jemals ungestraft einen Kuss von ihr hatte rauben können.

»Was ist mit ihm?«

»Er macht Raphanaels Mutter fleißig den Hof, und wie es aussieht, fällt die Festung bald.«

Sie lachte. Irgendwie schien es ihr sogar passend.

»Also ist jetzt alles gut?«, fragte sie leise.

»Ja«, nickte Raban. »Zumindest besser als erwartet. Es sind nur vier Monate, und die Stadt ist kaum mehr zu erkennen. Der Vogel sitzt nicht mehr auf der Hand der Göttin, sondern auf dem Altar, doch die Leute reden noch immer von dem Tag.« Er sah sie ernst an. »Wirst du jemals zurückkommen? Du weißt, dass er auf dich wartet.«

»Die Walküren haben seinem Orden mitgeteilt, dass ich mich in Ausbildung befinde. Er weiß, was das bedeutet. Ich werde auf Jahre zu beschäftigt sein, um davon loszukommen. Es wird noch andere geben, die eine Herzogskrone tragen wollen.«

»Er wird sie ihnen nicht geben.« Raban zögerte und sah bedeutsam auf ihren nicht mehr ganz flachen Bauch herab. »Er sollte es wissen, Loren«, sagte er leise. »Es ist nicht gerecht, es ihm vorzuenthalten.«

»Wenn er es wüsste, würden die Götter selbst ihn nicht davon abhalten können, hierherzukommen, und ich müsste einwilligen«, sagte sie leise. »Es gibt Tausende von Gründen, warum das nicht geht. Bitte, Raban, versprich mir, mein Geheimnis zu wahren.«

»Schweren Herzens«, sagte er. »Nur schweren Herzens. Es ist falsch. Ein Vater sollte sein Kind kennen.«

»Ja«, nickte Lorentha. »Aber noch nicht jetzt.«

Er nickte. »Was ist mit diesen Walküren? Wenn sie dich doch ausbilden, warum bist du nicht bei ihnen?«

»Es ist nicht nötig«, sagte sie und sah verstohlen zu dem Gemälde hin. »Ich habe eine Lehrerin, die mir nicht mehr von der Seite weicht.«

Die Tür ging auf. Lorentha sah auf, sie erwartete ihren Vater, doch es war ein anderer.

»Hallo, Raphanael«, sagte Raban, als er grinsend aufstand, um sich aus dem Zimmer zu verdrücken. Wenn hier die Blitze flogen, wollte er nicht im Weg stehen. »Wusste Eure Durchlaucht schon, dass er Vater werden wird?«

»Raban!«, rief Lorentha vorwurfsvoll.

»Was denn?«, grinste Raban. »Ich versprach, dein Geheimnis zu hüten. Ich halte mich daran. Ich meinte nur ein anderes. Du hast noch genügend übrig.«

Er zog die Tür hinter sich zu und lauschte.

Kein Blitz. Kein Donner. Dann ... ein leises Lachen. Von ihr.

Raban drehte sich um und fand sich Lorenthas Vater gegenüber. Und Arin.

Er nickte beiden zu.

»Komm«, sagte der hagere Mann zu dem kleinen Mädchen, lächelte verschwörerisch und nahm sie an der Hand, die einen ledernen Handschuh trug. »Ich zeige dir Lorens Pferd. Es ist ein Zauberpferd und kann nur von Loren geritten werden ... und vielleicht, später, auch von dir.«

Raban sah den beiden nach und grinste. Arme Loren, dachte er, sie hatten sich alle gegen sie verschworen.

»Steh nicht rum, Junge«, grollte Mort, der mit langen Schritten an ihm vorüberging und seinen Hut aufsetzte. »Und hör auf zu grinsen. Wir haben noch zu tun.«

»Wo geht es hin?«, fragte Raban und eilte ihm nach, während er einen letzten Blick zur Zimmertür riskierte. Diesmal hörte er sie deutlich lachen und auch ihn dazu.

»Ravanne.«

»Zu den Sehern? Warum? Sie wissen doch schon alles; was gibt es dort für uns zu tun?«

Mort sah ihn nur an.

Raban lachte. »Ich weiß, ich weiß«, grinste er, als er sich auf den Kutschbock schwang. Er winkte zum Abschied zu dem Stall hinüber, wo Arin gerade Hector einen Apfel gab. »Ich weiß. Ich will die Antwort gar nicht wissen.«

SEI UNSER HELD!
PIPER FANTASY

Gleich mitmachen und die magische
Welt der Piper Fantasy erleben! Neugierig?
Dann auf zu www.piper-fantasy.de!

Piper-Fantasy.de

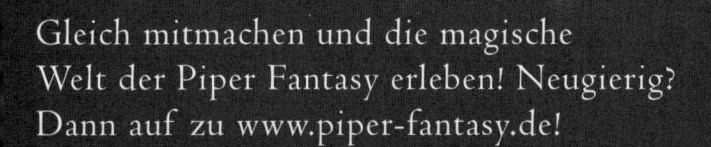

PIPER